W0319897

Robert Jones, Jr.

DIE PROPHETEN

Robert Jones, Jr.

DIE PROPHETEN

Roman

Aus dem amerikanischen Englisch
von Simone Jakob

dtv

Sprache und Sprachgebrauch verändern sich mit der Zeit. Was in einer bestimmten Epoche gebräuchlich war, ist heute inakzeptabel. In Rücksprache mit dem Autor wurde in der deutschen Übersetzung die Sprache historisch getreu wiedergegeben, um die gesamte Grausamkeit darzustellen.

MIX
Papier aus verantwortungsvollen Quellen
FSC® C083411
www.fsc.org

Die amerikanische Originalausgabe erschien 2021 unter dem Titel ›The Prophets‹ bei G.P. Putnam's Sons in New York.
Copyright © 2021 by Robert Jones, Jr.
All rights reserved including the rights of reproduction in whole or in part in any form.
© der deutschsprachigen Ausgabe:
2022 dtv Verlagsgesellschaft mbH & Co. KG, München
Gesetzt aus der Life
Satz: Uhl + Massopust GmbH, Aalen
Druck und Bindung: CPI books GmbH, Leck
Printed in Germany · ISBN 978-3-423-29014-2

Für meine Großmütter Corrine und Ruby,
für meine Großväter Alfred und George,
für meine Großonkel Milton, Charles,
Cephas und Herbert,
für meinen Vater Robert,
für meine Cousins Trebor
und Daishawn und meine Cousine Tracey,
für meine Paten Delores Marie und Daniel Lee,
für Mutter Morrison und Vater Baldwin
und für all meine Verwandten und Vorfahren, die zu den Ahnen gegangen und selbst zu Ahnen geworden sind und mich führen, beschützen und mir Dinge zuflüstern, damit auch ich Zeugnis ablegen kann.

RICHTER

Noch kennst du uns nicht.

Noch begreifst du nicht.

Wir im Dunkel sprechen in sieben Stimmen. Denn Sieben ist eine heilige Zahl. Denn wir sind heilig und werden immer heilig sein.

Das ist unumstößlich.

Am Ende wirst du begreifen. Und wirst fragen, weshalb wir dir alles nicht schon früher erzählt haben. Aber glaubst du wirklich, wir hören diese Frage zum ersten Mal?

Nein.

Doch es gibt eine Antwort. Es gibt immer eine. Aber noch hast du sie dir nicht verdient. Du weißt nicht, wer du bist. Wie kannst du da begreifen, wer *wir* sind?

Du bist gar nicht so orientierungslos, sondern wirst von Dummköpfen betrogen, die Schein mit Macht verwechselt haben. Sie haben alle Symbole der Herrschaft aus den Händen gegeben. Die Strafe dafür währt ewig. Dein Blut wird sich längst vermischt haben, ehe sich endlich die Vernunft durchsetzt. Oder die Welt selbst wird zu Asche verbrannt sein, was Erinnern sinnlos macht. Aber es stimmt, man hat dir unrecht getan. Und du wirst deinerseits unrecht tun. Wieder. Und wieder. Und wieder. Bis du schließlich erwachst. Deshalb sind wir hier, deshalb sprechen wir gerade mit dir.

Nun folgt eine Geschichte.

Deine Geschichte.

Genau darum geht es bei deiner Existenz. Im Hier sein, im Dort sein. Beim ersten Mal bist du nicht in Ketten gekommen. Du wurdest herzlich aufgenommen, hast Essen, Kultur und Lebenssinn mit jenen geteilt, die wussten, dass man weder Menschen noch Grund und Boden in Besitz nehmen sollte. Wir sind dazu da, dir die Wahrheit zu sagen. Aber weil du die Wahrheit noch nie gehört hast, wirst du sie womöglich für eine Lüge halten. Lügen sind liebevoller als die Wahrheit, sie umfangen dich mit beiden Armen. Dich aus ihrer Umklammerung zu befreien, ist unsere Strafe.

Ja, auch uns hat man bestraft. Uns alle. Denn niemand ist unschuldig. Unschuld ist, wie wir herausgefunden haben, das größte Verbrechen. Sie trennt die Lebenden von den Toten.

Was?

Wie war das?

Haha!

Verzeih, dass wir lachen.

Du dachtest, *du* gehörst zu den Lebenden und *wir* zu den Toten?

Haha.

SPRICHWÖRTER

Im Dunkel, auf den Knien, red ich zu ihnen.

Manchmal versteht man sie schwer. Sind schon so lang weg und benutzen immer noch die alten Wörter, die man mir fast rausgeprügelt hat. Und dass sie flüstern, machts auch nicht besser. Oder vielleicht schreien sie auch, sind aber so weit weg, dass es wie Flüstern klingt für mich. Vielleicht liegts daran. Wer weiß das schon?

Jedenfalls hab ich ein Loch gegraben, wo ich sollte, und den glänzenden Meerstein reingelegt, genau wie sie gesagt haben. Aber vielleicht hab ich was falsch gemacht, denn Massa Jacob hat dich trotzdem verkauft, obwohl er doch gesagt hat, dass ich zu seiner Familie gehör. Gehen die Toubab etwa mit ihren Familien so um? Reißen Müttern die Kinder aus den Armen und laden sie auf nen Wagen wie Ernte? Gebettelt hab ich. Vor meinem Mann hat er mich betteln lassen, und seitdem kann der Einzige, den ich je geliebt hab, mir nich mehr in die Augen gucken. Sein Blick fühlt sich an, als wärs mein Fehler und nicht der von denen.

Ich frag sie, die alten Stimmen aus dem Dunkel, nach dir. Ganz schön stolz bist du, sagen sie. Dabei, ein Mann zu werden. Hast viel von den Deinigen in dir, auch wenn dus noch nicht weißt. Bist gescheit, vielleicht mehr, als gut für dich ist. War überrascht, dass du noch lebst. Ich frag sie: Könnt ihr ihm eine Nachricht bringen? Sagt ihm, ich erinner mich an jeden Kringel auf seinem Kopf, jede Falte an seinem Körper, sogar an die kleinen zwischen den Zehen. Sagt ihm, nich mal die Peitsche kann da was dran ändern. Sie antworten nich, sagen bloß, du bist jetzt in Mississippi, wo alles, was ganz ist, kaputt gemacht wird. Keine Ahnung, warum sie mir das sagen. Welche Mutter will schon hören, dass ihr Kind totgeschunden, totgequält wird? Na ja, is auch egal. Ob hier oder da, wir alle müssen irgendwie büßen.

Seit sie dich geholt haben, hat Ephraim kein Wort mehr gesagt. Nix. Stell dir das mal vor. Ich seh, wie er die Lippen bewegt, aber es kommt einfach kein Ton raus. Manchmal will ich deinen Namen sagen, und zwar den, den wir dir gegeben haben, nicht den hässlichen von Massa, wo wir getan haben, als wärs in Ordnung. Ich stell mir vor, wenn ich deinen Namen sag, is er wieder bei mir. Aber er lässt den Kopf hängen, als hätt er ne Schlinge umn Hals, die ich nich seh, und dann bring ichs nich fertig. Was is, wenn ich deinen Namen sag, und dann is er ganz weg von mir?

Darf ich ihn mal sehen?, frag ich ins Dunkel. Oder Ephraim? Geht ja gar nich drum, dass wir ihn anfassen. Nur um nen kurzen Blick, dass wir wissen, er gehört immer noch zu uns, auch wenn er jetzt wem anders gehört. Sie sagen, Ephraim soll in eins von diesen Spiegelgläsern schauen. Und ich, was soll ich machen?, frag ich. Sie sagen, ich soll Ephraim in die Augen schauen. Wie soll ich das machen, wenn er mich doch nich mehr ansieht?, frag ich. Aber alles, was ich hör, is der Wind in den Bäumen und das Krik-krik von den Grillen im Gras.

Du gehörst zu uns. Bist einer von uns. Daran halt ich mich fest, das füllt die Leere in mir. Das schwirrt und schwirrt wie Glühwürmchen in der Nacht. Dann isses still, still wie Wasser im Brunnen. Ich bin voll. Bin leer. Voll, dann leer. So musses sein, wenn man stirbt.

Nutzt nichts, Leute anzuschreien, die einen nich hören. Sinnlos, Leuten was vorzuweinen, die deinen Schmerz nich fühlen. Für die dein Leid nur ne Messlatte ist, wie viel se dir noch aufladen können. Ich bin hier nichts. Und werd nie was sein.

Wozu hat er dich verkauft? Um dieses miese Stück Land zu behalten, wo der Geist bricht und die Seele blutet? Ich sag dir was: nich mehr lange. Nee, Sir. Nich mit mir und Ephraim, wir sin weg. Ham kein Ort, wo wir hinkönnen, nur weg. Is auch nich anders als ein Schwein schlachten. Ne scharfe Klinge, n schneller, tiefer Schnitt über die Kehle, dann isses vorbei.

Dann sind wir auch flüsternde Stimmen im Dunkel und erzählen andern, wie sich die Kinder draußen in der Wildnis durchschlagen.

Mein armes Kind! Fühlst du mich?

Ich bin Middle Anna, das is Ephraim. Wir sind deine Mam und dein Pappy, Kayode. Und du fehlst uns so sehr.

PSALMEN

Der Juli hatte versucht, sie umzubringen.

Zuerst wollte er sie verbrennen. Dann ersticken. Als alles nichts half, machte er die Luft schwül und flüssig wie Wasser, um sie zu ertränken. Doch auch das schlug fehl. Sie wurden nur verschwitzt und gereizt, auch zueinander. In Mississippi fand die Sonne sogar einen Weg in den Schatten, sodass an manchen Tagen nicht einmal die Bäume Abkühlung boten.

Und außerdem, warum sollte man sich bei dieser Hitze in die Gesellschaft von anderen begeben? Die Sehnsucht danach blieb und machte die Temperaturen irgendwie erträglich. Früher waren Samuel und Isaiah gern bei den anderen gewesen, aber dann hatten die anderen sich verändert. Anfangs hatten sie geglaubt, die verzogenen Münder, verstohlenen Blicke, das Naserümpfen und Kopfschütteln kämen daher, dass sie nach der harten Arbeit in der Scheune einen unangenehmen Geruch verbreiteten. Sie badeten oft stundenlang im Fluss, um den Jauchegestank loszuwerden. Täglich vor Sonnenuntergang, wenn die anderen erschöpft von der Feldarbeit den trügerischen Frieden ihrer Hütten aufsuchten, schrubbten sich Samuel und Isaiah mit Minzblättern,

Wacholder und manchmal auch mit Root Beer, um den Gestank loszuwerden.

Aber das änderte nichts am Verhalten der anderen. Und so blieben sie lieber für sich. Sie waren nie unfreundlich, aber die Scheune wurde für sie ein Zufluchtsort, den sie selten verließen.

Ein Horn blies zum Ende der Arbeit. Ein irreführendes Signal, denn die Arbeit endete nie, sie wurde nur vorübergehend unterbrochen. Samuel stellte einen Wassereimer ab und schaute zur Scheune hinüber. Trat ein wenig zurück, um sie ganz im Blick zu haben. Sie hätte einen neuen Anstrich vertragen können, beides, die roten und die weißen Flächen. Soll sie ruhig hässlich sein, is wenigstens ihr wahres Gesicht, dachte er. Solange die Halifaxes ihn nicht dazu zwangen, würde er keinen Finger rühren.

Er ging ein paar Schritte nach rechts und schaute zu den Bäumen hinter der Scheune, in der Ferne, am anderen Flussufer. Dort versank gerade die verblassende Sonne. Dann drehte er sich nach links zur Plantage, sah die Silhouetten der Menschen, die Säcke mit Baumwolle auf dem Rücken oder dem Kopf trugen und sie auf die etwas abseits stehenden Wagen warfen. James, der Hauptaufseher, und ungefähr ein Dutzend seiner Untergebenen, standen zu beiden Seiten des stetigen Stroms von Leuten Spalier. James hatte sich das Gewehr über die Schulter gehängt; seine Männer hielten ihre mit beiden Händen und zielten damit auf die Vorübergehenden. Samuel fragte sich, ob er es mit James aufnehmen konnte. Der Toubab war zwar kräftiger und bewaffnet, aber wenn es auf einen fairen Zweikampf Mann gegen Mann, Faust gegen Faust, Mut gegen Mut hinauslief, hatte er vielleicht eine Chance. Leicht würde es nicht werden, aber mit der Kraft der Verzweiflung konnte er es schaffen.

»Packst du eigentlich auch mal mit an?«, fragte Isaiah, und Samuel erschrak.

Er fuhr herum. »Was schleichst du dich so an?«, sagte er, verlegen, weil er sich in seiner Selbstversunkenheit ertappt fühlte.

»Bin nicht geschlichen. Bin direkt auf dich zu. Du warst so mit dem Kram von anderen beschäftigt …«

»Pfff«, sagte Samuel mit einer Geste, als wollte er einen Moskito verscheuchen.

»Hilfst du, die Pferde reinzubringen?«

Samuel verdrehte die Augen. Warum war Isaiah immer so gehorsam? Oder vielleicht nicht gehorsam, aber grundlos ehrerbietig. Für Samuel war das ein Anzeichen von Ängstlichkeit.

Isaiah legte Samuel kurz die Hand auf den Rücken und ging lächelnd zurück zur Scheune.

»Na schön«, sagte Samuel leise und folgte ihm.

Sie brachten die Pferde in den Stall, gaben ihnen Wasser und etwas Heu und kehrten den Rest in der linken Scheunenecke, dort wo die Ballen lagerten, zu einem ordentlichen Haufen zusammen. Isaiah lächelte über Samuels sichtliches Widerstreben, sein Stöhnen, Seufzen und Kopfschütteln, obwohl er doch genau wusste, wie riskant das war. Andererseits waren kleine Akte des Widerstands wie Balsam an einem Ort der Tränen.

Als sie ihre Arbeit beendet hatten, war der Himmel dunkel und sterngesprenkelt. Isaiah überließ Samuel seinem Groll, ging nach draußen und beging seinerseits einen kleinen Akt des Widerstands: Er lehnte sich gegen den Holzzaun, der die Scheune umgab, und schaute zum Himmel auf. Viel zu viele Sterne, dachte er und fragte sich, ob der Nachthimmel sie eines Tages, erschöpft von seiner Last, loslassen würde, sodass sich über allem nur noch Dunkelheit wölbte.

Samuel tippte Isaiah auf die Schulter und riss ihn aus seinen Gedanken.

»Na, und wer kümmert sich jetzt gerade um anderer Leute Kram?«

»Du meinst Himmelskram?« Isaiah grinste. »Wenigstens bin ich für heute fertig.«

»Bist n guter Sklave, was?« Samuel stupste Isaiah den Zeigefinger in den Bauch.

Isaiah schmunzelte, stieß sich vom Zaun ab und ging zurück zur Scheune. Vor dem Tor blieb er stehen, hob ein paar Kiesel auf und warf sie nach Samuel.

»Ha!«, rief er und rannte in die Scheune.

»Daneben!«, rief Samuel zurück und verfolgte ihn.

Sie jagten einander durch die Scheune, Isaiah wich aus, schlug Haken und lachte, wenn Samuel vergeblich nach ihm griff. Als Samuel schließlich hochsprang und gegen Isaiahs Rücken prallte, fielen sie mit dem Gesicht voran ins frisch aufgehäufte Heu. Isaiah wand sich, versuchte sich zu befreien, doch er war schwach vor Lachen. Samuel drückte sein Gesicht mit einem Lächeln und vor sich hin murmelnd an Isaiahs Hinterkopf. Die Pferde schnaubten, ein Schwein quiekte. Die Kühe waren still, nur die Glocken um ihren Hals läuteten bei jeder Bewegung.

Nach einer Weile ergab sich Isaiah, und Samuel ließ von ihm ab. Sie drehten sich auf den Rücken und betrachteten immer noch leise keuchend und mit bebender Brust durch ein Loch im Dach den Mond, der sie beide in ein bleiches Licht tauchte. Isaiah hob den Arm, versuchte, den Mondschein mit der Hand zu verdecken. Lichtstrahlen fielen zwischen seinen Fingern hindurch.

»Einer von uns sollte mal das Dach flicken«, sagte er.

»Vergiss die Arbeit. Ruh dich aus«, sagte Samuel, schärfer als beabsichtigt.

Isaiah betrachtete Samuels Profil: die vollen Lippen, die flache breite Nase. Die gekräuselten Haare, die in alle Richtungen abstanden. Sein Blick wanderte weiter zu Samuels verschwitzter Brust – die dunkle, im Mondlicht glänzende Haut – und ließ sich von dem Auf und Ab einlullen.

Samuel drehte den Kopf und erwiderte Isaiahs zärtlichen Blick.

Isaiah lächelte. Er mochte die Art, wie Samuel mit offenem Mund atmete, die Oberlippe leicht verzogen, die

Zunge von innen gegen die Wange gedrückt, als würde er etwas im Schilde führen. Er berührte Samuel am Arm.

»Müde?«, fragte er.

»Sollte ich sein. Aber nee.«

Isaiah rückte näher an ihn heran. Wo ihre Schultern sich berührten, wurde die Haut feucht. Sie rieben die Füße aneinander. Samuel begann zu zittern, ohne zu wissen, warum; er war gereizt, weil er sich bloßgestellt fühlte. Isaiah bemerkte nichts davon, sah nur lockende Bereitschaft. Er beugte sich über Samuel, der kurz das Gesicht verzog, ehe er sich entspannte. Langsam, zärtlich ließ Isaiah die Zunge über Samuels Brustwarzen gleiten, die unter seinen Lippen zum Leben erwachten. Sie stöhnten.

Es war anders als bei ihrem ersten Kuss – wie viele Jahreszeiten war das her, sechzehn oder mehr? Jahreszeiten waren leichter zu zählen als Monde, die launisch sein konnten und sich nicht zeigten. Isaiah erinnerte sich an die Zeit, in der die Äpfel so groß und rot gewesen waren wie nie zuvor oder danach – als sie gestolpert waren und sich vor Scham nicht in die Augen sehen konnten. Jetzt senkte Isaiah den Kopf und ließ seine Lippen auf Samuels verweilen. Samuel zuckte kurz zurück. Nach und nach verschwand wie immer sein Zögern. Der innere Konflikt, der ihn am Anfang zu Aggression gegen Isaiah und sich selbst trieb, hatte nachgelassen. Jetzt waren davon nur noch Spuren geblieben, in seinem Blick, in seiner Kehle. Doch sie wurden von anderen Dingen überwältigt.

Sie ließen einander keine Zeit zum Ausziehen. Isaiahs Hose hing ihm um die Knie, die von Samuel baumelte von einem Knöchel, als sie ungeduldig ineinander stießen; Isaiahs sich bewegender Hintern und Samuels wippende Fußsohlen glänzten schwach im Mondlicht auf.

Als sie voneinander abließen, waren sie längst vom Heuhaufen tiefer in die Dunkelheit gerollt, lagen ausgestreckt auf dem Boden. Zu erschöpft, um sich vom Fleck zu rühren, obwohl sie liebend gerne im Fluss gebadet hätten. In stummem Einvernehmen beschlossen sie zu bleiben, wo sie waren, zumindest, bis ihr Atem sich beruhigt hatte und die letzten Nachbeben verebbt waren.

In der Dunkelheit hörten sie das Scharren der Tiere, die gedämpften Geräusche von den Menschen in ihren Hütten, Gesang, vielleicht auch Weinen – das eine ebenso wahrscheinlich wie das andere.

Das Lachen aus dem Großen Haus dagegen war deutlich hörbar. Aus der Entfernung – zwischen ihnen und dem Großen Haus lagen mindestens zwei Wände und eine nicht unerhebliche Distanz – versuchte Samuel die unterschiedlichen Stimmen auszumachen. Ein paar kamen ihm bekannt vor.

»Is immer dasselbe. Andere Schnauze, gleiches Geschwätz«, sagte er.

»Was?«, fragte Isaiah und ließ seinen Blick vom Dach zu Samuel wandern.

»Die da drüben.«

Isaiah atmete tief ein und langsam aus. Er nickte. »Und, was sollen wir dagegen tun? Denen eins auf die Schnauze geben? Die Zunge spalten?«

Samuel lachte. »Macht die Schnauze auch nicht besser. Und die Zunge is schon gespalten. Wie bei ner Schlange. Besser abhauen. Sie hier allein rumkriechen lassen.«

»Was andres kann man nich tun: nur abhauen?«

»Wenn einem nix andres übrig bleibt.«

Samuel seufzte. Isaiah mochte die Dunkelheit fürchten, er selbst nicht. Für ihn war sie Zuflucht, er verschmolz mit ihr, war sicher, dort den Schlüssel zur Freiheit zu finden. Trotzdem fragte er sich manchmal, was aus denen wurde, die in unbekannte Wildnis flüchteten. Einige wurden zu Bäumen, vermutete er. Andere zum Schlick am Grund eines Flusses. Wieder andere verloren den Wettlauf gegen den Berglöwen. Und manche verreckten einfach. Er schwieg, lauschte Isaiahs Atemzügen. Dann richtete er sich auf.

»Kommste mit?«

»Wohin?«

»Zum Fluss.«

Isaiah drehte sich schweigend auf die Seite. Er schaute in die Richtung, aus der Samuels Stimme kam, versuchte, seine Silhouette in der Finsternis auszumachen. Alles war eine einzige dunkle Masse, bis Samuel sich bewegte und sich die Lebenden von den Toten schieden.

Was war das?

Von irgendwoher hörte man ein Kratzen.

»Haste das gehört?«, fragte Isaiah.

»Was?«

Isaiah rührte sich nicht. Das Geräusch war verstummt. Er legte den Kopf wieder auf den Boden. Wieder wollte Samuel aufstehen.

»Warte«, flüsterte Isaiah.

Samuel sog scharf die Luft ein, legte sich jedoch wieder hin. Als er es sich bequem gemacht hatte, begann das Kratzen erneut. Er hörte es nicht, doch Isaiah schaute in Richtung der Pferdeboxen. Irgendetwas nahm dort Gestalt an. Anfangs war es nur ein winziger Punkt, wie ein Stern, der wuchs und wuchs, dann wurde er zu jener Nacht, in der er auf die Plantage gebracht worden war.

Zwanzig von ihnen, vielleicht mehr, saßen zusammengepfercht auf einem Pferdewagen. Sie waren an Fußknöcheln und Handgelenken aneinandergekettet, was ihre Bewegungen schwerfällig und gleichförmig machte. Einige trugen Eisenhelme, die den gesamten Kopf umschlossen und ihre Stimmen in Echos, den Atem in Rasseln verwandelte. Die übergroßen käfigartigen Gebilde lagen auf ihren Schlüsselbeinen auf, verursachten Wunden, aus denen ihnen das Blut bis zum Nabel hinunterfloss, bis ihnen schwindelig wurde. Alle waren nackt.

Sie fuhren – Isaiahs Gefühl nach ein Leben lang – über staubige, holprige Wege; tagsüber versengte ihnen die Sonne die Haut, nachts wurden sie von Moskitos zerstochen. Wenn es in Strömen regnete, waren die Gefangenen dankbar, denn dann konnten die Leute ohne Helm trinken, wann und wie viel sie wollten, und mussten sich nicht nach den bewaffneten Wachen richten.

Als sie schließlich eines Nachts Empty erreichten – wie die Halifax Plantage unter der Hand genannt wurde –, war nichts zu sehen außer einem schwachen Lichtschimmer im Großen Haus. Dann wurden sie vom Wagen gezerrt; alle strauchelten, weil sie ihre Beine nicht mehr spüren konnten. Einige konnten sich wegen des schweren Helms nicht aufrichten. Andere wurden von der Last der Leichen zurückgehalten, an die sie gekettet waren. Isaiah war noch zu klein, um den Mann groß zu beachten, der ihn auf den Arm nahm und vom Wagen trug, obwohl er selbst unsicher auf den Beinen war.

»Hab dich, Kleiner«, sagte der Mann mit rauer Stimme. »Das hab ich deiner Ma versprechen müssen. Und dass ich dir deinen Namen sag.«

Dann wurde Isaiah schwarz vor Augen.

Als er am nächsten Morgen wieder zu sich kam, waren sie immer noch aneinandergekettet, die Lebenden wie die Toten. Sie lagen in der Nähe der Plantage. Er hatte Hunger und Durst, war der Erste, der sich aufsetzte. Da sah er sie: eine Gruppe von Leuten mit Eimern, die über einen Pfad direkt auf sie zukamen. Einige waren in seinem Alter. Sie brachten ihnen Wasser und Essen – zumindest sollte das etwas Essbares sein, und etwas Besseres würde er nicht bekommen. Schweinefleisch, das stark gewürzt war, um den ranzigen Geschmack und den Übelkeit erregenden Geruch zu überdecken.

Ein Junge näherte sich Isaiah, hielt ihm eine Schöpfkelle hin. Isaiah öffnete den Mund und schloss die Augen. Er schluckte, und süßes, warmes Wasser tropfte ihm aus den Mundwinkeln. Als er fertig war, sah er zu dem Jungen auf; das grelle Sonnenlicht zwang ihn, die Augen zusammenzukneifen, und er konnte nur Umrisse ausmachen. Der Junge trat einen Schritt zur Seite, sodass sein Körper die Sonne verdeckte. Er sah Isaiah mit großen, misstrauischen Augen an, das Kinn zu stolz gereckt für jemanden in seiner Lage.

»Willste noch mehr?«, fragte der Junge, der Samuel hieß.

Isaiahs Durst war gestillt, doch er nickte.

Als das Licht in die Dunkelheit zurückkehrte, aus der es gekommen war, betastete Isaiah seinen Körper, um sich zu vergewissern, dass er kein Kind mehr war. Er war er selbst, kein Zweifel, doch was gerade aus einem winzigen Punkt in der Dunkelheit zu ihm gekommen war, bewies, dass die Zeit verloren ging, wann und wo es ihr beliebte, und er hatte noch keinen Weg gefunden, wie man sie zurückholen konnte.

Isaiah war nicht ganz sicher, aber die Erinnerung hatte ihm bestätigt, dass Samuel und er ungefähr im gleichen Alter waren; sechzehn oder siebzehn, wenn sie alle Jahreszeiten richtig gezählt hatten. Und doch blieb so vieles zwischen ihnen unausgesprochen. Nur Schweigen konnte verhindern, dass die Seele kaputtging. Arbeiten, essen, schlafen, spielen. Vögeln mit Vorsatz. Wer überleben wollte, übermittelte Wissen und Erfahrung, indem er sie umkreiste und nie direkt ansprach. Wer war schon dumm genug, Leuten seine Wunden zu zeigen, die nur mit ungewaschenen Fingern darin herumbohrten?

Die Stille war einvernehmlich, eher ererbt als vereinbart, sicher, obwohl sie verheerende Zerstörung in sich barg. Doch dann hörte Isaiah, immer noch ganz im Bann seines zum Leben erwachten Traumes, sich sagen:

»Hast du dich je gefragt … wo deine Mam ist?«, sagte die Stimme.

Als wäre eine andere Stimme, die klang wie seine, aus seinem Mund gekommen. Seine und doch nicht seine. Wie war das möglich? Isaiah erstarrte. Rutschte näher an Samuel heran. Strich über seinen Körper, ließ die Hand auf Samuels Bauch liegen.

»War nicht so gemeint … Ich mein, ich wollt nich sagen …«

»Erst spuckst du einen an, dann willst dus zurücknehmen?«, sagte Samuel.

Isaiah war verwirrt. »Das hab ich nich gewollt. Is mir einfach rausgerutscht.«

»Klar.« Samuel seufzte.

»Ich … Hast du noch nie ne Stimme gehört und gedacht, es wär nich deine und dann war sies doch? Irgendwie? Ich weiß nich. Kanns nich erklären«, sagte Isaiah.

Vielleicht wurde er verrückt, er hatte das schon ein paarmal bei anderen miterlebt; das konnte die Plantage einem antun – die Seele zog sich zurück, um den Körper vor dem zu schützen, was er zu tun gezwungen war, aber der Mund brabbelte weiter vor sich hin. Er strich über Samuels Bauch, um sich zu beruhigen. Die Liebkosung machte sie schläfrig. Isaiah fielen die Augen zu. Fast wäre er eingeschlafen, doch wieder wurde er von seiner eigenen Stimme überrascht.

»Vielleicht erinnert sich irgendwas in dir, dein Blut oder deine Eingeweide, an ihr Gesicht?«, sagte Isaiah, überrascht über die Worte, die aus ihm heraussprudelten, als hätten sie sich lange angestaut. »Und vielleicht, wenn du in den Fluss schaust, kannst dus da sehen.«

Stille. Dann sog Samuel scharf die Luft ein.

»Möglich. Kann man nie wissen«, antwortete er schließlich.

»Aber vielleicht fühlen«, platzte Isaiah heraus.

»Hm?«

»Ich sag, vielleicht kann mans …«

»Nee. Nich du. Egal«, sagte Samuel. »Gehen wir zum Fluss.«

Isaiah wollte aufstehen, doch sein Körper wollte neben Samuel liegen bleiben.

»Ich erinner mich an meine Mam *und* meinen Pappy, aber nur an ihre weinenden Gesichter. Irgendwer hat mich ihnen weggenommen, und sie sind dagestanden und haben mir nachgestarrt, als wär der Himmel eingestürzt. Ich hab die Hand nach ihnen ausgestreckt, aber sie waren zu weit weg, und ich hab sie nur noch rufen hören, dann nix mehr.«

Beide waren verblüfft, Isaiah über die Erinnerung, Samuel, weil er sie zu hören bekam; beide rührten sich nicht. Sie schwiegen kurz, dann drehte sich Samuel zu Isaiah um.

»Du erinnerst dich an deinen *Pappy*?«

»Da war ein Mann, der mich getragen hat«, sagte Isaiah, und lauschte der Geschichte, die seine Stimme erzählte. »Nich mein Pappy. Der Mann hat gesagt, er weiß meinen Namen. Aber er hat ihn mir nie verraten.«

In dem Moment sah Isaiah, wie seine eigene Hand in die Dunkelheit griff, klein, panisch, wie damals. Vielleicht, dachte er, hatte er sie nicht nur nach seiner Mam und seinem Pappy ausgestreckt, sondern auch nach den verblassten Gestalten neben ihnen, deren Namen für immer verloren waren, deren Blut die Erde nährte und heimsuchte und deren Stimmen nur noch ein Flüstern waren. Samuel griff nach Isaiahs Hand und legte sie wieder auf seinen Bauch.

»Irgendwas is hier«, sagte Samuel.

»Was?«

»Nix.«

Isaiah strich Samuel erneut über den Bauch, was seine Stimme zu ermutigen schien, sich erneut zu Wort zu melden.

»Das Letzte, was sie mir zugerufen haben, war ›Kojote‹. Das versteh ich bis heute nich.«

»›Vorsicht‹ vielleicht?«, fragte Samuel.

»Warum sagst du das?«

Samuel öffnete den Mund, doch Isaiah sah es nicht. Er hörte auf, ihn zu streicheln, und legte den Kopf auf Samuels Brust.

»Ich will das alles gar nicht sagen«, krächzte er. Seine Wangen waren feucht, als er den Kopf fester an Samuel presste.

Samuel schüttelte den Kopf. »Ja.«

Er sah sich um, drückte Isaiah an sich, dann schloss er die Augen. Der Fluss konnte warten.

DEUTERONOMIUM

Als Samuel erwachte, war sein Gesicht ins orangefarbene Licht der langsam aufgehenden Sonne getaucht. Der Hahn krähte, doch er hatte ihn schon so oft gehört, dass sein Schrei mit den Hintergrundgeräuschen verschmolz. Isaiah war bereits auf den Beinen. Samuel hatte ihn früher am Morgen gebeten, ihn schlafen, noch ein paar Momente der Ruhe genießen zu lassen. So was war hier Diebstahl, aber wie konnte man was stehlen, was einem gehörte?

Samuel lag da, ruhig wie der Morgen, der seinen Körper mit dem Licht des kommenden Tages einfärbte, wild entschlossen, sich nicht von der Stelle zu rühren, bis er unbedingt musste. Er konnte Isaiah nicht sehen, hörte jedoch durch das offene Scheunentor, dass er zum Hühnerstall ging. Samuel setzte sich auf, schaute sich in der Scheune um, bemerkte das verstreute Heu vom Vorabend. Die Dunkelheit hatte die Spuren ihres Tuns verborgen, die der Tag nun offenbarte. Niemand konnte wissen, dass Lust die Ursache war, aber auch Nachlässigkeit wurde bestraft. Seufzend erhob er sich, ging zu der Scheunenwand mit den Geräten und holte den Besen. Widerstrebend fegte er die Spuren ihres Glücks zu einem Haufen zusammen, gleich neben den gestapelten Heuballen.

Isaiah kam mit zwei Eimern in die Scheune zurück.

»Morgen«, sagte er mit einem Lächeln.

Samuel grinste ihn schief an, ohne den Gruß zu erwidern. Isaiah lächelte. Er stellte die Eimer ab, ging zu Samuel und strich über seinen Arm. Nahm seine Hand und drückte sie, bis Samuel zurückdrückte. Er sah zu, wie Samuels anfangs noch misstrauischer Blick ihn ganz in sich aufnahm. Sah sich in diesen Augen von einem dunklen Braun, wie er es sonst nur aus Träumen kannte, voller Wärme aufgenommen. Und er lud Samuel ein, in seine Augen hineinzublicken, damit auch er die Wärme darin erkannte.

Samuel ließ seine Hand los. »Tja, wo wir schon auf sind, können wir auch …« Isaiah deutete vage in Richtung der Plantage, nahm erneut Samuels Hand und küsste sie.

»Nich wenns hell ist«, sagte Samuel mit gerunzelter Stirn.

Isaiah schüttelte den Kopf. »Wenn du schon ganz unten bist, kannste nicht tiefer fallen.«

Samuel seufzte, gab Isaiah den Besen und ging nach draußen, wo sich ein diesiger Himmel auf den noch jungen Tag herabsenkte.

»Mir is nich danach.«

»Nach was?«, fragte Isaiah, der ihm folgte.

»All dem hier.« Samuel machte eine ausholende Armbewegung.

»Aber wir müssen«, erwiderte Isaiah.

Samuel schüttelte den Kopf. »Einen *Scheiß* müssen wir.«

»Willste die Peitsche riskieren?«

»Es braucht weniger als das für die Peitsche. Schon vergessen?«

Isaiah verlor die Fassung. »Ich halts nicht aus, wenn sie dir wehtun.«

»Hältst dus vielleicht auch nicht aus, mich frei zu sehen?«

»Sam!« Isaiah schüttelte den Kopf und ging zum Hühnerstall.

»Tut mir leid«, flüsterte Samuel.

Isaiah bekam diese letzten Worte nicht mit, und Samuel war froh darüber. Er ging zu den Schweinen, nahm einen Eimer, sah weiter zu Isaiah hinüber, als ihn Erinnerungen überfielen.

An jenem Tag – oder vielmehr, in jener Nacht, unter einem schwarzen Himmel voller Sternenstaub – waren sie noch zu jung gewesen, um ihr Leben zu begreifen. Sie hatten durch ein Astloch im Dach zum Himmel aufgesehen. Ein Wimpernschlag, mehr nicht. Erschöpfung von der Arbeit, die ihre jungen Körper kaum bewältigen konnten, hatte sie auf ihr Lager aus Heu geworfen. Zuvor, am Fluss hatten sich ihre Hände gestreift, sich länger berührt, als Samuel erwartet hatte. Ein verwirrter Blick, dann hatte Isaiah gelächelt, und Samuels Herz hatte nicht genau gewusst, ob es schlagen sollte oder nicht.

Und so war er aufgestanden und zur Scheune gegangen. Isaiah folgte ihm.

In der Scheune war es dunkel. Ihnen war nicht danach, eine Fackel oder Lampe anzuzünden, und so kehrten sie etwas Heu zusammen und breiteten die Flickendecke darüber, die Be Auntie für sie genäht hatte. Dann legten sie sich auf den Rücken darauf. Samuel atmete aus, und Isaiah sagte: »Jassir.« Das Wort hatte für Samuel damals plötzlich einen ganz neuen Klang bekommen. Nicht unbedingt wie eine Liebkosung, aber zärtlich. Die Falten seiner Lenden waren feucht, und er versuchte, seine Blöße mit den Händen zu verbergen. Ein Reflex. Isaiah dagegen drehte sich auf die Seite, wandte sich Samuel zu, alle Körperteile offen, frei und schamlos prickelnd zur Schau gestellt. Sie sahen einander an, dann wurden sie dort, in der Dunkelheit, eins.

Es dauerte nur einen Augenblick, und beide hatten begriffen, wie kostbar Zeit ist. Was für eine Vorstellung, man hätte so viel Zeit, wie man wollte. Um Lieder zu singen. Oder um in einem glitzernden Fluss im hellen Sonnenlicht die Arme auszubreiten und den Menschen zu umarmen, den man liebte und dessen Atem mit dem eigenen verschmolz, ein, aus, derselbe Rhythmus, dasselbe Lächeln. Samuel wusste nicht, wie viel Lebenslust er in sich hatte, bis er Isaiahs spürte.

Erinnerungen kamen oft in Bruchstücken. Doch je nachdem, was sie ins Gedächtnis rufen wollten, überfielen sie einen manchmal auch in einem chaotischen

Schwall. Samuel fütterte gerade die Schweine, als die Nadel des Schmerzes, der ihm schon den ganzen Morgen zu schaffen gemacht hatte, seine Brust durchbohrte und austrat. Es blutete kaum, doch Blut war Blut. Wer hätte gedacht, dass Blut sprechen konnte? Er hatte andere von Bluterinnerungen erzählen hören, aber das war doch nur ein Vergleich, oder? Keiner von ihnen hatte Stimmen erwähnt. Aber anscheinend hatte Isaiah sie letzte Nacht mit seiner Frage in die Scheune eingeladen, mit der er all die stillschweigenden Regeln, denen so viele ihrer Leute folgten, über den Haufen warf.

Samuel gab den Schweinen mehr Futter. Ignorierte die Nadel in seiner Brust, das Flüstern des Blutes, das tropfenförmig austrat.

Ihm wurde heiß, und in seinem Körper kribbelte es.

Hast du dich je gefragt, wo deine Mam ist?

Bis jetzt hatte er dem bohrenden Schmerz solcher Fragen ausweichen können, der sich leicht in dem überreichlichen Kummer an diesem Ort ignorieren ließ. Niemand fragte andere nach ihren Narben, fehlenden Gliedmaßen, dem Zittern oder den nächtlichen Ängsten, alle versteckten sie in abgelegenen Winkeln hinter Säcken, ertränkten sie, begruben sie. Und jetzt buddelte Isaiah irgendwelchen Mist aus, den ans Licht zu zerren er kein Recht hatte, und sagte Dinge, die er angeblich nicht meinte. Samuel hatte gedacht, sie hätten eine Abmachung: die Leichen dort ruhen zu lassen, wo sie verdammt noch mal ruhten.

Gestern Nacht war es zum Glück dunkel gewesen, sodass Isaiah nicht sehen konnte, wie Samuel sich aufrichtete und ankündigte, er wolle zum Fluss gehen. Er hatte dort untergehen und nie wieder an die Oberfläche kommen wollen. Stattdessen war er sitzen geblieben, alle Muskeln angespannt von der Anstrengung, nach etwas zu greifen, was nicht da war. Er blinzelte und blinzelte, doch seine Augen hörten nicht auf zu brennen.

Er seufzte. Selbst in der Dunkelheit hatte er Isaiahs erwartungsvolle Ruhe nach der Frage gespürt, die wie ein stetiger, unablässiger Sog an ihm zerrte, ihn beschwor, sich noch mehr zu öffnen. Aber hatte er nicht schon genug offenbart? Niemand kannte sein Innerstes – wie es in ihm aussah, sich anfühlte, schmeckte –, niemand außer Isaiah. Was sollte er ihm noch alles geben? Am liebsten hätte er auf irgendetwas eingedroschen. Sich eine Axt geschnappt und einen Baum in Stücke gehackt. Einem Huhn den Hals umgedreht.

Das Schweigen zwischen ihnen war quälend gewesen. Dann hatte Samuel scharf nach Luft geschnappt, als sich zu seinen Füßen der Schatten einer Frau in der Finsternis erhob. Dunkler als die Dunkelheit selbst hatte sie dagestanden: nackt, mit hängenden Brüsten und breitem Becken. Ihr Gesicht kam ihm irgendwie bekannt vor, obwohl er es nie zuvor gesehen hatte. Ein Schatten in der Dunkelheit? Das ergab keinen Sinn. Schatten waren Tageslichtbewohner. Und doch war sie da: schwarze Haut, die die Nacht selbst neidisch gemacht hätte, Augen wie Fragen. War das seine Mutter, heraufbeschworen von Isaiahs Paktbruch? Hieß das, dass auch er ein Schatten war? Plötzlich deutete sie mit dem Finger auf ihn, und erschrocken hatte er das Schweigen gebrochen.

Möglich. Kann man nie wissen, hatte er geantwortet.

Hatte sie Isaiah die Worte eingegeben?

Während die Schweine das Futter in sich reinschlangen, versuchte Samuel, die Nadel in seiner Brust und das Blut loszuwerden. Er hörte ein schwaches Geräusch und hielt inne. Schwer zu sagen, ob es nur das Rascheln der Gräser gewesen war oder ein Schrei. Bei den Bäumen entdeckte er etwas, das aussah wie der Schatten. War er im Morgenlicht zurückgekommen, um sich in Erinnerung zu rufen? Würde er, aufgestört von Isaiahs Frage, von nun an überall dort erscheinen, wo er sich aufhielt? Denn wie man hörte, taten Mütter solche Dinge – wachten über ihre Kinder, bis die Kinder keine Kinder mehr waren, selbst Leben in die Welt setzten und zuschauten, wie es aufblühte oder verdorrte.

»'Zay! Komm und guck dir das an.« Samuel deutete auf den Wald.

Isaiah kam zu Samuel. »Willste dich nicht dafür entschuldigen, was du eben gesagt hast?«

»Hab ich schon. Hast mich bloß nicht gehört. Aber schau mal. Da drüben. Da bewegt sich was.«

»Die Bäume?« Isaiah war abgelenkt, wollte das Thema nicht wechseln.

»Nein, nein. Da hinten. Ich weiß nich, was … is das ein Schatten?«

Isaiah kniff die Augen zusammen, sah etwas flimmern.

»Schwer zu …«

»Siehst dus?«

»Ja. Keine Ahnung, was das is.«

»Gehn wir rüber.«

»Und kriegen die Peitsche, weil wir zu nah an der Grenze sind?«

»Pah«, sagte Samuel, rührte sich jedoch nicht vom Fleck.

Während sie zu den Bäumen hinüberspähten, wurde das, was schwarz gewesen war, weiß, und James, der Aufseher, tauchte auf, zusammen mit drei anderen Toubab, die für ihn arbeiteten.

»Glaubst du, die haben jemand erwischt?«, fragte Samuel, seltsam erleichtert.

»Angeblich kann mans an ihren Ohren sehen«, entgegnete Isaiah und ließ James und seine Männer nicht aus den Augen. »Daran, wie die Ohrläppchen runterhängen. Aber von hier aus kann ich nix erkennen.«

»Vielleicht patrouillieren sie nur. Is doch bald Zeit, die Leute aufs Feld zu rufen, oder?«

»M-hm.«

Beide blieben stehen und sahen zu, wie die Männer sich durch Gestrüpp und hohes Gras einen Weg zur Plantage bahnten, die sich bis zum Horizont erstreckte.

Auf Empty begann sich Leben zu regen; Leute kamen

aus ihren Hütten, um sich dem Tag zu stellen. Samuel und Isaiah warteten ab, wer, wenn überhaupt, ihre Anwesenheit zur Kenntnis nehmen würde. Neuerdings waren ihnen aus irgendeinem Grund nur noch Maggie und ein paar andere gewogen.

Als das Signalhorn ertönte, zuckte Isaiah zusammen. »Daran werd ich mich nie gewöhnen«, sagte er.

Samuel drehte sich zu ihm. »Wenn du endlich gescheit wirst, musst dus auch nicht.«

Isaiah schnalzte mit der Zunge.

»Sag bloß, du bist glücklich hier, ’Zay?«

»Manchmal«, sagte Isaiah und schaute Samuel in die Augen. »Weißt du noch, damals im Wasser?«

Samuel ertappte sich dabei, dass er unwillkürlich lächelte.

»Zum Glücklichsein brauchts nicht nur Tun, sondern auch Denken«, erwiderte Isaiah dann auf Samuels Frage.

»Schätze, dann sollten wir mit dem Denken anfangen.«

Wieder erklang das Signal. Samuel schaute zum Feld hinüber. Seine Augen wurden schmal. Er spürte Isaiahs Hand auf seinem Rücken. Isaiah ließ sie dort liegen, ruhig, beständig, trotz der Hitze angenehm. Ein Moment, der fast zu schnell verging und doch nicht schnell genug, als würde Isaiah ihn stärken, ihm Halt geben, etwas, worauf er sich stützen konnte, wenn seine Beine müde wurden.

Samuel sagte: »Nich wenns hell ist.«

Trotzdem ließ Isaiah seine Hand noch eine Weile dort liegen. Er summte, so wie er es manchmal mitten in der Nacht tat, wenn er Samuel über die Haare strich, damit der besser schlief.

Samuels Gesichtsausdruck sagte: *Schluss jetzt!* Aber eine helle, klare Stimme in seinem Kopf sagte: Isaiah tut gut. Wie Balsam.

MAGGIE

Sie wachte auf.

Gähnte.

Ein Grab. Ein verdammtes Grab ist das, flüsterte Maggie, als es Zeit war, in die Küche zu gehen, an die sie gefesselt war – ganz ohne Kette. Und doch hing sie an ihrem Knöchel und klirrte bei jedem Schritt.

Sie fluchte leise. Maggie hatte sich angewöhnt, leise vor sich hin zu grummeln, sodass die Leute ihre Beleidigungen nicht mitbekamen. Eine Geheimsprache, die tief in der Kehle saß.

Es war noch dunkel, aber sie lag schon einen Augenblick zu lang auf ihrem Bett aus Heu, was sie womöglich büßen musste. Alle Halifaxes hatten ihre ganz persönliche Art, Unzufriedenheit auszudrücken, einige grausamer als andere. Sie konnte ein Lied davon singen.

Sie stand auf und verdrehte beim Anblick der Hunde zu ihren Füßen die Augen. Sie schlief bei ihnen auf der Veranda hinter dem Haus. Nicht ihre Entscheidung. Wenigstens war es eine geschlossene Veranda, mit Blick auf den Garten von Ruth Halifax. Jenseits davon lag eine Wiese mit Wildblumen in allen Farben; doch nur die blauen waren so vollkommen, dass es einem ans Herz gehen konnte. Reihen von Bäumen markierten das Ende der Wiese, jenseits davon ging sandiger Boden in das Ufer des Yazoo River über. In dem schlammigen Wasser wuschen sich die Leute, wenn sie durften – unter dem wachsamen Blick eines Mannes, dessen Namen sie aus gutem Grund nicht länger in den Mund nahm. Am anderen Ufer des Flusses, das weiter entfernt aussah, als es war, standen die Bäume in der ersten Reihe so dicht, dass sie nicht erkennen konnte, was dahinter lag, sosehr sie auch die Augen zusammenkniff.

Eigentlich hätte sie die Tatsache unerträglich finden müssen, dass man sie zwang, hier auf der Veranda zu schlafen, in einem behelfsmäßigen Bett aus Heu, das sie von Samuel und Isaiah hatte – oder, wie sie sie bei sich nannte, die Zwei Beiden. Aber der Geruch der Wiese beruhigte sie, und wenn sie schon bei Paul und seiner Familie im verdammten Großen Haus wohnen musste, dann war dies der beste Ort, denn er war am weitesten von ihnen weg.

Die Hunde hatte Paul selbst ausgewählt. Sechs Tiere, die jede Seele auf der Plantage kannten, für den Fall, dass mal eine auf Abwege geriet. Sie hatte schon erlebt, wie die Bestien Menschen, die glaubten, fliegen zu können, wenn nötig bis hoch in den Himmel verfolgten und sie von dort runterholten. Die Hunde: Schlappohren, schwermütiges Bellen, traurige Triefaugen, das ganze Drum und Dran. Man hätte Mitleid mit ihnen haben können, aber sie hatte miterlebt, wie sie die Leute am

Hintern zurück aufs Baumwollfeld schleiften – oder, in einem Fall, zum Hackklotz.

Sie winselten, was sie verabscheute. Warum sie hier eingesperrt wurden, würde sie nie begreifen. Tiere gehörten nach draußen.

»Los, haut ab«, sagte sie zu ihnen und öffnete die Tür zum Garten. »Jagt Hasen und lasst mich in Ruhe.«

Alle sechs rannten nach draußen. Sie atmete tief ein; vielleicht konnte sie genug vom Duft der Wiese in sich aufnehmen, dass es für den ganzen Tag reichte. Leise schloss sie die Tür, damit sie nicht zuschlug. Dann humpelte sie durch die andere Tür in die Küche. Ein Raum doppelt so groß wie die Hütten, in denen ihre Leute auf Empty lebten. Trotzdem kam er ihr beengt vor, als würde etwas Unsichtbares sie von allen Seiten bedrängen.

»Durchatmen, Mädchen«, sagte sie laut zu sich und zog ihr lahmes Bein hinter sich her zum Küchentresen, der sich unter einer Reihe von Fenstern an der Ostseite erstreckte, die Ausblick auf die Scheune boten.

Sie nahm zwei Schüsseln und einen Sack Mehl aus dem Schrank unter dem Tresen und holte einen Krug Wasser und ein Sieb aus dem Regal. Sie verknetete die Zutaten zu einem Teig für weiche Brötchen: ein schwerer Klumpen, der mithilfe von Hitze, Zeit und ihren wunden Fingerknöcheln wieder einmal zu einer Mahlzeit verarbeitet wurde, die den Appetit der Halifaxes nicht stillte.

Sie ging nach draußen zu dem Holzstapel unter einem der Fenster, um ein paar Scheite für den Ofen zu holen.

Tagsüber konnte sie von dort aus über die Weide vor dem Haus, den langen Pfad und jenseits des Tors die staubige Straße sehen, die zum Marktplatz von Vicksburg führte.

Sie hatte den Platz bisher nur einmal gesehen, das war, als man sie aus Georgia verschleppt und nach Mississippi gebracht hatte. Ihr ehemaliger Herr hatte ihr Fußketten angelegt und sie auf einen Wagen zwischen andere verängstigte Menschen gesetzt. Die Fahrt hatte Wochen gedauert. Einmal aus den holzwirtschaftlich genutzten Wäldern heraus, wurde die Straße breiter und führte an Gebäuden vorbei, wie sie sie noch nie gesehen hatte. Man stellte sie auf eine Plattform vor eine große Menschenmenge. Neben ihr stand ein schmutziger Toubab, der nach Bier roch und Zahlen rief. Die Menge starrte sie an, aber niemand hob die Hand – niemand außer Paul; sie hörte ihn zu seinem Begleiter sagen, dass sie eine gute Küchenmagd und Gesellschafterin für Ruth abgeben würde.

Mit den Holzscheiten ging Maggie zum Ofen neben einer der beiden Türen. Diese führte auf die Veranda, die gen Westen lag und wo sie schlief, die andere ins Esszimmer im Süden; dahinter lagen die Eingangshalle, die Wohnstube und der Salon, wo Ruth Besuch empfing, wenn sie dazu in der Lage war. Vom Salon aus hatte man Ausblick auf die Plantage. Ruth saß oft stundenlang am Fenster und schaute hinaus, ein so feines Lächeln im Gesicht, dass Maggie nicht sicher war, ob es tatsächlich ein Lächeln war.

An der Rückseite des Hauses befand sich Pauls Arbeitszimmer, das mehr Bücher enthielt, als Maggie je an einem Ort gesehen hatte. Die kurzen Blicke, die sie darauf erhaschte, weckten den Wunsch in ihr, eins der Bücher aufzuschlagen und die Worte auszusprechen, ganz gleich welche, solange sie sie selbst aussprechen durfte.

Im zweiten Stock lagen an den vier Ecken des Hauses jeweils vier große Schlafzimmer. Paul und Ruth schliefen in den beiden östlichen Räumen mit einem Balkon, von dem sie einen Großteil ihres Besitzes überblicken konnten. An der Rückseite des Hauses, im nordwestlichen Raum, schlief Timothy, ihr einziges überlebendes Kind, wenn er nicht gerade in den Nordstaaten studierte. Ruth bestand darauf, dass seine Bettwäsche auch in seiner Abwesenheit wöchentlich gewechselt und sein Bett jeden Abend aufgedeckt wurde. Der vierte Raum diente als Gästezimmer.

Scharfsichtige Menschen nannten die Halifax-Plantage bei dem Namen, der diesem Ort angemessen war: Empty. Von hier gab es kein Entkommen. Umgeben von dichter, wuchernder Wildnis – Rotahorn, Hainbuchen, Schneeglöckchenbäume und Kiefern, so breit, hoch und verwachsen, wie man es sich nur vorstellen konnte, trügerische Gewässer, in denen uralte Zähne geduldig darauf warteten, sich in Fleisch zu bohren – war es der perfekte Ort, um ganze Völker gefangen zu halten.

In Mississippi war es heiß und schwül. Maggie schwitzte schon jetzt so stark, dass der Schal um ihren Kopf durchnässt war, als sie das Kochgeschirr zusammensuchte. Sie würde sich umziehen müssen, bevor die Halifaxes zum Frühstück kamen. Ihr Erscheinungsbild war ihnen wichtig, diesen Leuten, die sich vor dem Essen nicht einmal die Hände wuschen oder sich nicht säuberten, wenn sie vom Plumpsklo kamen.

Mit mehlbestäubten Händen strich Maggie sich über die Flanken, glücklich darüber, dass ihr Körper – nicht nur durch ihre Kurven, sondern auch durch die Haut, die in der sengenden Sonne nie verbrannte oder rot wurde – sie von den Menschenfängern unterschied. Sie tat sich selbst Gutes, wann immer sie konnte. Das Einzige, was sie bedauerte, war ihr Hinken (und nicht den Umstand an sich, sondern die Ursache). Die Welt hatte sich Mühe gegeben, ihr andere Gefühle einzuimpfen. Hatte versucht, sie verbittert zu machen. Ihre Gedanken gegen sich selbst zu richten. Sie dazu zu bringen, das, was sie im Spiegel sah, als abstoßend zu empfinden. Doch den Gefallen tat sie ihnen nicht. Allen Grausamkeiten zum Trotz liebte sie ihre Haut. In ihren Augen war sie von einem Schwarz, nach dem Toubab-Männer sich verzehrten und das den eigenen Männern Respekt einflößte. Sie wusste darum und leuchtete im Dunkel.

Wenn sie über ihren Körper strich, weckte das noch ein verbotenes Gefühl in ihr: Selbstvertrauen. Nicht dass es mit bloßem Auge sichtbar gewesen wäre. Es war eine stille Rebellion, doch sie genoss gerade die Intimität daran. Davon fand man hier herzlich wenig – Intimität, Freude, was auch immer. Es gab nur die vier elenden Ecken der Küche, in denen das Unglück hing wie an Haken und in denen der Groll aus jedem Winkel quoll – aus Dielen, Türritzen und aufeinandergepressten Lippen.

Sie warf Holzscheite in den Ofen, dann holte sie eine Pfanne aus dem Schrank. Zurück am Tresen nahm sie den Teig aus der Schüssel. Behutsam formte sie ihn zu Brötchen. Legte sie ordentlich in die Pfanne und schob sie in den Ofen. Das hieß allerdings nicht, dass sie sich ausruhen konnte. Wenn man derart erfinderischen Leuten diente, gab es immer sofort das Nächste zu tun.

Ihr Einfallsreichtum war verblüffend. Einmal hatte Paul sie zu sich gerufen. Als sie in sein Zimmer kam, stand er am Fenster, gesichtslos in der grellen Sonne.

»Komm her«, sagte er, und seine Ruhe war mit Heimtücke gespickt.

Er befahl ihr, seine Männlichkeit zu halten, während er in eine Bettpfanne urinierte. Wenn man die anderen Möglichkeiten bedachte, hätte es schlimmer sein können. Doch dann wies er sie an, sie auf ihre Brust zu richten, und sie hatte das Zimmer mit gelben Flecken auf dem Kleid verlassen, die Fliegen anzogen. Alles in allem konnte sie sich immer noch glücklich schätzen, trotzdem: wie verwirrend.

Maggie versuchte sich an etwas zu erinnern, was Cora Ma'Dear – ihre Großmutter in Georgia, die ihr beigebracht hatte, wer sie war – einmal zu ihr gesagt hatte. Sie war damals noch ein kleines Mädchen gewesen und ihre gemeinsame Zeit zu kurz. Aber einige Dinge hatten sich ihr unauslöschlich eingeprägt – sie mochten verschwimmen, aber sie verschwanden nicht. Sie versuchte sich an das alte Wort von jenseits des Meers zu erinnern, das Cora Ma'Dear für Toubab benutzt hatte. *Oyibo*! Das war es. Dafür gab es in dieser Sprache keine Entsprechung. Das, was ihm am nächsten kam, war »Unfall«. Und das traf den Nagel auf den Kopf: Diese Leute waren ein Unfall.

Ihre Brutalität machte Maggie nicht viel aus, denn sie erwartete nichts anderes von ihnen. Menschen wurden ihrer Natur selten untreu, und obwohl es sie schmerzte, es zuzugeben, fand sie Trost im Vertrauten. Waren sie dagegen freundlich, bekam sie es mit der Angst zu tun. Denn ihre Freundlichkeit war, wie jede Falle, unberechenbar. Wies man sie zurück, riskierte man Konsequenzen. Aber die Bestrafung nahm dann wenigstens eine wiedererkennbare Form an, und sie wurde nicht zum Narren gehalten.

Als sie vor Jahren nach Empty gekommen war, hatte Ruth – sie waren beide ungefähr im gleichen Alter – sie herzlich aufgenommen. Beide waren, trotz des seit Kurzem fließenden Bluts, noch halbe Kinder.

»Hör auf zu weinen«, hatte Ruth damals fröhlich zu ihr gesagt, die dünnen Lippen zu einem Lächeln verzogen, das schiefe Zähne entblößte.

Ruth bugsierte sie ins Haus, das größte, das Maggie je gesehen hatte, nahm sie sogar mit nach oben in ihr Zimmer, wo sie ein Kleid aus der Kommode zog. Maggie war so dreist gewesen, es zu bewundern. Hatte sich von seinem Muster aus orangenfarbenen Rosenblüten verführen lassen, die so winzig waren, dass sie fast aussahen wie Punkte. Sie hatte noch nie etwas so Hübsches besessen. Wer wäre da nicht aufgeregt gewesen? Ruth war damals schwanger gewesen – mit einem der Kinder, die nicht überlebt hatten – und hatte ihre veränderte Körperform als Grund genannt, warum sie etwas so Wunderschönes verschenken wollte.

»Es soll im Winter kommen. Schrecklich, im Winter ein Kind zu kriegen. Findest du nicht auch?«

Maggie hatte nichts erwidert, weil jede Antwort Unheil bedeuten konnte.

»Na ja, dann müssen wir eben dafür sorgen, dass es keine Lungenentzündung bekommt, nicht wahr?«, hatte Ruth gesagt, um die Stille zu füllen.

Das war eine sichere Frage. Maggie nickte.

»Ah, du wirst so hübsch in dem Kleid aussehen! Deine Haut glänzt richtig. Ich fand schon immer, dass Weiß euch Niggern besser steht als unsereinem.«

Damals war Maggie noch jung und ahnungslos gewesen. Sie hatte nicht gewusst, wie gefährlich es war, etwas Derartiges anzunehmen. Das Kleid konnte ihr jeden Moment unter Anschuldigungen wieder weggenommen werden. Und als es hieß, Maggie habe es gestohlen, nachdem Ruth ihr nichts als Freundlichkeit entgegengebracht hatte, unternahm Maggie nicht einmal den Versuch, es zu leugnen, denn was hätte es gebracht? Sie nahm die

Schläge gleichmütig entgegen, obwohl sie Zeugen dafür hatte, dass es ein Geschenk gewesen war.

Oh, wie hatte Ruth geweint, als sie von ihrer Bestrafung erfuhr – als wäre ihre Aufrichtigkeit dadurch über jeden Zweifel erhaben. Ihre Tränen wirkten echt. Sie erzählte irgendwelchen Unsinn über ein schwesterliches Band, obwohl sie nie gefragt hatte, ob Maggie eine solche Beziehung überhaupt wünschte. Aber anscheinend verstand es sich von selbst, dass, wenn Ruth Wasser ließ, Maggie beide Hände unter den Strahl halten und trinken wollte. Und so weinte Ruth, und Maggie lernte, dass die Tränen einer Toubab-Frau mächtiger waren als jeder Zauber; sie konnten Stein erweichen und Menschen aller Hautfarben hilflos, unbesonnen und nachgiebig machen. Was nützte es da zu fragen: Warum hast du dann nicht die Wahrheit gesagt?

Der Winter kam, und Ruth brachte ein Mädchen zur Welt, das sie Adeline nannte. Sie trug den blassen, quengelnden Säugling in die Küche und sagte zu Maggie: »Hier. Ich helfe dir, dein Kleid aufzuknöpfen.«

Maggie hatte schon gesehen, wie andere Frauen das über sich ergehen lassen mussten, und hatte diesen Tag gefürchtet. Es kostete sie größte Selbstüberwindung, die Milchkuh für dieses Kind zu spielen. Es hatte trübe Augen und Wimpern, die ebenso hell waren wie seine Haut, fast, als hätte es keine. Maggie verabscheute das Gefühl der suchenden Lippen an ihrer Brust. Sie zwang sich zu einem Lächeln, statt den zerbrechlichen Körper auf den Boden zu schmettern. Was für ein Mensch wollte seine eigenen Kinder nicht stillen? Wer verweigerte seinen Nachkommen den Segen der eigenen Milch? Selbst Tiere waren klüger.

Von da an waren alle Kinder, einschließlich ihrer eigenen, Maggie ein Ärgernis. Sie verurteilte jeden, der die Kühnheit hatte, Leben in die Welt zu setzen: die Männer, die so dreist waren, es einzupflanzen; die Frauen, die nicht mit allen Mitteln versuchten, es wieder loszuwerden. Sie alle betrachtete Maggie mit Misstrauen. Denn auf Empty ein Kind zu bekommen, war ein gezielter Akt der Grausamkeit, und sie konnte sich selbst nicht vergeben, es selbst drei- von sechsmal nicht verhindert zu haben. Und wo waren das erste und zweite jetzt? Eindeutig Grausamkeit.

Die Bälger, wie sie sie nannte, hatten nicht einmal den Anstand zu wissen, was sie waren; für viele Erwachsene galt zwar das Gleiche, aber aus Absicht: Unwissenheit war kein Segen, aber Demütigungen waren leichter zu ertragen, wenn man glaubte, sie zu verdienen. Die Bälger rannten auf der Plantage herum, in die Ställe hinein und wieder hinaus, versteckten sich auf der Plantage, geschäftig wie Fliegen auf einem Misthaufen. Ihre unruhig zuckenden, knolligen Köpfe ahnten nichts von der ganz persönlichen Hölle, die sie erwartete. Sie waren dumm, hilflos, nicht liebenswert. Maggies tiefe Abneigung wurde nur von dem Wissen um das Leid gemildert, das sie irgendwann erdulden mussten.

Toubab-Kinder dagegen wuchsen zu dem heran, was ihre Eltern aus ihnen machten. Maggie konnte nichts dagegen tun. Zu welch freundlichen Listen sie auch immer griff, sie wurden zu den gleichen elenden, gierigen Kreaturen, die zu sein, sie bestimmt waren – eine der Plagen ihres humorlosen Gottes. Für sie brachte Maggie nur Mitleid auf, und dieses Gefühl steigerte ihren Abscheu noch.

Sie war schon auf die Idee gekommen, ihre Brustwarzen mit Nachtschattenblüten einzureiben, bevor man sie zum Stillen zwang. Die violette Farbe fiel auf ihrer dunklen Haut kaum auf. Und es funktionierte. Adeline starb aus scheinbar unerklärlichen Gründen. Mit Schaum vor dem Mund. Niemand wurde misstrauisch, weil Ruth schon eine Fehl- und kurz zuvor eine Totgeburt gehabt hatte.

Das vierte Kind jedoch, Timothy, hatte einen fast ebenso starken Überlebenswillen wie Maggie. Er war jetzt erwachsen. Gut aussehend, für einen von *denen*. Freundlicher, als sie sich hätte vorstellen können, wenn man bedachte, was er war. Was macht er jetzt gerade wohl?, fragte sie sich. Wahrscheinlich malte er. Er hatte Talent dafür. Ruth hatte Maggie aufgetragen, das Haus vor seiner Rückkehr von oben bis unten zu putzen, obwohl es bis dahin noch Wochen dauern würde.

Auch die Erwachsenen verschonte sie nicht. Sie wusste, dass ihre bescheidenen Versuche für sie gefährlicher waren als für ihre Opfer. Aber ein winziges Stück

Macht war immer noch Macht. Und so, wenn sie gerade nicht überwacht wurde – was selten war, aber durchaus vorkam – und glaubte, einen Funken ihres Vertrauens gewonnen zu haben, mischte sie alle möglichen Dinge ins Essen. Langsam, geduldig, ein paar Tropfen Schlangengift in den gesüßten Tee. Eine winzige Menge mit dem Absatz zermalmtes Glas in die Maisgrütze. Nie Kot oder Urin, das war zu persönlich. Nicht ein Haar von ihrem Kopf, deshalb war es so wichtig, sich einen Schal um die Haare zu wickeln. Sie würde ihnen nicht das Vergnügen, die Genugtuung gönnen, ihnen freiwillig etwas von sich zu geben. Außerdem war es gefährlich; das würde ihnen nur noch mehr Macht über sie verleihen. Und wie bei jedem guten Zauber besiegelte sie alles mit einer gesummten Melodie, die man mit einer Hymne an irgendeinen weit entfernten Trickbetrüger im Himmel verwechseln konnte. Wenn sie sie schon nicht töten konnte, dann wenigstens dafür sorgen, dass es ihnen schlecht ging. Eine Magenverstimmung, hin und wieder blutiger Stuhl waren doch erfreuliche, ermutigende Ergebnisse.

Doch sie erinnerte sich immer daran, dass sie keinen Verdacht erregen durfte. Heute hatte sie nichts in die Brötchen gemischt. Denn sie hatte kürzlich im Traum eine Warnung erhalten. Sonst träumte sie nur von Dunkelheit. Angeblich schlief sie wie eine Tote, wofür sie mehr als einmal von Paul bestraft worden war. Als im Traum ihre Mutter zu ihr gekommen war, flüsternd, in Weiß gekleidet und mit einem Schleier über dem Gesicht, hatte Maggie es als Vorzeichen einer drohenden Gefahr erkannt und wusste, dass sie ganz besonders vorsichtig sein musste. Für den Augenblick also nichts als Brot.

Die Hunde waren zurück, wuselten winselnd vor der Hintertür herum, angelockt vom Geruch des Schweinefleisches, das sie gerade in der Pfanne briet. Sie trat auf die Veranda hinaus in den noch dunklen Morgen. Der Himmel begann sich am unteren Rand hell zu verfärben, aber die Sonne war nirgends zu sehen. Sie schnalzte mit der Zunge, vielleicht konnte sie das Rudel so zum Schweigen bringen. Die Hunde beruhigten sich kurz, dann winselten sie weiter. Sie ging nach draußen, hob einen Stock auf und warf ihn so weit wie möglich ins Gebüsch. Die Hunde rannten hinterher.

»Gott sei Dank«, sagt sie.

Sie spähte in die Dunkelheit, in der die Hunde verschwunden waren. Was auch immer sich im Wald und jenseits davon verbarg, es konnte dort nur besser sein als hier, dachte sie, schlimmer war es bestimmt nicht. Als sie noch jünger war, hatte sie manchmal darüber nachgegrübelt, was hinter den Bäumen lag. Noch ein Fluss vielleicht. Oder eine Stadt mit Leuten, die so aussahen wie sie. Vielleicht auch ein riesiges Loch, in dem irgendwelche Bestien hausten. Oder ein Massengrab, in das man die Leute warf, die nicht mehr nützlich waren.

Oder vielleicht hatten die Toubab recht, und dahinter lag nur das Ende der Welt, und die, die sich dorthin wagten, waren dazu verdammt, vom Nichts verschlungen zu werden. Und warum auch nicht, das Nichts war so gut oder schlecht wie alles andere. Reglos stand sie da und starrte in die Dunkelheit. Sie hätte es zwar nie zugegeben, am wenigsten vor sich selbst, aber sie war angeschlagen. Die Plantage hieß nicht umsonst Empty, die Jahre hier hatten sie ausgehöhlt. Von der Freundin zur Lumpenpuppe, zur Milchkuh, zur Köchin, alles ohne ihre Einwilligung. Das würde jeden aufreiben. Ja, sie war angeschlagen. Aber nicht kaputt. Noch hatte sie die Chance, die Verursacher ihres Leids dafür büßen zu lassen. Vielleicht würde ihr das Heilung bringen.

Essie, die Maggie manchmal im Haus half, war sicher auch schon wach. Bestimmt kümmerte sie sich gerade um die plärrende Bürde, deren Geburt sie fast umgebracht hätte.

»Ich weiß nich, was ich noch machen soll, Mag. Der guckt mich immer mit diesen glasigen Augen an, macht mir richtig Angst«, hatte Essie einmal zu ihr gesagt. Maggie hatte sie angesehen: Essies Haare waren zerzaust, ihr Kleid zerknittert, ihr Gesicht aschfahl und voller Tränenspuren. Sie hatte Essie nur einmal zuvor so gesehen. Beide Male war es ihr auf die Nerven gegangen.

»Kannste nix mehr gegen tun, Mädchen. Passiert is passiert. Is dein Kind. Wenn dir seine Augen Angst machen, mach deine zu. Oder gib ihn Be Auntie, die liebt die Farbe mehr als ihre eigene«, hatte Maggie schärfer als beabsichtigt geantwortet. Sie schwieg kurz und strich Essie über die Schulter.

»Und vielleicht«, hatte Maggie sanft hinzugefügt, »kann ich ja mal vorbeikommen und helfen.« Sie zwang sich zu einem Lächeln. »Und Amos kriegen wir auch dazu, mit anzupacken, mir egal, was er sagt – grad jetzt nach eurem Besensprung.«

Maggie war meist eher gleichgültig, was Amos zu sagen hatte. Sie erinnerte sich, wie er vor einiger Zeit mit Paul Halifax im Arbeitszimmer verschwunden war, und als er herauskam, war er nicht mehr wiederzuerkennen; für einige beeindruckender als zuvor, doch für Maggie waren das Funkeln in seinen Augen und das Zungenschnalzen Blendwerk. Aber er hatte Stolz. Und die Leute mochten Stolz und verwechselten ihn gern mit Berufung.

»Guten Morgen«, sagte Amos oft mit einem Lächeln zu ihr, das zu gesetzt war, um ehrlich zu sein. Maggie nickte ihm zu, verdrehte jedoch die Augen, sobald er an ihr vorbeigegangen war. Aber sie begriff, was Essie in ihm gesehen hatte, als Paul ihn zu ihr geschickt hatte. Es war schöner, gefragt, statt einfach genommen zu werden, umarmt, statt festgehalten zu werden. Aber Schlange war Schlange, und ihr Biss, ob giftig oder nicht, schmerzhaft.

Manchmal, wenn sie Amos beobachtete – die Art wie er herumstolzierte, die Nase in die Luft reckte, als würde ihm der Dünkel im Nacken sitzen –, musste sie lachen. Sie wusste, was er vorhatte, wen er zu imitieren versuchte, und sie wusste auch, warum. Sie verachtete ihn nicht dafür, hatte allerdings auch nicht viele herzliche Gefühle für ihn. Sein Gesicht war freundlich, von

Leid gezeichnet, das verband ihn mit ihren Leuten und diesem Ort. Er war schwarz wie jungfräuliche Erde, aber seine Treue galt anscheinend anderen, was sich jederzeit rächen konnte.

Kopfschüttelnd stützte Maggie die Hände in die Hüfte.

»Einfach nur albern«, sagte sie zu niemandem im Besonderen.

Sie wandte sich um, ging zurück in die Küche, sah, dass der Himmel sich allmählich aufhellte, und konnte die Umrisse der Scheune in der Dunkelheit ausmachen. Dort verbrachten Samuel und Isaiah ihre Zeit mit Arbeit, Atmen, Schlafen und anderen Dingen. Arme Jungs, die Zwei Beiden. Sie hatten früh gelernt, dass die Peitsche nur so grausam war wie die Hand, die sie hielt. Manchmal machten sie es sich schwerer als nötig, weil sie so verdammt stur sein konnten. Doch nie war Sturheit so hinreißend gewesen.

Anfangs hatte sie sich nicht viel aus ihnen gemacht. Wie alle Kinder war der eine nicht vom anderen zu unterscheiden. Alle verschmolzen zu einer Masse aus unwissenden, bedauernswerten Körpern, lachten mit zu hoher Stimme und ohne jede Zurückhaltung, was sie zu einer einladenden Zielscheibe machte. Es gab nicht einen Grashalm an diesem Ort, der sich nicht unter der Bürde des Leids bog, aber die Zwei Beiden benahmen sich, als könne man sich offen widersetzen. Als die Haare um ihr Geschlecht zu sprießen begannen, hatten die Zwei Beiden einen genialen Weg gefunden (vielleicht ganz zufällig), sich von den anderen abzusondern: indem sie sie selbst waren. Und das hatte ein seit Langem verborgenes Gefühl in ihr geweckt.

Selbst jetzt konnte sie es nicht erklären, aber in der Nähe der beiden wurden ihre Brüste empfindlich, wie sie es sein sollten, aber nicht waren, wenn sie dazu gezwungen wurde, für Empty die Zuchtstute zu spielen. Und mit der Empfindsamkeit der Brüste ging eine Empfindsamkeit des Herzens einher. Es lag nicht nur daran, dass sie hilfsbereit waren und sie in ihrer Gegenwart nie einen Eimer Wasser aus dem Brunnen, ein Holzscheit für das Feuer oder einen Stein zum Klopfen der Wäsche tragen musste. Auch nicht daran, dass sie nie etwas von ihr verlangten, nicht einmal Bestätigung. Vielleicht hatte das Gefühl auch nichts mit ihnen persönlich zu tun, sondern damit, dass sie ihr geholfen hatten, sich an etwas zu erinnern.

Eines Nachts hatte sie etwas gesehen. Als der Mond am höchsten stand, war sie zu ihnen geschlichen, um ihnen Essen zu bringen, das sie am Morgen beiseitegelegt hatte: ein Stück gebratenes Wachtelfleisch, ein halbes Ei, ein paar Apfelspalten, die sie pürierte. Sie hatte sich aus dem Haus gestohlen, sich der Scheune von der Rückseite genähert, in der Absicht, sie durch eine Seitentür zu betreten, doch diese war verschlossen. Sie hörte Geräusche und presste das Ohr an die Wand. Ein Stöhnen vielleicht, ein Keuchen; ein lang gezogener Seufzer. Sie konnte sie nur sehen, weil das Mondlicht durch einen Teil des Dachs fiel, der repariert werden musste. Schattenhafte Gestalten. Aus der Entfernung sah es nach einem Kampf aus.

Sie war sicher, dass sie sah, wie Samuel Isaiah in die Schulter biss, um sich aus seinem Griff zu befreien. Sie wälzten sich im Heuhaufen herum, begruben Sättel unter sich, die dort nicht liegen sollten, und schreckten vorwitzige Grillen auf. Sie waren nackt, schweißüberströmt, ineinander verschlungen wie Erdwürmer und grunzten wie Schweine. Als sie schließlich innehielten, waren ihre Gesichter immer noch aneinandergepresst, als hätten sich ihre Zungen ineinander verhakt. Dann drehte sich einer von ihnen auf den Bauch. Sie eilte zurück ins Große Haus.

Um irgendeinen Schmerz zu lindern, bestimmt. Ganz bestimmt.

Aber weshalb schwirrte ihr der Kopf, und warum schwitzte sie so? Woran erinnerte sie sich?

Ihre Abstecher zur Scheune wurden zur nächtlichen Gewohnheit. Still spähte sie hinein und hätte bereitwillig ihre Seele für einen Strahl Mondlicht gegeben. Sie stand unter Leitern, hinter Heuhaufen oder den Wänden der Pferdeboxen und beobachtete sie. Ihr lag nichts daran, sie zu stören oder über das zu sprechen, was sie sah; einfach nur Zeugin zu sein, war eine Wohltat. Sie waren so ausgelassen und verspielt wie Krähen, dass sie das Gefühl hatte, auf ihren Schwingen in den dunklen Himmel zu fliegen. Oh, so schwarz. Oh, so hoch. Dorthin, wo es Sicherheit, Glanz gab.

Doch hier unten mussten sie vorsichtig sein.

Sie hatte versucht, ein Wort für das zu finden, das sich vor ihren Augen abspielte. Ihr war keins eingefallen; oder zumindest keins, das außergewöhnlich genug gewesen wäre, schon gar nicht in dieser Sprache.

Warum haben sie keine Angst?, fragte sich Maggie, während sie in der Küche stand und immer noch durch ein Fenster zur Scheune hinüberstarrte. Sie rieb sich das Gesicht. Aus dem Augenwinkel sah sie, wie etwas schimmernd ins Dasein flackerte und wieder verblasste. Der Rand von etwas Schwarzem. Etwas waberte. Dann kam der Gestank. Sie erkannte nur Umrisse, doch es sah aus wie ein Mensch, der in Flammen stand. Als sie nach dem Wasserkrug griff, verschwand es. Ein eingetrockneter Blutstropfen auf dem Boden, an der Stelle des Spuks, war der einzige Beweis, dass es keine Einbildung gewesen war.

Ihr klopfendes Herz beruhigte sich, und sie kratzte sich an der Wange, um nicht in Tränen auszubrechen. Erinnerung oder Prophezeiung? Sie wusste es nicht. Manchmal war es auch unwichtig. Sie schlang die Arme um ihren Oberkörper und schob Vergangenes und Zukünftiges so weit von sich wie möglich. Erscheinungen hatten den Schlüssel zum Käfig und konnten sich befreien, wann immer sie wollten. Damit musste man leben. Anders ging es nicht.

Der Käfig hatte sich geöffnet, als sie an die Zwei Beiden gedacht hatte. Sie war jetzt nicht mehr überrascht, dass sie sich füreinander entschieden hatten. Kein Wunder, dass sie Frauen meist keine Aufmerksamkeit schenkten, nicht einmal dann, wenn man sie dazu zwang. Auch nicht im Juli, wenn die Toubab-Frauen darauf warteten, dass die Toubab-Männer sich bis zur Besinnungslosigkeit betranken. Dann legten diese Frauen – die ständig davon redeten, was es bedeutete, eine Lady zu sein (eine Bezeichnung, die Maggie albern fand) – sich auf die Scheunendielen, zogen ihre Kleider hoch, machten die Beine breit und räkelten sich für Männer, für die sie in der Öffentlichkeit nichts als Verachtung übrighatten.

Isaiah und Samuel ließen sich auch im Januar nicht erweichen, jenem Monat, in dem die Leute manchmal näher zusammenrückten, um sich gegenseitig zu wärmen. So nah bei einer Frau – deren Haut und Haar dunkel war vor Bereitschaft, deren Atem tröstlich und erregend zugleich war, deren intime Düfte einen Mann vor Verlangen fast bersten ließen –, und doch hatte keiner der Zwei Beiden auch nur den kleinen Finger gerührt. Nein, die beiden Jungs riskierten mehr als nötig, um das Gesicht des anderen wieder und wieder nach dem abzusuchen, was Flüsse ins Meer strömen ließ. Der eine stets lächelnd, der andere immer mit zornigem, halb offenem Mund. Leichtsinn.

Sie schaute wieder durch das Fenster zur Scheune und sah, wie die Sonne über die Bäume im Osten lugte. Das Schweinefleisch war fast fertig. Sie nahm einen Teller, wischte ihn mit dem Saum ihres Kleides ab und ging zum Esszimmertisch.

Mit tiefem Groll deckte sie den Tisch. Weißes Tischleinen mit scharfen Knicken an den Ecken, Ringe, die die Servietten strangulierten, das Besteck auf seine Art tödlich. Alles Lebendige wurde erstickt, selbst der Tafelaufsatz aus frisch gepflückten Wildblumen. Das trübe Kerzenlicht warf messingfarbene Schatten, ließ alles, selbst Maggie, angemessen düster erscheinen.

Sie musste den Tisch jeden Tag auf die gleiche Art decken: Paul saß immer am Kopfende, Ruth zu seiner Rechten, Timothy, wenn er zu Hause war, zu seiner Linken, dazu kamen drei zusätzliche Gedecke für gelegentliche Gäste. Danach stand sie da und lauschte, wie die Familie einstimmig dem langhaarigen Mann dankte, dessen Blick immer gen Himmel gerichtet war – wahrscheinlich, weil er das Unheil, das in seinem Namen angerichtet wurde, nicht ertragen konnte. Oder vielleicht, weil er sich einfach nicht die Mühe machte hinzusehen. Maggie wusste nur von diesem Mann, weil sie sich von Essie hatte überreden lassen, sich eine von Amos' sonntäglichen Predigten anzuhören.

Sie fanden im Wald statt, im Kreis der Bäume am südlichen Rand der Plantage. Der Mann, dessen Namen sie aus einem bestimmten Grund nicht aussprechen konnte, war in Begleitung von einigen seiner heruntergekommenen Helfer gekommen, und als sie ihn sah, hätte sie am liebsten auf dem Absatz kehrtgemacht. Aber Essie hatte sie angefleht zu bleiben. Sie wirkte so stolz – und noch etwas anderes, das Maggie nicht benennen konnte.

Amos hatte auf einem großen Felsbrocken gestanden, dem weder Zeit noch Regenwasser etwas anhaben konnte. Doch die Lichtung roch für sie nach Feuchte und Müdigkeit, wie sie sich gerne normalerweise unter Steinen versteckten. Es waren etwa dreißig Leute versammelt, die auf Baumstämmen oder auf dem Boden saßen. Damals hatten die Leute noch nicht angefangen, Amos zu glauben. Er öffnete den Mund, und sie sog scharf die Luft ein. Er tat nichts anderes, als dies und das zu wiederholen, was Paul beim Dinner sagte. Sie wusste aus Erfahrung, dass nichts Gutes dabei herauskam, wenn jemand zu viel Zeit allein mit einem Toubab verbrachte.

Sie fand das Ganze ziemlich trostlos. Amos war redegewandt, auch wenn es bei ihm eher wie Singen klang. Auf dem Felsen erschien er in einem neuen Licht. Sonnenstrahlen fielen durch das Blätterdach, verliehen seiner schwarzen Haut einen goldenen Schimmer und warfen gleichzeitig die Art von scharfkantigen Schatten, die Männern etwas Geheimnisvolles, mit anderen Worten, Kraft, gab. Und Essie wirkte glücklich. Das war der einzige Grund, warum Maggie ihr versprach, wiederzukommen und mit ihr wieder an dem schattigen Plätzchen zu sitzen, das Essie für sie freihielt. Bis es nicht mehr länger ging.

Bis zu dem Tag, an dem Amos' Predigt eine Wendung nahm und er von Dingen sprach, bei denen Essie den Blick senkte, während Maggie sich gerade aufsetzte. Maggie verstand die gemeinen Anspielungen – gegenüber den Zwei Beiden, ausgerechnet! – sofort und strafte Amos nur mit einem bösen Blick, obwohl sie gerne noch mehr getan hätte.

Aha, da haben wirs!, dachte sie.

»Das is was ganz Altes«, sagte sie zu Amos. Doch der hörte nicht zu. Sie wartete kein weiteres Wort aus seinem Mund ab. Sie ließ Essies Arm los, stand auf und ging zurück zum Großen Haus, den Rücken kerzengerade, auf den Lippen ein Ausdruck von Missbilligung, während Schatten auf ihren Rücken fielen und Lichtflecken über ihre Brust huschten. Sie schaute nur einmal kurz zurück, um Essie ins Gesicht zu sehen und sie wissen zu lassen, dass das alles nichts mit ihr zu tun hatte.

Sie unterbrach ihr Tischdecken, drehte sich zum Fenster um und schaute zur Scheune hinüber.

»Mm«, sagte sie laut.

Maggie hatte den Verdacht, dass Essie das mit den Zwei Beiden wusste, aber kein Wort darüber verlor. Das war gut so, denn ein paar Dinge sollten und durften nicht ausgesprochen werden, nicht einmal unter Freunden. Es gab viele Wege, sich zu schützen und vor Unheil zu bewahren, und einer davon war, intime Geheimnisse zu wahren. Maggie kam es wie Selbstmord vor, etwas so Wertvolles preiszugeben. Vielleicht lag es daran, dass sie sich nichts – rein gar nichts – vorstellen konnte, was es wert gewesen wäre, sich dafür eine Blöße zu geben. Was sie hätte lieben können, war ihr vorzeitig entrissen worden. Zumindest bis sie zur Scheune geschlichen war und die beiden Jungen gesehen hatte. Sie hatten ein Gefühl in ihr geweckt, bei dem sie ausnahmsweise einmal nicht am liebsten laut geschrien hätte.

Sie ging zurück in die Küche, griff nach einem Lumpen und holte die perfekt gebräunten Brötchen aus dem Ofen. Sie ließ sie in eine mit einem Leinentuch ausgelegte Schüssel gleiten und stellte diese auf den Tisch. Nach einer Weile nahm sie zwei Brötchen in die Hand und zerquetschte sie, bis ihr die Krümel zwischen den Fingern hervorquollen.

Sie hörte jemanden die Treppe herunterkommen. Es musste Paul sein, denn jeder Schritt klang gewichtig. Er würde ins Esszimmer kommen, sich ans Kopfende des Tisches setzen und sie nicht aus den Augen lassen, als würde er ihr Unbehagen genießen. Vielleicht würde er es sogar wagen, sie anzufassen oder seine Zunge irgendwo hinzustecken, wo sie nichts zu suchen hatte. Sie hätte gerne einen Zauber gekannt, um ihm die Kehle durchzuschneiden, aber sie hatte nur ihre Hände und war nicht sicher, ob sie es mit ihm aufnehmen konnte.

»Verdammt.«

ESSIE

Göttinnen ergaben für sie eigentlich mehr Sinn, aber sie hatte sich trotzdem dazu bereit erklärt, vor Amos' Gott niederzuknien – auch wenn es nur einer aus zweiter Hand war –, vor allem, weil es mehr Essensrationen und eine Schutzmauer vor diversen Gefahren bedeutete.

Oder vielleicht war es keine Mauer, eher ein Zaun, wie der Holzzaun rings um die Scheune, der nicht gemeinschaftlich genutzten Boden abtrennte, um Tiere ein- und Menschen auszusperren. Ein Zaun also und keine Mauer, denn so erfinderisch widerborstige Kinder sein mochten, sie waren noch nicht groß genug, um etwas so Hohes wie eine Mauer zu überwinden. Doch voller Unschuld zwischen den Latten hindurchzuschlüpfen, war für sie kein Problem. Denn manchmal erinnerten die Toubab sie tatsächlich an Kinder in einem nicht enden wollenden Trotzanfall; sie machten alles kaputt, brüllten ununterbrochen, stapften mit endloser Energie über Felder, fanden alles seltsam und lustig, schrien nach der Mutterbrust und schliefen erst ein, wenn man sie sanft wiegte.

Eigentlich waren sie also noch zu unreif, um Verträge zu begreifen, geschweige denn, sie einzuhalten. Sie zu unterzeichnen war für sie nicht mehr als eine Übung in verschnörkelter Schönschrift. Trotzdem war es die einzige Garantie, die man bekam. Und so kniete sie eben nieder; kniete sich mit dem blassen Kind, das sie sich fest an die Hüfte presste, auf den Boden. Sinnlich, wie sie es mit ihrem zerlumpten Kleid, der staubbedeckten Haut und den sich auflösenden Zöpfen nie hätte sein dürfen. Die List, zu der man ihr geraten hatte, war eine Lüge. Toubab-Männer ließen sich von einer ungepflegten Frau nicht abschrecken. Paul Halifax schälte Schicht um Schicht ab, übersah die zerstochenen, blutigen Finger, die täglich außer sonntags beachtliche 150 Pfund Baumwolle pflückten. Für ihn waren Essies kräftige Schenkel und zierliche Handgelenke nichts anderes als eine Währung. Und Essie begriff, dass sie dafür fast alles bekommen konnte, außer Erbarmen.

»So was passiert nie wieder. Das versprech ich dir«, sagte Amos sieben Tage, nachdem er sie im Stich gelassen hatte.

Später, viel später, zeigte sie ihrem Besensprung-Ehemann ihre Ergebenheit, indem sie sich neben ihm die Knie schmutzig machte. Doch sie hatte weiter ihre Zweifel. Zweifel waren das Einzige, was sie wirklich ihr Eigen nennen konnte. Und sie nahm sie, an dem Tag, als Amos sie mit einer Botschaft dorthin schickte, mit in die Scheune.

»Das hier is keine Torte, das is Frieden«, sagte sie zur Begrüßung zu Isaiah und balancierte mit einer Hand die

Wildbeerentorte, die mit einem leuchtend weißen Stück Stoff abgedeckt war. Das blasse Kind, das sie aus ganz persönlichen Gründen Solomon getauft hatte, hielt sie auf dem anderen Arm. Ihre Ängste trug sie auf dem Kopf, so wie die Leute früher ihre Lasten getragen hatten.

Solomon quengelte. Beinahe hätte er sie beide zu Fall gebracht, als er an ihrem Kleid zerrte; genau da, wo die Milch es durchnässt hatte. Sie verabscheute seine Macht über ihren Körper; sein Geschrei war wie ein Zauber, der ihre Brüste dazu brachte, eine nährende Essenz ihres Ichs abzusondern. Fast hätte sie ihn fallen lassen, aber Isaiah fing ihn am Hosenboden auf und nahm ihn aus Essies gelockertem Griff. Solomon sah Isaiah mit großen, ausdruckslosen Augen an, die blau waren wie der Himmel und weit auseinanderstanden, in einem Gesicht, das fast hautlos wirkte. Doch Isaiah schien in den natürlichen sonnenfarbenen Locken des Kindes Vertrautes zu finden.

»Hast Hunger, hm?«, fragte Isaiah. Das Kind beruhigte sich, starrte fasziniert seine Nase an, umfasste sie mit der kleinen Hand und zog an Isaiahs Unterlippe. »Dann schätz ich mal, wir essen was zusammen.« Isaiah sah Essie an. »Wie gehts?«

»Na ja, noch auf den Beinen. Weißt ja, wies ist«, sagte sie, runzelte die Stirn und setzte dann ein Lächeln auf.

»Klar«, sagte Isaiah, sah erst sie, dann Solomon an und rieb seine Nase an der des Kindes.

»Wie alt is er jetzt?«

»Fast zwei.«

»Und kann immer noch nich laufen?«

Sie zuckte mit den Schultern.

»Willste reinkommen? Dich kurz setzen?«

»Gern«, sagte Essie und folgte ihm in die Scheune.

Sie war immer überrascht, wie sauber Isaiah war, obwohl er bei den Tieren schlief. Er roch nach Wacholder, und seine Haut glänzte pechschwarz. Sie war dabei gewesen, als Samuel ihm damals das Wasser gebracht hatte. Sie war selbst noch so jung gewesen, aber sie hatte doch sofort erkannt, dass die beiden sich mochten; es schien fast, als wäre das Wasser zu Silber geworden und hätte alles Licht in sich aufgenommen, zarte Regenbogen, die Isaiah aus dem Mundwinkel fielen, als er zu viel auf einmal trinken wollte. War es nicht eine Schande – dass an jemanden, egal welchen Alters, so viele Farben verschwendet wurden? Doch über den beiden schwebte etwas Unsichtbares, man konnte nur die Schwingungen wahrnehmen. Das war der Grund, warum ihre Hände gezittert hatten und heute noch zitterten, wenn die beiden in der Nähe waren.

Im Inneren der Scheune reckte Samuel sich gerade. Er stand mit dem Rücken zu ihnen, als sie hereinkamen. Manchmal war im Körper eben zu wenig Raum, und man musste die Gliedmaßen strecken, damit die Seele mehr Platz hatte, vielleicht sogar einen Weg ins Freie fand. Er trug kein Hemd, und so war jeder Tropfen

Schweiß auf seinem Körper deutlich sichtbar. Auf seiner Haut gab es keine natürlichen Makel, aber der glänzende feuchte Film hob die hervor, die Feiglinge dort hinterlassen hatten. Sie gestand es sich nur ungern ein, aber in den Narben, die sich in zierlichen Linien über seinen Rücken wanden, lag Schönheit.

»Haste noch Platz für Torte?«, sagte sie zu Samuels Hinterteil, das gewölbt war wie der Himmel.

Rasch senkte er die Arme und drehte sich langsam um. Er grinste nicht, doch als sein Blick auf Isaiah fiel und der nickte, verzog er die Lippen zu einem Lächeln. Es war gezwungen, aber sie lächelte ihn ihrerseits breit an, ohne auch nur zu versuchen, ihre Zahnlücke zu verbergen.

Sie kannte Isaiah länger als Samuel. Sie mochte sein sanftes Wesen, die Art, wie er – als Paul sie, gefühlt tagelang, in dem verfallenen alten Schuppen eingesperrt hatte, den sie Fickhütte nannten – zuerst ihre Hand genommen hatte. Unbeholfen hatte er dann versucht, seine schlaffe Männlichkeit in ihren Körper einzuführen, der sie in keiner Weise willkommen hieß, doch sie taten so, als würden sie es treiben. Tut verdammt weh, wenn man gezwungen wird, einen Freund zu vögeln, hatten sie danach gedacht.

Paul hatte James befohlen, sie beide zu bewachen, und James nahm zum ersten Mal sein Ding aus der Hose und hinterließ für alle sichtbar in einer Pfütze das, was Isaiah vortäuschen musste. Danach, als sie sich wieder anzogen, als hätten sie es tatsächlich getan, sahen Isaiah und sie sich an, verdrehten die Augen, kicherten leise, ein Lied, dessen Harmonien miteinander verschmolzen und kein Ende fanden, und teilten sich den ersten Pfannkuchen, den sie je gebacken hatte und in den sie an Zutaten alles hineintat, was sie hatte. Sie schlangen ihn Seite an Seite runter. Er war innen noch nicht durchgebacken, und sie bekamen Bauchkrämpfe – also hockten sie sich, ebenfalls Seite an Seite, zwischen Felsen und Bäume.

Amos fehlte Isaiahs Anstand, aber das war nichts, was groß gegen ihn sprach, denn das war bei den meisten Männern so. Männer ließen ihren Trieben freien Lauf, ohne darüber nachzudenken, wohin das führen konnte, vielleicht auch, *obwohl* sie darüber nachgedacht hatten.

Aus diesem und allen folgenden unprivaten Momenten in der nasskalten Hütte, unter James' unverwandtem Blick, entstand eine Freundschaft zwischen Essie und Isaiah – nicht mehr. Erzürnt gab Paul Isaiah irgendwann drei Peitschenhiebe und schickte ihn unter Gebrüll zurück in die Scheune. Kaum hatte Essie ihr Kleid bis zum Hals zugeknöpft, befahl Paul James, eine Gruppe von neun Männern zusammenzustellen. Essie sah sie ebenso eindringlich an wie Paul. Sollten die alle an die Reihe kommen? Würde sie am Ende wie betäubt zur Hütte zurückgehen, die Beine gespreizt, die Hände auf ihren schmerzenden Unterleib gepresst?

Aber Paul hatte sie überrascht. Er wählte einen von ihnen aus: den, der ihr ins Gesicht sah, der nicht wegschaute oder ihren Körper mit Blicken auszog, über die Form ihrer Brüste spekulierte oder was sich unter den Konturen ihres Kleides verbarg. Amos wurde angewiesen vorzutreten, und er gehorchte, nahm Essies Hand und rieb sie an seiner Wange.

Monatelang betrachtete Essie Amos mit Staunen. Sie hätte nie gedacht, dass sie einem Mann gegenüber so viel Zärtlichkeit empfinden konnte. Hatte nicht gewusst, dass die körperliche Vereinigung sich gut und nicht nur anstrengend anfühlen konnte. Hatte geglaubt, das Beben, das ihren Körper erfasste, wäre nur möglich, wenn sie selbst Hand anlegte. Wenn Amos sich danach an sie schmiegte und seine Kontraktionen sich mit ihren mischten, gestattete sie sich etwas Entspannung in seinen Armen.

Aber selbst mehrere Monate hatten nicht das von Paul gewünschte Ergebnis gebracht. Er ließ James nicht eine neue Reihe von Männern aufstellen, sondern schritt persönlich zur Tat.

Wenn Toubab gezwungen waren, ihre Arbeit selbst zu erledigen, machte sie das doppelt bösartig, es brachte sie aus dem Tritt, enthüllte sie als gewöhnlich oder mit anderen Worten als sterblich. Und in diesem Fall sollten alle anderen wenigstens ebenfalls tot sein.

So fühlte sich Essie jetzt: tot. Trotzdem ging sie herum, spielte, lächelte, kochte, pflückte, klatschte, schrie, sang und legte sich abends schlafen wie ein lebendiger Mensch, und alle ließen sich davon täuschen. Sie fragte sich, was

Isaiah in ihr sah; vielleicht waren sie nicht länger enge Freunde, weil die Lebenden und die Toten nicht zusammen sein konnten, ohne dass es böse Omen gab, und es lag nicht daran, dass Amos sie für sich beanspruchte und sie die Lichtung nicht mehr verlassen konnte.

»Ich hab Frieden mitgebracht«, sagte Essie zu Samuel und hob das Tuch auf der Torte an.

Samuel schloss die Augen und atmete tief ein.

»Ich hoffe, sie is nich noch roh in der Mitte«, sagte Isaiah lachend, drückte Solomon an sich und wiegte ihn.

Essie verdrehte die Augen und zischte durch ihre Zahnlücke, bevor sie Samuel die Torte gab.

»Kannst dich da hinsetzen«, sagte Isaiah und deutete auf einen Hocker. »Willste das Kind zurück?«

Essie winkte ab. Sie drehte sich um und ließ sich auf den Hocker sinken. Isaiah setzte sich vor sie auf den Boden.

»Also, was will Amos?«, fragte Samuel und schaute auf das Kleinkind auf Isaiahs Schoß.

Essie grinste; ihr gefiel die Art, wie Samuel die Wahrheit ans Licht zerrte. Sie strich ihr Kleid glatt und presste ihren Hintern fest auf den Stuhl. »Frieden, sagt er.«

»Und was sagst du?«, gab Samuel zurück, sah ihr unverwandt, aber ohne Feindseligkeit ins Gesicht.

»Tja, weißt du, für den is Frieden was andres als für euch.«

»Is das nicht immer so?«, fragte Samuel und sah Isaiah an.

Isaiah wiegte weiter das Kind.

»Schätze schon«, sagte Essie. »Wir könn ja beim Essen drüber reden. Das machen die Toubab doch ständig, sagt Mag – beim Essen reden statt essen, stimmts?«

Gemeinsames Lachen, geteilte Schwingungen. Selbst das Baby krähte und kicherte, sodass Essie plötzlich verstummte und sich in sich selbst zurückzog.

»Torte«, sagte Isaiah laut, als wollte er austesten, wie das Wort klingt. Seine volltönende Stimme riss Essie aus ihren Erinnerungen.

»Was für ne Torte isn das?«, fragte Isaiah und schlenkerte bei Salomon leicht den freien Arm, um ihn zum Lachen zu bringen.

»Kennste den Brombeerbusch drüben am Fluss, den bei dem knorrigen Baumstamm, gleich umme Ecke von da, wo Sarah diese schwarze Schlange gefangen hat und Puah fast zu Tode erschrocken is?«

»Ja! Ein paar von den Brombeeren könnt ich auch vertragen«, sagte Isaiah.

»Davon und dann noch von den roten aus dem Wald. Komisch, dass sie getrennt sauer schmecken, aber zusammen süß.« Essie sah sich um. »Habt ihr was zum Schneiden?« Samuel ging zur Scheunenwand hinüber, um eins der Werkzeuge zu holen.

»Ich kenn dich, geh erst zum Brunnen und waschs ab«, sagte Isaiah.

»Ich weiß! Was denkst du von mir?«, log Samuel und verließ die Scheune mit glühenden Wangen.

Essie und Isaiah lächelten, dann, als sie das Kind ansahen, schwand das Lächeln auf ihrem Gesicht. Das Schweigen hing, nur gelegentlich von Solomons Prusten unterbrochen, zwischen ihnen. Isaiah ließ ihn auf seinem Knie reiten.

Mit schief gelegtem Kopf sah Essie Isaiah an. Das war mal der kleine Junge gewesen, dessen Mund nicht groß genug für die vielen Regenbogen war. Sie wollte ihn fragen, ob er sich noch an den Geruch erinnerte. In der Fickhütte wucherten Moos und Schimmel, sodass nicht einmal vorgetäuschtes Auf-dem-Boden-Rumwälzen von dem Modergestank ablenken konnte. Für Essie hatte es nach Augen gerochen, die beobachteten, und das hätte sie ihm gern gesagt. Sie wusste, dass ihr Vergleich keinen Sinn ergab, aber wenn das überhaupt jemand verstehen konnte, dann Isaiah.

Der Geruch und wie die Morgensonne durch die verrottenden Latten fiel, Staubkörner aufglimmen ließ und Bremsen einen Weg in die Freiheit wies. Licht, das nicht tröstlich war, sondern nur die verdammte Schande enthüllte und die Luft stickig machte. Es hätte bis zu einem gewissen Grad erträglich sein können, hätte James nicht zwischen Licht und Schatten gelauert, die Hose gerade so weit geöffnet, dass er seinen Lauf auf sie richten konnte. Sie gaben vor, es nicht zu sehen.

Essie hätte gern gewusst: Drang dieses Chaos aus Freundlichkeit und Scham auch immer noch in Isaiahs Alltag ein? Sie lief Gefahr, jederzeit mit voller Wucht davon überfallen zu werden, ob sie nun auf der elenden Plantage Baumwolle pflückte oder auf der Lichtung einen bequemen Baumstamm zum Sitzen gefunden hatte. Manchmal überfiel es sie am Morgen, wenn Amos seine Jesus-Predigt hielt und sie daneben James grinsen sah. Maggie hatte ihr erklärt, es gebe nur einen einzigen Weg, um einen Menschen aus seinem Kopf zu verbannen, nämlich, seinen Namen nie wieder auszusprechen, ihn nicht einmal zu denken. James ging Maggie aus dem Weg, wo immer sie auftauchte. Aber wie sollte man nicht an einen Namen denken, wenn man Gedanken doch nicht kontrollieren konnte?

Schlaf war der beste Zufluchtsort; Traumlosigkeit bot Schutz. Im Dunkel konnte niemand etwas sehen, darum waren alle sicher. Warum nahm Isaiah all das nicht an ihr wahr, wo sie es doch an ihm wahrnahm? Hatte er denn nichts begriffen, als sie, schwitzend und mit Bauchkrämpfen, zusammen in den Büschen neben dem Felsen unter dem Baum gehockt hatten?

War die Scheune ein besserer Ort? Auf welche Art war sie besser? War es wirklich Liebe, die über allem lag, sodass sogar der Schmerz Schönheit enthalten konnte? Und woher nahm Isaiah den Mut, das und nichts anderes zu tun, sich dem zu verweigern, was Paul mit ihm vorhatte? Es war gefährlich, in etwas anderem Halt zu suchen als dem Herrn. Denn es konnte nur vergänglich sein. Und wer wollte schon Gliedmaßen oder Leben riskieren, um hinter einem Wagen herzurennen, der den geliebten Menschen noch tiefer in die Wildnis brachte?

Und was hatten sie an diesem Ort gefunden, an dem sie so getan hatten, als ob? In der Fickhütte, in der sie in den Ausdünstungen anderer Körper gelegen hatten, von denen es einige wieder nach draußen schafften, andere dagegen nicht; vielleicht waren sie direkt unter ihnen begraben oder schwebten über ihnen, beobachteten sie ebenfalls, kicherten über ihre Scharade und begriffen jetzt, in ihrem Geisterzustand, was sie vorher nicht begreifen konnten: Wir sind, wer auch immer wir sind.

Die tanzenden Schatten waren ein Zeichen gewesen. Essie hätte Isaiah darauf hinweisen können, aber sie hatte es versäumt, weil ihr Herz mit dem Blut Jesu angefüllt war. Der hatte zu spät eingegriffen und auch nur halb versprochen, es noch einmal zu tun, wenn Gefahr drohte. Amos hatte gesagt, sie solle sich keine Sorgen machen, er werde ein Exempel statuieren. Essie fragte sich, warum, schließlich war an ihr doch schon eins statuiert worden.

Und nun saß sie hier, in dieser staubigen Scheune, zusammen mit dem Anständigen, der seinen Feind im Arm hielt. Ihn lächelnd auf dem Schoß wiegte, damit er lachte. Also stimmte es: Sie und Isaiah waren keine engen Freunde mehr. Wenn man dem Verrat – und sei er noch so klein – genug Zeit gab, kletterte er, Stufe für Stufe, zum Thron hinauf und setzte sich darauf, als würde er dort hingehören. Und vielleicht gehörte er tatsächlich dorthin, und nur die *Überraschung* war fehl am Platz.

Nass und lachend kam Samuel in die Scheune zurück.

»Biste reingefallen, Dummkopf?«, fragte Isaiah.

»Nee. James und seine Männer waren am Brunnen, also bin ich runter zum Fluss. Puah war auch da. Das alberne Ding is reingesprungen und hat mich nass gespritzt.«

»Oh«, sagte Isaiah. Er und Samuel tauschten einen Blick.

»Hier«, sagte Samuel und hielt ihnen das Heumesser hin. »Wer schneidet sie an?«

»Der, ders Messer hat«, sagte Essie.

Das Messer glänzte feucht. Kurz fiel ihr ein, dass sich in der Scheune alle möglichen scharfen Gegenstände befanden. Äxte und Heugabeln, aber auch die stumpferen Kanten einer Hacke oder Schaufel, die, kraftvoll geschwungen, nützlich sein könnten. Sie sah sich in der Scheune um, ignorierte Isaiah, Samuel, Solomon, die Tiere, die Insekten, den Geruch, alles außer den vielgestaltigen Werkzeugen, die an den Wänden hingen oder dagegengelehnt waren. Warum sammelten die Männer sie nicht und legten sie auf einen Haufen in der Mitte, aus dem sich jeder nehmen konnte, womit er am besten umgehen konnte? Aber es müssten alle Männer sein. Und gleichzeitig. Denn Gewehrkugeln waren schnell und würden einige ausschalten, doch nicht alle, und darin lag die Chance.

Aber es würden nie alle mitmachen. Außer Leid war Missgunst das Einzige, was alle gemeinsam hatten. Sarah hatte die Geschichte leise erzählt, als sie glaubte, Essie würde nicht mithören, und Essie hatte sie in dem Glauben gelassen. Es brauchte nur jemand zu Massa zu laufen und den Plan zur Flucht verraten. Die Leute wollten ja niemandem was antun, obwohl es ihr gutes Recht gewesen wäre; verkaufte Angehörige waren schließlich Grund genug. Sie wollten nur irgendwo anders sein, frei sein, frei sein *von*.

Samuel schnitt die Torte in drei Stücke. Das erste reichte er Essie, das zweite gab er Isaiah, dann setzte er sich mit dem letzten Stück hin.

»Darf der Kleine was davon haben?«, fragte Isaiah Essie, die schulterzuckend nickte.

Isaiah brach ein kleines Stück von dem Tortenstück ab, zerdrückte es mit zwei Fingern und hielt es Solomon vor die Nase. Der lutschte es ihm von den Fingern, verzog das Gesicht und kaute. Ein Stück fiel ihm aus dem Mund, und Isaiah schob es wieder hinein. Als Solomon den Bissen hinuntergeschluckt hatte, öffnete er den Mund. Samuel und Isaiah lachten.

»Könnt ihr euch das vorstellen? Zwei Männer, die ein Kind aufziehen?«, flüsterte Essie und beugte sich vor.

Isaiah lachte unsicher. »Habs auch schon zwei oder mehr Frauen tun sehen. Gibt nix, was Männer davon abhalten würde – außer Männer.«

»Nich noch was andres?«, fragte Samuel.

Isaiah antwortete nicht. Das Kind zerrte an seinem Arm, und er brach noch ein Stück Torte ab und fütterte es damit. Dann biss er selbst was ab. Lächelte Essie an und nickte.

Den Blick auf Isaiah gerichtet, sagte Samuel zu Essie: »Frieden also. Du sagst, Amos will Frieden? Wovon?«

Essie seufzte, rieb sich das Gesicht und strich sich eine geflochtene Strähne hinters Ohr. »Er sagt, die Strafen werden immer schlimmer. Denkt, es hat was damit zu tun, dass ihr nich macht, was ihr machen sollt.«

Aber was sollen sie denn machen?, dachte Essie. Das Bild von den beiden stand schon erleuchtet am Himmel, einer der Wasserträger, der andere das Wasser. Wie konnte das eine Quelle von Schmerz sein? Eigentlich war sie nur aus Pflichtgefühl hier, aus Treue zu einem Mann, der für sie verhandelte, auch wenn er den Anstand des Verhandlungspartners überschätzte.

»Hat er denn gesagt, dass er mich dann nich mehr anrührt?«, hatte Essie Amos gefragt.

»So läuft das nicht, Liebes«, sagte Amos sanft. »Toubab sagen so was nich so klar. Rituale schützen dich, ob er es nun so sagt oder nich. Vor Ritualen haben sie Respekt. Wir machens auf ihre Art. Springen über den Besen. Kümmern uns um seinen Samen. Predigen sein Evangelium. Dann bist du sicher. Das schwör ich dir.«

Doch Essies Schweigen sagte etwas, was Amos nicht hörte: *Ach! Hat er das Eheritual mit Missy Ruth etwa nicht gebrochen, als er mir das angetan hat? Was für ein Evangelium sagt: »Tu das Allerschlimmste.« Solomon ist der Beweis! Du bist ein Dummkopf, Amos. Aber wenigstens einer mit reinem Herzen.*

Essie schaute Isaiah und Samuel an. Samuel warf Isaiah einen Blick zu.

»Habs dir gesagt«, sagte er.

Isaiah antwortete nicht. Er neigte seinen Blick zu Solomon. »Nich machen, was wir machen sollen«, flüsterte er. Er lächelte Solomon an, hob ihn hoch in die Luft, und das Kind strampelte, kicherte und lutschte an seiner Hand. Dann setzte er Solomon wieder ab und sah Samuel an.

»Tut mir leid«, flüsterte Isaiah.

Samuel schüttelte den Kopf und ging zu den Pferdeboxen. Er stellte sich auf die Zehenspitzen, Unterschenkel und Hintern angespannt, und reckte sich, als würde er nach etwas greifen, von dem er wusste, dass es unerreichbar bleiben würde.

Essie sah Isaiah an. »Was macht der da?«, fragte sie leise.

»Die Scheune is zu eng für ihn«, sagte Isaiah und starrte Samuels Rücken an.

»Oh«, sagte sie und ersetzte in Gedanken »die Scheune« durch »dieses Leben«.

Essie lächelte nervös. Betrachtete Samuels Rücken. Sie war geschickt worden, um ein Friedensangebot zu machen, hatte aber nur erreicht, dass die Verfolgten sich noch mehr verschanzten. Sie stand auf und wollte Isaiah den Kleinen abnehmen.

»Ich trag ihn«, sagte Isaiah und stand mit dem Kind im Arm auf. »Ich bring euch noch zum Tor.«

Sie gingen langsam. »Am liebsten würd ich ihn gar nich mehr hergeben«, sagte Isaiah.

»Kenn ich nich, das Gefühl«, erwiderte Essie. An der Türschwelle streckte sie die Arme nach dem Kind aus.

»Hör zu, Isaiah. Kommt vorbei. Sprecht für euch. Er wird nich auf euch hören. Aber …«

Sie warf einen Blick auf Samuel, der immer noch mit dem Rücken zu ihnen stand, dann sah sie Isaiah ins Gesicht. Er hatte den Kopf in den Nacken gelegt, als wäre er bereit, alle Herrlichkeit zu empfangen. Sie öffnete den Mund, um etwas zu sagen, doch die Worte kamen ihr nicht über die Lippen.

Ich würds nie laut sagen, aber ich hab ihn Solomon genannt, weil er halb meins ist und halb nich. Ist das nicht schrecklich?

Sie konzentrierte sich auf Isaiahs Lippen, bevor sie das Kind in ihren Armen ansah. *Er hat ihn mir eingepflanzt, ob ich wollt oder nich. Und als er aus mir rauskam, brach die Hölle los. Und ich muss ihn stillen. Muss ihn auf den Knien schaukeln, wenn er flennt. Und Amos sitzt dabei und passt auf, dass ich nix »Dummes« tu, wie ers nennt. Aber was is dumm dran, wenn ich auch was drüber mitzureden hab, wer ich bin?*

Essie trat nach draußen. Sie sah die Schweine in ihrem

Pferch und bemerkte zum ersten Mal, dass sie ebenso blass waren wie Solomon. Sie hörte Amos' Stimme: *»Aber der Zaun, Essie. Denk an den Zaun!«*

Wozu?, dachte sie. *Kommt ja sowieso alles durch. Holz verfault. Zäune brechen. Braucht nicht mehr als einen schlimmen Sturm. Kommen Sie daher, die Toubab? So, wie sie rumwirbeln und alles kaputt machen, was ihnen zu nah kommt? Sind sie nich wie eine Sturmflut, die Gott geschickt hat?*

Essie ließ die Pferche hinter sich und ging langsam auf das Gatter zu. *Ich bin hergekommen, mit einer Torte, die ich gar nicht machen wollte, weil Amos das Beste ist, worauf ich hoffen kann. Für ihn bin ich wer. Versteht ihr das nicht?*

Sie drehte sich um und schaute zu Isaiah und Samuel zurück, die sich nicht vom Fleck gerührt hatten. *Amos geht einen Handel ein, und sei es nur in seinem Kopf, aber bis jetzt hats gehalten, und ich lass nich zu, dass es wieder kaputt gemacht wird, dass sie mich wieder zur Zuchtstute machen. Wo wart ihr denn, als ich Hilfe gebraucht hab, hm? Bestimmt hier drin und habts getrieben. Und jetzt schlepp ich diese Bürde aus Fleisch und Blut mit mir rum, und Amos sagt, ich muss sie lieben, weil Jesus das so will. Ein geringer Preis, sagt er. Aber wer bezahlt? Das sagt er nich, er kennt ja die Antwort.*

Solomon schaute zu Essie auf, als ihr Tränen in die Augen traten. Sie wischte sie schnell weg, blinzelte und riss sich zusammen.

»Macht keinen Ärger«, rief sie, als sie davonging.

Isaiah winkte. Samuel stand immer noch reglos da, wie erstarrt; ein Summen lag in der Luft, das von ihm und doch nicht von ihm auszugehen schien, und das machte ihr Angst. Sie drehte sich um, öffnete das Gatter und blieb kurz stehen. Es umrahmte sie wie ein Bild, bevor es zuschlug und sie Richtung Norden davonging.

AMOS

Amos hatte schon viele seltsame Dinge gesehen: Kinder, die lebend aus den hohlwangigen Leichen ihrer Mütter gezogen wurden, gebrochene Männer, die laut mit Schatten redeten, Körper, die von hohen Bäumen baumelten. Einer dieser Körper hatte einem Mann namens Gabriel gehört, einem Freund von Amos' Vater. Er hatte nur wenige Erinnerungen an Gabriel, dazu war alles zu lange her. Er hatte auch nicht viele an seinen Vater – außer an seinen Namen, Boy, und an seine gebeugte Silhouette auf dem Feld, manchmal vor einem roten Horizont.

Alles, was er von Gabriel noch klar vor seinem inneren Auge sah, war das, was fehlte: ein blutiger, fortgeworfener Klumpen am Fuß des Baumes, den er anfangs mit einer vom Baum gefallenen Frucht verwechselt hatte.

Er war schon erwachsen gewesen, als er nach Empty kam, den Kopf in einer Art rostigem Käfig, weil eine Toubab-Frau in Virginia die Unwahrheit gesagt hatte und weil sein Tod nichts eingebracht hätte. Ein Vogelkäfig ohne Raum zum Fliegen, dessen Stäbe die Welt in schmale Streifen zerschnitt. Ein lächelndes Gesicht hier, ein weinendes da, doch wegen der Stäbe konnte er das

Bild nicht immer zusammensetzen. Als er, an zwanzig andere Leute gekettet, von dem quietschenden Wagen stieg, trug er einen kleinen Jungen auf dem Arm, weil er es seiner Mutter im Vorbeigehen versprochen hatte. Die Eisenketten klirrten und rasselten ohrenbetäubend, als sie nacheinander auf den Boden sprangen, mit schweren Füßen orangefarbene Staubwolken aufwirbelten, sodass sie husten mussten, als man sie hastig auf eine Wiese und am nächsten Morgen auf die Plantage brachte. Er nahm alles in sicheren, leicht zu verarbeitenden Fragmenten wahr; vielleicht hatte der Vogelkäfig doch sein Gutes. Nicht gut war dagegen, über die Vergangenheit nachzugrübeln, denn dadurch beschwor man sie herauf.

Für einsame Stunden hatte man seine Hände. Aber es ging ihm um mehr als um eine Frau fürs Ficken. Als er Essie zum ersten Mal auf dem Feld gesehen hatte, gebückt und schwitzend, die Haare mit einem Schal zusammengebunden, hoch aufgetürmt wie ein Hügel, hatte er nicht mal ans Ficken gedacht. Sein Bauchgefühl sagte ihm, dass sie zusammen sein, zusammen lächeln und zusammen Prüfungen bestehen sollten, denn sie gehörten einfach zusammen. Und nichts, was in der Fickhütte passiert war, konnte etwas daran ändern. Und als Paul ihn unter neun Männern auswählte, nahm Amos das als Zeichen.

Amos seufzte. Er hatte schon viele seltsame Dinge gesehen. Er schloss die Augen. Als Paul Essie geholt hatte, hatte Amos ihn angefleht, bis er heiser war, hatte unsägliche Gefälligkeiten versprochen, die Paul nur noch mehr erzürnten. Erst als Paul drohte, ihn auszupeitschen, verstummte Amos. Nicht aus Feigheit, es war nur sinnlos. Als Paul mit Essie davonging, glaubte Amos an ihrem stillen Gehorsam zu ersticken, bekam weiche Knie von der schieren Ausweglosigkeit. Er stellte sich Taten vor, von denen er wusste, dass er sie nie ausführen konnte, ohne dafür bitter büßen zu müssen, und zwar nicht als Einziger. Paul alle Knochen zu brechen, war ein Leichtes, doch die Knochen zu Staub zu zermahlen, mit dem er sein Gesicht färben konnte, um zu tanzen, einen Stab zu schwingen und den Ahnen, die ihn vielleicht nicht einmal hören würden, halb vergessene Wörter zuzurufen, wäre weit schwieriger, denn es gab keine Garantie dafür, dass er Hilfe bekommen würde.

Stundenlang saß er in der dunklen Hütte. Sah, wie die Dunkelheit sich verdichtete, zu wabern, herumzuwirbeln begann. Sah, wie sie nach ihm griff, ihn streichelte, packte, befingerte. Als Essie schließlich zurückkehrte – mit einem blauen Auge, wirren Haaren, schweren Gliedern, blutend und mit einer Zahnlücke – hätte er sie am liebsten umsorgt wie ein Neugeborenes. Stattdessen flüsterte er ihr wider besseres Wissen gereizt etwas ins Ohr. Er konnte nicht anders. Sie war der Spiegel für seine Ohnmacht, und ihm fehlte der Mut, demjenigen die Schuld zu geben, der sie wirklich verdiente.

»Man kann ihnen an den Ohrläppchen ansehen, was sie wollen. Keine Ahnung, warum, is einfach so«, flüsterte Amos, als würde es eine Rolle spielen. Dumme, gezischte Worte, die Essies Haut scharf streiften.

»Hättst ihn umbringen können«, fügte er hinzu, als keine Antwort kam. Er brachte nur den Mut dazu auf, weil es dunkel war und er sie kaum sehen konnte. Als Essie nach Luft schnappte, erschrak er. Was sie, wie er wusste, nicht sagte: *Du auch*.

Am nächsten Morgen, auf der Plantage, hatten sich seine Finger wie zum Töten gekrümmt (nicht für einen Mord, denn laut Gesetz waren er und seinesgleichen keine Menschen). Seine Hände waren blutig von den Dornen, doch stark wie nie. Mit ein bisschen Mumm konnte er mühelos *einen* von ihnen erwürgen, angefangen mit James. Es war ein bisschen wie Baumwolle zupfen: das Leben aus einem niederträchtigen Menschen herausreißen, unter derselben sengenden Sonne, in derselben gebückten Haltung wie immer, von der ihm alle Knochen schmerzten. Wie wäre es, einen Menschen tot umfallen zu sehen als Lohn für all die Leiden? Dabei wäre er gern zur Hand gegangen.

Es gärte in ihm, ließ ihm keine Ruhe. Kurz dachte er darüber nach, James die siebzig Pfund, die er bisher gepflückt hatte, in den Rachen zu stopfen und ihn damit zu ersticken. Er grinste flüchtig.

Am Ende des Tages hatte er hundert Pfund zusammen, obwohl er doppelt so viel hätte pflücken können. Aber man durfte keine zu hohen Erwartungen wecken. Wenn man von Anfang an alles gab und danach weniger leistete, peitschten die Idioten einem den Rücken blutig und verwehrten einem die Heilung. Ungerührt vom Blut schleiften sie deinen kranken Hintern zurück aufs Feld und rangen dir mit vorgehaltener Waffe Hunderte Pfund ab. Deshalb ließ er es langsam angehen.

Doch Amos spürte, dass selbst die gemäßigte Plackerei seinen Geist abstumpfen, die Welt um ihn herum schrumpfen, Himmel und Erde zu einem nicht unterscheidbaren Ganzen verschmelzen ließ. Er sehnte sich danach, die Arme auszubreiten, tief einzuatmen, aber der Zwang, der Druck, die Enge schnürten ihm die Luft ab, als würde er von einem Ast baumeln. Nur Luft zum Atmen, mehr wollte er gar nicht. Nicht mal durch den Mund. Ein bisschen durch die Nase ein- und ausatmen würde ihm reichen. Das würden sie gar nicht merken.

Aber vielleicht zeichnete sich ja wirklich eine Art Verschnaufpause ab.

Sieben Tage später gab er Essie ein Versprechen.

»Nie wieder. Das schwör ich dir.«

Als ihre Morgenübelkeit verriet, dass sie, flacher Bauch hin oder her, ein Kind im Leib trug, dessen Pappy unbekannt war, bis man die Hautfarbe des Neugeborenen sah, machte Amos sich daran, dafür zu sorgen, dass Essie in Sicherheit war. Er verlud den letzten Sack Baumwolle auf den wartenden Wagen, als der rosige Himmel wie immer nur das Ende eines weiteren trostlosen Tages, aber nie eines neuen Morgens ankündigte. Er nahm den Strohhut ab, den Essie für ihn geflochten hatte, presste ihn sich an die Brust und starrte auf seine Füße. Das war die einzige Art, sich einem Toubab zu nähern, besonders, wenn man ihn um etwas bitten wollte. Sie hielten nichts von Mut, für sie war das Arroganz. Amos wartete, bis die anderen sich mit schweren Schritten, gebeugt, schwitzend, erschöpft und mit glasigem Blick, zu ihren Hütten zurückschleppten. Er hoffte, der Anblick ihres Elends würde Pauls Herz wenigstens etwas besänftigen und darin Raum für Erbarmen schaffen, und sei es noch so wenig.

Paul und James standen auf der anderen Seite des Wagens und unterhielten sich über Isaiah und Samuel. Amos hörte sie über »Zuchthengste« sprechen und wie Paul James fragte, ob er ihnen in der Fickhütte zugeschaut hätte; James bejahte, und Paul antwortete: »Aber wo bleiben dann die kleinen Nigger?« James hatte geschnaubt und gesagt, wenn mit den beiden irgendwas nicht in Ordnung war, sollte Paul überlegen, sie »durch brauchbare Nigger« zu ersetzen, doch Paul sagte: »Was bringts, die beiden besten zu verkaufen?«

Amos ging um den Wagen herum.

»Massa«, sagte Amos und schlurfte auf sie zu, in der Hoffnung, dass seine Unverschämtheit durch seinen Vorschlag wieder wettgemacht wurde. »Bitte um Verzeihung. Ich wollt nich stören. Ich wollt auch nich zuhörn, wenn Sie über ihre Angelegenheiten sprechen. Aber ich hoff, Sie hörn mich, wenn ich frag: Brauchen nicht auch wir Nigger Jesus?«

Es war das erste Mal, dass Amos die beiden Wörter – Nigger und Jesus – benutzte, aber er hatte beschlossen, dass es den Verrat wert war, schließlich hatte er Essie am siebten Tag sein Wort gegeben. Paul nahm den Hut ab und sah James an.

James schmunzelte, nahm seinen eigenen Hut ab, fächerte sich damit Luft zu und verscheuchte die Fliegen.

»Vetter, du siehst aus, als könnste was zu trinken vertragen.«

Amos sah ihnen nach, als sie von ihm weg zur Scheune gingen, die Zügel der Pferde nahmen, die Isaiah ihnen brachte, zusammen davonritten und ihn allein auf der Plantage zurückließen. Die Frage hing in der Luft.

Er war klug genug, sie kein zweites Mal zu stellen. Er wartete ab. Seine Geduld zahlte sich aus. Keine zwei Wochen später rief Paul ihn zu sich. Amos ging zur Rückseite des Großen Hauses, aber Maggie, die ihn holen kam, führte ihn zur Haupttreppe. Sonst durfte seinesgleichen das Große Haus nicht betreten, schon gar nicht durch den Vordereingang. Außer Maggie, Essie und ein paar anderen hatten seine Leute die Grenze, die die Treppe zur mächtigen Eingangstür darstellte, zu respektieren gelernt. Das ließ Raum für Spekulationen über das, was jenseits dieser Grenze lag. Ein paar vermuteten, eine Höhle oder ein Abgrund. Andere glaubten, das Ende. Amos sagte: »Nee. Nix als Gier.« Er hatte recht. Aber nicht, weil er das zweite Gesicht hatte, zumindest noch nicht. Es lag daran, dass er Essie gut zugehört hatte.

In den Monaten, bevor ihr Glück zerstört worden war, hatte Essie Amos erzählt, dass das Große Haus viel zu groß für drei Personen sei und sie sich Tierköpfe an die Wand hängten wie Kunst. »Gleich neben ihre eigenen Visagen, ist kein großer Unterschied«, sagte sie mit reizendem Schmunzeln.

Sie erklärte, sie habe nicht gewusst, dass drei Menschen so viel *Unordnung* machen konnten, sodass sie Tage brauchte, um aufzuräumen. Wieder und wieder verlangten sie nach Ordnung, nur um wieder Chaos und Verwüstung zu hinterlassen und erneut nach Ordnung zu verlangen. Sie sagte, so grausame Leute hätten keine so weichen Betten verdient, mit Ausnahme von Timothy, der ein sanftes Wesen habe.

Sie habe noch nie so viele brennende Kerzen auf einen Haufen gesehen, sagte sie, und das weiche Licht komme aus allen Ecken, werfe fröhliche Schatten an die Wand, die wuchsen und wuchsen, bis sie plötzlich bedrohlich wirkten. Essie und Maggie kam manchmal der Gedanke, dass man nur einer der Kerzen einen sanften Stoß zu geben brauchte, und vielleicht würde auch die daraus resultierende Feuersbrunst prächtig beginnen, bis sie sich in etwas Schreckliches verwandelte.

Paul blieb draußen vor der Treppe kurz stehen. Dann stieg er langsam hinauf, warf gelegentlich einen Blick zurück zu dem verblüfften Amos, der sich in den Bildern verlor, die Essie ihm in den Kopf gesetzt hatte. Er befand sich zum ersten Mal in unmittelbarer Nähe des Großen

Hauses. Derart riesig waren ihm die vier weißen Säulen vor der Fassade noch nie vorgekommen. Er hatte Angst hindurchzugehen, vielleicht gab es dann kein Zurück mehr.

Auf gewisse Art hatte er recht. Er blieb am Fuß der Treppe, zwischen zwei Steinguttöpfen mit roten Rosen, stehen und überlegte, ob er gerade einen schrecklichen Fehler machte. Hinter ihm ging die Sonne unter. Er konnte nicht sehen, dass ihr blutig-oranger Schein seinen Rücken einfärbte. Sein Rücken hatte schon andere Farben gehabt – schwarz, violett, rot, blau –, aber dieses Licht war mild genug, um schmerzlos zu erscheinen.

»Amos!«

Pauls scharfer Tonfall holte Amos abrupt ins Jetzt zurück, und er nahm zwei Stufen auf einmal, wobei er darauf achtete, den Kopf gesenkt zu halten.

»Verzeihung, Sir.«

Er fragte sich, ob er ein Kompliment hinterherschieben und Paul erklären sollte, er sei von der Schönheit des Hauses überwältigt gewesen. Der weiße Anstrich war nicht makellos; Amos fiel auf, dass die Farbe an einigen Stellen abblätterte und sich am Fundament Schimmel gebildet hatte. Gerade schwebten einige Blätter zu Boden, wurden raschelnd über die vordere Veranda geweht und blieben neben zwei Schaukelstühlen aus Eiche liegen. Aber die Fenster glänzten, und die Fensterläden zu beiden Seiten waren so fein gearbeitet, dass er sich fragte, ob dahinter tatsächlich so viel Schreckliches vorgehen konnte. Würde Efeu sich so dicht an eine betrügerische Geliebte schmiegen?

Noch war Zeit umzukehren. Es würde ihn Haut kosten, aber die würde wieder heilen. Vielleicht konnten Toubab deshalb so viele schreckliche Dinge tun: Die Leute schienen sie aushalten, ertragen und überleben zu können, sie wurden Augenzeugen von Grausamkeiten aller Art und wirkten doch unversehrt. Bis auf die Narben. Narben, die ihre Körper überzogen wie die Borke einen Baum. Doch die schlimmsten Narben waren jene, die man nicht sehen konnte, sie entstellten den Geist und quälten die Seele, bis man nackt wie am Tag der Geburt im Regen stand und flehte, die Tropfen mögen aufhören zu fallen.

Voller Ehrfurcht zwang er sich, über die Schwelle zu treten, und kam sich plötzlich klein und schmutzig vor. Er vergaß sich und hob den Blick. Selbst auf Zehenspitzen hätte er die Decke nicht berühren können. Und obwohl er sich alle Mühe gab, konnte er nirgends einen Schmutzfleck entdecken.

»Los, beweg dich«, sagte Paul und riss ihn aus seinen Gedanken. »Warum seid ihr immer so langsam?«

Doch wäre Amos noch schneller gegangen, wäre er gegen Paul geprallt oder schlimmer noch, an seiner Seite gegangen – eine Todsünde. Und so hielt er sich absichtlich zurück, machte statt einem Schritt zwei kleinere. Das schien Paul zu gefallen.

Aus dem Augenwinkel sah Amos Maggie einen Sessel

abstauben, auf dessen Polster eine Landschaft eingestickt war. Für Amos sah es aus wie ein Bild der Halifax-Plantage um zwölf Uhr mittags, wenn die Sonne am höchsten stand und die Pflücker am strengsten überwacht wurden, wenn die Kehle völlig ausgedörrt und ausgetrocknet war, aber die Aufseher sie trotzdem ansahen, als wäre an eine natürliche Pause, wie sie ein Mensch nötig hatte, nicht zu denken, und sie daran erinnerten, dass sie noch gut dran waren: Sie könnten auch Zuckerrohr schlagen, was das Risiko erhöhte, Gliedmaßen zu verlieren, oder am Hafen arbeiten, zusammen mit Männern, die so lange fern der Zivilisation gelebt hatten, dass sie ein Loch nicht vom anderen unterscheiden konnten, oder Indigo ernten, sodass ihre Hände bis in alle Ewigkeit als Werkzeuge erkennbar waren. Oder sie konnten von Ärzten erworben werden, die Leichen dringender brauchten als alles andere. Sollte heißen: Seid dankbar, dass ihr nur Baumwollpflücker und gelegentliche Bettwärmer seid. Es könnte weit schlimmer sein.

Maggie verdrehte die Augen, und Amos fragte sich, ob das ihm galt. Sie hatten nicht genug miteinander zu tun gehabt, dass er das verdient hätte. Maggie war eine gute Freundin von Essie, sie musste doch wissen, dass er all das nur für sie tat.

Begriff Maggie denn nicht, dass aus seiner jetzigen Demütigung später Weihe wurde? Sie würde den Blick noch bereuen, den sie ihm zuwarf, als er Paul zu einem Raum folgte, dessen Tür geschlossen war. Sie würde über seine Pläne staunen, wenn er sie ihr erklärte. Ja, es war eine unausgesprochene, keine ausdrückliche Vereinbarung: Dafür, dass er etwas über Christus lernte – eigentlich war jegliche Gelehrtheit vom Gesetz untersagt –, würde Amos dafür sorgen, dass Gehorsam höher geschätzt wurde als Widerstand. Weltliche Belohnungen, wenn es sie denn gab, konnten sich eben nicht mit den himmlischen messen. Auf Empty sollte weder gegen den Herrn noch gegen die Herrin je eine Waffe erhoben werden.

Ungehorsam würde geächtet werden. Und war Isaiahs und Samuels Verstocktheit nicht genau das? Mit den Mädchen, die man ihnen zuführte, war alles in Ordnung; das hatte Paul bewiesen. Es war unmöglich, dass *beide* unfruchtbar waren. Also musste es Sturheit sein, die Absicht, Pauls Plan, sie nach Gutdünken zu vermehren, zunichtezumachen. Es war, als glaubten sie, wenn ihre Blutlinie mit ihnen endete, könnten sie dem Blut von ihrem Blut ersparen, worunter auch immer sie ihrer Meinung nach litten.

Ha! Was die Peitsche nicht schaffte, konnte Jesus richten. Und das hatte sein Gutes!

Aber das war noch nicht alles. Zwischen den Zeilen verborgen lag der Glaube. Der hatte ebenfalls Gewicht. Amos wusste, dass ein Erfolg ihm Einfluss verschaffen würde. Nicht *zu* viel; man durfte nie glauben, ein Toubab würde sich so dreist beeinflussen lassen, schon gar nicht von einem wie ihm. Alles musste zumindest dem Anschein nach abgesegnet sein. Und am Ende würde er die Bestätigung bekommen, dass Paul keine Verwendung mehr für Essie hatte. Halleluja.

Dafür, dass er Paul die Segnungen verschaffte, die er anstrebte, würde der frisch getaufte Amos Essie zur Frau nehmen. Ein einfacher Besensprung, das hatte Amos als Kind oft bei seinen Verwandten gesehen. Zuvor musste er Paul um Erlaubnis bitten. Die Zeremonie folgte strikten Regeln und konnte nur durchgeführt werden, wenn der Herr des Hauses seine Zustimmung gab. Und obwohl ihre Feier nicht so beeindruckend sein würde wie die der Toubab – keine Pferde, keine Fanfaren, keine maßgeschneiderten Kleider, keiner, der von weit her zur Hochzeit anreiste – nicht einmal Essies Eltern würden da sein, um die Braut zu übergeben, denn anscheinend waren sie selbst von anderen übergeben worden –, konnte man sich keinen schöneren Hintergrund vorstellen als die Wasser des Yazoo, die alles andere als ziellos dahinströmten.

Es war dieser letzte Gedanke, der Amos den Atem raubte, und nicht die Tatsache, dass Paul die Tür zu seinem privaten Arbeitszimmer öffnete, das zu allen Seiten, vom Boden bis zur Decke, mit Büchern angefüllt war. Paul lächelte, vermutlich, weil er glaubte, Amos sei vor Staunen über den prächtig eingerichteten Raum die Luft weggeblieben. Schwungvoll setzte Paul sich hinter den dunklen Ahornholzschreibtisch mit ordentlichen Papierstapeln und einem verschlossenen Tintenglas, auf dem eine Feder lag. Dann bedeutete er Amos vorzutreten.

Der knautschte seinen armen Hut in den Fingern, zerknüllte ihn, als wollte er ihn wegwerfen, trat ängstlich ein paar Schritte vor und hielt den Blick gesenkt, als Paul eine Kerze in einem Halter aus Messing anzündete.

»Sag mir, was du über Christus weißt«, sagte Paul lauter als nötig.

Amos wusste, dass Paul sich gern selbst reden hörte und – von seiner eigenen Großtuerei geblendet – seine Ansichten, ausgeschmückt mit Bibelzitaten und ohne Rücksicht auf sein Publikum, ausführlich zum Besten gab. Essie hatte ihm erzählt, wie Paul die Aufmerksamkeit seiner Gäste bei den Feierlichkeiten, die er und Ruth gelegentlich veranstalteten, komplett in Beschlag nahm. Dann ließ er mehr ihrer Leute ins Große Haus als sonst und gab ihnen die besten Kleider zum Anziehen, um seine Gäste zu beeindrucken, die weißen Stoff auf schwarzer Haut als schön empfanden. Sie staunten mit großen Augen und offenem Mund über den Kontrast, der sie auf eine Art faszinierte, über die Essie nur Mutmaßungen anstellen konnte.

Doch jeder könne sehen, sagte Essie, wie Pauls Gäste gähnten, die Augen verdrehten, die Uhren aus der Tasche zogen, anderweitige Verpflichtungen vorschützten und erkennen ließen, dass sie mehr als genug gehört hatten. Paul machte trotzdem unbeirrt weiter. Wer sich in seinem Haus aufhielt, war moralisch verpflichtet, das Wort Gottes zu hören, das Gott selbst ihm in den Mund gelegt hatte.

Amos hatte ebenfalls beobachtet, wie sehr Paul von seiner eigenen Fähigkeit begeistert war, Wörter in seiner Muttersprache aneinanderzureihen, um über Reichtum, Herrschaft und Frömmigkeit zu predigen. Nicht zum ersten Mal beneidete Amos ihn. Wie musste es sein, morgens aufzuwachen und den neuen Tag in der Sprache der Mutter seiner Mutter seiner Mutter zu begrüßen? Teufel, auch nur zu wissen, wer die Mutter der Mutter der Mutter war!

»Ich sage dir, Nigger, diese Reise, auf die du dich begeben willst, ist nichts für Wankelmütige. Wenn du berufen bist, schuldest du dem Allmächtigen Ergebenheit, und deine Loyalität gehört bis in alle Ewigkeit mir, weil ich es gestattet habe.«

Amos beugte den Kopf noch tiefer und murmelte: »Ja, Massa.«

»Was hast du gesagt?«

»Jassir, Massa«, sagte Amos lauter. Seine Hände zuckten.

Nicht zum ersten Mal spürte er einen Stich in der Magengrube und gab sich Mühe, ihn nicht als Unterlegenheit zu deuten. Hier zu stehen und den Kopf vor dem Mann beugen zu müssen, der seine zukünftige Besen-Ehefrau befleckt hatte – nein, *sich selbst* befleckt hatte! Denn Paul hatte sich gegen seine eigene Menschlichkeit versündigt, und keine noch so makellose, maßgeschneiderte Kleidung, keine noch so geschliffene Sprache der Welt änderte etwas daran. Auch nicht das sorgsam gerahmte Gemälde, das ihn zusammen mit seiner Familie zeigte; die »Lady«, wie sie genannt wurde, saß in der Mitte, wie es ihr gebührte, flankiert von ihrem Mann und ihrem Sohn, als wäre es ihrer beider Pflicht, sie vor neugierigen Blicken zu beschützen; alle schienen den Betrachter mit einem unterdrückten Lächeln anzusehen und zu verhöhnen. Es hing über dem Kamin, in dem mitten im August ungeniert ein knisterndes Feuer brannte.

Nein. Nichts von diesem Zeug würde Paul retten. Weder die gestapelten Münzen noch die Schuldnerbriefe noch die Wagenladungen von Menschen noch die vielen Morgen Land, das die Lebenden und die Toten beherbergte und trotzdem immer eine reizvolle grüne Landschaft blieb. Nichts davon würde Paul vor seiner redlich verdienten Strafe schützen, wenn Amos sich ganz in seine Rolle gestürzt hatte; so tief, dass er sich womöglich selbst darin verlor, zu ihr *wurde*, flügellos bis ganz unten stürzte, wenn es nötig war, um Essie zu schützen. Er würde sich ducken, ja, den Kopf beugen. Sollte Paul in seinem Zorn sehen, wo die Krone hingehörte.

Monatelang lernte Amos von Paul Wort für Wort, was Paul »das Buch der Schöpfung und die Quelle der Namen« nannte. Nachts erzählte Amos Essie von dem, was er erfahren hatte, und sprach zu ihrem Bauch, damit das Kind ebenfalls lernen konnte. Essie war fasziniert, weil sie die Geschichten noch nie so gehört hatte. Amos erkannte, dass er den Worten einen Rhythmus verlieh, der

Paul fehlte. Das gefiel ihm. Und da spürte er ihn: seinen Höhenflug.

Kurz bevor er den Gipfel erreichte, brachte Essie eine Enttäuschung zur Welt. Amos sah die Hautfarbe des Kindes und wusste sofort, was Sache war. Die Hebamme weinte, das Kind schrie, und Essie brüllte: »Solomon!« Amos trat einen Schritt zurück, atmete tief ein und schnell wieder aus.

Er ging neben Essie auf die Knie. Er wusste, was sie wollte, denn er kannte die Geschichte nur zu gut. *Das Kind in zwei Teile teilen?* »Nein, Ma'am. Tut mir leid. Geht nicht. Nicht, wenn wir dich beschützen wollen. Glaubs mir. Ich weiß es.«

Fast ganz oben angekommen, riss ihn das unaufhörliche Geheule von Frau und Kind zurück auf die Erde. Auf seine Träume konnte sich Amos anfangs keinen Reim machen. Ein Wirbel aus Blitzen, heulendem Wind, Donner, ohrenbetäubenden Gesängen, Farben, Schemen, Strudeln, Musik. Er war verwirrt. Er hatte erwartet zu fallen, hatte es vorausgesehen. Er hatte es sich jedoch eher wie ein Vorwärtsstürzen vorgestellt, so wie man sich nach einem langen Tag auf seine Pritsche fallen lässt, mit ausgestreckten Armen, um den Aufprall abzufangen. Doch in den Träumen fiel er rückwärts. Ausgestreckte Arme nützten nichts. Und so trat er um sich und schrie in dem blendend weißen echolosen Raum.

Doch jemand *lebte* in dieser weißen Wolkenwelt, hatte sich in die Nebelschleier eingehüllt, durch die Amos stürzte. Jemand, der nicht unsichtbar war, sondern seiner Umgebung nur seine eigene Farbe verliehen hatte, um sich zu tarnen. Amos wusste, dass er nur zu warten brauchte. Wenn er sich hartnäckig in Geduld übte, würde dieser Jemand blinzeln und kurz seine Anwesenheit verraten, und Amos würde darin Zuflucht finden, wie in einem baumwollweichen Wolkenkuckucksheim. Dann würde er ihn im Chor seinen Namen sagen hören.

Doch der Chor blieb aus. Amos hörte nur eine einzige Stimme, hart, eisig und rau wie Schotter. Als sie seinen Namen sagte, spürte Amos die Kälte bis ins Mark.

Er erwachte schweißüberströmt, außer Atem, zu erschöpft, um sich zu rühren, halb verhungert, die Kehle wie ausgedörrt, die Stimme nur noch ein Krächzen. Und doch hatte ihn etwas berührt. Er strahlte ein Wissen aus, das er zuvor nicht gehabt hatte, eine Gewissheit, eine Klarsicht, die ihm in der Vereinigung mit dem unergründlichen Wesen in seinem Traum zuteilgeworden war. Das Motiv dahinter war unergründlich, aber irgendwie wusste Amos, dass er als Kanal dienen sollte, um den Menschen Erkenntnis zufließen zu lassen. Wenn die Zeit reif war, würden diese Kräfte – welcher Natur auch immer sie waren – mit ihm, durch ihn sprechen. Es war das Zeichen derer, die in Zungen redeten. Der Elenden und doch trotz allem Gesalbten. Amos wusste, dass Paul keine ähnlichen Erfahrungen gemacht hatte. Diese Sache gehörte ihm, Amos, allein.

Er sah Essie an, die neben ihm lag, betrachtete sie mit

ganz neuen Augen, musterte jede Locke auf ihrem Kopf, die kohlrabenschwarzen Strähnen, die ihren Nacken verdeckten, der in die Rundung ihres Rückens überging. Er konnte die Erhebungen ihrer Wirbelsäule sehen, die hinunter zu der Pracht führten, die ganz ihr gehörte; das war das Geschenk, das er ihr durch seine Verwandlung zu machen hoffte: dass sie wiedererlangen würde, was rechtmäßig ihr gehörte, dass sie sich selbst zurückbekam, und er würde es bezeugen und einen Psalm rezitieren.

Bei seiner ersten Predigt sprach Amos vor den vier Leuten, die es an ihrem Ruhetag geschafft hatten, sich aufzuraffen. Amos hatte Paul um Erlaubnis gebeten, die Lichtung benutzen zu dürfen, die sich jenseits der Plantage, aber noch auf Halifax-Land befand. Paul hatte James befohlen, sie zu bewachen.

Amos kletterte auf den Felsbrocken wie auf einen Berg, stand gleichermaßen in Licht und Schatten. Und von diesem Moment an konnten die Leute den Blick nicht mehr von ihm wenden.

»Was würd Gott nich für einen Krug Limonade geben«, sagte er zu ihnen, als er sich mit einem gefalteten Stofffetzen die Schweißperlen von der Stirn tupfte.

»Oder Gemüsesud«, warf ein Mann namens Coot ein, und alle lachten.

»Ihr seid nicht euer Körper«, sagte Amos sanft. James stand mit seinem Gewehr im Schutz der Bäume.

»Was soll das?«, fragte eine Frau namens Naomi.

»Klar bin ich mein Körper. Und ich hab die Narben und müden Hände, ums zu beweisen.«

Amos lächelte und ging zu ihr. Berührte, während sie misstrauisch zusah, ihren Arm. Legte ihr die andere Hand auf die Brust, spürte ihren Herzschlag, schüttelte den Kopf. Dann richtete er sich abrupt auf, klatschte in die Hände und schaute nach oben, an den Bäumen vorbei in den Himmel und schloss die Augen, um der Stimme in seinem Inneren zu lauschen, die kaum mehr war als ein Flüstern, ein unaufhörliches Raunen, das kaum von Stille zu unterscheiden war, sodass er Stille brauchte, um es zu hören. Er musste alles, selbst seinen Atem, zur Ruhe bringen, um die gemurmelten Worte zu verstehen, von denen er sicher war, dass sie aus dem Zentrum von allem kamen, wo der Nebel nur zu blinzeln brauchte, um ihm das Versteck zu verraten.

Er schlug die Augen auf und schaute auf Naomi hinunter, die vor ihm saß.

»Ich hab ne frohe Botschaft für Sie, Ma'am.«

Naomi legte sich die Hand an die Wange, als hätte sie die flüsternde Stimme ebenfalls gehört.

Am Rand der Lichtung nahm James seinen Hut ab, stellte das Gewehr auf den Boden und stützte sich darauf wie auf einen Spazierstock. Und er sagte, laut, damit Amos es hörte:

»Da hol mich doch der Teufel.«

—

»Hat euch die Torte geschmeckt?«

Amos' Frage stob auf wie Staub und hing kurz in der Luft, bevor die Brise sie über Isaiahs Schulter davontrug. Isaiah und Samuel standen Seite an Seite im Eingang zu Amos' und Essies Hütte. Ihre Haltung wirkte kämpferisch, doch Amos hatte keine Angst. Hinter ihnen schützte ein blaues Stück Stoff den Eingang gegen die Sonne. Die Gesichter der beiden lagen im Schatten, und Amos konnte nur vage Details ausmachen; Lippen, blitzende Augen, nicht viel, aber das war egal, denn ihr Schwarz, das von der Dunkelheit in der Hütte noch hervorgehoben wurde, war Beruhigung genug.

»Essie kann gut backen, was?«

»Was willst du von uns?«, fragte Samuel mit gedämpfter, tiefer Stimme.

Amos, der mit gefalteten Händen und zusammengepressten Lippen dasaß, schloss die Augen.

»Sags graderaus, Amos«, sagte Samuel.

Amos öffnete die Augen und sah Samuel an. »Ich sags graderaus: Ihr müsst Massa Kinder schenken.«

Samuel beugte sich vor, bis sein Gesicht direkt vor dem von Amos war. Er musterte es, als suchte er etwas darin. Als er es gefunden hatte, zog er eine Augenbraue hoch.

»Was hat er dir versprochen? Was zu essen? Abstecher in die Stadt? Die Freiheit? Zeig mir einen Toubab, der sein Wort hält.«

Amos lächelte, lehnte sich zurück und nickte.

»Be Aunties Tochter Puah ist genau im richtigen Alter, oder?«, sagte er. »Mit der könntest du Massa stramme Kinder machen.«

Isaiah sah Samuel an, dessen unsteter Blick Bände sprach. Amos sah ihm direkt in die Augen.

»Und, was meint ihr?«, fragte er. Samuel und Isaiah antworteten nicht.

»Ich versteh nich, warum ihrs euch so schwer macht«, sagte Amos leichthin. »Is nicht so, als würd was von euch verlangt, was noch nie von nem Mann verlangt wurde. Was is bei euch anders?«

Schweigen.

Isaiah sah Samuel an. Samuel schnaubte.

»Warum tuste uns das an, Amos?«

Amos sah, wie Samuel noch einen Augenblick stehen blieb, dann nach draußen stürmte, sich bückte und den nächstbesten Stein aufhob, mittelgroß, er passte bequem in seine Hand. Samuel ging zurück in die Hütte, hob den Arm, warf den Stein nach Amos und verfehlte seinen Kopf nur knapp. Absichtlich, denn auf die kurze Entfernung war es ein sicherer Wurf. Amos duckte sich, dann stand er schnell auf, blieb aber stehen. Isaiah umfasste Samuels angespannten Arm, doch der riss sich los, rannte aus der Hütte und ließ Isaiah allein mit Amos zurück.

Amos schmunzelte, dann ging er auf Isaiah zu.

»Der hat ne ganz schön kurze Lunte, hm? Sorg dafür, dass er das in den Griff kriegt. Wenn dus nich tust, machts die Peitsche.«

Isaiah sagte nichts. Amos legte ihm die Hand auf die Schulter. Isaiah schaute sie an und nahm sie herunter, sanft, ohne Groll und ohne Amos anzusehen. Er behielt das Loch in der Wand im Auge, wo die Tür hätte sein sollen, aber nur ein blaues Stück Stoff hing. Amos stellte sich vor ihn hin, legte den Kopf schräg und schaute ihm in die Augen.

»Du erinnerst dich, oder? Damals, auf dem Wagen. Weißte noch?« Amos bückte sich, legte die Arme zusammen, als würde er ein Kind auf den Arm nehmen, nein, wiegen. Da war nichts, und doch war da etwas.

Isaiah riss die Augen weit auf; er öffnete den Mund, brachte aber keinen Ton heraus. Dann:

»Das wars du?«, fragte er schließlich mit zitternder Stimme. »Ich versteh nich. Warum haste nie was gesagt? Warum haste so lang gewartet?«

Isaiah trat näher an ihn heran. Amos wich nicht von der Stelle.

»Ich …«

»Damals haste gesagt, du sagst mir mein Namen. Hattest es versprochen. Haste gesagt.«

»Ich wollt warten, biste ein Mann bist. So was darf man einem Kind nich aufbürden. Is zu schwer.«

»Du wusstest, dass ichs bin, und hast nix gesagt?«, fragte Isaiah mit brechender Stimme.

Erneut legte Amos Isaiah die Hand auf die Schulter. »Ich wusste, dass dus warst, und wollts dir erzählen, wenn die Zeit da is.«

»Jetzt is die Zeit da, oder? Los, sags mir.«

»Wenn dus dir verdient hast.«

»Was denn jetzt? Wenn ich ein Mann bin oder wenn ichs mir verdient hab? Entscheid dich.«

»Komm am Sonntag mit innen Wald«, sagte Amos schließlich und ließ die Arme herunterhängen. »Mein Junge.«

»Mein. Name!«, schrie Isaiah.

Die Tränen begannen zu fließen. Hinterließen Streifen auf seinen Wangen. Obwohl Amos bei ihrem Anblick keine Freude empfand, lächelte er. Isaiah kann man noch erreichen, dachte er.

Isaiah schwieg. Er schaute wieder zu dem Vorhang, der sich jetzt leicht in der Brise bewegte.

»Ich weiß mehr als nur deinen Namen«, sagte Amos. »Red mit Samuel wegen Puah. Und für dich finden wir auch noch wen. Aber nich Essie. Nich Essie, nie wieder.«

Isaiah sah Amos an, als würde er die Worte, die ihm auf der Zunge lagen, nicht über die Lippen bringen. Dann schloss er die Augen. Amos sah zu, wie er seine Verzweiflung unterdrückte. Isaiah gab ein ersticktes Geräusch von sich – weder so lieblich wie Vogelgesang noch so dröhnend wie ein Mittagsgewitter, sondern etwas dazwischen – das in Amos Sehnsucht nach der Heimat auslöste – Virginia. Ein trügerisches Gefühl, denn dort war er ebenso wenig zu Hause wie hier; wo sein Zuhause lag, würde er nie erfahren. Isaiahs Schmerz war ihm nicht fremd.

Isaiah schlug die Augen auf.

Amos' Mund öffnete sich wie zu einem Flüstern oder einem Kuss, seine Zunge bewegte sich rastlos hinter seinen Zähnen. Dann schloss er ihn wieder. Was hätte er nicht dafür gegeben, damit auch sein Schmerz gelindert wurde. Er schüttelte den Kopf und schnaubte frustriert.

»Puah. Und für dich finden wir auch jemand. Aber nich Essie.«

Isaiah senkte den Kopf, als er die Hütte verließ. An seinen gebeugten Schultern erkannte Amos, dass er gegen diesen Jungen, den er einst vom Wagen gehoben hatte, Gewalt anwendete. Und das ließ ihn, obwohl es notwendig war, nicht kalt. Isaiah rannte abrupt in Richtung Scheune davon, verschwand hinter der Staubwolke, die er hinterließ. Jetzt war es an Amos, das blaue Tuch anzustarren, das sich leicht in der Brise bewegte.

Einige Tage, nachdem Samuel ihm fast einen Stein an den Kopf geworfen hätte, ging Amos zur Scheune. Auf dem Weg dorthin betete er, ignorierte die Kinder, die im Gebüsch spielten, und die Leute, die ihm zuwinkten, als er an ihren Hütten vorbeiging. Sie würden ihm seine Unhöflichkeit verzeihen müssen. Als er den Zaun vor der Scheune erreichte, sah er Samuel und Isaiah vor dem Tor knien, zwischen sich einen Eimer. Er weigerte sich, sich von dem Leuchten, das von ihnen ausging, verführen zu lassen.

»Kommt ihr zum Gottesdienst?«, rief Amos ihnen

lächelnd zu, duckte sich unter den Zaunlatten hindurch und ging auf sie zu. Er schaute von einem zum anderen, als sie innehielten und sich ihm zuwandten. Sein Blick blieb an Isaiah hängen.

Samuel atmete scharf aus und wandte seine Aufmerksamkeit wieder dem Eimer zu.

»'Zay hat mir erzählt, was du gesagt hast und was du ihm nicht sagen willst. Ich würd dir am liebsten an Ort und Stelle eins überziehen.« Samuel kniff die Augen zusammen, sah Amos an und stand auf, die Hände zu Fäusten geballt. »Hau ab.«

Amos wich ein paar Schritte zurück. »Ihr seid noch jung«, sagte er. »Ich will nich nur euch beiden was Gutes tun, sondern *allen*.« Seine Hände flehten, *flehten*. »Nur ein Mal. Ihr alle beide. Nur ein Mal.«

»Wann wars je nur ein Mal?«, erwiderte Isaiah. »Frag Essie.«

Das traf Amos bis ins Mark. Er schloss die Augen und ging in sich, in der Hoffnung, mit etwas Hilfreicherem zurückzukommen.

»Soll das etwa heißen, ihr wollt, dass wir alle Prügel kriegen, schikaniert, verkauft, vielleicht sogar unter die Erde gebracht werden, weil ihr euch kein Stück beugen wollt?« Was er nicht laut sagte, war: *Wisst ihr nicht, dass wir uns alle beugen* müssen, *wenn wir auch nur das kleinste bisschen Frieden haben wollen? Niemand gibt Massa gern, was er will, aber wir mögens noch weniger, ihm einen Grund zu geben. Und hier seid ihr und gebt ihm allen Grund der Welt. Bis ich Jesus gefunden hab, hab ich euch verstanden. Hab euren Glanz gesehen, euer Lob gesungen und mich für euch gefreut. Aber jetzt isses mir wie Schuppen von den Augen gefallen, und ich sehe, ich* sehe. *Und jetzt bin ich gefallen. Bin tief gefallen und hab einen Bund geschlossen, um uns ein bisschen Ruhe und Frieden zu verschaffen, Essie und mir und euch. Nehmt ihn an. Warum wollt ihr ihn nich annehmen?*

Und doch spürte er selbst jetzt noch, wie etwas zwischen den beiden aufflackerte. Wie ein Spinnennetz mit zitternden Tautropfen darauf, das plötzlich zerrissen und in einem Wimpernschlag wieder neu geknüpft wurde, hauchfeine Fäden, die stärker waren, als sie aussahen, und die das Gewicht eines Regengusses aushielten, ehe sie rissen, die Sicht freigaben. Doch das war kein Grund zur Traurigkeit, denn am Morgen nach dem Regen war die Welt voller Schönheit; der Duft des Habichtskrauts war nur der Anfang.

Weder Isaiah noch Samuel konnten eine stumme Frage beantworten, obwohl es kurz so aussah, als wollte sich Samuel erheben. Stattdessen wandte er sich wieder dem Eimer zu. Isaiah stand auf und ging zu Amos.

»Meinen Namen. *Bitte*«, sagte Isaiah mit zitternder Unterlippe.

Samuel streckte den Arm aus, gab Isaiahs Hand einen Klaps und schüttelte den Kopf. »Bettel nich so.«

»Eine Hand wäscht die andere, mein Junge. Reicht

nich, wenns nur eine macht. Reicht nicht, wenns nur einer macht«, sagte Amos und sah Isaiah in die Augen.

Der biss sich auf die Lippe und ging in die Scheune.

Samuel reckte den Brustkorb, und Amos glaubte, jetzt würde der Kampf folgen, auf den er diesmal vorbereitet war, aber nichts geschah. Samuel folgte Isaiah in die Scheune und ließ Amos und den Eimer stehen.

Ihre Schatten schienen an dem Ort zurückzubleiben, wo sie gekniet hatten.

Er wusste, dass es ein Fehler war, denn was in der Fickhütte geschah, sollte da bleiben, oder besser, zusammen mit ihr verbrannt werden; er hatte Essie trotzdem nach Isaiah gefragt, und wie immer keine richtige Antwort bekommen. Sie hatte Amos nur prüfend angesehen, mit ihren großen Augen, die so viele Geheimnisse bargen, dabei wollte Amos sie doch nur beschützen, dafür sorgen, dass sie sie selbst sein konnte.

Jetzt lag sie, erschöpft von der Feldarbeit, neben ihm und schlief. Er betrachtete ihr glänzendes Gesicht. Sie war wunderschön, und er begriff nicht, warum sie und Isaiah nur eine Freundschaft verband, die nicht mehr hervorbrachte als gemeinsames Lachen und Flüstern. Amos sah ein, dass er eine Weile brauchen würde, um seine ehelichen Pflichten zu erfüllen. Er war älter. Graue Haare sprenkelten seinen Haaransatz. Ältere Männer waren manchmal nicht mehr so fruchtbar wie in jungen Jahren. Hätte Paul ihm etwas mehr Zeit gegeben, hätten er und Essie ihm so viele Kinder schenken können, wie er wollte. Aber für Paul – wie für alle Toubab – verging die Zeit anscheinend anders; schneller, unvorhersehbarer.

Essie konnte keine guten Neuigkeiten überbringen, und Amos verstand das. Die Wahrheit war in der verwilderten Erde der Fickhütte vergraben. Er wusste nicht, ob es ihm gelingen würde, sie mitten in der Nacht ans Licht zu holen, aber für sie musste er es versuchen. Er musste einfach.

In der Scheune war es dunkel. Darin, nichts als die Pferde und zwei ineinander verschlungene Schatten. Zwei Schatten! Ineinander verschlungen auf dem Boden. Ja, Amos hatte schon viele seltsame Dinge gesehen. Aber das – das schlug dem Fass den Boden aus!

Erstaunlich, wie offensichtlich es war, obwohl die, die nicht neugierig genug waren, die Antwort direkt vor ihrer Nase leicht übersahen, denn selbst wenn man sie kannte, blieb sie unglaublich.

Anfangs hatte er ihre Beziehung nur für riskant gehalten; für ihn war es nicht klug, wenn zwei Menschen einander hier, an diesem Ort, so nahestanden. Selbst Essie umfing er nur mit einem Arm. Der andere musste frei bleiben, um in die Armbeuge weinen zu können, wenn der andere Körper erkaltete. Er wäre nie darauf gekommen, was die sonderbare Nähe zwischen Samuel und Isaiah zu bedeuten hatte, bis der Schleier gelüftet und alles klar wurde.

War keine Frau verfügbar, hatte er Verständnis für die Notwendigkeit, sich der eigenen Hand zu bedienen, einem Schwein zuzuwenden oder, in der allergrößten Not, widerwillig und stillschweigend, der Unreinheit anderer Männer. Wenn man scharf war, war man scharf, und ein Mann, der nicht gerade mit einem Bein im Grab stand, musste sich Erleichterung verschaffen. Aber überhaupt kein Verlangen nach einer Frau zu haben, nicht körperlich auf sie zu reagieren und vor allem, sich freiwillig dafür zu entscheiden, sich vor dem Schlafengehen von einem Mann zärtlich umarmen zu lassen, bis man einschlief, obwohl Frauen so weich und im Überfluss vorhanden waren wie Baumwolle …

Amos schüttelte den Kopf, um das Bild loszuwerden. Ein Mann auf einer Frau: Das war nicht nur christlich, sondern auch vernünftig, oder? Eine rein rhetorische Frage. Denn was sollte man darauf auch antworten. Es gab keinen Namen für das, was Samuel und Isaiah miteinander taten, zumindest keinen, der ihm einfiel. Und das störte ihn fast noch mehr als die Tatsache an sich. Sie waren doch keine Frauen. Frauen waren schwach, so wie Gott sie geschaffen hatte. Indem sie so taten, als wäre mindestens einer von ihnen eine Frau, drohten sie, noch weiter zu schmälern, wovon in Amos' Augen ohnehin nichts mehr übrig war. Und dass Samuel und Isaiah ihr Geschlecht – jung, fest, zitternd und frei – so offen zur Schau trugen, wenn auch nur im Schutz der Nacht, war Wahnsinn. Würde ihnen das Wohl der anderen auch nur im Geringsten am Herzen liegen, würden sie ihre seltsame Art besser verstecken. Sie verdammt noch mal geheim halten, damit die Toubab sie nicht entdeckten. Kapierten sie denn nicht, dass sie hier, wo nur Pauls Wort zählte, niemand waren?

Moment mal.

Sie *waren* Körper. Waren *in* Körpern. Aber sie hatten keine Macht über sie.

Amos konnte den Anblick der ineinander verschlungenen Schatten nicht mehr ertragen. Den einen hatte er vor vielen Jahren von einem Wagen getragen. War das zu glauben? Jemand hatte ein Kind auf einen Wagen verfrachtet wie einen Sack Baumwolle. Ein schreiendes Kind, dessen Eltern niedergeprügelt wurden, weil sie es gewagt hatten zu widersprechen. Er war beeindruckt gewesen, dass der Junge die Reise überlebt hatte. Klar, am Ende war er schwach auf den Beinen gewesen, wegen der Insektenstiche und weil Wasser und Essen streng rationiert waren. Amos hatte seine eigenen schweren Ketten ignoriert, um den Jungen zu halten, bevor er ohnmächtig zu Boden sank. Als er in seinen Armen lag, fragte er sich, wie es wäre, ein eigenes Kind zu haben, es an sich zu drücken, sodass seine krausen Brusthaare es kitzelten. Ein Vater, der auf seinen Sohn hinuntersah, ein Sohn, der zu seinem Vater aufschaute und ihn lächelnd am Bart zupfte, beide glücklich.

Auf dem Weg zurück zu seiner Hütte machte er einen großen Bogen um die Wachtposten und ihre Lampen. Er hatte Samuel und Isaiah oft gesehen, als sie noch klein waren, fiel ihm ein, meist in der Nähe der Scheune, und dadurch meist von den anderen getrennt. Einer schwarz, der andere blauschwarz; einer lächelnd, der andere düster. Vielleicht, wenn er ebenfalls von einem Wagen getragen worden wäre, als seine Beine nachgaben, hätte Samuel auch jemandes Sohn sein können.

»Habt ihrs gewusst?«, fragte Amos später die anderen. Aufmerksam lauschte er ihren geflüsterten Erklärungen. Maggie sagte, es sei etwas Altes, aus der anderen Zeit, bevor die Schiffe mit den Waffen kamen. Amos hatte noch nie davon gehört. Essie brauchte er nicht zu fragen, dass sie und Isaiah ständig zusammen lachten, ergab jetzt einen Sinn. Aber nichts daran war komisch. Er konnte nicht verstehen, dass sie die Verbindung zwischen Isaiahs Versagen und Pauls Untat nicht erkannte.

Paul. Wenn Paul herausfand, dass der Grund für Isaiahs und Samuels Scheitern lediglich Verstocktheit war, würde er vor Wut rasen. Und irgendwann würde sich sein rastloser Verstand nicht länger mit den Zwei Beiden zufriedengeben; er würde auch die anderen bestrafen und sich immer einfallsreichere und grausamere Methoden ausdenken, um zu verhindern, dass Samuels und Isaiahs Gottlosigkeit um sich griff. Wegen ihnen würde das Leid auf Empty wachsen und gedeihen.

Amos spürte, wie sich Groll in seiner Brust regte, obwohl Samuel und Isaiah sonst alles um sich herum zum Tanzen brachten: alte Menschen, Kinder, Fliegen, sogar das hohe wogende Gras. Alle außer dem Sonnenhut, der jeden mit zurückgeworfenem Kopf ignorierte. Von Natur aus skeptisch, schwankte er nur leicht, wenn die Jungen vorbeigingen. Mit seiner goldenen Krone aus Blütenblättern verbeugte er sich vor niemandem außer dem Regen. Amos wünschte, seine Leute wären mehr wie er.

Selbst jetzt, wenn er die beiden zusammen sah – nun, wo er sie *wirklich* sah –, wie sie zusammen im Schilf herumtollten, Heuballen schleppten, sich um die Tiere kümmerten, stumm Seite an Seite gegen die Scheunenwand gelehnt dasaßen, sich gegenseitig fütterten, die Füße zu dicht beieinander, hätte er fast ihren Namen gepriesen. Eine Schande, dass er derjenige sein würde, der ihr Licht zum Erlöschen bringen würde.

Er musste das Wesen seiner Predigten ändern. Vielleicht, wenn nicht nur er, sondern die gesamte Plantage sich dem Ziel verschrieb … Mit Bedauern im Herzen und sanfter Stimme machte er sich – abseits der Lichtung, damit kein Toubab davon erfuhr, Unheil heraufbeschwor und den Erfolg gefährdete – in der Sicherheit seiner Hütte daran, alle zu ermahnen, die Samuels und Isaiahs Verhalten guthießen, billigten oder ignorierten. Die meisten Leute waren erschrocken über den plötzlichen Wandel; sie waren es nicht gewohnt, dass seine Stimme, die sonst war wie Flusswasser, so trocken und brüchig klang.

»Glaubt ihr, Gott siehts nicht?«, sagte er dann ruhig und deutete in Richtung Scheune. Seine dunklen Finger hingen zitternd wie blattlose Äste in der Luft, und er hoffte, dass er seine Unsicherheit nicht trug wie seinen Sonntagsstaat. Paul hatte ihm die Worte des Buchs anvertraut, und dort hieß es, sie sollten sich mehren Gott zu Ehren. Das versuchte er den Leuten, denen er ins Ohr raunte und die ihn mit ihrem Warum bombardierten, zu erklären.

Er war auf Schwierigkeiten und Widerstand gefasst, weil er selbst nicht auf sicheren Beinen stand. Samuel und Isaiah waren schließlich jung, oft hilfsbereit, der eine aufbrausend, der andere ruhig, jedoch nie herzlos oder unnahbar. Er wusste, dass die beiden Waisen für einige wie eigene Kinder waren. Die Leute kümmerten sich um Waisen, schenkten ihnen besondere Zuneigung, auch wenn sie selbst sonst sparsam damit waren. Besonders den Frauen lagen Samuel und Isaiah mehr am Herzen, als gut für sie war, und Maggie war die Schlimmste von allen, obwohl sie eigentlich hätte klüger sein müssen.

»Scheeeiiiiße«, flüsterte ein Mann namens Coot Amos zu. »'tschuldige, aber n bisschen vögeln unter Männern hat noch keinen umgebracht.«

»Die tun doch keinem was«, sagte Naomi ruhig. »Unsereins hat eh nich viel Zeit hier. Da kann man sich genauso gut n bisschen was Schönes gönnen, bevor das Hässliche einen wieder in die Finger kriegt.«

Aber die Mehrheit der Leute, die Amos zu sich einlud, sagten nichts, sahen sich nur an, mit einem Blick, den Amos bisher nur bei den Toubab gesehen hatte. Er sprang von einem Gesicht auf das nächste über, als würde in rascher Folge eine Lampe nach der anderen entzündet. Statt auf Widerstand stieß Amos auf eine Übereinkunft zwischen seinen Leuten und den Toubab, die es ihm leicht machte. Die Vorstellung, etwas Besseres zu sein – mehr Anrecht auf Vergünstigungen und Belohnungen zu haben –, war ihnen bis dahin fremd gewesen. Manchmal lobte Paul die Leute, wenn sie flink und geschickt beim Baumwollpflücken waren, aber als Lohn gab es immer nur mehr Arbeit und noch höhere Erwartungen. Hin und wieder ging er etwas nachsichtiger mit Leuten um, deren Farbe durch sein eigenes Eingreifen nicht ganz so dunkel war, doch auch das hatte seinen Preis. Aber dank Amos lernten sie jetzt eine neue Art der Abrechnung kennen: Man bekam, allein aufgrund der Tatsache, dass man nicht zu den Ausgestoßenen gehörte, Zugang zu irgendeiner Art von *Irgendwann*.

Sie waren paarweise zu Amos gekommen, ließen sich jedoch einer nach dem anderen verführen. Und sie fingen an, Samuel und Isaiah zu meiden. Nahmen absichtlich den längeren Weg zum Feld und wieder zurück, vorbei an den Wachtposten durch das lange Gras, nur um ihnen nicht zu begegnen. Ließen das Werkzeug vor der Scheune liegen, anstatt es ihnen direkt zu geben. Badeten ein Stück weiter unten am Fluss, machten am Feuer keinen Platz für sie frei. Sie verdrehten die Augen und verzogen das Gesicht, sobald Isaiah und Samuel Dinge taten, die auch nur entfernt an Zärtlichkeiten erinnerten.

Amos war dabei, als Big Hosea eines Tages am Fluss auf Samuel losging. Hosea behauptete, Samuel hätte ihn komisch angeguckt. Er war einer der wenigen auf der Plantage, der es körperlich mit Samuel aufnehmen konnte. Früher hatten sie manchmal ihre Kräfte gemessen und im hohen Gras miteinander gerangelt. Und so zögerte er nicht, Samuel dort, vor allen Leuten am Fluss, einen Kinnhaken zu verpassen. Im Gegenzug brachte Samuel ihn so zu Fall, dass er sich beinahe an einem Felsen den Schädel aufgeschlagen hätte. Amos und die anderen halfen Hosea auf, während Isaiah Samuel zurückhielt. Hosea sagte, unter Samuels Blick hätte er sich wehrlos und nackt gefühlt. Und das, obwohl alle beim Baden nackt waren. Hosea atmete schwer. Amos sagte, er solle sich beruhigen, keiner mache ihm Vorwürfe, weil er tat, was für Männer natürlich war. Alle ignorierten die steife, pulsierende Männlichkeit zwischen Hoseas Beinen.

Am nächsten Sonntag ging Amos allein durch das hohe Gras rings ums Baumwollfeld zur Lichtung. Als er sie fast erreicht hatte, sah er, wie die Sonnenstrahlen sie in blassgoldenes Licht tauchten, und auch die Stille verlieh allem eine Färbung. Ihm fehlten die Worte, um sie zu beschreiben. Es war kein Blau, obwohl er es so genannt hätte, wäre er ein weniger genauer Beobachter gewesen. Er würde sich damit zufriedengeben müssen, nicht auf alles eine Antwort zu haben. »Sei bescheiden, Amos. Üb dich in Demut.«

Auf der Lichtung angekommen, setzte er sich auf den Felsbrocken, überkreuzte die Knöchel, faltete die Hände und betete. Als er fertig war, riss er die Augen auf: Da war es wieder, das Flüstern. Er schlug sich die Hand vor den Mund. Runzelte die Stirn. Nein, dachte er, doch die Stimme flüsterte: Ja.

Die ersten Angehörigen seiner Gemeinde betraten die Lichtung. Amos richtete sich auf. Be Auntie kam mit dem leise quengelnden Solomon auf dem Arm.

»Morgen, Ma'am. Guten Morgen«, sagte er.

Amos sah auf Solomon hinunter. Er verzog den Mund zu einem Lächeln, das aber seine Augen nicht erreichte.

Sei still

GENESIS

Es ist zwar nicht der wahre Anfang, doch wir werden hier beginnen. Damit du uns kennenlernst. Damit wir dich kennenlernen. Aber hauptsächlich, damit du dich selbst kennenlernst.

Wir haben Namen, auch wenn du sie nicht länger aussprechen kannst, ohne so fremd zu klingen wie die, die euch verschleppt haben. Wir verurteilen dich nicht dafür. Glaub uns: Wir wissen, welche Rolle wir dabei gespielt haben, wenn auch nur aus Unwissenheit oder Faszination für das Unbekannte. Diese Schuld können wir nur wiedergutmachen, indem wir dir die Geschichte erzählen, die wir euch durch unser Blut mitgegeben haben.

Sie umfasst alle Erinnerungen. Aber Erinnern ist nicht genug.

Du bist das Gefäß, verstehst du? Deshalb darfst du der Versuchung des langen Schlafes nicht erliegen. Wer wird davon erzählen, wenn nicht du?

Ihr seid keine Waisen. Hörst du? Der Nachthimmel, der euch geboren hat, wölbt sich über euch und nennt euch seine Kinder, vor allen anderen. Als Erste geboren. Am reichsten geschmückt. Den höchsten Gedanken entsprungen. Am innigsten geliebt.

Verachtet eure dunkle Haut nicht, denn sie birgt den ursprünglichen Zauber, der den Sprung vom Auf-dem-Bauch-Kriechen zum Aufrechtgehen bewirkt hat. Aus Geschrei schufen wir Worte, Mathematik und das Wissen und Geschick, der Erde Nahrung abzuschmeicheln. Aber werdet dadurch nicht hochmütig.

Hochmut erniedrigt euch, reißt euch von den Höhen, in denen ihr aufgewachsen seid, in die Tiefe. So wie der bodenlose Abgrund, in dem ihr jetzt gefangen seid. In dem Trennung normal und Freude nur an ungehörigen Orten zu finden ist.

Macht findet nur, wer sich nach innen wendet. Aufgestiegen aus Kreisen am Grund der Ozeane. Geschaffen von denselben Händen, die den Kosmos zusammengefügt haben, damit er am Anfang aller Dinge bereit sei. Ein bisschen Pomp hat noch niemandem geschadet. Es ist in Ordnung, wenn du das erheiternd findest. Wir hören dein Lachen gern.

Du musst wissen, dass ihr von einem Ort stammt, an dem Väter euch im Arm gehalten haben und Mütter für euch auf die Jagd gegangen sind. Mit langen Speeren in der Hand haben sie euch auf den Schultern getragen und tanzend Siege gefeiert. Ihr tanzt immer noch. Wir können euch sehen. Es ist derselbe Tanz. Er ist ein Teil von euch.

Eine Hand öffnet sich. In ihrem eigenen Tempo, das dir zu langsam ist, wie wir sehr wohl wissen. Aber du musst Geduld haben. Wir werden dich nicht verurteilen, wenn du dem Schmerz erliegst. Es wäre von jedem viel verlangt, besonders von dir, da du so weit weg bist von dem Ort, an den du eigentlich gehörst. Wenn dich Zweifel plagen, wende dich den Erinnerungen zu (obwohl Erinnern allein nicht genug ist). Es gibt keine geraden Wege. Alles ist ein Kreis, der endlos zu sich selbst zurückführt. Nicht, um dich zu verwirren, sondern um dir die Chance zu geben, es beim nächsten Mal richtig zu machen.

Wir wissen, dass du Fragen hast. Wer sind wir? Warum flüstern wir? Weshalb erscheinen wir dir nur in deinen Träumen? Wieso weilen wir im Dunkel? Die Antworten werden folgen. Das ist das Versprechen, das wir, die sieben, dir geben.

Wendet euch nach innen, Kinder. Nach innen.

I KÖNIGE

An dem Tag, an dem die Teufel aus dem Busch kamen, war Akusa, die Königliche, in ihrer Hütte im Herzen des Kosongo-Reichs guter Dinge. Zwei ihrer sechs Angetrauten, Ketwa und Nbinga, hatten ihr das Essen gebracht: Schüsseln mit Yamswurzel, Fisch und genug Palmwein, um sie in angeheiterte Stimmung zu versetzen.

Ketwa, ihr Liebling, kochte am besten.

»Hat Ketwa das Essen zubereitet?«, fragte Akusa. Sie wusste, dass er gekocht hatte, doch sie mochte sein feines zärtliches Lächeln, wenn sie diese Frage stellte.

»Ja, Majestät. Wie immer«, antwortete Nbinga.

»Nun ja, nicht wie immer«, widersprach Ketwa. »Wenn es angebrannt riecht, wenn der Fisch matschig ist, dann wissen wir, dass ich nicht gekocht habe.«

Akusa lachte und wusch sich in einer Schüssel Wasser mit Salbei die Hände.

»Und du hilfst mit, das Festmahl für die Zeremonie vorzubereiten? Es ist schon in einer Woche«, sagte Akusa mit einem schiefen Lächeln.

»Natürlich«, sagte Ketwa. »Kosii ist mein Lieblingsneffe. Aber seine Mutter kocht noch besser als ich. Sie hat es mir beigebracht.«

»Sie wäre bestimmt dankbar für deine Hilfe«, sagte Akusa.

Sie ließ sich auf die weichen roten, orangefarbenen, grünen und gelben Decken in ihrem Rücken sinken und schaute zu Ketwa auf.

»Trinkst du Palmwein mit mir?«

Ketwa sah sie an. Er liebte ihre nachtfarbene Haut, ihre klaren, hellen Augen, die seidenweichen Brüste unter dem Perlenhalsschmuck. Als sie sich vorbeugte, um nach dem Becher zu greifen, betrachtete er ihren klugen Kopf, haarlos wie ihr Hinterteil, geschmückt mit blauer Farbe und roten Edelsteinen. Es war ein königliches Haupt, in dem ein kriegerischer Geist wohnte.

»Werden die anderen nicht eifersüchtig?«, fragte Ketwa und schenkte Wein nach.

»Warum? Sollen sie uns doch Gesellschaft leisten«, sagte Akusa und lächelte.

»Und wer kümmert sich um unsere Kinder, wenn ich hierbleibe?«, gab er zurück.

»Du bist nur einer von vielen.«

Sie führte den Becher an die Lippen, als der junge Reshkwe in die Hütte gestürmt kam und heftig keuchend vor den Schalen mit Essen, die zu Akusas Füßen standen, auf die Knie fiel.

»Du wagst es, ohne Erlaubnis einzutreten?«, fuhr Ketwa ihn an.

Reshkwe berührte mit der Stirn den Boden.

»Verzeiht«, rief er, immer noch keuchend. »Verzeiht,

Majestät. Aber Ihr müsst kommen! Es ist ein Albtraum. Ein Albtraum ist zu uns gekommen!«

Was war bis zu diesem Dorf gelangt, das so weit vom Meer entfernt lag? Man musste tagelang die Savanne durchqueren, in der Löwen und Hyänen lauerten, von den Flüssen, in denen es von Krokodilen und Nilpferden nur so wimmelte, ganz zu schweigen. Ihre nächsten Nachbarn, die Gussu, lebten mehrere Tagesreisen entfernt und waren respektvoll genug, nie ohne Geschenke zu kommen. Sie konnten also nichts mit dem Albtraum zu tun haben, den der Junge beschrieb. Vielleicht ein Fluch, fragte Akusa sich, und rief sich die Schutzmaßnahmen in Erinnerung: Das Dorf war groß, es wurde regelmäßig getrommelt, manchmal laut genug, um die Vögel in den Bäumen aufzuscheuchen, man ehrte Ahnen unermüdlich mit Opfergaben. Warum sollten sie erzürnt sein und ihnen irgendeine Plage geschickt haben? Sie konnten doch nur erfreut darüber sein, dass das Dorf prächtig gedieh und von fünf Generationen bevölkert war, in deren Gesichtern sie weiterlebten. Und bald würden sie zum ersten Mal seit dem Krieg wieder Torwächter haben.

Akusa griff nach dem Speer und dem Schild, die hinter ihr lagen. Auf Letzterem war das Wappen ihrer Familie eingeschnitzt: eine kleine Kriegerin, gezackt wie ein Blitz, mit triumphierend gereckten Waffen.

»Soll ich die Wache rufen, Majestät?«, fragte Nbinga.

»Sag ihnen, sie sollen sich mir auf dem Weg zum Tor anschließen.«

Akusa rannte mit verblüffender Geschwindigkeit aus der königlichen Hütte, vorbei an Dutzenden und Aberdutzenden anderer Hütten, und hinterließ eine rote Staubwolke. Der Boden war knochentrocken, da die Regenzeit erst in zwei Monaten beginnen würde. Die Sonne versank hinter den Bäumen. Sie blickte auf den langen, schnell dahinhuschenden Schatten zu ihren Füßen. Bald hörte sie die stampfenden Schritte ihrer Wachen hinter sich. Sie versammelten sich wie ein aufziehender Gewittersturm und schlossen zu ihr auf. Gemeinsam erreichten sie den Dorfplatz und blieben abrupt stehen.

Einer der Männer würgte. Ein anderer übergab sich. Drei Frauen wichen zurück. Vier Männer wären fast geflohen. Doch Akusa, die Tapfere, umfasste nur ihren Speer fester, und ihre Augen wurden schmal. Der Junge hatte recht. Irgendwie hatten Dämonen einen Weg in ihr Heimatdorf gefunden.

Nicht irgendwie. Neben den seltsam gekleideten Gestalten, deren Haut aussah, als hätten sie keine, stand ein Gussu. Er trat vor und fiel vor Akusa auf die Knie. Er blickte entschuldigend wie ein Freund, doch sie misstraute ihm.

Als sie sich umwandte, sah sie ihre Wachen in diversen Zuständen der Bestürzung. Sie klopfte mit dem Schaft ihres Speers auf den Boden, und sofort kehrte wieder Ordnung ein. Sie warnte die Wachen, sie sollten sich den Fremden weder nähern noch sie berühren. Dankbar für ihre Weisheit bildeten sie einen schützenden Halbkreis um sie und richteten die Speere auf die Eindringlinge.

»Sind das Tote?«, fragte Muzani, der Größte von allen.

»Fort mit euch«, befahl Akusa, ohne ihren Ärger zu verbergen. Offenbar hatten ihre Wachen vergessen, dass sie selbst die größte Kriegerin von allen war und sich selbst verteidigen konnte, selbst gegen diese Nicht-Lebenden. Sie schaute auf den vor ihr knienden Gussu.

»Ich bin verwirrt«, sagte sie und rammte ihren Speer in die Erde. »Deine Haltung zeigt Respekt, und doch hast du eine Plage in mein Dorf gebracht. Erklär dich auf der Stelle, sonst wirst du zusammen mit diesen Dämonen leiden.«

Sie hätte etwas Derartiges eher von dem namenlosen Bergvolk erwartet, das einmal aus seiner hoch in den Wolken gelegenen Heimat herabgestiegen war und das Dorf grundlos überfallen hatte. Sie war damals noch ein kleines Mädchen gewesen, erinnerte sich aber deutlich an ihre angespitzten Zähne und die grellweißen Streifen, mit denen ihre Gesichter bemalt waren. Das namenlose Bergvolk liebte Krieg über alles; er war für sie eine Art Religion und bestimmte ihr Wesen. Ihnen den Krieg aus dem Herzen zu reißen, war wie das Band zu zerreißen, das ihr Volk mit den Ahnen verband. Sie hätten sich aufgelöst, bis nur noch Dunstschwaden und ein übler Geruch von ihnen übrig gewesen wäre. Das hieß allerdings nicht, dass die Kosongo sich nicht verteidigen konnten. Im Gegenteil, Akusas Mutter hatte den Angriff gegen das

Bergvolk angeführt, den Speer hoch erhoben, als hätte sie einen Blitz eingefangen.

»Keine Dämonen«, sagte der verängstigte Mann in passablem Kosongo. »Freunde.«

Er bedeutete den Dämonen, sich niederzuwerfen, und sie gehorchten. In dieser Haltung waren sie nicht mehr ganz so hässlich anzusehen. Akusa befahl den Wachen, die Waffen zu senken, aber auf der Hut zu bleiben, und bedeutete den Eindringlingen, sich zu erheben. Sie konnte nicht aufhören, sie anzustarren. Ihre Haare hatten die Farbe von Sand. Sie schaute allen in die Augen. Einer von ihnen hatte ein seltsames Ding auf der Nase, das seine Augen klein und insektenhaft wirken ließ. Ihre erste Einschätzung bestätigte sich: Die drei Dämonen hatten keine Haut. Einer von ihnen öffnete den Mund. Er sprach gebrochen, doch sie erkannte die Worte wieder, was sie einen bösen Zauber vermuten ließ.

»Seid gegrüßt«, sagte das Wesen. »Ich bin Bruder Gabriel. Und ich bin hier, um Euch eine frohe Botschaft zu bringen.«

BEULAH

Mit einem Leibesumfang wie zwei Frauen hatte Beulah, die sich heute Be Auntie nannte, noch Raum für Träume in sich, auch wenn alle anderen auf Empty ihre längst verloren hatten. Ihr häufiges Lächeln war kein Anzeichen für Dummheit. Es war ihre Art, sich gegen den Schmerz zu wappnen, der sich ihrem Körper durch das ständige Bücken auf dem Baumwollfeld und an anderen Orten tief eingeprägt hatte. Ihr Kummer hatte einen ganz eigenen Geruch. Wie etwas, das lange Zeit unter der Erde gelegen hatte und dann wieder ans Tageslicht gezerrt wurde. Dort erwachte es zwar nicht wieder zum Leben, entfaltete jedoch einen penetranten, modrigen Verwesungsgestank, der einem, obwohl Übelkeit erregend, viel darüber verraten konnte, wer es verscharrt und wer es wieder ausgegraben hatte.

Auch sie hatte das Gefühl, begraben worden zu sein. Gegen ihren Willen verscharrt. Längst vergessen. Zurückgelassen, um zu verwesen. Zu spät entdeckt, aber immer noch nützlich für Grabräuber, die sich für Forscher hielten. Das hatte sie zerbrechlich gemacht. Die verbotenen Träume, früher eine Quelle für Gesänge, Jubelchöre, Hochgefühle, hatten Risse bekommen und befanden sich neben einem misstönenden Etwas, das sie ebenfalls in zwei Teile spaltete. Nicht nur ihren Körper, sondern auch ihren Geist, ihr Herz und, wie sie glaubte, auch ihre Seele (denn sie hatte eine – oder sogar zwei! – egal, was die Toubab behaupteten). Was blieb ihr anderes übrig, als aus den schwelenden Demütigungen ein Feuer zu entfachen, das leuchtend Trost spendete?

Eigentlich hatte sie sich Amos erst nicht hingeben wollen. Aber Essie wurde aufs Feld geschickt, obwohl sie ein Kind unter dem Herzen trug. Es war einfach zu viel für sie; Essie konnte nicht mehr singen und den Rhythmus für die Arbeit vorgeben. Und so erzählte Be Auntie stattdessen eine gereimte Geschichte. Über eine Stadt unten im Tal, deren Bewohner ein Bankett vorbereiteten, obwohl ein Sturm aufzog. Außerdem pflückte Be Auntie (oder vielleicht auch Beulah) nicht nur ihr eigenes Pensum, sondern auch die Hälfte von Essies, um ihr die Peitsche zu ersparen. Ja, Ma'am, man peitschte auch Schwangere aus, wirklich ziemlich sinnlos. Denn warum riskieren, gleich zwei Besitztümer auf einmal zu verlieren, wo man doch sein Hab und Gut vermehren wollte?

»Sag bloß, du besteigst die immer noch, nach allem, was sie durchgemacht hat?«, wagte sie Amos eines Tages zu fragen, als das Signalhorn ertönt war und die Sonne verblasste.

»Sie ist meine Frau. Ich tu alles für sie. Helf ihr zu vergessen. Zeig ihr, dass sie nix von ihrer Schönheit eingebüßt hat.«

»Indem du sie drängst, statt zu warten, bis sie will?«

Be Auntie erkannte an Amos' verständnislosem Blick, dass es zwecklos war. Von Männern – besonders von den brünstigen und denen, die sich etwas beweisen wollten – war keine Vernunft zu erwarten. Für ihre Befriedigung ließen sie nichts unversucht und stellten alles auf den Kopf. Wenn ihr Verstand dann wieder einsetzte, empfanden die Freundlicheren unter ihnen Bedauern, die Grausamen suchten nach neuen Wegen, grausam zu sein, und meist war das eine nicht vom anderen zu unterscheiden. Es waren Kleinigkeiten. Der angewiderte Blick, den sie *ihr* für das zuwarfen, was *sie* getan hatten. Die Art, wie sie ihr Bett und ihre Hütte verließen, ohne auch nur »Danke« oder »Guten Abend« zu sagen, von »Tut mir leid« ganz zu schweigen. Sie konnten wenigstens manchmal so tun, als hätten sie einfach nicht anders gekonnt, oder ihr wenigstens hinterher die Wertschätzung erweisen, die ihr zugestanden hätte. Stattdessen ließen sie sie in ihrem Gestank *und* ihrem eigenen liegen, als wäre er ein Geschenk, auf das sie nur gewartet hatte. Und wie oft flossen Tränen, weil sie hoffte, dass die Männer nichts in ihr hinterlassen hatten, was sich dort einnisten würde, und wenn irgendwann das Blut kam, war sie barmherzig erhört worden.

Aber, was für eine Heimtücke, mit jedem Mal gefiel es ihr mehr. Irgendwann begann sie das Prozedere gegen ihren Willen zu genießen. Das anzügliche Lächeln. Die gleichgültigen Worte. Der laszive Hüftschwung. Das Niedergedrücktwerden. Die gleichmäßigen Stöße. Die letzten Zuckungen. Den Klaps. Den Tritt. Den Schlag. Den vergessenen Dank. Den versäumten Abschiedsgruß. Sie fand sich selbst in die Form gepresst, die man ihr aufdrückte. Wasser höhlte den Stein, bis ihr klar wurde, dass sie ein verdammtes Flussbett war, obwohl sie geschworen hatte, ein Berg zu sein.

Berg oder Fluss, beides waren Orte. Zwei Teile eines Menschen. Beulah war der Berg. Be Auntie der Fluss. Dazwischen mal fruchtbares, mal ödes Land. Sie wusste, dass die anderen sie verurteilten, weil sie als Erste so tief gefallen war. Aber sie war eben nur die Erste, und sie opferte sich unter anderem, indem sie dafür sorgte, dass die anderen mehr Gnade erwartete, wenn sie an der Reihe waren.

Es war nicht so, als wäre es ein Abstieg aus freien Stücken gewesen, als hätte sie sich vorsichtig einen Weg nach unten gebahnt, stets darauf bedacht, Halt zu finden, um nicht in irgendwelche rutschigen, eisigen Felsspalten zu fallen. Nichts da. Sie war gestoßen worden. Und dabei spielte es auch keine Rolle, ob sie dabei gelächelt oder geschrien hatte. Ein solcher Absturz verdiente trotz allem Mitgefühl.

Man brauchte sich doch nur anzusehen, was ganz unten aus ihr geworden war: Raststatt und Seelentrösterin für Männer, Bordell, Kantine und Latrine in einem; sie gebar ihnen Kinder, die ihnen gleichgültig waren, und scharte fremde Kinder um sich, um die zu ersetzen, die man ihr aus einer Laune heraus oder weil eine Rechnung fällig wurde, entrissen hatte.

Sie wusste, dass sie Essie vieles ersparen, ihren Fall zwar nicht aufhalten, aber bremsen konnte, denn »Frauen müssen andern Frauen beistehen« – besonders wenn Verweigerung tödlich war. Sie empfing Amos mit offenen Armen, und ja, auch mit gespreizten Beinen; ließ ihn lachen, reden, rammeln, fummeln, schlagen, ohne ein »Träum süß« oder ein »Auf Wiedersehen«, wieder und wieder und wieder, bis es sich wie etwas Göttliches anfühlte – und sei es nur, weil es zum Ritual geworden war.

Ein weiteres Credo von Be Auntie war: *Stimmt nich, was Maggie sagt. Wenn man sie früh genug in die Finger kriegt, sind sie noch nich verdorben. Man kann kleine Jungs so lieb haben, dass sie eine Frau nicht gleich gefügig machen wollen, sondern sie in Ruhe lassen. Man kann sie nach Strich und Faden verwöhnen, und wenn sie anfangen, draußen ihre Zeit mit erwachsenen Männern zu verbringen – die nichts »Frauliches« an sich haben, weil sie eben meinen, ein Anrecht darauf zu haben, grob und gierig zu sein, als würden sie nur eine Hälfte von sich leben –, machen sie nich die gleichen Fehler, denn so was kann man nich mit ansehen und weiterleben wie vorher.*

Be Auntie hatte (anders als Beulah) einen Narren an Jungen gefressen – vor allem solche, an deren Farbe herumgepfuscht worden war. Mädchen, besonders die rabenschwarzen, wurden von ihr schikaniert und mussten sich allein durchschlagen (obwohl Beulah mit blutendem Herzen zusah). »Frauen müssen andern Frauen beistehen«, ja. Aber davor kamen die Prüfungen, ein heiliger Übergangsritus im Leben jeder Frau, in den sie nicht eingriff.

Puah war in ihre Obhut gekommen, nachdem man ihre Eltern verkauft hatte. Sie konnte noch nicht laufen und brauchte Milch, von der Be Auntie ihr nur wenig gab; stattdessen fütterte sie das Kind mit Brot und Schweinefleisch, obwohl sie wusste, dass es noch zu klein dafür war. Wenn Puah die ganze Nacht vor Bauchschmerzen weinte, ließ Be Auntie sie schreien, bis die Kleine heiser war und nur noch wimmerte. Es war ein Wunder, dass das Mädchen überhaupt noch eine Stimme hatte.

Sie war nicht nur zu klein für feste Nahrung, sondern eigentlich auch für den Groll, den sie in Be Auntie auslöste. Aber Be Auntie wusste, dass Puah ihr eines Tages nützlich sein würde. Entweder als Waffe oder als Schutzschild, aber egal in welcher Form, es würde so kommen. Maggie war nicht die Einzige, die um geheime, verborgene Dinge wusste.

In einer schwülen Nacht lag Be Auntie neben Amos. Er war aufgebracht in ihre Hütte gekommen und beklagte sich bei ihr, er habe versucht, Isaiah und Samuel zur Vernunft zu bringen, doch sie wollten sich nicht fügen.

»Wem fügen?«, hatte Be Auntie unschuldig gefragt.

Amos hatte ihr einen Blick zugeworfen, als hätte sie etwas Unanständiges gesagt. »Na, der Natur, die größer is als sie! Haste mir nich zugehört?«, fuhr er sie an, dann senkte er Kopf und Stimme und seufzte. »Die kapieren einfach nich, dass ein Teil von irgendwas nie wichtiger sein kann als das Ganze«, sagte er düster. »Aber du verstehst mich, Be. Hm?«

Amos hatte freundliche Augen. Ein offenes Gesicht. Eine Stimme, mit der man abends am Lagerfeuer Geschichten erzählen konnte. Die Zuhörer mussten sich vorbeugen, aber dann konnten sie nicht mal mehr die Moskitostiche ablenken. Sie hatte sie auch, die Stimme zum Geschichtenerzählen, aber von ihr wollten die Leute nur Trost, nicht Inspiration. Seine Berührung war federleicht. Er fiel mit ihr, fiel vom Berg, in den Strom. Berührte das Wasser. Ließ die Hand zwischen ihre Schenkel gleiten, ohne dass sie zusammenzuckte. Sie wusste, dass ihre Lust ihm wichtig, aber nicht das Wichtigste war. Sie wand sich ein wenig, als er sie kitzelte. Eng aneinandergeschmiegt lagen sie da, er lächelnd, sie mit schweren Lidern.

»Was willst du, dass ich für dich tu?«, flüsterte sie.

Amos setzte sich auf und schaute zur anderen Seite der Hütte hinüber, wo die Kinder lagen, wie Müll, den jemand zusammengekehrt hatte (was vielleicht nicht weit von der Wahrheit entfernt war), und sah Puah an, die zu schlafen versuchte.

»Wie alt ist Puah jetzt eigentlich?« Amos kratzte sich am Kinn. »Fünfzehn? Sechzehn?«

»So ungefähr.«

»Und du schaffst es immer noch, sie hier einzusperren? Massa hat sich nich an ihr vergriffen und auch sonst keiner?«

Be Auntie warf Puah einen neidischen Blick zu. Woher nahm das Mädel den Mumm, erst alles zu überstehen, womit Be Auntie sie fütterte, und dann satt und unberührt auf Empty weiterzuleben? Na ja, vielleicht war es kein Mumm, sondern einfach nur Glück. Ein Glück, das offenbar sonst keiner auf der Plantage hatte. Glückspilze nützten niemandem etwas außer sich selbst. (Sarah war ein anderer Fall; Be Auntie hatte in sich nicht genug Selbstbewusstsein oder Verlangen, das sich in seinesgleichen erfüllte, um so zu leben wie Sarah.)

»Hm«, sagte Be Auntie. »Warum fragst du?«

»Ich brauch sie. Für die Zwei Beiden.«

Der pulsierende Schmerz in ihren Schläfen hatte mehr mit ihr als mit Puah zu tun, jedenfalls redete sie sich das ein.

»Wozu?«

»Du weißt, wozu.«

Samuel und Isaiah gehörten nicht zu ihren Schützlingen. Zwei Kinder, die sich nie in ihre Sippe einreihen ließen – vor allem der eine nicht, und zwar aus gutem Grund. Sie waren von niemandem aufgezogen worden, und doch kümmerten sich alle um sie; sie waren wie Vagabunden, aber Vagabunden, die man lieb hatte. Sie lebten in der Scheune und konnten von Natur aus eigentlich nur freundlich sein, weil sie sich um Tiere, um

Leben kümmerten, statt es nur zu pflanzen, zu pflücken und in einen Sack zu stopfen. Aber einer der beiden war der mit der Axt. Manchmal hörte sie eins der Schweine quieken. Schweine wussten, was auf sie zukam, wurden an dem Tag unruhig. Versuchten wegzulaufen, aber Samuels Griff war unerbittlich. Sein Gesicht blieb die ganze Zeit unbewegt. Danach, wenn er sich unten am Fluss die Hände wusch, stand sein Mund offen und Speichel tropfte ins schnell dahinfließende Wasser. Der Junge ist kein Junge mehr, dachte sie. Der Junge ist jetzt ein Mann.

Amos küsste Be Auntie innig. Ließ die Lippen über ihren Hals gleiten. Dann sah er auf sie hinunter und rieb die Nase an ihr.

»Mal gucken, ob ich sie dazu krieg«, sagte sie. »Aber ich muss schlau sein. Das Mädchen macht immer das Gegenteil von dem, was ich sag.«

Es war ein Dolch in Be Aunties Herz, dass Puah das Leben auf Empty trotz ihres Ungehorsams ziemlich unbeschadet überstand, als hätte sie Be Aunties Ratschläge und Hinweise angenommen, statt sie mit Füßen zu treten. Vielleicht hatte sie, Be Auntie, ja unrecht, und Puahs robustes und lebensbejahendes Wesen war zum Überleben ebenso geeignet, wie für sie selbst die Bereitschaft zur Unterwerfung und ihr innerer Zwiespalt. Na ja. Und wenn schon. Be Auntie hatte immer gewusst, dass früher oder später die Zeit kommen würde und Puah die Gnade widerfuhr, die Beulah versagt worden war. *Aber egal, wems passt oder nicht. Wenigstens meinen Namen hab ich mir selbst ausgesucht.*

»Ich glaub, sie ist vernarrt in Samuel. So heißt doch der Größere, oder? Der Schwarzblaue, nicht der Schwarze.«

»Der mit dem offenen Mund, ja.«

»Hm. Gut.«

Be Auntie zog Amos an sich. Obwohl es zu heiß dafür war, drängten Puah und die anderen Kinder sich zusammen, als wollten sie nicht zu viel Platz einnehmen; das konnte man nicht früh genug lernen, denn es bewahrte einen davor, die Aufmerksamkeit der Toubab zu erregen, und wer nicht stark genug war, die Konsequenzen auszuhalten (und wer war das schon?), der machte sich besser so klein wie möglich.

Sie sah Amos an. »Los.«

Sie waren aus dem Takt, ihr Lied war unterbrochen worden. Doch ohne Musik konnten sie ihren Tanz nicht zu Ende führen.

»Lass mich nur machen.«

Sie schlang die Arme um ihn und presste ihren Unterleib an seinen.

»Komm, ich erzähl dir die Geschichte vom Donner.«

Sie konnte zwar nicht so gut singen wie Essie, aber sie konnte verdammt gute Geschichten erzählen und damit den Rhythmus vorgeben.

PUAH

Puah hasste die Baumwolle, die sich unter ihren Fingernägeln festsetzte. Noch mehr verabscheute sie, dass ihre Finger vom Pflücken rau und dick wurden und sie ständig das Gefühl hatte, etwas in der Hand zu haben. Sie war voller Groll und musste ihn hinunterschlucken, damit er sich nicht Bahn brach.

Gereizt umklammerte sie den Sack, den sie mit sich herumschleppte, während sie eine Pflanze nach der anderen beraubte, Diebstahl für einen Mann beging, dem sie am liebsten jedes Haar – bis hin zu den Wimpern – einzeln ausgerissen hätte. Ihr Blick war, wenn er überhaupt mal ein Gefühl verriet, voller Zorn. Doch hier, wo ihre Rundungen sie als verwundbar brandmarkten, sodass ihr jeder um sie herum gefährlich werden konnte, verbarg sie ihren Rachedurst im sicheren Nest ihrer Seele.

Bei Tagesende warf sie ihre Ausbeute auf den Wagen, beobachtet von James, dem sie nie in die Augen sah, wegen Maggie, aber auch, um ihm die höfliche Geste eines Blickkontakts zu versagen. Wen sie mit ihren großen Augen unter den dichten Augenbrauen und langen Wimpern ansah, war ganz allein ihre Entscheidung. Nur Auserwählte durften vor ihren Altar treten. Dies und anderes erzählte sie sich an Orten, an denen sie sich Kühnheit erlauben konnte.

Sie hob den Saum ihres Kleides, enthüllte ihre lavaschwarzen Knöchel und ging in Richtung der Hütten. Am liebsten hätte sie im Fluss gebadet, aber dort waren die Männer. Sie würde später einen Eimer mit Flusswasser füllen und sich hinter Be Aunties Hütte waschen.

Sie zupfte mit einer Hand an ihren geflochtenen Haaren, betastete die Wurzeln und stellte fest, dass ihre Zöpfe ausgefranst und fusselig geworden waren. Sie mussten mal wieder ordentlich gewaschen, eingeölt und vor dem Schlafengehen hochgebunden werden, damit sie sich wieder glatt an den Kopf schmiegten. Aus dem Augenwinkel bemerkte sie eine Bewegung in der Nähe der Scheune, ließ den Arm sinken und ging darauf zu. Vor dem Holzzaun blieb sie stehen, sah, dass Samuel gerade ein Pferd in den Stall bringen wollte, und sprach ihn an, bevor er darin verschwand.

»Samuel«, rief sie, freudig überrascht von der Kraft ihrer Stimme.

Lächelnd drehte er sich um, ging zu ihr und zog das Pferd hinter sich her.

»Na, schon fertig aufm Feld?«, fragte er.

»Ich steh doch vor dir«, sagte sie und stützte eine Hand in die Hüfte.

Samuel lachte. »Schon gut.«

Sie schwang erst ein Bein, dann das andere über den Zaun und setzte sich auf die oberste Strebe.

»Und, was machste jetzt noch?«, fragte sie und schaute an ihm vorbei in die Scheune, in der jemand herumging, vermutlich Isaiah. Sie wandte sich wieder Samuel zu und lächelte, als ihr auffiel, wie das schwindende Sonnenlicht das Pechschwarz seiner Haut hervorhob.

»Nix. Ich bleib mit ’Zay hier.«

Sie schwiegen kurz. Sie bemerkte seine feucht schimmernden Lippen. Er hatte sie gar nicht gefragt, wie sie den Sonntag verbringen würde. Egal, das hatte sie ihm schon verziehen.

»Ich geh wahrscheinlich rüber zu Sarah und lass mir die Haare flechten. Sie macht hübsche Zöpfe.« Sie zog eines der Zöpfchen über die Stirn und zupfte an der Spitze.

»Wo is Dug?«, erkundigte sich Samuel nach ihrem angeblichen kleinen Bruder.

Puah sog scharf die Luft ein. »Irgendwo unter Be Aunties Röcken, schätz ich. Jungs sollten an ihren Mamas nich kleben wie die Kletten.«

Samuel schaute zu Boden und umfasste die Zügel des Pferdes fester.

»’tschuldige, ich wollte dir nich …«

»Ich weiß«, fiel Samuel ihr ins Wort. Er trat nach einem Büschel Unkraut, beugte sich vor, um einen Kiesel aufzuheben, und warf ihn über den Zaun. Puah sah zu, wie er durch die Luft flog und in einiger Entfernung landete.

»Mann, wirfst du weit.« Sie lächelte, und Samuel lächelte zurück.

»Komm doch morgen mit zu Sarah«, sagte sie.

Samuel verzog das Gesicht.

»Was? Sag bloß, du magst Sarah nicht?«

Samuel lachte. »Ich mag Sarah schon. Aber was soll ich da, rumhocken und beim Flechten zugucken?«

Sie sprang vom Zaun.

»Ja«, sagte sie, trat dicht an Samuel heran und berührte seine staubigen krausen Haare.

»Vielleicht kann sie deine ja auch flechten.«

Sie standen da, atmeten, schwiegen. Samuel konnte ihr nicht in die Augen sehen, Puah ihren Blick nicht von seinem abwenden. Samuels Augen, die einen einluden, willkommen hießen und einem dann lautlos die Tür vor der Nase zumachten. Und aus irgendeinem Grund hatte man, wenn man auf der anderen Seite stand, das unwiderstehliche Bedürfnis dagegenzuhämmern, bis sie irgendwann aus Barmherzigkeit wieder geöffnet wurde. Sie strich weiter über seine krausen Haare, und Samuel schloss die Augen. Puahs Lippen öffneten sich.

Über seine Schulter hinweg bemerkte sie Isaiah, der am Scheunentor lehnte. Er hatte die Arme verschränkt und eine Fußsohle gegen den Rahmen gepresst. Sein Gesicht war unbewegt, ohne Lächeln, aber auch ohne Stirnrunzeln. Er schien zugleich nach außen und nach innen zu blicken, irgendwo dazwischen zu schweben. Gelegentlich verscheuchte er eine Fliege, sonst rührte er sich nicht. Puah hörte auf, mit Samuels Haaren zu spielen, und winkte Isaiah zu, doch der schien das nicht zu bemerken. Sie rief seinen Namen. Er löste sich vom Torrahmen und machte ein paar Schritte auf sie zu, offenbar unsicher, ob er zu ihnen gehen sollte. Er warf Samuel einen Blick zu, und der drehte sich zu ihm um. Sie hörte nichts. Trotzdem schienen sie sich untereinander zu verständigen. Isaiah kam langsam auf sie zu. Als er Samuel erreichte, legte er ihm kurz die Hand auf den Rücken und blieb neben ihm stehen.

»Hey, Puah«, sagte Isaiah ruhig. Fast hätte sie sich an diesem Ort, der von allem abgeschieden schien, willkommen gefühlt. Doch sie glaubte einen spitzen Unterton herauszuhören, der ihre Kopfhaut prickeln ließ. Sie warf ihm einen Blick zu und sah einen Ausdruck über sein Gesicht huschen, den sie nicht deuten konnte.

»Ich hab Samuel grad gefragt, ob er morgen mit mir zu Sarah geht und sich die Haare flechten lässt. Würd doch gut aussehen, oder?«

Sie sagte es nicht, um Isaiahs Gefühle zu verletzen. Sie meinte es ehrlich. Isaiah musterte Samuel von Kopf bis Fuß.

»Für mich sieht er so oder so gut aus. Seine Sache, was er draus machen will«, sagte Isaiah und grinste. Er legte Samuel die Hand auf die Schulter. »Ich muss weitermachen, Sam. Lass mich das Pferd reinbringen. Komm schon, Junge. Schönen Abend noch, Miss Puah.«

»Nur Puah«, sagte sie. Isaiah nickte entschuldigend und zog das Pferd hinter sich her. Puah sah sie in der Scheune verschwinden, dann wandte sie sich wieder Samuel zu.

»Recht hat er. Siehst so oder so gut aus. Trotzdem hoff ich, du kommst mit zum Flechten.« Lächelnd drehte sie sich um und kletterte über den Zaun.

»Nacht, Sam-ju-well.« Sie zwinkerte ihm zu, sprang von der letzten Strebe und machte sich auf den Weg zu den Hütten.

Puah war eins der beiden Mädchen von Be Auntie; Delia, das andere, hatte Be Auntie, wie Puah hätte schwören können, aus reiner Bosheit so genannt, denn das Kind hatte die gleiche mitternachtschwarze Haut wie Puah.

Alle Kinder schliefen in einem Bett. Puah legte sich nicht gern neben ihre angeblichen Brüder. Denn einige von ihnen (und überraschenderweise spielte das Alter dabei keine Rolle) verstanden die schlichte Tatsache, dass sie die Augen schloss und schlief, als Aufforderung, Dinge zu tun, denen sie nicht zugestimmt hatte. Meist rollte sie sich in einer Ecke zusammen, den Saum ihres Kleides über die Füße gezogen, sodass es eine Art Zelt bildete, mit dem sie ihren Körper vor dreisten Erkundungen schützte.

Auntie sagte dann nur, sie solle ihnen vergeben, denn Leute, die man erniedrigte, würden nun mal erniedrigende Dinge tun. Die harte Arbeit mache heiß und grausam, hauptsächlich heiß, und manchmal war eine Frau eben ein Schluck Wasser. Da wusste Puah, dass Be Auntie nicht ihre richtige Mutter war, ganz gleich, wie viele Wiegenlieder sie sang und wie viele Wehwehchen sie wegtröstete. Ihre richtige Mutter hätte nie von ihr verlangt, sich für undankbare Idioten zu opfern. Ihre richtige Mutter hätte nicht jeden Jungen, egal wie groß, bemuttert, und jedes Mädchen, egal wie brav, bestraft.

»Schamlos«, murmelte Be Auntie, wann immer ein Mädchen in Hörweite war; Puah hasste die Art, wie sie es ihr zuzischte. Und ganz gleich, was sie tat oder nicht tat, jedes Übel wurde ihr zur Last gelegt und war angeblich eine Folge ihres Geschlechts.

Niemand auf der ganzen Welt war dazu verdammt, eine solche Last zu tragen, dachte sie. Wo es Mädchen gab, gab es Leute, die ihnen die Schuld an Dingen gaben, die sie nie getan hatten, und sie gewohnheitsmäßig bestraften. So war es schon immer gewesen. Das gaben Frauen mit ihrem Blut als Erfahrung von einer Generation zur anderen weiter.

Am schlimmsten war es, wenn Grausamkeit von anderen Frauen kam. Eigentlich hätte es keinen Unterschied machen sollen, schließlich waren Frauen auch nur Menschen, trotzdem war es so. Wenn Frauen grausam waren, fühlte es sich an, als würden einem gleich zwei Messer in den Leib gerammt und nicht eins. Eins in den Rücken, das andere an eine Stelle, die man nicht sehen, sondern nur spüren konnte.

Vielleicht hatte Be Auntie ja keine andere Wahl. Vielleicht hatte sie, nachdem sie so oft draußen auf dem Feld Prügel von Massa hatte einstecken müssen, nur um lädiert in ihre Hütte zurückzukehren und dort Schläge von ihren Liebhabern einzustecken, irgendwann einfach beschlossen, sich zu fügen. Vielleicht glaubte sie, die Männer beeinflussen zu können, indem sie sie mit Liebe überschüttete, die sie dann mit anderen Frauen teilen konnten – falls sie denn daran dachten. Denn das war das Problem. Machthunger löschte Erinnerungen aus, und an ihre Stelle trat Gewalt. Be Auntie hatte die blauen Flecken, um es zu beweisen. Wie fast jede Frau.

Deshalb verabscheute Puah Dug so sehr. Sie wusste, dass all die Aufmerksamkeit, all die Energie, all die Tittimilch, die Be Auntie ihm gab, nutzlos waren. Egal, was sie tat – wie zärtlich sie ihn küsste oder wie viele Lieder sie ihm spät in der Nacht vorsang –, irgendwann würden seine Hände groß genug sein, um einen Hals zu umfassen oder Zähne einzuschlagen.

Männer und Toubab hatten mehr Gemeinsamkeiten, als sie zugegeben hätten. Da konnte man jeden fragen, der ihnen schon einmal ausgeliefert war. Beide nahmen sich, was sie wollten; wenn sie vorher fragten, dann nicht aus Höflichkeit. Bei beiden folgte auf Lächeln der Schmerz. Und beide behaupteten, gute Gründe für ihr absurdes Verhalten zu haben. Welche Macht im Himmel auch immer ihnen befohlen hatte, sich mithilfe von Zwang und Lügen zu nehmen, was eigentlich ein Vergnügen für beide Seiten sein sollte, ihr Verhalten war jedenfalls so willkürlich wie der Sonnenschein, und nichts war jemals ihre Schuld. Natur war eben Natur.

Doch Puah hatte eine Möglichkeit entdeckt, Be Aunties Schicksal, den Launen ihrer Brüder und der Toubab zu entfliehen. Einen Zufluchtsort, an den sie sich zurückziehen konnte.

Nicht weit weg, direkt an der Grenze zur Wirklichkeit der echten Puah, lebte eine andere Puah in einer eingebildeten Welt, die sie nur sehen konnte, wenn sie den Kopf im richtigen Winkel neigte und ihrem eigenen Herzschlag lauschte; dort waren die Farben leuchtender, die Geräusche klarer, und es gab genug zu essen.

Die andere Puah naschte träge Erdbeeren und süß duftende Früchte, leckte sich Honig von den Fingern und aß mit Messer und Gabel Brathähnchen, das sich köstlich leicht vom Knochen löste. Dort war ihr Lachen keine Maske, und das Kribbeln in ihren Fingerspitzen kam nicht vom Pflücken, sondern weil sie mit liebevollen Küssen bedeckt wurden. Die andere Puah konnte so viel herumschäkern, wie sie wollte, weil dort niemand lauerte, der ihre Freundlichkeit ausnutzen oder missbrauchen und sie mit einem sternschnuppenförmigen Fleck auf dem Körper zurücklassen würde, der eintrocknete, im Lauf der Zeit abblätterte und von einer Brise oder aufgewühltem Wasser fortgetragen wurde.

Ihre Verehrer, einer aufmerksamer als der andere, schlenderten mit ihr über Sandstrände von der gleichen Farbe wie ihre Haut. Sie besangen sie in Liedern, mit Worten, die sie nicht verstand, die aber voller Charme sein mussten, weil sie ihnen so glatt über die Lippen kamen. Und in der anderen Welt, ebenso wie auf Empty, war ihr Favorit der, der Augen hatte wie sich leise schließende Türen, die in allen, die hineinblickten, den Wunsch weckten, das Klopfen zur Kunst zu erheben.

Dugs Geschrei holte sie ins Hier und Jetzt zurück. Er quengelte, als wüsste er genau, dass er sie dadurch aus der anderen Welt riss, die ihr in den Fingern zerrann. Sie verdrehte die Augen.

»Was willst du, Dug?«

Er lächelte nur.

Der fängt ja schon früh an, dachte Puah und zog sich in eine andere Ecke des Bettes zurück.

In Sarahs Hütte roch es wie draußen. Sie schmückte jeden Winkel mit Löwenzahn, stopfte sogar ihre Matratze damit aus. Und obwohl sie eine große stämmige Frau war, mit einer Haut, die es, wie Puah fand, mit jedem Schatten aufnehmen konnte, umgab sie sich gern mit schönen Dingen und schmückte ihr Haar mit Schleierkraut. Sie sagte, es wäre ein Trick, um sich selbst vorzumachen, dass sie keine Gefangene war; wenn sie die Augen schloss, konnte sie sich vorstellen, ziellos, frei und ungebunden über eine riesige Wiese zu gehen, ohne ein einziges Toubab-Gesicht im Umkreis von tausend Meilen.

Puah schob den schmutzigen Vorhang vor Sarahs Tür beiseite und trat ein.

»Kannste die mir nach oben flechten?«, fragte Puah. »Damit sie mir nich in den Nacken hängen. Is kühler aufm Feld.«

Sarah schnalzte mit der Zunge. »Dir auch nen guten Tag.«

Puah lächelte. Sarah begutachtete ihre Haare.

»Mädchen, bind sie doch einfach mit nem Schal hoch, wie alle andern auch.«

»Nee. Da wird mir noch heißer.«

Sarah schüttelte den Kopf. »Wenn du immer so wilde Sachen damit machst, werden se nie lang.«

Puah legte sich beide Hände auf den Kopf und ging hüftwackelnd und auf Zehenspitzen durch die Hütte.

»Wer solln das sein?«

»Missy Ruth. Guck, wie fein und elegant ich bin.« Puah klimperte mit den Wimpern. Sarah verdrehte die Augen und musste gegen ihren Willen lachen.

»Du spinnst, Mädchen«, sagte Sarah, dann zog sie einen Hocker unter dem Tisch hervor und setzte sich darauf. »Sag bloß, du willst aussehen wie die?«

Puah ließ sich auf die Fersen sinken. »Nein, Ma'am!«

»Dann hör auf, hier rumzuscharwenzeln.« Sarah rieb sich die Schläfen. »Halt still, damit ich deinen Kopf in Ordnung bring.«

Puah setzte sich zwischen Sarahs Beine auf den Boden. Sie zog die Knie an sich und schlang die Arme darum, den Saum ihres Kleides fest unter ihre Füße geklemmt. Sarah löste ihre Zöpfe.

»Die wachsen ganz schön schnell«, sagte Sarah.

»Am liebsten würd ich sie ganz abschneiden.«

»Hör auf, rumzuzappeln!«, schimpfte Sarah.

Nach einer Weile sagte Puah:

»Ich hab Samuel gefragt, ob er mitkommen und sich auch die Haare flechten lassen will.«

Sarah hielt inne. »Und was hatter gesagt?«

»Nich Nein.«

»Aber hatter Ja gesagt?«

»Nee.«

»Mm-hm!«

Puah verlagerte das Gewicht.

Er war der einzige Mann auf der Plantage, den es wirklich kümmerte, was sie dachte, und der nicht Interesse heuchelte, um unter ihren Rock zu gelangen. Er war der einzige Mann, der nur mit ihr zusammen sein, sich mit ihr unterhalten wollte und der sie, wenn es ihr schlecht ging, aufzuheitern versuchte, indem er ihr Gänseblümchen ins Haar steckte oder ein Huhn nachmachte. Er versuchte nie, sie mit seiner Körpergröße einzuschüchtern oder zu beeindrucken. Während Isaiah sie ignorierte oder tolerierte, wusste sie, dass Samuel sie wirklich sah und vor ihrer Anmut nicht zurückschreckte.

»Ich hoff mal, du hast dir von Amos nich irgendwelche Flausen in den Kopf setzen lassen«, sagte Sarah.

»Nee.«

»Würd Amos nämlich ähnlich sehen, dich zur Scheune zu schicken, um Unfrieden zu stiften.«

»Ich stifte keinen Unfrieden, Sarah. Und Amos hat mich nich geschickt.«

»Wer dann?«

Puah verdrehte die Augen.

»Komm schon, lass die Jungs in Ruhe.«

»Samuel is mein Freund«, sagte Puah und zog frustriert die Augenbrauen hoch.

»Bei wie vielen ›Freunden‹ kriegste im Nacken Gänsehaut, so wie jetzt?«

»Sind bloß Hitzepöckchen.«

»Na schön, Mädchen, dann mach weiter mit dem Blödsinn.«

Manchmal waren Sarahs Wahrheiten, ungeschönt und dornig, wie sie waren, schwer zu ertragen. Spitz wie eine Nadel, die saß. Und doch bluteten die stecknadelgroßen Wunden kaum. In den eigentlich harmlosen Tröpfchen konnte Puah Antworten lesen, die selbst Sarah verborgen blieben. Ein schmerzhafter Segen, von dem die meisten nichts wissen wollten. Doch Puah sah das anders. Sie wusste, das Geheimnis von Stärke lag darin, wie viel Wahrheit man ertragen konnte. Und auf einer Plantage inmitten von Leuten, die sich auf Lügen zur Ruhe betteten, war sie entschlossen, wach zu bleiben, ganz gleich, wie weh es tat.

»Tja.«

»Nix tja. Lass ihn in Ruhe.« Sarah seufzte.

Puah schoss Hitze in die Wangen. Sie hatte gehofft, Sarah würde sie spüren und, besänftigt, ahnen, dass sie genug gesagt und dass Puah sie verstanden hatte. Nach einer Weile sagte Sarah:

»Ich hab keine Lust, über Männer zu reden. Die nehmen so schon zu viel Platz ein. Lassen uns kaum welchen übrig, um uns ungestört auszuruhen.«

»Hast recht«, gab Puah zu, wenn auch nur mit Worten.

»Du willst die Haare also hochgeflochten haben?«

»Ja, Ma'am.«

Puah neigte den Kopf nach vorn, bis ihr Kinn ihre Brust berührte und ihr Nacken freilag.

»Meine Mary hatte nen empfindlichen Kopf. Konnte ihr nur dicke Zöpfe machen. Zwei, drei, mehr hat sie nich ausgehalten.« Sarah lachte. »Dein Kopf is nich empfindlich. Dir kann ich kleinere, hübschere Zöpfe flechten. Und mir so viel Zeit lassen, wie ich verdammt noch mal will.«

Puah schloss die Augen und nahm so viel davon in sich auf, wie sie konnte.

Zeit.

Die Sonne berührte milchig-weiß den Horizont, als sie beschloss, Samuel zu besuchen. Ein paar Leute saßen draußen vor ihren Hütten und versuchten, den vergehenden Tag noch so lange wie möglich auszukosten. Selbst die Kinder, die vorher noch mit unbändiger Energie herumgetobt hatten, setzten sich hin, um sein Ende zu bedauern.

Puah verließ den Pfad und ging durch das hohe Gras. Es dämpfte ihre Schritte und fühlte sich kühl unter den Füßen an. Ihr war danach, sich etwas zu gönnen.

Als sie die Scheune erreichte, verfärbte sich der Himmel von Rosa zu Indigoblau, und ihre Haut war von einem feinen, glänzenden Schweißfilm überzogen, der sie noch schöner machte. Sie konnte kaum erwarten, Samuel zu zeigen, was Sarah mit ihren Haaren gemacht hatte.

Das Scheunentor stand offen, und ein schwacher Lichtschein fiel nach draußen. Weil sie nicht ungebeten eintreten wollte, rief sie Samuels Namen, in drei Silben, wie nur sie es tat.

»Hier drüben«, rief Samuel zurück.

Sie drehte sich um. Ihre Lippen teilten sich kaum merklich, und sie fuhr sich mit der Zunge über die Lippen. Doch ganz gleich, wie oft sie es tat, sie waren sofort wieder trocken.

Drinnen saß Sam-ju-well auf dem Boden, die Beine ausgestreckt und die Füße übereinandergelegt. Hinter ihm hockte Isaiah auf einem Heuballen und flocht ihm die Haare.

»Oh, hey, Puah.« Samuel lächelte. »Hab auf dich gehört. Guck mal! Ich lass mir die Haare flechten. Was sagste nun? Autsch, 'Zay. Das is zu fest.«

»Hey, Puah«, sagte Isaiah.

Puah ging zu dem Eimer, der neben ihnen auf dem Boden stand, tauchte die Kelle hinein und trank ein paar große Schlucke Wasser. Dann setzte sie sich auf den Boden.

»Sieht hübsch aus, das mit deinen Haaren«, sagte Samuel zu ihr. Isaiah nickte zustimmend.

Sie saß da und schaute ihnen mit abwesendem Gesichtsausdruck zu.

»Gehts dir gut?«, fragte Samuel.

Sie antwortete nicht. War zu sehr damit beschäftigt, den Kopf nach links zu neigen, um die andere Welt klar zu sehen. Flirrend kam sie in Sicht. Dort war auch Abend, und Glühwürmchen blinkten eine Serenade. Dahinter sah sie zwei Gestalten, die einander zugewandt am Ufer eines glitzernden Flusses saßen, aus dem Fliegende Fische sprangen. Dann standen sie auf und gingen zu den flirrenden Glühwürmchen. Die größere, kräftigere Gestalt schlang die Arme um die kurvige, wirbelte sie wieder und wieder im Kreis herum, zu einer kaum hörbaren Musik. Ein Wiegenlied. Alle Glühwürmchen leuchteten gleichzeitig auf, und das Paar war deutlich zu erkennen: die andere Puah und ihr Samuel. Lächelnd schaute sie ihm in die Augen, tiefer und tiefer. Da. Kein Zweifel. Die Tür, die bisher immer verschlossen gewesen war, öffnete sich. Ein Lichtstrahl, schwach wie Kerzenschein und doch hell, fiel durch den Spalt. Und das Licht sprach: Ich hab auf dich gewartet.

Puah streckte die Hand aus, versuchte vergeblich, das verblassende Bild festzuhalten.

»Puah?«, sagte Isaiah.

Eine Träne lief ihr über die Wange.

»Puah?«, sagte Samuel.

Sie schlang die Arme um sich, suchte Trost in der eigenen Berührung, den Saum ihres Kleides fest unter die Füße geklemmt.

LEVITIKUS

»Du bist wie ne Frau«, sagte Samuel, während er Heu vor die Pferdeboxen häufelte. Von den Schläfen rann ihm der Schweiß übers Kinn und sammelte sich in der Kuhle über seinem Schlüsselbein.

Isaiah, der mit zwei Eimern in den Händen auf dem Weg zum Kühemelken war, blieb bei Samuels Bemerkung abrupt stehen. Besonders Samuels Tonfall hatte ihn getroffen: nicht direkt grob, aber als hätte er lange über etwas nachgedacht und es immer wieder heruntergeschluckt, bis er jetzt damit herausplatzte. Trotzdem lächelte Isaiah, als er sich zu Samuel umdrehte.

»Na, vielen Dank auch«, sagte er und zwinkerte ihm spielerisch zu.

»War kein Kompliment«, entgegnete Samuel und gabelte weiter Heu auf den hüfthohen Haufen.

Isaiah schmunzelte. »Nun sieh mal einer an. Brauchst dich nich mal anzustrengen, um Süßholz zu raspeln.«

Samuel sog scharf die Luft ein. Isaiah ging mit den Eimern in der Hand zu ihm. Die Griffe quietschten bei jedem Schritt.

Das Geräusch machte Samuel gereizt.

»Hab ich dir was getan?«, fragte Isaiah.

Samuel hielt inne. Er rammte die Heugabel in den Boden. Sein Blick wanderte von der Gabel zu Isaiah.

»Ich kann keinen Schwächling an meiner Seite brauchen.«

»Du hältst mich für schwach?«

»Du weißt, was ich mein.«

»Nee, Sir, keine Ahnung«, sagte Isaiah. Er stellte die Eimer neben der Heugabel ab. »Klingt aber, als würdste mich schwach nennen, weil ich dich an ne Frau erinner.«

Samuel starrte ihn an.

»Dabei is keine von den Frauen, die du kennst, schwach.«

»Die Toubab halten sie für schwach«, sagte Samuel.

»Die Toubab halten uns alle für schwach.« Isaiah schüttelte den Kopf. »Seit wann machst du dir Sorgen, was die Toubab denken?«

»Klar mach ich mir Sorgen. Sollteste auch tun!« Samuel schwoll die Brust, als wollte er sich noch mal Luft machen.

»Wieso?«

»Die dürfen nich alle gegen uns sein, 'Zay!«, schrie Samuel.

In diesem Ton hatte Samuel noch nie mit ihm gesprochen. Isaiah sah den Schweiß auf Samuels Stirn, seinen gequälten Gesichtsausdruck, die Reue würde auf dem Fuße folgen. Isaiah atmete tief ein und senkte den Blick; er war entschlossen, ruhig zu bleiben.

»Die können aber auch nich alle wollen, dass wir werden, wiese uns haben wollen.«

Samuel stützte den Arm auf den Griff der Heugabel, wischte sich mit dem Handrücken die Stirn ab. Schon bereute er, so offen gewesen zu sein. Ein Mann, dachte er, sollte seine Schlösser und Riegel besser kontrollieren. Aber manche Türen konnten, einmal geöffnet, nicht wieder geschlossen werden. Er sah Isaiah an. Schaute ihm unverwandt in die Augen mit den dichten, seidigen Augenbrauen und dem sanften Ausdruck, bis er es fast dabei bewenden lassen wollte. Fast.

»Und was is mit deinem Namen?«

Isaiah runzelte die Stirn. »Mein Name«, flüsterte er. »Wie kannste das nur …«

Samuel wischte sich mit beiden Händen den Schweiß von der Stirn, schien danach nicht mehr zu wissen, wohin mit ihnen, und ballte sie zu Fäusten. Er sah Isaiah eindringlich an.

»Wann haste je erlebt, dass Big Hosea ein Problem mit irgendwem hat, hm?«

Isaiah öffnete den Mund, aber es kam kein Ton heraus.

»Ich kenn ihn, seit wir klein waren. Haste gesehen, wie er sich auf mich gestürzt hat? Wieso?«, knurrte Samuel.

»Ich weiß, aber …«

»Und du? Stehst rum, statt zu helfen.«

»Ich hab dich doch von ihm weggezerrt!«

»Du hättst mir helfen sollen, ihm eins aufs Maul zu geben!«

Isaiah schwankte unter der Last der Anschuldigungen.

Er beugte sich vor. Legte die Hände auf die Oberschenkel, um sich zu stützen. Atmete tief aus. Starrte auf den Boden.

Samuel musterte ihn von Kopf bis Fuß. »Is so.«

Isaiah ließ sich von der Last der Vorwürfe und Samuels Versuch, ihm noch mehr aufzubürden, nicht erdrücken. Er richtete sich auf. Ging zwei Schritte auf Samuel zu. Sah ihm in die Augen, dann wandte er den Blick ab, um seine Gedanken zu ordnen. Samuel stand breitbeinig da und ließ die Fingerknöchel knacken.

»Hast recht. Tut mir leid«, sagte Isaiah schließlich und sah Samuel in die zusammengekniffenen Augen. »Ich hätt was machen sollen, aber ich will nich, dass Amos glaubt, er hätt gewonnen – oder dass die Leute wegen dem glauben, wir sind so, wie er sagt.«

Samuel leckte sich über die trockenen, aschfahlen Lippen. Schmeckte Salz. Er legte die Hand auf den Griff der Heugabel.

»Die hören alle auf Amos. Vielleicht sollten wirs auch tun«, sagte er. Sein Griff wurde locker, unsicher.

»Nein«, sagte Isaiah schnell. »Ich bin jung. So wie du. Aber eins weiß ich, weil mans schnell lernt: Wer eine Peitsche hat, benutzt sie auch. Und wer keine hat, kriegt sie zu spüren.«

Samuel riss die Heugabel aus dem Boden.

»Amos hat keine Peitsche!«, sagte er und häufte hektisch mehr Heu auf.

»Aber die Leute gehorchen ihm«, gab Isaiah zurück.

Samuel hielt inne und warf die Heugabel weg, die mit

einem dumpfen Geräusch auf den Boden fiel. Sie standen da, stumm, ohne sich anzusehen, schwer atmend. Dann zerriss Samuels Stimme die Stille.

»Ich muss hier weg!«

»Wer muss weg?«, fragte Isaiah.

Samuel schwieg. Darauf hatte er keine befriedigende Antwort. Die Erkenntnis brannte in seiner Brust, sein Gesicht juckte. Er klatschte in die verschwitzten Hände. Das laute Geräusch machte ein, zwei Pferde unruhig und verhallte. Isaiah ließ sich davon nicht beirren. Er sah Samuel unverwandt an und wartete auf eine Antwort.

»So haste noch nie geredet«, sagte Isaiah sanft.

»Geredet nich«, antwortete Samuel.

»Aber gedacht? Kann nich sein. Sogar mitten in der Nacht?«

In Isaiahs Augen: Nebel zu nächtlicher Stunde, zwei schwielige Paar Füße schleichen am Flussufer entlang. Der Ruf einer Eule, das Knacken eines brechenden Zweiges. In einiger Entfernung hinter ihnen, Lichtpunkte und die Stimmen wilder, lachender Männer. Metall blitzt im Mondschein auf, und die dreckverkrusteten, müden Füße laufen schneller, waten durch einen Fluss. Zwei Körper tauchen unter, wagen es trotz Panik nicht, das Wasser aufzuwühlen.

Doch die Stille bietet keine Zuflucht; die wilden Männer holen sie ein, zerren sie an den Füßen aus dem Wasser über spitze Steine und geknicktes Gehölz, bis sie eine Reihe verbitterter Bäume erreichen, die nur warten auf diesen Racheakt, nachdem man ihnen ihre Früchte genommen hat. Die Männer haben Seile dabei, lachen, die Finger am Abzug. Sie fesseln die Gefangenen. Knüpfen raue Schlingen, die am Hals brennen. Zusammengezogen schnüren sie die Luft ab. Augen quellen aus Höhlen, Kehlen wollen schreien und können nicht. Zieht. Zieht. Hoch in die Luft mit ihnen. Tritte ins Nichts. Ein Flug ins Nirgendwo.

Die Körper, erschöpft bis in die Seele, erschlaffen, ein Frevel im Angesicht der höhnisch lachenden Götter. Und so entladen sie ihre Waffen in die Schon-Toten. Begießen sie mit Öl und zünden sie an. Halten es für ein Lagerfeuer und singen. *Seht euch die Affen an. Seht euch die Affen an. Seht, wie sie baumeln. Baumeln von den Bäumen*. Irgendwann verlöschen die Flammen, und die Körper fallen auf den Boden. Die wilden Männer streiten sich um die besten Teile, um sie mit nach Hause zu nehmen.

Isaiah kam wieder zu sich und merkte, dass in der ganzen Zeit, in der sie dort gestanden hatten, keiner von ihnen Anstalten gemacht hatte, den anderen anzufassen. Er trat einen Schritt auf Samuel zu, strich ihm mit einem Handrücken über die Wange, und seine rauen Fingerknöchel suchten Trost auf Samuels glatter Haut. Samuel schloss die Augen, schmiegte seine Wange erst gegen Isaiahs Hand, dann nahm er sie, presste sie an sein Gesicht und küsste sie.

»Is zu gefährlich in der Wildnis«, platzte Isaiah heraus. Es war nur fair, die Bürde seines Albtraums mit Samuel zu teilen. Samuel hob sie an, betrachtete sie von allen Seiten und bemerkte, dass sie einen Fehler hatte. Diese von Bäumen baumelnden Körper: Wie konnten sie es wagen, sich kampflos zu ergeben?

»*Hier* isses gefährlich«, antwortete Samuel, warf Isaiah einen fast verächtlichen Blick zu und griff zur Heugabel. Isaiah hielt ihn am Handgelenk fest. Suchte in seinem Gesicht nach einem noch so kleinen Anzeichen von Entgegenkommen.

»Mach das mit uns nicht kaputt, Mann.«

»Bin immer noch hier«, sagte Samuel und wich Isaiahs Blick aus. »Siehste mich vor dir stehen oder nich?«

Er entzog sich Isaiah und wandte sich wieder der Arbeit zu. Isaiah rührte sich nicht. Samuels monotones, rhythmisches Hantieren mit der Heugabel wirkte seltsam beruhigend auf ihn.

»Ich könnts tun, weißt du?«, sagte Samuel schließlich. »Könnts mit all den Frauen treiben. Aber ich wills nich.«

Isaiah verzog den Mund, trat einen Schritt zurück.

»Noch nie drüber nachgedacht?«, fragte Samuel.

»Du willst also gleich zwei Leuten wehtun und nich nur einem?« Isaiah ließ den Blick durch die Scheune schweifen – sah die Pferde in den Boxen, den Heuhaufen, die Werkzeuge an den willkürlich in die Scheunenwand gehämmerten rostigen Nägeln, das Dach mit den gekreuzten Deckenbalken. Er starrte und starrte, als wäre die Scheune sein Kopf und als würde er darin nach der Antwort auf Samuels Frage suchen, aber alles, was er fand, waren Risse.

»Manchmal denk ich, ich kenn dich gar nich«, sagte Isaiah laut und starrte weiter die Wände an.

»Klar kennste mich. Ich bin das Du, das du nich frei sein lässt.«

Isaiah hätte am liebsten gesagt, du meinst das Ich, ich bin doch schon frei. Doch das hätte nichts gebracht. »Die wären dir bestimmt wahnsinnig dankbar«, antwortete er stattdessen. »Die Frauen, mein ich. Dafür, dass dus kannst. Besonders Puah.«

Samuel machte ein finsteres Gesicht. »Bist bloß eifersüchtig.«

»Vielleicht. Aber nich so, wie du denkst.«

»Ich sag nur, wenn du hierbleiben willst, wärs leichter, wenn ...«

Isaiah unterbrach ihn. »Was immer du machen willst, machs.«

Samuel schnaubte laut und legte den Kopf in den Nacken. »Du bist anders.« Er hatte es nicht aussprechen wollen, aber es war zu spät. Die Worte hatten Isaiah schon getroffen, und er konnte nur noch die schmerzende Stelle reiben und Samuel mit einem Blick zu verstehen geben, dass er aufgab.

Samuel stand da, und zum ersten Mal störte ihn der Gestank der Scheune, der sich auf seiner Haut festsetzte. Unter dem salzigen Schweiß roch er säuerlich, bemerkte er, wie verdorbenes Essen. Er hielt sich die Nase zu, unterdrückte ein Würgen und ging zu den Eimern, die Isaiah abgestellt hatte.

»Ich mach das schon. Übernimm du das Heu«, sagte er, nahm die Eimer und ging nach draußen. Er spürte Isaiahs Blick im Rücken wie eine Liebkosung. Doch er blieb nicht stehen.

Er ging zu den Kühen, die ihn laut muhend begrüßten.

»'Zay fehlt euch, hm?«, sagte er.

Er setzte sich auf einen winzigen Holzschemel und verscheuchte die Fliegen, die seinen Kopf umkreisten.

»Bitte um Verzeihung«, sagte er zu der Kuh, die ihm am nächsten stand.

Dann umfasste er ihre Zitzen und begann zu melken.

O SARAH!

Der Yovo, der an Sarahs Wange geleckt hatte, sagte, sie müsse ganz schön zäh sein, denn sie schmecke immer noch nach Salzwasser. Yovo war eins der alten Wörter, die niemand anderes verstand, hatte Maggie ihr erklärt, und sie solle ihn besser Toubab nennen, so wie die anderen auch. Eine gemeinsame Sprache stärke das Band zwischen ihnen, sie helfe, auf diesem feindseligen Boden zu überleben. Es stimmte, sie brachten Hunderte verschiedene Sprachen, Rituale und Ahnen mit. Wer Glück gehabt hatte und seiner Sprache wenigstens nicht in den Träumen beraubt worden war, tat gut daran, sie nicht in Hörweite von anderen zu sprechen, denn man konnte nie wissen.

»Behaltse für dich«, hatte Maggie zu ihr gesagt. »Bewahrse in dir drin auf. Versteckt, aber in Reichweite. So kommste leicht an sie ran, wenn du sie mal brauchst. Glaub mir.«

Wie auch immer, niemand wollte Sarahs Geschichten vom Schiff hören. Wagengeschichten waren schon schlimm genug. Aber still dazusitzen, während Sarah davon erzählte, dass man sich, inmitten der Enge, Hitze, Nässe und fremden Händen eines schwankenden Schiffs, wenn man keine andere Wahl hatte, auch von Erbrochenem ernähren konnte – das war einfach zu viel. Die meisten Leute auf Empty wussten nichts über Schiffe. Sie waren auf gestohlenem Land geboren worden, unter den wachsamen Blicken eines Volkes mit Augen – Erbarmen! –, die im Dunkeln zu leuchten schienen wie die eines Raubtiers vor dem Angriff. Die ersten Hände, die *sie* berührten, waren hautlos gewesen, musst du wissen, sodass Sarah nicht erwarten konnte, ein offenes Ohr bei ihnen zu finden. Deshalb nahm sie es den anderen nicht übel, dass sie von ihrem Zeugnis nichts wissen wollten. Auch wenn das bedeutete, dass Sarahs Name irgendwann im Strom der Zeit verloren gehen würde und dass die Mädchen, die nach ihr kamen, nie erfahren würden, wer vor ihnen kam. Eine Schande. Trotzdem bewahrte sie alles in ihrem Inneren auf, zusammen mit den anderen Dingen, die sich ungebeten in ihrem Kopf eingenistet hatten.

Der Marktplatz, auf dem der Mann an Sarahs Gesicht geleckt hatte, lag in einem Ort namens Charleston, South Carolina – wo sich bei Flut an der Küste die Leichen von den Schiffen türmten –, und seiner Ansicht nach schmeckte sie nicht nur nach Salz, sie hatte auch die perfekten Arme zum Zuckerrohrschneiden. Und so verschleppte man sie auf die Jungferninseln – ein absurder Name, da die Vergewaltiger dort nicht mal auf den Mondschein warteten. Hier wuchs sie heran. Man hatte versucht, sie zu brechen. Und jung, wie sie war, wäre es fast gelungen. Die Erinnerungen daran hatten sich in ihrem Kopf festgesetzt.

Der erste Ort, an dem sie gelebt hatte, hatte nicht an einer Küste, sondern tief im Busch gelegen, wo die Erde und die Menschen vor der Sonne geschützt waren, sodass sie auch nachts sehen konnten. Überall um sie herum blühten Blumen in Farben, wie sie sie später in Miraguana, St. Thomas, Charleston oder Vicksburg nie gesehen hatte. Es gab Früchte im Überfluss, der Saft der Pflaumen quoll ihr in Tropfen aus den Mundwinkeln und zitterte auf ihrem Kinn wie Tau.

Sie war noch zu jung gewesen, um einen Namen zu bekommen; den erhielt man erst, wenn die Seele sich offenbarte, nach dem Übergang vom Mädchen zu dem, was man werden wollte – was auch immer das war. Aber das war der Ursprung und Anfang von jedem Menschen: Mädchen. Bereits im Mutterleib, erklärten die Heiler, danach könne sich das ändern. Kreise kamen vor Linien; das musste man respektieren. Wenn Kinder geboren wurden, waren sie Mädchen, egal, was sie zwischen den Beinen hatten. Bis zur Zeremonie, bei der man sich entscheiden konnte: Frau, Mann, frei oder alles zugleich.

Ein Mädchen, in weiches Tuch gehüllt, mit unzähligen Müttern, Tanten und Schwestern, ohne einen unfreundlichen oder ungehörigen Blick weit und breit. Vor allem erinnerte sich Sarah an das Lachen, aber auch an die erhobenen Zeigefinger, wenn sie den Schutz des Buschs verlassen wollte.

»Willst du, dass die Löwen dich fressen, ja?«

»Nein.«

»Dann komm sofort zurück, Kind!«

Missmutig trottete sie zurück, in die Arme einer ihrer vielen Mütter, aber am Ende hatten die Löwen sie doch erwischt. Und niemand wollte ihre Schiffsgeschichte hören. Kein Wort über das Übelkeit erregende Schaukeln, die von den schweren Ketten wundgescheuerten Handgelenke und Knöchel oder das Ding, das in einer Ecke lauerte, sich bewegte und kein Schatten sein konnte, weil es für Schatten nicht genug Licht gab. Nichts als Schweigen. Niemand will den alten Afrika-Mist hören. Jetzt sind wir hier, oder? Niemanden scherts, was vor dem Schiff war. Überall Gefahr. Nichts wie Gefahr, und die war lebendig, kapiert? Lebendig. Nichts von da kann uns hier retten, hieß es.

Sie brachten sie zum Schweigen, alle außer Maggie, die selbst noch viel Altes in sich hatte.

Ruhig, Sarah, o Sarah. Hol tief Luft. Freu dich. Du hast immer noch deine Erinnerungen, und die bleiben dir.

Wären die anderen dafür offen gewesen, hätte sie ihnen erzählen können, wie sie davon gehört hatte, dass Freiheit möglich war. Nachdem man sie von Saint-Domingue weggebracht hatte, kam die Nachricht über das Wasser, dass die Leute dort die Nase voll gehabt hatten. Gemeinsam hatten sie die Messer erhoben, mit denen sie zuvor Zuckerrohr geerntet hatten, und hatten so viel Blut vergossen, dass sich die schwarze Erde rot färbte. In Charleston hatte Sarah sich gefragt, ob man auch dort der Erde eine neue Farbe verleihen konnte. Alle hatten Messer. Schließlich drückten die Yovo (heute Toubab) ihnen die verdammten Dinger jeden Tag in die Hand und erwarteten, dass sie Zuckerrohr damit ernteten, als wäre das alles, wozu man sie gebrauchen konnte. Aber sie zum Kampf zu erheben, hätte auch bedeutet, Gefahr heraufzubeschwören. Und wie hätte sie die heimtückische Gefahr auch nur in die Nähe ihrer Mary lassen können?

Unter den gewölbten Zweigen der Amberbäume hatten sie sich zum ersten Mal geküsst. Kaum Feuchtigkeit in der Luft, dafür waren sie umso feuchter gewesen. Es war Frühling, und sie fanden Ruhe in den Armen der anderen. Atmen. Langsam. Blinzeln. Ein Kinn gehoben, das andere gesenkt. Eine verirrte Strähne, die sie Mary hinters Ohr zurückstrich.

»Nachher mach ich dir Zöpfe, ja?«

Vielleicht lag es nicht nur an der Gefahr; vielleicht war Haut immer lebendig. Vielleicht verstanden alle Körper die Sprache sanfter Berührungen. Wölbten sich Brust und Hintern ähnlich für andere schmeichelnde Hände, wissende Lippen? Wenn sie zusammen waren, waren sie *eins,* da war Sarah sicher: die Beine ineinander verschlungen, die Büsche, beide mit einem glänzenden Stern in der Mitte, aneinandergepresst. Während ihre Bäuche sich hoben und senkten, versäumten sie es nie – nicht ein einziges Mal –, sich anzuschauen, zu sehen, was da war, egal ob alles und alle in Charleston es verleugneten.

Manchmal sah Sarah, wie Isaiah und Samuel ähnliche Blicke austauschten. Aber nicht allzu oft. Samuel, der Brutale – der sich offenbar für *Mann* entschieden hatte, denn er hatte nicht begriffen, dass die anderen Möglichkeiten dadurch unerreichbar für ihn wurden –, kämpfte gegen sich selbst an, weil sein Verlangen so anders war als alles, was er kannte. Der andere, Isaiah, hatte mehr Vorstellungskraft. Sie wusste nicht genau, ob er sich für *Frau* oder *frei* entschieden hatte, aber es musste entweder das eine oder das andere sein, denn er griff nicht immer sofort zur Gewalt.

Nach all den gierigen und abweisenden Küsten, an die es sie verschlagen hatte, besaß Sarah die Gabe der Beobachtung. Vor dem Hintergrund untergehender Sonnen und schwül flimmernder, nach Geißblatt duftender Luft sah sie, wie Samuel sich abwandte, wenn Isaiah sich ihm zuwandte. Sah die Axt in Samuels Hand, den Eimer in Isaiahs. Isaiah, der die Kühe melkte, und Samuel, der die Schweine schlachtete. Isaiahs Lächeln, Samuels aggressive Fäuste, das eine Ausdruck von einer Freude, die erlittener Härte entsprang, das andere von verständlicher Verzweiflung, bei dem einen wuchsen dem Geist Flügel, der andere suchte Zuflucht in Höhlen voller Echos. Beides war nicht perfekt, hatte aber, wie sie wusste, seine Berechtigung. Man klammerte sich eben an das Leben, ob mit Balsam oder mit dem Schwert.

Niemand sonst sah, was sie sah, weil niemand sonst wusste, was sie wusste. Für alle anderen waren Samuel und Isaiah zu einem blauschwarzen Ganzen verschmolzen, man hielt es für missgebildete Männlichkeit, und nicht für was – Mut? Aber vielleicht war es auch Anmaßung.

Mädchen, der Anfang von allem, verdammt noch mal. Was danach kommt, bestimmt die Seele.

Auf Empty gab es keine Amberbäume, sodass die beiden – besonders Isaiah, aber auch Samuel – keine andere Wahl hatten, als sich mit dem Schutz eines löchrigen Scheunendaches zu begnügen, das nicht einmal die bleichen Strahlen des Mondes abhielt. Es bot keine Sicherheit, und so hatte sie ein gewisses Maß an Mitgefühl, das ihren eigenen Erinnerungen an das entsprang, was sie verloren hatte.

Obwohl.

Nein, nicht verloren. Schließlich war es ihr nicht zufällig bei einem Spaziergang abhandengekommen. Jemand hatte diese Trennung, die eine schmerzliche Leere in ihrer Brust hinterließ, erzwungen, einen ungeschützten Ort – den ungeschützten Ort schlechthin.

Immer, wenn sie Isaiah und Samuel sah, verwünschte sie die Entfernung zwischen sich und Mary und diejenigen, die dafür verantwortlich waren. Ein endloses Ödland voller grüner, stahlharter Dornen, begierig, sich nicht nur in Füße zu bohren, die zurückrannten, um die verlorene Geliebte in die Arme zu schließen, sondern auch in die Brust, die einen Schatz barg. Beim Anblick der beiden kam ihr die Entfernung noch größer, schier unüberwindlich vor. Aber er beschwichtigte sie auch, denn sie wusste, wie es enden würde.

War Mary immer noch in Charleston? Wahrscheinlich. Es gab keinen Grund, sie zu verkaufen. Das Zuckerrohr war Bestrafung genug. Sie würden ihr für den Rest ihrer Tage beibringen, was *Zuckerbrot und Peitsche* hieß. An manchen Tagen war es besser, Mary für tot zu halten: eine mollige Leiche, begraben unter unzähligen Erdschichten, dazu verdammt, zu einer anderen Art von Nahrung zu werden. An anderen Tagen konnte Sarah nicht anders, als sich Mary mit einem Messer in der Hand vorzustellen, den Arm voller Blut, das nicht ihr eigenes war. Aber weder das eine noch das andere wurde durch eine Ahnung bestätigt. Tatsächlich hatten sie damals Sarah, nicht Mary, das Messer aus der Hand reißen müssen. Wieso hatte man es ihr überhaupt gegeben? Konnte es Zuckerrohr hacken, konnte es auch Menschen zerhacken. Man hatte ihren Widerstand nicht ernst genommen, und sie hatte das Messer in der Hand behalten, um es auszuprobieren. Sie hatte zu viel von ihrem Volk in sich, und so würde es immer bleiben.

»Wir warn doch von Anfang an verdammt, oder?«

Das war das Letzte, was Sarah zu Mary gesagt hatte, bevor man sie in Ketten nach Mississippi brachte. Es nützte nichts zu sagen, was man tief im Herzen empfand, das war sowieso bekannt. Sie hatte ihre Zeit besser genutzt, das Gesicht ihrer Geliebten studiert, es sich eingeprägt, sodass sie es mitten in der Nacht – die einzige

Zeit für wahren Trost – heraufbeschwören konnte, wenn sie die Hände zwischen den Beinen vergrub; es war das *einzige* Gesicht, das sie sah.

O Sarah! Empty war ein Ort für sich. Ein Abgrund. Abgrundtief schlecht. Das ganz Unten und das Noch-Drunter. Tiefblauste Tiefe. Grab *und* Grabmal. Aber manchmal gab es selbst hier eine kurze Atempause. Trotz des Blutes, der Schreie und der erdrückenden Hitze war es auch der Ort, wo Essie auf dem Feld sang, was das Pflücken weniger schrecklich, wenn auch nicht weniger zermürbend machte. Ach, manchmal öffnete sie den Mund und traf einen Ton, der ein Echo in der Seele auslöste, wie die Schwingung des Lebens selbst. Selbst die Schmetterlinge schienen es zu spüren, was Sarah daran erkannte, wie sie spielerisch Essies Kopf umschwirrten.

Und auf ihre eigene, kaum erkennbare Art umschwirrte Sarah – wie Essies Schmetterlinge – Isaiah und Samuel, ohne *zu* viel von sich zu geben, denn fast alle auf Empty nahmen und nahmen und nahmen – zu geben war ihnen ebenso fremd wie Freundlichkeit. Aber der, der die bessere Wahl getroffen und sich für *Frau* oder *frei* entschieden hatte, hatte sie gegen ihren Willen dazu gebracht, sich ein bisschen zu öffnen.

Eines Tages war ihr Isaiah bei Sonnenuntergang unten am Fluss begegnet. Sarah hasste die Art, wie der Himmel dem Land seine Farben aufdrückte, Violett mit einem Hauch von Orange, ein Moment, wie für Vereinigung geschaffen. Und doch schien der Rest der Natur sich gegen sie verschworen zu haben, um ihr die warme Berührung und die Brüste einer Geliebten vorzuenthalten. Isaiah, der sich vor dem Hintergrund der untergehenden Sonne vorbeugte, sah verwirrt aus. Er war allein; vermutlich, weil Samuel etwas dagegen hatte, ohne den Schutz eines Scheunendachs mit Isaiah zusammen zu sein. Sie ging auf ihn zu. Ihre Haare waren nach dem langen Arbeitstag immer noch hochgebunden, das Kleid verschwitzt. Ihre Haut glänzte in den Farben des Sonnenuntergangs. Isaiah betrachtete die blaue Verbene, die am Ufer wuchs, war jedoch klug genug, sich dem reißenden Fluss nicht weiter zu nähern. Er lächelte, als er sie kommen sah, und deutete auf die Blumen.

»Son Blau kann wehtun, was?«, sagte er, als sie neben ihm stehen blieb. Sie musterte ihn.

»Einen Dreck weißt du über Blau«, sagte sie, um zu sehen, ob er widersprechen würde.

Er sah die Blumen an. »Hast recht.« Er ließ den Kopf hängen.

Das hatte sie nicht erwartet. Sie atmete tief ein, dann langsam aus. Schloss kurz die Augen, holte tief Luft und schmeckte die Wildblumen und das Flusswasser auf der Zunge. Dann öffnete sie die Augen wieder und schaute unverwandt zum anderen Flussufer hinüber.

»Das mit dem Blau is was Altes«, sagte sie leise.

Isaiah sah sie an. »Du meinst, von davor? Von da, wo du herkommst?«

»Will keiner hören, aber ja.«

»Erzähls mir«, sagte Isaiah.

Sarah lächelte. Is nur eine Kleinigkeit, aber freundlich gemeint, dachte sie. Sie legte sich die Hand auf die Brust.

»Ich sag dir eins: Halt fest, was du hast, so lang wies geht. Nix is sicher, außer Schmerz. Halts fest.« Sie deutete nach Osten. »Ich hätts tun sollen.«

Er sah verwirrt aus, nickte jedoch. Das sagte sie ihm nur, weil sie glaubte, dass er sich für *Frau* oder *frei* entschieden hatte. Dann würde er es vielleicht annehmen und nicht achtlos abtun. Isaiah hielt die Zehen ins Wasser und wirbelte es auf.

»Mach weiter«, sagte sie, überrascht, dass er das Wissen anscheinend noch in sich hatte. »Jetzt hör auf.«

Isaiah schaute sie an.

»Was siehste da?«, fragte sie und deutete auf das Wasser.

»Keine Ahnung«, antwortete er und spähte mit zusammengekniffenen Augen in die trübe Tiefe. »Ein Gesicht? Das Gesicht einer Frau?« Isaiah beugte sich weiter vor. »Sie schaut … dich an!«

Sarahs Lächeln überraschte ihn. Sie kicherte. Ihr war zwar nicht ganz klar, warum Mary ihr die Botschaft durch ihn geschickt hatte, aber sie war froh darüber.

»Danke«, sagte sie zu Isaiah, sah ihn an, und er erwiderte ihren Blick.

»Wofür?«, fragte er.

»Egal, vergiss es«, sagte Sarah. »Hast mir einen Gefallen getan. Und hast mein Mitgefühl.«

Isaiah sah sie an.

»Kann nich einfach sein, wenn alle Leute euch den Rücken zukehren.«

»Nich alle«, sagte Isaiah.

»Hm«, sagte sie. Sie senkte den Blick.

Isaiah schaute ins Wasser. »Oh! Jetzt isses weg.«

Sarah wischte sich die Stirn ab und tastete nach dem Schal um ihren Kopf, wie um zu prüfen, ob er noch richtig saß. »Kommt schon wieder. Irgendwann.«

Isaiah nickte und wollte den Fuß wieder ins Wasser stecken, als plötzlich James hinter ihnen auftauchte. Er hatte sich angeschlichen, ohne auf ein trockenes Blatt oder einen knirschenden Kiesel zu treten. Das hatte er raus, sich lautlos anzupirschen. Er hatte den Hut tief ins Gesicht gezogen, das Gewehr fest in der Hand.

»Zeit, in eure Hütten zu verschwinden. Die Sonne steht schon tief. Was treibt ihr noch hier? Keine Zeit rumzulungern. Los.«

Es lag keine Verachtung in seinem Gesicht, aber seine Mundwinkel waren nach unten verzogen. Selbst wenn Toubab lächelten, war ihre Freude immer mit einem Hauch Verzweiflung gemischt. Nicht, als würden sie etwas bereuen, oh nein, das nicht. Eher als rechneten sie mit etwas, wünschten aber, es würde nicht geschehen – sogar dann, wenn sie es sich selbst zuzuschreiben hatten. Ohne James anzusehen, zog Sarah die Augenbrauen hoch und presste die Lippen aufeinander. Seltsame Leute.

Beim Gehen wandte sie sich Isaiah zu.

»Nacht, Miss Sarah«, flüsterte er.

Bei dem Wort »Miss« warf James ihm einen kurzen Blick zu. Sarah drehte sich um und sah, wie Isaiah sich langsam von James entfernte und dann zu rennen anfing. Schließlich ging sie durch das hohe Gras zurück zum Trampelpfad, nicht ganz so beschwingt und anmutig wie Puah, aber fast.

Da! Isaiah nennt mich »Miss« vor dem, dem seinen Namen ich um Maggies und meinetwillen nich aussprech. Egal obs Mut oder Anmaßung is. Ich hab jetzt nen Zeugen. Àṣẹ.

Sie pflückte eine Handvoll Rittersporn. Zurück in ihrer Hütte ging sie im Raum herum, beugte sich vor, als wollte sie beten, und legte Blumen in alle vier Ecken.

»Schützt die Wahrheit und vertreibt die Lüge«, sagte sie und ließ sich schwer auf einen Hocker sinken.

Die Beine von sich gestreckt, zog sie ihr Kleid hoch, sie sehnte sich nach Abkühlung. Als keine kam, griff sie sich an den eingewickelten Kopf, der juckte. Das passierte manchmal, die Kopfhaut fing an zu kribbeln, wenn Erinnerungen auf den Verstand einstürmten.

Sie löste den Schal und ließ ein Ende herunterhängen, sodass eins ihrer Augen verdeckt war. Mit dem anderen betrachtete sie die Blumen in allen Ecken.

Is zwar kein Amberbaum, nich mal annähernd. Aber so passt es auch.

RUTH

Sobald der Mond verschwunden war, verließ Ruth ihr Bett. Vorsichtig tappte sie über den Teppich, zog weder ihre Pantoffeln noch einen Hausmantel an. Das Nachthemd würde genügen. Sie machte sich nicht die Mühe, eine Kerze oder Lampe anzuzünden. *Kein Licht. Kein Licht.* Sie beschloss, sich in der Dunkelheit dem Zufall zu überlassen. Wenn sie stolperte, sich das Knie an einem Möbelstück aufschlug oder eine Stufe übersah und die Treppe hinunterfiel, war es auch gleich. Dann passte das gebrochene Äußere endlich zum gebrochenen Inneren, und sie musste ihre Risse und Brüche nicht mehr verstecken und heimlich beweinen. Alle konnten es sehen und würden ebenfalls weinen, weil sie erkannten, dass sie unschuldig war. Ihre Tränen. Ach! Ihre Tränen.

Sie trat auf die Veranda hinaus, blieb zwischen den Hauptsäulen stehen und streckte die Arme aus, um den Wind, der sich selten nach Mississippi verirrte, willkommen zu heißen und einzufangen. Er trocknete den Schweiß auf ihrer blassen, sommersprossigen Haut. Mit geschlossenen Augen genoss sie die Brise. Ihr Körper bewegte sich sanft, fast als bete sie zu einem Gott, ähnlich jenem, den sie gewählt oder den man ihr vielmehr verordnet hatte, weil dort ihr Platz sei – dort, wo sie wegen ihres Geschlechts immer nur zweitrangig, unvollständig sein konnte. Zwei Schritte dahinter, den Kopf gebeugt. Nie ein ganzer Körper, immer nur eine Rippe.

Sie war zwar wach, aber sie spürte die Erschöpfung vom Tag in ihrem Kopf und ließ sich in einen der Schaukelstühle fallen. Er kippelte nach hinten, dann wieder nach vorn. Sie ließ das Kinn auf die Brust sinken, und die leuchtend roten Haare fielen ihr ins Gesicht und über die Schultern. Dann hob sie den Kopf und atmete tief ein. Tag und Nacht hatten jeweils ihren eigenen Geruch. Der Tag roch moschusartig, nach den Tieren – einschließlich der Nigger –, ein Gestank, der den Duft des Büschelschöns überdeckte, das Essie und Maggie nach ihren Anweisungen am Rand des Gartens gepflanzt hatten, der ihr am Herzen lag. Sie liebte das Büschelschön, das makellose Violett der Blüten, die sich exquisit übereinander wölbten wie winzige Sterne. Sie mochte die Vorstellung, dass es auf Erden etwas gab, was sich mit der Pracht des Nachthimmels messen konnte.

Doch was nützte es? Am Tag gab es zu viele ablenkende Gerüche, gegen die man wenig ausrichten konnte, ohne den Gestank noch schlimmer zu machen. Nur mitten in der Nacht war alles, wie es sein sollte, und selbst die geschlossenen Blüten verströmten ihren Duft. Nur schade, dass sie nicht die beiden um ihre Aufmerksamkeit buhlenden Schönheiten, Garten und Himmel, zugleich bewundern konnte.

Die Nacht lud zum Umherstreifen und Erforschen ein – innerhalb gewisser Grenzen natürlich. Das Land gehörte Paul, so weit das Auge reichte, was hieß, dass sie hier in Sicherheit war, weil ihre Sicherheit oberstes Gut war. Und sie hatte alle nötigen Opfer gebracht, um ihren Teil des Kontrakts zu erfüllen. Eine unsichtbare Blutspur führte von ihrem Unterleib in die Wälder, folgte ihr, wohin sie auch ging. Ob sie in der Innenstadt von Vicksburg einen Schneider aufsuchte, in der Kirche in der ersten Reihe saß, wo der Blick des Reverends einen Augenblick zu lang auf ihr ruhte, oder ob sie mit den anderen Frauen ihres Handarbeitskreises stickte – die sie allein nur deshalb beneideten, weil sie glaubten, sie habe genau das Leben, das sie sich für sich selbst wünschten, auch wenn keine von ihnen es führen wollte, wenn sie von den Streifzügen in Pauls Abwesenheit wüsste, oder vielleicht *doch*, schwer zu sagen – die Blutspur führte immer zu ihr zurück, verband sie mit dem, was den Menschen vom Tier unterschied. Deshalb irrte sie durch die Wildnis. Nur in der freien Natur fühlte sie sich wie ein ganzer Körper und nicht nur wie ein gestohlener Teil.

Die Brise war angenehm, und sie spreizte ein wenig die Beine. Vielleicht würden die anderen Leute dann die Fessel sehen – denn für sie war es eher eine Fessel als eine Blutspur – und wissen, dass sie noch am Leben war, kein Geist, kein Gespenst, das gegen seinen Willen an einen Ort gebunden war, den es wegen Unerledigtem, bei dem keinerlei Hoffnung bestand, es jemals zu erledigen, nicht verlassen konnte. Sie war aus Gnade hier, und vielleicht auch aus freien Stücken, aber Gnade hatte etwas so Belebendes, dass sie überzeugt war, ihr vieles zu schulden. Auf die Knie also. Auf die Knie, zumindest für einen Moment.

Kniend sah sie zum Polarstern auf und fragte sich, ob Timothy wohl ebenfalls den Himmel beobachtete. Er kam nach seinem Vater und war doch das Ein und Alles seiner Mutter. Sie bewahrte sämtliche Briefe in der obersten Schublade der kleinen Kommode neben ihrem Bett auf. Er hatte ihr geschrieben, er glaube zwar, dass Thomas Jefferson mit seiner Meinung nicht unrecht habe, doch vielleicht gebe es noch eine andere Art, über Nigger zu denken, die er »Neger« nannte; sie gingen immerhin aufrecht auf zwei Beinen, und vielleicht waren sie deshalb doch nicht die Tiere, für die Ruth sie hielt, oder zumindest ließe sich das nicht mit absoluter Gewissheit sagen.

»Mein Kind. Mein geliebter Sohn«, schrieb sie ihm beim Lampenschein, obwohl es ihre Augen anstrengte. »Sei nicht albern. Anscheinend hast du dir trotz all deiner Gelehrsamkeit dein kindliches Gemüt bewahrt.«

Die Sitten und Gepflogenheiten der Nordstaatler waren perfide, wusste sie, sie konnten – wenn sie wollten – sämtliche Grenzen überwinden. Und wenn Nordstaatler eins im Überfluss hatten, dann war es Willenskraft. Sie waren Großmäuler und Heuchler. Der Süden erinnerte sie beständig daran, woher sie kamen, und diese Vereinigten Staaten, weder vereinigt noch richtige

Staaten, waren nur ein lockerer, halbherziger Verbund bleicher, verknöcherter Männer, die die Welt nach ihrem blassen Bild umformen wollten. Kein Rahmen für Freiheit, sondern die Tyrannei der Europäer, nur nackter, ungeschönter.

Den Mangel an Charme machten die Nordstaatler durch Redenschwingen wieder wett; endlose, sentimentale Ansprachen, die Menschen dazu bringen konnten, zu Heugabeln und Fackeln zu greifen, zum Rand eines *Noch*-Nicht-Landes zu marschieren und aller Welt mit aufgerissenem Mund und tränenverschmiertem Gesicht zu verkünden, sie seien bereit für einen Traum zu kämpfen und zu sterben, dessen Verwirklichung sie nie erleben würden.

Deshalb hatte sie Paul gebeten, Timothy in Mississippi studieren zu lassen, er könne die nötige Bildung auch hier bekommen, schließlich seien sie reich genug, um für alles zu bezahlen, woran es diesem »Ort, an dem die Wasser zusammenfließen« mangelte. So nannten, wie sie gehört hatte, die Eingeborenen, die man niedergemetzelt oder tiefer in die Wildnis getrieben hatte, dieses Land. Sie hatten die Götter des Wassers angefleht, die Fluten zu entfesseln und jeden zu ertränken, der sich ungebeten in ihr Gebiet wagte.

Und es hatte tatsächlich geregnet. Heftig. In Strömen. So viele Wochen, dass in den Geschichten kein Ende erwähnt wurde, und Ruth kam es so vor, als habe es erst aufgehört, als sie damals zum ersten Mal die Sonne gesehen hatte. Doch der Regen hatte das Land fruchtbar gemacht, Würmer krochen an die Oberfläche und wurden von Vögeln gefressen, sodass sie fett, faul und leicht zu fangen waren – und den Soldaten mehr als genug Nahrung lieferten, um die Regenmacher und ihre Götter weiter nach Westen zu vertreiben. Anscheinend hatten sie nicht gewusst, dass eines von Gottes raffiniertesten Wundern war, seinem auserwählten Volk die Fähigkeit zu verleihen, das Wasser zu teilen und hindurchzugehen.

Doch Paul hatte sie überredet, ihren einzigen Sohn dem verheerenden Einfluss der Winterländer auszuliefern, und sie wusste, wenn er zurückkam, würde er nicht mehr derselbe sein. Das Kind, das durchgekommen war. Das überlebt hatte. Der junge Mann mit den vielen Talenten, der von seiner Mutter die Klugheit geerbt hatte, die seinem Vater fehlte, aber genug von seinem Vater hatte, um seine Pflichten zu kennen. Timothy hatte ihr versichert, dass er nur Bildung mit nach Hause bringen würde, und vielleicht, so Gott wollte, eine gute Frau. Und sie hatte sich gewünscht, ihm glauben zu können, doch seine Lippen hatten gezittert, und er tupfte sich zu oft mit dem Taschentuch die Stirn ab, obwohl es nicht heiß war. Er hatte wohl doch nicht genug von seiner Mutter und zu viel von seinem Vater.

Ruth stand auf, stieg die kleine Treppe hinunter und trat in die Nacht hinaus. Das Unkraut fühlte sich kühl unter den Füßen an, und der Boden war etwas glitschig vom Tau, doch sie rutschte nicht aus. Dann blieb sie unter dem freien Himmel stehen, damit die Sterne zur Abwechslung auf *sie* hinunterschauen, *sie* ansehen konnten, ob sie es nun verdiente oder nicht. Das Heulen des Windes, der an ihrem Nachthemd zerrte, war das einzige Geräusch, auch wenn die Nacht ihre eigenen Stimmen hatte: Insekten und andere Tiere, manchmal auch das gedämpfte Stöhnen der Nigger bei dem, was sie für Liebemachen hielten, aber sie wusste, dass ihr Mann dahinterstand, mithin hatte es mit Liebe nichts zu tun, sondern es ging ums Geschäft. All das vermischte sich zu einer Art Melodie, zu schlicht für eine Symphonie, auch wenn der Donner ihres Herzschlags dabei mitwirkte.

Ihre tiefgrünen Augen hatten einen entrückten Blick, sie war in Erinnerungen vertieft und nicht ganz sicher, ob sie vor sich die Vergangenheit oder die Gegenwart sah. Doch in der Ferne schien ein Licht, dessen Quelle sie nicht ausmachen konnte, von oben herab auf die kerzengerade Silhouette eines großen Mannes. Es sah danach aus, als trüge er ein Gewehr über der Schulter, auch wenn er wahrscheinlich kein Soldat war. Nach der Eroberung des Landes brauchte man kaum noch Soldaten; die Wilden, die es bewohnt hatten, waren gezähmt worden und würden bald ausgelöscht sein – die Mittel und Wege dazu durfte man ruhig beim Namen nennen. Das Kriegsrecht hatte seine eigenen Regeln. Frauen durften offiziell nicht kämpfen, allerdings nur *offiziell,* und zwar aus zwei Gründen. Zum einen verkleideten sich manche Frauen als Männer, ahmten deren Aussehen und Verhalten, von den kurzen Haaren bis hin zum aggressiven Auftreten, bis ins Detail nach, um zu tun, was sie für ihre patriotische Pflicht hielten. Sie wusste von mindestens einer solchen Frau, die entdeckt und gehängt worden war; nicht, weil sie es gewagt hatte, in die Schlacht zu ziehen – Ruth hatte sogar gehört, sie habe noch besser gekämpft als die Männer –, sondern wegen des Betrugs, der angeblich weit anstößiger war; es war die Art, wie sie in Friedenszeiten gelebt hatte, wie sie das »Sie« gegen ein »Er« getauscht hatte, ein Affront gegen Jesus Christus.

Zweitens mussten Frauen einen ungleich länger währenden und deshalb auch brutaleren Kampf durchstehen, um angesichts der Gegenwart von Männern zu überleben. Ob er nämlich im Krieg gekämpft hatte oder nicht, jeder Mann kehrte von etwas nach Hause zurück, wo er, wie für Männer typisch, unter seinesgleichen war oder Dinge tat, die er niemals laut zugeben würde, und jeder mit der Absicht, den Frauen und Kindern, die ihm am nächsten standen, das gleiche Leid anzutun, das die Welt ihm angetan hatte. Verwandtschaft spielte dabei keine Rolle. Ob Mutter, Ehefrau, Schwester oder Tochter, alle wurden gleichermaßen zur Zielscheibe. Ob Vater, Ehemann, Bruder oder Sohn, alle legten dieselbe gleichgültige Missachtung an den Tag – denn in ihrem Inneren, hinter dem aufblitzenden Zorn, lauerte das, was sie so erschütterte, dass sie den überwältigenden Drang hatten, alles und jeden zu zerstören, der sie durchschauen und es sehen könnte: das Nichts.

Ruth fragte sich, ob die Gestalt mit dem Gewehr im Licht gekommen war, um Krieg gegen sie zu führen. Sie trat einen Schritt zurück und blinzelte, denn die Gestalt war verschwunden. Zurück blieb nur undurchdringliche Finsternis, die sie seltsam tröstlich fand.

Langsam ging sie um das Große Haus herum zur Rückseite, wo der Garten lag. Die verschiedenen Düfte überwältigten sie. Büschelschön, Sonnenhut und Gardenien. Sie beugte sich vor, atmete tief ein, schloss die Augen, warum nicht im Garten schlafen, überlegte sie.

Vielleicht sollte sie Maggie und Essie wecken, damit auch sie den Garten so genießen konnten, wie es ihm gebührte. Das würde ihnen bestimmt gefallen. Bestimmt wüssten sie es nach der Knochenarbeit auf dem Baumwollfeld und in der Küche zu schätzen, etwas so Herrliches zu erleben, und sei es auch nur kurz. Ruth fasste sich an den Hals, ließ den Kopf nach hinten sinken und lehnte sich an den Gartenzaun. Eine Träne lief ihr übers Gesicht. Selten hatte sie sich so großherzig gefühlt. Denn Maggie und Essie in den Garten einzuladen, bedeutete, dass sie ein großes Herz hatte. Sie ging leise weiter. Zweige knackten unter ihren nackten Füßen, scheuchten Grillen auf, die hoch in die Luft sprangen. Wie sie wohl in der Dunkelheit wirkte? Konnte man sie überhaupt sehen? Nahm ihr seidig-weißes Nachthemd einen Teil der Ebenholzfarbe der Nacht an, sodass es violett leuchtete? Sie schaute auf ihre Hände hinunter, und erinnerte sich, dass es eine Zeit gegeben hatte, in der sich

Schwielen auf ihrer Haut gebildet hatten, die eigentlich immer zart sein sollte. Aber dann war der Mann mit dem Gewehr über der Schulter am Horizont aufgetaucht, um sie vom Los schwerer körperlicher Arbeit zu befreien. Er hatte den weiten Weg nach South Carolina auf sich genommen, nur weil er ein Gerücht gehört hatte, das der Wind ihm über mehrere Planwagentrecks und Staaten hinweg zugetragen hatte. Es war nicht mehr als Hörensagen, und er hatte keine Garantie gehabt, sie zu finden. Doch die Geschichte war zu verlockend gewesen: Ein Mann bot seine einzige Tochter feil, mit feuerrotem Haar und Alabasterhaut, an der Schwelle zur Frau, rein und unberührt. Letzteres brachte sie ins Grübeln. Was bedeutete dieses Wort? Zählten aufdringliche väterliche Hände nicht, auch wenn man sich ihnen, regelmäßig wie das Abendgebet, widersetzt? Und das Schweigen der Mutter? Wenn die Hände eines Elternteils Blutergüsse hinterließen, welche Male hinterließ das Schweigen des anderen?

Aber dann war Paul gekommen, ein Gewehr auf dem Rücken, dessen Mündung gen Himmel zeigte. Er hatte ein markantes Kinn und einen eindringlichen Blick. Sie war mehr als bereit, ihr Glück mit ihm zu versuchen, für wie viel auch immer er sie ihrem Vater abgekauft hatte.

Die Erde war feucht, und sie nahm eine Handvoll auf, steckte sie sich in den Mund, schmeckte einen Hauch von Süße, bevor sie sie schluckte. Die Erde war ein Teil von ihr. Sie war Teil der Erde. Verborgen hinter Blumen legte sie sich hin. Der Boden war so weich, sollte sie hier einschlafen, an diesem Ort, an den sie mehr gehörte als an jeden anderen?

Da sah sie es. Aus dem Augenwinkel nahm sie einen warmen Lichtschein wahr, der flackernd zum Leben zu erwachen schien. Schwach, als wollte er niemanden stören oder zu viel Raum einnehmen, sondern nur weiterleuchten, ohne Angst, ausgelöscht zu werden, um seinen goldenen Schimmer mit allem zu teilen; ein Licht, das Augenlider schwer, Herzen weich und Schambereiche feucht werden ließ und das Verlangen nach Intimität weckte, ohne Niedertracht, ohne Vergeltung. Das Licht – wenn man es so nennen konnte, denn es war nicht so hell, dass es blendete – kam von einem Ort jenseits des Zaunes, verborgen hinter hohem Gras und einem weiteren Zaun – dort, wo die Scheune lag.

Sie deutete mit dem Finger darauf, am liebsten hätte sie es zu sich gerufen; doch ihr Hals war wie zugeschnürt. Sie erhob sich mit schmutzigem Rücken, von hinten sah sie aus wie eine Blume, die aus der Erde spross. Als sie zum Gartentor hinausging, verabschiedete sie sich nicht von den Nelken, auch wenn sie davon überzeugt war, dass ihnen ihre Gesellschaft fehlen würde. Sie versprach, ihnen beim ersten Sonnenstrahl Wasser zu bringen, und zwar eigenhändig, obwohl sie es nicht musste, als Beweis für ihre Aufrichtigkeit, ihre Opferbereitschaft.

Der Weg zur Scheune war nicht weit, aber er kam ihr vor wie eine Reise. Ein Abstieg von einem Berg in eine tiefe Höhle, von einem Ort in der Nähe der Sonne an einen, den ihre Strahlen nie erreichten. Bedrückung überkam sie, als würde sie sich in die Gesellschaft von Menschen begeben, die gebeugt und von einem Gram erfüllt waren, der nur teilweise sichtbar war, und etwas von ihrer Bürde übernehmen, wenn sie Zeit mit ihnen verbrachte. Diese Vorstellung machte ihr zwar Angst, hielt sie aber nicht davon ab weiterzugehen.

Der Schmerz hatte auch etwas Süßes, das sie in den Füßen spürte. Sie ging über feuchte Erde, dann über trockenen, harten Boden; am Tor des Scheunenzauns blieb sie stehen. Die langen Gräser kitzelten sie an den Knöcheln; sie beugte sich vor, um eine Pusteblume zu pflücken, blies sie an, und die Samen zerstreuten sich in alle Winde, schwebten sanft aufwärts, dann langsam, wie schläfrige Insekten, zu Boden. Hier bei der Scheune schien alles dichter zu sein: die Luft, der Boden, selbst die Dunkelheit – alles bis auf das warme, schimmernde Licht darin, sicher geborgen, gehütet, geschützt.

Ruth bückte sich und kroch – nicht ganz auf allen vieren, auch wenn es ihr nichts ausgemacht hätte – unter dem Holzzaun hindurch und erschauderte, als sie sich auf der anderen Seite wieder aufrichtete. Es war zwar nicht unbedingt, als hätte sie Welten durchquert, aber das Leben an diesem nächtlichen Ort fühlte sich anders an. Alles war still, und doch war die Nacht in Bewegung. Schlug Wellen, kräuselte sich wie die Oberfläche eines Teichs, in den man einen Kiesel warf – ein schneller, kreisförmiger Impuls – und sie blinzelte. Genauso schnell, wie der Eindruck gekommen war, verschwand er wieder, und sie fragte sich, ob sie ihren Sinnen trauen konnte.

Ich bin hier, waren die ersten Worte, die Ruth einfielen, aber wo *hier* war, blieb rätselhaft. Natürlich war das immer noch die Scheune, und doch schien diese, während sie sie betrachtete, zu wachsen, bis sie sich daneben klein und unbedeutend vorkam. Gerade so, als könnte die Scheune ihre Tore öffnen und sie – als wäre sie nicht mehr als ein zarter Bissen – verschlingen. In der Dunkelheit konnte man verbotene Dinge tun, deren Anblick die Sonne nicht ertrug. Nigger konnten im Dunkeln sehen, das wusste jeder. Sie waren die Nachkommen der Nacht, deren Farbe sie ungeniert im Gesicht trugen. Wie kam es sonst, dass sie schamlos waren, selbst bei Tag? Deshalb mussten sie manchmal ausgepeitscht werden. Nicht aus Bosheit oder Sadismus, sondern um sie an die Schande zu erinnern.

Der Boden hier war weicher. Zu spät fiel ihr ein, warum. Der Pferdemist klebte ihr an einer Ferse, und sie hüpfte auf einem Bein herum, bis sie ein Büschel taunasses Gras fand. Selbst der Dreck schien zum Leben erwacht zu sein und sie auszulachen, als er – verspielt wie ein Kind – an scharfkantigen Grashalmen herunterrutschte und in der Dunkelheit verschwand.

Ruth erreichte das Scheunentor, aufgerissen wie der Mund eines Verhungernden oder eines ungeduldigen

Liebhabers. Sie konzentrierte sich ganz auf den Lichtschein, der durch die Torflügel fiel; er schien sich zurückzuhalten und gleichzeitig Teil der inneren Landschaft zu sein. Als sie sich ihm langsam näherte, sah sie, dass auch verschwommene Schemen an dem stillen Fest teilnahmen, das hier verborgen und doch für alle Augen sichtbar stattfand.

Sie lugte ins Scheuneninnere und war enttäuscht. Die Quelle des Lichts war keine jenseitige Herrlichkeit, die ihr Gnade zuteilwerden lassen wollte. Nein, es kam von einer gewöhnlichen Lampe, die zwischen den beiden Scheunen-Niggern – die Paul erfolglos als Zuchthengste hatte benutzen wollen und an deren Namen sie sich nicht erinnerte – auf dem Boden stand.

Sie schienen sich zu streiten, allerdings so leise, dass es eher wie Sprechgesang klang. Nur an der aufgebrachten Art, wie sie die Augen aufrissen, sie zusammenkniffen, sich die Hand auf die Brust legten und sie anklagend ausstreckten, war zu erkennen, dass es sich um eine Auseinandersetzung handeln musste.

Sie kam sich fast vor wie ein Eindringling, obwohl dieser Ort ihr gehörte. Als sie den Torflügel weiter öffnete, ließ das laute Knarren sie alle zusammenfahren; selbst das Licht schien seinen goldenen Schimmer zu verlieren. Sie trat auf Heu, ignorierte das Prickeln unter den Fußsohlen.

»Was *ist* das hier?«, flüsterte Ruth. Sie schaute sich um, sah umherhuschende Schatten, und glaubte, Trommelschläge zu hören, aus der Richtung, wo die beiden Nigger hockten; sie hatten sich ihr zugewandt, weigerten sich jedoch hartnäckig, ihr ins Gesicht zu sehen.

»'n Abend, Missy Ruth«, sagte einer von ihnen, die Hände gefaltet, den Kopf gebeugt. »Alles in Ordnung, Ma'am? Sollen wir Ihnen was holen?«

Sie missverstanden sie. Das konnte sie an ihren schweißüberströmten Brustkörben erkennen, die sich im gleichen Rhythmus hoben und senkten. Doch sie glänzten auch verheißungsvoll. Männer sagten selten die Wahrheit, deshalb musste man ihre Signale deuten. Die beiden Nigger waren zwar schlau genug, den Blick abzuwenden – nach unten schauen, nach unten! –, doch ihre Körperhaltung verriet ihre Absichten, da konnten sie ihr nichts vormachen. Sie selbst hatte die Nigger schon mit Blicken erkundet, zu Boden gedrückt, ausgezogen und verschlungen, aber das hatte nichts zu sagen. Sie hatte Fantasien, aber was zählten die schon. Schließlich war sie schon so lange den Launen eines anderen Mannes unterworfen.

»Ist das hier eine Scheune oder was anderes?«, fragte sie, diesmal lauter.

Das folgende Schweigen entzückte sie. Wie sie wohl auf sie wirkte, mit ihrem schmutzigen Nachthemd, den kupferroten Haaren und einer Haut, die im Licht so viel veränderlicher war als die der beiden, schließlich konnte ihre die Schattierungen jeder Tages- oder Nachtzeit annehmen – hell und klar am Tag, blassblau in der Nacht.

Und die Zwischen-Zeiten – Sonnenauf- und Sonnenuntergang, die Stunde des Zwielichts – verliehen ihr jene Schönheit, die sie am meisten liebte. Sie näherte sich ihnen fast wie bei einem Tanz, und ihr Schatten gesellte sich zu den beiden zurückweichenden. Selbst das Licht schien sie zu fürchten, es flackerte, verblasste.

»Du da. Wie heißt du?«, fragte sie, während sie auf die beiden hinunterschaute.

»Isaiah, Ma'am«, sagt er. »Und das da is Samuel.«

»Ich kann mich nicht erinnern, dich nach seinem Namen gefragt zu haben.« Sie deutete auf Samuel, sah jedoch Isaiah an. »Ich nehme an, er kann für sich selbst sprechen. Nun? Kann er das? Oder sprichst du für ihn?«

»Nein, Ma'am.«

Da war sie: die notwendige Entblätterung. Ihre Worte bewirkten, dass sie sich entblößen mussten. Sie hatten ihre Arroganz abgelegt. Und das war ihr ganz ohne Peitsche gelungen, ein Beweis für den Unterschied zwischen Männern und Frauen. Bei Männern ging es immer nur um Getöse, endloses, eitles Gepolter, das mehr als alles andere Ermutigung durch ein Publikum brauchte. Privatheit war Männern ein Gräuel. Wozu sollte man etwas tun, wenn es nicht bewundert werden konnte? Warum auf einem Podest stehen, wenn niemand zu einem aufsah?

Frauen, die meisten zumindest, waren anders. Privatheit verlieh ihnen die Macht, grausam zu sein und doch als freundlich zu gelten, stark zu sein und zugleich als zart wahrgenommen zu werden. Allein zu sein war wichtig, denn Männer neigten selbst an Orten wie diesen dazu, ihr die kurzen Momente von Ausgeglichenheit streitig zu machen. Männer waren dazu geboren, Unheil zu stiften, entschlossen, das zu sein, was ihnen bestimmt war.

Isaiah und Samuel waren anders. Anscheinend hatten sie an diesem Ort – und sie hatte immer noch keine angemessene Erklärung dafür, warum es sich hier so anders anfühlte, hier zu sein – begriffen, wie wichtig Privatheit, wie gefährlich die Gesellschaft anderer Menschen war. Wenn auch, den vielen Striemen auf ihren Rücken nach zu urteilen, noch nicht gründlich genug. Aber vielleicht half der äußerliche Schmerz ja, den im Inneren zu lindern. Endlich etwas an diesem Ort, was sie verstand. Dem Licht zugewandt, stellte sie sich zwischen sie. Alles, was sie jetzt noch voneinander sehen konnten, war eine Andeutung des anderen, die Rundung eines Kopfes, die breiten Schultern, halb verdeckt von den Umrissen ihres Körpers.

»Dieser Ort ist etwas Besonderes, nicht wahr? Irgendetwas ist anders. Ich kann nicht die Einzige sein, der das auffällt, oder?«

»Missy?«, sagte Isaiah.

»Ich will kein Wort mehr von dir hören. Der andere soll reden«, sagte sie und sah Samuel direkt an, der mit gesenktem Kopf und offenem Mund dasaß.

Ruth ließ den Blick über seinen Kopf, die Schultern,

die Arme und Beine bis hinunter zu den grobschlächtigen Füßen wandern. Er war gesegnet. Die Nacht stand ihm so gut, dass sie den anderen nicht brauchen würde, dessen Augen selbst in dieser Situation fröhlicher waren und deren Blick sie spüren konnte, obwohl er sie nie direkt anschaute. Sie konnte sich vorstellen, Samuel zu tragen wie einen Schal oder eine Perlenkette, etwas Schlichtes, was man an kalten oder festlichen Tagen anzog, nur um es wieder abzulegen, sobald es wärmer wurde oder es Zeit war, schlafen zu gehen.

Als sie Samuel berührte, erstarrte er, wich fast zurück, was sie jedoch nicht daran hinderte, die Hand über die schmalen und breiteren Narben auf seinem Rücken gleiten zu lassen. Sie versuchte sich vorzustellen, wie es für Paul sein musste. Berührte er die Nigger, die er nahm, bevor er sie nahm? Tat er es mit offenen Augen? Angehaltenem Atem? Es gab mittlerweile so viele von ihnen – Nigger mit hellerer Haut, durch ihre Halifax-Schattierung gebrandmarkt –, dass sie endlich aufgewacht war und die Tatsache nicht länger leugnen konnte, dass ihr Retter so tief gesunken war. Das Einzige, was es erträglicher machte, war das Wissen, dass es bei diesen Sünden nur ums Geschäft ging, sodass es eigentlich keine richtigen Sünden waren. Wenn Gott ihm vergeben konnte, dann musste sie es ebenfalls tun.

Sie schaute auf Samuels Kopf hinunter. »Leg dich hin«, flüsterte sie, und noch immer weinte er nicht.

Erbärmlich. Einfach nur erbärmlich, so waren sie ihr

am liebsten. Dadurch behielt sie die Kontrolle. Dieser hier war groß, doch er lag am Boden, da wo er hingehörte. Und so wild seine wirren Haare auch aussehen mochten, in dieser demütigen Haltung war er keine Bedrohung. Sie schmiegte sich an ihn, denn die Zeit war das Einzige, was nicht auf ihrer Seite war. Timothy würde bald nach Hause kommen und den Besitz auf der Suche nach einem geeigneten Bildmotiv durchstreifen. James patrouillierte vielleicht mit seinen Männern, die ihrer Meinung nach selbst kaum besser waren als Nigger. Paul konnte überall sein. Sie durfte nicht so gesehen werden, befreit von ihrem Korsett und ihrem Ehegelübde, begierig, die Brüste herunterhängen zu lassen, sie nicht länger hochbinden zu müssen, bis sie fast erstickte. Das alles machte sie zornig, und alles, wirklich alles, wandte sich irgendwann gegen einen selbst. Doch in der Zwischenzeit, in den Zwischen-Zeiten, musste man sich davon befreien.

Sie schob das Nachthemd bis zu den Knien hoch, hielt es von den Beinen entfernt, als Schutz vor dem Nigger – warum weinte er immer noch nicht? – zu ihren Füßen. Der andere wagte, den Kopf zu heben, auch wenn er es vermied, sie anzusehen. War das Neid? Mitleid? Sie konnte seinen Gesichtsausdruck nicht deuten.

»Schau woanders hin«, befahl sie ihm.

Langsam drehte Isaiah den Kopf, sah zu den Pferdeboxen hinüber. Sie folgte seinem Blick. Zwei Pferde, eins braun, eins weiß mit braunen Flecken, reckten neugierig die Köpfe, als wollten sie zuschauen – als hätten sie nicht schon genug gesehen. Würden sie sich erinnern? Und wenn ja, würden sie in einem Anflug von Solidarität unter Lasttieren, ihre Kutsche von der Straße oder in einen Abgrund lenken und zusehen, wie sie sich alle Knochen brach, und wofür – eine Erinnerung, die zu behalten keine Kreatur ein Recht hatte?

Zum Teufel damit – sie wandte den Blick ab. Dann streckte sie die Hand aus, um Samuels Hose zu öffnen, und hockte sich auf seinen Schoß unter ihr. Warf den Kopf in den Nacken. Keine Freude. Keine Ekstase. Unter ihr kein Berg, nichts als Ebenen, was für jede Frau eine Beleidigung gewesen wäre, die *mindestens* Anbetung erwartete.

»Bist du kaputt?«

Sie sah ihn nicht einmal an, als sie die Frage stellte; keine Antwort hätte den Affront wiedergutmachen können. Kurz verfluchte sie sich dafür, geglaubt zu haben, sie hätte Erfolg haben können, wo nur Misserfolg möglich war. Sie hörte das Dach über ihrem Kopf ächzen, als wäre ihm die Last plötzlich zu viel geworden. Sollte die Scheune doch einstürzen und Tiere, Bäume, Himmel und Erde mit ins Verderben reißen; aber es wäre unschicklich, wenn ihre Überreste zusammen mit denen dieser ungetauften Stallburschen gefunden würden. *Was hatte sie dort zu suchen?*, würden alle fragen, obwohl sie es nur zu gut wussten, doch schlecht von Verstorbenen zu reden war Christus ein Gräuel; er war sogar von den

Toten wiederauferstanden, um das ohne den Schatten eines Zweifels deutlich zu machen, und würde irgendwann in Zukunft zurückkehren, um es zu bestätigen; und so würde man um sie weinen und ihren Namen segnen, und sie würde die Wahrheit mit ins Grab nehmen.

Ruth spürte die Last ihres Körpers auf Samuels. Die Last von Isaiahs Blick. Und die Last all der Kinder, die nie die Chance gehabt hatten, aufzuwachsen, ihr Leben zu leben. Im Rücken spürte sie Pauls Hand, die sie stützte, wenn sie stolperte, was dem Einfluss seiner Mutter Elizabeth zu verdanken war, nach der die Plantage benannt war; Ruth war dankbar dafür, dass er seine Mutter in so guter Erinnerung behielt – dadurch hatte er sich ein Stück Freundlichkeit bewahrt, das speziell für Ruth reserviert war.

Sie schützte ihren Kopf mit den Armen, doch das Dach stürzte nicht ein. Das Ächzen, das sie zu hören geglaubt hatte, war nur das Wimmern des anderen Niggers, dem sie befohlen hatte, den Blick abzuwenden. Da war sie nun, in diesem Schlamassel, ohne zu wissen, wie sie hineingeraten war. Sie erinnerte sich an den Lichtschein, an die Blumen und die Erde. Sie kam zu dem Schluss, dass dieser Ort dem Verstand einen Streich spielte. Und ja, diese ganze Last. Es war alles einfach zu viel für sie gewesen, sie war nicht mehr ganz bei sich. Der einzige Ausweg war, dorthin zurückzukehren, wo alles wieder einen Sinn ergab, wo man leichter atmen konnte.

»Runter von mir!«, schrie sie, stand abrupt auf und

zog ihr Nachthemd herunter. Rührte sich nicht. Starrte wie gebannt ins Licht der Lampe, das flackerte, jedoch nicht erlosch. Im Zentrum der Flamme bemerkte sie einen dunklen Fleck. »Da«, sagte sie zu sich, »genau da sind wir!« Aber wie war das möglich? Wie war sie, nur indem sie sich von einer Seite des Zaunes auf die andere begab, von Licht ins Nicht-Licht geraten? Sie taumelte auf die Lampe zu, trat sie um. Doch das Heu geriet nicht in Brand, keine Feuersbrunst verschlang die Scheune. Die Flamme erlosch einfach.

In der Dunkelheit erinnerte sie nur das gelegentliche Grunzen der Tiere, das schwere Atmen des wimmernden Niggers und das schneidende Schweigen des Angespannt-ruhigen daran, wo sie war; sie schaute nach oben. Sie hatte es zuvor nicht bemerkt, als sie geglaubt hatte, das Dach würde ihr auf den Kopf fallen, doch es gab darin ein rechteckiges Loch, das den Blick auf den Himmel freigab, der ihr so vertraut war. Er war mit winzigen weißen Sternen gesprenkelt – das einzige Publikum, vor dem sie sich nicht fürchtete. Sie leuchteten aus sicherer Entfernung auf sie herab, zeigten ihr jenen Weg, für den sie so lange vergeblich gebetet hatte.

Sie ging im Kreis. Hob die Hände. Lachte, als die Erkenntnis sie überkam. Sie wusste, dass sie Zugang zu Dingen hatte, die allen anderen verschlossen waren. Man würde sie für verrückt halten, auch wenn sie wusste, dass sie es nicht war. Sie begriff jetzt, dass eine schier endlose Ahnenreihe von Frauen dies- und jenseits des Ozeans lange genug überlebt hatte, damit sie in diesem Augenblick hier sein konnte. Und nicht nur überlebt; sie hatten dafür gesorgt, dass sie nicht zu dem gleichen Leben verdammt war, das zu führen sie selbst keine andere Wahl gehabt hatten. Jede einzelne dieser Frauen, die jetzt nur noch Lichtpunkte am tintenschwarzen Himmel waren, hatte Ruth weiter fortgeführt von den Hexenverfolgungen, den Scheiterhaufen, den Vergewaltigungen, den Ehebetten, der Keuschheit und Bescheidenheit, alles von Männern erdacht, eine Last, die sie den Frauen aufbürden konnten und die einzig und allein dem Vergnügen, der Freude und dem Wohlgefallen der Männer diente. Hosanna!

Deshalb hatte sie ihre Kinder verloren! Das erkannte sie erst jetzt. Es war keine Strafe gewesen, sondern eine Befreiung. Das bedeutete, dass Timothy, ihr Timothy, für den sie Gott im Himmel gedankt hatte, ihr entweder eine Stütze war und deshalb hatte überleben dürfen, oder eine Gefahr, was hieß, dass ihre fehlgeleiteten, wenn auch gut gemeinten Gebete Jahrhunderte sorgfältiger Planung zunichtegemacht hatten, weil sie den Segen, den man ihr zuteilwerden lassen wollte, nicht erkannt hatte. Womöglich hatte seine Reise in den Norden doch etwas Gutes. Vielleicht korrigierte sie einen schweren Fehler, machte wie von Zauberhand die Torheit rückgängig, dass sie einen Mann auf einen Thron über all die Frauen gestellt hatte, die schreiend zugrunde gegangen waren, um Ruth dasselbe Schicksal zu ersparen.

Da es keinen Grund mehr gab, im Kreis zu gehen, blieb sie stehen. Ihr war schwindelig. Sie ließ den Wimmernden hinter sich und stieg über den eisern Schweigenden hinweg. Auf dem Weg zum Scheunentor sah sie durch den Spalt einen Splitter des Lebens außerhalb der Scheune, das sie zurückgelassen hatte, einen Ort, wo sie doch vielleicht eher hingehörte, und sie eilte darauf zu. Sie riss einen Torflügel auf, doch das Gefühl der Bedrückung wich nicht. Sie rannte los, verhedderte sich in ihrem Nachthemd, ließ sich davon nicht beirren. Diesmal kletterte sie über das Gatter, statt noch einmal unter dem Zaun hindurchzukriechen; hindurchzugehen kam ihr gar nicht in den Sinn, da niemand da war, der es für sie öffnen konnte.

Ihr Garten rief nach ihr, doch sie hatte keine Zeit für ihn. Sie würde ihn bei Tagesanbruch besuchen. Würde den Blumen, mit Maggies und Essies Hilfe, das Geschenk des Wassers bringen, das süße aus dem Brunnen. Das war keine Verschwendung. Wasser gab es im Überfluss. Außerdem freute sich der Garten über Gesellschaft, man brauchte sich nur anzuschauen, was er hervorbrachte.

Sie rannte ins Große Haus, die Treppe hinauf und in ihr Zimmer. Es war heiß und roch – ebenso wie sie – nach Lavendel und Erde, eine Mischung, die nicht unangenehm war. Sie zog das Nachthemd aus und warf es auf den Boden. Der Anblick des zerknitterten Kleidungsstücks erinnerte sie daran, dass man sie gerade zurückgewiesen hatte. Wie hatte ihr das bisher entgehen können?

Das Schweigen, das Wimmern, die Bedrückung und der Lichtschein hatten sie abgelenkt, sodass sie nicht daran gedacht hatte, sich zu nehmen, was ihr ohnehin gehörte. Doch es gab immer noch einen Weg, Befriedigung aus der Sache zu ziehen. Alles, was sie sagen musste, war ein Wort.

Sie schaute auf ihre Füße hinunter. Sie waren nicht schmutzig – weder der Rist noch die Sohlen. Dabei war sie barfuß durch den Garten, durch Gras, Pferdemist, Staub und Heu gegangen. Und doch waren ihre Füße sauber, wie frisch gewaschen. Vielleicht stimmte es ja: Vielleicht *konnte* sie fliegen. Konnte wie ein reiner Engel, eine Feder oder eine ihrer Sternenschwestern die Begrenzungen der Erde abstreifen und – ihren eigenen Namen rufend – emporschweben, nur ein kleines Stück, in angemessenere Sphären.

Sie nahm ein frisches Nachthemd aus der Kommode und zog es an; es war schwerelos. Sie musste unwillkürlich lächeln. Als sie sich ins Bett legte, fühlte es sich anders an. Als würde sie sich im Himmel zur Ruhe betten.

Als würde sie fliegen.

BABYLON

Die Bäume auf Empty boten bei Sonnenaufgang einen ebenso grimmigen Anblick wie im Schatten der Nacht. Sie ragten an den Grenzen der Plantage über dem Nebel auf, doch nur, um in den Tod zu locken. Wen? Kommt drauf an. In letzter Zeit hauptsächlich eine Sorte Mensch. Diese Bäume gewährten niemandem Heimat, weder den Spatzen noch Blauhähern, noch Ameisen oder Raupen. Sie alle – ob nun kerzengerade, krumm oder am Boden liegend – hatten nur eine Aufgabe: Zeugen zu sein. Und vielleicht waren sie das, aber wozu waren stumme Zeugen gut?

Aber, stimmt. Man muss ihr Zeugnis nur zu lesen wissen. Gewaltsame Spalten in ihrem Stamm, klaffende Wunden, an denen das weiße Fleisch des Holzes zum Vorschein kommt, Äste, die unter einer Last gebrochen sind. Für jeden Riss gibt es Gründe, aber sie bleiben stumm, selbst wenn man sie befragt. Man muss wissen, wo man suchen soll. Man muss in die Einschnitte spähen, die bis zu den Wurzeln reichen; zwischen die Wurzeln, die in der Erde verschwinden; in die Erde, die niemals lügt, sondern sich unter den Zehen jener wölbt, die sie mit ihrem Blut nähren und an anderen Orten, wie der Himmel über ihr, zur engsten Familie gehörten. Eines Tages wird jemand ihre Geschichte erzählen, aber nicht heute.

Die Bäume bewachten also die Grenzen. Die meisten Hinrichtungen fanden am Übergang von der Plantage zu jenem Land statt, das keinen Besitzer hatte (so behaupteten zumindest einige, die Zweifel geäußert hatten, dass man Lehm und Dreck besitzen konnte, und dafür ihr Leben gelassen hatten). Die Straßen dort waren heiß von der Sonne Mississippis, doch wegen der Schwüle nie trocken – ein Ort, an dem selbst die Pferde sich ungehinderter bewegen konnten als Menschen, an dem Insekten umherschwirrten, weil für sie Freiheit selbstverständlich war, dazu Wälder, Gott weiß wohin strömende Flüsse und ein scheinbar tief hängender Himmel, der aber für immer unerreichbar blieb. Nichts davon war für sie erfahrbar, ohne einen hohen Preis dafür zu bezahlen: abgeschlagene Gliedmaßen, der Verlust des Lebens, übrigens die bessere Lösung, auch wenn Feiglinge das nicht begreifen, Freiheit ist eben eher bitter als süß.

Und die heimatlosen Vögel? Sie begutachteten das alles im Vorbeifliegen. Fast alle: Spatzen, Blauhäher, Tauben und Rotkehlchen, nur die Raben ließen sich nicht blicken. Das aufgebrachte Krähen würde diejenigen, gegen die es sich richtete, versengen, wären sie nicht ohnehin schon von der Sommersonne verbrannt. Für die Versengten war nur der Gesang des Rotkehlchens Musik.

Darunter mischte sich ein anderer, leiserer Rhythmus,

der schon vor dem Marsch um die Grenzen von Empty begonnen hatte. Isaiah und Samuel glaubten, die Einzigen zu sein, die ihn hörten. Er schwang Arme und Hüften beim mittäglichen Lobgesang auf der Lichtung mit, bei dem sie nicht willkommen waren, er verbreitete sich überall und erreichte viele Ohren, ob sie ihn hören wollten oder nicht. Es war nicht der Gesang der Leute, wie sie anfangs geglaubt hatten. Es kam aus einer Quelle, oder, der Mehrstimmigkeit nach zu schließen, aus mehreren. Es klang für sie wie etwas Altes, Tröstliches.

Ein Wort von Ruth genügte, und James war zum Handeln gezwungen, ob er ihr nun glaubte oder nicht; er trommelte seine Truppe von Un-Menschen zusammen, und die rissen Isaiah und Samuel aus dem Schlaf, noch ehe die beiden Gelegenheit hatten, einander ins Gesicht zu sehen, das Heu zusammenzufegen, auf dem sie geschlafen hatten, und dem Morgen mit derselben Beklemmung entgegenzutreten wie an jedem anderen Tag. Wie schnell sie Samuel und Isaiah auf die Beine gezerrt hatten. Ihre Hand- und Fußgelenke mit Eisenketten fesselten. Ihnen mit Spitzen bewehrte Eisenringe um den Hals legten.

Man schob sie gewaltsam aus der Scheune, was die Tiere mehr zu überraschen schien als die beiden – die Pferde scharrten mit den Vorderhufen, ein Schwein gab ein lang gezogenes Quieken von sich –, und dann sahen sie, was der Nebel nicht verbergen konnte. Die versammelte, von der Sonne in goldenes Licht getauchte Menschenmenge, mit der sie gerechnet hatten. Einige waren müde. Andere lächelten, was Isaiah erschreckte und Samuel nicht. Schließlich waren sie auch nur Menschen. Menschen, die sich glücklich fühlten, wenn mal ausnahmsweise andere gedemütigt wurden. Die ein kurzes Gedächtnis und deshalb kein Mitgefühl hatten. Samuel wusste aber, dass ihr Gedächtnis einfach nur Lücken aufwies, und zwar gerade bei jenen, die hier an diesem Ort auf Lückenlosigkeit bestanden, wenn es um sie selbst ging.

Der Morgennebel würde sich bald lichten, sodass die Schönheit der Umgebung nicht länger verborgen war. Schon bald würde sich zeigen, dass selbst ein schrecklicher Ort wie dieser malerisch sein konnte. Da brauchte man nur die Libellen zu fragen.

Wie viele Menschen waren schon auf diesem Land gestorben? Zuerst die Yazoo, die ganz sicher tapfer gekämpft hatten, aber nicht auf die Waffen ihrer Gegner vorbereitet gewesen waren, zu denen auch Krankheiten gehörten. Dann die Choctaw.

Und schließlich die Verschleppten, die bei der Arbeit tot zusammenbrachen, aber auch die, die sich weigerten zu schuften und denen die Auflehnung im Blut lag. Sie beobachteten alles aus dem Dunkel und flüsterten ihren Kindern zu: *Wie konntet ihr nur?* Samuel glaubte, sie meinten damit eigentlich: Wie konntet ihr das nur *zulassen*? Isaiah dagegen glaubte: Wie konntet ihr nur *bleiben*? Fragen, auf die es keine Antworten gab, und so füllte Selbstgerechtigkeit die Lücke.

Samuel hob das Haupt. Wenn heute schon ein Tag der Schmerzen war, sollten sie zumindest wohlverdient sein. Einer der Un-Menschen zerrte an der Kette, die an dem Ring um seinen Hals befestigt war. Doch Samuel strauchelte nicht. Drei von ihnen traten hinter ihn und befestigten seine Ketten und damit auch den an ihn geketteten Isaiah an dem Wagen, den James bereits bestiegen hatte. Es war ein altes, klappriges Gefährt, das seinen ursprünglichen Zweck, die Beförderung von Lasten, schon lange nicht mehr erfüllte: Seine wackligen Räder liefen nicht mehr rund, was die Fahrt unsicher und holperig und den Wagen schwergängig machte; die Ladefläche war so wurmstichig, dass man den Boden darunter sehen konnte und die Beförderung von Menschen riskant war.

James hob die Hand, und einige der Umstehenden stiegen auf den Wagen. Isaiah hörte auf zu zählen, als sie sich auf Befehl auf die Ladefläche drängten, und konzentrierte sich stattdessen auf die Distanz zwischen sich und Samuel und den anderen. Einige beeilten sich mit dem Aufsteigen, doch Isaiah war nicht sicher, wer aus Schadenfreude und wer aus Angst. Als sie schließlich auf dem Gefährt standen, das unter ihrer Last zusammenzubrechen drohte, spielte das auch keine Rolle mehr. Wichtig war nur die erhöhte Position. Sie konnten jetzt auf etwas herabschauen, und das war unwiderstehlich. Schon die geringste Erhöhung brachte eine neue Perspektive mit sich, und Rücken wurden gestrafft, Köpfe gehoben und Hände in Hüften gestemmt. Eine Dummheit, die Isaiah akzeptieren konnte, weil er wusste, wie falsch sie am Ende lagen. Doch Samuel stieß sie übel auf, blieb ihm im Hals stecken wie eine Fischgräte.

Vor den Wagen gespannt wie Tiere, die sie nicht waren – das wussten sie –, hinter sich James mit der Peitsche und einer Ladung Menschen, mussten Samuel und Isaiah den Wagen einmal um Emptys Grenzen herumziehen. An einem Sonntag. Sie fragten sich, ob Amos darüber eher verärgert oder erfreut war. Beide schauten zu den Leuten hinüber, die noch im Nebel standen, und entdeckten Amos zwischen ihnen, der ein Buch unter dem Arm hatte; sie konnten nur Fragmente seines Gesichts sehen, die beide im Geiste zusammensetzten. Sie beäugten ihre Umgebung. Sie würden die gesamte Plantage kennenlernen. Jeden Winkel. Jedes Erdloch. Jeden gottverdammten Grashalm. Während Samuel Pläne schmiedete, konzentrierte sich Isaiah auf Details.

»Hüa!«

James trieb sie an wie Tiere, und sich auf diese Aufforderung hin in Bewegung zu setzen, hätte die Lüge zur Wahrheit gemacht. Sie rührten sich nicht. Beim ersten Peitschenhieb lief eine Schockwelle durch Isaiahs Körper, und seine Sicht verschwamm kurz, dann wurde sie noch klarer als zuvor. Er erkannte, dass hier an den Grenzen von Empty die Natur noch fast unberührt war. Schönheit überall: eine Blume, ein Felsen oder ein Baum. Es hätte ein erträglicher Ort sein können, wäre er unbewohnt gewesen, hätte man über das Land schlendern können, als hätte es keinen Besitzer. Niemanden, den es störte, wenn man stehen blieb, um einer Biene gute Reise zu wünschen oder zu den Wolken aufsah und »Ich!« rief. Nichts an dieser friedlichen Umgebung hätte so viel Raum für Schrecken bergen dürfen.

Isaiah kamen die Tränen, und er schaute auf seine Füße, die im schlammigen Untergrund kaum Halt fanden. Der nächste Peitschenschlag traf Samuel, und Isaiah zuckte ebenfalls zusammen. Nun, da alle Zeichen auf Verrat standen, klopften ihre Herzen in einem Rhythmus gegenseitigen Misstrauens. Die Anspannung machte sie gereizt, riss eine Kluft zwischen ihnen auf.

Samuel warf einen Blick auf Isaiah und konnte ihn nicht ausstehen. Das Gefühl gärte in seinem Inneren, dann atmete er tief ein und schluckte es hinunter. Sie bräuchten nur zu warten, bis die Ketten gelockert wurden, um sie den Un-Menschen um den Hals zu schlingen und diese zu erwürgen, bevor sie beide den unweigerlich folgenden Schüssen erlagen. Aber er wusste, dass Isaiah es nicht über sich bringen würde. Obwohl Samuel ihn seit vielen Jahren kannte, war ihm immer noch ein Rätsel, warum Isaiah nicht einmal fähig war, eine Hand zur Faust zu ballen. Eine gefährliche Naivität.

Isaiah dagegen wich Samuels Blicken aus, die seine Gedanken deutlich verrieten; was half es, Samuel zu erklären, dass ein letztes Mittel nicht das Erste war, wozu man greifen sollte? Und doch erkannte Isaiah mit vor Anstrengung geschwellter Brust, dass etwas Stärkeres sie beide miteinander verband als die Ketten, mit denen man sie aneinandergefesselt hatte. Aber da war auch die verlockende Vorstellung von einer flüchtigen Ruhepause, wenn einer der beiden Jungen seine Pflichten vernachlässigte und dem anderen kein Wasser brachte.

Sie waren keine Ochsen, und doch zogen sie vor den Augen aller einen Wagen.

Isaiah würde Samuel später erzählen, dass er nie begreifen würde, was an blauen Blumen so faszinierend war. Sicher, die blauen Einsprengsel durchbrachen die Einförmigkeit der Landschaft, verschafften Erleichterung vom blendenden Weiß der Baumwolle, aber eigentlich war dieses Blau nichts Besonderes. Und doch lenkte es von allem ein wenig ab, und er hatte die Nase voll davon, dieses Blau ignorieren zu müssen. Es schimmerte hier und da durch den Nebel, als wären Himmelsscherben auf die Erde gefallen … Er schloss die Augen und verlor sich in Gedanken, ein Fehler.

Zum ersten Mal dachte er darüber nach, wer vor ihnen gekommen war. Wer war Pauls erstes Opfer gewesen? Ein Mädchen? Mädchen waren für Toubab-Männer eine Investition, weil man sie zu Vermehrungszwecken vergewaltigen konnte, doch die Früchte davon brauchten Jahrzehnte, um heranzureifen. Ein Junge also, mit starken Armen, breiten Schultern, einer breiten schwarzen Brust und zwei kräftigen Beinen, der mit einer Hacke tiefe Furchen in den Boden ziehen konnte. Hatte Paul den Jungen von seinem Vater geschenkt bekommen? Anfangs als

Spielzeug, später als Werkzeug? Oder war er Pauls erster Kauf gewesen? Hatte er ihn auf einem Versteigerungspodest erstanden, nachdem er seinen Körperbau geprüft, ihn von Kopf bis Fuß inspiziert und schließlich für ein Leben in Zwangsarbeit für geeignet befunden hatte? Es ist wichtig zu wissen, wer das erste Opfer gewesen war, denn man sollte nicht vergessen, wer das zweite nicht verhindert hatte. Nicht, dass dieser Person ein Vorwurf zu machen war, denn mit diesem Verhindern wäre ein Mensch allein überfordert gewesen. Und für einen Heldentod musste man immerhin zuerst einmal sterben.

Samuel scherte es nicht, wer das erste Opfer gewesen war. Er fragte sich eher, ob einer von ihnen das letzte sein würde – oder wenigstens so viel Zerstörung hinterlassen könnte, dass kein Toubab je wieder auf die Idee kam, dieses ganze schreckliche Unternehmen fortzuführen. Ob wohlplatzierte Axt oder gestohlene Schusswaffe, der einzige Unterschied war die Lautstärke. Man brauchte nur zu entscheiden, was einem lieber war: ein Blutbad oder ein Donnerschlag. Im Moment war Samuel danach, möglichst viel Lärm zu machen. Er wünschte sich, warmes Metall in den Händen zu spüren, es ans Auge zu heben, das andere zuzukneifen, den Finger auf den Abzug zu legen, abzudrücken und zuzusehen, wie sein Ziel durchlöchert wurde und ausblutete. Sollten zur Abwechslung mal Körper und Blut der anderen die Erde nähren. Wie viele der Seinigen hatte er schon umkommen sehen? Und keiner hatte so viel Anstand gehabt, einem Kind die Augen zuzuhalten.

In Gedanken verloren stellten sie sich einsamer Schande und zogen den Wagen um eine Kurve. Die Menschen standen immer noch hoch aufgerichtet wie Salzsäulen auf der Ladefläche, sodass Isaiah sich nicht umzudrehen wagte, aus Angst, ebenfalls zu erstarren. Samuel hielt den Blick nach vorn gerichtet, weil es keinen Grund gab zurückzublicken – oder zum Himmel. Dort oben war niemand, der ihm helfen konnte. Die Vergangenheit barg nichts als Schmerz und Geheimnisse, und die ans Licht zu zerren, stiftete nur Verwirrung. Und in der Gegenwart gab es mehr als genug Dinge, die keinen verdammten Sinn ergaben. Nur in der Zukunft lag vielleicht eine Lösung.

Isaiah überlegte, welche Form die Plantage hatte. War sie quadratisch, rechteckig? Er hätte seine Schritte zählen können, obwohl er eigentlich gar nicht so weit zählen können durfte. Wahrscheinlich war sie nicht rund, denn Toubab konnten Kreise aus irgendeinem Grund nicht leiden; sie huldigten dem rechten Winkel, als könne er allein für Ordnung in der Welt sorgen. Vielleicht war sie dreieckig, auch wenn das eher unwahrscheinlich war; zu wenige rechte Winkel. Ihm wurde bewusst, dass er all das eigentlich gar nicht wissen durfte: Formen, Winkel und die Unterschiede zwischen ihnen. Das alles war verboten, denn dahinter lag ein Wissen, davon war er überzeugt, das die Pauls und Amoses dieser Welt für sich behalten wollten. Stattdessen erzählten sie Geschichten über Bäume, Früchte und Schlangen, ein

Ablenkungsmanöver, damit der Abstand zwischen dem jetzigen und dem möglichen Leben nicht zu ermessen war. Isaiah spielte mit, aber ständig so tun zu müssen, als wäre schwere körperliche Arbeit das Einzige, worin er gut war, zermürbte ihn ebenso wie die Ketten und war so schmerzlich wie die Peitsche. Klirrende Metallketten verbanden seine und Samuels Hände mit ihren Füßen; spitze Bolzen hielten die Eisenringe an ihrem Platz und erschwerten das Gehen, weil man die Beine spreizen musste, um sich nicht die Knöchel aufzuschlitzen.

Für Toubab war Nacktheit aus irgendeinem Grund beschämend, und so wurde man immer ausgezogen, bevor sie einen vor den Wagen spannten. Vor den Wagen gespannt wie ein Pferd, um die Demütigung komplett zu machen. Doch in seinem Naturzustand zu sein, war bis auf die Moskitos nicht die Schmach, für die die Toubab es hielten. Licht und Luft gelangten an die Haut. Verborgenes lag frei. Der Nebel hinterließ Tau auf der Haut, etwas, das heiliger war als die Taufe, denn es geschah ohne Zutun und nie unter dem Vorwand, Seelen zu retten.

Über Nesseln zu gehen, machte ihnen dank der Schwielen an den Fußsohlen nichts aus. Isaiah hatte im Gegensatz zu Samuel gelernt, selbst das kleinste Vergnügen auszukosten. Als James sie absichtlich über Dornenbüsche lenkte, hatte es nicht die erwünschte Wirkung. Isaiah lächelte; Samuel weigerte sich, eine Reaktion zu zeigen.

Samuel betrachtete Vergnügen mit Misstrauen, weil er wusste, wie leicht es einem entrissen werden konnte.

Wenn er sich weigerte, etwas zu genießen, würde es ihm nicht fehlen, wenn es ihm wieder weggenommen wurde.

Obwohl.

Nein.

Das stimmte nicht ganz.

Es gab ein Vergnügen, das er so sehr genoss, dass es sich seiner Kontrolle entzog, und wenn man es ihm gewaltsam entriss, würde er ausgehöhlt zurückbleiben, eine leere Hülle seiner selbst, ein wandelndes Nichts, und er wäre nicht der Einzige, dem es am Ende leidtun würde. Wenn sie ihn ausweideten, würde es unweigerlich Spuren hinterlassen. Spuren, die etwas zeigten. Die am Ende zu Taten wurden. Samuel wollte nicht zurückblicken. Weder jetzt noch später. Er würde weiter starr geradeaus schauen. Dort konnte er das Blut, das fließen würde, fast schon sehen. So wie die Krümmung der Welt, die vor ihm lag. Nicht, dass es eine Rolle spielte, denn er würde sie nie erreichen. Sie nie überqueren, nie erfahren, was dahinter lag. Aber vielleicht würde sie ihn eines Tages überrollen, wieder und wieder.

Während er sich über dieses Stück Land schleppte, das sich allem immer zu schnell fügte, erkannte Samuel etwas, was den meisten Menschen verborgen blieb: den Funken am Ende der Peitsche. Ein winziger, farbloser Lichtfleck. Er folgte auf den Knall, wenn das Leder die Haut traf. Wenn man blinzelte, verpasste man ihn oder tat ihn als Sinnestäuschung ab. Doch er war da. Unbefleckt vom Blut, das jetzt die Spitze der Peitsche benetzte. Unbewegt von den Schreien der Gerechten und Niederträchtigen. Er schwebte über allem wie ein Beobachter, doch ähnlich wie die Bäume gab er nie etwas preis; er schlug ein wie ein Blitz, ließ die Welt erzittern wie ein Donnerschlag. Wirbelte alles durcheinander, Vergangenheit, Gegenwart und Zukunft. Ein Zustand der Erschütterung, in dem der Verstand unweigerlich auf Abwege geriet.

Isaiah sah Samuel an, folgte seiner Blickrichtung und sah den Funken ebenfalls, trotz der Tränen, die in seinen Augen brannten. Ein Nordstern, der niemanden irgendwohin führte.

Nein.

Falsch.

Er hatte die Menschen hierhergeführt. Nach Empty. Wo man auch sie aushöhlen würde. Bis sie bereit waren, alle Zuneigung in sich auszumerzen. Das grausame Spektakel, die Zurschaustellung, diente nur als Tarnung für etwas weit Obszöneres: die menschliche Natur.

Der Funke schien sie zu verhöhnen. Damit anzugeben, wie leicht er auftauchen und wieder verschwinden konnte, als wäre er nie da gewesen. Ohne ein Signal, wie man ihm folgen, aus dieser Welt flüchten konnte. Auch wenn es keine Garantie gab, dass es in jenem anderen Reich besser war. Bestenfalls gleich oder noch schlechter, vielleicht war er auch deswegen so farblos. Eine Verlockung war selten ein Grund zur Freude. Und doch schien der Verstand nicht anders zu können, als sich unter derart widrigen Umständen nach der kleinsten Ablenkung zu sehnen.

Da sie nicht miteinander sprechen durften, konnten sie sich nur durch Blicke und Gesten verständigen, in der Hoffnung, dass der andere sie nicht missverstand. Aber sie kannten sich gut genug. Begehren war ihnen wichtiger als etwas aus Gedankenfaulheit zu übernehmen, was lediglich eine andere Art von Selbstaufgabe war. Und sich aufzugeben war unmöglich, nun, da sie überrascht festgestellt hatten, dass sie es fast geschafft hatten, die gesamte Plantage – sowohl die Toubab als auch die Ihrigen – gegen sich aufzubringen.

Selbst die Blumen schienen sie anzustarren: Der Löwenzahn verneigte sich nicht wie sonst in der Brise. Die Seidenpflanzen wandten sich ab, die Gelenkblumen, die wie Dutzende grinsende Münder übereinander aussahen, begafften sie neugierig, der Inbegriff von Verrat. Isaiah konnte ihn riechen.

Isaiah hätte am liebsten geschrien, seinen Beinen erlaubt, unter ihm nachzugeben statt durchzuhalten. Durchhalten rief, wie sich herausstellte, vor allem Verachtung hervor. Aber jetzt aufzugeben, hätte nur noch mehr Schinderei und Misshandlungen bedeutet. Selbst wenn man sich dann erschöpft in kissenweiches Gras sinken lassen konnte. Bei der Vorstellung, liegen zu bleiben, der Ewigkeit den Hintern entgegenzurecken, aufzuatmen, die Augen schließen zu können, und sei es auch noch so kurz, huschte ein schwaches Lächeln über sein

Gesicht. Ein winziger Anflug von Freude, aber immerhin. Er hasste sich für seine Sehnsucht danach, aber noch mehr hasste er die Ursachen dafür.

Samuel hätte nie zugegeben, dass er sich dasselbe wünschte, um nicht in Selbsthass zu verfallen. Wenn er die Augen schloss, dann nur, um seinem Hass in allen möglichen Spielarten freien Lauf zu lassen. Wenn er die Hände zu Fäusten ballte, die Zähne zusammenbiss, dann nicht nur wegen der Peitsche. Und auch wenn er gebeugt ging, bedeutete das nicht, dass er ihre Gesichter nicht sehen konnte. Er hob das Kinn, presste die Lippen aufeinander und deutete mit dem Kopf auf sie, um Isaiahs erschöpften Blick auf die Menschenmenge zu lenken. Da standen sie, dicht an dicht, ganz und gar nicht alle gegen ihren Willen, und warteten darauf, dass sie die Ziellinie überquerten. Ein Rennen, das kein Rennen war.

Sie drängelten, Körper an Körper, um besser sehen zu können. Dankbar, dass nicht sie vor aller Augen gebrochen wurden. Samuel und Isaiah bemerkten das Lächeln in einigen Gesichtern. Vielleicht nicht gerade ein Lächeln, aber leicht geschürzte Lippen, die Zustimmung ausdrückten. Isaiah sah noch mehr: Blicke aus schmalen Augen, als wären ihnen plötzlich die Lider schwer geworden, aber nicht aus Müdigkeit. Dazu waren ihre Köpfe zu weit nach hinten geneigt. Nein, ihre Blicke bedeuteten Zustimmung.

Unter ihrem Gewicht gaben Isaiahs Beine am Ende nach. Er strauchelte und fiel mit dem Gesicht voran ins Gestrüpp. Weinte in die Erde. Maggie war die Erste unter den Zuschauern, die sich rührte: Ihre Hände zuckten, ihr Blick war erschrocken, aber sie war klug genug, ihm nicht aufzuhelfen. Samuel blieb keuchend stehen.

Isaiah musste nicht laut aussprechen, dass er aufgab, denn wie ein Idiot auf dem Boden herumzuliegen, sagte alles. Das machte Samuel so wütend, dass er das, was von Isaiah noch übrig war, aufhob und wieder zusammensetzte. Ein letzter Peitschenhieb für seine Dreistigkeit, dann legte Samuel Isaiah den Arm um die Schultern, und zusammen gingen sie mit unsicheren, wackeligen Schritten und klirrenden Ketten zurück zur Scheune, die Beine gespreizt wegen der spitzen Bolzen, und warteten nicht darauf, von den Ketten befreit zu werden. Ihr beider Rücken übersät mit blutenden Verletzungen von der Peitsche und Blicken voller Verachtung.

Als sie schließlich ineinander verschlungen und in einer Staubwolke am Scheuneneingang zusammenbrachen, sahen sie für die Menschen, die zuschauten, aus, wie zwei Raben, die es gewagt hatten, zu einem zu verschmelzen.

SALBE IN GILEAD

Maggie hatte einen Eimer mit Flusswasser mitgebracht. Das aus dem Brunnen war für ihre Zwecke nicht geeignet. Das Flusswasser enthielt etwas Salz, und vor der Heilung kam der Schmerz. Schrecklich, doch so war es eben. Sie wusste, deswegen waren viele nicht entschlossen genug, gaben vorher auf und blieben stecken wie in einem zähen Sumpf. Viele versanken darin, einige knietief, andere bis zum Hals. Wieder andere schafften es, sich auf festen Boden zu retten. Doch das gelang nur den wenigsten.

Es würde brennen, wenn sie und die Frauen Samuel und Isaiah mit dem Wasser wuschen. Aber es ging nicht anders. Ihre Haut war mit offenen Wunden und Blasen übersät, jede Berührung bereitete Höllenqualen. Es war schon beeindruckend, dass sie es überhaupt aus eigener Kraft zurück zur Scheune geschafft hatten, wo sie ineinander verschränkt wie betende Hände still zu Boden gesunken waren.

Maggie hatte die Frauen zu sich bestellt: Essie, Sarah, Puah und Be Auntie. Eigentlich hätten es sieben sein müssen, aber fünf taten es zur Not auch. Nord, Süd, Ost, West und Zentrum, alles war repräsentiert, auch wenn niemand da sein würde, um das Oben und Unten, Licht und Dunkel im Gleichgewicht zu halten und während ihrer Verrichtungen die Trommel für den Ruf ins Jenseits zu schlagen. Doch Maggie konnte es nicht riskieren, noch mehr Frauen zu rufen; sie wären nur im Weg gewesen. Vielleicht nicht aus Böswilligkeit, aber aus Unwissenheit, und sie hatte weder Zeit noch Lust, ihnen alles zu erklären. Be Auntie zu rufen, war bereits ein Wagnis. Be hatte schon einmal absichtlich Verrat gesät; sie schien ihren Spaß daran zu haben. Aber sie wusste um vieles auf Empty, von dem nicht einmal Maggie etwas ahnte. Wissen war Macht, auch wenn es schmerzlich war. Be Aunties Talente wurden gebraucht.

Maggie wartete am Scheunentor, während ein kleines Mädchen auf ganz Empty unterwegs war, um ihre Botschaft zu überbringen – ein Mädchen, von dem Maggie wünschte, es wäre weniger hübsch. Es hatte zu glänzende Haare. Zu leuchtende Augen. Eine zu schimmernde Haut. Ein zu reizendes Lachen. Zu perlweiße Zähne. Es war nur eine Frage der Zeit. Genau deshalb mochte sie keine Kinder. Allein die Tatsache, dass es sie gab, besiegelte ihr Schicksal. Sie waren eine wandelnde Warnung vor dem bevorstehenden Untergang. Sie zeigten jedem, was ihm bevorstand. Ihr graute schon davor, das Elend wie so oft mit eigenen Augen mitzubekommen und es hinterher lindern zu müssen. Zum Teufel damit!

Sie drehte sich um und schaute ins Innere der Scheune. Folgte mit Blicken der Spur aus roten Tropfen, die zu Samuels und Isaiahs Füßen führte, und schüttelte den

Kopf. Sie war nicht auf den Wagen gestiegen, aber unter den Zuschauern gewesen. Doch das Mitgefühl in ihrem Blick war ihnen keine Hilfe gewesen, wahrscheinlich hatten sie sich nur noch mehr geschämt. Aber mehr hatte sie zu dem Zeitpunkt nicht für sie tun können. Jetzt würde sie ein Opfer bringen, um diese Schande gutzumachen.

Be Auntie traf als Erste ein. Maggie erkannte an ihrer Haltung, dass sie mehr aus Wissbegier oder schlicht aus Neugier gekommen war; die Zwei Beiden in ihrem jetzigen Zustand zu sehen, würde eine gute Geschichte abgeben, mit der sie zu Amos rennen konnte. Sie kam gelaufen, hatte die Hände zu Fäusten geballt, den Hals gereckt und den Kopf leicht schräg gelegt, Augen und Mund aufgerissen, um möglichst viel mitzubekommen.

»Haste gerufen, Maggie?«

»Ja, Ma'am. Ich brauch dich.«

»Für die Zwei Beiden?« Be Auntie deutete in die Scheune.

»Zeig nicht mit dem Finger auf sie. Aber, m-hmmm. Ja Ma'am.«

»Ich weiß nich, ob Amos …«

»Scheiß auf Amos!«, gab Maggie, schärfer als beabsichtigt, zurück. Sie hob das Kinn und sah Be Auntie in die Augen. »Aber du fickst'n lieber, was?« Sie atmete tief ein. »Ich kanns riechen, und die Nase lügt nich. Also hör auf mit dem Mist von wegen Rücksicht nehmen auf Amos, das tuste eh schon zu viel. Der ist doch schuld dran, wenigstens zum Teil. Wenn du ihn liebst, und so knallrot, wie du wirst, tust dus, und wenns dich nicht mal zur Vernunft bringt, dass du aus Essie ne Idiotin machst, kannste zumindest ein *bisschen* was tun, um das, was du mit deiner gespaltenen Zunge und deinen gespreizten Beinen angerichtet hast, in Ordnung zu bringen.«

Be Auntie beugte den Kopf und nickte.

Essie war die Nächste, sie kam fast gelaufen. Nach ihr traf Puah ein. Sarah ließ sich Zeit und zögerte kurz vor dem Zaungatter. Hindurchzugehen schien sie Überwindung zu kosten, als wäre sie böse auf die eigenen Füße.

Maggie begrüßte sie nacheinander am Scheunentor. Sie hob die Hand, nickte jeder Einzelnen zu und lächelte sie an. Dann verschränkte sie die Hände hinter dem Rücken.

»Dank euch, dass ihr gekommen seid an den Ort hier, an dem wir uns an was erinnern, was wir ausm Dunkel erschaffen sollen.« Sie holte tief Luft. »Wir alle leiden, is einfach so. Aber wir können was am Wie ändern und daran, wie lang es dauert. Oder lüg ich?«

Die Frauen schüttelten den Kopf.

»Tja, ich weiß, sonst ist das nur für unsergleichen bestimmt. Nur unsere Augen dürfens sehen, unsere Ohren hören, und nur der Himmel weiß, was aus unserem Mund kommt, das darf unsern Kreis nich verlassen.«

»So wies sein soll«, sagte Sarah.

»Ja, Ma'am.« Be Auntie nickte.

Essie wusste nicht, wohin mit ihren Händen. Puah reckte den Hals, um in die Scheune zu spähen.

»Ich sag euch das, weil wir damit anfangen müssen. Egal, ob ihrs schon wisst. Viele, viele Frauen ham diese Arbeit vor uns gemacht. Früher auch Männer, aber sie wissen nich mehr, wer sie sind. Irgendwas macht, dass die Männer sich davon abwenden. Weiß nich, warum. Vielleicht, weilse die Natur unterwerfen wollen. Da gabs noch andere, aber die hat man von uns getrennt, die gehörten nich mehr zu uns, die mussten Körper sein, ohne Seele. Das weiß ich, weil Cora Ma'Dear es mir erzählt hat, und die hat nie gelogen, nich mal, als die Wahrheit ihr Tod war.« Sie schwieg, senkte kurz den Blick, dann schaute sie aufs Feld hinaus und sah ihre Großmutter dort stehen, ein Licht im Mund. Sie winkte. »Aber ich glaub, wir sind uns einig, dass die Zwei Beiden unsern Segen verdienen.«

»Ja, Ma'am!« Die Worte sprudelten Puah über die Lippen wie Wasser.

»Hm«, sagte Be Auntie und sah Puah an, die Oberlippe verächtlich hochgezogen. »Du bist doch noch jung, hast keine Ahnung, wies läuft. Was fürn Preis man dafür bezahlt. Stimm nix zu, was dich vielleicht irgendwann wieder einholt.«

»Da kümmer ich mich drum, wenns so weit is«, sagte Puah. Fast hätte sie sich vergessen, hätte Be Auntie angeschrien, sie hielt sich nur zurück, weil sie am Abend in die Hütte zurückkehren musste, in der sie gemeinsam lebten, und weil Be Auntie ihr ihre Jungen-Armee diesmal vielleicht ernsthaft auf den Hals hetzen würde.

Sie zwang sich, in weniger giftigem Ton zu sagen: »Aber jetzt – Miss Maggie, wie könn wir ihm helfen?«

Maggie sah sie mit hochgezogener Augenbraue an, auf die ein kleines Lächeln folgte, das ihr Gesicht fast kreisrund machte. »Wie könn wir *beiden* helfen.«

Dann senkte sie den Kopf. Streckte die Arme aus. »Mach, dass ich die Wahrheit sag«, flüsterte sie. »Dass das Blut mich lenkt.« Sie hob den Kopf, verdrehte die Augen und strauchelte leicht, und die anderen Frauen streckten die Hände aus, um sie zu stützen.

»Nein!«, sagte sie zu ihnen, winkte ab und gewann ihr Gleichgewicht zurück. »Der Boden schwankt, wenn man auf Reisen geht.« Dann: »Wir sin bereit. Kommt.«

Die Frauen gingen aus der sengenden Sonne in die warme Scheune. Ihre Schatten eilten ihnen voraus, verblassten, und auf dem Boden wurden zwei Körper sichtbar. Was für ein Anblick! Wie stolz ihre gebrochenen, zusammengesackten Körper selbst jetzt noch aussahen, wo sie, nicht mehr ineinander verschlungen, auf dem Boden lagen. Puah sog scharf die Luft ein. Essie wandte den Blick ab. Be Auntie seufzte. Sarah trat aus dem Kreis heraus und lehnte sich an die Wand. Maggie beugte sich vor, um besser sehen zu können. *Wie die beiden Flügel einer Amsel,* dachte sie. Sie trat näher heran: Isaiah weinte. Tränen liefen ihm über das Gesicht, tropften auf den Boden. Die Zwei Beiden waren erst zusammengebrochen, als sie sicher waren, den verächtlichen Blicken der anderen entkommen zu sein – bestimmt Samuels

Entscheidung. Da war Maggie sich sicher. Samuel weinte nicht, hielt das Meer der Tränen in seiner breiten Brust zurück.

»Essie, reiß das für mich in Streifen.« Maggie wickelte ein weißes Kleid von der Hüfte. »Müssen nicht gerade sein, brauchse nur zum Verbinden.«

Essie nahm das Kleid. »Mag, das ist dein feinstes Kleid …«

»Los.«

Essie kniete sich auf den Boden und machte sich an die Arbeit. Sie sah Isaiah an, um sich zu vergewissern, dass ihr Freund, der nicht mehr ihr richtiger Freund war, noch atmete.

»Ich kann kaum hinschaun. Wenn ich sie anseh, isses, als wärs mir passiert«, sagte sie.

»Sind die Bluterinnerungen. Kannst von Glück sagen, du hastse noch nich verloren«, sagte Maggie. »Sorg dafür, dass der Verband nich runterfällt. Der muss sauber bleiben. Dass keiner krank wird. Puah, geh für mich raus und hol mir vier Sachen. Wir brauchen fünf, aber vier musst du allein besorgen. Bei der letzten helf ich dir.«

Puah hatte sich vor Samuel gehockt, der ihrem Blick auswich. Er versuchte sich möglichst klein zu machen, doch es half nichts. Puahs geweiteten Augen entging nicht das Weiche unter der harten Hülle, die einmal Fleisch gewesen war, das er hatte abhärten müssen, um zu überleben. Sie streckte die Hand aus. Wollte ihm das Einzige geben, was sie zu geben hatte: ein bisschen Trost, für sein sanftes Lächeln, dafür, dass er sie sah, in einer Welt, in der alle anderen den Blick abwandten.

»Guck dir die Striemen an, die sie ihnen verpasst ham«, flüsterte Puah und hätte fast Samuels Rücken berührt, der mit neuen Wunden übersät war, oder vielleicht waren es auch alte, die wieder aufgerissen worden waren. »Wie solln wir das heilen?«

»Vor allem«, sagte Maggie streng an Puah gewandt, »nicht schlecht über das sprechen, was wir in Ordnung bringen wollen! Das ist das Erste. Und jetz sei still, Kind, und hör genau zu: Hol mir diese vier Sachen.«

»Wieso ich? Ich muss mich doch um Samuel kümmern …«

»Mädchen! Was hab ich dir gesagt? Sperr endlich die Lauscher auf!« Maggie hob den Finger und sagte: »Merks dir gut. Du musses genau so machen, wie ich sag. Geh hinter das Große Haus in Missy Ruths Garten. Zur Seite, die der Scheune am nächsten is. Pflück sieben Stängel Lavendel. Da findste bestimmt ein paar rote Haarsträhnen. Bring die auch mit.«

Maggie richtete sich auf. »Dann gehste nach Osten – gehen, nicht rennen. Ganz wichtig. Kennste die große Weide? Nimm eine Handvoll Trauerblätter mit.«

»Da brauchts keine ganze Handvoll«, widersprach Be Auntie.

»Besser zu viel als zu wenig«, gab Maggie zurück. Sie wandte sich wieder Puah zu. »Dann geh nach Westen. Nich weit vom Flussufer gibts Huckleberrys, ich brauch so viele, wie du tragen kannst. Vom Busch, der beim toten Baum wächst. Kennste den?«

»Ja, Ma'am.«

»Im Süden könnts Ärger geben. Du musst auf die andere Seite von der Plantage, wo die Aufseher und Fänger wohnen. Aber ich brauch Beinwell, und der wächst bei den Hütten von denen. Pass auf, dass dein Kleid die Erde nich berührt, hörste? Dann lassen sie dich in Ruhe. Halt es bis zu den Knien hoch. Es darf nicht aufm Boden schleifen.«

»Du darfs da nich rumhängen«, fügte Sarah hinzu. »Pflücks und geh wieder.«

»Wennde zurück bist, zeig ich dir die Schafgarbe. Dann fangen wir an.«

»Vielleicht brauchen die noch was zusätzlich zum Schutz?«, fragte Puah Maggie.

»Was glaubste, wozu die Schafgarbe gut is? Wenn du wieder da bis.«

Puah nickte und stand auf. Sie hatte das Gefühl, sich verbeugen zu müssen, und tat es. Dann drehte sie sich um und ging.

Maggie kicherte. »Immer so nervös, die Neuen.«

»Aber sie hat gewusst, dass sie sich verbeugen muss. Dabei hats ihr niemand gesagt. Das heißt, in ihr drin is noch alles in Ordnung. Gut, dass du sie ausgesucht hast«, sagte Essie.

»Sie hat mich ausgesucht. So wie sie leuchtet, würd was mit mir nich stimmen, wenns mir nich auffällt.«

Maggie ging zu den beiden Jungen. Sie setzte sich auf den Boden und überkreuzte die Beine, so wie man es ihr beigebracht und wie es die ersten Frauen auch getan hatten. Um ihretwillen ignorierte sie den Schmerz in ihrer Hüfte. Sie durfte so etwas nicht allzu oft machen. *Zu viele Frauen, die auf diese Weise draufgegangen sind,* dachte sie. Aber dieses eine Mal würde es noch gehen.

Sie sah sich in der Scheune um. Die beiden hatten hier für Ordnung gesorgt. Selbst jetzt lag nirgendwo Mist. Die Fliegen waren überall, aber auf Empty gab es keinen Ort, wo das nicht so war. Die Pferde waren sauber. Der Boden gefegt, das Heu ordentlich aufgestapelt, bis auf den Haufen, auf dem sie geschlafen hatten, als man sie holen kam. Und der Geruch war nicht so schlimm, wenn man sich einmal daran gewöhnt hatte.

»Hab gehört, Ruth war schuld an der Strafe. Sie hat gesagt, sie hätten sie schamlos angestarrt. Du weißt, das kann nur ne Lüge sein«, sagte Essie.

»Teufelszunge«, sagte Sarah.

»Du glaubst der doch wohl nich, Sarah? Haste deine Meinung geändert?«, fragte Be Auntie.

»Ich glaub ihr nich, aber das heißt nich, dass ihre Geschichte nich was über sie verrät.«

»Ich wüsst nich, warum Missy Ruth Ärger machen soll. Wozu? Die hats zu sehr auf die Zungengesichter abgesehen.«

»Zungengesichter?«

»Die, denen die Zunge aus dem Maul hängt, wenn sie

vorbeigeht. Tun, als würds ihnen nix ausmachen, wenn man sie erwischt und sie ihnen abschneidet. Sieht aus, als würd die Gefahr sie erst richtig anstacheln!«

»Mm!« Maggie schob das Kinn vor.

Aber wär das nich schön?, dachte Be Auntie. Glatte und rote Haare zu haben wie Ruth, oder blonde, jede andere Farbe außer Tiefschwarz. Und so dünn zu sein: vorne und hinten flach. Hübsche Kleider und rüschenbesetzte Hauben zu tragen, mit nicht-braunen Augen allen möglichen Männern zuzublinzeln, die sich überschlagen würden zu ergründen, was dieses Wimpernklimpern zu bedeuten hatte. Toubab-Frauen bewegten sich anmutig durch die Welt. Sie gestikulierten mit weichen Händen, die nie Arbeit kennengelernt hatten, weil die Männer sie für zart und zerbrechlich hielten.

Nein. So konnte Be Auntie nicht sein, egal wie viel Mehl sie sich ins Gesicht klatschte, sie würde am Ende nur aussehen wie ein Idiot oder ein Schreckgespenst. Aber sie hatte sich für andere Mittel und Wege entschieden. Sie tat alles, um die Männer davon zu überzeugen, dass auch sie was Besonderes war. Und dafür musste sie ihr Fußabtreter werden. Einen Mann zu erobern, bedeutete, ihn in seiner falschen Würde zu bestärken.

»Was will Missy Ruth mit Sodomiten?«, fragte Be Auntie.

»Nenn die Jungs nich so. Willste, dass die Ahnen uns anhörn oder nich?«, schimpfte Maggie.

»Ich glaub, sie wills nich«, sagte Essie.

»Woher willste wissen, was ich will?«, fragte Be Auntie.

»Weils offensichtlich ist, Be Auntie. Alles, waste willst, ist offensichtlich. Für jeden. Auch für mich.«

Sarah lachte. »Seht ihr, wie schnell wir uns wegen Männern in die Haare kriegen? Schluss damit.«

»Aber wir sprechen doch über ne Frau«, warf Essie ein.

»Und was sie mit Männern gemacht hat. Wie wärs mit dem, was sie mit uns allen macht?« Sarah sah Essie an.

»Du weißt, was ich mein«, erwiderte Essie.

»Lasst den Quatsch! Über so was können wir später reden. Jetzt müssen wir zusammenhalten. Wie eine Hand sein«, sagte Maggie.

In der Stille war nur das Atmen der Zwei Beiden und Isaiahs leises Weinen zu hören.

»Was soll ich jetzt mit den Stoffstreifen machen, Mag?«, fragte Essie.

»Nichts, bis Puah zurück is. Sarah, komm und setz dich zu mir. Ich brauch deine Beständigkeit.«

Sarah zögerte. Kratzte sich am Kopf. Spielte mit einem ihrer Zöpfe. Sie schaute auf die Plantage hinaus und verzog den Mund. »Ich bleib hier, bis Puah wieder da is. Genau. Hier.«

Puah machte sich aus großen, grünen Zehrwurzblättern eine Art Tasche. Sie fragte sich, woher Maggie gewusst hatte, dass rote Haarsträhnen wie ein Spinnennetz über dem Lavendel lagen und markierten, welche Stängel gepflückt werden mussten. Sie wusste, wessen Haare es waren, aber was hatten sie dort zu suchen? Warum verbrannte sie sie nicht, damit die Vögel sie nicht aufpickten? Purer Leichtsinn.

Sie ging nur ungern in die Nähe des Großen Hauses. In seiner Nähe war man ihm viel mehr ausgeliefert, als wenn man auf der angrenzenden Plantage Baumwolle pflückte. Dort waren die Toubab so erbarmungslos wie nirgendwo sonst. Ihr Heim verteidigten sie mit Zähnen und Klauen, sie wurden feindselig und hatten Angst vor allem Dunklen, was sich bewegte. Als hätten sie Angst, dass man ihnen all die Dinge, die sie angehäuft hatten, wieder entreißen und den ruhelosen Geistern zurückgegeben werde, denen sie ursprünglich gehört hatten.

Das Haus stand auf Gebeinen. Manchmal konnte sie sie klappern hören, denn auch die Hütten waren eigentlich nichts anderes als Grabsteine für die ersten Einwohner des Landes. Sie wusste zwar, dass sie ihr nicht schaden wollten, aber ihr war klar, dass sie selbst und die Ihrigen zwischen die Fronten geraten und ihr Leben verlieren konnten, wenn sie sich zum falschen Zeitpunkt am falschen Ort aufhielt.

An der Vorderseite des Hauses pflückte Puah eine Handvoll Weidenblätter, unter dem Blick von Ruth, die mit einem Blumenstrauß in der Hand auf der Veranda saß. Ruth lächelte sie kurz an, und Puah erstarrte. Dann erhob sie sich plötzlich und ließ ein paar Blumen fallen. Puah dachte schon, sie hätte Ruths Zorn geweckt, doch die schaute lediglich zur Scheune und setzte sich wieder. Sie beugte sich vor, um ein paar verstreute Blütenblätter aufzuheben, und ließ sie in ihren Schoß fallen. Einen Moment lang glaubte Puah, etwas an Ruth zu entdecken. Reue? *Nein.* Reue war ein hohes Gefühl, für die meisten unerreichbar. Ruth beugte sich vor, setzte sich. Puah dachte, vielleicht hatte das, was Ruth zu Ruth machte, mit Ruths *eigener* eingebildeter Welt zu tun – wo die Gezeiten sanft *ihren* Namen murmelten – und die ihr ebenfalls entglitt, wenn sie den Kopf nicht richtig hielt. Trotzdem, es konnte nicht ganz dasselbe sein. Ruths Ort musste den üblichen, sonnengebleichten Sand haben. Und bestimmt war dort immer Tag.

Vielleicht war die Scheune ja ein sicherer Ort, obwohl sie nicht weit vom Großen Haus entfernt lag. Auch wenn Samuel und Isaiah besser weniger darauf bestanden hätten, sie selbst zu sein. Jeder musste etwas für die Gruppe aufgeben. Puah wusste, welche Opfer Frauen bringen mussten, außer Sarah vielleicht; doch die schuf sich ihre eigenen Probleme, weil sie auf ihrem Standpunkt beharrte. Deshalb konnten ruhig auch Samuel und Isaiah etwas von ihrer Nähe zueinander aufgeben.

Puah spazierte Richtung Westen, gemächlich, damit Ruth keinen Verdacht schöpfte. Am Fluss starrte sie kurz in das dahinströmende Wasser, ein beruhigender Anblick, dann suchte sie in den Büschen nach Huckleberrys. Sie wuchsen genau da, wo Maggie es beschrieben hatte, dick und saftig.

Danach begab sich Puah nach Süden, vorbei am Großen Haus Richtung Plantage. Diesmal ging sie hinter dem Haus, damit Ruth nicht misstrauisch wurde. Am Rand der Plantage blieb sie, überwältigt von der Weite, kurz stehen.

Die Weite machte Angst. Nahm ihr den Atem. Sie beobachtete die Vögel, die in das blendende Meer vor ihr ein und wieder daraus auftauchten, und fragte sich, wie sie es schaffte, dort tagein, tagaus gebückt und mit gebeugten Knien unter dem windlosen Himmel zu kauern. Doch heute brauchte sie diese Weite nur zu durchwandern, zu dem gefährlichen Ort gleich dahinter, um dort nach einer merkwürdigen Pflanze zu suchen.

Anmutig schritt sie über das Feld. Wie verletzlich sie war. Ein paar weiße Köpfe auf der anderen Seite, und hier sie: schwarz, leicht auszumachen, ins Visier zu nehmen, zu attackieren. Sie war nur für Samuel hier. Alle hatten sie ihre Narben, das allein wäre kein Grund gewesen, den beiden zu helfen. Doch sie konnte nicht ertragen, dass Samuels Augen sich für immer schließen könnten, dass sie seinen neckischen, einladenden Blick nie wieder sehen würde. Und sie hätte Maggies Enttäuschung nicht ertragen. Also ging sie weiter.

Die Baumwollpflanzen reichten ihr bis an die Schultern. Nur sie und die Ihrigen wussten, dass Baumwolle einen Geruch hatte. Nicht penetrant oder stechend, sondern weich wie ein gesummtes Lied. Doch sie wusste nur zu gut, dass auch etwas vermeintlich Weiches einem die Finger wund stechen konnte.

Sie erreichte das andere Ende der Plantage, wo hohes Gras wuchs. Hier, inmitten von hellem Grün und dem trockenen Gelb der Halme, fühlte sie sich weniger ausgeliefert. Sie kam nicht oft hierher. Manchmal pflückte sie dort, aber es waren meist die Älteren, die bei ihrer Arbeit – nicht *ihrer* Arbeit, denn sie schufteten ja nicht freiwillig – so nah an den Hütten der Aufseher herankamen, weil sie wussten, wie sinnlos Fluchtversuche waren, besonders mit ihren von der Arbeit verkrümmten Füßen.

Die knapp ein Dutzend Hütten waren ebenso heruntergekommen wie die von ihren Leuten, aber sie waren etwas größer. Einige waren schief, wie von unsicherer Hand erbaut. Sie bildeten eine krumme Linie, die Gott weiß wohin führte.

Sie trat aus dem hohen Gras auf einen Trampelpfad, der eine Art Grenze zwischen der Plantage und den Hütten bildete. Hier fühlen sie sich sicher, dachte sie. Abgeschottet vor den Auswirkungen ihrer Taten. Abgeschnitten von dem, was sie angerichtet hatten, obwohl sie es nie zugeben würden; irgendwann in der Zukunft, lange nach Puahs Tod, würde es ihr Verderben sein.

Sie hatte Glück. Die meisten Erwachsenen waren in der Kirche, schliefen in ihren Hütten oder hatten sich ein schattiges Plätzchen gesucht, wo sie vor der Sonne geschützt waren, die sich gegen sie verschworen hatte. Ein paar ältere Kinder, die auf die jüngeren aufpassten, beobachteten Puah mit einer Mischung aus Verachtung und Faszination. Stirnrunzelnd, aber die Hände nicht zu

Fäusten geballt; es blieb ihr ein kurzer Moment, um zu tun, wozu sie gekommen war, bis sie sich darauf besannen, wer sie waren.

Sie zog das Kleid bis knapp über die Knöchel hoch und ging zur nächsten Hütte, wo der, wie Maggie gesagt hatte, Beinwell wuchs. Eine hübsche Pflanze. Tiefgrüne Stängel und Blätter, gekrönt von Blüten, die wie winzige violette Glöckchen aussahen. Die Kinder auf der Veranda hörten auf zu spielen und sprangen zu ihr herunter.

»Beatrice, was macht der Nigger hier! Dürfen Nigger überhaupt hier sein?«, fragte der kleinste Junge. Sein Gesicht war schmutzig, und er strich sich ständig den langen blonden Pony aus der Stirn.

»Nein, dürfen sie nicht!«, sagte Beatrice. Sie war etwa vierzehn und sah dem Jungen ähnlich, vielleicht war sie seine ältere Schwester.

»'tschuldigung, Missy und Massa.« Puah hielt den Kopf gesenkt. »Massa Paul hat mich Kräuter pflücken geschickt. Missy Ruth hat wieder Bauchweh, und sie brauchen sie, damits ihr bald besser geht.«

Beatrice musterte Puah von Kopf bis Fuß. »Und wer bist du?«

»Puah, Ma'am.«

»Wasn das fürn Name?«

»Weiß nicht, Missy. Hab ihn von Massa Paul gekriegt.«

»Die darf unsere Blumen nicht klauen!«, schrie der kleine Junge. »Die gehören uns!«

»Halt die Klappe, Michael. Die klaut uns schon nichts.« Beatrices Augen wurden schmal.

Puah hätte Beatrice am liebsten am Kragen gepackt und ihr mit der Faust ins Gesicht geschlagen. Sie trat einen Schritt zurück, wie um auszuholen, dann riss sie sich zusammen.

»Ja, Missy. Ich lass Sie in Ruhe. Ich sag Massa Paul einfach, dass Sie Nein gesagt ham. Vielen lieben Dank, Ma'am.«

Puah drehte sich um und wollte gehen.

»Warte!«, rief Beatrice.

Puah wandte sich ihr zu. »Ja'M?«

Beatrice seufzte. Sie schaute auf Michael, dann zum Beinwell hinüber. »Los, hol dir, was du brauchst. Aber mach schnell!«

Puah neigte den Kopf, obwohl es ihr innerlich einen Stich gab, und eilte zurück zu den Pflanzen. Vorsichtig pflückte sie ein paar voll erblühte Blumen und legte sie zu den anderen in den Zehrwurzbeutel. Dann stand sie auf und ging zum Rand der Plantage zurück.

»He! Vielleicht kannste mir ja mal beibringen, wie man so ein Beuteldings macht«, rief Beatrice ihr nach.

Puah drehte sich um und nickte. »Ja'M«, sagte ihr Mund, doch ihre steife Haltung, die gestrafften Schultern, der angespannte Kiefer und ihre energischen Schritte schrien: *Niemals!*

Darauf verschwand sie rasch zwischen den Baumwollpflanzen.

»Wieso hast du son Hass auf Männer, Sarah?« Be Auntie war neben Sarah getreten, ein feines Lächeln um die Lippen. Eine völlig normale Frage, gab ihr Blick zu verstehen, die mal nichts damit zu tun hatte, dass sie erwiesenen Feinden dieselbe Achtung zu erweisen versuchte wie wahren Freunden.

Sarah sah sie kurz an, dann schaute sie wieder in die Richtung, aus der Puah kommen musste. »Ich hab kein Hass auf Männer. Ich hass nur euch dafür, dass ihr mich zwingen wollt, mich mit denen zu befassen.« Sie drehte leicht den Kopf, sah Maggie und Essie aus dem Augenwinkel an. »Und wenn ich sie wirklich hassen würd, wärs mein gutes Recht, oder etwa nich?« Sie schaute in die Morgensonne. Ihr Gesicht glänzte im Licht, nur dunkle Haut ließ sich so verspielt von ihm einfangen. Sie stützte die Hand anmutig auf die vorgereckte Hüfte. »Aber ich lieb Männer auch nich. Nich Liebe und nich Hass. Die sind einfach … da, wie ein Baum oder der Himmel, die Natur. Ich geb mich einfach nich mit ihnen ab.« Sie seufzte. »Ich bin nur Maggie zuliebe hier. Vielleicht auch wegen den Zwei Beiden … vielleicht weil sie keine richtigen *Männer*-Männer sind. Wenigstens einer von denen. Der könnt auch was ganz anderes sein.«

»Wie Massa Timothy?«, rief Essie von drinnen.

»Ach, Mädchen!« Sarah lachte.

Be Auntie zuckte mit den Schultern.

»Kannst ruhig mit den Schultern zucken. Du lernst es auch noch«, gab Sarah zurück.

»Du vergisst deine eigenen Leute«, sagte Be Auntie, drehte sich um und wollte gehen.

»Sprichst du über dich oder mich?«, rief Sarah.

»Seinen eigenen Schmerz spüren, ist eine Sache. Den von jemand anders, eine ganz andere«, sagte Maggie laut, sah jedoch nur Samuel und Isaiah an. »Und zwar ohne Hintergedanken. Nich, weil du das Gefühl hast, sie gehören zu dir – wie Kinder oder ein Geliebter. Einfach, weil sie atmen. Ich hab mal gesehen, wie ein Hase bei einem anderen geblieben is, der sich inner Schlinge verfangen hatte. Das Vieh is rumgehüpft, als würds ihm genauso wehtun. Wenn ein Tier das kann, warum wir nich? Was soll das alles, was die angeblich sind und was wir sind? Vielleicht hat ja jemand die Namen verwechselt?«

»Ich bin wählerisch, von wem ich den mitspür«, sagte Sarah. »Für viele hörte der Schmerz nie auf. Die beten ihren Schmerz regelrecht an. Haben keine Ahnung, wer sie ohne ihn sind. Klammern sich dran, als wärs ihr Tod, ihn loszulassen. Schätze, ein paar andere wären froh, wenn ihr Schmerz aufhört. Aber die meisten? Für die is er das, was ihr Herz weiterschlagen lässt. Und sie wollen, dass *dus* auch schlagen hörst.«

»Und was is mit den beiden?«, fragte Maggie.

Sarah warf Isaiah und Samuel einen Blick zu. »Nee. Die ham nicht verdient, was sie gekriegt ham.« Sie seufzte und schüttelte den Kopf. »Aber ich habs ihnen nich angetan. Soweit ich gesehen hab, war ich die Einzige, die nich auf den klapprigen Scheißwagen gestiegen is. Also nee, das is nich meine Bürde. Ich hab meine eigene zu tragen.«

»Bis nich auf den Wagen gestiegen, aber hast auch kein Finger gerührt, um zu helfen. Du trägst auch was davon, ob du wills oder nicht«, sagte Essie.

»Sagst du.«

»Was so is, is so.«

»Essie, dich hab ich auch auf dem Wagen gesehen. Sogar mit Kind. Hast zwar die Augen zugemacht, aber ich nich. Ich hab eine Tracht Prügel riskiert, weil ich stehen geblieben bin, aber ich bin trotzdem nich draufgestiegen. Was hast du riskiert, Süße? Sags mir.«

»Sarah, ich weiß wirklich nich, wie dus wagst, so was zu mir zu sagen.«

Sarah seufzte. »Hast recht. Ich wollt nich, dass so was passiert, darum wollt ich eigentlich gar nich kommen.«

»Ja, Schluss mit dem Gezanke. Das is alles so schon übel genug«, fügte Be Auntie hinzu.

»Ich sag nur, lass mich sein, wie ich will!«, sagte Sarah.

»Sei, wie du willst, aber sei auch vorsichtig.« Maggie sah Sarah an. »Vergiss nich, das Hacken fängt schon an, bevor sie zur Axt greifen. Man siehts an ihren Augen. Weißte, was ich mein?«

Sarah wollte antworten, da entdeckte sie Puah. Sie ging am Großen Haus vorbei und wurde mit jedem Schritt Richtung Scheune schneller. Sarah nickte lächelnd.

»Bist ganz schön flink, Mädchen«, rief sie Puah lächelnd zu.

Puah lächelte zurück und betrat die Scheune. Sarah folgte ihr ins Innere. Puah übergab Maggie den weichen grünen Beutel.

»Haste den selber gemacht?«, fragte Maggie Puah.

»Ja, Ma'am.«

»Ach! Der is aber hübsch. Sehr hübsch sogar!« Maggie hielt den Beutel hoch, um ihn von allen Seiten zu begutachten. »Haste alles?«

»Ja, Ma'am. Das Einzige, was wir jetz noch brauchen, ist das Zeug, das du erwähnt hast. Die scharfe Gabe.«

»Ha! Schafgarbe, Liebes. Komm. Ich zeigse dir.«

Maggie ging mit Puah zur anderen Seite der Scheune. Bei Samuel und Isaiah blieben sie kurz stehen. Puah sah, dass sie noch atmeten, hörte Samuel leise stöhnen, dann gingen sie weiter.

Maggie führte sie an den Pferdeboxen vorbei in die hintere Ecke der Scheune. Dort, an der dunkelsten Stelle, blühten leuchtend hell Schafgarben.

»Ich hab noch nie Pflanzen im Dunkeln blühen sehen«, sagte Puah.

»Können nicht viele. Die hier eigentlich erst recht nich. Aber guck sie dir an. Los. Pflück sie. Dann gib sie mir.«

»Bringt mir den Hahn. Und keine Sorge. Den koch ich heute Abend für die Toubab.«

Sie bildeten einen lockeren Kreis um Isaiah und Samuel. Ihre Gesichter spiegelten unterschiedliche Gefühlszustände – bei Maggie war es Ernst, bei Essie Kummer, bei Be Auntie Hochgefühl, bei Puah Verträumtheit, bei Sarah Gleichgültigkeit. Maggie bemerkte es und hoffte, dass keine von ihnen Mauern errichtete, wo Fenster sein sollten.

»Wir machen euch Platz zum Eintreten«, sagte Maggie.

»Wir rufen euch«, sagte Be Auntie.

»Damit ihr uns dran erinnert, wo wir die Hände hinlegen müssen«, sagte Essie.

»Und um zu lindern, zu heilen und zu schützen«, sagte Sarah.

Dann sahen sie Puah an.

»Erinnerste dich?«, fragte Sarah.

»… und an dunklen Orten zu lieben, die keiner sieht«, sagte Puah schließlich.

»Großmächtige, wir kommen, um die Wasser singen zu sehen!« Maggie nickte, setzte sich zu Samuel und Isaiah und flüsterte ihnen zu.

»Das wird nicht leicht, versteht ihr? Es gibt noch was, was ihr tun müsst. Es mag ungerecht erscheinen, aber ihr müsst ein Opfer bringen. Die Ahnen sind manchmal launisch. Anspruchsvoll. Oder besser, wir machen was falsch, verstehen nich, was sie wollen, und regen uns drüber auf, wenn was nich klappt. Aber eins wissen wir mit Sicherheit, man muss laut rufen, damit sie einen hören. Weil, versteht ihr, wir haben keine Trommeln mehr, und eure Stimme muss weit tragen. Nicht nur den ganzen Weg zurück dahin, von wo man uns verschleppt hat.

Ihr müsst die Grenze überwinden. Die Kluft zwischen uns hier im Licht und denen im Dunkel. Dafür braucht ihr euch gegenseitig. Der Starke und der Sehende. Der Harte und der Weiche. Der Lachende und der Weinende. Die Doppelnacht. Die guten zwei. Die Torwächter.«

Maggie verstand selbst nicht alles, was sie sagte. Sie wusste, dass die Worte von einem anderen Ort kamen, und ließ zu, dass sie durch sie gesprochen wurden, weil das der einzige Weg war, dem Kreis Macht zu geben. Sie stand auf. Verdrehte die Augen. Beugte sich vor, packte den Hahn bei den Füßen und schwenkte ihn im Kreis. Dann brach sie ihm das Genick, vergoss sein Blut. Puah sog scharf die Luft ein, doch Sarah legte ihr die Hand auf die Schulter.

»Sch… Nich den Kreis verlassen«, flüsterte sie ihr zu.

Jede der Frauen tauchte die linke Hand in den Eimer, in dem Maggie die gesammelten Kräuter genau im richtigen Verhältnis angemischt hatte, sodass das Wasser zu einer wässrigen, schlammfarbenen Paste geworden war.

Sie hoben alle im gleichen Augenblick die nassen Hände hoch, dann legten sie sie so sanft wie möglich auf Samuels und Isaiahs mit blutenden Wunden übersäte Rücken.

Isaiah stieß einen durchdringenden Schrei aus, Samuel zuckte zusammen. Maggie sah es, obwohl ihr Blick wo-andershin gerichtet war.

»Ja. Ruft sie an. Ruft sie bei ihren Namen«, sagte sie sanft.

Samuel wimmerte und kniff die Augen zusammen. Sarah tauchte erneut die Hand in den Eimer und rieb ihm mit der Paste den Rücken ein, den grausamen Spuren folgend. Sie drückte leicht zu, und eine Blase zerplatzte unter ihren Fingern. Die Flüssigkeit rann an Samuels Seiten hinunter, und schließlich ließ er dem Schrei, den er mit aller Macht zurückgehalten hatte, freien Lauf.

»Das is keine Schande«, versicherte Maggie ihm. »Die gehört jemand anders.«

Ihre jetzt dick mit der Paste bedeckten Rücken glänzten, und es brannte, so wie es sein sollte. Die Frauen legten die Stoffstreifen auf die Wunden. Jede Bewegung war schmerzhaft, und so lagen Samuel und Isaiah einfach nur da und flehten um eine Gnade, die ihnen nicht gewährt wurde. Isaiah legte die Hand auf Samuels, doch der konnte sich nicht rühren. Alle wussten, dass die Zeit gekommen war.

Wieder legten sie ihnen die Hände auf, riefen sie bei ihren Namen. Wolken entstanden und blendeten die Sonne aus, die dabei war, ein Verbrechen zu begehen. Ein Geruch nach Moos lag in der Luft, kündigte ein aufziehendes Gewitter an. Nach und nach benetzten Regentropfen die ausgedörrte Erde.

»Sie sind da«, sagte Maggie leise, und alle Frauen drehten sich um.

Essie sah, wie eine Staubwolke in der Scheune aufstob. Erhob sich wie ein lebendiges Wesen. Mit Anmut und Form. Da wusste sie, dass das, was sie sah, nicht nur irgendeine Brise war, die Dreck aufwirbelte. Sie zeigten sich auf eine Art, die sie begreifen konnte, ohne ihr Angst zu machen, auch wenn sie nicht glaubte, dass sie sich vor ihrer wahren Gestalt fürchten würde. Sie sehnte sich danach, sie zu sehen.

»Freut euch«, sagte Maggie. »Wir haben allen Grund dazu.«

Die Frauen zuckten rhythmisch mit den Schultern und lachten.

Puah schaute zum Himmel auf, der sich verdunkelt hatte. »Wie spät isses?«

»Was machts fürn Unterschied? Wir schließen unsere Augen, dann machen wir sie wieder auf. Wir sind hier. Immer noch hier«, sagte Sarah.

»Aber die Toubab sind bald zurück«, sagte Puah müde.

»Mach dir wegen denen keine Sorgen. Die erwarten, dass wir hier sind. Wie sollen die Jungs sonst wieder auf die Beine kommen, um zu arbeiten, wenn nicht mit unsrer Hilfe?«, sagte Maggie zu ihr.

Puah schlang die Arme enger um ihren Körper. Berührte ihre Lippen, als wäre ihr ein Gedanke gekommen und gleich wieder entfallen. Ihre Schläfen fühlten sich heiß an, und Ungeduld überkam sie. Sie stand auf und ging zur Tür. Hielt die Hand in den Regen. Fuhr sich mit den nassen Händen über das Gesicht und kehrte in den Kreis zurück.

»Was jetz?«, fragte sie.

»Wir warten«, erwiderte Maggie.

Die Frauen verstummten; Sarah sog scharf die Luft ein, erhob sich, ging zum Eingang und presste den Rücken an den Torrahmen. Der Regen ließ langsam nach. Das erhoffte Gewitter war ausgeblieben. Obwohl sie nicht wusste, warum, hatte sie das Bedürfnis, einen Blitz über den Himmel zucken zu sehen. Das Donnergrollen bis in die Eingeweide zu spüren. Sie brauchte einen Rhythmus, um ihr Haar zu lösen und wieder zu Zöpfen zu flechten. Doch das blieb ihr versagt. Nicht einmal ein kühler Nebel zog auf.

Be Auntie erhob sich ebenfalls, ging zu Sarah und blieb neben ihr stehen, sodass sich ihre Schultern berührten. Sie betrachtete den Sonnenuntergang. Das goldene Licht kehrte sein Innerstes nach außen; malvenfarbene, an Blutergüsse erinnernde Flecken, die in Rot übergingen. Sie beschloss, dass es ein schöner Anblick war, selbst an diesem grotesken Ort, obwohl er sie an eigene Verletzungen erinnerte. Nein, nichts konnte je wieder hässlich sein. Kein Himmel, kein Fluss, nicht einmal zwei feucht glänzende Menschen auf dem Boden, die Heilung brauchten.

Maggie stand auf und ging zu ihnen. Sie war nicht darauf angewiesen, an diesem Ort Schönheit zu finden, die losgelöst war von unerwünschten Händen und dem sauren Atem anderer. Sie würde diesem Ort keine Chance geben, sie noch länger für dumm zu verkaufen. Nie wieder. Nicht, solange sie Fäuste hatte. Und wenn sie ihr die Hände abschlugen, würde sie mit den Stümpfen weiterkämpfen.

Essie sah zu den drei Frauen im Torrahmen hinüber und fragte sich, warum sie eigentlich noch am Leben war. Immer noch am Leben, obwohl ihr Unterstes zuoberst, ihr Inneres nach außen gekehrt worden war, von wem auch immer, ohne ihre Erlaubnis, und diese Wahrheit leuchtete wie der hellste Stern am Himmel. Bei all den Männern, Frauen und anderen, die sie als Nachttopf benutzt hatten, wäre sie gebrochen, hätte sich längst den Würmern ergeben. Und vielleicht war sie ein bisschen gebrochen, aber an verborgenen Stellen, in einer Armbeuge, zwischen ihren Zehen, wo sich Erinnerungen festgesetzt hatten, von denen sie sich nicht einmal mit einem Schlammritual reinwaschen konnte. Von Zeit zu Zeit, ob sie nun gebeugt auf dem Feld stand oder einem Angreifer in den Unterleib treten musste, drängten die Bilder wieder ans Licht, riefen: *Da sind wir wieder! Lasst uns für immer zusammenbleiben*.

Puah setzte sich neben Essie. Auch sie fragte sich, weshalb sie immer noch atmete, weshalb es sie noch erwischt hatte, trotz der vielen Toubab, die nicht einmal einen Anlass brauchten – und immer einen fanden. *Eine Kuh war immer zu irgendwas gut. Wenn nicht fürs Milchgeben, dann für die Arbeit. Wenn nicht für Arbeit, dann fürs Schlachten. Wenn nicht fürs Schlachten, dann fürs Milchgeben. Schändung.* Aber das war nicht der passende Moment, um an solche Dinge zu denken. Maggie würde sagen, dass sie dem Kreis Zeit geben mussten, seine Wirkung zu entfalten.

Eine nach der anderen kehrten die Frauen zurück, setzten sich einander gegenüber. In der Ferne ertönte Donnergrollen. Sarah hob den Kopf und atmete tief ein, als suche sie nach etwas, das ihr im letzten Moment wieder entglitt. Sie senkte den Kopf. Maggie berührte sie an der Schulter. Sie sahen sich an.

»Ich weiß, Liebes. Wir alle wissens.«

Be Auntie und Puah schüttelten den Kopf. Essie fasste sich an den Hals. Maggie sah sie an.

»Sing uns was, Essie«, sagte sie in dem Versuch, die Frauen nach dem Bruch wieder zu einen.

Essie nickte. Sie setzte sich auf die alte Art, straffte den Rücken und umfasste ihre Knie. Sie wiegte sich vor und zurück, schloss die Augen und neigte den Kopf seitwärts. Und als sie den Mund öffnete, um ein Lied anzustimmen, schlangen die Frauen in Erwartung, mit erhobenem Kopf, großen Augen und offenem Mund die Arme um ihren Körper.

RÖMERBRIEF

Wir wollen nicht, dass ihr denkt, ihr wärt alle von königlichem Geblüt.

Das seid ihr nicht.

Aber glaubt nicht, königliches Blut wäre besonders wichtig.

Das ist es nicht.

Oft ist es alles andere als nobel und entsteht durch Eitelkeit und ziemlich viel Grausamkeit.

Du entstammst dem einfachen Volk. Damit meinen wir Menschen, die tanzen, singen, weben und reden, die mit hoch erhobenem Haupt dastehen könnten, sich aber dafür entschieden haben, die Hände zum Himmel zu erheben. Weil sie wissen, dass das Universum Verehrung braucht, keinen Stolz.

Stolz verführt Menschen dazu, mit Schiffen Ozeane zu überqueren und verbotene Länder zu betreten. Bringt sie dazu, Körper zu schänden und mit den Namen rücksichtsloser Götter zu brandmarken. Die Schande, Menschen zunichtegemacht zu haben, lässt den Stolz ungerührt, auch wenn sie ihn verfolgt.

Einfach.

Gewöhnlich.

Gewöhnlich und gut.

Auf die Weberin lässt sich ebenso wenig verzichten wie auf den König.

Wir wollen nicht den Eindruck erwecken, es hätte je eine Zeit der Sorglosigkeit gegeben, in der Grausamkeit unbekannt war. Das liegt nicht im Wesen der Natur. Die Natur ist rücksichtslos – sie kennt keine Günstlinge und keine Auserwählten. Aber wir sind da, um diese Zeit mit jener anderen zu vergleichen.

Wir müssen weiter zurückgehen, an einen Ort, an den wir dich nur mitnehmen könnten, wenn wir große Opfer in Bezug auf unsere Gestalt und Anzahl bringen – wozu wir, wenn nötig, bereit wären. Schließlich ist das unsere Pflicht. Versprechungen wurden gemacht. Fehler tragen unsere Namen. Wenn es sich jedoch vermeiden lässt – wenn wir uns auf deinen Instinkt verlassen können, der so tief in dir schlummert, dass wir nicht genau wissen, ob man ihn erwecken kann – ist es weder wichtig noch notwendig, die Zeit ungeschehen zu machen.

Für den Moment brauchst du nur eins zu tun:

Dich zu erinnern.

Aber dazu braucht es mehr als das Gedächtnis.

II KÖNIGE

Der Rat versammelte sich in der königlichen Hütte. Niemand hatte Zeit, zeremonielle Gewänder aus feinen Stoffen, Häuten und Pelzen anzulegen. Sie kamen so, wie sie waren; die Frauen mit nicht ganz rasierten Köpfen, die Penisse der Männer baumelten hinter Röcken statt in Röhren steckend fest an den Bauch gebunden zu sein.

Alle setzten sich auf Stoffmatten, die im Kreis um ein großes Gefäß mit Palmwein gelegt waren. Akusas sechs Angetraute eilten geschäftig hin und her, um den Wein in kleine Schüsseln abzufüllen und sie den zwölf Ratsmitgliedern zu reichen. B'Dula platzte mit einer Bemerkung heraus.

»Wir sollten sie alle töten.«

Akusa, die Königliche warf ihm einen vernichtenden Blick zu, während die anderen unbehaglich auf ihren Matten herumrutschten.

»Du versäumst es nie, dich gegen die Ahnen zu versündigen, B'Dula. Und gegen dich selbst.« Akusa rieb sich die Hände und holte tief Luft. »Ich habe diese Versammlung einberufen, und du versagst mir den Respekt und lässt mich nicht einmal das erste Wort ergreifen. Verwirrt die Dreistigkeit, die du vor langer Zeit begangen hast, dir etwa immer noch den Verstand? Oder hast du die Lektion, die ich dir erteilt habe, schon vergessen? Töte einen der Besucher, und du ziehst den Zorn der Ahnen auf dich. Töte einen Nachbarn, und du zettelst einen unnötigen Krieg an. Dies ist eine Zeit für sorgfältige Überlegungen, nicht für kindische Wut. Schweig oder verschwinde.«

B'Dula sank in sich zusammen. Er dachte daran zurück, wie Akusa ihn im Kampf besiegt hatte, und würde ihre Entschlossenheit nicht auf die Probe stellen.

»So«, fuhr sie fort. »Die Gussu haben mit der Tradition gebrochen und Fremde zu uns geführt, ohne uns vorzuwarnen, das lässt sich nicht leugnen. Aber die Strafe dafür ist nicht Tod, sondern Vertreibung.«

Einige der Ratsmitglieder nickten. Die, die der gleichen Meinung waren wie B'Dula, rührten sich nicht. Semjula, eine der Ältesten der Kosongo, die gleichzeitig Seherin war, trank einen Schluck Wein.

»Mit Eurer Erlaubnis, Majestät.«

Akusa nickte. Semjula stand auf. Ihr Körper war gebeugt, ihre Haut hatte die Farbe von Erde kurz nach einem Regenschauer. Ihre hängenden Brüste zeugten von ihrem Leben und denen, die sie genährt hatte. Ihr roter Schmuck, aber nicht so dunkelrot wie Blut, klapperte, als sie sich auf einen Stock mit dem Kopf einer Schlange stützte.

»Tod ist nicht die Lösung«, sagte sie mit gewichtiger Stimme. Sie wischte sich die freie Hand an dem ordentlich um ihre Hüfte gewickelten Rock ab. »Aber ich habe ein sehr schlechtes Gefühl dabei, sie wegzuschicken. Die Stimmen sagen mir, dass wir uns in einer unmöglichen Lage befinden. Wir sollten mit der Entscheidung bis nach Elewas und Kosiis Zeremonie warten. Das verschafft uns ein paar Tage Zeit, um darüber nachzudenken, wie wir vorgehen sollen.«

»Danke, Mama Semjula. Ich habe mich auch gefragt, ob ich den Sewteri eine Nachricht schicken soll, um sie zu warnen«, überlegte Akusa laut. »Vielleicht sollte ich ihnen einen Boten senden.«

Alle nickten.

»Und wo sind die … Besucher jetzt?«, fragte Akusa.

»Immer noch in der Hütte der Wachen, Majestät«, antwortete Semjula.

Akusa wandte sich an Ketwa. »Haben sie etwas zu essen bekommen?«

»Nein, Majestät«, antwortete er.

»Tja, dann lasst uns nicht unhöflich sein und einen Feuerregen auf uns herabbeschwören. Gib ihnen Fisch und Bananen. Und etwas Palmwein.«

—

Kosii hob den Umhang aus der Haut eines vor Kurzem erlegten Leoparden auf; er war weit gelaufen, um ihn im Fluss zu waschen. Danach hatte er ihn zum Trocknen ausgelegt, ihn mit Steinen glatt geklopft – eine Kunst, die er von seiner Mutter Yendi gelernt hatte – und legte ihn sich um die Schultern. Er arrangierte die Pfauenfedern sorgfältig im Kreis. Er beschloss, den Schmuck zu tragen, den seine älteste Schwester mit fachkundigen Händen gefertigt hatte, denn Yendi liebte Türkise und achtete selbst auf kleinste Details. Kosiis Medizinstab hatte seinem Vater Tagundu und davor dessen Vater gehört. Von Kosii wurde erwartet, dass auch er ihn eines Tages seinem Erstgeborenen vermachte, wenn die Zeit gekommen war.

Er bemalte sein Gesicht mit roter Tonerde: eine Linie auf die Stirn für den Horizont; einen Punkt auf jede Wange für die untergehende Sonne, den aufgehenden Mond; und eine kurze senkrechte Linie aufs Kinn, das Fundament. Sie symbolisierten seine Aufrichtigkeit und seine Bereitschaft, die ihm Anvertrauten zu beschützen. Er lächelte. Elewas Tanten waren am schwersten zu überzeugen gewesen. Sieben Frauen mit einem einzigen Verstand, unbeweglich wie Felsgestein und strahlender als das Himmelslicht. Kosii wusste, dass er kein so schneller Läufer und geschickter Jäger war wie andere im Dorf. Aber er war ein kühner Stratege, und in diesem Fall musste er die Tanten davon überzeugen, dass ein solcher Familienzuwachs große Vorteile mit sich brachte. Außerdem hatte kein anderer Kosongo ein so stolzes junges Herz. Keiner war sanftmütiger, und die Tanten wollten doch sicher, dass jemand, der davon träumte, ihren Neffen Elewa in die Arme zu schließen, diese Eigenschaft besaß.

Das Dorf war blau geschmückt. Mit Beerensaft gefärbte Tücher hingen von den Strohdächern der umgebenden Hütten. Lobelien waren rings um den Dorfplatz ausgelegt worden. Alle im Dorf waren rot gekleidet, bis auf Akusa, die als Königliche leuchtend gelbe Kleidung trug.

Elewa saß auf einem prächtig gewobenen Teppich, seine Mutter Dashi zu seiner Linken, sein Vater Takumbo zu seiner Rechten. Der Teppich stellte keine Kriegsszene dar – obwohl die eingewebten Bilder von hoch erhobenen Speeren darauf hinzudeuten schienen. Die Speere, die alle nach links zeigten, symbolisierten Schutz und Bittgebete. Hinter den mit Speeren bewehrten Figuren ging eine riesige orangefarbene Sonne auf. Sie wurde von ihnen bewacht und zugleich angebetet. Elewa schaute auf den Teppich und berührte ihn, vielleicht würde sich so seine Kraft auf ihn übertragen und ihn auf die Verpflichtungen vorbereiten, die er und Kosii übernehmen sollten.

Sie waren geborene Wächter, wie Takumbo ihnen erklärt hatte. Das ganze Dorf wusste es von dem Moment an, als Kosii und er, beide noch Kleinkinder, einander begegnet waren. Wie sie Freunde wurden und seitdem unzertrennlich waren wie eine Schildkröte und ihr Panzer. Nur gewaltsam konnte man sie auseinanderreißen, was gegen die Natur gewesen wäre. Ihre Verbindung war schicksalhaft, denn die letzten Wächter waren vor wenigen Jahreszeiten hinübergegangen, nachdem sie im

Bergkrieg große Tapferkeit bewiesen hatten. Nun gab es niemanden mehr im Dorf, der die Tore bewachte, nicht nur die prächtigen des Dorfes, sondern auch die zwischen dem Hier und jenem unsichtbaren Ort, an dem die Ahnen bis in alle Ewigkeit sangen, tanzten und Palmwein tranken.

Elewa sah seinen Vater an, in dessen Augen Tränen schimmerten, die nicht fallen wollten. Takumbo lächelte.

»Du machst uns stolz«, sagte er.

Dashi tätschelte Elewa die Hand, dann strich er ihm eine Strähne hinters Ohr zurück. Sie musterte sein bemaltes Gesicht, leckte sich den Daumen an und besserte einen Makel an seiner Kinnlinie aus. Takumbo inspizierte seinen Medizinstab, sah Dashi an und nickte. Dashi lehnte sich zurück, um ihren Sohn zu mustern.

»So«, sagte sie. »Nun bist du bereit.«

Elewa erhob sich und half seinen Eltern ebenfalls auf. So, wie sie dastanden, wirkten sie unbeugsam wie Bäume. Kosii bahnte sich einen Weg durch die versammelte Menge, flankiert von Elewas sieben Tanten; Kosiis Familie bildete die Nachhut. Als er Elewa und seine Eltern erreichte, trat Semjula vor die Menge. Sie hatte einen hohlen Medizinstab in der Hand und einen Gehstock in der anderen. Sie fand ihr Gleichgewicht, hob den Stab und stieß einen hohen Schrei aus. Die Menge fiel ein. Dann begann die Zeremonie.

Elewa und Kosii tanzten aufeinander zu, während die Menge zurücktrat und einen großen Kreis um sie bildete.

Elewa und Kosii schüttelten rasselnd ihre mit getrockneten Bohnen gefüllten Stäbe. Der Stamm klatschte den Rhythmus. Elewa lächelte. Kosii biss sich auf die Unterlippe. Sie umkreisten einander, ohne aus dem Takt zu kommen. Elewa schleuderte mit dem Fuß Staub in Kosiis Richtung. Kosii stampfte auf und wirbelte ebenfalls Staub auf. Dann näherten sie sich einander.

Sie legten die Stäbe parallel zueinander auf den Boden. Dann stürzte Kosii auf Elewa zu, und sie rangen miteinander. Die Menge fieberte mit, klatschte in einem immer schneller werdenden Stakkatorhythmus. Zuerst hatte Kosii die Oberhand, dann Elewa. Sie rollten über den Boden, ohne dass einer den anderen besiegen konnte. Auf dem Höhepunkt des Kampfes verstummte das Klatschen abrupt. Kosii und Elewa erhoben sich. Ihre staubigen Körper glichen vom Himmel gefallenen Nachtsplittern in Menschengestalt. Keuchend wandten sie sich einander zu und lachten. Das ganze Dorf lachte mit ihnen.

Semjula bahnte sich einen Weg zu ihnen, ein dickes Lianenseil in der Hand. Sie blieb bei den Medizinstäben stehen und legte ihren Gehstock parallel daneben.

»Gebt mir eure Hände«, sagte sie mit lauter Stimme.

Kosii streckte die rechte Hand aus, Elewa die linke. Semjula hielt das Seil hoch, damit alle im Dorf es sehen konnten. Viele nickten. Dashi und Takumbo fielen sich in die Arme.

»Damit nichts euch wieder trennen kann«, sagte Semjula, wickelte das Seil um ihre Handgelenke und band sie fest zusammen. Sie trat einen Schritt zurück und legte den Medizinstab neben die drei anderen.

»Jetzt«, sagte sie und winkte ihnen mit runzeliger Hand zu. »Springt.«

Elewa und Kosii holten gleichzeitig tief Luft, dann sprangen sie über alle vier Stäbe. Das ganze Dorf brach in Freudengeheul aus. Elewa und Kosii strahlten. Sie wandten sich einander zu und umarmten sich, vereint für dieses Leben und für das nächste.

Akusa, die Königliche, hob die Faust, und die Trommler hinter der Menge fingen an zu spielen. Die Menge teilte sich und machte Platz für Kosii und Elewa, die, gefolgt von ihren Familien, Akusa und all den anderen, durch die Schneise tanzten. Das ganze Dorf tanzte, bis alle schweißüberströmt waren. Dann gingen sie zur königlichen Hütte.

Es brachte Unglück, die Eindringlinge in der Hütte der Wachen einzusperren, während der Rest des Dorfes feierte. Akusa hielt ihre Teilnahme am Festmahl und der Feier für ungefährlich. So würden sie begreifen, wie großzügig ihr Volk war, und das wiederum erfreute die Ahnen. Nur Stärke, ohne mildernde Freundlichkeit, zu zeigen, war unweise. Und unweises Königtum bedeutete Schande.

Das Festmahl fand in ihrer eigenen Hütte statt, weil es die größte war und Ketwa gefallen würde, denn Kosii war sein Lieblingsneffe. Den Boden bedeckten Bananenblätter mit Speisen für die mehr als einhundert Kosongo, die im Schneidersitz zu beiden Seiten saßen. Andere standen dahinter. Es gab kaum ein freies Fleckchen. Ketwa und Dashi hatten für die perfekte Zubereitung gesorgt. Fisch, Wachteln, Kokosnüsse, Bananen, wilder Reis, Mangos, Akee-Früchte, Brot, gestampfte Yamswurzeln, Honig und Unmengen von Palmwein. Akusa saß an einem Ende und Elewa und Kosii – frisch verbunden, immer noch am Handgelenk aneinandergefesselt, fütterten sich gegenseitig mit der freien Hand – saßen am anderen.

Alle aus dem Dorf nahmen sich einen Moment Zeit, um zu Elewa und Kosii hinüberzugehen und ihnen ein Geschenk zu überbringen: bunte Federn, einen Kopfschmuck aus getrockneten, geflochtenen und gespickten Palmblättern, lange Speere mit elegant gehämmerten Speerspitzen. Der Berg aus Gaben wuchs an, bis er am Ende weggeräumt werden musste, damit weitergegessen werden konnte. Akusas Angetraute lachten, als sie die Geschenke neben dem Eingang ablegten. Am nächsten Morgen würden sie helfen, sie in die neue Behausung der Frischvermählten zu bringen.

Die Königin behielt unterdessen die drei Geister und ihren Begleiter an ihrer rechten Seite, nahe bei ihrem Speerwurfarm, damit sie sie im Auge behalten konnte. Der namens Bruder Gabriel, war gesprächig. Er wandte sich ständig dem Gussu zu und redete in seiner unerträglichen Sprache, die ihr in den Ohren schmerzte, auf ihn ein. Wie der Gussu sie aushielt und verstehen konnte, war ihr ein Rätsel.

Der Gussu, der gesagt hatte, einer seiner Namen sei Obosye – die Gussu hatten viele verschiedene Namen für unterschiedliche Anlässe –, schien irgendwann zu verzweifeln.

»Genug«, sagte Akusa zu Obosye. »Von jetzt an wird er alle Fragen über meinen Stamm mir stellen. Du wirst übersetzen.«

Bruder Gabriel sprach in ungemein sanftem Ton zu ihr. Lächelte ununterbrochen. Und obwohl sie es sich nicht sofort eingestand – und später deshalb hart mit sich ins Gericht ging –, war sein Lächeln ihr unheimlich.

»Akusa, die Königliche«, sagte Gabriel, wobei Obosye klug genug war, die respektvolle Anrede zu benutzen. »Ein reizendes Dorf habt Ihr. Und diese Zeremonie – danke, dass Ihr uns erlaubt habt, ihr beizuwohnen.«

Akusa nickte.

»Wenn ich so kühn sein darf zu fragen: Was ist der Anlass?«, fragte er. Er deutete auf Elewa und Kosii. »Haben sich die beiden einem Mannbarkeitsritus unterworfen? Ist es ein kriegerisches Ritual?«

Akusa hätte sich fast an dem Wein verschluckt, den sie gerade trank. Sie stellte den Becher ab und kicherte.

»Das müsste doch offensichtlich sein, selbst für einen Fremden. Fehlt es euch in eurem eigenen Land an den einfachsten Traditionen? Ihr Liebeswerben wurde von Generationen von Ahnen bezeugt und gebilligt. Sie sind verbunden.«

Gabriels Augen weiteten sich.

»Verbunden? Meint sie verheiratet?« Gabriel sah Obosye an, um sich die Bedeutung bestätigen zu lassen. Der nickte nur.

»Aber das sind zwei Männer«, widersprach Gabriel. »Das ist die Saat von Sodom.«

Diese Toten sind Narren, dachte Akusa. Was vielleicht auch der Grund war, warum sie hier eingedrungen waren. Aus der Gesellschaft weiser Menschen verstoßen, irrten sie umher und verwirrten alle, die ihnen begegneten. Wie etwa den Gussu, der, seine Herkunft vergessend, ohne Ankündigung mit nacktem Hintern ins Dorf gestolpert war und diese Hautlosen mitgebracht hatte. Akusa trank noch einen Schluck Wein. Dann nahm sie sich ein Stück Fisch, tunkte es in die gestampfte Yamswurzel, steckte sich den Bissen in den Mund und sah Bruder Gabriel an. Sie kaute so lange, dass Obosye, Bruder Gabriel und den beiden anderen sichtlich unbehaglich wurde.

»Ich kenne dieses *Sodom* nicht. Aber so wie du das Wort aussprichst, gefällt es mir ganz und gar nicht. Das sind Elewa und Kosii, so wie sie es immer waren. Siehst du das Band zwischen ihnen nicht? Du musst dich davor verneigen.«

»Aber bei allem Respekt, Majestät, das sind zwei Männer.«

Königin Akusa hätte das als Unverschämtheit betrachtet, hätte sie nicht bereits erkannt, dass dieser unglaublich blasse Mann ungebildet war und nichts über die

Welten wusste, die existierten. Er kannte nur diese eine. »Zwei Männer?« Diese farblosen Menschen bemerkten seltsamerweise sofort das, was sie nicht kannten, anstatt das zu bemerken, was ihnen bekannt war. Er sah nur Körper, aber anscheinend nicht die Geister. Es war erheiternd, jemanden zu treffen, der sich auf einem Gebiet nicht auskannte, sich jedoch weigerte, es zuzugeben, herumstolperte, gegen Bäume stieß und fragte, wer sie ihm in den Weg gestellt hatte.

»Und wenn schon«, sagte sie und lachte. »Sie sind verbunden. Siehst du das nicht?«

»Ich glaube, Euer Volk würde von unserer Religion profitieren«, sagte Bruder Gabriel.

Akusa ließ sich nicht davon beunruhigen, kannte sie nicht ihre Stärke und die ihres Volkes? Dieser Bruder Gabriel mit seiner ungenauen, nichtssagenden Kauderwelschsprache, der sich einen Portugiesen nannte, war ein Narr, ein Scharlatan, und niemand aus seinem Stamm würde es schaffen, auch nur einen Kosongo von seiner Lebensweise abzubringen. Außerdem hatte der Wein sie in eine neugierige, launige Stimmung versetzt. Sie rief Ketwa und Nbinga zu sich und bat sie, zu beiden Seiten von ihr Platz zu nehmen. Sie hielt ihre Hand und starrte Bruder Gabriel an.

»Wer außer ihnen soll denn die Tore bewachen?«, fragte die Königin ihn lächelnd. »Du sagst, mit Elewa und Kosii gibt es irgendein Problem. Wer bewacht denn die Tore eurer Götter?«

»Das Tor zum Paradies? Es öffnet sich nicht für Häretiker.«

»Paradies? Was für ein ungewöhnlicher Name. Und was für ein ungewöhnlicher Ort, der sein Tor nicht für seine eigenen Wächter öffnet.«

»Wie dem auch sei …«

»Und was ist mit eurer Haut passiert?«, unterbrach Akusa ihn. »Haben eure Götter sie euch weggenommen, weil ihr euch nicht um das Tor gekümmert habt?«

»Eure Majestät, ich glaube nicht …«

»Genug.«

Akusa lachte, ließ sich in Ketwas kräftige Arme sinken, zog Nbingas Hand zu sich und küsste sie. Akusas Glucksen füllte den Raum. Sie bat zwei ihrer Angetrauten, noch etwas zu essen und zu trinken für die Besucher zu bringen, die schon alles aufgegessen hatten, was man ihnen vorgesetzt hatte. Sie würden einen Schlafplatz in einer der Begrüßungshütten für sie suchen müssen und sie am nächsten Morgen wegschicken. Sie musste auch noch Obosye ermahnen, dem Anführer der Gussu zu sagen, er dürfe seinem Volk nie wieder erlauben, böse Geister ins Land der Kosongo zu begleiten. Das war respektlos und in Anbetracht dieser so sorgsam geplanten Zeremonie sogar anmaßend. Hoffentlich würde sie diese Leute mit ihrer hässlichen Haut nie wiedersehen.

Doch es gab einiges, das sie noch nicht wusste.

Sie wusste nicht, dass weit jenseits der grünen Berge, wo der Blitz beängstigend sein konnte, aber nie einschlug, gerade Hunderte von Bruder Gabriels Art über das Meer kamen, in den großen, hohlen Bäuchen von Ungeheuern, die nach dem dunkelsten Fleisch gierten, durch Seegras pflügten, bis sie feindliche felsige Küsten erreichten, ausgerüstet mit Waffen, die den Donner selbst vom Himmel holten. Ihre Reise war so lang gewesen, dass man ihnen ihre wahllose Gefräßigkeit fast hätte verzeihen können.

Sie wusste auch nicht, dass sie ihr eigenes Volk und noch viele andere Stämme verschlingen würden. Ob Freund oder Feind spielte für diese gierigen Menschen keine Rolle, denn ihnen fehlte die Gabe der Unterscheidung. Für sie waren Menschen nichts als lebendige Bodenschätze: Treibstoff für Maschinen der gottlosesten Art, wenn auch verwirrenderweise im Namen eines Gottes, der angeblich friedlich war. Ein Lamm. Niemand ahnte, dass das nur eine Verkleidung war.

Sie wusste auch nicht, wozu Bruder Gabriels Leute fähig waren, was bereits im Dorf der Gussu geschehen war. Oder warum Obosye – ihm hatte man angedroht, dass seine Kinder, selbst der neugeborene kleine Sohn, in seinem Namen unvorstellbare Qualen erleiden würden, wenn die drei Dämonen innerhalb eines festgesetzten Zeitraums nicht wohlbehalten zurückkehrten – bei der Täuschung mitspielte. Kein Seher, nicht einmal Semjula, hätte Akusa eine Warnung aussprechen können, die Unheil verkündend genug gewesen wäre. Kein Zauber der Kosongo-Ältesten, kein Eingreifen der Ahnen konnte eine Frau in ein Tier verwandeln, aber die Portugiesen besaßen, wie sie bald entdecken würde, die Gabe, bemerkenswerte, maßgeschneiderte Methoden zu entwickeln, um diesen Zauber zu vollbringen.

Sie wusste nicht, dass sie nicht mehr erleben würde, wie ihre Kinder, verschnürt wie Pakete, auf die Schiffe der Geister verfrachtet werden würden, und würde auch nie erfahren, dass eins davon in seiner Verzweiflung ins unergründliche Grau springen und dass andere, durch Ketten mit ihm verbunden, ihm folgen würden, wie eine zeremonielle Perlenkette. Die Nachfahren ihrer Tochter, deren Hautfarbe für sie nicht wiederzuerkennen sein würde, würden weiter unter den Bestien zu leiden haben, würden nie umarmt oder geliebt, sondern nur zur Befriedigung von Launen und für Bürden benutzt werden, bis in alle Ewigkeit, Àṣẹ. Nein. Sie konnte nicht vorhersehen, dass der Zorn, als sie mitbekam, wie man ihre Erstgeborene in Ketten legte und Kosii und Elewa sie mit tödlicher Entschlossenheit befreien wollten, sie dazu bringen würde, sich mit erhobenem Speer in die Schlacht zu werfen. Sie würde viele, so viele von ihnen ausschalten – so viele Untote würden ihrem kriegerischen Herzen und ihrer verblüffenden Treffsicherheit zum Opfer fallen –, bis sich ein Feigling von hinten anschlich, um ihr nicht in die Augen sehen zu müssen, und ihr einen Donnerschlag in den Rücken jagte. Wer hätte gedacht, dass sie als Letztes mitansehen musste, wie Kosii und Elewa den Angreifern die Ketten aus den Händen rissen, um ihre älteste Tochter zu befreien, bis ihnen selbst Ketten um den Hals geschlungen wurden?

Und sie wusste nicht, dass sie nicht mehr erleben würde, wie die Hautlosen einander verfluchten, weil sie sie lebend gefangen nehmen wollten, doch sie in all ihrem Glanz gab ihnen keine Gelegenheit, sie mit Gelüsten zu entweihen, zu deren Befriedigung sie am Leben sein und schreien musste. Stattdessen würde sie ihnen nur ewiges Schweigen gewähren, auf gewisse Art ein Sieg. Zur Rache würden die Fremden über ihre Kinder herfallen, die sie nicht mehr trösten konnte. Aber Nichtwissen war in diesem Fall eine Gnade. Ob königlich oder nicht, welche Mutter will mitansehen, wie die Köpfe ihrer Kinder auf Speere gespießt wurden?

Ein gewaltiges Chaos entstand, von dem das Land sich nie erholen sollte. Andere Stämme hatten, nachdem sie die sich ausbreitende Seuche und den Verrat entdeckt hatten, im Namen von Akusa gekämpft, die sie für ihre Ehrlichkeit und Großzügigkeit respektierten. Doch ohne Erfolg. Wo einst Frieden möglich gewesen war, würden nun Jahrhunderte von Blutvergießen und Plagen folgen, die Erde selbst würde ihrer natürlichen Schätze beraubt werden und sich schließlich gegen ihre eigenen Kinder wenden, die sie nicht mehr erkannte.

All das wusste Akusa nicht. Konnte es nicht wissen. Sollte es nicht wissen.

Akusa schmiegte sich an Ketwa und zog Nbinga an sich. Diese Dämonen sollten von ihrem Dorf das Bild grenzenloser Bewunderung mitnehmen, zu der sie selbst offenbar nicht fähig waren.

»Wo sind die Kinder, Liebes?«, fragte sie Nbinga.

»Da drüben.« Nbinga deutete auf den Eingang, wo Akusa ihre Kinder tanzen sehen konnte – zwei von ihnen ähnelten Ketwa so sehr, dass sie sich nicht sofort erinnern konnte, ob sie selbst, Nbinga oder beide sie geboren hatte.

Sie sah zu dem Gussu und den drei Dämonen hinüber und entdeckte, dass sie schon wieder alles aufgegessen hatten. Menschen, die ihr Essen so sehr zu schätzen wussten, konnten nicht *ganz* schlecht sein. Ihr kam nicht in den Sinn, dass sie vielleicht nur großen Hunger hatten.

»Greift zu«, sagte sie. »Es ist noch reichlich da.«

Der Gussu bediente sich, und die anderen taten es ihm gleich. Akusa lächelte und hob ihren Becher.

»Auf die Torwächter«, sagte sie laut.

»Auf die Torwächter«, sagten alle außer den Dämonen.

Dann führte Akusa den Becher an die Lippen und trank.

TIMOTHY

Das Gesicht war zu rotstichig. Das musste er mit Gelb und vielleicht einem Tropfen Schwarz ausgleichen. Aber wenigstens war es ihm gelungen, den ungewöhnlichen Ausdruck einzufangen, etwas zwischen Neugier und – was war das? Verachtung? Die Neigung des Kopfes, die leicht geschürzte Lippe. Lächeln und Zähnefletschen zugleich. Und Haar wie eine dunkle gezackte Sonne, die hinter ihm aufging. Isaiah war ein Prachtexemplar.

Timothys Vater Paul schien sein Bedürfnis, sie zu dokumentieren, zu verstehen, auch wenn er selbst andere, intimere Methoden vorzog. Obwohl Paul die Gemälde seines Sohns jedem zeigte, der die Plantage besuchte, strahlend vor Stolz über das verblüffende Talent, das sich in jedem Pinselstrich zeigte, hatte er Timothy verboten, sie im Haus aufzuhängen. »Das bringt die Nigger nur auf falsche Ideen«, sagte er.

Und so standen alle in seinem Zimmer, in Dreierreihen an drei Wänden; jeder ungenutzte Fleck – ob auf dem Schreibtisch oder dem Boden – diente als Ablage für unzählige Darstellungen fröhlicher oder gedankenversunkener Sklaven, obwohl sein Vater ihm versicherte, Letzteres sei ein Ding der Unmöglichkeit. Und seine besten Werke waren natürlich die bedrückendsten: die Darstellung ihres Kummers. Er hatte nicht geahnt, dass sich Trauer auf so vielfältige Art und Weise niederschlagen konnte – erkennbar und doch einzigartig in so vielen verschiedenen Gesichtern wieder auflebte –, bis er zum ersten Mal einen Sklaven für sich Modell sitzen ließ. Seine Hand hatte gezittert, und fast wäre sie ihm entgangen. Aber da war sie: feucht in den Augenwinkeln, gefangen auf der Zunge, gebrochen in den Händen.

Er hatte Isaiah selbst aus einer Reihe von Negern ausgesucht, die sich am Flussufer versammelt hatten und badeten. Er rief sie zu sich und befahl ihnen, sich in einer Reihe aufzustellen. Die Aufseher verdrehten angesichts der Störung die Augen. Egal. Dieses Land gehörte seinem Vater, er hatte sie eingestellt, und so taten die Neger, was man ihnen befohlen hatte, und die Aufseher spuckten Kautabak aus und hielten den Mund.

Die Füße der Neger schmatzten im Schlamm. Ein paar bedeckten ihre Nacktheit mit Händen oder Blättern. Andere wandten den Blick ab. Alle glänzten in der Sonne. Timothy suchte in der Reihe nach der Farbe, die am besten zu den Früchten der Brombeersträucher passen würde. Ihm fielen zuerst Isaiahs Haare auf, die seinen Kopf in all ihrer schattigen Pracht wie einen Heiligenschein rahmten.

»Wasch dich zu Ende«, sagte er zu Isaiah. Danach wies er ihn an, sich anzuziehen und zu dem Ort zu kommen, wo der Privatgrund an die Plantage grenzte.

Timothy brachte einen Stuhl mit, aber nicht für sich. Die aufrechte, solide Rückenlehne endete knapp unter Isaiahs Schulterblättern. Timothy positionierte den Stuhl so, dass Isaiah nach Osten blickte und ihm die Sonne ins Gesicht schien, während er selbst sie im Rücken hatte. Dort ließ er Isaiah stundenlang Modell sitzen, verlangte, dass er keinen Muskel rührte, sich nicht einmal den Schweiß von der Stirn wischte.

»Nicht blinzeln«, scherzte Timothy und musste Isaiah gleich darauf versichern, dass er es nicht ernst gemeint hatte.

Ein paar der anderen Neger beobachteten sie, versteckt hinter Bäumen oder aus den Türöffnungen ihrer Hütten, die Augen weit aufgerissen, aber sie hielten Distanz. Timothy bemerkte sie. Sie hielten sich zurück, als hätten sie Angst, das Gemälde könnte sie verschlingen, sodass sie dann an zwei Orten gefangen waren, von denen es kein Entkommen gab.

Isaiahs Gesicht war schweißüberströmt. Schließlich trat Timothy hinter der Staffelei hervor, die er leicht links von Isaiah aufgestellt hatte, um die richtige Perspektive zu bekommen und Isaiahs Wesen so gut wie möglich einzufangen.

»Du bist ein *ausgezeichnetes* Modell für meine Arbeit«, sagte er mit schwungvoller Geste.

Isaiahs Schweigen und sein gesenkter Kopf ließen Timothy vermuten, dass er das Kompliment nicht verstand. Kopfschüttelnd rief er den Neger zu sich, der hinter dem nächsten Baum stand. Er solle ihm helfen, die Ausrüstung zurück ins Haus zu tragen. Auf der Treppe zur Veranda blieb Timothy stehen. Er drehte sich um und sah, dass Isaiah immer noch auf dem Stuhl saß.

»Du kannst jetzt gehen«, rief er nicht unfreundlich.

Kurz kam ihm der Gedanke, dass er hier im Süden noch nie einen Neger auf einem Stuhl hatte sitzen sehen. Auf dem Boden, ja. Auf Heuballen. Auf Wagen. Aber nie auf einem Stuhl. Vielleicht war Isaiah deshalb sitzen geblieben: um einen kleinen Eindruck davon zu bekommen, wie es war, sich als Mensch kurz auf einem bequemen Möbel auszuruhen, eine Stütze für den Rücken zu haben. Isaiah stand auf, und Timothy sah zu, wie er langsam zum Fluss hinunterging, auf die Knie sank, sich hinunterbeugte und Wasser ins Gesicht spritzte.

Die Fahrt nach Boston war schwieriger gewesen als die nach Hause. In den Norden zu reisen, fühlte sich unnatürlich an. Es hatte unablässig geregnet, der Wagen war ständig stecken geblieben, dazu dichter Nebel, sodass er nicht mehr sagen konnte, wo er anfing und der Nebel aufhörte. Er und andere Reisende Richtung Norden hatten teilweise durch Indianergebiet reisen müssen, um aufs College zu gehen und sich die nötige Bildung anzueignen, damit sie ihren Vätern bei der Verwaltung des Landes helfen konnten, das sie erobert hatten. Im Norden gab es trotz des schwärenden Verrats die besten Institutionen für unternehmerisches Denken.

Seine Zeit an der Universität, die er auf Geheiß seines Vaters besuchte, um sich bestmöglich auf sein Erbe vorzubereiten, war aus den falschen Gründen interessant. Malen bis nach Mitternacht und sein guter Schlaf sollten Paul dort nichts nützen. Missgünstige Männer, die den Auftrag hatten, Reisende über die imaginäre Grenze zwischen dem nördlichen und dem südlichen Teil eines Landes zu bringen, das noch in den Kinderschuhen steckte, hatten ihnen erklärt, der Nebel biete keinen Schutz. Die Indianer könnten sie durch die Augen der Tiere des Waldes sehen – die der Schlange zu ihren Füßen oder des Vogels, der über ihren Köpfen kreiste. Sie würden sie – ihren wilden Göttern zu Ehren – im Schlaf ermorden und ihr rohes Fleisch fressen. Er bekam das Bild blutiger Zähne, die in seinen Körper geschlagen wurden, nicht mehr aus dem Kopf. Und die missgünstigen Männer sahen ihn direkt an, wenn sie ihre Schauergeschichten erzählten, als hätten sie die Furcht in seinem klopfenden Herzen erkannt. Vielleicht war er nicht vorsichtig genug gewesen, hatte einem vorübergehenden Gentleman zu lange nachgestarrt, vielleicht im Schlaf einen Männernamen gemurmelt, oder es war die Art, wie er manchmal geziert die Hände übereinanderlegte. Man wusste nie mit Sicherheit, was der Grund für Bosheit war, also musste man sein Innerstes immer gut verbergen.

Er entdeckte, dass Nordstaatler im Gegensatz zu Südstaatlern keine Ahnung hatten, dass sie von Kannibalen abstammten. Unzählige Mythen über harte Arbeit und intellektuelle, moralische und körperliche Überlegenheit bewahrten sie davor. Vielleicht ahnten es ein paar trotzdem. Wieder andere verharrten ständig in einem Traumzustand, indem sie in Wasser gelöstes Morphium zu sich nahmen. Ein paar schluckten das Pulver direkt aus der Verpackung. Andere inhalierten es. Die Wirkung faszinierte Timothy. Er stellte ihnen viele Fragen. Bei ihren manchmal unzusammenhängenden Antworten hatte er das Gefühl, in Geheimnisse eingeweiht zu werden, die sonst ungehört geblieben wären. Manche erzählten, dass sie zum ersten Mal etwas, irgendetwas spürten. *Ein Kitzeln in der Brust*. Ein Gefühl, das den Wunsch in ihnen weckte, sich auf die Erde zu legen und den Himmel und den Rest der Schöpfung voller Dankbarkeit zu betrachten. *Selbst die Nigger*. So nannten sie sie nur, wenn sie berauscht waren. Sonst »Neger«.

Da lagen sie und rubbelten sich grinsend und mit knopfgroßen Pupillen die welken Genitalien, ohne zu begreifen, warum sie schlaff blieben, obwohl sie selbst so erregt waren – und zwar von allem; sie öffneten sich Timothy bereitwillig, ließen ihn herein. Sie hatten schaumigen Speichel in den Mundwinkeln. Timothy unterdrückte das Bedürfnis, ihnen ein Taschentuch zu reichen, weil er glaubte, es könne ihre Konzentration stören oder als Beleidigung empfunden werden.

Als einer seiner Schlafsaalnachbarn gestand, in seine eigene Mutter verliebt zu sein und sich als Säugling an ihren Schamhaaren festgeklammert zu haben, um ihren

Leib nicht verlassen zu müssen und für immer in der Geborgenheit des Geburtskanals bleiben zu können, hatte Timothy allerdings genug gehört, um nicht zu sagen, zu viel; er wünschte, es wäre ungehört geblieben. Er stellte ihnen nie wieder eine Frage, und wenn sie in ihre künstlich herbeigeführte leidenschaftliche Lethargie verfielen, verließ er das Zimmer, ging auf dem Schulgelände spazieren und wünschte, ebenso unwissend und stoisch zu sein wie die Bäume.

Er schlenderte durch das silbrige Licht des Nordens, ließ sich von ihm durchdringen, bis die Kälte ihn bis ins Mark erfüllte. Er hoffte, dass niemand ihre Wirkung bemerkte: Seine Muskeln waren angespannt, Gänsehaut überzog seinen Körper, seine Brustwarzen, und sein Penis wurde steif. Beim Gehen lächelte er auf die Steine zu seinen Füßen hinunter, bewunderte Unkraut, das den Mut hatte, dazwischen hervorzulugen, golden am Rand, aber noch grün an den Wurzeln.

Die Brise, die ihm entgegenwehte, duftete nach brennenden Holzscheiten – Birken vielleicht, die nie gedacht hätten, dass man sie in Stücke hacken und in irgendeine Feuerstelle werfen würde.

Timothy lächelte sogar ein paar andere Studenten an, die ihm entgegenkamen – bis ihm wieder einfiel, dass sie schaurige Geheimnisse hatten, bei denen einem die Kälte in die Knochen kroch wie das silbrige Licht.

Er war nicht der erste Gebildete in seiner Familie; Paul und Ruth waren leidenschaftliche Leser: Romane und

Verträge und religiöse Texte, die eine Kombination aus beidem waren. Aber er war der Erste, der seine Bildung so weit weg im Norden erwarb. Dabei ließ sich nicht vermeiden, dass er noch andere Dinge lernte, etwas in sich entdeckte, das im zu engen Mississippi verborgen geblieben wäre. Ein Bewusstsein vielleicht. Oder im weiteren Sinne: etwas Weißes mit Flügeln, das nachts gegen seine Schenkel stieß, sodass ihm heiß wurde.

Für einige Mitstudenten war sein Künstlertum der Beweis dafür, dass an ihrem Flüstern, den verstohlenen Blicken und dem subtilen Deuten auf den Unterleib nichts anstößig war. Timothy musste sich regelmäßig Luft zufächeln und hinter der Staffelei verstecken, um nicht zu offensichtlich zu zeigen, wie empfänglich er für jene Blicke war und dass er mehr wollte. Sein Sehnen fand anfangs nur auf der Leinwand Ausdruck, bevor es wirklich wurde. Morgens vor dem Unterricht und nach dem Nachmittagsgebet malte er wie besessen, kritzelte beim Mittagessen und zeichnete bis spät in die Nacht bei Lampenschein. Er war noch nie so zufrieden gewesen.

Doch Isaiah …

»Du bist also in der Scheune bei den Tieren. Ist dir das lieber, als auf dem Feld zu arbeiten?«

»Ich tu, was man mir sagt, Sir«, antwortete Isaiah.

»Ich weiß.« Timothy lächelte. »Wie die meisten von euch. Aber ich meine, machst du das am liebsten?«

Isaiah sagte nichts, als hätte er begriffen, dass man darauf nur schweigen konnte. Er starrte zu Boden.

»Jetzt nicht mehr bewegen, Isaiah. Schau zu mir, bitte. Halt den Kopf still.«

Isaiah sah auf, ohne Timothy in die Augen zu schauen.

»Weil ich meinen Vater überreden kann, dich überallhin zu versetzen. Also sag mir: Wo wärst du lieber?«

»In der Scheune«, sagte Isaiah schnell. »Mir gefällts in der Scheune.«

Es ärgerte Timothy, dass Isaiah ihm kaum etwas über sich erzählen konnte. Er hatte keine Ahnung, wie alt er war, wer oder wo seine Eltern waren, wovon er träumte oder was seine Lieblingsfarbe war. Nicht einmal dann, als Timothy Linien in allen Farben seiner Palette auf die Leinwand malte und Isaiah bat, sich zu entscheiden. Obwohl er erst das Blau, dann das Rot lange anstarrte, traf er keine Wahl. Er könne es nicht.

»Aber jeder hat doch eine Lieblingsfarbe, Isaiah«, widersprach Timothy.

»Und was is Ihre, Sir?«

»Ach, das ist leicht: Violett. Weil violett eine Mischung aus meinen beiden Lieblingsfarben ist.«

»Ach ja, Sir? Und was sind die?«

»Blau und Rot.« Timothy zwinkerte ihm lächelnd zu.

»Dann mag ich das auch«, sagte Isaiah mit überraschender Gewissheit.

Timothy lächelte und tätschelte ihm den Kopf. Aber er wollte mehr erfahren.

Isaiah musste ungefähr in seinem Alter sein, aber ganz sicher konnte man das nicht sagen. Sein Vater führte genauestens Buch. Wenn er sich auf die Suche machte, würde er die Namen der Eltern vielleicht in den Geschäftsbüchern finden. Und so wagte er sich eines Tages in das Arbeitszimmer seines Vaters und verbrachte fast eine Stunde damit, religiöse Texte, Bankauszüge, zusammengebundene Briefe und andere Dinge aus den Regalen an den Wänden zu überfliegen.

Er setzte sich an Pauls Schreibtisch. Beugte sich vor und legte die gespreizten Hände auf die Tischplatte. Nein. Er konnte sich nicht vorstellen, dass das seine Bestimmung war. Es fühlte sich zu hochfliegend an, als hätte er keinen Körper mehr – als wäre er ein kalter silberner Sonnenstrahl.

Er stand auf, stellte den Stuhl vorsichtig wieder an seine alte Position zurück. Dann ging er zu einem Regal und entdeckte, wonach er suchte: Bestandsverzeichnisse. Im ersten Buch waren Säcke voll Mehl und Zucker, Schweine und Pferde und Möbel aufgeführt, auf denen zu sitzen Ruth kaum jemandem erlaubte, und außerdem die Anschaffung einiger Neger. Über Letztere fehlten genaue Angaben. Er hätte anhand der Beschreibungen eher die Möbel identifizieren können als einen der Sklaven.

Timothy stellte sich kurz vor, Isaiah wäre früher sein Spielgefährte gewesen, vorausgesetzt, er hätte mit Negerkindern spielen dürfen. Paul missbilligte jeglichen Umgang mit Negern, der nicht rein zweckmäßig war, so zweifelhaft seine Definition davon auch sein mochte.

Und so war Timothy einsam geblieben, und Einsamkeit machte Kinder erfinderisch.

Er ging die Bücher durch und schränkte die Auswahl auf das Jahr 1814 ein, das Jahr nach seiner eigenen Geburt. Dort waren allein fünf Geburten im August vermerkt. Wenn Isaiah auf der Plantage geboren war, dann musste es um 1814 gewesen sein. War Isaiah dagegen auf einer anderen Plantage gekauft worden, war er vielleicht in einem anderen Verzeichnis aufgeführt, in dem aus dem Jahr 1818 mit der Aufschrift »Virgins«, in dem Paul detailliert beschrieb, dass zwanzig zusammengekettete Sklaven aus Virginia angekommen waren, in einem offenen Wagen, der auch in South Carolina und Georgia haltgemacht hatte. Das jüngste Kind war drei oder vier Jahre alt gewesen. Timothy fragte sich, warum Paul der Liste diesen Namen gegeben hatte, doch am Ende zuckte er die Schultern; sein Vater hatte sicher seine Gründe gehabt.

Beim Durchblättern der Dokumente fiel ihm auf, dass sein Vater ungewöhnlich schlampig gearbeitet hatte: Er hatte nicht einmal die Namen der gekauften Neger notiert, obwohl seine Eltern den Sklaven bei ihrer Ankunft sofort neue Namen gaben. Sie behaupteten, so bekomme man sie von Anfang an in den Griff und könne den bisherigen Charakter auslöschen. In dem Verzeichnis hatte Paul sie stattdessen mit vagen Beschreibungen wie »Narbe« oder »Auge« aufgeführt, die praktisch nutzlos waren. Wie viel einfacher wäre es gewesen, »Cephas«,

»Dell«, »Essie« oder »Freddy« zu schreiben? Aber letztlich spielte es vielleicht keine Rolle, dachte Timothy. Vielleicht war für seinen Vater bei Aufzeichnungen der Name des Werkzeugs nicht so wichtig wie seine Funktion.

Hatte Isaiah Brüder? War er auf dieser Plantage geboren? Und falls nicht, erinnerte er sich an das Leben davor? Timothy beschloss, ihn danach zu fragen.

Am nächsten Tag schickte Timothy Maggie los, um Isaiah von der Arbeit zu holen. Als die beiden zur Rückseite des Hauses kamen, stand Ruth mit verschränkten Armen auf der Veranda. Timothy trat hinter sie.

»Ich habe dich gerufen, Mag. Wo warst du? Und wer ist das?«, sagte sie und musterte Isaiah.

»Hab den Jungen für Massa Timothy geholt, sonst nix.«

»Und was will Timothy mit diesem schmutzigen Burschen?«

»Weiß nich, Ma'am. Fragen Sie Massa am besten selbst.«

Timothy trat vor.

»Er steht mir Modell, Mutter. Du weißt doch, dass ich Neger male.«

Ruth sog scharf die Luft ein. »›Neger.‹ Du meinst wohl Nigger. Denn das sind sie. Es besteht kein Grund, um den heißen Brei herumzureden«, sagte sie und sah erst Timothy, dann Isaiah an. »Und lass ihn bloß nicht ins Haus. Sonst stinkt es überall nach ihm. Mach das hier draußen auf der Veranda.«

Ruth stand auf der Veranda und beäugte Isaiah. Der hatte den Kopf gesenkt und knetete die Hände.

»Hör auf herumzuzappeln«, sagte Ruth leise. »Du machst mich ganz …«

Timothy fasste seine Mutter am Arm.

»Mutter, ich halte es für das Beste, wenn du in dein Zimmer gehst. Du brauchst Ruhe. Maggie, würdest du meine Mutter nach oben begleiten?«

»Das ist immer noch mein Haus, junger Mann.« Ruth lächelte. »Und ich gehe hin, wo es mir gefällt. Vielen Dank.« Sie ließ die Arme sinken. »Ich wünschte, du würdest etwas anderes malen. Es gibt so viel Schönes um uns herum, und du verschwendest deine Farben auf das Hässlichste, was man sich vorstellen kann.«

Timothy wurde rot, dann fasste er sich wieder.

»Mutter, warum gehst du nicht ins Haus? Es wird bald dunkel, und Maggie serviert Tee und Plätzchen. Ich komme gleich nach.«

Sie würde sich nicht anmerken lassen, dass er sie loswerden wollte, verriet ihr Lächeln. Sie tätschelte ihm die Schulter und ging langsam über die Schwelle in die Küche. Maggie folgte ihr.

Timothy seufzte.

»Ich entschuldige mich für meine Mutter«, sagte er zu Isaiah, der sich die ganze Zeit nicht vom Fleck gerührt hatte und immer noch seine Füße anstarrte.

»Is nich nötig«, antwortete Isaiah, ohne den Kopf zu heben.

Timothy ging die Treppe hinunter zu Isaiah, legte ihm den Finger unter das Kinn und hob seinen Kopf an. Isaiah vermied es, ihm in die Augen zu sehen, aber Timothy stellte sich in sein Gesichtsfeld, bis Isaiah aufgab und ihn anschaute.

»Du brauchst keine Angst vor mir zu haben, Isaiah. Ich bin nicht wie der Rest meiner Familie.«

Isaiah atmete tief ein, hielt kurz die Luft an und ließ sie dann langsam und geräuschlos entweichen. Er kratzte sich am Kopf.

»Also, dann. Ich habe dich aus einem bestimmten Grund rufen lassen«, sagte Timothy. »Ich habe ein paar Fragen an dich.«

Isaiah blieb stumm.

»Wer ist dieser andere Neger, der mit dir in der Scheune arbeitet?«

Isaiah packte den Stoff seiner Hose, knetete ihn.

»Samuel, Sir.«

»Ist er dein Bruder?«

»Nee, Sir.«

»Ich möchte ihn kennenlernen. Kann ich mit dir kommen?«

Isaiah ging langsam voran. Timothy überholte ihn, zwang Isaiah, schneller zu gehen. Durch das weit offene Scheunentor konnte Isaiah im Lampenschein Samuels Schatten einsam an der Wand tanzen sehen.

Samuel war auch unten am Fluss gewesen, als Timothy alle zu sich gerufen hatte. Timothy hatte auch ihn gemustert und nachdenklich verworfen. Sie hatten gebadet, ohne Rücksicht auf Sittsamkeit. Es war ein Ruhetag, also konnten sie – in Grenzen – über ihre Zeit verfügen, wie sie wollten. Niemand durfte die Plantage ohne Pass verlassen, und Pässe wurden so gut wie nie ausgestellt. Aber sie konnten mit ihren Familien und Freunden am Flussufer angeln. Oder sie konnten sich rings um ein Lagerfeuer setzen und Walnüsse rösten. Oder sich auf der Lichtung versammeln und ihre Stimmen zu Gott erheben. Oder baden.

An jenem Morgen hatten sie fast alle gebadet. Wahrscheinlich, um sich für Amos' Gottesdienst zu waschen – obwohl sie sich nur wieder schmutzig machen würden, wenn sie sich auf den Boden, vermoderte Baumstämme oder moosbedeckte Felsen setzten, während die Sonne durch die Zweige schien und Amos einen Nimbus verlieh.

Nichts davon ergab für Timothy Sinn. Er hatte sie beobachtet, als sie unter den Bäumen im Kreis saßen und etwas lauschten, was für Timothy sinnlos war. Ja, es gab sicherlich auch gute Neger, und vielleicht hatten einige von ihnen es verdient, freigelassen oder an den Ort zurückgeschickt zu werden, von dem man sie verschleppt hatte, aber in welchem Himmel konnten sie Seite an Seite mit anständigen Christenmenschen sitzen? Das Beste, was sie sich erhoffen konnten, war ein Nachleben mit Obdach und genug Essen, was ihnen Kraft für die mühsame Arbeit gab, die bis in alle Ewigkeit ihr Los sein würde.

Obwohl er sie beim Baden gestört hatte, schienen sie

ihm nicht böse zu sein, weil sie froh waren, dass er es war und nicht sein Vater Paul. Als sie in einer Reihe dagestanden hatten, war Samuel, wie Timothy sich erinnerte, der Einzige, der verstockt wirkte.

Samuel stand auf, als er Schritte auf dem staubigen Pfad hörte, der vom Großen Haus zur Scheune führte. Er hielt die Lampe hoch und sah Isaiah und Timothy auf sich zukommen. Stirnrunzelnd schaute er zum sich verdunkelnden Himmel auf. Dann ließ er die Schultern hängen und senkte den Kopf.

Timothy wartete, bis Isaiah ihn überholt hatte und das Gatter für ihn öffnete. Wäre er nicht so müde gewesen, hätte er auch darüberklettern können. In der Scheune trat er in einen Haufen Pferdemist.

»Himmelherrgott noch mal«, rief er aus. »Igitt. Du liebes bisschen … Isaiah, ich dachte, ihr zwei sollt hier alles sauber halten … Mist. Helft mir …«

Timothy deutete auf seinen Stiefel. Isaiah ging auf die Knie, löste die Schnürsenkel und zog an dem Stiefel, doch der rührte sich nicht. Schließlich kam Samuel mit der Lampe, stellte sie auf den Boden und half Isaiah. Mit einem Ruck löste sich der Stiefel, und alle drei landeten auf dem Hintern. Timothy lachte.

»Meine Güte.« Er kicherte.

Isaiah stand auf, um einen Eimer Wasser zu holen. Timothy erhob sich und klopfte sich den Schmutz ab. Dann sah er Samuel an, der geistesabwesend ins Licht der Lampe starrte.

»Guten Abend, Samuel«, sagte Timothy. Samuel zuckte zusammen, als wäre er aus dem Schlaf gerissen worden. »Weißt du, wer ich bin?«

»Ja, Sir«, antwortete Samuel.

»Und?«, drängte Timothy.

»Massa Timothy, Sir«, sagte er und fügte hinzu: »Gut, dass Sie wieder zu Hause sind, Massa.«

»Tja, danke, Samuel«, sagte Timothy und straffte den Rücken. Sein Gesicht hellte sich auf. »Ich wünschte, ich könnte sagen, ich bin froh, wieder hier zu sein. Aber der Norden fehlt mir – kalt, wie er ist. Aber leider Gottes bin ich hier.«

Sie schwiegen. Isaiah kam mit dem Eimer zurück, und er und Samuel knieten sich auf den Boden und putzten den Stiefel. Gelegentlich warf Samuel Timothy einen verstohlenen Blick zu. Timothy beobachtete, wie die beiden in perfektem Einklang zusammenarbeiteten: die sich bewegenden Arme, die ausladenden Ellbogen, die Hände, die Wasser aus dem Eimer schöpften, die Finger, die den Rand umfassten, sich gelegentlich berührten, während einer dem anderen wortlos etwas mitteilte, in einer Sprache, die nur sie verstanden. Sie waren auf eine Art beisammen, wie er es noch nie erlebt hatte, eine Bewegung baute auf die andere auf, eine ganz eigene Musik mit einem Rhythmus, wogend wie die Meeresbrandung. Zum ersten Mal, seit er nach Hause gekommen war, kam er sich vor wie ein Eindringling. Ein nicht unbedingt unangenehmes Gefühl, aber die Stille verunsicherte ihn.

»Ich habe Isaiah gemalt, weißt du«, sagte er schließlich zu Samuel. »Draußen beim Feld.«

Samuel hörte auf, den Stiefel zu putzen. Er nahm die Hände aus dem Eimer und schüttelte das Wasser von den Fingern. Dann stand er auf und wischte sie sich an den Armen ab.

»Gemalt, Sir?« Samuel sah Isaiah an. Isaiah stand auf und gab Timothy den Stiefel zurück. Samuel musterte Isaiah von Kopf bis Fuß, dann wandte er sich wieder an Timothy.

»Ich seh kein Klecks Farbe an ihm, Massa.«

»Was? Nein«, sagte Timothy und lachte. »Ich habe *Bilder* von ihm gemalt. Du weißt schon, Gemälde, die man an die Wand hängt.«

»Ah, versteh schon. Das is nett, Sir. Ja, verdammt nett.« Samuel sah Isaiah an, der ihm einen strengen Blick zuwarf.

»Ja, nun ja, vielleicht kann ich dich ja demnächst auch mal malen«, fügte Timothy hinzu.

»Ja, Sir.«

»Wenn du möchtest.«

»Ja, Sir.«

Timothy war beunruhigt und versuchte herauszufinden, warum. Er starrte die beiden Neger an. Etwas an ihnen ließ ihm keine Ruhe. Samuel war fügsam, fast so groß wie er selbst, das war trotz seiner schlechten Körperhaltung erkennbar. Aber er schien Timothy immer noch nicht zu sehen, schaute an ihm vorbei, und sein

Lächeln wirkte angespannt. Seine Haut hatte die Farbe von Auberginen, eher blauschwarz als schwarz. Er war von kräftiger Statur und hatte unglaublich weiße Zähne. Schockierend, diese Zähne, besonders weil die meisten Jungen, die Timothy kannte, grünliche oder blassgelbe hatten.

Diese Mitstudenten redeten und redeten, gaben über sich selbst aber nur fiktive Geschichten preis, an die sie selbst glauben wollten. Timothy lauschte ihnen trotzdem mit großen Augen, schnappte in den Kunstpausen nach Luft und spendete am Ende begeistert Beifall.

Diese Mitstudenten mochten Timothys Art zu sprechen, das träge Selbstbewusstsein in seiner Stimme, die schleppende Sprechweise brachten sie unweigerlich zum Lächeln. Die Grübchen mitten auf beiden Wangen wären gar nicht nötig gewesen, er gewann sie schon mit seinem Naturell für sich. Wenn er im Süden eins gelernt hatte, dann wie man seine Schwächen verbarg, seinem Publikum schmeichelte und selbst dann noch Ehrerbietung heuchelte, wenn man auf jede erdenkliche Art überlegen war – der Inbegriff der Höflichkeit. Und all das, während vulgäre unkeusche Gedanken seine Hose fast zum Bersten brachten. Er war ein wahrer Gentleman, und die anderen waren sehr von ihm angetan.

Neger seien frei, hatte es im Norden geheißen, aber er hatte in der ganzen Zeit dort nicht einen gesehen. Vielleicht lag es daran, dass es dort nur wenige gab. Er hatte jedoch Leute kennengelernt, die sich Abolitionisten nannten. Seltsame Leute, wie er fand. Sie behaupteten, die Neger von der Schinderei des Sklavendaseins befreien zu wollen, aber was danach mit ihnen geschehen sollte, blieb nebulös, verschwommen, unzulänglich.

»Vielleicht kann man sie nach Afrika zurückschicken«, sagte einer von ihnen bei einem privaten Treffen in einer Schenke der Stadt.

»Nach so vielen Jahren?«, hatte Timothy eingewandt. »Afrika wäre ihnen vermutlich ebenso fremd wie uns. Wollen Sie etwas, was Sie einen Akt der Grausamkeit nennen, wiedergutmachen, indem Sie einen weiteren begehen?«

»Und Sie, schlagen Sie etwa vor, dass sie hierbleiben, sich unter uns mischen, mit uns in unseren Betten liegen?«

»Warum sollte ihre Anwesenheit sie in unsere Schlafzimmer führen?«

»Ihre Lüsternheit macht es unausweichlich.«

Ihre Lüsternheit oder unsere?, dachte Timothy. Schließlich wusste er, was in den Lenden der Männer lauerte, hatte es aus nächster Nähe erlebt. Dazu brauchte es nur einen Pinsel und eine kunstfertige Hand. Es fiel ihm schwer, die Unterschiede zwischen dem Norden und dem Süden zu benennen, kam jedoch zu dem Schluss, dass die Ähnlichkeiten überwogen. Der einzig erkennbare Unterschied war, dass der Süden all seine Möglichkeiten bis zum Ende durchdacht hatte. Der Norden dagegen stellte sich noch nicht einmal die Frage, wer die

Arbeit der befreiten Sklaven machen würde und wie die Unglücklichen, die sie übernehmen mussten, bezahlt werden sollten, wenn die Sklaverei abgeschafft worden war. Diese Leute waren schlechte Geschäftsmänner, wenn auch allem Anschein nach nicht weniger gierig.

Timothy schaute zum Großen Haus, dann zu Isaiah und Samuel zurück.

»Ich muss gehen. Isaiah, komm morgen früh zum Haus. Ich sage Maggie Bescheid, damit sie dich hereinlässt. Ich will möglichst bald an deinem Porträt weiterarbeiten.«

»Ja, Sir. Solln wir Ihnen den Weg leuchten?«

»Nein, danke. Ich komme schon zurecht. Gute Nacht.«

Als er über den dunklen Pfad zurück zum Haus ging, spürte er, dass er sie längst nicht so gut kannte, wie er sie hätte kennen sollen. Wie verhielten sie sich, wenn er nicht da war? Waren sie dann immer noch scheu und schweigsam? Welche Art von provisorischer unvollkommener Welt erschufen sie sich in der Scheune? Er war entschlossen, es herauszufinden.

Gegen drei Uhr morgens, als selbst die schwachen Lichter in den fernen Hütten erloschen waren, stand er auf, ging nach unten und setzte sich, in der Hoffnung auf eine gnädige Brise, in einen der Schaukelstühle auf der Veranda. Das hatte er von seiner Mutter. Nur vom Mond beschienen, glich die Plantage einem Fest der Schatten. Schwarz auf Schwarz, und doch hob sich einiges voneinander ab: das gekringelte Schwarz der Bäume vom spitzen Schwarz der Hüttendächer, das glänzende Schwarz des Flusses vom soliden Schwarz der Scheune. Es fiel ihm zum ersten Mal auf.

Er wischte sich den Schweiß von der Stirn. Keine Brise würde ihm Erleichterung verschaffen. Er beugte sich vor. Die unangenehm schwülwarme Nacht machte ihn unternehmungslustig. Vielleicht ein kurzes Bad im Fluss? Er stand auf, der Schaukelstuhl schaukelte ohne ihn weiter, und er ging die Treppe hinunter zur Seite des Hauses auf den Yazoo River zu.

Unterwegs knöpfte er sich das Hemd auf. Hatte es schon ausgezogen, als er die Hinterseite der Scheune erreichte. Ein schwaches Licht fiel aus dem Inneren. Diesmal kletterte er über das Gatter, weil er nicht noch einmal in Pferdemist treten wollte. Dann schlich er an der Rückseite der Scheune entlang zu der Seite, die dem Fluss am nächsten war. Dort gab es ein faustgroßes Astloch. Er presste die Stirn gegen die Wand und spähte hindurch. Versuchte, die undeutlichen Schemen auszumachen. Pferde? Ja, genau vor seinen Augen. Aber dahinter, wo Lampenlicht flackerte, flüchtige Eindrücke von etwas. Etwas, was ihm den Atem raubte.

Ihre Hitze schien alles in ihrer Nähe verschwimmen zu lassen. Heu klebte an Samuels Rücken, oder vielleicht war es Isaiahs. Schwer zu sagen, wer wen umarmte. Sie waren so ineinander verschlungen, dass das Licht keine Hilfe war. Heu ragte auf wie Nadeln, als würden unsichtbare Hände sie ins Dasein nähen, genau dort, schlafend vereint in inniger Umarmung. Timothy fing an zu zittern. Er hätte nicht gedacht, dass Neger so sein konnten: Was bedeutete es für sie, sich aneinanderzuschmiegen, ganz ohne Bett? Wie konnten sie bei all der Schinderei überhaupt an so was denken, geschweige denn, die Zeit für Zärtlichkeit finden? Thomas Jefferson hatte diesbezüglich umfangreiche Untersuchungen angestellt, hatte er gehört, und die Ansicht der Wissenschaft war eindeutig. Und doch klammerten sie sich, ohne einen kühlenden Wind, aneinander, als wäre Winter statt Sommer. Der Anblick verwirrte ihn, ließ die Männlichkeit in seiner Hose steif werden.

Morgen würde er Isaiah malen.

Und warum auch nicht? Schon bald würde Besuch kommen. Seine Eltern wollten Enkel, das machten sie ihm unmissverständlich klar. Löcherten ihn ständig, ob er im Studium, auf Reisen und anderswo irgendwelche hübschen Damen kennengelernt hatte, bevor sie zu dem Schluss kamen, ihm fehle wohl noch die nötige Erfahrung in dieser Angelegenheit. Sie würden ohnehin eine bessere Auswahl treffen.

Junge Frauen, oder besser Mädchen, würden kommen, alle mit dem richtigen Stammbaum – mit der richtigen roten oder blonden Haarfarbe, die zu seiner eigenen passte, mit Augen, die leuchtend grün oder blau waren wie seine, mit Brüsten, die sich bereits wölbten, und in dem Alter, in dem er war, als er das glühend heiße Ding zwischen seinen Beinen zu entdecken begann. Mädchen, deren Augenlider flatterten, wenn er den Raum betrat, die feucht wurden, wenn er sie anlächelte und die vielleicht innerlich zurückschreckten und die Tränen zurückhielten, um ihre Eltern und Gastgeber nicht zu verstimmen. Sie würden ihm vorgeführt werden, als würde seine Entscheidung eine Rolle spielen, und nachdem die Wahl getroffen war, würde man ihn zwingen, ein Mädchen zu heiraten, nach dem er kein Verlangen hatte.

Und warum nicht mit einem Neger? Die Hautfarbe hatte weder seine Mutter noch seinen Vater je abgehalten. Es gab Neger mit blonden Haaren, blauen Augen und fast weißer Haut, die den gleichen Gang hatten wie er, das gleiche Lächeln und dieselben breiten Schultern, dieselben knubbeligen Knie und dasselbe kleckstörmige Muttermal am Kinn. Nur ihre dichten Locken, dicken Lippen und breiten Nasen waren eine Genugtuung für Timothy. Seine Eltern dachten zwar, er wüsste nichts von Adam, dem Kutschen-Neger, aber er war im Bilde. Hatte immer eine Vermutung gehabt, die seit der Fahrt in die Stadt, von der aus er in den Norden gereist war, zur Gewissheit geworden war. Die Art, wie seine Mutter Adam angefahren und ihren Sohn abzulenken versucht hatte – offensichtlicher hätte es kaum sein können. Adam sah zu sehr nach einem Halifax aus, um keiner zu sein. Timothy war eben doch nicht das Einzelkind, das er gerne gewesen wäre.

Er hatte genug gesehen. Langsam trat er von der Scheunenwand zurück und schlich zum Fluss. Als er an der Stelle ankam, wo er die Neger vor ein paar Tagen aus dem Wasser beordert hatte, beugte er sich vor und spritzte sich Wasser ins Gesicht. Er zog sich die Hose aus und versuchte, die Hitze zwischen seinen Beinen abzukühlen, doch das machte es nur noch schlimmer. Und so berührte er sich, bis ihn nichts mehr berührte.

Ausgelaugt ging er zurück zum Großen Haus, stieg langsam die Treppe hinauf in sein Zimmer und ließ sich mit dem Gesicht voran ins Bett fallen. Seit er wieder zu Hause war, schlief er schlecht. Er träumte von sich windenden Körpern und Speichel. Erst als die sengende Sonne kurze Zeit später durch sein Fenster fiel und ihm auf den Kopf brannte, erwachte er. Geblendet rieb er sich die Augen. Dann ließ er den Blick durch sein Zimmer schweifen. Isaiahs gemaltes Gesicht, noch unfertig, aber doch fertig genug, sah ihn an. Er wurde rot und wandte sich ab.

Als Isaiah später an jenem Morgen kam, ging Timothy nach unten, um ihn zu begrüßen. Ruth schlief noch tief und fest, und so führte Timothy Isaiah die Treppe hinauf und nahm ihn mit in sein Zimmer.

»Warst du schon mal im Haus?«, fragte Timothy Isaiah.

»Nein, Sir.« Isaiah sah sich um, als wollte er sich jedes Detail einprägen.

»Das ist mein Zimmer. Gefällt es dir?«

»Ich hab so was noch nie gesehen. Is fast so groß wie die Scheune.«

Timothy lachte und drehte leise den Schlüssel in der Tür.

»Kannst du lesen, Isaiah?«

»Oh, nee, Sir. Kein Nigger darf lesen.«

»Willst du es lernen?«

»Nein, Sir. Nützt nix.«

»Tja, ich bringe es dir trotzdem bei. Unser Geheimnis.«

»Warum, Sir?«

»Weil ich dich mag, Isaiah. Du bist ein guter Junge.«

Timothy ging zu einem Regal und nahm die Bibel heraus.

»Hier. Komm setzt dich zu mir aufs Bett.«

»Ich bin dreckig, Massa. Ich will nich …«

»Kümmere dich nicht darum. Komm her.«

Isaiah ging mit unsicheren Schritten zum Bett und setzte sich zögerlich an genau die Stelle, auf die Timothy geklopft hatte. Timothy sah Isaiah an. Was für ein Prachtexemplar. Er beäugte seinen Schritt. Neger trugen keine Unterwäsche, deshalb war unschwer zu erkennen, was sich unter dem Stoff seiner Hose verbarg. Timothy rieb sich die Augen. *Das konnte nicht sein.* Doch warte: Es bewegte sich! Ganz bestimmt. Schlängelte sich durch das Hosenbein und kam auf dem rechten Schenkel zu ruhen, als suchte es nach einem Fluchtweg.

Das durfte nicht wahr sein, es bewegte sich!

Er berührte Isaiahs Arm, bewunderte seine Haut. Verführt von diesem teils kantigen, teils weich gerundeten schwärzer-als-schwarzen Körper, hatte er nur ein Bedürfnis – sich ins Dunkel zu stürzen und sich darin zu verlieren.

»Massa?«

»Ich will es sehen. Bitte zieh deine Kleider aus.«

Isaiah zögerte. Öffnete den Mund, doch es kam kein Ton heraus. Er zog das Hemd aus und ließ es fallen. Timothy beugte sich vor und musterte Isaiah, bis er bei seinem Rücken angekommen war.

»Hat mein Vater dir das angetan?«

Isaiah schwieg.

»Warum sollte er so etwas tun?«, fragte Timothy und bedeckte die Narben mit Küssen.

Isaiah erschauerte. »Ich dacht, Sie wolln mich malen, Massa.«

Timothy küsste ihn weiter.

»Massa, ich dacht, Sie wolln –«

»Shhh. Ist das nicht viel besser?«, sagte Timothy, aber es klang nicht nach einer Frage.

Stocksteif saß Isaiah da.

»Entspann dich.«

Isaiah stand auf, sodass seine Erektion deutlich sichtbar wurde. Timothy lächelte.

»Ich habe dich letzte Nacht gesehen. In der Scheune. Mit Samuel. Ich habe gesehen, was ihr macht.«

Isaiah wandte sich ab.

»Massa, ich kann nich …«

»Du kannst was nicht?«

»Ich mein … Samuel is …«

Timothy stand auf. Trat so dicht an Isaiah heran, dass ihr beider Atem sich mischte. Isaiah standen Schweißperlen auf der Stirn.

»Du hast jemanden verdient, der ausnahmsweise mal zärtlich zu dir ist«, flüsterte Timothy.

Isaiah schüttelte den Kopf.

»Samuel …«

Timothy beugte sich vor und küsste Isaiah auf den Mund. Samuels Name blieb zwischen ihren Lippen gefangen. Isaiah erwiderte den Kuss nicht. Timothy öffnete seinen Mund mit Lippen und Zunge. Isaiah stöhnte.

»Ich kann dich vor meinem Vater beschützen«, keuchte Timothy, den Körper an Isaiahs gepresst.

Natürlich wollte er nicht, dass Isaiah sich nur aus Pflicht hingab, aber auch wenn das immer noch eine angemessene Option blieb, sollte Isaiah sich nicht freiwillig fügen. Brutal zwingen würde er ihn natürlich nicht. Denn was nützte es, wenn Timothy nicht alles von ihm bekam, einschließlich seinem Willen?

Timothy zog sich die Hose aus und legte sich bäuchlings aufs Bett. Isaiah kniff die Augen zu und öffnete sie wieder. Er wischte sich die Stirn ab, dann legte er sich auf Timothy. Unter ihm überlegte Timothy, dass er sich Isaiah ausgeliefert, sich ganz in seine Hand gegeben hatte. Etwas flatterte in seiner Brust. Er ergründete das Gefühl, versuchte es einzuordnen, und da war es, trüber als in seiner Vorstellung, und doch war es da: Freiheit.

Wenn er sie Isaiah schenkte, würde sie – wie alle Dinge – vielfach zu ihm zurückkehren. Einen anderen Menschen zu befreien, hieß, sich selbst zu befreien. Das hier war was anderes als die lautstarken Forderungen des unentschlossenen Nordens. Timothy spürte diese Wahrheit bis in die tiefsten Tiefen seines Körpers, die erbebten, als sie erschüttert wurden.

»Zusammen können wir frei sein«, flüsterte Timothy, hob den Kopf und schloss die Augen. »Nur zusammen.«

NEBUKADNEZAR

Es war Isaiah noch nie so bewusst gewesen, dass Dinge, die so dicht beieinanderlagen, Welten voneinander entfernt sein konnten. Die Scheune war nur einen Katzensprung vom Großen Haus weg, doch zu Fuß kam einem der Weg vor wie eine Reise. Das Haus schien ganz unten an einem riesigen Berg zu liegen oder vielleicht tief in einer Schlucht, in der ein schmaler Bauchlauf sich vor dem Himmel versteckte und Wölfe umherstreunten. Man hätte erwarten können, dass es dort unten wärmer war, stattdessen war es so eisig, dass Hände und Füße blau wurden und der Atem Wölkchen in der Luft bildete.

Und da war man nun, verwirrt, verloren, ohne zu wissen, wie man barfuß und ohne Hilfsmittel aus der Klamm hinausfinden, steile, glatte Felswände erklimmen sollte, die zu glatt waren, mit nichts als einem verirrten Stern als Wegweiser zu einem Ort, der nur wenig sicherer war als der, von dem man flüchtete.

Und der Aufstieg? Isaiah war willensstark, aber er wusste nicht genau, ob es die Mühe wert war. Es gab nichts, was einen, einmal oben angekommen, davor bewahren würde, wieder abzustürzen. Man konnte sich alle

Knochen brechen, und dann war es sinnlos, wieder aufzustehen und es noch einmal zu versuchen.

Doch die Sehnsucht zog an ihm wie ein Seil, das man ihm von ganz oben zugeworfen hatte, von dem Ort, der warm war, vielleicht, weil der Sonne näher. Das Gras war hier taubedeckt und blaugrün anstatt trocken und golden. Menschen und Tiere lebten in einer Art Harmonie zusammen, wenn auch eher aus der Not heraus. Es gab nur einen einzigen Grund, sich flügellos und nicht trittsicher, ganz gleich wie, an den Aufstieg zu machen.

Als die Vögel nicht länger sangen und seinen Kopf umkreisten, fiel ihm sein Schmerz wieder ein. Sein eigener, denn es konnte nur eine Tragödie sein, wenn man dazu gezwungen wurde, vor allem, wenn der Körper sich weigerte zu versagen. Aber auch Timothys schmerzliche Betroffenheit fiel ihm ein, weil sein Körper für alles etwas Zeit brauchte. Isaiah hatte nicht erwartet, einen Funken Freude darüber zu empfinden. Doch selbst das verflog, als ihm klar wurde, dass es Timothy nichts ausmachte. Es war seltsam und neu für Isaiah zu erfahren, dass Toubab es nicht nur genossen auszuteilen – sondern insgeheim, im Verborgenen, ohne Leute, die sie dafür verurteilen, etwas gegen sie verwenden oder es ihnen auf eine Art besorgen würden, auf die sie wirklich nicht vorbereitet waren – sondern auch begierig sein konnten einzustecken.

Timothy hatte zwar geweint, dabei aber gleichzeitig die Augen verdreht wie Samuel, und Isaiah versuchte zu verhindern, dass Samuels und Timothys Gesichtsausdrücke in seiner Vorstellung miteinander verschmolzen. Irgendwie wusste er, wenn das passierte, würde nur der Tod die beiden wieder trennen können.

Auf halbem Weg die Steilwand hinauf wurde ihm klar, dass er einen ganzen Arbeitstag verpasst hatte, dass er Samuel den ganzen Tag nicht gesehen, ihn alles allein hatte machen lassen, was schwierig war, weil viele Dinge in der Scheune von zwei Leuten erledigt werden mussten. Für Samuel allein war das kaum zu schaffen. Isaiah wusste, dass Samuel die Plackerei sowieso zuwider war, aber sie hatten ihre ganz eigene Art zusammenzuarbeiten. Alle wussten das.

Den ganzen Tag *weg*! Schweiß lief Isaiah über den Rücken. Er fragte sich, ob Samuel sich Sorgen gemacht, geglaubt hatte, er sei verletzt, tot oder Schlimmeres. Oder, noch wahrscheinlicher, ob er einfach nur wütend war. Als Kinder hatten sie zueinander gefunden, zuerst als beste Freunde, bis ihnen Haare unter den Armen und Flaum am Kinn gesprossen waren. Und an einem Sonntag vor sechzehn Jahreszeiten hatte sich am Flussufer eine Hand nicht ganz zufällig auf die andere gelegt – auch wenn sie sich nicht in die Augen sahen, sondern ans andere Flussufer, wo die Bäume einen Wall bildeten, den nur neugieriges Wild durchbrach – danach hatte es nicht mehr viel gebraucht, um ihrer beider Schatten nachts zum Tanzen zu bringen.

Als Isaiah durch das Zaungatter trat, wurde ihm klar, dass er sich nicht erinnern konnte, je so lang von Samuel getrennt gewesen zu sein, und er fühlte sich unbehaglich. Als wäre ihm ein Fetzen Haut vom Finger gerissen worden, der eine brennende, blutende Wunde hinterließ: ein Schmerz, der nicht verschwinden würde, sondern den nur Versprechungen lindern konnten.

So würde es also sein?

Isaiah stellte sich vor, wie Samuel in Ketten auf einem Wagen fortgebracht wurde, während Adam – der hellhäutigste der Ihrigen, den man noch einen der Ihrigen nennen konnte – die Hände vor sein langes Halifax-und-doch-nicht-Halifax-Gesicht schlug, um den Haufen Knochen nicht sehen zu müssen, zu dem Isaiah geworden war, als man einen Felsen gewaltsam von seinem Fundament abtrennte. Das Bild verblasste, und die Scheune kam in Sicht, und die Gefahr, von der Amos gesprochen hatte, wurde bedrohlich greifbar. Sein Herz hämmerte gegen seine Rippen.

Er ging schneller. Sein Atem wurde flacher. Die Ungeduld machte ihn kribbelig. Der Gestank des Tages haftete ihm an. Er überlegte, vor Sonnenuntergang ein kurzes Bad im Fluss zu nehmen, bevor er die Scheune betreten und Samuels Blick mit seinem eigenen, veränderten begegnen musste, doch wie konnte er Samuel auch nur eine Sekunde länger warten lassen.

Als er das Scheunentor erreichte, fürchtete er sich davor, es zu öffnen. Wie sollte er erklären, dass er seinen

Samen hinterlassen hatte, wo er ihn hinterlassen hatte, und dass es sich auf eine verantwortungslose Art sogar ein kleines bisschen befreiend angefühlt hatte? Er zog halbherzig am Torflügel. Samuel hörte es, stieß die Tür ein bisschen zu fest auf und brachte Isaiah fast zu Fall.

»Was ist mit dir?«, flüsterte er und hielt Isaiah fest, bis dieser sein Gleichgewicht wiedergefunden hatte.

Isaiah schlang den Arm um Samuels Hals und schmiegte sich an ihn. Zusammen gingen sie in die Scheune. Isaiah sank müde auf einen Heuhaufen.

Samuel blieb vor ihm stehen.

»Red schon, Mann! Was is passiert? Wo warste?«

Isaiah sah zu den Pferdeboxen hinüber.

»Mach die Boxen auf, Sam«, sagte er schließlich. »Lass die Pferde frei. Die sehen eingepfercht aus.«

»Was?« Samuel ging zu der Lampe, die vor den Boxen auf dem Boden stand, stellte sie zu Isaiah und setzte sich daneben.

»Is doch nich schön, in soner kleinen Box eingesperrt zu sein«, fuhr Isaiah fort.

»Ha. Der Toubab hat dich wohl auch den ganzen Tag eingesperrt, was? Hat dich gemalt, und du musstes aufm Stuhl sitzen, ohne Pause, ohne was Kühles zum Trinken. Maggie konnte dir nich maln bisschen Limonade reinschmuggeln, wie? Du musst lernen, dich zu wehren, Mann!«, sagte Samuel lachend. Er wartete darauf, dass Isaiah einfiel, suchte vergeblich den Widerschein der Lampe in seinen Augen.

»Ja, Sir. Bin müde. Müde bis in die Knochen.« Isaiah versuchte zu lächeln.

Samuels Augen wurden schmal. »Du sags ständig, ich soll mehr reden. Sonst krieg ich dich kaum dazu, die Klappe zu halten. Jetzt erzählste mir nur die Hälfte«, sagte Samuel lauter als beabsichtigt.

Isaiah stand auf und ging zu dem Wassereimer, der bei der Wand stand. Er fiel über eine Schaufel, die mitten auf dem Boden lag. Er sprang auf, klopfte sich den Staub ab, nahm den Eimer, ging zu Samuel zurück und setzte sich. Er trank in tiefen Zügen aus der Schöpfkelle.

»Machste jetzt den Mund auf?«

Isaiah trank noch einen großen Schluck Wasser. Bekam ihn kaum durch den Hals.

»Ich weiß, ich bin kein Tier. Ich weiß, wenn man eingesperrt is und kaum Platz hat, macht man sich immer klein. Und die Leute wissens und behandeln einen so, als wär man klein. Selbst wenn sie so groß sind wie du, Sam. Sie behandeln dich, als wärste klein.« Isaiah atmete tief durch. »Sie wolln dich kleinhalten, aber gleichzeitig wolln sie, dass dein Ding groß ist. Verstehste?«

»Kein Wort«, sagte Samuel und schmollte. »Was willste mir sagen?«

»Ich bin hier, Sam. Sie wissens nich, aber ich bins.«

»Weiß ich doch.«

»Ehrlich?« Isaiah sah auf ihn hinunter.

»Hat er …?« Samuel rutschte näher an ihn heran.

»Die sagen so komische Sachen.« Isaiah starrte mit gerunzelter Stirn ins Nichts, wo die Vergangenheit vor seinen Augen auflebte, verblasst, aber immer noch sichtbar. »Machen aus was Schönem was Hässliches, Sam. Nigger, tu dies mit mir. Nigger, tu das mit mir. Wollen, dass man sie benutzt wien Plumpsklo. Und sagen ständig, ständig wie groß es is. Ramms rein, sagense. Und ich wills nicht hören und auch nich sehen, wiese sich winden. Dasse Spaß dran haben, obwohl sie einem immer nur wehtun.« Isaiah tauchte die Schöpfkelle erneut in den Eimer. »Trotzdem …«

Samuel straffte den Rücken. Suchte in Isaiahs Gesicht nach einem Grund. Vielleicht würden ihm die Wölbung seines Kinns, ein Zucken der Nase, die gebogenen Wimpern verraten, warum dieser Mann wie aus dem Nichts beschlossen hatte, ihn zu vernichten und sich alle Zeit der Welt dabei zu lassen.

»Als du zu ihm gegangen bis, biste da gegangen oder gerannt?«, fragte Samuel und sah Isaiah scharf an. »Und mir machste wegen Puah das Leben schwer?«

Isaiah öffnete den Mund, suchte nach den richtigen Worten. Sein Sichtfeld verengte sich. Erreichte eine Grenze, egal ob eingebildet oder nicht. Einen Moment lang herrschte Stille; beide spürten nur die Hitze, die von nirgendwo oder ihnen beiden ausging. Besser aufgeben als zurückschlagen, überlegte Isaiah. Er berührte Samuels Knie, doch Samuel entzog es ihm. Isaiah schüttelte lächelnd den Kopf. Blinzelte einmal langsam, mit schweren Lidern, und gähnte. Dann stand er auf, als wollte er weggehen, drehte Samuel jedoch nur den Rücken zu und sah zum Scheunentor. Seine Finger bewegten sich rastlos, als würde er sich beim Warten auf etwas Unbestimmtes die Zeit vertreiben. Er murmelte vor sich hin.

»Deren Männer ham nix Rundes an sich. Nix. Vom Nacken bis zu den Fersen, nix alsn gottverdammtes Brett. So was Komisches haste noch nie gesehen.« Er kicherte. »Und sie stellen haufenweise Fragen. Er hat auch nach dir gefragt, und ich habs ihm gesagt. *Bringt nichts, zu lügen,* hat er gesagt. *Habs ja mit eigenen Augen gesehen.* Also sag ich zu ihm: ›Samuel? Er berührt mich an der Schulter. Ich öffne ihn. Öffne ihn weit. Damit er alles spüren kann. Danach liegt er auf mir. Alles fühlt sich gut an.‹«

»Wieso muss ich mir das anhören?«

»Hast doch gefragt.«

»Nicht danach.«

Samuel drehte den Kopf. Rutschte näher an den Wassereimer heran, griff nach der Kelle und trank einen Schluck Wasser. Dann noch einen. Und noch einen. Er kam kaum zum Luftholen. Isaiah drehte sich um und betrachtete Samuels Gesicht, das in das bronzefarbene Licht der Lampe getaucht war; Schweißtropfen glitzerten auf seiner Stirn, seine Nasenflügel bebten. Isaiah fragte sich, ob er weiterreden sollte.

Samuel sah zu ihm auf. Rutschte von dem Eimer weg. Am liebsten wäre er aufgestanden, hätte sich irgendetwas geschnappt und es kaputt gemacht. Stattdessen saß er da, wollte Isaiah weder ansehen noch den Geruch an ihm riechen, der nicht seiner war. Isaiah ging zu ihm und sank auf die Knie.

»Biste böse auf mich?«, fragte Isaiah Samuel und schaute ihm prüfend ins Gesicht.

Samuel sah zum Tor hinüber.

»Nich böse sein. Gib nix drauf, was ich über Puah gesagt hab. Ich … ich wollt nur nich sterben. Aber zu dir komm ich freiwillig.«

Samuel starrte weiter zum Tor hinüber. Sein Blick wanderte langsam zu der Wand mit den Werkzeugen, dann weiter zu den Heuballen. Schließlich sah er Isaiah in die Augen.

»Red mit mir, Sam. Erzähl mir was Schönes«, sagte Isaiah und nahm Samuels Hände in seine.

Samuel biss sich auf die Lippe. Starrte wieder die Werkzeuge an der Wand an. Bewunderte ihre Form, sehnte sich danach, eine scharfe Klinge zu schwingen. Er überkreuzte die Beine. Isaiah kniete immer noch. Samuel legte die Hand auf Isaiahs Schenkel.

»Der Hubbel hier«, sagte Samuel.

Isaiah lächelte und berührte Samuels Hüfte.

»Ganz rund hier«, sagte er.

»Die Art, wie du den linken Arm bewegst.«

»Deine Lippen, ganz weich.«

»Deine spitzen Ellbogen.«

»Deine breite Stirn.«

»Dein Nacken, wo die Haare in Haut übergehen. Besonders, wenn de weggehst.«

»Wenn de mich hier anfasst.«

»Als ich zu krank war und mich nicht mehr rühren konnt und du mir süßes Wasser für Wildkräutertee gebracht hast.«

Isaiah schlang die Arme um Samuel, schmiegte das Gesicht an seine Schulter und weinte. Samuel hielt ihn fest, dann löste er sich von ihm und sah ihm ins Gesicht. Er strich mit dem Finger über seine Brust bis zum Nabel hinunter. Isaiah legte sich hin, und Samuel beugte sich vor und legte die Hand auf Isaiahs festen Bauch. Mit den Fingerspitzen zeichnete er die Konturen von Isaiahs Körper nach.

»Was machste nur mit mir?«, fragte Samuel.

Er streichelte Isaiahs Gesicht, und der reckte sich der Berührung entgegen. Er sog den Geruch von Samuels Händen ein, küsste sie, dann umfasste er sie und presste sie an sein Gesicht.

»Ich wollt nich …«, sagte Samuel.

»Das will keiner.«

Isaiah rollte sich auf Samuel. Er hielt kurz inne, genoss das Gefühl, ihn ausnahmsweise zu überragen. Dann senkte er seinen Körper ein Stück, dann noch ein Stück, und fragte sich, ob Samuel nicht verlangen würde, dass er sich zuerst im Fluss den Dreck abwusch. Schließlich berührten sich ihre Nabel. Ihre verschwitzten Bäuche hoben und senkten sich, blieben aneinander kleben und lösten sich wieder, was auf der Haut kitzelte. Sie lachten leise.

Isaiah stürzte sich auf Samuel, grub Lippen und Zähne in seinen Hals, umfasste seine Handgelenke. Samuel schlang die Beine um Isaiahs Hüfte. Drehte sie beide mit Schwung herum, sodass er oben lag. Isaiah trat aus Versehen den Eimer um. Samuel drehte sich um, sah, wie das Wasser im Boden versickerte. Isaiah packte ihn und zog ihn nach unten zu sich. Samuel wand sich leicht und lächelte. Sah Isaiah an.

»Da musst du wohl zum Brunnen gehen«, sagte Isaiah. Er schmiegte die Stirn an Samuels.

»Jetz?«, fragte Samuel.

»Wann sonst?« Isaiah schloss die Augen.

»Morgen«, sagte Samuel und küsste seine Lider.

»Und was, wenn wir vorher Durst kriegen?« Isaiah öffnete die Augen ein Stück.

Samuel atmete tief ein. »Na schön.« Er stand auf und nahm den Eimer. Isaiah erhob sich ebenfalls.

»Ich komm mit.«

Isaiah küsste Samuel, dann ging er voran.

Samuel betrachtete ihn. Schüttelte den Kopf und folgte ihm. Als er die Tür erreicht hatte, schaute er zur Wand zurück. Die Werkzeuge, die an rostigen Nägeln hingen, waren immer noch da. In Reichweite. Er senkte den Blick, spuckte auf den Boden und rannte Isaiah nach.

MAKKABÄER

»Er hat mich gerufen«, murmelte Samuel, während er gedankenlos Schweinefutter aus dem Eimer in den Trog schüttelte. Es dampfte noch. Die Schweine quiekten, kämpften um den Trog. Fliegen sammelten sich um sie.

Isaiah erstarrte kurz. Dann schaufelte er weiter den Mist aus dem Pferch auf einen Haufen auf der anderen Seite des Zaunes.

»Hast mich schon gehört«, sagte Samuel, stellte den Eimer ab und griff nach einem zweiten.

Isaiah hielt inne.

»Ja. Aber ich kann nix dazu sagen. Du hast keine Wahl. Ich hatt auch keine.«

»Stimmt nich. Das eine nich, und das andre auch nich.«

Isaiah sah Samuel an, als der den letzten Eimer ausschüttete.

»Sag so was nich«, flüsterte Isaiah. Fast hätte er hinzugefügt, dass er doch schon aufgegeben hatte. Der Kampf war vorbei. Es bestand kein Grund mehr zu streiten. Rückzug. Rückzug.

»Man hat immer eine Wahl. Mehr als eine. Hast nur das Falsche gewählt.«

Das traf Isaiah wie ein Faustschlag, obwohl Samuel

nie die Hand gegen ihn erhob, es sei denn wie gerade eben, um sein Gesicht zu streicheln. Die grobe und doch empfindsame Hand an einem sehnigen Arm, Beschützerin eines aufgewühlten Herzens. Manchmal zu so viel Güte fähig – man denke nur an den Wasserträger. Aber im Laufe der Zeit, und ganz gleich, wie sehr man sich dagegen wehrte – dieser Ort nistete sich in einem ein, hinterließ seine Brut, die gegen deinen Willen vom eigenen Blut genährt wurde. Und sie war nicht einmal so freundlich, einem mitzuteilen, wann sie ausschlüpfen würde oder dass der daraus folgende Schmerz die Sicht auf den Menschen trübte, den man liebte. Und die Art, wie der geliebte Mensch einen sah.

Bevor Isaiah widersprechen konnte, sahen sie Maggie den Pfad heraufkommen. Trotz ihres Humpelns war ihr Gang immer zielstrebig. Selbst wenn sie nur auf dem Weg zum Fluss oder zu Essie bei ihnen vorbeikam, hatte sie den ernsten Gesichtsausdruck und den aufrechten Charakter einer Frau mit einer Botschaft. Sie hatten sie nur ein paarmal lächeln sehen, und dann war es ansteckend gewesen. Sie lachte nie so schallend wie Be Auntie, aber ihr leises Glucksen und die Art, wie ihre Schultern zuckten, wenn etwas sie amüsierte, schienen die Freude aller um sie herum zu vergrößern. Wenn Maggie glücklich war, dann hatte ganz Empty Grund dazu.

Isaiah legte die Schaufel hin und rannte los, um das Gatter für sie zu öffnen. Sie hielt ihren Rock hoch, als sie hindurchtrat, sodass der Saum ihre Knöchel umspielte.

»Guten Morgen, Miss Maggie«, sagte Isaiah, als er das Gatter hinter ihr schloss.

Sie nickte. Sie hielt etwas in Stoff Gewickeltes in der Hand, zweifellos Speisen, die sie aus dem Großen Haus schmuggelte. Sie ging direkt auf Samuel zu.

»Morgen, Miss Maggie.«

»Da«, sagte sie.

So war Maggie manchmal. Als hätte sie keine Zeit für höfliches Geplänkel. Als wollte ein Teil von ihr sofort zum Kern der Dinge vorstoßen, die Wahrheit so schnell wie möglich enthüllen. Doch in Samuels Fall enthielt diese Wahrheit immer auch einen Hauch Freundlichkeit. Maggies Freundlichkeit war dornig und stachlig, aber sie kam auch von jemandem, der jeden Grund hatte, schon allein den Gedanken an schale Freundlichkeit zurückzuweisen.

Samuel beäugte das Bündel misstrauisch. Das hatte er noch nie getan.

»Ich ess nix mehr von denen«, sagte er und bemühte sich um einen ruhigen Ton, um Maggie gegenüber nicht respektlos zu erscheinen.

Sie lachte. »Soll heißen, du willst dich tothungern? Gibt nix hier auf der Plantage, was nich denen gehört – ob ichs dir nu geb oder nich. Kannst genauso gut das Beste draus machen.«

»Genau das hab ich vor, Miss Maggie.«

»Wie jetzt?«

»Kümmer dich nich um den, Miss Maggie«, sagte Isaiah stirnrunzelnd.

»Was is los?« Maggie zog eine Augenbraue hoch, als würde sie spüren, dass zu viel Hitze – oder war es zu wenig – von ihnen ausging. »Hat das was mit dem Blödsinn von Amos zu tun? Essie hat gesagt, er hätt euch Frieden geschickt.«

Sie antworteten nicht.

»Ich hab euch ne Frage gestellt.«

»Mit Amos werden wir schon fertig«, sagte Samuel.

»Wers glaubt«, sagte Maggie und sah Samuel skeptisch an.

Samuel erinnerte sie an jemanden, den sie seit langer Zeit nicht gesehen hatte. Jemand, den sie aus gutem Grund aus ihren Gedanken verbannt hatte und dem sie nicht erlauben würde, sich darin wieder einzunisten, egal, wie höflich er sich gab. Dabei hatte Samuels Gesicht etwas Unvergessliches: schimmernde Haut, die aus sich selbst heraus leuchtete, Wimpern wie ein Reh, große, mandelförmige Augen und volle Lippen; sein Mund stand offen wie bei einem kleinen Kind, das alles in sich aufnehmen will, weil es noch neu auf der Welt ist.

Vieles an ihm erinnerte sie an jemand anderen. Sein Gesicht, das so offen wirkte, sich jedoch plötzlich verschließen konnte, kam ihr bekannt vor. Und hier stand sie nun – mit einer Entschuldigung, eingewickelt in weißes Tuch, im Namen von Leuten, denen man nicht verzeihen konnte – wie bestellt und nicht abgeholt.

»Nimmst du das jetzt an oder muss ichs selber essen?

Bin ich den ganzen Weg hergekommen, nur um hier rumzustehen? Junge!«

Samuel sah Isaiah an, dann nahm er Maggie das Bündel aus der Hand.

»Danke, Miss Maggie«, sagte er und senkte den Kopf.

»Mm-hmmm«, sagte Maggie und wandte sich um.

Als sie davonhumpelte, huschte etwas Schwarzes über ihren Rücken, und Samuel verzog das Gesicht, obwohl er abgestritten hätte, es gesehen zu haben. Schwarze Flecken, die kurz aufblitzten wie Licht, das durch Baumkronen fällt. Und er sagte sich, genau das müsse es gewesen sein, Licht, nicht Schatten – obwohl das Licht, das er kannte, nicht wie Dunkel aussah und es auch keine Bäume in der Nähe gab, die für diese Täuschung hätten verantwortlich sein können.

Isaiah ging voraus, um das Gatter erneut für Maggie zu öffnen. »Danke. Komm, ich mach dir das auf«, sagte Isaiah. Er sah sie mit seinen sanften Augen an, als hätte sie königliches Blut. Maggie wusste die freundliche Geste zu schätzen, auch wenn sie in ihren Augen ein Irrtum war. Die Jungen mussten lernen, tiefer zu schauen.

»Lass das«, sagte sie ernst. »Oder willste, dass was Schlimmes passiert?«

Isaiah war verwirrt und begriff nicht, was er falsch gemacht hatte; er hatte doch nur die Bewunderung gezeigt, die er für sie empfand. Dennoch nickte er, als er das Gatter schloss, und sah ihr nach, als sie langsam zum Großen Haus zurückging.

Maggie hatte nicht nur das mitgebracht, was unter dem Tuch verborgen war. Isaiah spürte es, doch Samuel spürte es noch deutlicher. Vielleicht weil er ihr Geschenk in der Hand hielt oder weil er derjenige gewesen war, der den Schatten, der kein Schatten sein durfte, auf ihrem Rücken gesehen hatte. (Nein, hab ich nicht!, sagte er sich wieder und wieder.) Der Streit, der zwischen ihnen schwelte, kam ihnen jetzt unwichtig vor.

»Timothy hat mich gerufen«, murmelte Samuel erneut.

Isaiah atmete tief ein und hielt die Luft an. Dann atmete er tief aus, und weil er nicht wusste, was er sonst tun sollte, zuckte er mit den Schultern. Lautlos schüttelte Traurigkeit seinen Körper.

»Nich«, sagte Samuel, der immer noch am selben Ort stand wie zuvor, das Bündel in der rechten Hand.

Was? Nicht weinen, nicht die Schultern zucken? Isaiah wusste es nicht, und er war zu müde, um nachzufragen. Aber er dachte daran, dass sein Körper nicht ihm gehörte und dass es ganz persönliche Auswirkungen hatte, wenn jemandem das Menschsein nicht nur abgesprochen, sondern verweigert wurde. Keinen rechtmäßigen Anspruch auf sich selbst zu haben, machte einen klein, verdammte aber auch den Verursacher dieser Abspaltung. Vielleicht nicht in dieser Welt, aber in der anderen auf jeden Fall – wenn es sie denn gab. Härte mit Härte zu bekämpfen, brachte nichts als Zerstörung. Aber weich zu sein barg die Gefahr, von Härte zermalmt zu werden. Was blieb einem sonst? Anpassung? Biegsam werden?

Samuel war hart. Sinnlos, ihn verändern zu wollen. Und er hatte jedes Recht dazu, selbst wenn er manchmal nicht begriff, dass seine Unnachgiebigkeit, die fest geschlossene Tür, die Puah bemerkt hatte, die Falschen draußen ließ. Aber manche Leute glaubten, Härte sei die Lösung für alles, und sie brachen, weil sie sich für unzerbrechlich hielten.

Isaiah dagegen wusste um die Weichheit in Samuels Wesen, die zwar selten sichtbar, aber immer da war. Harte Schale, weicher Kern.

Samuel seinerseits vertraute Isaiah trotzdem nicht ganz, es wäre ihm sogar lieber gewesen, Isaiah hätte manches nicht geahnt. Ein paar Dinge behielt er lieber für sich, den Schatten von eben, zum Beispiel.

Beide seufzten erleichtert, weil sie den Streit nicht weiterführen mussten. Niemand musste einlenken oder sich mit seinem Sieg brüsten. Ein- und wieder auszuatmen bot genug Raum, damit beide etwas von ihrer Würde behalten konnten, die gerade entweiht wurde.

Samuel schaute das Bündel in seiner Hand an. Dann sah er auf und bedeutete Isaiah mit dem Kopf, ihm zu folgen, und ging zur Rückseite der Scheune. Isaiah folgte ihm, ging teilweise in seinen Fußspuren oder hinterließ eigene zwischen Wegwarte und Wolfsmilch. Als sie das hintere Ende der Scheune mit dem Astloch erreichten, wo die Sonne zornesrot am Himmel stand, blieb Samuel stehen. Isaiah ging noch ein paar Schritte weiter in den Schatten einer Sumpf-Kiefer, die sich, obwohl noch keine dreißig Jahre alt, über dem Ort wölbte; er fand ihren Geruch beruhigend, weil er den eigenen überdeckte.

Er drehte sich um und sah Samuel an. Der gesellte sich zu ihm und setzte sich an den Fuß des Baumes in den Schatten. Isaiah setzte sich neben ihn. Samuel legte das Bündel in seinen Schoß und öffnete es. Darin, ein wahres Festmahl aus gekochten Eiern, gebratenem Schinken, Brombeermarmelade und dicken Brotscheiben, zwei ganzen Nektarinen und einem großen Stück Schokoladenkuchen.

»Erbarmen«, sagte Isaiah.

Samuel wollte nicht mehr an den Schatten von eben denken. Er nahm sich eine Nektarine und bedeutete Isaiah, sich ebenfalls zu bedienen. Fast gleichzeitig bissen sie in die Früchte. Saft rann ihnen übers Kinn. Isaiah wischte ihn ab, Samuel nicht.

Beide aßen schweigend, nahmen sich etwas aus dem Tuch, langsam, vorsichtig, einer dankbar, der andere wählerisch, wie bei einem Ritual, aber ohne Gebet, das war nicht nötig; Wertschätzung wurde freigiebig gewährt.

Und doch war es feierlich, heilig wie beim allerletzten Abendmahl.

DIE OFFENBARUNG DES JUDAS

Der Himmel hing schwer über Mississippi oder vielleicht über der ganzen Welt, mit Ausnahme eines anderen, vergessenen Ortes. Er war von etwas Unsichtbarem, dennoch deutlich Spürbarem erfüllt. Maggie fegte die Veranda, schaute mit einem Mal nach oben und hatte das Gefühl, etwas schaue lächelnd zurück. Aber es war kein beruhigendes Lächeln. Es war das warnende Lächeln der falschen Sorte Männer, die zu unberechenbarem Verhalten neigten, die glaubten, alles anfassen, sich nehmen und zerstören zu können, was sie wollten, weil es ihr Geburtsrecht war. Sie hatte keine Ahnung, wie die Männer auf diese Idee kamen.

Aber vielleicht verhießen die bleiernen Wolken auch nur Regen. Maggie schnupperte, und ja, die Luft roch nach Feuchtigkeit und Erde, was ein aufziehendes Gewitter ankündigte. Aber da war noch ein anderer stechender Geruch; wie etwas Verbranntes, ein Stern, der vom Himmel fiel, für immer erloschen, aber immer noch heiß genug, um zu versengen. Etwas kam auf sie zu. Maggie lehnte den Besen an die Wand und wühlte in ihrer Schürzentasche. Sie ging die Treppe hinunter, schob mit dem Fuß Kieselsteine und tote Blätter beiseite, bückte sich, bis sie einen stechenden Schmerz in ihrer Hüfte verspürte, und verzog das Gesicht. Dann warf sie die Knochen und schloss die Augen. Öffnete sie und blinzelte. Blinzelte erneut. Wieder und wieder. Ihre Augen wurden groß.

Nee, kann nich sein! Lüge! Das würd er nich wagen.

In seiner Hütte erwachte Amos mit einem dumpfen Kopfschmerz aus seinem Traum. Er hatte nichts gesehen, keine Farben, nur etwas gehört, das wie klappernde Knochen klang. Er wälzte sich auf dem Bett herum, rückte von Essie und Solomon ab; die steife Männlichkeit zwischen seinen Beinen brachte ihn auf den Gedanken, Be Auntie einen Besuch abzustatten, auch wenn er das noch nie in den frühen Morgenstunden getan hatte, sondern immer nur abends. Seltsam, dass Essie nie ein Wort gesagt, keine einzige Frage gestellt hatte, wenn er sich abends in der Dunkelheit herumtrieb, obwohl James und seine Schakale nur nach einem Vorwand suchten, um jemanden zu verprügeln, auszupeitschen oder zu schießen.

»Sie wollten abhauen, Paul«, sagten sie von Leuten, deren Beine von der Arbeit so verkrümmt waren, dass sie sich kaum aufs Feld schleppen, geschweige denn in den Norden fliehen konnten. Und Paul zweifelte ihre Worte nicht an, nicht, weil er ihnen glaubte, sondern weil die Alternative war, den Verstümmelten zu glauben, was Gott, das Gesetz und seine Eigenschaft als Landbesitzer nicht erlaubten.

Amos war kein Narr. Er wusste, dass seinen Leuten an dem Gott, dem er jetzt diente, nichts lag. Doch er wusste auch, dass er seine Leute von ihm überzeugen konnte. Götter wollten angebetet und verehrt werden, und sein Volk war darin besser als Pauls; es konnte mehr hinnehmen, besser frohlocken, huldigen, sich hingeben, als würde es auf einem goldenen Scheiterhaufen brennen. Das hatte er im Kreis der Bäume gesehen. Die Art, wie seine Leute tanzten, sich wiegten, sich unter dem bewölkten Himmel willig als Opfer darboten, harmonisch im Einklang sangen, ohne dafür üben zu müssen, denn Menschen, die dasselbe schwere Los teilten, einte ein natürliches, unsichtbares Band.

Er bedeckte seine Blöße nicht aus Scham, sondern aus Pflichtgefühl. Massa Paul würde Nacktheit für unzivilisiert halten und Missy Ruth sie als Einladung verstehen. Seine Kleider waren zwar schäbig, aber immerhin sauber. Er hatte sie eigenhändig gewaschen, auf den Steinen ausgeklopft und in einem Eimer mit Lavendelwasser eingeweicht. Er konnte nicht von Essie erwarten, die Wäsche zu waschen und außerdem freundlich zu der Bürde zu sein, die sie stillen musste, das war einfach zu viel verlangt.

Leise zog er sich an, während Essie und Solomon weiterschliefen, ohne sich von ihm stören zu lassen. Er ging zur Tür, schob den Vorhang beiseite und trat hinaus in den bewölkten, schwülen Morgen. Der Regen wirds richten, dachte er und spürte, wie sich Schweißtropfen auf seiner Stirn bildeten. Er schaute nach rechts, kniff die Augen zusammen und betrachtete die große rote Scheune. Im Licht der aufgehenden Sonne warf sie bedrohliche Schatten. Er schüttelte den Kopf. Hätten die beiden nur auf ihn gehört. Hätten sie nur das Wohl der anderen über ihr eigenes gestellt, und sei es nur ein bisschen; wären sie nur bereit gewesen, das aufzugeben, was jeder, dessen Wert am Gewicht von Baumwolle bemessen wurde, aufgeben musste, um halbwegs unbeschadet leben zu können – obwohl »unbeschadet« eine beschönigende, tröstliche Lüge war.

Sie waren wie Söhne für ihn, besonders sein Schützling Isaiah, der ihm von seiner Mutter anvertraut worden war, die ihm nicht verraten hatte, wie sie selbst hieß, ihm aber den Namen des Kindes zuflüstern konnte. *Kayod*e. Er hatte es ermutigend gefunden, dass es dieser Frau gelungen war, sich selbst in den blauen Bergen Georgias das alte Wissen zu bewahren, und dass sie ihm die Aufgabe anvertraut hatte, dafür zu sorgen, dass auch ihr Kind davon erfuhr, und sei es nur durch seinen Namen.

Er hatte damit warten wollen, bis Isaiah zum Mann herangewachsen war, oder bei der leisesten Andeutung, dass einer von ihnen verkauft werden sollte. *Dein Name is Kayode, weißte? Haha. Nein, nicht Ko-JO-te. Ka-jo-DE. Deine Mam hat gesagt, das heißt in der alten Sprache der Mutter ihrer Mutter: »Er bringt Freude«. Musst wohl in ihrer elenden Welt eins von den wenigen Dingen gewesen sein, die sie zum Lächeln gebracht hat.*

Ja, Sir. Wie bitte? Wo sie gelebt hat? In Georgia, gewiss. Ja, dein Pappy war auch da, aber is besser, wenn ich dir nich sag, was ich an dem nassen, gierigen Tag von ihm gesehen hab, außer: sein Gesicht is dein Gesicht.

Es wäre ein feierlicher, stiller Moment zwischen ihnen gewesen, etwas, das Isaiah mit zurück in die Scheune hätte nehmen können, um es mit Samuel zu teilen, und Amos hätte Essie davon erzählen können, das hätte ihnen allen helfen können, all die Zuchtversuche zu ertragen, die noch kommen würden, damit sie *richtig* leben konnten, anstatt nur zu überleben, und sei es auch nur kurz nachts im Dunkeln.

Er hatte ihn damit nicht erpressen wollen. Er sah wieder Isaiahs Gesicht vor sich, als er sich geweigert hatte, ihm den Namen zu verraten. Ihm fiel Isaiahs Vater wieder ein: das Gesicht verzerrt, als wollte seine Seele den Körper verlassen. Das Gesicht ein Abgrund aus Trauer und Verzweiflung, ein Anblick, der einem das Herz zerriss, oder wie in Amos' neuem Glauben, einen zur Salzsäule, zu einem aufrechten, reglosen Meer, erstarren ließ.

In der brandneuen Sprache seines Herrn hatte Amos eine neue Version der Dreifaltigkeit erdacht. Wenn Samuels und Isaiahs Männlichkeit nur in Gegenwart des anderen steif wurden, warum sollte man es ihnen nicht erlauben und noch das Vergnügen einer Dritten hinzufügen? Samuel und Isaiah, Vater und Sohn; er war nicht sicher, wer wer war. Samuel war größer, aber bei ineinander verschlungenen Schatten spielte das keine Rolle.

Puah konnte der Heilige Geist sein. Drei, um einen zu machen. Einer aus dreien. Das waren der Weg, die Wahrheit und das Licht.

Aber nein. Sein Bauch, oder vielmehr sein Gott, sagte ihm, dass das noch obszöner gewesen wäre, es würde Irrwege eröffnen, die sonst wohin führten.

Fast wäre er bereit gewesen, seine Niederlage zu akzeptieren – bis er von Essie in ihrer gemeinsamen Hütte geträumt hatte, wie sie auf der Seite lag und die Wand anstarrte, während Solomon zu ihren Füßen herumkrabbelte und an ihrem Kleidsaum zerrte.

»Paul hat mich gesehen«, murmelte sie. »Er hat mich *gesehen.*«

Das wars. Samuel und Isaiah ließen ihm keine andere Wahl. Sie widersetzten sich allen Bitten, egal wie vernünftig. Die Halsstarrigkeit der Jugend machte sie unfähig zu Kompromissen. Wenn sie entschlossen waren, einen Krieg anzuzetteln, dann war das Amos' einzige Strategie: Immer, immer überwog die Sicherheit vieler die Sicherheit der wenigen.

Dies würde seine letzte Tat sein. Ja, das war es, was in ihm gärte. Sein Mund verzog sich; ein Abgrund, den er nie wieder zu sehen gehofft hatte. Seine Augen wurden feucht, doch er drängte alles zurück. Fuhr sich mit den Händen über das Gesicht, dann bemerkte er überrascht die schweren Wolken über sich. Etwas darin schien auf ihn zu warten, bereit, wenn nötig das Schwert zu erheben und an seiner Seite in die Schlacht zu ziehen.

Maggie hob die Hand und erwartete fast, Amos allein dadurch aufzuhalten. Sie hatte kurz vergessen, wie mächtig Pauls Gott war. Und sie stand immerhin auf Land, das jetzt ihm gehörte, jenes Land, gegen das sein Gott Krieg führte und dessen Götter er auf ihrem eigenen heiligen Boden besiegte, was Maggie nie für möglich gehalten hätte. Bei all der Kraft, die die Erde unter den Füßen einem verlieh, wie hatten diese alten Götter, die denen ihres Volkes nicht unähnlich waren, diesem neueren und weniger weisen Gott unterliegen können? Welche Chance hatte sie gegen diese Macht, so weit entfernt von ihrem eigenen Land, in dem sie hätte geboren werden sollen?

Sie begriff nicht, wie Amos die Gunst dieses Gottes gewinnen konnte. Er hatte sein Volk bewaffnet – mit eisigen Blicken und dröhnenden Kanonen, mit Schiffen, die das aufgewühlte graue Meer überqueren konnten, und mit seinen in Leder gebundenen Befehlen – und sie zur Fülle geführt. Fülle bedeutete nicht nur Grund und Boden, sondern auch Bäume, Tiere, Stimmen, Kinder. Dieser Gott hatte nichts als Verachtung für die Ihrigen übrig, und doch ließ er Amos in seinem Licht erstrahlen, sodass der ihre Hand, die von den Stimmen und Schatten gestützt wurde, gar nicht beachtete.

»Geh nicht über diese Knochen!«, sagte Maggie laut, ausnahmsweise ohne sich darum zu kümmern, wer sie hörte.

Amos ging weiter auf das Große Haus zu. Maggie

blieb der Mund offen stehen. Sie rannte ein Stück voraus, griff nach einem Stock, zeichnete einen Kreis mit einem X darin auf den Boden und spuckte hinein. Amos schritt unbeirrt daran vorbei. Verblüfft rannte sie weiter zurück, griff in ihre Schürzentasche und nahm einen Beutel mit Steinsalz heraus. Sie warf ihn vor Amos auf den Boden, und endlich blieb er stehen. Sah auf den Beutel zu seinen Füßen.

»Geh drüber und keiner von uns kann verhindern, was als Nächstes passiert«, sagte Maggie.

»Hätt wissen müssen, dass du die dunkle Wolke bist«, sagte Amos ruhig. »Das isn Fehler, Mag. Ich hab kein Problem mit dir.«

»Was du vorhast – *damit* hab ich ein Problem.« Sie stemmte die Hände in die Hüften.

»Ich war langmütig. Habs versucht …«

»›Langmütig‹? Benutzte jetzt schon deren Wörter?«

Amos verscheuchte eine Fliege, oder vielleicht wollte er nur das abtun, was sie gesagt hatte. Maggie beäugte ihn.

»Früher warste nich so. Ich hab gesehen, wie zärtlich du zu Essie warst, n aufrechter Mann, der keiner Fliege was zuleide tun konnt. Aber jetzt …« Maggie schüttelte den Kopf. »Eiskalt bis ins Mark biste. Deine Augen werden blau, ich kanns sehen. Blau, hörste?«

»Was isn mit deinem Kreis, Maggie? Willste, dass der größer wird oder kaputtgeht?«

Be Auntie hat dem Mann alles über uns erzählt! Der

Kreis is nur für uns! Das is die Regel. Die Frau is wirklich unglaublich! Aber nun gut. Maggie hatte selbst geheimes Wissen.

»Wars dunkel oder hell?«, fragte Maggie. Sie meinte die Segnung aus dem Traum, der über ihm schwebte wie ein Mückenschwarm. »Biste rückwärts oder vorwärts gefallen?«

Amos antwortete nicht, doch sein Schweigen verriet Maggie alles, was sie wissen musste.

»Und hast trotzdem drauf gehört? Solltest klüger sein.«

Amos seufzte und drehte sich um, sah an der Weide und der Plantage vorbei zum Kreis der Bäume. Maggie wusste, was er vorhatte. Er nahm all seine Kraft zusammen, um das Salz zu überwinden, dessen Macht er nur zu gut kannte. Sie streckte die Hand aus und berührte Amos an der Schulter. Da hörte sie Amos' Stimme, doch sie schien nicht aus seinem Mund zu kommen, sondern aus den Wolken. Als Amos im Himmel sprach, passierten mehrere Dinge gleichzeitig.

Klopfende Herzen setzten aus und schlugen weiter. Dann, ein scharfes Luftholen und ein lang gezogenes, feuchtes Ausatmen. Menschen sprangen auf wie vom Blitz getroffen und schrien auf. Dann sahen sie zum Himmel hoch und schlossen die Augen. Einige schwankten. Manche weinten. Doch all das war nichts als eine Atempause. Nur einen Augenblick entfernt und doch immer noch da.

Maggie zog ihre Hand weg. Zitterte vor Zorn, als Amos sich wieder zu ihr umdrehte.

»Siehste?«, sagte er. »Siehste?«

Sie schlug ihn. Mitten ins Gesicht. So heftig, dass ihm der Speichel aus dem Mund flog. Sie merkte sich den Ort, wo er landete, und freute sich, denn das konnte ihr noch nützlich sein. Ihr emporgerecktes Kinn gab ihm zu verstehen, dass, was auch immer aus den Wolken kam, nicht so wichtig war wie das, was auf der Erde passierte. Sie würde es ihm schon zeigen.

Es war ausweglos: Beide reagierten auf eine vermeintliche Kränkung durch den anderen. Die Wahrheit verlor gegen die Zeit, gegen Menschen, die die Wichtigkeit von Ritualen nicht kannten.

Amos, der es müde war, dass sie ihr Wissen übereinander gegeneinander verwendeten, entschied, dass es an der Zeit war, etwas zu riskieren. Er sah Maggie direkt in die Augen, dann senkte er den Blick, trat auf den Salzbeutel und kickte ihn mit Schwung über das Gras. Maggie zuckte ungläubig zusammen.

»Du … Du willst fürn kurzen Moment das Morgen opfern?«

Amos hielt den Kopf hoch, verzog trotzig den ängstlich zuckenden Mund. Er schob Maggie so sanft wie möglich beiseite, doch sie schlug auf seinen Rücken ein. Er strauchelte, ließ sich davon jedoch nicht aufhalten. Ging weiter. Maggie packte sein Hemd, versuchte, ihn zurückzuhalten, doch er riss sich los. Sie stürzte sich erneut auf ihn, und er packte sie und warf sie zu Boden, sodass sie auf die schmerzende Hüfte fiel. Sie ballte die Fäuste und verfluchte ihn aus vollem Hals. Er stieß seinerseits Flüche aus. Sie schaute zurück, um zu sehen, wo seine landeten.

Sie konnte es nicht.

Amos ging unterdessen die Treppe zum Großen Haus hinauf, und Maggie kroch über den Boden. Die ersten Regentropfen fielen.

Maggie fasste sich an die Brust. *Der geht durch den Haupteingang! Hat die Frechheit (er nennt es wohl »Mumm«) einfach so vorn reinzugehen wie ein Toubab.* Das bestätigte, was Maggies Seele ihr schon die ganze Zeit zugeflüstert hatte. Frieden war eine heikle Angelegenheit. Man musste Opfer dafür bringen, aber Friedensstifter waren meist eher bereit, andere zu opfern als sich selbst; sie führten Leute zum Scheiterhaufen, trösteten sie, bevor er angezündet wurde, vor den Augen der Welt und des Himmels, und sagten: *Mach dir keine Sorgen, Ruhm und Ehre erwarten dich.*

Zur Hölle mit Ruhm und Ehre! Gebt uns zurück, was uns zusteht, unsere Haut, unsere Farbe, unsern Atem, unser Blinzeln, unsere Schritte! Wer hat den Bund mit der Schöpfung gebrochen, sodass ein Mensch zur Kuh oder zum Lasttier werden kann? Lass die elende Gemeinheit hinter dir, dass der Schmerz eines anderen dein Glück is. Steh auf, hörste? Wend dich ab von dem dreckigen Geist und lass uns in Frieden! Sonst bleibt uns keine andre Wahl.

Die Worte ertönten in ihrem Kopf, doch sie kamen von jemand anderem. Stimmen, mehr als sechs.

Als Amos sich anschickte, durch die Tür zu gehen, erhob sich Maggie mühsam. Sie schaute zur Scheune hinüber. Die Schweineknochen lagen immer noch auf dem Boden, waren jedoch nach ihrem Kampf mit Amos verstreut. Sie humpelte hinüber, und atmete tief ein. Noch ein böses Omen. Sie nickte, dann ging sie zur Scheune, so schnell ihre schmerzende Hüfte es zuließ.

In ihrem Kopf redeten die Stimmen weiter: *Quäl dich nicht, Maggie. Du hast so lange durchgehalten, wie du konntest.*

Amos wurde von der Tür eingerahmt. Es war keine große Sache, mit stolzgeschwellter Brust durch die Eingangstür zu marschieren, solange man bereit war, jederzeit den Kopf zu beugen. Maggie als Haushälterin tat das ständig. Und wenn er dereinst hinüberging zu dem fernen Ort, an dem die müden Knochen Frieden fanden und an dem die Seele am Busen Abrahams ruhte, würde ein anderer sich einen Weg durch feindliches Gelände bahnen. Und Amos würde aus der erhabenen Position des Obergemachs heraus auf ihn herablächeln wie Gott, weil er sah, dass es gut war.

Er ging ins Haus. Langsame, vorsichtige Schritte, ohne schmutzige Fußspuren zu hinterlassen. Als er die Eichentür von Pauls Arbeitszimmer erreichte, hinter der man Papier rascheln hörte, fiel ihm das Zeichen auf. Es war so klein, dass es fast unsichtbar war. Eine Sense und ein

Blitz, nicht größer als ein Baumwollkapselkäfer, prangte mitten auf der Tür. Amos wusste sofort, dass es eine Art Symbol sein musste, vielleicht für den Herrn, aber hatte der Herr nicht verboten, sich ein Bild von Gott zu machen? Keine anderen Götter neben ihm zu haben, bedeutete, dass alle anderen Götter sterben mussten, ob aus Afrika (wer hatte ihm diesen Namen gegeben?), Europa oder selbst von diesem Ort, der fälschlicherweise Amerika genannt wurde.

Hm. Vielleicht würde er eines Tages den Mut aufbringen, Massa Paul danach zu fragen. Vielleicht, wenn Massa Paul in guter Stimmung war, nachdem er den geistigen Getränken zugesprochen hatte, wie er es nach einem langen Tag, an dem er Menschen gesagt hatte, sie sollten härter arbeiten, gerne tat. Ja, das war der beste Zeitpunkt, wenn Paul milde gestimmt und angeheitert war. Dann würde er die Frage eines Niggers nicht als Häresie betrachten.

Paul hat mich gesehen.

Eine heilige Dreieinigkeit.

Amos hob die Hände zum Gebet.

Los, Amos. Klopf an. Vor langer Zeit hat Moses sein Volk durch aufgewühlte Wasser geführt. Und alle haben es geläutert auf die andere Seite geschafft.

CHRONIK

Du dachtest, du kannst mit Logik was ausrichten, das war dein erster Fehler.

Hörst du uns zu?

Du hast versucht, den Ursprung zu verstehen, den Takt, den Rhythmus von etwas zu finden, das dem Chaos entsprungen ist (schau nie ins Herz von Dingen, die kein Herz haben). Wie töricht.

Du wolltest das Wesen von etwas Zufälligem ergründen, das aber kein Wesen hat. Weißt du, etwas, das kein eigenes Wesen besitzt, will unbedingt eines haben und kann es nur durch Raub und gewaltsames Einverleiben erlangen. Dafür gibt es ein Wort: Trennung.

Du warst gewarnt.

Wir haben uns aus gutem Grund von der Welt zurückgezogen und können dir deshalb nicht alles erzählen. Das dichte Buschwerk schützt und hält die Außenwelt fern, weißt du? Aber wie du vermutlich ahnst, kann es gegen Neugier nichts ausrichten. Sie stiegen von den hohen Bergen herab und kamen über das weite Meer. Wir wurden von zwei Seiten angegriffen. Der Untergang war uns sicher.

Es gibt viele Geschichten, Geschichten, die weit älter

sind als wir. Wir können nicht mit Gewissheit sagen, welche wahr sind. Aber wir wissen, wie sie enden. Immer mit dem Tod. Und vor dem Tod, das Unaussprechliche.

Es gibt viele Geschichten, die man erzählen könnte. Hier ist eine:

Eigentlich hätte er sich von Bräuchen fernhalten müssen, die ihn von seinem Volk entfernten und an den Ort seines Untergangs lockten, aber er war arrogant und ignorierte die Warnungen. Er nahm sich Frauen und unterwarf sie seinem Willen. Das waren die ersten Vergewaltigungen. Aus dieser ungeheuerlichen Blasphemie gingen Kinder hervor, die unserem Einfluss entzogen waren. Es war nicht ihre Schuld, aber sie waren dem Verderben ausgeliefert. So schrecklich all das war, es war nicht der schwierigste Teil.

Der schwierigste Teil war zu erkennen, dass alle verlassenen Kinder auf Rache sinnen.

Und die meisten bekommen sie irgendwann.

BEL UND DER DRACHE

Das Schiff schaukelte so stark, dass allen übel war, und es roch nach Krankheit. Der Verwesungsgeruch verwirrte die Vögel, die irrtümlich an ein Festmahl glaubten. Aufgebracht saßen sie auf Masten, schnappten, vom Geruch getäuscht, ins Leere oder nacheinander, bis sie schließlich ins Meer tauchten und manchmal mit einer Beute auftauchten. Sie flogen beglückt, aber immer noch verwirrt von dem verführerischen Todesgeruch, davon.

Er kam aus dem Bauch des Schiffes, in den nicht einmal der scharfe Blick der Vögel vordrang. Verborgen, aber kein Geheimnis für die, die auf etwas anderes aus waren als die Vögel. Die Mannschaft war rau und ruppig, sang ungehobelte Lieder, doch selbst sie erreichten das Schiffsinnere nur mit Mühe. Es waren traurige Melodien in der seltsamen Sprache eines räuberischen Volkes. Beißendes Gelächter sickerte durch die Planken auf die Ketten und das noch nicht vollständig verdaute Fleisch im Bauch.

Jemand schrie etwas in der Dunkelheit, das Kosii nicht verstand, aber der Rhythmus der Worte war ihm vertraut, sprach inmitten von allem, das er nicht begriff, etwas in ihm an. Im aufblitzenden Licht, das manchmal in den Raum fiel – wenn einer der hautlosen Narren herunterkam, um die Ketten zu überprüfen oder um wie üblich zu wenig Wasser und ungenießbaren Fraß zu bringen – erhaschte er kurze Blicke auf seine Umgebung, die anderen Körper um ihn herum, die an seinen gekettet waren. Zwischen dem mühevollen Einatmen und dem Auskotzen der stickigen Luft öffnete er seine Augen, obwohl das kurze grelle Licht schmerzte. Er sah sich um, ob es Leute gab, die wie er das Kosongo-Symbol für Ewigkeit trugen: die Schlange, die sich in den Schwanz biss, mit der Frau in der Mitte. Aber es gab zu viele Schatten. Zu viel Wimmern, zu viele weinende Männer, zu viele schreiende Frauen und zu viele schweigende, weil tote Menschen. Er war dabei sich zu verlieren. Auf dem Boden hatte sich eine Blutlache gebildet, und die hochschwangere Frau neben ihm hatte die Beine so weit wie möglich gespreizt, was nicht sehr weit war, und das Kind kam mit den Füßen voran auf die Welt. Selbst wenn es Hebammen unter ihnen gegeben hätte, waren auch sie angekettet. Seine Mutter hatte viele Kinder auf die Welt geholt, und er hatte ihr zugeschaut. Er hätte helfen können, doch er konnte nicht einmal die Hände heben. Das Kind starb, und er musste zusehen und konnte der Frau nicht einmal sein Beileid für ihren Verlust aussprechen, weil er ihre Sprache nicht beherrschte, und als er es endlich geschafft hatte, ihr eine Hand auf den Knöchel zu legen, nachdem er eine Ewigkeit an den Ketten gezerrt hatte, war sie wahrscheinlich verblutet, und er berührte einen unbedeckten, nicht gesalbten Leichnam, was nur die Ältesten durften. Er stöhnte vor Trauer und hoffte, dass sie in ihren letzten Momenten wusste, dass er es für sie und ihr Kind tat.

Er schlief einen schlaflosen Schlaf, die Augen nie ganz geschlossen, den Körper nie ganz entspannt. Konnte nicht anders, als sich für das Unheil zu wappnen, das sich jederzeit neben ihn und alle anderen legen konnte wie ein pflichtbewusster Geliebter.

»Elewa«, flüsterte er.

Er hatte ihn an der Küste aus den Augen verloren. Dort hatten die Geisterkannibalen alles verbrannt: Semjulas Gehstock, Mutters Trommeln, Vaters Decken. Die königlichen Juwelen und das Metall der Speerspitzen hatten sie gestohlen: Sie schmückten sich auf gottlose Art damit, trugen sie im Mund, verwendeten eingeschmolzene Stücke davon als Zähne. Protzige Zurschaustellung von Unwissenheit, ohne Respekt für das Alter der Dinge, die Art, wie sie Hunderte von Jahren von der Mutter an den Sohn, vom Vater an die Tochter weitergereicht worden war, sodass alle ein Stück von dem Menschen in der Hand halten konnten, der einst sie gehalten hatte – blau, rot, sanft, stark, schimmernd, aber jetzt ihres Glanzes beraubt, entweiht von den schmutzigen Händen der Diebe, der siegreichen Verbrecher, die große Gefährte gebaut hatten und aus einem fernen Universum angereist waren und die doch nicht genug Verstand besaßen, um sich vor dem Essen die Hände zu waschen. Schändlich.

Kosii und Elewa waren erschöpft aus dem Wald gewankt, zehn andere Menschen zwischen sich, alle mit Eisenhalsringen aneinandergekettet. Die hautlosen Männer hatten auch Semjula eine der feigen Vorrichtungen umgelegt, obwohl ihr Hals nur für Türkis- und Muschelschmuck und die Umarmungen von Kindern gemacht war. Die anderen mussten sie stützen, *trotzdem* verursachte der Halsreif tiefe Einschnitte.

Von seinem Volk sah er nur Semjula und weiter hinten in der Reihe Elewa, dessen Körper mit Blutergüssen und Prellungen übersät war. Kosii prägte sich jeden blauen Fleck genau ein, denn er würde es den Verursachern in gleicher Form heimzahlen. Er blickte sich hektisch nach seiner Familie und Akusa um, sah jedoch nur Gesichter aus Nachbardörfern und anderen, die von weit her kommen und ebenfalls geraubt worden waren. Was sollte es. Sie hinterließen Fußspuren an einer Küste, die, wie er wusste, keiner von ihnen je wiedersehen würde, und das Wasser hatte nicht einmal den Anstand, diese Fußspuren nicht anzutasten, damit das Land sich für immer an seine Kinder erinnerte.

Jedes Mal, wenn er sich nach Elewa umdrehte, wurde er von einem der Seltsamhäutigen geschlagen oder angeschrien. Sie hatten Glück, dass er angekettet war. Aber jede Fessel wurde irgendwann gelöst. Er hielt sich für einen versöhnlichen Mann, der nach praktischen Lösungen und Gemeinschaft strebte, aber diese wandelnden Plagen, diese auferstandenen Toten hatten seine Sanftmut nicht verdient. Mit jedem weiteren Schritt steigerte sich sein Zorn, und sie schienen darüber außer sich vor Freude, als könnten sie sich nicht vorstellen, dass er je eine Bedrohung sein könnte, solange sie die Waffen in den Händen hielten, die klangen wie Himmelsdonner.

Einer nach dem anderen wurden sie auf Schiffe verladen, die größer waren als alles, was Kosii in seinem Leben gesehen hatte, und irgendwie auf dem Fruchtwasser der Erde schwimmen konnten, als wären sie gewichtslos – ein mächtiger Zauber. Sie wurden ins dunkle Innere des magischen Ungeheuers geführt, wo fiepende Ratten herumrannten und es nach Seelentod roch. Sie würden verschlungen werden, dessen war er sich gewiss. Diese wiederbelebten Toten hatten sie als Nahrungsquelle geraubt, würden, indem sie sie sich einverleibten, vielleicht Geist, Kraft und womöglich sogar ihre Farbe zurückgewinnen. Vielleicht würden sie ihnen nicht einmal die Gnade erweisen, sie vorher zu töten, sondern sie bei lebendigem Leib fressen.

Er dachte, seine Augen wären Dunkelheit gewöhnt, aber dies war eine gänzlich andere Art von Finsternis. Sie hatte nichts mit der tintenschwarzen Nacht, den Schatten der Vorfahren oder dem Ebenholz von Spiel- oder Bettgefährten gemein. Nein, diese Dunkelheit im Inneren der Menschenfänger war wie ein Abgrund, der durch nichts gefüllt werden konnte. Aber das hinderte sie nicht daran, alles daranzusetzen, es zu versuchen. Alles, aber keine Brücke über den Abgrund zu bauen. Sie hatten beschlossen, ihrem Erfindergeist eine Grenze zu setzen, der Abwärtssog war einfach zu stark, umschmeichelte offen etwas tief Verborgenes, das sie nie aufgeben würden. Und so warfen sie alles in jenen Abgrund, sogar ihre Kinder, warteten in gespannter Vorfreude auf das dumpfe Geräusch beim Aufprall, damit sie sich an der Tatsache erfreuen konnten, dass auch das Dunkel Grenzen hatte. Aber dieses Geräusch kam nie.

Die Dunkelheit verschlang jetzt Kosii, während er Fuß an Kopf mit den anderen Gefangenen zusammenlag, aneinandergekettet, gefangen an einem Ort, wo man nicht genug Platz hatte, um den Kopf zu heben oder sich zurückzuziehen und seine Ausscheidungen zu verrichten. Wenn man das Knie beugte, stieß man gegen die Bretter oder die Person neben einem. Man konnte nur ausgestreckt daliegen, in Elend und Stille. Insekten und Nager durchbrachen durch ihre Anwesenheit Durst und Hunger.

Kosii dankte den Ahnen dafür, dass er sich selbst nicht sehen konnte. Dass es keinen See und keinen Fluss mit seinem Spiegelbild gab. Die Dinge, die ihn jetzt zum Lächeln brachten, waren seinem Wesen zu fremd für Worte oder Blicke. Wer wollte sich schon selbst dabei beobachten, wie er verschlungen wurde und überlebte, um seinen Kindern davon zu erzählen? Alle Zeugen waren tot; hier endete das Zeugnis.

Warum hatte sein Dorf nicht rechtzeitig genug von den Lebensdieben erfahren, um sich verteidigen zu können? Vielleicht, weil jemand aus den anderen Dörfern Akusa verabscheute. Das Volk der Kosongo hatte als eins der wenigen die ursprüngliche Ordnung beibehalten, und es hatte einige der anderen Dorfoberhäupter verärgert, dass auch eine Frau sich königlich nennen durfte. Diese Männer hatten ihre Erinnerungen vollständig getilgt, als hätte ihnen jemand den Schädel gespalten und alles wäre herausgeflossen, was ihnen seit Jahrtausenden durch Blutbande überliefert wurde. Es war eine Schande, sie hätten es so leicht zurückgewinnen können, wären sie bereit gewesen, den besudelten Boden unter ihren Füßen zurückzuerobern. Doch sie liebten den Krieg, was Bosheit nahrte.

Und diese Bosheit, schloss Kosii, war der Grund dafür, dass sie dem, was sich aus heiterem Himmel auf sie gestürzt, sie geraubt und die Klauen in ihre Eingeweide geschlagen hatte, schutzlos ausgeliefert waren.

Er wünschte, er könnte in allen Sprachen der Welt fluchen, damit die Lebensdiebe und die Verräter, die mit ihm in Ketten lagen, den Zorn des Universums zu spüren bekamen. Aber sein Mund war so trocken, dass er nicht einmal ausspucken konnte.

»Elewa«, sagte er so laut wie seine ausgedörrte Kehle es zuließ.

Stille, die einzige Antwort, durchdrang ihn an merkwürdigen Stellen: den Handflächen, dem Nacken, den Schläfen. Sinnlos, sich die Lippen zu lecken. Seine Körperflüssigkeiten waren eingetrocknet. Hätte er wenigstens genug für Tränen gehabt.

»Warum?« Die bohrende Frage ließ ihm keine Ruhe. Ihm fiel kein Verrat ein, den sie begangen hatten und der diese missliche Lage gerechtfertigt hätte. Warum hatten die Ahnen sie nicht gewarnt? Der Gott der Hautlosen musste mächtig sein, obwohl er allein war. Kosii schauderte beim Gedanken an den dreiköpfigen Gott, dem es gelungen war, das Tor zu den Ahnen zu versperren wie eine Wolke, die sich vor die Sonne schob, ihre Strahlen verschlang und alles in Schatten tauchte. Der einzige Trost lag in dem Wissen, dass Wolken sich irgendwann verziehen und die Sonne wieder alles beherrschen würde. Doch er wusste auch, das würde dauern, diese Schlacht würde sich auf einer eigenen Zeitebene abspielen. Was für ihn und sein Volk Generationen waren, war für die Ahnen nicht mehr als ein Wimpernschlag. Seine Gewissheiten gerieten ins Wanken. Wenn sie den Dreiköpfigen besiegten, würden die Ahnen das Volk, für dessen Rettung sie gekämpft hatten, überhaupt noch erkennen?

Diese von den Toten Auferstandenen, ihre Hautlosigkeit und ihre merkwürdigen Gelüste erschreckten Kosii. Er hatte noch nie von einem ähnlichen Volk gehört.

Obwohl.

Nein.

Das stimmte nicht ganz.

Als er noch ein Kind gewesen war, hatte sein Vater ihm von einem Großen Krieg erzählt, bei dem Menschen mit Fackeln, Pfeil und Bogen aus den fernen Bergen gekommen waren.

»Sie hatten Ketten aus Schädeln um den Hals«, hatte Atundu gesagt. »Menschliche. Nicht größer als deiner.«

Bei diesen Worten hatte Tagundu den Kopf seines Sohnes berührt. Diesen überlief ein Schauer.

»Ihre Königliche hatte das nicht gewollt, deshalb haben sie die Frau getötet. Ihr den Speer in den Körper gerammt und sie bei lebendigem Leib verbrannt.« Tagundu wandte den Blick ab. »Sie, vor allem die Männer, wollten uns auch töten. Sie hatten es auf die Frauen abgesehen, um sie zu … Werkzeugen zu machen.«

»Warum?«, fragte Kosii. Tagundu sah ihn an. Seine hochgezogenen Augenbrauen verrieten, dass er der Antwort nicht gewachsen war sowie Schuldgefühle für das, was er verschweigen würde.

»Mein Sohn, die Herzen einiger Menschen, sie …« Er presste sich Kosiis Hände gegen die Brust. »Sie schlagen auf die falsche Art.«

Kosii starrte seinen Vater an, er war nicht zufriedengestellt und zugleich unfähig, das zu begreifen, was eigentlich zum Greifen nah lag. Er hatte das Bergvolk nie gesehen, nie das Klappern der Schädel um ihren Hals gehört, war nie von ihren Waffen durchbohrt worden, also konnte er es sich leisten, die vagen Worte seines Vaters zu vergessen. Er war immer von Menschen umgeben gewesen, die ihn geliebt und beschützt hatten. Die einzigen Waffen, die er je in der Hand gehalten hatte, waren fürs Jagen und für Zeremonien bestimmt gewesen. Die einzigen Kämpfe, an denen er teilgenommen hatte, waren nur Spiel und Übung gewesen. All das war nur die halbe Wahrheit gewesen. Sein Vater hatte das erkannt und versucht, es ihm zu erklären, aber er hatte zu viel verschwiegen, sodass sich die Enden von Kosiis kleinem Kreis nicht berührten. Darin war kein Platz für ein Bergvolk mit Schädelketten, sondern nur für Freude.

Er überlegte, ob das Volk, das Gefährte baute, die groß genug waren, um ganze Dörfer zu verschlingen, sich mit dem aus den Bergen verschworen hatten, um alles zu zerstören. Die Ketten waren der Beweis.

»Spricht hier jemand meine Sprache?«, krächzte er.

Ein Mann drehte sich ihm zu, aber ihm fehlte die Zunge.

Kosiis Augen weiteten sich. Er konnte nicht mehr atmen, schnappte verzweifelt nach Luft. Sein Brustkorb hob und senkte sich schnell, und er kniff die Augen zu. Als er sich wieder beruhigt hatte, sah er den Mann an.

»Ich sehe dich«, sagte Kosii zitternd. »Ich sehe dich. Ich sehe dich.«

Der Mann schloss die Augen, formte Worte mit den Lippen, vielleicht ein Gebet aus seinem Dorf. Oder vielleicht gehörte der Mann zu dem Bergvolk und war hereingelegt worden. Wie sollte er, Kosii, das wissen, man konnte niemandem trauen.

Vor seinem inneren Auge sah Kosii seine Mutter und seinen Vater, und Akusa, die den Speer hob und ihn ermahnte, dass er dem Löwengebrüll in seinem Inneren endlich freien Lauf lassen solle. Doch Semjula hatte ihm den Kopf getätschelt und gesagt, er solle nicht auf Akusa hören; ihr Geist sei ganz auf Krieg ausgerichtet, doch mit ihm hätten die Ahnen andere Pläne. Schlag du deine Trommel, hatte Semjula oft genug gesagt, dass es sich wie Haut über Hohlräume spannte und verlangte, gespielt zu werden. Jetzt musste er zum Hüter der Erinnerungen werden, damit alles, was mit den Kosongo zu tun hatte, bis hin zu dem Staub am Boden, weiterbestehen würde. Ganz gleich, an welchen weit entfernten Ort man sie bringen würde, zu hautlosen Kannibalen, in ein Land, das all jene verachtete, die nicht dort geboren waren. Wo auch immer Akusa jetzt war, wenn sie dazu verdammt war, die Zielstrebigkeit der Kannibalen zu überleben, dann hoffte er, dass wenigstens ein paar Kosongo bei ihr waren, die sie beim Verlassen des Schiffes mit roten Federn schmückten und dafür sorgten, dass ihre Füße den Boden nicht berührten.

In den frühen Morgenstunden waren die Hautlosen wieder nach unten gekommen und brachten Salz und Licht, aber auch raues Benehmen und Lachen. Sie hatten die nervös zuckenden Hände von Menschen, die ihre Launen nicht im Griff hatten; sie spuckten sich in die Hände und rieben sie aneinander. Das beseitigte den Schmutz nicht, war nur dem Anschein nach Sauberkeit. Doch sie stolzierten umher wie Männer, die ihre Hände trotz allem für unbefleckt hielten.

Langsam schritten sie durch die Reihen der angeketteten, im Bauch des Ungeheuers gefangenen Menschen, die stöhnten und nach Luft rangen. Einer trat gegen den Fuß einer Frau, betastete ihn. Ein anderer löste die Metallringe um ihre Knöchel, ihre Handgelenke und ihren Hals. Dann zerrten sie den leblosen Körper weg. Sie waren unnötig grob, behandelten die sterblichen Überreste ohne jedes Feingefühl. Sie schienen sich an den Pflichten, die man ihnen übertragen hatte, zu ergötzen und sich gleichzeitig darüber zu beschweren. Sie trugen die Frau unbedeckt ans Licht. Einer von ihnen schloss die Falltür mit dem Fuß.

Das Schiff ächzte, wenn es sich vorwärts neigte und wieder aufrichtete, Dinge rollten von einer Seite zur anderen. Kosii lauschte dem gleichmäßigen Geräusch. Etwas, vielleicht eine Tasse, schlug klirrend gegen die Wand, rollte zur gegenüberliegenden und klirrte erneut. Vielleicht hätte er das Geräusch an einem anderen Ort beruhigend und einlullend gefunden. Er träumte davon, wie er und Elewa die Jagd anführten und einen großen saftigen Fasan erlegten, den sie ausnahmen und kochten. Onkel Ketwa hatte ihm das Würzen beigebracht, und so wurde noch das letzte bisschen Fleisch von den Knochen gesaugt, und nicht ein Tropfen Brühe blieb übrig. Sie fütterten sich gegenseitig mit gebackener Banane, die Elewa am liebsten zerstampft und mit Mango und Kokosnusswasser vermengt aß. Danach waren sie zu müde, um aufzuräumen, und so ließen sie alles stehen und sahen sich träge an, lächelnd wie Trunkene, bis die Dunkelheit und der Geruch nach Regen sie einander in die Arme trieben.

»Was sollen wir aus den Federn machen?«, fragte Elewa.

»Eine Krone.«

Es war Tag, und erneut fiel Licht ins Schiffsinnere, als zwei hautlose Männer die Treppe hinunterstapften und die Gefangenen begutachteten. Sie hielten sich die Nasen zu, marschierten zum anderen Ende des Raums, ohne Rücksicht, auf wen sie dabei traten. Einer von ihnen ging voran, in den weit entfernten Winkel, wo das Licht nicht hinkam, die Ratten spielten und es nichts als Schweigen und Verwesungsgestank gab.

Ein Körper nach dem anderen wurde hochgehoben und beiseitegeworfen wie verdorbenes Essen. Nicht einmal die Würde eines Scheiterhaufens gewahrte man ihnen. Er zählte die Leichen. Drei. Acht. Zwölf.

Dann Nummer siebzehn.

Die Worte blieben ihm im Hals stecken, lähmten seine Zunge. Er wollte schreien, doch ein Kloß verschloss ihm die Kehle, und er rang nach Luft. Er hustete, und schließlich flossen die Tränen, Speichel lief ihm über das verzerrte Gesicht.

Elewas Körper hatte nichts von seiner Schönheit eingebüßt. Bis auf die Prellungen und die halb geöffneten Augen sah er aus, als würde er einen fürstlichen Schlummer genießen. Hätten die Männer ihn hoch über ihre Köpfe gehoben, hätte es wenigstens noch etwas von einer Zeremonie gehabt. Kosii streckte die Arme aus, bis das rostige Metall ihm in die Handgelenke schnitt und

Blutstropfen zu Boden fielen. Kreisrunde Flecken, die einen größeren Kreis bildeten. Etwas wie ein Kopf, ein Schwanz. Etwas wie Ewigkeit, die hier auf sich selbst zurückgeworfen wurde, unten auf dem Boden, unbemerkt.

Die Worte, die ihm schließlich über die Lippen geiferten, waren nur für ihn verständlich.

»Ein Fluch. Ein Fluch auf euch und eure Nachkommen. Mögt ihr euch in Ewig-Schmerz winden. Mögt ihr nie Zufriedenheit erfahren. Mögen eure Kinder sich gegenseitig bei lebendigem Leib fressen.«

Aber es war zu spät, der Fluch war bedeutungslos, weil überflüssig. Kosii ließ die Arme sinken. Unheil, dachte er. Nichts als Unheil. Er dachte an das, was er schon verloren hatte, und an das, was er noch unweigerlich verlieren würde.

Immerhin hatte er Elewas sieben Tanten etwas versprochen.

PAUL

Als Paul noch ein kleiner Junge von höchstens sieben oder acht war, hatte sein Vater Jonah ihn in die Mitte von allem geführt und tief ausgeatmet. Dann hatte Jonah sich mit weit ausgebreiteten Armen einmal um die eigene Achse gedreht und gelacht. Er hörte nicht auf zu lachen, klopfte Paul auf den Rücken und legte ihm die Hand auf die Schulter.

»Siehst du das, mein Junge? Schau dich um«, sagte Jonah und deutete auf ihre Umgebung.

Worauf? Die Baumkronen? Das hohe Gras? Ein Reh, das wie erstarrt vor ihnen stand? Auf alles, dachte Paul. Ja, Paul sah all diese Dinge. Aber vor allem sah er Jonahs Hand, die auf seiner Schulter lag, warm und fest, und es durchfuhr Paul wie ein elektrischer Schlag. Fiel sein Vater aus der Rolle? Das war seine erste vertrauliche Geste, und Paul spürte zum ersten Mal, dass er Blut vom Blut seines Vaters war: sein lebender Nachkomme, sein Sohn. Paul schaute seinen Vater an, und sein Vater schaute zurück und lächelte.

»All das hier, darum geht es im Leben«, sagte Jonah und sah auf das Land hinaus, das ihm gehörte – weil Gott es so wollte.

Und Paul erlebte mit, wie das Land selbst Jonah von einem unglücklichen Mann – der schweigsam, boshaft und gierig war und sich nicht einmal von der Versöhnlichkeit seiner Frau, Pauls Mutter Elizabeth, besänftigen ließ – in den Vater verwandelte, den Paul sich immer gewünscht hatte. Wie konnte man dieses Land auch nicht vergöttern? Von seinen Händen zuerst zerstört, dann wieder aufgebaut. Das Wichtigste war, wie ihm sein Vater erklärte: kultivieren, ernten, bewahren. Dann würden ihnen zu Ehren riesige Hallen voll zukünftigem Gewisper errichtet, und sie würden nicht für ihre Misserfolge, ihre Verfehlungen oder ihre Morde in Erinnerung bleiben, sondern für ihre Triumphe.

Paul zweifelte nicht daran, dass das stimmte, und doch sah er immer Elizabeth zu, wenn sie die Felder bestellte, bis ihr Körper nicht mehr mitspielte. Sie lag krank im Bett, fast bewegungslos bis auf das Lächeln, das sich auf ihrem Gesicht ausbreitete, wenn er sie aufsuchte. Paul hatte noch nie etwas verloren, und bei dem Gedanken daran, das Wertvollste zu verlieren, was er besaß – die Frau, die ihm alles geschenkt hatte: das Leben, ihre Milch und den Namen ihres Vaters – zerbrach etwas in ihm.

Als Elizabeth Krampfanfälle und Blutstürze bekam, weder auf Pauls Stimme noch auf die seines Vaters und bald auf nichts mehr reagierte, kamen Vater und Sohn stillschweigend überein, dass die einzig angemessene Weise, sie zu ehren, darin bestand, den Grund und Boden nach ihr zu benennen und sie damit gewissermaßen unsterblich zu machen. Jonah nannte seinen Besitz Elizabeth Plantation. Er widmete sich ihm mit Leib und Seele – kaufte Sklaven, heuerte Gesinde an, zog Tiere auf und pflanzte bis fast zum Horizont Baumwolle – als ginge es um seine Frau und nicht nur um eine Plantage.

Als Jonah ebenso ausgebrannt war wie Elizabeth, als seine Hände nicht mehr aufhörten zu zittern und er vom Fieber ganz ausgetrocknet war, opferte auch er sich dem Land, das ihm gehörte, nicht nur von Rechts wegen, sondern von Bluts wegen, weil es das Leben seiner Frau gefordert hatte.

Paul gefiel der Gedanke, dass seine Eltern auf ihn herunterschauten, ihn beschützten, sich für ihn um Gottes Gunst bemühten, denn man brauchte sich nur anzuschauen, was er geschaffen hatte: Er hatte auf dem Fundament aufgebaut, das man ihm hinterlassen hatte, und hatte den Reichtum angehäuft, nach dem sie gestrebt und für den sie ihre Körper zermürbt hatten. Seinen Eltern hatte es an nichts gefehlt; und sie hatten ihm ein Leben ermöglicht, in dem es auch ihm an nichts fehlte, er konnte sich jedenfalls an keinen Tag erinnern, an dem er gehungert hatte. Aber sie hatten nicht geruht, obwohl ihnen das Land von Rechts wegen gehörte, oder, wenn es nach ihm ging, auch jenseits allen Rechts, nach dem Motto: Niemand kann dich aufhalten; nimm dir so viel, wie du verdammt noch mal willst!

Gott hatte seinem Vater eine Bestimmung gegeben,

sein Vater hatte sie an ihn weitergereicht, und Paul sah es als seine Pflicht an, sein Wort an Timothy weiterzugeben. Denn am Anfang war das Wort, und das Wort war nicht nur bei Gott: Das Wort *war* Gott. Die erste Äußerung, die allererste Anrufung, der ursprüngliche Zauber, der durch reine Willenskraft aus dem Nichts ins Sein gekommen war, Nichts in Alles verwandelt hatte. Eine Macht, so groß, dass sie nur zu atmen brauchte, um Unwirkliches Wirklichkeit werden zu lassen und Sichtbares aus Unsichtbarem zu schaffen.

Kurz nach Timothys Rückkehr hatte Paul ihn an den gleichen Ort geführt wie sein Vater ihn viele Jahre zuvor, hatte auf die gleichen Baumkronen gedeutet, lächelnd den gleichen Horizont betrachtet, hatte sich ebenso freimütig im Kreis gedreht. Und als er Timothy die Hand auf die Schulter gelegt hatte, hatte Paul unerwartet die gleiche Ausgelassenheit empfunden, die Jonah damals hatte auflachen lassen. Aber als der Junge zu ihm aufgeschaut hatte, waren seine Augen traurig gewesen, es hatte kein Staunen in seinem Blick gelegen. Es gab keine überschwängliche Freude, die vom Vater auf den Sohn übersprang. Nur der schwere Geruch der Baumwollblüten hing in der Luft, und Wind wehte über ihren Köpfen.

Nachdem Timothy einen Blick auf die dunklen Wolken in der Ferne geworfen hatte, schaute er wieder zu seinem Vater auf. »Regen?«

Regen. Später beim Abendessen hatte Paul Timothy beobachtet. Und während der Abend sich auf sie herabsenkte, betrachtete er seinen Sohn im Kerzenschein, der gerade genug Licht spendete, um ihn zu erkennen, Schatten über alle Gesichter huschen und die Augen der Dienerschaft im Dunkel aufleuchten ließ. Ließ sich nicht mit etwas Spitzfindigkeit behaupten, dass die große Fläche des Landes selbst – die sich vom Fluss zu den Wäldern, vom Sonnenauf- bis zum Sonnenuntergang erstreckte – ein handfester Beweis für Gerechtigkeit war? Dass sein Besitz Bestätigung war?

Bestätigung wofür?

Dafür, dass die Dinge genau so waren, wie sie sein sollten.

Timothy aß manierlich, und Paul sah ihm dabei zu. Vielleicht hatte Ruth doch recht gehabt. Vielleicht hätte Timothy doch hier seine Bildung bekommen sollen, wenn nicht im Schoße Abrahams, so doch gewissermaßen in dem von Elizabeth, wo seine Hände, wie die von Paul, die Erde so kennenlernen konnten, dass er sie nie wieder zu berühren brauchte. Stattdessen erzählte Timothy jetzt von bitteren Wintern, wie man sie sich in Mississippi nicht einmal vorstellen konnte; von rechtschaffenen Männern, die eloquent von Freiheit redeten; und von freien Niggern, wovon Paul gehört, auch wenn er nie einen zu Gesicht bekommen hatte.

Timothy widmete sich mit Könnerschaft einer höchst eigentümlichen Kunstform, und Paul war gegen seinen Willen beeindruckt von der göttlichen Gabe seines Sohns. Auch wenn Timothy Gott nie erwähnte. Und kein niedergeschlagener Blick deutete darauf hin, dass er sich je mit diesen Dingen beschäftigte. Der Norden hatte ganze Arbeit geleistet.

Als alle den Tisch verließen und die Sklaven abräumten, blieb Paul sitzen. Etwas ließ ihn ausharren, und er versuchte herauszufinden, was es war. Er hatte diesmal nicht einmal bemerkt, wo Maggie das Besteck hingelegt hatte. Er hatte weder dem Tischtuch noch den scharfen Knicken an den Ecken Beachtung geschenkt. Nicht einmal, als er beim Essen auf etwas Hartes gebissen hatte – wie ein Knochen, aber rund und verbrannt, und zwar in dem Huhn, das Maggie und Essie ihm gemeinsam vorgesetzt hatten –, hatte er etwas gesagt. Er hatte es selbst tranchiert, daher konnte er niemandem einen Vorwurf machen.

Er rührte sich nicht. Saß da, während das Kerzenlicht immer schwächer wurde. Rieb sich die Augen. Zog die Uhr aus seiner Tasche, die mit einer Goldkette an seinem Hosenbund befestigt war. Es war erst acht. Er war nicht müde, hatte jedoch keinerlei Wunsch aufzustehen.

Es kam aus heiterem Himmel. Begann nicht in seinem Brustkorb, wie er anfangs gedacht hatte, sondern in seiner Magengrube. Ein Rumoren – er griff sich an den Bauch. Er kannte das Gefühl. Er fragte sich, ob er es rechtzeitig zum Plumpsklosett schaffen würde oder ob er Maggie befehlen sollte, ihm eine Bettpfanne zu bringen. Wie unziemlich, seine Hose im Esszimmer zu öffnen, mit entblößtem Hinterteil zu stehen, wo man tafelte; womöglich würden sich beide Gerüche auf unschöne Weise vermischen, sodass man sie vielleicht nie mehr voneinander trennen konnte. Nein, das durfte nicht sein.

Er stand auf. Lief in die Küche, vorbei an Maggie – die ihn nicht ansah, sondern den Kopf senkte, so wie es sich gehörte – und Essie, die ihm den Rücken zudrehte, nahm die Lampe, in deren Licht sie putzten, und rannte nach draußen. Er platzte durch die Tür, stürmte die Treppe hinunter und eilte linker Hand an Ruths Garten vorbei zu dem einsamen roten Plumpsklosett am Waldrand.

Das schmale Gebäude hob sich grell vor der Wildnis ab. Er hatte es weit genug vom Haus weg bauen lassen, damit der Geruch nicht zu unangenehm wurde. Nicht weit von den Blumen entfernt, damit ihr Duft den Gestank kaschierte. Er rannte hinein, schloss die Tür hinter sich und stellte die Lampe auf den Boden. Gestank in der Sommerluft, summende und sirrende Insekten; er machte sich nicht die Mühe, nach Schlangen zu suchen, dazu war keine Zeit mehr. Er konnte die Hose nicht schnell genug herunterziehen, es dauerte zu lange, die Hosenträger zu lösen. Als er spürte, wie ihm etwas Warmes das Bein hinunterlief, hätte er fast den Namen des Herrn missbraucht.

»Maggie! Maggie!«, schrie Paul.

Sie kam ihm nicht schnell genug gelaufen, klopfte an die Tür.

»Massa? Sie ham gerufen?«, sagte sie und hielt eine andere Lampe hoch.

»Hast du ein Tuch mitgebracht?«

»Nein, Sir. Sie wollen n Tuch?«

»Hätte ich dich gerufen, wenn ich … egal. Lauf los und hol eins. Schick Essie, wenn du es nicht schnell genug bringen kannst. Mach schon!«

Einen Augenblick später klopfte Essie an.

»Massa, ich bring das Tuch von Maggie …«

Paul öffnete die Tür und sah zuerst nur ihre Lampe. »Ja, ja. Gib schon her.«

Paul nahm es.

»Was … das ist ja … knochentrocken. Hast du es nicht angefeuchtet? Und wo ist die Schüssel mit Wasser?«

»Ach, Sie wollen auch Wasser, Massa?« Essie schlug sich die Hand vor den Mund. »Maggie hat nur gesagt, n Tuch. Das hab ich gebracht. Bin gerannt und hab Ihnen das Tuch gebracht.«

»Verflucht noch mal!«, schrie Paul. »Maggie! Ruf Maggie. Maggie!«

»Maggie!«, rief auch Essie.

Maggie kam zurück.

»Maggie, bring mir sofort eine Schüssel Wasser. Und eine frische Hose. Und zwar ein bisschen plötzlich. Essie, hier.« Paul nahm seine Hose, an der noch die Hosenträger baumelten. »Geh und mach sie sauber. Wasch sie gründlich aus, verstanden?«

Maggie schaute zu Essie zurück. Sie tauschten Blicke. »Ja, Sir«, sagte Essie und hielt die Hose von sich weg.

Gleich darauf kam Maggie zurück.

»Hier, Sir«, sagte sie und stellte die Schüssel und die Lampe auf den Boden.

Paul reichte ihr das Tuch, und sie tauchte es in das warme Wasser und gab es ihm zurück. Er sah sie mit schmalen Augen und gerunzelter Stirn an.

»Du erwartest doch wohl nicht …«

Er stand auf, drehte sich um, den Hintern auf gleicher Höhe mit Maggies Gesicht.

»Wasch mich.«

Er hielt sich die Genitalien, während Maggie ihm wie bei einem Säugling Hintern und Bein abwischte. Danach warf sie das schmutzige Tuch in die Schüssel und gab Paul seine Hose.

»Wo sind meine Hosenträger?«, fragte er, als er die Hose hochzog, die zu weit war und sofort wieder herunterrutschen würde.

»Massa, Sir, die ham Sie doch Essie zum Auswaschen gegeben.«

»Verdammt!«, rief Paul aus. »Beweg dich«, fuhr er fort, als er sich an Maggie vorbeidrängte und zurück ins Haus marschierte, wobei er die Hose am Bund festhielt, damit sie ihm nicht auf die Knöchel rutschte.

Er wollte ihnen die Schuld geben. Und so ließ er sie in der Küche stehen, während er auf und ab ging und sie ansah, als wären seine Worte doch klar und deutlich gewesen. Er würde den Arzt rufen, der ihm etwas verschreiben würde – einen beruhigenden Tee, ein heilendes Einreibemittel vielleicht. Seit dem letzten Mal hatte er alles aufgebraucht. Er sah Maggie und Essie an. Sie hatten die Köpfe gesenkt und hielten sich an den Händen.

»Lasst das«, fuhr Paul sie an und deutete auf ihre Hände. Sie ließen einander los. »Pah«, zischte er. »Am liebsten würde ich euch beiden eine Tracht Prügel geben«, sagte er. Er musterte sie von oben bis unten, beide weiß gekleidet, beide mit schwarzer Haut, auch wenn eine von beiden größer und kräftiger und der Körper der anderen ihm vertrauter war. »Maggie – keine Cranberry-Sauce mehr zum Abendessen«, sagte er schließlich. »Oder es war das verdammte Gemüse, die Gewürze …«

Maggie nickte. »Ja, Massa«, sagte sie und warf Essie einen kurzen Blick zu, bevor sie wieder zu Boden sah. Dann: »Oh, Massa, tut mir so leid! Ihr Schuh.« Sie deutete auf den Boden.

Auf Pauls schwarzer Stiefelspitze prangte ein brauner Fleck.

»Den können Sie mir geben, Sir. Ich poliers für Sie«, sagte Essie und kniete sich vor ihn, um sie ihm auszuziehen. Maggie kniete sich neben sie.

Paul hielt sich an der Wand fest, als sie ihn aufschnürten und auszogen. Drei Lampen auf dem Boden tauchten alles in ein warmes Licht. Ihm gefiel, wie Maggie und Essie dort unten zu seinen Füßen herumkrochen. Aber etwas war seltsam. Sie knieten vor ihm, aber für einen kurzen Moment hätte er schwören können, dass sie über ihm aufragten.

Und dass er vor ihnen kniete.

»Ja, Vetter, ich *brauche* einen Drink«, sagte Paul zu James.

Er und James überließen die Baumwollsäcke James' Männern, gingen zur Scheune, bestiegen zwei Pferde, die der Nigger ihnen brachte, der all seine Pflichten erfüllte – bis auf eine. Und kurz zuvor war ihm als mögliche Lösung des Problems Jesus präsentiert worden, von einem anderen Nigger. Die waren in den Augen von Jesus eigentlich alle unbedeutend und nichtswürdig. Und doch war Paul ins Grübeln gekommen.

Sie ritten über einen steinigen, staubigen Pfad. Von allen Seiten ertönte der abendliche Gesang der Vögel und Zikaden. Deshalb standen die Bäume da, dachte Paul, um zu schützen und zu behüten. Sie bildeten die lebende Grenze zwischen den Menschen und der Natur, die Jehova ihm geschenkt hatte, damit er sie sich untertan mache. Grenzen, die unter gewissen Gefahren überquert werden konnten, aber der Mensch hatte sich von allen Lebewesen als das überlebenstüchtigste erwiesen.

Es war ungewöhnlich kühl, sodass es Paul nichts ausmachte, so dicht neben seinem Cousin zu reiten. Sogar im schwindenden Licht und beim honigfarbenen Schein der Lampe hatte er die Verwandtschaft zwischen ihnen bemerkt. Man hatte ihm erzählt, dass seine Mutter und seine Tante einander verblüffend ähnlich gesehen hätten. Und an diesem Ort zwischen Licht und Dunkelheit sah Paul, dass bei James die mütterliche Linie ausgeprägter war als bei ihm. Trotz der verdrießlich gerunzelten

Stirn sah James ihren Müttern, Elizabeth und Margaret, ähnlich. Darum war es Paul auch nicht schwergefallen, James' Geschichte zu glauben. Verwandtschaft war auf einer unterschwelligen Ebene, wenn auch nicht auf den ersten Blick, deutlich erkennbar. Paul war froh darüber, dass seine geistigen Sinne damals einwandfrei funktioniert hatten, sodass er seinem eigen Fleisch und Blut nicht die Tür gewiesen hatte, denn all seine anderen Verwandten waren – bis auf die Familie, die er selbst gegründet hatte – tot, oder zumindest so gut wie.

Zwischenzeitlich hatte er geglaubt, auch seine Familie würde aussterben. Ruths Schoß hatte die Kinder anfangs nicht halten können. Vielleicht hatte es damit zu tun, dass sie noch so jung gewesen war. Aber schon bald schenkte sie ihm einen Sohn mit grellrotem Haarschopf und durchdringenden Augen, und die ganze Stadt war gekommen, um ihn zu bewundern. Paul sah den Neid, wenn er erzählte, dass Timothy nicht wie andere Kinder verschrumpelt auf die Welt gekommen war. Nein, er war, ähnlich wie Jesus, mit einem Heiligenschein aus Locken und kornblumenblauen Augen auf die Welt gekommen, die in die Seelen jener zu blicken schienen, die ihn ins Leben geleiteten. Als er einen tiefen, lang anhaltenden Schrei ausstieß, lachten Paul und Ruth erleichtert auf, weil die anderen Kinder nur schwach gewimmert hatten, bevor sie schließlich viel zu schnell wieder zu Staub geworden waren.

Bald tauchte die Stadt Vicksburg auf. Frauen in Reifröcken und Männer mit breitkrempigen Hüten zu Pferd oder in der Kutsche. Ladenbesitzer – der Schneider, der Fleischer, der Apotheker, der Herrenausstatter – verabschiedeten die letzten Kunden und schlossen ihre Geschäfte.

Paul und James ritten zum Saloon. Davor stand ein Gentleman. Anders als die, die Kleidung, Fleisch, Medizin und Hüte verkauften, begrüßte dieser Mann seine Gäste; er würde sich erst von ihnen verabschieden, wenn im Osten die Morgensonne über den Bäumen aufging. Sie stiegen ab, banden die Pferde an und grüßten den Mann auf dem Weg in den Saloon. Drinnen gingen sie mit einem Nicken an anderen Gästen vorbei und setzten sich ganz hinten an einen kleinen Tisch. Bei der Schankkellnerin, langes schwarzes Kleid mit weißer Schürze, bestellte James lächelnd ein dunkles Ale, Paul Whiskey. Sie schwiegen, nahmen die Geschäftigkeit des Ortes in sich auf, bis die Kellnerin das Gewünschte brachte.

»Denkst du darüber nach, dem Nigger zu geben, was er will?«, fragte James und trank einen Schluck aus dem Krug.

Paul schnupperte an dem Whiskey. Mild und einen Hauch zu süß. Er stellte das Glas zurück auf den Tisch.

»Die eigentliche Frage ist, ob ein Nigger zum Geistlichen taugt«, sagte Paul.

»Oder ob Nigger überhaupt einen brauchen«, fügte James hinzu.

»Das ist nicht die richtige Frage«, sagte Paul. Wieder

einmal fiel ihm auf, dass James sich nicht so gut mit der Bibel auskannte wie er. »Selbst das Wasser gehorcht dem Wort Gottes.« Paul schüttelte den Kopf. »Aber kann ein Nigger das Wort Gottes angemessen verbreiten, ihm die Ehre erweisen, die ihm gebührt, und das kraft seines Verstandes?«

»Ich sage Nein.« James ballte die Hände zu beiden Seiten seines Kruges zu Fäusten.

Paul fügte hinzu: »Ich glaube, die grundlegende Frage ist, ob Nigger eine Seele haben.«

James grinste. »Darüber haben schon größere Männer debattiert, seit die ersten Siedler sich in diesen Breiten niedergelassen haben. Schätze, wir finden die Antwort nicht an diesem Tisch oder in diesen Gläsern.«

James hielt Paul sein Schnapsglas hin und deutete mit dem Kopf darauf. Sie stießen an.

Auf dem Rückweg sang James ein altes Seemannslied, das er, wie er sagte, auf der Überfahrt gelernt hatte. Es war ziemlich unflätig, und Paul dachte kopfschüttelnd, dass James Jesus womöglich dringender brauchte als die Nigger. Aber er schmunzelte auch darüber, vielleicht brauchte auch er selbst Jesus.

»Du hast nie viel von der Reise erzählt. Oder von England. Oder, wenn wir schon dabei sind, von meinem Onkel und meiner Tante«, bemerkte Paul ruhig.

James atmete tief ein, dann seufzte er. »Ich weiß kaum noch was über meine Eltern. Auch wenn die Bilder von Tante Elizabeth in deinem Haus mich an einiges erinnert haben.« James sah geradeaus, eingelullt vom rhythmisch schaukelnden Gang des Pferdes. »Und was gibts über England und das Schiff schon zu sagen? Ich erinnere mich nur an den Dreck.«

Paul sah James einen Moment lang an, dann nickte er. »Ist wohl so«, sagte er. »Ist wohl so.«

Sie erreichten das Tor der Elizabeth Plantation. Beide noch zu Pferd, hoben sie die Lampen, um einander gute Nacht zu wünschen. Dann ritt Paul in eine Richtung davon, James in die andere. Paul stieg vor dem Haus ab und band das Pferd dort an, statt es in die Scheune zurückzubringen, wo Samuel oder Isaiah sich darum kümmern konnten. Müde und leicht betrunken von dem Whiskey ging Paul ins Haus, die Treppe hinauf und ins Bett. Er hatte Sehnsucht nach Ruth, aber nicht mehr die Kraft, sich die Stiefel auszuziehen, geschweige denn, in ihr Zimmer zu gehen, sie mit dem Licht der Lampe zu wecken und sich bei alldem zu fragen, ob sie noch jung genug war, um Timothy eine Schwester zu schenken. Nicht, dass Timothy nicht schon Schwestern gehabt hätte, aber er meinte eine, die Ruth und er anerkennen konnten, deren Hautfarbe nicht verunreinigt war und die der Liebe entsprang.

Er schloss die Augen, Speichel sammelte sich in seinen Mundwinkeln, als er lächelte und geräuschvoll atmete. Das Dunkel, von dem er nicht wusste, dass es lebendig war, kroch in sein Zimmer und verschlang alles, sogar das Licht der Lampe.

Als er hustend erwachte, fielen goldene Sonnenstrahlen ins Zimmer, weil er vergessen hatte, die Vorhänge zu schließen. Ein vorherrschender Gedanke verdrängte alle anderen: Gib Gott alle Ehre. Also ja. Er würde Amos von Gottes Wort erzählen. Paul rieb sich das Gesicht. Er setzte sich auf, stellte die Füße auf den Boden und drehte sich zum Fenster. Im hellen Licht musste er die Augen zusammenkneifen, in seinem Kopf pulsierte es. Trotzdem lächelte er. James hat nicht ganz recht, dachte er. Vielleicht fand man die Antwort nicht in einem, zwei oder drei Gläsern Whiskey. Aber mit ausreichend mildem süßem Ambrosia ließ sich die Antwort vielleicht herbeilocken.

Nachdem er Amos ein paar Monate unterrichtet hatte, bekam dieser Gelegenheit zu zeigen, dass Nigger mehr sein konnten als Tiere. Amos' Predigten draußen unter den Bäumen hatten den richtigen Ton und Inhalt, und Paul musste zugeben, dass in der Art, wie Amos die Worte wiederholte, die er ihm beibrachte, eine gewisse Melodik lag, die Paul fehlte. Aber enthielten sie auch originelle Gedanken?

Als Amos eines Tages weinend zu Paul kam, nachdem Essie endlich ein Kind geboren hatte, was bestätigte, dass Paul recht gehabt hatte, erzählte Amos ihm von Träumen über eine weiße Welt, in der er fiel. Paul erkannte es sofort als eine Botschaft des Heiligen Geistes. Er konnte nicht verstehen, wie Gott nach so wenigen Monaten beschließen konnte, einem Nigger die Hand auf die Stirn zu legen – und das obwohl Paul selbst nicht einmal in der Ekstase seiner mitternächtlichen Gebete, wenn er, ausgestreckt auf dem Boden liegend, aus den Sprichwörtern, den Psalmen und dem Buch der Prediger rezitierte, auch nur die kleinste Berührung Gottes gespürt hatte: weder auf der Schulter, die seit der Berührung seines Vaters zu leuchten schien, noch auf der Stirn. Ihm blieb keine andere Wahl, als verständnisvoll zu nicken. Er würde Gottes Willen nicht anzweifeln, denn der war allmächtig.

Ja, nun musste er es zugeben. Nigger hatten eine Seele. Was ihn vor neue Probleme stellte. Wenn Sklaven eine Seele hatten, wenn sie mehr waren als die Tiere, auf die er und jeder andere Mann ein göttliches Anrecht hatten. Was bedeutete es dann, sie zu bestrafen, und oft so hart? War ihre Fronarbeit auf Pauls Plantage der Lohn für die Sünden ihrer Väter? Er suchte in der Heiligen Schrift nach Antworten und fand Trost. Denn Gott hatte klar und eindeutig verkündet, man solle dem Kaiser geben, was des Kaisers war, und Sklaven sollten gehorsam sein, um eines Tages in jener auserlesenen Baumwollplantage des Himmels Wiedergutmachung zu bekommen. Die Wolken schienen das zu beweisen.

Aus dem Nichts etwas aufzubauen, war keine leichte Aufgabe. Das Land war eigensinnig. Die Nigger ebenfalls. Nur wenn man die Kontrolle an sich riss, die beide, Land und Nigger, zu haben glaubten, nur wenn man beider Willen dem eigenen unterwarf, konnte man besitzen, was sich frei wähnte.

Samuel und Isaiah hoben sich von der ununterscheidbaren schwarzen Masse der Nigger durch ihre Muskelmasse ab, was er von Anfang an so geplant hatte, als er die beiden in der Scheune arbeiten ließ. Man konnte ihnen das Gewicht eines Heuballens zumuten, wofür man, ebenso wie für das Baumwollpflücken, einen starken Rücken brauchte. Außerdem waren schwarze Kinder keine richtigen Kinder. Nigger-in-spe, aber keine Kinder.

Der Plan war, sie durch strategische Streuung ihres Samens zu vermehren. Mit dem richtigen Weib gepaart, war jeder ihrer Nachkommen perfekt für das Feld, die Farm, fürs Ficken oder für die Fronarbeit geeignet. Nigger mit vielen Verwendungsmöglichkeiten.

Doch eines Morgens sah Paul, wie seine Pläne zunichtegemacht wurden – rechts von ihm, im schattigen Winkel seiner Bibliothek, wohin die Sonne nie schien und wo er seine besten Bücher aufbewahrte, damit sie nicht vergilbten. Genau dort waren seine Pläne zu Staub zerfallen, als Amos das Kapitel über Sodom rezitierte und behauptete, genau dazu sei die Scheune geworden.

»Ihr Blut komme über sie. Ihr Blut komme über sie«, hatte Amos zitternd geflüstert, den Kopf gesenkt, die Hände zum Gebet gefaltet.

Nigger waren untereinander nicht loyal. Nie wäre es möglich gewesen, sie unter ein Joch zu zwingen, sie über den weiten Ozean, über grüne Wiesen, Wälder und Hügel zu bringen und zur Ernte von Zuckerrohr, Indigo, Tabak, Baumwolle und anderem zu zwingen, hätte es keinen Verrat an ihrer eigenen Sippe gegeben, zu dem nur sie fähig schienen.

Obwohl: Das war nicht ganz die Wahrheit.

Auch die Europäer neigten dazu, das Schwert zu ziehen, um es ihren Brüdern an den Hals zu halten. Aber sie hatten schon vor langer Zeit beschlossen, dass man seine Konflikte manchmal vorübergehend beiseiteschieben musste: ein Waffenstillstand zum Wohle der Allgemeinheit. Nigger hatten das noch nicht gelernt.

»Habe ich dich die Heilige Schrift gelehrt, damit du sie so missbrauchst?«

Paul saß hinter seinem Schreibtisch, Amos kniete davor.

»Hast du nach all der Zeit wirklich vergessen, dass es deine Pflicht ist, die Frohe Botschaft zu verbreiten?«

Amos schwieg, hatte jedoch das fiebrige Aussehen eines Mannes, der etwas gesehen hatte und verlangte, Gehör zu finden, auch wenn dumme Menschen ihn für seine Warnungen auslachten. Trotzdem konnte Paul seine Niederlage nicht eingestehen und war wild entschlossen, sie als Sieg zu betrachten.

»Das ist doch ein Trick. Du hast bei dem, was du mir versprochen hast, versagt. Muss ich dich an den Tag erinnern, als du das Gespräch zwischen meinem Vetter und mir unterbrochen hast?« Paul stand auf und deutete durch das Fenster auf die Plantage. »Du willst Gott doch wohl nicht die Schuld dafür geben, dass du gescheitert bist?«

»Nein, Massa, gar nich. Ich sag die Wahrheit. Nix wie die Wahrheit.«

Paul beugte sich vor, die Hände auf die Tischplatte gestützt.

»Dann sag mir: Was hast du für Beweise?«

Amos wischte sich die Stirn ab. »Massa, Sir, ich geb mich demütig in Ihre Hand. Mein erster Beweis is, keiner der Jungs hat sich ganz einer Frau hingegeben. Die können nich beide unfruchtbar sein. Das is nich inner Natur von dem Gott, den Sie mir in Ihrer Güte gezeigt ham. Das Erste, was Sie mir erklärt ham.«

Paul neigte den Kopf. »Und der zweite?«

Amos räusperte sich und schluckte. »Der zweite is: Ich hab gesehen, wie sich ihre Schatten in der Nacht berührt ham.«

Paul seufzte, dann schüttelte er den Kopf. Was sollte das heißen, wenn Schatten sich berührten, und was spielte es für eine Rolle, ob es am Tag oder in der Nacht geschah? Die Schatten von Eimern berührten sich. Die Schatten von Bäumen auch. Teufel, Pauls und James' Schatten berührten sich manchmal, wenn sie nebeneinanderstanden. *Natürlich* berührten sich die Schatten der beiden! Sie lebten zusammengepfercht in der Scheune. Es war die gleiche Art von Nähe wie im Krieg; die Soldaten standen einander nahe wie Brüder, manchmal sogar noch näher. Es gab keinen Grund, Sodom und Gomorra ins Spiel zu bringen, schon gar nicht auf dem Land, das ihm sein Vater vererbt hatte und das den Namen seiner Mutter trug.

Paul setzte sich wieder. Er lehnte sich auf seinem Stuhl zurück und legte die Fingerspitzen aneinander. Er konnte nicht sagen, was die größere Sünde war: wenn Amos die Wahrheit sagte oder wenn er log. Diese Sache konnte nur durch Beten geklärt werden, ein tiefes, hingebungsvolles Gebet. Das war, wofür sie gearbeitet hatten, die Menschen, die eine weite Reise durch die Wüste zurückgelegt hatten und doch nicht verdurstet waren. Denn sie waren dabei fortwährend auf die Knie gesunken und hatten dem gedankt, der ihnen Fels, Brot und Wasser gewesen war. Oh ja, Lob sollte über Leid gestellt werden, denn Gott hatte gesagt: Du sollst keine anderen Götter haben neben mir und euch soll die Fülle des Himmels gehören.

Paul stand auf, ging um den Schreibtisch herum und schaute auf Amos hinunter. Dann hob er die Hand und schlug ihm brutal ins Gesicht. Amos duckte sich und flehte um Gnade.

»Beim Blut von Jesus, Massa! Beim Blut von Jesus!«

Tatsächlich war, dachte Paul, Jesu Blut genau das, was in dieser Situation gefordert war.

Später, im Saloon, hatte James gelacht.

»Ich bin erstaunt, dass du erstaunt bist, Vetter«, sagte James zwischen zwei Schlucken Ale. »Hast du vielleicht erwartet, dass das, was die Nigger tun, irgendeinen Sinn ergibt?« Er lachte erneut. »Das sind Nigger, Himmelherrgott noch mal!«

»Kein Grund, den Namen des Herrn zu missbrauchen«, sagte Paul und umfasste mit beiden Händen sein Whiskeyglas. »Ich bin mir nicht sicher, ob Amos überhaupt verstanden hat, was er gesehen hat. Das Wort Gottes überfordert ihn. Ist wohl zu viel für einen Niggerverstand.«

»Niggern trau ich alles zu«, sagte James. »Egal, ob es Lügen oder Beieinanderliegen ist.«

»Trotzdem, es gibt so etwas wie eine natürliche Ordnung«, erwiderte Paul.

»Weißt du nicht, dass Nigger sich über alles hinwegsetzen? Vor nicht allzu langer Zeit musste ich sie dafür bestrafen, dass sie Ruth schief angesehen haben. Das sind üble Burschen, hast du selbst gesagt. Glaubst du, die sind zu Höherem fähig, nur weil du es ihnen befiehlst?«

»Sie haben Ruth schief angesehen?«

»Das hat sie zumindest gesagt.«

Paul rieb sich die Unterlippe. »Warum hat sie mir das verschwiegen? Und warum hast du es mir nicht erzählt?«

»Du bezahlst mich dafür, dass ich meine Arbeit mach, nicht dafür, dass ich dich damit belaste. Ruth weiß das auch.«

Das freute Paul. Er wurde wieder ernst. »Ich dulde kein Heidentum.«

»Dann versteh ich dein Zögern nicht. Wenn du sie verkaufst, kriegst du wenigstens Geld.«

»Ich verschwende nicht gern das, was ich selbst herangezogen habe. Das weißt du.«

»Dein Stolz wird noch mal dein Tod sein, Vetter.«

Keiner der beiden Scheunen-Zuchthengste entstammte Pauls Linie. Vielleicht war das das Problem. Er hatte ihnen ihre ursprünglichen Namen genommen und sie nach rechtschaffenen Männern benannt, aber anscheinend hatte das ihre Leidenschaften nicht in anständigere Bahnen gelenkt. Durch irgendeinen unsichtbaren bösen Einfluss konnten Samuel und Isaiah, zwei einfältige Nigger, eine Körperöffnung nicht von der anderen unterscheiden. Die beiden waren widerspenstig.

Paul wusste, dass es derartig unnatürliche Vorgänge auch in der Antike gegeben hatte: Auch die Griechen und Römer, die ansonsten große Männer waren, hatten sich solch obszönen Intimitäten hingegeben. Und diese heidnischen Bräuche hatten seiner Meinung nach zu ihrem Untergang geführt. Es war unausweichlich gewesen, dass Zeus und seinesgleichen von Jehovah verdrängt wurden, weil Chaos immer Ordnung weichen musste.

Schon bei der Vorstellung, dass zwei Männer sich einander hingaben, lief Paul einen Schauder über den Rücken; ihm wurde übel. Er konnte sich nicht erlauben, den göttlichen Zorn herauszufordern, der sie unweigerlich ereilen würde und auch Unschuldige treffen konnte. Wie alle alten Männer konnte auch Gott manchmal rätselhaft willkürlich sein; nicht immer traf er sein Ziel. So vielen toten Halifax-Kindern war das irdische Leben verweigert worden, aber glücklicherweise waren sie getauft, sodass zumindest das ewige ihnen sicher war.

Isaiah und Samuel waren kräftige junge Prachtexemplare, die auf Unterweisung besser reagierten als auf Bestrafung. Er hatte sie für die Arbeit in der Scheune eingeteilt, noch bevor sie in die Pubertät kamen. Ihre schlanke, muskulöse Statur war bewundernswert. Dadurch, dass er ihnen diese Arbeit übertrug, hatte er nicht nur gehofft, ihren Körperbau zu stählen, sondern auch ihren Charakter. Sich um lebende Tiere zu kümmern, hatte diese Wirkung. Nachdem ihre Verwandlung komplett und sie bereit waren, wollte er sie zur Zucht verwenden, in der Hoffnung, sanftmütige und zugleich starke Nigger zu bekommen, die den Ertrag auf der Plantage steigern würden. Das hätte seinen Eltern gefallen.

Er beobachtete die beiden draußen vor der Scheune. Jung, gesund, schwarz und blauschwarz, bewegten sie sich mit einer Effizienz und Geschicklichkeit, die er bei Niggern nicht für möglich gehalten hätte. Sie schienen eine Art System entwickelt zu haben, das ihnen ermöglichte, alle möglichen Arbeiten zu erledigen und anschließend den anderen Niggern auch noch beim Pflücken auf dem Feld zu helfen. Sie pflückten fast so viel wie die anderen in der Hälfte der Zeit.

Sie standen einander nahe, das war anscheinend des Rätsels Lösung. Sie schienen sich gegenseitig immer wieder Energie zu geben oder inspirierten einander auf eine Art, wie es nicht einmal die Paare vermochten, die Paul nicht gewaltsam zusammengebracht hatte. Wären sie seine Söhne gewesen, sie hätten ihn mit Stolz erfüllt.

Als Paul schließlich entschlossen zum Gatter schritt,

war es noch früh am Morgen – so früh, dass die Sonne noch nicht alles beherrschte und Land und Leute in ihr gleißendes Licht tauchte. In der linken Hand hatte er eine Peitsche, die an seiner Seite baumelte und deren Spitze über den Boden schleifte. In der rechten hatte er die Bibel, dieselbe, mit der er Amos zivilisiert hatte. Er hatte den Hut bis zu den Augenbrauen ins Gesicht gezogen, und die beiden oberen Knöpfe seines Hemdes standen offen, sodass sein Brusthaar herausquoll. Er öffnete das Gatter, ohne sich die Mühe zu machen, es wieder zu schließen. Es wäre ihm nie in den Sinn gekommen, James oder einen von den anderen Tölpeln mitzunehmen, für den Fall, dass er mit den Niggern nicht fertig wurde.

Der Geruch des Löwenzahns, der sich mit dem von Dung mischte, war fast überwältigend. Paul ging durch den Gestank in die Scheune, wo Isaiah und Samuel schon bei der Arbeit waren. Als sie ihn sahen, erstarrten sie. Die Köpfe gebeugt, die Haltung hoch aufgerichtet, standen sie dicht nebeneinander, aber ohne einander zu berühren.

Paul spürte eine leichte Brise auf der Haut, die seine Brusthaare kitzelte und ihn zwang, die Augen zu schließen. Es fühlte sich an wie eine sanfte, unsichtbare Berührung.

»Samuel«, sagte er leise. »Bring mir einen Schluck Wasser.« Whiskey wäre ihm lieber gewesen.

Paul beobachtete, wie Samuel mit beunruhigtem Gesichtsausdruck die Schöpfkelle holte, vorsichtig, um nicht einen Tropfen zu verschütten. Einen Moment lang glaubte Paul, dass er Angst hatte, aber sein Gang war nicht zögerlich, seine Hand zitterte nicht, der gesenkte Kopf verriet keine Unterwürfigkeit. Vor ihm stand jemand, der unter all dem Schmutz und Gestank der Arbeit glaubte, einen Schimmer von Wert zu besitzen. Eitelkeit – das erklärte einiges.

Paul setzte sich auf eine Bank und bedeutete Isaiah und Samuel, sich vor ihn zu stellen. Er öffnete die Bibel, die Peitsche immer noch in der Hand.

»Das bedeutet Ärger«, sagte er, ohne den Kopf zu heben, während er das Buch durchblätterte, als würde er nach einer bestimmten Stelle suchen, bevor er es mit einem lauten Knall schloss, der Isaiah zusammenzucken ließ.

»James sagt, Nigger hätten eine verderbte Natur, aber ich glaube, Natur kann man ändern. Ich habe gesehen, wie mein Vater es mit seinen eigenen Händen getan hat. Er hat den Lauf von Flüssen geändert. Bäume gefällt. Blumen gepflanzt, sodass sie wuchsen, wo er wollte. Er hat Fische und Geflügel gefangen, um uns zu ernähren. Hat sein Haus mitten auf dem Land gebaut, das er sich mit seiner Hände Arbeit rechtmäßig erworben hat. Sein Geburtsrecht, das Gott selbst zum Herrschaftsgebiet von meinem Vater bestimmt hat.«

In dem Moment ging die Sonne auf, tauchte Isaiah und Samuel Stück für Stück in ihr Licht, umgab ihre Köpfe mit einer Art Nimbus, der jedoch nicht blendete. Paul betete innerlich für eine Wolke, irgendetwas, um das Licht zu dämpfen, ein sicheres Zeichen dafür, dass Gott den beiden Elenden, die vor ihm standen, nicht seinen Segen gab. Dann wurde ihm klar, dass das Licht selbst die Botschaft war, ihm Einsicht schenkte, seine Weisheit lenkte, seine Autorität bestätigte; Gott zeigte ihm das Erste, was er geschaffen hatte. Es ging nicht darum, Isaiah und Samuel ein majestätisches Aussehen zu verleihen; das war unmöglich. Es war nur ein Sonnenaufgang. Endlich hatte Gott auch ihn berührt!

Er nahm Samuel die Kelle aus der Hand und trank, unerschütterlich in seiner Gewissheit. Er hatte keinen Durst, aber die beiden sollten sehen, wie elementar seine Macht war, dass er weder die Stimme noch die Hand zu erheben brauchte und trotzdem mit wenigen Worten die Wirklichkeit nach Belieben in die Knie zwang, in die einzige Ordnung, nach der sie funktionieren konnte. Paul lächelte.

»Ihr Blut komme über sie«, sagte er schließlich. Er seufzte. »Blut zu vergießen, ist leicht. Der Körper gibt seine Geheimnisse schon beim kleinsten Anlass preis. Das Einzige, was den Menschen vom Rest der Natur unterscheidet, ist sein Verstand, sein Wissen, selbst wenn dieses Wissen aus der Sünde geboren wurde«, sagte er, holte tief Luft und sah eindringlich in ihre verschlossenen Gesichter. »Fruchtbar!«, sagte er etwas lauter als beabsichtigt. »Mehret euch«, fuhr er fort, hob abrupt die Hand und ließ die Kelle fallen. Sie landete vor Samuels Füßen.

»Aufheben«, sagte Paul, die Bibel immer noch im Schoß.

Beide beeilten sich, zu gehorchen, und stießen mit den Köpfen zusammen, als sie sich vorbeugten. Hätten sie nicht so dicht nebeneinandergestanden, dachte Paul. Seine Augen brannten. Er bedeutete Isaiah und Samuel, sich zu beeilen. Er wandte sein Gesicht der Sonne zu.

Anfangs sah Paul in der Ferne nur ein Licht aufblitzen, dann Umrisse. Sie stand am Rand der Plantage, oder besser, in einer der äußeren Reihen. Die Baumwolle umgab ihre Taille wie ein weicher Gürtel, und bunte Vögel flogen über ihren Kopf hinweg. Elizabeth hielt Hof, nicht in der Vergangenheit, sondern im Hier und Jetzt; sie winkte ihm hektisch zu, oder bedeutete sie ihm, näher zu kommen? Paul stand auf. Nein, Elizabeth signalisierte ihm, er solle gehen. Aber wohin? Sie hielt inne. Ließ die Arme sinken. Paul rieb sich die Augen, sah wieder zur Plantage hinüber. Elizabeth war verschwunden, und mit ihr das, was sie ihm hatte sagen wollen.

Paul wandte sich wieder Samuel und Isaiah zu, die ihn mit großen Augen ansahen, als wäre er in Gefahr und nicht sie; fast hätte er gelacht, runzelte jedoch stattdessen die Stirn. Sein Erbarmen mit ihnen verflüchtigte sich, er war nicht weniger erstaunt über sein Verhalten als die beiden, und mehr denn je sehnte er sich nach der Bitterkeit von Schnaps.

Zum ersten Mal seit langer Zeit kamen ihm Zweifel. Er hatte keine Ahnung, was das Erscheinen seiner Mutter im Weiß des Baumwollfeldes zu bedeuten hatte oder warum ihr ruhiger Gesichtsausdruck ihre panischen Gesten Lügen strafte. Er ging hocherhobenen Hauptes davon, damit niemand ihm seine Unsicherheit anmerkte.

Es gab keinen Grund, sich umzudrehen, um die beiden Jungen noch einmal anzusehen, die er, wie er wusste, bald verkaufen musste, nicht weil sie sich weigerten, seinen Bestand an Kindern zu vermehren, sondern, weil solche Akte des Ungehorsams unweigerlich ansteckend waren. Er redete sich ein, dass die Traurigkeit, die ihn wie aus dem Nichts überkam und nicht von seiner Brust weichen wollte, mit den lästigen Vorkehrungen zu tun hatte, die er nun wegen der beiden unverschämten Nigger treffen musste. Dabei hatte sein Besuch in der Scheune ihn schon fast davon überzeugt, dass die beiden, die einander in ihrer Verwirrung stützten, auch zueinander gehörten.

Er hatte sie überrascht, wenn auch nicht so wie erhofft. Womöglich hatte er das Band zwischen ihnen noch gestärkt, ihnen das Gefühl gegeben, dass sie zusammen Arbeit schaffen konnten, die eigentlich nicht zu schaffen war. Dabei war das doch genau das, was er beabsichtigt hatte, wenn er ehrlich war. Sein Plan hatte zu *gut* funktioniert. Er hatte die beiden ermutigt, zusammen, im Einklang miteinander, zu arbeiten, und sie waren seinem Befehl gefolgt. Und war das nicht seine Schuld, weil er nicht bedacht hatte, dass es ihnen am nötigen Wissen, an

Urteilsvermögen fehlte, um Maß zu halten. Er hatte es doch mit eigenen Augen gesehen …

Nein! Wozu war er gekommen – um mit eigenen Augen was zu sehen? Nigger, die taten, was Nigger eben tun; niedere Lebewesen, die sich eben auch entsprechend benahmen Er war auf dem Holzweg gewesen. Seine Absichten und Pläne hatten den beiden das Gefühl gegeben, und sei es nur indirekt, dass sie so etwas wie einen Wert besaßen. Und das war ein Fehler.

Es konnte keinen Frieden geben. Paul konnte die Angelegenheit nicht auf sich beruhen lassen. Schon allein die Vorstellung gab ihm einen Stich. Er hätte es niemals zugegeben, doch er hatte das Gefühl, etwas Unbezähmbares würde ihn schützend umgeben, weniger Schutz als vielmehr Balsam. Es trieb ihn nach Hause. Seine Schritte wurden aber unsicher, als würde der Boden unter seinen Füßen Wellen schlagen. Die Glieder wurden ihm schwer, und er stolperte. Die Bibel glitt ihm aus den schweißfeuchten Fingern. Er fiel im Dreck auf die Knie; bevor alles schwarz wurde, sah er Timothy auf sich zurennen.

Was machte er auf dem Boden? Ach, ja. Er musste in der Hitze das Bewusstsein verloren haben. Das konnte nichts mit Isaiah und Samuel zu tun haben. Und hatten sie überhaupt dieses Leuchten gehabt, oder hatte er sich das nur eingebildet? Sklaven rieben sich manchmal mit Pflanzenöl ein, sodass sie in der Sonne glänzten. Das musste es gewesen sein.

Genau, die Sonne war an allem schuld, diese sengende

Sonne, die ihm auf den Kopf brannte. Ein Schluck von dem erfrischenden Brunnenwasser, und er war wieder auf den Beinen. Erschöpft sah Paul sich um. Einige Sklaven hatten sich um ihn versammelt, weinten und fragten, ob es ihm gut gehe, atmeten genau die Luft, die er gebraucht hätte, um wieder zu Kräften zu kommen. Er verscheuchte sie, sie sollten machen, dass sie wegkämen, und stand zu schnell auf. Ein wackeliger Schritt, und er fiel erneut auf die Knie. Timothy half ihm beim Aufstehen. Paul klopfte sich den Staub von der Kleidung und machte einen Schritt. Er bat Timothy, die Bibel aufzuheben, und ging, gefolgt von Timothy, langsam und hoch aufgerichtet zum Haus.

Später fuhr Paul in die Stadt; unter dem Blätterdach des Waldes war es fast vollständig dunkel. Adam fuhr die Kutsche in langsamem, gleichmäßigem Tempo, die Pferde gehorchten jedem seiner Befehle. Paul starrte durch das Sichtfenster Adams Hinterkopf an. Ihm fiel auf, dass Adams Haar dort schütter wurde. War er wirklich schon so alt? Trotz seiner tadellosen Buchführung kamen Paul Zweifel, dass er schon so lange in diesem Geschäft war. Aber Adam war der unwiderlegbare Beweis dafür.

Die Lichter der Stadt leuchteten schwach; im Schein der Laternen und Kerzen wirkte alles weicher, und eine unerwartete Ruhe überkam Paul. Ihm fielen Dinge auf, die er noch nie zuvor bemerkt hatte. Es war immer noch viel los, obwohl die Läden schon seit einiger Zeit geschlossen hatten. Aber Pferde und Sklaven waren immer noch an Pfosten angebunden, und Freudenmädchen und kräftige Männer mit breitkrempigen Hüten und Pistolenhalftern – einige davon leer – flanierten auf der breiten unbefestigten Straße, die die Stadt in zwei Hälften teilte. Sie alle waren auf dem Weg zu dem einzigen Etablissement, das gerade erst aufmachte.

Die Flügeltür des Saloons schwang auf und wieder zu, als sie einer nach dem anderen hineingingen. Zigarrenrauch und Gelächter drangen nach draußen, als Adam vor dem Gebäude hielt. Er sprang vom Kutschbock und band die Zügel am Pfosten an, dann hielt er Paul die Tür auf. Paul stieg langsam aus. Er zupfte an seinem Kragen und zog den Hut ein Stück ins Gesicht, sodass Nase und Mund sichtbar waren, man ihm jedoch nicht so leicht in die Augen schauen konnte.

»Pass auf die Kutsche auf«, sagte er zu Adam. »Hast du deine Papiere griffbereit?«

»Ja, Sir«, sagte Adam, nickte kurz und ließ das Kinn auf die Brust sinken.

Paul kam an ein paar Burschen vorbei, Freunde von James, die in bester Laune ihre Pferde sattelten.

»Mr Halifax«, sagte sie.

Paul nickte ihnen zu, ohne zu grüßen. Die Männer empfanden das als Respektlosigkeit. Aber sie hatten nicht den Mut, Paul zur Rede zu stellen, und nahmen sich stattdessen Adam vor.

»Den Nigger da könnte man fast für nen Weißen halten, der n bisschen zu lang in der Sonne gelegen hat«, witzelte einer.

Paul lächelte und ging über den Holzsteg zum Eingang und stieß die Flügeltür auf, die mehrmals quietschend auf und zu schwang, bevor sie zur Ruhe kam. Drinnen war es kühler, als er erwartet hatte, und er fröstelte. Ein süßlicher Geruch, gemischt mit dem schwerem von Zigarren, lag in der Luft. Leute gingen an ihm vorbei, erkannten ihn zuerst nicht, waren zu sehr von der allgemeinen Atmosphäre abgelenkt, die, hätte man ihr eine Farbe gegeben, purpurrot gewesen wäre. Gerade so, als hätte eine Frau ihr Kleid nachlässig über eine Lampe geworfen, sodass es im gedämpften Licht aussah wie im Inneren eines rasch klopfenden Herzens, das das Blut rauschend durch die Adern pumpte.

Auch Paul hatte gegen seinen Willen dieses Purpurrot in seinem Inneren. Er schwor sich, es für sich zu behalten und seine Gedanken nicht davon besudeln zu lassen. Er sah die Frauen, deren Kleider bis zum Hals zugeknöpft waren, sah ihr Lächeln, ohne zu bemerken, wie angespannt es bei manchen war, sah Männer mit Krügen in den Händen, die sie gelegentlich hoben und dabei ungeschickt etwas von dem Inhalt auf die kichernden Frauen verschütteten, als Vorspiel zu dem, was später passieren würde, wenn sie vor die Tür gingen, hinter die Wasserfässer, wo das Sternenlicht nicht hingelangte. Kleider wurden gehoben, Hosen heruntergezogen, und dann ging das Gerammel los, das nie sehr lange dauerte und beide am Ende beschämt zurückließ, sodass sie sich beim Abschied nicht in die Augen sehen konnten. Das hier war Vicksburg, aber es war auch die Welt. James erzählte zwar nie viel über England, aber sein Schweigen und die Art, wie er den Blick abwandte, waren vielsagend. Paul war sicher, dass selbst der Ozean zwischen ihnen nichts an dem änderte, was sie miteinander verband.

Er setzte sich an einen kleinen Tisch an der Rückwand des Saloons. Er war ohne James gekommen, der oft als Puffer zwischen ihm und den neugierigen Bewohnern von Vicksburg fungierte, und wollte so unauffällig wie möglich bleiben. Heute war es ihm lieber, dass James auf der Plantage für Sicherheit sorgte, weil er so lange bleiben wollte wie nötig. Er wollte darüber nachdenken, was er als Nächstes tun sollte, ohne Einmischung von James, mit seinen vorschnellen Urteilen und groben Vereinfachungen. Sein gutes Recht.

Die Schankkellnerin bahnte sich einen Weg durch die Menge zu ihm. Er beäugte sie kurz, um, er konnte es nicht lassen, einen Blick auf das zu erhaschen, was sie verhüllt hielt. Sie fragte ihn, was er trinken wolle, und kam mit einer Flasche Whiskey und einem Glas von zweifelhafter Sauberkeit zurück.

»Ich kenne Sie«, hörte Paul jemanden sagen, der ihm aufdringlich nahe kam. »Ihnen gehört doch die Baumwollfarm drüben. Halifax, stimmts?«

Paul drehte sich kurz um und sah einen dürren Mann mit Hut und einem Bierkrug in der Hand. »Die Elizabeth Plantation.« Er nickte nur knapp, in der Hoffnung, den Mann loszuwerden.

»Man sieht Sie hier selten ohne Ihren Vetter. Wo ist James denn, zu besoffen zum Trinken?«

Paul kicherte, schenkte sich Whiskey nach und nahm einen Schluck.

»Jake. Jake Davis«, sagte der Mann und hielt Paul die Hand hin. Paul starrte sie etwas zu lange an und schüttelte sie dann. »Kann ich mich zu Ihnen setzen?«

Paul knurrte etwas und schenkte sich mehr Whiskey ein. Dann zuckte er mit den Schultern. Jake hob den Finger und bat den Barmann, eine Flasche Gin zu bringen.

»Ihr Vetter hat mir erzählt, Sie wollen ein paar Jungs verkaufen« sagte Jake. »Wie es der Zufall will, kenn ich einen Käufer, der Ihnen einen Spitzenpreis zahlen würde. Weit mehr, als Sie bei einer Versteigerung kriegen würden.«

Paul musterte Jake mit zusammengekniffenen Augen. »Hm. Wenn das so ist, frage ich mich, warum der Käufer nicht einfach zur Versteigerung kommt wie alle anderen auch?« Er trank einen Schluck. »Und ich frage mich, was Sie dafür haben wollen, dass Sie mich ihm vorstellen.«

Hinter ihnen setzte sich ein Mann mit großen Augen und Schnurrbart ans Klavier. Sein Grinsen war zu breit für sein Gesicht, fand Paul, er sah aus wie ein missglücktes Porträt. Der Mann hämmerte in die Tasten und erwischte anfangs nur falsche Töne. Er war sichtlich betrunken, doch kurz darauf bekam er die Kurve und spielte gar nicht so schlecht. Der Mann saß so aufrecht wie möglich und schaute kaum auf seine Finger. Stattdessen sah er die Leute an, die klatschten und tanzten.

Paul klopfte den Takt mit dem Fuß mit, denn der Rhythmus erinnerte ihn an einen Song, den die Pflegerinnen seiner Mutter ihr vorgesungen hatten, um sie ihren Schmerz vergessen zu lassen. Manchmal, in ihren klareren Momenten, beschrieb sie ihm, wie es ihr ging. Sie fühle sich, als würde man sie wieder und wieder falten, bis nichts mehr von ihr übrig sei. Und jedes Mal durchfahre sie der Schmerz wie ein glühender Schürhaken.

»Es brennt«, sagte sie.

Paul wollte ihr Wasser geben. Das helfe nicht. Er solle lieber gut achtgeben, was mit ihr passiere, damit es ihm nicht ebenso erging. Das hatte er damals nicht verstanden und verstand es auch heute nicht. Die Klaviermusik brachte ihn in die Gegenwart zurück. Sein Fuß bewegte sich schneller. Er trank noch einen Schluck und erreichte jene Benommenheit, das Kribbeln und den leichten Schwindel, die ihm beim Vergessen helfen sollten – nein, im Gegenteil, er wollte sich erinnern, dass nicht Verlust ihn hierhergeführt hatte und dass Trauern sinnlos war. James hatte sich klar für den Verkauf ausgesprochen, und nur Stolz hatte Paul bislang von der Erkenntnis abgehalten, dass Trauer und Verlust nun einmal der Preis für Geschäfte waren. Und was war Gewinn anderes, als eine Strategie, um Profit zu machen?

»Er lebt sehr zurückgezogen«, sagte Jake. »Scheut öffentliche Auktionen. Und bevor Sie fragen, er schließt seine Geschäfte gerne persönlich ab und schickt keine Mittelsmänner.«

»Und was ist mit Ihnen?«, erwiderte Paul.

Der Saloon erzitterte, als alle Männer gleichzeitig aufstanden, um ein Lied anzustimmen, das Paul nicht kannte. Sie lallten und sangen falsch, aber genau so sollte es anscheinend sein. Bierseligkeit hatte eigene Regeln, und für Paul war das grölende Durcheinander in dem roten Licht schön, in seinem berauschten Zustand war es Schönheit schlechthin. Er erhob sich ebenfalls.

»Er hat mich nicht geschickt«, sagte Jake. »Ich habe mich freiwillig angeboten. Um James einen Gefallen zu tun.«

Paul sah auf Jake hinunter, der sitzen geblieben war. »Davon hat James mir gar nichts erzählt.«

»Das sollte er auch nicht. Ich wollte erst ganz sicher sein. Aber dann sind Sie heute Abend hier reinspaziert, und es war wie …«

»Vorsehung«, sagte Paul.

Diesmal trank er direkt aus der Flasche. Whiskey lief ihm aus dem Mund und über das Kinn. Egal. Eigentlich war ihm jetzt fast alles egal. Samuel und Isaiah, Ruth, Timothy, die Plantage, alles. Eine Last fiel von ihm ab, er hatte das Gefühl, gleich zur Decke zu schweben, ohne zu wissen, wie er wieder herunterkommen sollte. Aber selbst das war ihm egal.

»Und wann kann ich diesen mysteriösen Gentleman kennenlernen?«, fragte Paul.

»Genau genommen ist er hier. Hinter dem Saloon. Wie gesagt, er meidet Menschenansammlungen und mag es gerne privat.«

»Was macht er dann hinter einem Saloon?«

»Er führt Geschäfte. Sonst wäre er zu Hause.«

»Und wo ist er zu Hause? Und wie heißt der Mann?«

»Diese Fragen sollten Sie ihm stellen. Sie werden Ihre Antworten bekommen. Folgen Sie mir, Halifax. Hier entlang.«

Und so ließ Paul sich von Jake zur Rückseite des Saloons führen, wo die Musik durch die offene Tür immer noch zu hören war. Auch hier war das Licht rötlich, wenn auch schwächer. Es wurde von der Nacht verschluckt, als sie sich beide immer weiter von dem Tumult entfernten, nach dem er sich seltsamerweise sofort sehnte. Er nahm einen Schluck aus der Flasche.

Sie war fast leer, und er warf sie weg, verlor das Gleichgewicht und fiel lachend hin. Jake half ihm auf. Als er wieder auf den Beinen war, sah er, dass neben Jake drei Männer standen.

»Na schön. Und wer von Ihnen dreien ist … Mr Privat?«

Jake schwieg, und die drei Männer stürzten sich auf Paul und warfen ihn zu Boden. Paul trat einem von ihnen ins Gesicht, und der Mann ließ von ihm ab, doch die anderen hielten ihn fest.

»Die Taschen!«, schrie Jake, und die Männer zerrten an Pauls Hose. Paul tastete nach seinem Halfter, und einer der Männer packte seinen Arm und wollte ihn daran hindern, die Pistole zu ziehen. Der Mann, den Paul ins Gesicht getreten hatte, stürzte sich wieder ins Getümmel und machte sich daran, Paul zusammen mit seinem Kompagnon die Waffe zu entwinden. Der Dritte hatte Paul in der Zwischenzeit die Banknoten aus der Tasche gezogen und die goldene Uhr von der Kette an seinem Hosenbund abgerissen. Er zeigte sie Jake.

»Hab sie!«, rief er.

»Gut! Gehen wir!«

Einer der Männer warf Paul eine Handvoll Sand in die Augen. Der schlug sich die Hände vors Gesicht, und die Männer flüchteten. Blinzelnd versuchte er, sich den Dreck aus den Augen zu reiben, und schoss mit seiner Waffe in ihre Richtung. Er wusste nicht, ob er sein Ziel getroffen hatte. Aus der Hemdtasche zog er ein Taschentuch und wischte sich das Gesicht ab. Dann sank er gegen die Wand des Saloons, sah zum Nachthimmel auf und schüttelte den Kopf.

»Dann also zur Auktion«, flüsterte er.

Er ließ sich an der Wand hinunter auf den Boden sinken. Betrachtete eine Weile seine Füße, erhob sich. *Wenigstens die Schuhe haben sie mir gelassen.* Dann lachte er. Laut und aus vollem Hals. Er fiel rücklings auf den Boden, unfähig, den Lachkrampf in den Griff zu bekommen, der seinen Körper schüttelte. Ihm war noch nie so leicht ums Herz gewesen. Am liebsten hätte er sich rücklings im freien Fall befunden, hätte das Flattern in seiner Magengrube genossen, das Kitzeln im Sack. Doch er stand wieder auf, vielleicht würde er ja davonschweben. Als er merkte, dass er den Sternen nicht näher war als zuvor, tat er die Schnapsidee mit einer Handbewegung ab.

Er stolperte um den Saloon herum zur Vorderseite und bemerkte, dass Adam auf dem Kutschbock schläfrig geworden war, der Kopf fiel ihm zur Seite, und sofort richtete er sich wieder kerzengerade auf. Paul straffte unwillkürlich ebenfalls den Rücken.

»Wo ist mein Junge?«, fragte er lächelnd. »Ich brauche meinen Jungen.«

Adam, wieder im Halbschlaf, hörte ihn nicht.

Paul kam näher und wiederholte seine Worte. Adam fuhr auf und bemerkte Paul, der völlig aufgelöst vor ihm stand. Er fuhr unwillkürlich zurück, als er ihn lächeln sah. Sofort wurde ihm klar, was ihn das kosten konnte, und er drehte rasch die Flamme der Öllampe hoch, die zu erlöschen drohte, sprang damit vom Kutschbock und beugte den Kopf.

»Massa«, sagte er mit einer Stimme, der man die Müdigkeit noch deutlich anhörte. »Alles in Ordnung, Sir?«

»Ja, mein Junge. Alles ist gut.« Er umfasste Adams Kinn und beschmutzte ihm mit den staubigen, verschrammten

Händen das Gesicht. Adam machte große Augen. »Ich brauche dich, Adam.« Paul lächelte benommen. »Du musst mich jetzt nach Hause fahren. Hörst du? Bereite alles für die Heimfahrt vor. Und weißt du, warum?« Paul kam mit seinem Gesicht näher. »Weil Gott uns gesegnet hat.«

»Uns, Massa?«, sagte Adam, ehe er sich zurückhalten konnte.

»Er hat uns mit der Antwort auf meine Gebete gesegnet. Ist das nicht wunderbar, Adam? Er gibt seinen Kindern so viel. Seinen gesegneten Kindern, denen er alles Irdische überlassen hat, damit sie es sich untertan machen.« Paul ließ Adams Gesicht los und legte ihm die Hände auf die Brust. »Manchmal möchte ich am liebsten laut schreien, Adam«, sagte er. »Manchmal will ich mitten auf dem Land stehen, so wie dein Großvater, und der ganzen Welt zurufen, dass es kein größeres Geschenk gibt, als Gottes Gunst zu erlangen. Ganz gleich, wie tief man fällt. Ganz gleich, wie oft man strauchelt, es gibt nichts Wichtigeres, als alles im Dienst des allmächtigen Herrn zu tun und zu wissen, dass es rechtschaffen ist. So hat es dein Großvater auch gehalten. Ich habe es dir nie erzählt, aber einmal hat er sich mit weit ausgebreiteten Armen im Kreis gedreht und lauthals gelacht. In dem Moment habe ich Gott erfahren. Und ich wusste, Gott findet immer eine Möglichkeit. Immer, wenn du glaubst, dir bleibt nichts, wird er Berge versetzen und dir Schätze enthüllen, die nur für dich bestimmt sind. Vielleicht weißt du das ja schon. Ich hoffe, du begreifst es zumindest ein bisschen. Du gehörst nicht zu uns, aber du gehörst auch nicht zu denen. Vielleicht ist es also doch keine Zeitverschwendung, dass ich dir das alles erzähle. Und wenn doch, würde dir ohnehin niemand glauben. Also spielt es keine Rolle.«

Sie starrten einander im Licht der Lampe an, zwei Gesichter, die sich selbst in den Augen von weniger Scharfsichtigen glichen wie Spiegelbilder. Paul sah es so klar wie nie zuvor. In einem anderen Leben hätten sie offen Vater und Sohn sein können, statt nur insgeheim. Paul schluckte den Gedanken hinunter, dass Adam ein würdigerer Erbe gewesen wäre als Timothy. Egal.

Das Licht zwischen ihnen wurde schwächer, die Schatten verblassten und wurden nach und nach von der Dunkelheit verschluckt.

»Massa, ich glaub, die Lampe braucht mehr Öl«, sagte Adam leise.

»Mehr«, wiederholte Paul ebenso leise, bevor das Licht ganz erlosch und beide schwer atmend in der Finsternis standen.

Der Mond, von dem nur eine Hälfte zu sehen war, stand hoch am Himmel. Sein Licht fiel durch die Äste, während Adam die Kutsche zur Halifax Plantage steuerte. Aufrecht und wachsam saß er auf dem Kutschbock, während Paul in der Kutsche lag und durch die Öffnung im Dach zum Himmel aufsah.

Er verlor immer wieder das Bewusstsein. In seinem Kopf pulsierte es, doch er ignorierte den Schmerz und sah zum Halbmond auf. Er hob die Hand, um ihn auszublenden, dann zog er die Hand zurück. Es war leichter, als gedacht, den Mond vom Himmel zu pflücken. Er betrachtete seine schmutzigen Hände, musterte seine zerrissene Kleidung. Leere Taschen. Keine Uhr. Ein Gewinner, auch wenn das Leben einen zum Verlierer bestimmt hatte. Wenn dieser Abstecher in den Saloon ihn eins gelehrt hatte, dann das. Schließlich übermannte ihn der Schlaf. Der Halbmond war jetzt in seinem Kopf und weniger hell.

Die Pferde trotteten dahin. Die leicht holperige Straße wiegte Paul und den Halbmond in seinem Kopf. Beim Erwachen erinnerte er sich nur noch daran, wie bequem die Fahrt gewesen war. Wie schnell sie zu Ende ging. Wie schnell die Reise gegangen war (nach Whiskey schlief man immer am besten), und warum war Adams Gesicht so dicht vor seinem?

»Was machst du da?«, fragte Paul.

Er setzte sich auf. Adam zog sich zurück, starrte zu Boden und murmelte etwas, das Paul nicht hören wollte. So verharrten sie – der eine mit gesenktem, der andere mit glasigem Blick –, bis beide sich unbehaglich fühlten. Paul befahl Adam, ihn bis zum Haus zu bringen. Adam nahm die Zügel der Pferde und führte sie durch das Gatter, das er geöffnet haben musste, als Paul noch schlief. Als sie das Haus erreicht hatten, half Adam Paul aus der Kutsche.

»Werd ich noch gebraucht, Massa?«, fragte er.

Paul schüttelte den Kopf; ihm fehlte die Geduld für eine Antwort, außerdem hatte er keine Lust, Worte zu verschwenden. Wieder sicherer auf den Beinen, ging er langsam auf das Haus zu.

»Alles in Ordnung?«, fragte Adam.

Paul winkte nur ab. Adam führte die Pferde zur Scheune.

Paul ging zum Haus, in dem bis auf das gedämpfte Licht in Timothys Zimmer alles dunkel war. Paul mochte es nicht, wenn Timothy so lange aufblieb und bei schlechter Beleuchtung malte. *So ruiniert man sich die Augen.* Dann sah er zwei kämpfende Schatten in Timothys Zimmer, bevor das Licht erlosch. Die Schweine quiekten, und vielleicht hörte er auch Hufscharren und Kuhglocken.

Das Herz hämmerte in seiner Brust, als wollte es sich einen Weg ins Freie bahnen. Er nahm die Pistole aus dem Hüfthalfter und rannte so schnell er konnte ins Haus. Auf der Verandatreppe geriet er ins Straucheln und stieß sich das Knie an. Er kroch die übrigen vier Stufen hoch, stand auf und stolperte durch die Eingangstür, die er so heftig aufstieß, dass sie gegen die Wand prallte und Paul zurück ins Gesicht schlug. Aufgebracht öffnete er sie behutsamer und ging zur Treppe. Er rief nach Maggie, wartete jedoch nicht auf ihre Ankunft, sondern rannte, immer zwei Stufen auf einmal nehmend, nach oben, wobei er im Dunkel wieder stolperte. Er rief erneut nach

Maggie, wartete darauf, dass sie ihm eine Kerze oder Lampe brachte. Doch sie kam nicht. Das würde er sich bis zum nächsten Morgen merken. Er ging zu Timothys Zimmer, rief nach ihm und Ruth, als er durch den langen Flur rannte. Wo war Ruth?

Schwer atmend erreichte er die Tür und öffnete sie mit einem Fußtritt. Es fiel kaum Mondlicht ins Zimmer, nicht einmal Umrisse konnte er ausmachen. Rasch trat er ins Zimmer und stieß gegen das Bett. Es betastete die Laken, es war leer. Er kletterte ins Bett, krabbelte auf die andere Seite und verfing sich dabei in den Laken. Beim Versuch, sich daraus zu befreien, fiel er auf der anderen Bettseite runter und landete auf etwas Weichem, Feuchtem. Einem Körper. Er kniete sich daneben und beugte sich vor.

Timothy.

Paul versuchte, ihn anzuheben, schaffte es jedoch nur, Timothys Oberkörper auf seinen Schoß zu ziehen. Er berührte sein Gesicht und ertastete eine klaffende Wunde. Ihm stockte der Atem. Er sprang auf und ließ den Körper fallen.

Als er aufschaute, zitterten seine Lippen wie bei einem Feigling, und er schüttelte langsam und ungläubig den Kopf. Dann schrie er.

Zum ersten Mal in seinem Leben verfluchte er Gott, wieder und wieder. Dann hielt er inne und sah es.

Aus den Augenwinkeln. Etwas Glitzerndes. Ein Blinzeln. Ein Funke. Ein Aufblitzen. Eine flüchtige Erinnerung. Wie ein silberner Fisch in einem Strom. Sonnenlicht auf einem Wellenkamm. Ein Blitz aus einer vorüberziehenden Wolke. Der letzte Ton von einem Lied.

Er hob die Waffe, erhaschte einen kurzen Blick auf die Nacht. Unglaublich, aber wahr: Die Nacht lauerte ihm auf, und sie hatte Zähne, hell leuchtende Zähne, deren Farbe dem weißen Fleisch zu verdanken war, von dem sie sich ernährte.

ADAM

Mitten durch Adams Körper verlief eine Linie.

Sie war so fein, dass niemand sie sehen konnte, nicht einmal Adam. Aber er spürte sie – wie einen dünnen, orangerot glühenden Draht, der ihm von der Stirn bis zum Schritt auf die empfindliche Haut gepresst wurde –, und so wusste er, dass sie da war.

Sie schmerzte. Und obwohl er, bei allem was er tat, ob er nun die Kutsche putzte oder sie fuhr, heil und ganz wirkte, teilte sie ihn in zwei Hälften. Sie schuf eine Grenze in seinem Inneren, die seine Lungenflügel voneinander trennte, die sich nacheinander sehnten, aber nicht zueinander fanden, und so war er immer kurzatmig. Sie teilte die linke Seite des Herzens von der rechten Seite des Verstandes ab, und so traf er oft Entscheidungen, ohne nachzudenken. Handlungen, denen kein Mitgefühl das rechte Maß gab – der Ursprung von Grausamkeit.

Das rechte Auge wusste nicht, was das linke sah. Das linke vergoss oft Tränen, wenn es die Leute am Sonntag sah und das linke Ohr die Sonntagslieder hörte. Das rechte Auge konnte das nicht verstehen. Sah nur Leere, hörte nur Blau, und fand, dass diese Dinge keine Klarheit brachten und somit Zeitverschwendung waren.

Die linke Hand war leichtsinnig. Adam bemühte sich, sie nicht zu dominant werden zu lassen, wenn er sich im Lampenschein in verbotenen Künsten übte. Als wäre es nicht schon schlimm genug, dass er seinen Namen buchstabieren konnte, er konnte ihn auch in eleganter Schrift schreiben – jeder Schnörkel, jeder Kringel und jede schwungvolle Linie ein Meisterwerk –, was bedeutete, dass wer immer sein Besitzer war, Vater oder nicht, es immer einen Teil von ihm geben würde, der nicht in Ketten lag, und ein Teil war genug. Aber zu gestatten, dass dieser Teil sich der linken Hand bemächtigte, eines Portals, durch das der Teufel selbst aus den Flammen in die Welt gelangte, erhöhte sowohl die Gefahr als auch den Nervenkitzel.

Trotzdem kostete es Adam große Mühe, die Teile zusammenzuhalten, denn es gab keinen Ort, an dem er sich nicht zerrissen fühlte. Er konnte die Sonntagslieder immer nur aus der Ferne hören, weil die Sonntagsleute – nun, sie sagten ihm nie direkt, dass er sich nicht zu ihnen in den sonnengefleckten Schatten und das wuchernde Moos setzen *durfte*, aber der Kreis schien sich zu schließen, wenn er sich näherte, und ihre unruhigen Blicke gaben ihm zu verstehen, dass sie ihm nicht vertrauten. Er hätte gern mitgesungen, wenn sie ihn gelassen hätten.

Er war einer der wenigen Ihrigen, die ins Große Haus durften, obwohl er wünschte, es wäre anders. Ruth stellte ihm raffinierte Fallen. Einmal hatte sie Tafelsilber versteckt und behauptet, er hätte es gestohlen. Hätte

Maggie sich nicht eingemischt, einen Löffel hochgehalten und gesagt: »Aber Missy, hier isser doch. Komische Geschichte: hab ihn mitten im Garten gefunden. Keine Ahnung, wie so was Feines da hinkommt«, hätte er wohl die Peitsche zu spüren bekommen.

Die Kutsche dagegen sagte ihm zu. Denn auch sie befand sich immer irgendwo dazwischen. Zwischen Haus und Feld, an Wegkreuzungen.

Er wusste nicht genau, ob er der Erste war. Es war möglich, dass es vor ihm schon ein Mädchen gegeben hatte, dessen Ruth sich entledigt hatte, bevor das kleine Ding Gelegenheit gehabt hatte, heranzuwachsen, zu spielen. Sogar noch bevor es einen Namen bekommen hatte. In seinen Gedanken nannte er sie Lilith, seine ältere Schwester, die gestorben war, damit seine Mutter es beim zweiten Mal klüger anfing. Seine Mutter, an die er sich nicht erinnerte. Er hatte keine Ahnung, wo sie jetzt war. Vielleicht hatte sie alles auf sich genommen, damit er verschont wurde. Vielleicht war es ein Tauschgeschäft gewesen: ihr Leben gegen seins. Womöglich hatte man sie zur Auktion gebracht, und ihre Brüste waren noch voller Milch für ihn gewesen, die zu fließen begann, als sie das Hohngeschrei der Menge hörte, das so sehr an Babygeschrei erinnerte. Ohne Kleid, das die Milch auffangen konnte, war sie an ihrem Körper hinuntergelaufen und im toten Holz der Planken versickert.

Und vielleicht war auch sie innerlich tot gewesen, nachdem man ihr das Kind entrissen hatte – falls er ihr einziges Kind gewesen war. Oder sie hatte sich lebendig gefühlt, als sie seine Hautfarbe sah und erkannte, dass er nie so dunkel sein würde wie sie und dass er sie immer an ihre Pein und ihren Peiniger erinnern würde.

Oder sie war geflohen. War mithilfe einer genialen List in den Norden geflohen, hatte ihre Spuren verwischt und dafür gesorgt, dass die Hunde sie nicht witterten. Mit Minzblättern und Zwiebelwurzeln konnte man verblüffende Erfolge erzielen, seinen Körpergeruch kaschieren und sie verwirren. Nächte in tiefen Höhlen, in denen Gott weiß was hauste, oder hoch oben in den Bäumen, wo bissige Ameisen noch das geringste Problem waren.

Entweder sie war frei, oder es war etwas Schlimmeres. Sinnlos, darüber nachzugrübeln, aber da Adams ganzes Leben sinnlos war, konnte er nicht damit aufhören. Und in der relativ friedlichen Umgebung der Kutsche hatte er genug Zeit dafür, wenn er fuhr, wohin die Halifaxes es befahlen. Er war von Geburts, wenn auch nicht von Rechts wegen, ebenfalls ein Halifax. Trotzdem, er musste vorsichtig sein. Den Blick immer nach vorn auf die Straße richten. Den Kopf stets gesenkt halten. Er durfte sich nicht dabei erwischen lassen, nach links zu den wilden, milchweißen Hortensien zu schauen, die den staubigen Pfad säumten, oder nach rechts, wo die Cyrilla-Sträucher standen wie Familienmitglieder und mit verzeihenden gelben Fingern auf die Erde deuteten. Am allerwenigsten durfte er enthüllen, dass er zusah, wenn die Sonne auf- oder unterging, und bemerkte, wie sich der Himmel jeweils in einer Weise veränderte, mit deren Beschreibung man ganze Bücher hätte füllen können, die zu schreiben er in der Lage war. Von der Nacht, die ihr weiches Laken über die Erde breitete, ganz zu schweigen.

Die Pferde sorgten für einen gewissen Schutz. Der wiegende Rhythmus ihrer gleichmäßigen Schritte brachte die Kutsche zum Schaukeln und ließ Paul, Ruth, Timothy und manchmal auch James einnicken. Paul runzelte im Schlaf die Stirn. Ruth lächelte finster. Timothy fiel fast der Zeichenblock vom Schoß. Und James hatte selbst im Schlaf sein Gewehr immer fest im Griff.

Zurück auf Empty wirkten sie fast wütend, weil die Fahrt zu Ende war, als würden sie auf der Plantage keine Ruhe bekommen, was Adam arrogant fand. Wie konnten sie es wagen, das was sie taten, für Arbeit zu halten und zu glauben, dass sie dafür Ruhe verdient hatten? Nigger dagegen – mal mochte er das Wort, mal nicht – arbeiteten sich die Finger wund, sodass danach selbst eine willkommene Umarmung schmerzlich war.

Er hatte wie alle eine Bürde zu tragen, die er nie loswurde, außer in Augenblicken von bittersüßer Routine. Als er die Pferde abspannte, streichelte er ihnen sanft die Nasen und fragte wie jedes Mal: »Und, wie wärs mit nem Happen?«

Dann brachte er sie zurück in die Scheune und stahl sich einen Moment Zeit, um mit Isaiah und Samuel einen Schluck kühles Wasser zu trinken.

Er verstand die Aufregung über die Gerüchte nicht, die immer mehr um sich griffen, was die Gefahr erhöhte, dass sie dem falschen Halifax zu Ohren kamen. *Dann liegense halt im stillen Dunkel der Nacht zusammen, na und? Was solls? Leute müssen halt tun, was sie tun müssen, um noch n Tag zu überleben. Man kann nich erwarten, dass die ganze Arbeit getan wird und das Elend der einzige Massa is, der drüber wacht. Auch n Nigger braucht mal ne Verschnaufpause. Sonst …*

Sonst was? Adam wusste, dass das geheim bleiben musste, bis es nicht mehr geheim bleiben musste. Es gab nur eine Chance.

Zu dritt tranken sie aus demselben Eimer, derselben Kelle, die sie einander weiterreichten, aßen manchmal von dem Maisbrot, das Maggie vorbeigebracht hatte und das die beiden nur zu gern mit ihm teilten. Maggie behandelte die beiden Jungs wie eigene Söhne, schmuggelte Dinge in die Scheune, die ihrer Meinung nach niemandem abgehen würden. Adam vermutete, sie wurde dafür nur nicht bestraft, weil es für die Toubab nicht anders war als Schweine zu mästen. Das bessere Essen machte Isaiah und Samuel muskulöser. Sie waren von dem Essen und der Arbeit sehnig und glänzten vor Schweiß. Nur ihrem Gesicht sah man an, dass sie immer noch Heranwachsende waren.

»Wie is das?«, fragte Adam leise, auch wenn er wusste, dass es darauf keine befriedigende Antwort gab. »Wenn man einander hat?«

Samuel vorzog das Gesicht, doch Isaiah richtete sich auf.

»So wies sein soll«, sagte er. Samuel zeichnete mit dem Fuß einen Bogen in den Staub.

»Habt ihr keine Angst, dasse euch mit Gewalt trennen?« Adam fiel keine rücksichtsvollere Art ein, es auszudrücken.

Samuel sah ihn an. »Angst? Nee. Angst nich. Andere Sachen, aber keine Angst.«

»Was für andere Sachen?«

Samuel schnaubte, was solls, hieß das, wie Adam wusste. Sie hatten genug. Großer Gott: genug! Aber wie konnte das sein? Warum brauchten sie nicht von allem mehr: mehr Liebe, mehr Leben, mehr Zeit?

Der krasse Gegensatz zwischen ihm und den beiden blieb Adam nicht verborgen. Angefangen bei der Haut. Einer von beiden war dunkel wie eine Höhle, in die kein Lichtstrahl fiel, der andere wie der Sternenhimmel ohne Sterne. Seine eigene glich für ihn einem Sternenhimmel ohne Himmel. Sie hätten nicht unterschiedlicher sein können, und doch waren sie hier, verbunden durch Nähe und Leid, durch die vollen Lippen, die dem Mund ein einzigartiges Profil verliehen. Adams waren rosiger, auch das ein verräterischer Hinweis.

Wenn er seine nassen Haare zurückkämmte, sahen ihn Toubab-Frauen manchmal an, als könnte er für sie infrage kommen, bis sie die Lippen entdeckten, die diesen Gedanken zum Verbrechen machten. Er konnte nichts daran ändern, außer sie aufeinanderzupressen. Aber irgendwann musste er den Mund aufmachen. Und wenn es den Frauen auffiel, würde es auch einem Sklavenjäger auffallen. Seine Lippen verrieten ihn seit seiner Geburt.

Immerhin wusste er dadurch, dass seine Mutter einen ähnlichen Mund gehabt haben musste. Aber die Wahrheit zog eine Aufmerksamkeit auf sich, die gewöhnlich dem schadete, der sie verbreitete. Seine Bewunderung für Isaiah und Samuel wuchs, weil sie dort in der Scheune lebten, im trüben Schatten einer Wahrheit, die alle erzürnte, die nur an Lügen gewöhnt waren. Sie gehörten zusammen, was Adam zugleich gefiel und verletzte.

Würde er auch jemanden finden, der zu ihm gehörte? Es war nicht so, als wäre er noch nie mit Frauen zusammen gewesen, vielleicht hatte er sogar eine oder zwei von ihnen geliebt. Er kam allerdings nicht darüber hinweg, dass er sich nicht frei für eine entscheiden konnte. Er sah ihnen an, dass es bei ihnen das Gleiche war. Widerwille entstellte das Gesicht einer Frau so sehr, dass er am liebsten geweint hätte. Und manchmal tat er es auch.

Er beneidete Isaiah und Samuel. Sie strahlten Einvernehmlichkeit aus wie Hitze. Sie nahm ihren Worten die Spitze, selbst den scharfen. Sie schmückte ihre Hände, wenn sie sich berührten. Wenn sie sich in die Augen sahen, schien sich etwas in ihnen zu öffnen, auch wenn Samuel sich manchmal dagegen wehrte. Adam empfand es als Segen, Zeuge einer solchen Reinheit zu werden!

Er konnte sie überall mit hinnehmen, selbst ins Grab, wenn seine Zeit gekommen war. Ganz gleich, wo man ihn begrub – falls man ihn denn begrub: Es war durchaus möglich, dass er sein Leben in einer Schlinge lassen, dass er von einem Seil baumeln würde, dass man seine Leiche anzünden und seinen Körper in Einzelteile zerlegen würde – er würde leuchten, ihm war ein Ausweg gezeigt worden, er würde nicht zur Restasche einer grausamen Fackel werden.

Er trug Isaiahs und Samuels Gabe auch hier, vor dem Saloon, in sich, während er geduldig auf Paul wartete. Er beobachtete das Kommen und Gehen der Leute durch die quietschende Schwingtür. Lachend, taumelnd. Allein oder in Gruppen. Manche mit untergehakten Geliebten, die sie vermutlich nur an diesem Abend umarmen würden. All das – der Lärm, die auf- und zuschwingende Tür, das Prahlerische – war das Gegenteil von Empty.

Adam hoffte, dass Paul nicht zu betrunken war, wenn er aus dem belebten Saloon kam. Toubab waren von Natur aus unberechenbar, und Alkohol machte es nur noch schlimmer. Vermutlich musste der Alkohol die gewaltige Leere in ihnen ausfüllen, was einen Aufruhr im Inneren verursachte, der die Toubab auch äußerlich aggressiv machte.

Besonders hier, im geschäftigen Zentrum von Vicksburg, musste man vorsichtig sein. In der Stadt war bis in die frühen Morgenstunden viel los, was hauptsächlich dem Saloon zu verdanken war, der Toubab aus den Nachbarorten und sogar aus dem fernen Alabama anlockte. Normalerweise fuhr Paul bald wieder nach Hause, meist hatte er seine Geschäfte erledigt, wenn die Feierei anfing. Adam wusste nur von den gefährlicheren Seiten der Stadt, weil James sich manchmal mitten in der Nacht von ihm dorthin fahren ließ; James tat dann so, als würde die Kutsche ihm gehören und gab seinen mageren Lohn für Alkohol und Frauen aus, was ihn, wie er anscheinend glaubte, zu einem wichtigeren Mann machte.

Am Samstagabend war am meisten los, was seltsam war, weil dieselben Leute am nächsten Morgen die Kirchen füllten. Aber hatte Jesus nicht Wasser in Wein verwandelt und den Sabbat zum Ruhetag bestimmt? Was wollten sie also in der Kirche? Ah, ja: schlafen.

Ein Fremder kam näher. Adam senkte rasch den Blick.

»Schschuldigung. Könnse mir sagen, wo ich hier n Plumpsklo find?«

Die Lippen zur Sicherheit aufeinandergepresst, deutete Adam die Straße hinunter, die nach Empty zurückführte. Sie war stockfinster und schien vom Wald verschluckt zu werden. Der Mann warf einen Blick in die Richtung. Ein Schauder überlief ihn, dann lächelte er und wandte sich erneut an Adam.

»Da hinten ist es schwärzer als ne Niggermuschi. Und wo genau ist das Plumpsklo? Ich seh nichts.«

Adam hob den Kopf und schaute den Mann an, der sich schon in die Hose gemacht hatte; ein Klo würde ihm nicht mehr viel nützen.

»Die Straße runter, dann rechts um die Ecke, Sir.«

»Sir?«, sagte der Mann und taumelte einen Schritt zurück. »Wie nennst du mich?«

»Ich denk, Sie gehen jetzt besser«, sagte Adam, das Kinn auf die Brust gelegt. Er kramte in seiner Tasche, als suchte er nach etwas, das er nicht hatte. Dann straffte er die Schultern, richtete sich auf, hob schließlich den Kopf und sah dem Mann in die Augen.

»Gehen Sie.«

Der Mann sah ihn mit unstetem Blick an. Trat einen Schritt näher, und seine Augen wurden schmal. Er öffnete den Mund, als wollte er eine Frage stellen, die Adam kannte, noch ehe er sie aussprach. Der Mann knurrte etwas, dann winkte er ab. Er drehte sich um, spähte in die Dunkelheit und ging mit unsicheren Schritten darauf zu.

Adam atmete auf und wischte sich mit dem Handrücken den Schweiß von der Oberlippe. Die Bewegung ärgerte ihn. Er betrachtete seine schweißfeuchte Hand. Es ergab keinen Sinn. Selbst in der Nacht hatte sie dieselbe Farbe wie die eines Toubab, und doch war er keiner. Er war das, was an der Form seines Mundes erkennbar war. Er legte sich die Hand auf die Lippen. Und wer war er jetzt? Nun ja, vermutlich sah er aus wie ein erschrockener Idiot oder ein Idiot mit einem Geheimnis. So oder so, ein Idiot.

Ihm fiel der Lärm auf, der sich auf einen Punkt zu konzentrieren schien: den Saloon. Ansonsten waren sie von Stille umgeben. Nicht, dass es im Wald keine Geräusche gegeben hätte, aber man empfand sie nicht als aufdringlich. Sie gehörten zum Puls von allem, einschließlich Adams Herzschlag. Als würde die Natur ein- und ausatmen. Selbst die Dunkelheit schien sich zu bewegen, aber das musste eine Sinnestäuschung sein. Manchmal sah er sie auch auf Empty, in der Dunkelheit seiner Hütte, die nicht mit Kindern gefüllt war, obwohl er welche hatte. Sie waren jetzt woanders, falls sie noch lebten. Er hatte nur eins von ihnen je zu Gesicht bekommen. Ein Mädchen. Mit einer Hautfarbe irgendwo zwischen seiner und der seiner Mutter, dessen Name ihm entfallen war. Doch er war ohnehin egal, weil Paul ihn für ihn ausgesucht hatte; wahrscheinlich hatte sie nie einen Namen in der Sprache ihrer Mutter bekommen, die vermutlich tot war. Ein Segen.

Im Dunkel der Hütte hatte er gesehen, wie sich Schatten bewegten, die sich nicht bewegen sollten. Als würden sie die dunklen Rhythmen schwankender Bäume nachahmen; das war ja nicht abwegig. Aber warum sollten sich auch die dunklen Abbilder der Türen oder Fenster oder Maueröffnungen bewegen, wenn diese selbst sich nicht rührten? Sein Verstand spielte ihm einen Streich. Das war alles. So etwas kam vor, wenn man einsam war. Die Wirklichkeit löste sich auf, und die Naturgesetze brachen ihre Versprechen, besonders zwischen Schlafen und Wachen, wenn die Grenze zwischen dem Hier und dem Dort am durchlässigsten war. Raffiniert, wie die Eulen auf einmal die menschliche Sprache sprechen, vor langer Zeit Verschwundenes aus dem Nichts erscheinen und dem Jetzt wie von Zauberhand einen Besuch abstatten konnten. Doch wenn man blinzelte und sich den Schlaf aus den Augen rieb, war alles wieder eintönig und beim Alten. Adam seufzte und lernte der Versuchung zu widerstehen, die ihm weismachen wollte, all das wäre mehr als ein grausamer Scherz.

Man hätte meinen können, die ganze angebliche Bewegung um ihn herum würde den Drang in ihm wecken, sich ebenfalls zu bewegen, doch sie machte ihn nur müde. Am liebsten hätte er einfach die Augen geschlossen, obwohl das gefährlich war. Schlaf brachte …

Was?

Vielleicht Erholung für den Körper, aber nicht für die erschöpfte Seele. Sein Kopf sank tiefer auf seine Brust, er riss ihn wieder hoch. Sein Blick trübte sich. Er hatte Angst, die Aufmerksamkeit der feiernden Toubab zu erregen, obwohl sie zumindest für den Moment, von Zigarren und Alkohol abgelenkt waren. Er fürchtete das, was sich hinter ihrem Lachen verbarg, das, was sie dazu brachte, zu Niggern zu sagen, was sie früher, hätten sie den Mut gehabt, zu sich selbst gesagt hätten, was sie einander gesagt hatten, bevor die Nigger sie dummerweise unterbrochen hatten. Wenn sie jetzt bemerkten, dass er kaum noch den Kopf heben konnte, würden sie sagen, Nigger wären faul, auch wenn sie unrecht hatten. Nigger waren nicht faul; sie waren nur müde. Müde bis in die Knochen. Und wenn sie es irgendwann nicht mehr waren: Feuer.

Die Augen fielen ihm zu. Als Letztes sah er das Licht aus dem Saloon, das seine Form änderte, mit der Nacht verschmolz und allem ein trübes rotes Leuchten verlieh.

»Blutig«, sagte Adam und grinste.

Als er schließlich einschlief, ihm der Kopf auf die Brust sank und er anfing zu schnarchen, träumte er von nichts als Wörtern.

Als Adam Paul vor sich stehen sah, war ihm, als würden die unzusammenhängenden Teile seiner Realität schlagartig an ihren Platz zurückfallen. Adam war nicht erfreut über das Bild, das sie ergaben. Paul stank nach Alkohol, seine Kleidung war zerknittert, das Hemd hing ihm aus der offen stehenden Hose. Er war schmutzig. Schwankte. Hatte seinen Hut verloren. Adam spürte einen Stich in der Magengrube.

»Massa. Alles in Ordnung, Sir?«, sagte er mit einem ehrlich besorgten Blick, als wäre er Ausdruck seines wahren Gesichts und nicht eine Maske.

Paul lallte etwas, das Adam nicht verstand. Er sprang vom Kutschbock und fing Paul auf, der sich etwas zu schwer auf ihn stützte und ihm seinen höllischen Atem direkt ins Gesicht blies. So nahe war er seinem Vater noch nie gewesen. Vielleicht war *Vater* ein zu starkes Wort. Doch trotz seines Gewichts und der Fahne wünschte sich Adam, von ihm umarmt zu werden. Paul umfasste Adams Gesicht.

»Ich brauche dich …«

Adam stand da, stützte ihn, verlor sich derart im Anblick seines Gesichts, dass er fast vergaß, wo er war. Er war erstaunt über seine Worte, in denen Zärtlichkeit zu liegen schien. Pauls Hände auf seinen Wangen, das Pulsieren seines Körpers, der Schweiß, der sich unter seinen Handflächen bildete. So fühlte es sich an, jemandes Sohn zu sein? Er war noch nie so nah dran gewesen, jemanden Pa zu nennen, aber jetzt stieg das Wort in seiner Kehle auf, lag einschmeichelnd ganz hinten auf seiner Zunge.

»Gott hat uns gesegnet.«

»Uns, Massa?«

Paul sah Adam an und legte ihm die Hände auf die Brust. Adams Augen weiteten sich, als sich Pauls Lippen zu einem Lächeln verzogen. Ungebührlich, aber vielleicht war es Paul jetzt endlich auch aufgefallen – derselbe Nasenrücken, dieselbe breite, unverkennbar Halifax'sche Stirn. Nicht, dass Paul es nicht gewusst hätte, aber all das aus nächster Nähe mit eigenen Augen zu sehen, machte es für ihn offenkundig. Er brauchte es nicht zu sagen. Er brauchte gar nichts zu sagen. Adam verstand ihn auch so. Man konnte die Wahrheit wissen, solange man sie nicht aussprach. Wenn man ihr Ausdruck verlieh, konnte sie selbst die dicksten Mauern in Schutt und Asche legen. Paul musste husten, und Adam klopfte ihm auf den Rücken, holte die Lampe aus der Kutsche und hielt sie Paul vor das Gesicht, als wollte er sich vergewissern, dass der es überleben würde.

Dann wurde Adams Gesicht ausdruckslos. Hier stützte

er einen Mann, der zitterte, obwohl es noch genauso heiß war wie vor dem Sonnenuntergang, also musste es am Alkohol liegen oder was auch immer für seine unordentliche Kleidung und Frisur gesorgt hatte. Adam räusperte sich.

Es rumorte in seinem Magen, als wollte sich etwas einen Weg aus seinem Körper bahnen; vielleicht seine Seele. Um irgendwohin zu gehen, irgendetwas zu tun, das seiner würdig war. Keine simple Schinderei, die sich nur einfallslose, gewöhnliche Menschen ausdenken konnten. Sondern etwas, das ihm Zeit geben würde, darüber nachzugrübeln, ob die Dunkelheit sich tatsächlich aus sich selbst heraus bewegte wie etwas Lebendiges. Und trotz allem, was die Toubab sagten, hatte er eine Seele, und nicht dank des Toubab, der sich eingemischt und an seiner Erschaffung mitgewirkt hatte.

Seit Paul »uns« gesagt hatte, als wären sie tatsächlich verwandt, konnte die entstandene Öffnung vielleicht erweitert werden. Hätte Adam den Mut aufgebracht, hätte er ihn nach seiner Mutter gefragt. Was war ihr durch den Kopf gegangen, als sie diesem besonderen Kind das Leben geschenkt hatte? (Er hielt sich für besonders, weil er überall, wo er sich aufhielt, hingehörte und auch wieder nicht hingehörte.) Dieses besondere Kind, das aus dem Schoß einer tiefschwarzen Frau entsprang und hell war wie ein Sonnenstrahl, sodass es fast als Toubab durchgehen konnte, wäre der verräterische Mund nicht gewesen.

Vielleicht hatte Paul sie auch behandelt, als wäre sie etwas Besonderes. Aber was bedeutete das im Hinblick auf Tod oder Schlimmeres? Adam ließ gern Raum für alle Möglichkeiten. Die Linie, die ihn teilte wie ein Nullmeridian, erlaubte ihm über Mögliches nachzudenken: auf beiden Seiten zu tanzen, sich etwas vorzustellen, es abzuwägen, zu beobachten, seinen Geist damit zu beschäftigen, weil das für jemanden wie ihn der einzige mögliche Rückzug von der Welt war. Am Ende musste er eine Entscheidung treffen: Er konnte dieses Etwas entweder seinem wahren Besitzer zurückgeben oder es einstecken, um es irgendwann später zu benutzen, falls er dann noch da war.

Paul stolperte erneut, und Adam hielt ihn fest, hob ihn hoch und stellte ihn wieder auf die Beine. Er erkannte, dass Paul, selbst als er in seinen Armen hing wie ein nasser Sack, nicht so schwer war, wie Adam gedacht hatte. Paul redete die ganze Zeit, murmelte seltsame Dinge über Gott, die Adam kaum verstehen konnte, weil seine Zunge schwer vom Alkohol war. Aber das war nicht so seltsam wie der Moment, in dem Paul Adams Gesicht umfasst, ihm in die Augen gesehen hatte, ohne zu verlangen, dass Adam den Blick senkte. Und so hatte Adam zum ersten Mal unerschrocken in die Augen seines Vaters geschaut, dieselben, mit denen dieser seine Mutter angeschaut hatte oder wahrscheinlich eher an ihr vorbeigeschaut oder irgendetwas dazwischen.

Er wollte gern glauben, dass er sich die Kälte in Pauls

Blick einbildete. Aber obwohl Paul sich sanft gegeben hatte und seine vorübergehende Rolle als Betrunkener als Vorwand dafür benutzte, sagten seine Augen die Wahrheit. Hart waren sie. Voller Tränen, aber immer noch eine goldene Gefahr.

Das waren die Augen, in die zu blicken man seine Mutter gewarnt hatte, selbst als sie in einer älteren Version der Fickhütte am Boden lag, unter dem Fundament der neuen, die er so gut kannte. Er war nicht sicher, ob Paul sie angesehen oder an ihr vorbeigeschaut hatte, aber er war felsenfest davon überzeugt, dass seine Mutter ihm nicht in die Augen gesehen hatte. Das spürte er jetzt. Er suchte in Pauls Augen nach ihrem Bild, doch es war nicht da, was bedeutete, dass er nur ihren Körper besessen hatte, nicht ihre Seele. Sicher hatte sie die danach verloren. Es war nicht ihre Schuld.

Und warum sollte Paul sie wie etwas Besonderes behandeln? So weiß, wie Adams Haut war, weißer als reines Schwarz erlaubt hätte, fragte er sich, ob seine Großmutter oder sein Großvater nicht ebenfalls vergewaltigt worden waren. Wahrscheinlich seine Großmutter, denn wäre es sein Großvater gewesen, dann wäre seine Mutter von Gesetzes wegen als freie Frau geboren worden, was ihn zu einem freien Mann gemacht hätte. Nicht, dass man das Gesetz über die Hautfarbe gestellt hätte. Ihre Gebote – willkürlich, beliebig und provisorisch, wie sie waren – gingen über den Verstand. Väter konnten auch Onkel sein. Für Adam war sein ganzes Leben ein Glücksspiel. Freiheit oder Gefangenschaft hingen an etwas so Zerbrechlichem wie der Schamlosigkeit eines Toubab-Elternteils.

Es war nicht länger sicher, weiter an die Mutter zu denken. Das konnte sie an den Ort zurückkehren lassen, an dem sie verschwunden war, im selben Zustand, in dem sie damals gewesen war. Diese Grausamkeit wollte er ihr nicht zumuten. Aber vor allem glaubte er, dass das Leid, das sie in sich trug und das, davon war er überzeugt, den Erdboden erschüttern konnte, auf dem sie standen, nicht nur eine Gefahr für Paul gewesen wäre. Trotzdem wäre er das Risiko gerne eingegangen, auch wenn es den Untergang bedeutete. Nur sie anzuschauen, zu sehen, ob er sein Gesicht in ihrem wiederfand.

»Alles in Ordnung jetzt, Massa«, sagte er zu dem immer noch lächelnden Paul. »Ich bring Sie zum Großen Haus zurück, ja?«

Die Lampe ging aus, und Paul schmiegte den Kopf an Adams Brust, und bevor Adam die Frage noch einmal stellen konnte, hörte er ihn schnarchen. Er hob Paul hoch, setzte ihn in die Kutsche und ließ ihn etwas heftiger als beabsichtigt auf den Sitz fallen. Dann betrachtete er ihn einen Augenblick lang. Dieser Mann übte Macht aus, weil er von sich behauptete, mächtig zu sein. Obwohl sie ihm zahlenmäßig überlegen waren, hatte er nicht nur durch die schiere Kraft seines Willens das Land unterworfen, sondern auch zahllose Menschen unter seine Kontrolle gebracht. Wie konnten so viele so viel Angst vor einem haben? Die Nigger auf der Lichtung hatten recht: Der Toubab-Gott musste der richtige sein.

Adam schloss die Tür und kletterte wieder auf den Kutschenbock. Er griff nach den Zügeln und lenkte die Pferde langsam zurück in Richtung Empty.

Paul schlief so fest, dass er keine große Hilfe gewesen wäre, wenn sie auf dem Rückweg überfallen worden wären. Sie hätten Adam direkt vor Pauls Nase entführen und ihn an irgendwelche zwielichtigen Gestalten verkaufen können, die seine Hautfarbe seltsam und seine Lippen noch seltsamer finden würden. Leute wie er brachten auf dem Versteigerungspodest etwas mehr ein, weil man glaubte, sie seien intelligenter und somit leichter einzuarbeiten. Aber man musste sie genau im Auge behalten, damit sie sich nicht unter die weiße Bevölkerung mischten. Aber nichts, was nicht mit einem Brandzeichen auf der Brust zu lösen war.

Adam hoffte, dass das Dickicht und die freundlichen schlafenden Blumen zu beiden Seiten der Straße als Barriere zwischen ihm und Verbrechern dienen würden. Die Alternative wäre ebenso gefährlich. Womöglich musste er einen Toubab töten, was nur eine andere Art von Selbstmord war. In dieser Welt gab es für Menschen in Ketten nicht viele Wahlmöglichkeiten, nur für die Starken …

Wär nich so, als würden die Leute die Starken lieben. Vor denen kuscht man, musse ständig besänftigen, belügen, um ihre Gunst zu kriegen, ne Gefälligkeit, und seis nur fürn Moment. Nee, die Leute verachten die Schwachen. Sie verabscheun Schwäche, weilse nich wie Stärke hinter viel Krach und Trara verstecken muss, wasse is. Die zarte Gnade der Schwäche bricht unter dem Gewicht der Täuschung zusammen, am Ende ist nur noch Schutt übrig, und feiner Staub liegt in der Luft. Man atmet ihn ein, weil jeder muss atmen, die Natur wills so, und dann erstickt man dran. Schwäche is nur ein nacktes Spiegelbild von dem Gesicht, das man am liebsten verstecken will. Das müde Gesicht, das Trauergesicht, das weinende Gesicht, das in den Abgrund starrt und entdeckt, dass nix zurückstarrt. Leere. Empty. Da sind nur wir: Emptys Kinder, allesamt Kannibalen. Schwäche zeigt bloß, wie elend das Leben ist, wenns keinen Anstand gibt.

Adam hielt die Kutsche an. Die Nacht war undurchdringlich, die Luft schwül, und es war still bis auf die zirpenden Grillen, das Quietschen der Räder und Pauls Schnarchen. Keine Schritte. Kein verdächtiges Rascheln im Gebüsch. Kein menschlicher Schatten. Es gab keinen Grund zur Eile, und Adam genoss die Freiheit, den Piniengeruch in der Luft und den Sternenhimmel. Er sah sich in aller Ruhe um, weil er davon ausging, dass Paul immer noch schlief. Insekten huschten an ihm vorbei oder flogen ihm ins Gesicht. Ein kurzer Moment des Friedens.

Er trieb die Pferde an, und die Kutsche setzte sich wieder in Bewegung. Sie fuhren langsam. Adams Bein zuckte in einem ganz eigenen Rhythmus. Die Hufe der Pferde klapperten. Eine leichte, aber angenehme Brise ließ die Blätter rascheln, ein großzügiges Geschenk der Nacht, nachdem der Tag damit gegeizt hatte. Adam fläzte sich auf seinen Kutschbock. Spürte, was für eine Belastung es war, ständig hoch aufgerichtet dasitzen zu müssen. Als wäre die Wirbelsäule in einen Schraubstock geklemmt; vielleicht nahm er es eher wahr als andere, weil er eine natürliche Grenze in seinem Inneren hatte, die verhinderte, dass die beiden Hälften seines Körpers höflichen Umgang miteinander hatten.

Als sie um die Kurve bogen, hinter der die Grenzen von Empty lagen, konnte er nicht eine einzige erleuchtete Hütte entdecken; die Leute schliefen. Nur ein winziges Licht war zu sehen. Wahrscheinlich jemand, der todmüde vom Feld den Sonntag herbeisehnte, an dem man bis kurz vor dem Mittag im Bett ausruhen konnte, um dann gemächlich zur Lichtung zu spazieren und irgendjemanden im Himmel zu preisen, der sich weigerte, einen Blick nach unten zu werfen. Die Dunkelheit, gegen die weder Mondlicht noch Sternenschein etwas ausrichten konnten, löschte selbst die Umrisse der Hütten in der Ferne aus.

Sie erreichten das Gatter: Bevor er von der Kutsche sprang, um es zu öffnen, schnupperte er. Über den Geruch der Blumen und anderen Pflanzen hinweg roch er noch etwas anderes, Unbekanntes. Er sprang vom Kutschbock und öffnete das Gatter. Es schabte über den

Boden, vertiefte die vorhandene bogenförmige Kuhle im Boden.

Er ging zur Kutsche, öffnete die Tür und entdeckte den immer noch schlafenden Paul, schnarchend, in sich zusammengesackt, hilflos. Adam beugte sich über ihn. Sah die schwach pulsierende Ader an Pauls Hals. Seine Brust, die sich in einem nicht immer gleichmäßigen Rhythmus hob und senkte. Adams gerunzelte Stirn war kein Ausdruck von Besorgnis, denn seine Augen sagten etwas anderes. *Es wär so leicht.* Er beugte sich noch dichter über Pauls Gesicht, und ihm fielen zum ersten Mal die Stirnfalten auf, die normalerweise vom Hut verdeckt wurden. Sorgen zeichneten das Gesicht, mitten auf der Stirn, wo alle sie sehen konnten, drei Falten, die eine Geschichte erzählten. Eine Warnung.

Adam streckte die Hand aus, um sie zu berühren, vielleicht für mehr. In dem Moment schlug Paul die Augen auf. Er hob das Kinn, und seine Augen wurden schmal.

»Was machst du da?«, sagte er und richtete sich auf.

»Ich versuch Sie zu wecken, Massa. Wir sind zu Hause.«

Keiner von ihnen rührte sich. Adam sah zu Boden, Paul starrte ihn an. So verharrten sie einen Moment lang, und das Schweigen füllte die Lücken, während beiden scharfe Worte auf der Zunge lagen und sich gegen die weiche Innenseite der Lippen pressten, nicht nur den verletzten, an den sie gerichtet waren, sondern auch den, der sie aussprach. Wie wärs, wenn ich ihn »Pa« nennen würd?, dachte Adam, kam jedoch zu dem Schluss, dass es das Risiko nicht wert wäre.

»Tja. Dann los, bring mich zurück zum Haus«, sagte Paul, obwohl Adam spürte, dass er etwas anderes hatte sagen wollen.

Er verließ die Kutsche, ging zu den Pferden und führte sie durch das Gatter zur Vorderseite des Großen Hauses. Dort blieben sie stehen. Adam half Paul aus der Kutsche. Paul strauchelte leicht wie ein Mann, dem die Beine eingeschlafen sind. Kurz darauf fing er sich, sah zum Haus auf, und plötzlich wirkte er nicht länger gleichgültig, sondern angstvoll. Er war wieder ganz er selbst, der Paul aus Vicksburg war dem Paul von Empty gewichen.

Er brauchte Adam nicht mehr, und so folgte der ihm auch nicht. Der Preis für einen Gefallen, um den niemand gebeten hatte, war hoch. Sich ans Gewohnte zu halten, war am sichersten. Er blieb am Zaun stehen, öffnete das Gatter und führte die Pferde hindurch, die noch immer vor die Kutsche gespannt waren.

Er spannte die Pferde ab und nahm ihnen das Geschirr bis auf das Zaumzeug ab; das würden ihnen Isaiah und Samuel abstreifen, nachdem sie sie in die Boxen gebracht hatten. Wenn sie nicht zu müde waren, würden sie Adam etwas zu trinken anbieten, vielleicht eine Weile mit ihm plaudern, bis er wieder in seine Hütte voller Einsamkeit, Stille und Leere zurückmusste.

Normalerweise waren Isaiah und Samuel um diese Zeit noch auf. Aber wenn nicht, würde er sie nicht wecken.

Es war schließlich Sonntag, und Nigger hatten nur den Sonntag. Er würde die Pferde einfach selbst in die Boxen bringen.

Er hörte ein Geräusch aus der Scheune. Also waren sie noch wach. Gut. Er fragte sich, ob er ihnen erzählen sollte, dass Paul das Wort »uns« benutzt hatte, wenn auch nur im Vollrausch. Und würden sie ihn verstehen, wenn er ihnen von der Linie erzählte, die ihn teilte? Wenn nicht sie, wer dann? Hatten sie womöglich auch eine?

Er näherte sich der Scheune, und das Geräusch schwoll an, bis es so laut war, dass es unmöglich nur von zwei Menschen stammen konnte.

SAMUEL

Ich hab dich an mich gedrückt, weil du der Einzige bist, der weiß, dass ich kein Holzklotz bin.

Vollkommen reglos standen sie im Dunkel. Sprachen leise, damit ihre Stimmen die nächtlichen Geräusche um sie herum nicht übertönten. Paul war bei ihnen gewesen – und hatte sich komplett zum Narren gemacht. Aber sein Besuch war ein Zeichen, dass es Zeit war. Und Timothy wartete, würde wahrscheinlich direkt in die Scheune marschieren, wenn Samuel nicht zu ihm ging; der würde die Scharade erdulden müssen und dann wieder nach draußen gejagt werden, damit Timothys Geheimnis besser gewahrt wurde als ihres.

Es würde keinen Streit geben. Kein Betteln. *Tus einfach. Jetzt. Dann lauf weg. Genau wie Maggie gesagt hat.*

Sie starrten einander an, doch keiner rührte sich.

»Aber wenn du gehst …«, hat Isaiah.

»Ich weiß.« Samuel seufzte.

»Sie sind sicher hinter uns her, wenn du …«

»Die sind so oder so hinter uns her.«

Zuvor, beim Füttern der Schweine und Hühner, hatten sie Skizzen auf den Boden gezeichnet: der Fluss, das Ufer, die Bäume. Was dahinterlag, wussten sie nicht. Sie prägten sich alles gut ein, bevor Samuel es mit dem bloßen Fuß verwischte. Zwischen den Patrouillen der Wachen (man musste den richtigen Moment abwarten; auch die Toubab hatten einen ganz speziellen Rhythmus) würden sie die Tiere befreien, zum Fluss gehen. Essen war ein Problem. Sie hatten nichts, um es vor dem Wasser zu schützen. Einmal auf der anderen Seite würden sie sich etwas zu essen suchen müssen, dann würden sie in der Wildnis bleiben, bis die Reise nach Norden – vorbei an den gebleckten Fangzähnen von Tennessee, den scharfen Krallen von Kentucky in die unsicheren Arme von Illinois – in ein freies Land möglich war. Die Choctaw hatten schon manchen Unterschlupf gewährt, wie sie wussten, auch wenn Paul und die anderen Gerüchte über Kannibalismus und Vorliebe für schwarzes Fleisch gestreut und ihre Sünden auf Fremde projiziert hatten.

Isaiah ging langsam auf Samuel zu, legte ihm den Arm um die Taille und zog ihn heftig an sich. Samuel schlang einen Arm um Isaiahs Hals. Sie pressten lange schwer atmend die Gesichter aneinander. Der eine hustete. Der andere würgte. Nur um nicht zu schluchzen. Sie rieben die Stirn aneinander. Schließlich legte Isaiah die Hand auf Samuels Wange und sie sahen sich in die Augen. Küssten sich. Es war weder sanft noch grob, aber erfüllend.

Sie lösten sich voneinander, und Samuel wischte Isaiah das Gesicht ab. Isaiah wandte sich von ihm ab. Beugte sich vor, tastete nach der Lampe und ging damit zur

Werkzeugwand. Er zündete den Docht mit einem Feuerstein an und reichte die Lampe Samuel.

»Über den Fluss«, sagte Isaiah.

»Schwimm einfach immer weiter. Selbst wenn wir uns im Wasser aus den Augen verliern. Wir treffen uns auf der andern Seite im Wald«, sagte Samuel. »Wenn ich nich direkt hinter dir bin …«

»Vielleicht gibts nen andern Weg …«

»Du brauchst was Scharfes«, insistierte Samuel.

Isaiah seufzte. »Ich hab meinen Verstand.«

»Willste die Knarren überlisten?«

»Ne Axt is auch nich besser.«

Samuel spürte sie steif an seinem Rücken, einem Liebhaber nicht unähnlich. Er hatte sie dort versteckt, als Isaiah anderweitig beschäftigt war, aber irgendwie hatte Isaiah es gewusst. Weil er ihn kannte. Solche Dinge brachten Samuel dazu, ihn noch lieber zu mögen: Er wusste, er berührte, er sah. Sie waren zwar unterschiedlich, aber aus irgendeinem Grund war das in Ordnung. Es fühlte sich an, als müsste es so sein.

Na, schön. Dann nimm nix mit. Gar nix von dem Ort hier. Nich mal ne Erinnerung Zu schwer, schätz ich. Da kann ich die Last auch für uns beide tragen. War sowieso schon immer so.

Isaiah hielt inne. Er beugte den Kopf zurück, musterte Samuel. »Sag nich, du ärgerst dich sogar heute.«

»Isn Tag wie jeder andre«, sagte Samuel. Er wandte sich von Isaiah ab und sah zum Scheunentor hinaus. Es ärgerte ihn tatsächlich, wie üppig die Natur auf der Plantage war: ein tiefes Grün mit Einsprengseln von Rot, Gelb, sogar Violett tauchte darin ohne Vorwarnung auf. Vögel flogen herum, in Kreisen, Bögen oder im Sturzflug, durch Sonnenstrahlen oder um sie herum, sangen verbotene Lieder in Baumkronen. Wie konnte die Natur es wagen weiterzumachen, als würde sein Leid keine Spur hinterlassen, als wären Blutvergießen und Leichen, die von Würmern zu Dünger verarbeitet und von Pflanzen aufgesogen wurden, normal. Nicht mehr als Kuhdung im großen Ganzen. Der dieselbe Farbe hatte.

All dem zum Trotz fiel jetzt Regen, direkt aufs Gesicht, um Tränen zu verbergen, sich damit zu vermischen, sie fortzuwaschen, auch wenn der Schmerz weiterschimmerte. Das Universum würde für seine Gleichgültigkeit bezahlen müssen. Oder zumindest irgendwer.

Der Gedanke schlich sich ein, dass der Frieden noch eine Weile Aufschub gewährt hätte, wenn sie auf Amos gehört hätten. Vielleicht auch nicht, denn bei den Toubab wusste man nie. Sie machten viel Gewese um ihre Verträge, aber so ein Stück Papier bedeutete nichts anderes als: *Vorsicht*. Es stimmte zwar, dass Amos sie zu schnell im Stich gelassen hatte, aber Samuel hatte trotzdem das Gefühl, dass Isaiah zu kompromisslos gewesen war und diese Kompromisslosigkeit auch ihm aufgezwungen hatte. Was hätte es geschadet, Puah ein bisschen Trost zu spenden? Isaiah hätte das wissen müssen, schließlich hatte er Essie auch getröstet. Warum hatte Isaiah ihm nie davon erzählt? Er redete und redete, stellte Fragen über Fragen, hatte aber nie ein Wort darüber verloren, wie es mit Essie gewesen war.

Vielleicht sind wir auch nich besser als die andern. Wer sind wir zu glauben, wenn wir zusammenliegn und es sich anfühlt wie Wasser und Mondstrahlen, dass die Gefahr uns nix anhaben kann? Und wer uns nah kommt, is auch in Gefahr. Woher kommt der Mut, dass wir lieber laut sind als heimlich, still und leise? Guck dir an, wohins uns gebracht hat. Wir könnten draufgehen. Ja. Draufgehen.

Samuel ging zur Tür. Er drehte sich um und sah Isaiah an. Der schien den Tod, den er in sich spürte, nicht zu bemerken, dort rührte sich etwas, strampelte. Er spürte, wie es zitterte, gähnte. Er versuchte, den Blick davon abzuwenden, doch es rief ihn. Rief seinen Namen. Nervös beeilte er sich zu sagen: »Ja, ich bin hier!«

Fast wäre es passiert. Fast, vor seinen Augen. *Geh weg, Nebel. Lass dich hier nich nieder.*

»Ich will nich«, sagte Isaiah. Er ging zu Samuel und griff nach seiner Hand.

Samuel sah auf seine Finger. Drückte sie fest. »Lauf«, sagte er und sah Isaiah tief in die Augen, diesmal ohne Angst. Dann rannte er in die Nacht hinaus, die Lampe in seiner Hand der einzige sichtbare Beweis für ihn.

Samuel hatte nie etwas anderes gekannt als Empty. Seine erste Erinnerung war, wie er auf einem Tuch lag, umgeben von Baumwollpflanzen; er hörte Stimmen, die ein Klagelied sangen. Dann lag er an der Brust einer Frau, und sie lächelte. Dann war er mit anderen Kindern zusammen, und sie nahmen ein paar mit, und er blieb mit den anderen zurück und musste Wasser vom Brunnen zum Feld schleppen. Bald schleppte er Essen – anfangs für Menschen, dann die Tiere. Und die Tage gingen ineinander über, waren es nicht wert, beschrieben zu werden, bis der Junge mit den trockenen Lippen und einer Haut kam, die so schwarz war, wie die Sonne sie machen konnte. Samuel hatte ihm Wasser zu trinken gegeben, und Isaiah hatte einen Blick in seine Seele geworfen. Es erschreckte Samuel, und er machte große Augen, als er spürte, wie ihn etwas im Inneren berührte, als würde dort ein Lied ertönen. Es kitzelte. Das war vermutlich der Tag, an dem er wirklich geboren wurde, sein Geburtstag, wenn er denn einen hatte.

Wie oft hatten sie seitdem Mitternacht miteinander verbracht? Vor einem Publikum aus Tieren, das freundlicher war als die Toubab und sein Wissen für sich behielt. Isaiah und er waren in etwas Unerhörtes hineingestolpert. Es hatte einmal jemanden gegeben, der Henry hieß, aber nur auf den Namen Emma hörte, aber das war etwas anderes gewesen. Sie war kein Mann, und alle außer den Toubab hatten es gewusst. Aber es war nicht das Gleiche.

Isaiah beklagte sich ständig über die Ketten und wer wen gefangen hielt – das Geplapper eines Feiglings. Ängstliche Männer waren immer glattzüngig, und das war auch Isaiahs Fehler. Und doch war Isaiah der Einzige, für den Samuel sich niederkauerte, und er hatte die Narben, um es zu beweisen. Wenn sie Empty endlich hinter sich ließen und in die Welt hinauszogen, an einen weit entfernten Ort, der von donnernden Tierherden durchstreift wurde, würde er Isaiah beibringen, wie man nicht mit der Zunge, sondern mit dem Körper redete.

»Hastes nie satt, 'Zay? Immer um dein Leben zu flehen? Mit allem, waste machst – wie du lächelst, wie du gehst, wo du hinguckst oder nich hinguckst –, bettelst du um dein Leben. Hastes *nie* satt?«

Er hatte es nur mit den Augen sagen wollen, doch sein Mund ließ sich nicht zum Schweigen bringen.

Isaiah hatte sich auf einen Heuballen gesetzt. Er lehnte sich zurück und richtete sich sofort wieder auf. Er zog die Knie an die Brust und legte die Arme um die Beine. Dann rieb er sich den Kopf.

»Ich habs schon satt. Aber ich will leben«, sagte er.

Da! Das war der Grund, warum Isaiah zauderte. Um an diesem Ort zu überleben, musste man sterben wollen. Das war der Lauf der Welt, die die Toubab geschaffen hatten, und Samuel fand vieles unmöglich: Toubab stießen Leute in den Dreck und nannten sie schmutzig. Verboten ihnen zu lernen und nannten sie ungebildet. Ließen sie arbeiten, bis ihre Hände so blutig und verkrüppelt waren, dass sie nicht mehr konnten, und nannten sie faul. Zwangen sie, Innereien aus Trögen zu essen, und nannten sie unzivilisiert. Entführten Kinder, zerstörten Familien und nannten sie unfähig zu lieben. Sie vergewaltigten, lynchten, hackten Menschen in Stücke und nannten sie Wilde. Sie setzten ihnen den Fuß auf die Kehle und fragten sie, warum sie keine Luft mehr bekamen. Und wenn die Leute ihnen den Fuß brachen und sich zur Wehr setzten, schrien sie »Chaos!« und behaupteten, die Ordnung nur durch Massenmord wiederherstellen zu können.

Sie priesen weiße Gänseblümchen und nannten schwarze Brombeeren einen Schandfleck. Sie behaupteten, Gottes Angesicht sei bleich und etwas baumele zwischen seinen Beinen, und nannten es heilig. Als sie mit ihrer Zerstörung fertig waren, deuteten sie auf den Himmel und machten die Farbe des Universums selbst zur Sünde. Und die ganze Welt glaubte ihnen, sogar einige der Ihrigen. Besonders einige der Ihrigen. Das machte es schwer, sein Herz zu öffnen oder loyal zu sein, außer aus strategischen Gründen. Es war einfacher, sich zu verschließen und in den Schlaf zu wiegen.

Und doch, Isaiah.

Isaiah hatte ihn dazu gebracht, sich zu öffnen, sich auf jemand anderen zu verlassen, davon zu träumen, dass Tanzen nicht nur möglich war, sondern, dass sie es zusammen tun konnten, zusammen tun würden, wenn sie erst frei waren. Schrecklich, solche Hoffnungen in einem Mann zu wecken. Das gab ihm das Gefühl, als wäre seine Brust weit geöffnet, ungeschützt, sodass sich alles, auch das Scheitern, darin einnisten, Wurzeln schlagen und alles Lebendige in ihm ersticken konnte. Dummer Isaiah.

Und doch, wie zärtlich war seine Zuneigung.

Als Samuel das Große Haus erreichte, war es schon dunkel. Nirgendwo brannte Licht. Die hintere Verandatür stand offen, genau wie Timothy gesagt hatte. Maggie lag auf ihrer Pritsche in einem kleinen Seitenraum der Veranda. Sie presste sich die Fäuste an die Brust, als wollte sie sich für etwas wappnen.

»Er hat gesagt, ich soll die Tür offen lassen. Keine Ahnung, warum ich sie nich verschlossen hab«, flüsterte sie.

Es überraschte Samuel kaum, dass sie noch wach war. Er ging, die Lampe vor sich hertragend, auf sie zu. Sie verzog misstrauisch das Gesicht. Er liebte sie dafür. Sie würde ihm am meisten fehlen.

»Bist meine Sonne«, sagte Samuel, was Maggie zum Lächeln brachte. »Gehts da lang?«, fragte er und deutete in die Küche.

»Nee, da gehts lang«, sagte Maggie und deutete nach draußen, Richtung Fluss.

»Du klingst wie Isaiah«, knurrte er.

»Klingt, als hätte Isaiah was in der Birne. Und du?«

»Ich hab auch was in der Birne, Miss Maggie. Nur noch eine Dummheit, dann hör ich auf dich.«

»Du hörst mir jetzt zu«, sagte Maggie leise. Sie stützte sich an der Wand ab und erhob sich. Samuel hielt ihr die Hand hin, um ihr aufzuhelfen, aber sie ignorierte sie. »Du bist hier, aber du gehörst hier nich her. Haste gehört? Du nich und Isaiah – wie nennst du ihn, ’Zay? – auch nich. Soll nich heißen, dass ihr hier nich willkommen seid. Ich will nur sagen, für euch gibts nen besseren Platz, vielleicht nich irgendwo, sondern irgend*wann*. Ob im Früher oder im Später, kann ich nich mehr sagen, mir fehlt die Macht dazu. Wenn man Macht nich benutzt, verliert man sie, verstehste? Aber eins weiß ich, jetzt is *nich* die Zeit. Also müsst ihr die Zeit finden, wo ihr hingehört. Das ham sie mir gesagt.«

»Wer hats dir gesagt?«

Maggie deutete nach draußen, und Samuel sah einen Schatten vorbeihuschen.

»M-hm. Du hastes auch gesehen. Das seh ich dir an«, sagte sie. »Das heißt, du hastes auch.«

Samuel starrte immer noch in die Dunkelheit, doch der Schatten war verschwunden. »Was?«

»Die Gnade. Die wird weitergegeben. Manchmal überspringts eine Generation, aber du hast sie trotzdem gekriegt.«

Samuel sah Maggie an. »Von wem?«

Maggie schaute nach draußen. »Von denen, schätz ich.«

Samuel begriff nicht und folgte ihrem Blick. Hoffentlich war Isaiah schon halb über den Fluss. Zwischen den Patrouillen gab es nur kurze Pausen.

»Miss Maggie, ich muss …«

»Ich weiß.« Maggie lächelte. »Ist ne Schande, aber du musst.«

Sie humpelte ein paar Schritte auf ihn zu und umarmte ihn. Samuel erstarrte. Hatte Angst, dass dieser Schatten ihr wieder im Nacken saß und ihn ebenso umschlingen würde wie sie. Doch als er ihn nirgends entdeckten konnte, entspannte er sich schließlich. Sie tätschelte ihm leicht den Kopf.

»Bist n Hitzkopf«, sagte sie leise. »Aber wenn dus unbedingt machen musst …« Sie deutete auf die Küche und die Tür zur Rechten. Dann hielt sie inne. »Irgendwie erinnerst du mich an wen. Hieß Ayo Itself, aber die Toubab ham ihn Daniel genannt.«

Samuel lächelte über den Namen, weil er so wichtigtuerisch klang. Er sah sie an. »Bist meine Sonne, Miss Maggie. Warste schon immer.«

Dann verließ er die Veranda und trat ins Haus.

Langsam ging er durch die Räume, die so mit Dingen vollgestopft waren – wofür war das alles gut? –, dass er Mühe hatte, sich zurechtzufinden. Und so viele Spiegel, auch wenn ihn das nicht überraschte. Er schaute in einen hinein und sah zwei Gesichter. Vielleicht gehörte das andere seiner Mutter?

Er stieg die Treppe hinauf, und Schatten tauchten flimmernd an der Wand auf, verblassten, wuchsen und schrumpften. Er ging über den Flur im zweiten Stock, Timothys Zimmer war genau da, wie er es beschrieben hatte. Als Samuel hineinschaute, sah er Timothy im Dunkeln stehen, nackt wie am ersten Tag. Samuel hätte fast die Lampe fallen lassen.

»Ich weiß nicht genau, wann mein Vater zurückkehrt, aber wahrscheinlich bald.« Timothy lächelte. »Er hat James nicht mitgenommen, also wird er vermutlich nicht allzu lange wegbleiben.«

Er zog Samuel an sich und küsste ihn auf den Mund. Samuel zuckte leicht zusammen, angeekelt, weil es sich wie ein Fischmaul anfühlte. Als Timothy seine Reaktion bemerkte, löste er sich langsam von ihm.

»Du hast wahrscheinlich noch nie so ein Bett gesehen«, sagte er und deutete mit der Hand darauf. Er kam wieder näher, als er sah, dass das Eis gebrochen und die Beule in Samuels Hose keine optische Täuschung war. »Oder?«, flüsterte Timothy ihm ins Ohr.

Samuel schüttelte den Kopf.

»Komm.«

Timothy führte ihn zum Bett.

»Du kannst die Lampe dort abstellen«, sagte er und deutete auf einen Schreibtisch am Fenster.

Samuel sah nach draußen und betrachtete den Mond, ein leuchtend weißer Halbkreis im Dunkel. Ihm war noch nie aufgefallen, dass Timothy die gleiche frostige Farbe hatte, und er überlegte, ob das der Ort war, wo alle Toubab herkamen, vielleicht waren sie ja aus Versehen gefallen und zur Strafe auf der Erde gelandet, vielleicht war das der Grund für ihr seltsames Verhalten: Sie hatten Heimweh.

Samuel sah in den Spiegel, der in einer Ecke des Zimmers stand. Isaiah hatte ihm einmal erklärt, dass er das Gesicht seiner Mutter vielleicht in seinem eigenen finden könnte. Und so ging Samuel zum Fluss, um sein Spiegelbild anzusehen. Da war sein Gesicht, nur leicht verzerrt von der Wasseroberfläche. Er lächelte und glaubte, sie in den Grübchen in seinen Wangen zu finden. Unablässig weiterlächelnd fand er sie an einem Ort, wo er nie gesucht hatte. Und vielleicht zeigte sich in der Art, wie sich bei dieser Erkenntnis seine Nasenflügel weiteten, sein Vater, von dem er seine Ungeduld und sein hartnäckiges Festhalten an der Liebe geerbt hatte, da war er sich sicher.

Das Bild im Spiegel war wesentlich klarer. Er betrachtete sich aus der Nähe. In seinen Augen glitzerte etwas, aber keine Tränen. Etwas Wildes, Kriegerisches. Auch dafür gab es eine Zeit, aber meist musste man es im Zaum halten, eindämmen, es daran hindern, sich in Augenblicken bemerkbar zu machen, in denen Rücksicht angesagt war. Oder Gerissenheit.

Er überlegte, wie sein Vater wohl war, ob er seiner Mutter in einer anderen Fickhütte aufgezwungen worden war. Das kam manchmal vor. Oder waren sie sich stattdessen unbeholfen, aber aus freien Stücken in die Arme gefallen, leicht verlegen und mit abgewandten Blicken und doch lächelnd. So freiwillig, wie es unter den Umständen möglich war. Wie Isaiah und er.

Was Samuel nicht wusste, erfand er. Seinen Vater

nannte er Stuart, denn er hatte gehört, wie Paul einen seiner Freunde so genannt hatte. Samuel hatte der Name sofort gefallen. Er klang nach jemandem, der gerne kräftig ausspuckte, und er stellte sich vor, wie sein Vater seinem Herrn ins Gesicht spuckte, das erklärte seine Abwesenheit. Vielleicht hatte seine Mutter überlebt. Die Körperkraft hatte er von Stuart, auch da war Samuel ziemlich sicher.

»Ich weiß, dass du nicht so schüchtern bist, wie du tust«, sagte Timothy und riss Samuel aus seinen Gedanken. »Ich habe dich und Isaiah gesehen, weißt du? Nachts, ich habe euch beobachtet.«

Samuel trat unbehaglich von einem Fuß auf den anderen. Der Schaft der Axt bohrte sich in seinen Rücken.

»Zieh dich aus, Samuel. Oder soll ich dich Sam nennen? Komm, leg dich zu mir.«

Langsam zog Samuel sein Hemd aus. Timothy schauderte.

»Du hast eine andere Farbe als Isaiah.« Timothys Blick wurde weich, und er strich sich über die Wange. »Er hat gesagt, Violett ist seine Lieblingsfarbe. Und ich dachte, er würde nur meine Worte wiederholen.« Er erhob sich vom Bett und kam auf Samuel zu.

»Im Norden schneit es im Winter. Kennst du Schnee? Hast du schon mal welchen gesehen? Nein, wahrscheinlich nicht. So etwas kommt hier nicht oft vor.« Er berührte Samuels Brust. »Das passiert, wenn es regnet, aber es so kalt draußen ist, dass der Regen gefriert und wie kleine Baumwollbäuschchen vom Himmel fällt. Es ist wunderschön. Der ganze Boden ist damit bedeckt, und alles wird ganz still. Kinder lieben Schnee. Sie spielen, lachen und bewerfen sich damit. Aber es ist nicht leicht, durch Schnee zu gehen. Nicht mal Kutschen kommen durch. Man kann die Straßen nicht mehr sehen. Die ganze Welt wird weiß. Es ist unglaublich friedlich.« Er strich mit dem Finger über Samuels Körper bis zu seinem Nabel. »Aber nach ein paar Tagen, wenn die Leute darauf herumgetrampelt sind und er anfängt zu schmelzen, ist es nicht mehr schön. Die Kleidung ist durchnässt, und man sehnt sich nach dem Frühling. Ich schwöre, man würde seine Seele für eine blühende Blume verkaufen. Das war der Moment, an dem ich Heimweh bekommen habe. Oben in Massachusetts sind die Winter so lang und hart, dass man glauben könnte, man bekommt nie wieder eine Blume zu Gesicht. Das stimmt natürlich nicht. Aber eine Zeit lang hat man das Gefühl, die Farben kommen nie wieder zurück. Vielleicht wirst auch du eines Tages den Winter im Norden erleben.«

Samuel wollte nirgendwohin, wo das Weiß kalt und gefroren vom Himmel fiel und alles für sich beanspruchte.

»Wenn mein Vater stirbt, erbe ich das hier.« Timothy sah sich im Raum um und wirkte enttäuscht. »Alles. Das Haus, das Land, die Neger, alles.« Er starrte Samuel an, als würde er eine Antwort erwarten. Samuel stand ungerührt da. »Weißt du, was ich als Erstes mache, wenn alles mir gehört? Ich werde jeden einzelnen Sklaven freilassen. Na ja, vielleicht nicht jeden. Ich brauche ja noch ein paar für den Haushalt und die Baumwolle, aber ich brauche nicht so viele wie mein Vater. Er will immer auf alles gefasst sein.«

Samuel rührte sich nicht.

»Ein Freibrief, Sam. Das bedeutet, ich lasse dich und Isaiah frei – das heißt, wenn ihr gehen wollt. Ich denke, da draußen hättet ihr es sehr viel schwerer als hier auf der Plantage, wenn ich das Sagen habe. Um ehrlich zu sein, will ich die Verantwortung gar nicht haben. Ich würde lieber mit meiner Kunst Geld verdienen. Aber mein Vater verlässt sich auf mich, verstehst du?«

Frei-Brief. Das Wort hallte in Samuels Kopf wider, schlug Glocken an, sodass es in ihm vibrierte. Er gestattete sich, darüber nachzudenken, wie sich Grashalme zwischen den Zehen eines freien Mannes anfühlen würden. Vielleicht würde er sie ausreißen, vielleicht aus einer Laune heraus verschonen, ganz ohne sich Sorgen machen zu müssen, ob seine Entscheidung das ohnehin schon schwache Gleichgewischt stören und irgendeinen Dummkopf zu Gewalt anstacheln würde, einfach nur, weil man über etwas nachsann. Farben würden auch zu etwas anderem werden, hauptsächlich, weil er zum ersten Mal Gelegenheit haben würde, sich damit zu befassen, die winzigen Unterschiede von Schattierungen zu entdecken, die ineinander übergingen. Er würde sogar wagen, eine Lieblingsfarbe auszusuchen, er könnte einfach so in eine Schneiderwerkstatt spazieren und eine Hose kaufen. *Verzeihung, mein Herr, ich nehm dieses Paar. Nee, ich brauch keine Verpackung. Hätten Sie was dagegen, wenn ich sie hier anzieh? Und die Schuhe – ja, die nehm ich auch.*

Schuhe an den Füßen!

Freiheit, dachte er, war eine feine Sache, wenn man es richtig anstellte, wenn man, Papiere in der Hand, zusehen konnte, wie sich Enttäuschung auf den Gesichtern der Sklavenjäger ausbreitete, nachdem er ihnen erzählt hatte, Massa habe ihm endlich erlaubt, ein Mensch zu sein. Freude sollte man nicht in sich verschließen.

Dann überkam ihn ein brennendes Gefühl. Er wusste nicht genau, wie das Wort *zulassen* in sein Innerstes gelangt war, einen Ort, auf den nur Isaiah bisher einen Blick erhascht hatte. Er war zu nah dran; das war das Problem. Zu lange hatte etwas Hartes, Kantiges an ihm gescheuert, ihn betatscht und seine Wange geleckt, um zu prüfen, ob sie immer noch nach Salz schmeckte. So lieferte man sich langsam aus, und er war nicht sicher, ob ein scharfer Hieb das Leiden beenden konnte. Er war allem schon zu lange ausgesetzt. Niemand konnte ihn mehr lehren, wie man einen Körper reinigte oder Kräuter für ein heilendes Ritual sammelte, niemand konnte ihm beibringen, wie man nicht zu einer Gefahr für sich selbst und die Seinen wurde. Doch das war nicht seine Schuld. Er hatte sich für das alles nicht entschieden. Schon seiner Mutter hatte man es aufgezwungen, und somit auch ihm. Dabei kannte er nicht einmal ihren Namen. Und so gab er auch ihr einen: Olivia.

Ja.

Das gefiel ihm.

Timothy küsste seinen Hals, und einen Moment lang glaubte Samuel, es wäre Isaiah. Fast hätte er seinen Kopf nach hinten fallen lassen und die Augen verdreht, bis nur noch das Weiß zu sehen war. In seinen Mundwinkeln sammelte sich Speichel, seine Arme waren bereit zu umarmen. Isaiah hätte ebenso einschmeichelnd langsam begonnen. Vielleicht hatte Timothy es von ihm gelernt.

Alles war ähnlich, bis auf den Geruch. Ganz gleich, wie viel Mist Isaiah schaufelte, wie viel Heu er wendete und wie viele Futtereimer er schleppte, er hatte immer einen Geruch nach aufziehendem Regen an sich, bei dem man zum Himmel aufblickte, erwartungsvoll und mit offenem Mund. Und Samuel konnte frei durch diese ihnen gewährten Zwischenzeiten spazieren, über geäderte Pflanzenblätter streichen, Kissen aus Moos aufschichten und Tau aus der Hand trinken. Auch das war eine Art von Freiheit, die nährte, statt das Leben zu einem Verbrechen zu machen. Wer hat das alles hier erschaffen?, fragte Samuel Isaiah, während sie durch den Wald gingen und den Rotkehlchen zulächelten. Wir, antwortete Isaiah dann. Die untergehende Sonne tauchte alles in ein violettes Licht und versank flimmernd.

Isaiahs Atem roch wie Milch, sein Körper schmiegte

sich perfekt an seinen. Das Mondlicht übernahm das Reden. Es passierte einfach. Niemand bedrängte den anderen, und doch umfingen sie einander. Samuel war gern in Isaiahs Gesellschaft, die einen ganz eigenen Raum, eine eigene Form hatte. Dann, ohne dass sie wussten, wie es passiert war, überfiel sie Schmerz. Man konnte sie jederzeit voneinander trennen. Sie hatten es oft genug erlebt. Eine Frau, die fortgebracht wurde. Angekettet auf einem Wagen, markerschütternd schreiend, während die Liebe ihres Lebens die Peitsche riskierte, wenn er hinterherrannte. Es gab keine Rettung, das wusste er, aber wenn er ihr nur noch ein paar Sekunden nahe war, würde ihr Bild vielleicht nicht so schnell verblassen, und so forderte er den Tod heraus.

Nach einer Zwangstrennung war niemand mehr derselbe. Einige saßen in der Ecke und lauschten lächelnd Stimmen. Andere rissen sich die Wimpern aus, bis ihre Augen unnatürlich groß wirkten. Andere arbeiteten, bis sie auf dem Feld – nicht nur körperlich, sondern auch seelisch – zusammenbrachen und nichts mehr von ihnen übrig war als ein Häufchen Staub, der vom Wind zerstreut wurde.

Das war der Grund, warum es Isaiah und Samuel egal war, warum sie sich, der Welt zum Trotz, aneinanderklammerten: Sie mussten es zeigen. Selbst wenn es nicht für immer hielt, sie mussten es zeigen. Damit es betrauert werden, erinnert werden – und vielleicht eines Tages wiederholt werden konnte.

Egal. Wenn es so sein sollte und eines Tages nur noch zwei Häufchen Staub von ihnen übrig waren, dann sollte es verdammt noch mal vorher einen Sturm geben. Sollte das Blut in Strömen fließen, sollte die Hitze alles verbrennen. Wenn die Trennung kam, würden sie wenigstens wissen, wie es war, zusammen, eins zu sein, bevor man sie auseinanderriss.

Ein Gedanke wie Balsam. Aber dafür brauchte man eine Axt, auch wenn Isaiah in seiner Naivität keine wollte. All das war es wert, wenn Isaiah dafür noch ein paar Sekunden länger singen konnte, damit die Erinnerung daran nicht so schnell verblasste, wenn man sie trennte.

Timothy hatte den falschen Geruch. Er roch zwar nicht unbedingt nach Peitschen oder Ketten, auch wenn beides unter der Sanftheit und den Versprechungen zu spüren war. Hauptsächlich roch er wie ein nasser Hund, frisch aus dem Fluss, der zwischen Fischen geschwommen war und schwanzwedelnd an Land kam.

»Hast du gehört, Sam? Ich sagte, nach dem Tod meines Vaters lasse ich dich und Isaiah frei.«

Es war nur ein Trick, damit er kapitulierte, doch Samuel weigerte sich. Wie lange würden sie darauf warten müssen, vierzig Jahreszeiten, achtzig? Immer in der Hoffnung, dass sie die nächste Stunde unbeschadet überstanden, überlebten, nicht aus einer Laune heraus verkauft, verstümmelt oder ermordet wurden? Schlimmer noch, wie konnte man darauf vertrauen, dass ein Toubab sein Wort hielt – und im Gegenzug wofür? Wie oft mussten sie zu ihm gehen, seine Liebkosungen – egal wie zärtlich – erdulden und danach mit dem Geruch von nassem Hund am Körper wieder aufstehen, bis sie den Lohn bekamen, der vielleicht nur flüchtig oder ein Trugbild war. Augenblick, Mann. Moment!

»Ich gebe zu«, flüsterte Timothy ihm zu, »ich habe noch viel zu lernen. Aber eins weiß ich: Ihr *seid* Menschen. Liebe *ist* möglich.«

Man sollte einen Mann nie fragen, was er dachte, bevor er gekommen war. Er würde alles sagen, um alle Hindernisse auszuräumen, die seinem Orgasmus im Weg standen. Man sollte erst wieder mit ihm reden, wenn die Anspannung abgebaut, die Kontraktionen abgeklungen und der Atem zur Ruhe gekommen war. Nachdem er sich ausgeruht und alle Spuren des Aktes beseitigt hatte, konnte man ihn fragen, dann sagte er vielleicht die Wahrheit. Samuel ging kein Risiko ein. Hitze stieg in ihm auf, breitete sich aus wie Flügel. Doch nur das leichte Lächeln um seine Mundwinkel verriet seine Absicht. *Los, Mann, tus! Mach schon, tus!*

»Du kannst mir in die Augen sehen, Sam.«

Samuel wusste, dass man zwei Wesen nie in die Augen schauen durfte: Hunden und Toubab. Beide bissen zu, und nur bei einem erholte man sich von den Verletzungen wieder. Nie hatte er sich mehr gewünscht, bei Isaiah zu sein. Er und Isaiah ergaben ein Ganzes. Das sollte Timothy wissen, fand er.

»Sie ham gesagt, es wär was Dreckiges, aber das wars nie. Alles is leicht. Er versteht mich, ohne dass ich n Wort sag. Weiß, was ich denk, nur weil ich wo hinseh – oder nich hinseh. Und wenn er so in mein Inneres reinguckt … Das erste Mal, dass mich jemand so berührt hat, wollt alles in mir Nee schreien, aber mein Körper hats nich zugelassen.«

Timothy trat einen Schritt zurück und sah Samuel an.

»Ich verstehe. Wenn es sonst niemand versteht, ich tue es«, sagte Timothy.

Er berührte Samuels Gesicht. Timothys Lächeln war verräterisch. Es bestätigte Samuel alles, was ihm seine Intuition sagte: Er brauchte nicht lesen zu können, um zu wissen, dass Toubab wie leere Seiten in einem Buch waren, aber nicht zu bändigen. Sie brauchten die Seinen nur für eine einzige Sache: um die Wörter zu sein. Tintenschwarz, für alle Ewigkeit festgehalten, weil sie wussten, dass es ohne die Seinen keine Geschichten gab, keine Zuhörer, die bei dramatischen Wendungen überrascht nach Luft schnappten, sich über das glückliche Ende freuten und applaudierten. Das erste Wort hatte Macht, aber Samuel wollte das ändern. Er krümmte bereits die Finger, um eine Geschichte zu schreiben, bei der das Publikum panisch davonstürzen würde.

»Vielleich können Isaiah und du mich morgen zusammen besuchen kommen?«, sagte Timothy leise.

Samuel rastete aus.

Es war, als wäre der Raum auf einmal unfassbar groß

geworden, als hätte er allen Platz der Welt, sich zu bewegen, sich auszubreiten, Luftsprünge zu machen und die Arme jubelnd in die Luft zu recken. Es war das erste Mal, dass er dieses Haus betrat, das sie groß nannten – in Wirklichkeit war es nur leer, sodass seine Verbrechen leicht zu entdecken waren.

In dieser Weite wurde Timothy ganz klein, aber seine erbärmlichen Bitten füllten den Raum aus. Ein Fieber packte Samuel, das seine Stirn entflammte, das Gesicht vor Zorn verformte, es krümmte sich in Form einer Sichel, die scharf genug war, um Kehlen aufzuschlitzen, auch wenn ihre Spitze erbarmungslos immer auf den zurückzeigte, der sie schwang. Aber das spielte keine Rolle. Das tut es nie.

Er holte aus, und seine Faust traf Timothy schneller, als er für möglich gehalten hätte. Timothy stürzte und riss dabei die Lampe um. Er wimmerte. Samuel griff nach der Axt und versenkte sie mit einem Schlag in Timothys Schläfe.

Er sah zu, wie Blut aus der Wunde quoll, Timothy über das Gesicht rann und auf dem Boden eine Pfütze bildete. Kein Schrei, nicht einmal ein Flüstern, doch das Gesicht war verzerrt, und die Lippen formten Worte, vielleicht eine Frage. Samuel wandte sich ab. Er wusste, dass Timothy in seinen letzten Momenten verwirrt war, nach Antworten suchte, aber von Samuel würde er sie nicht bekommen. Damit dieser charmante junge Mann, der sich für schuldlos hielt, zumindest ansatzweise begriff, wie es sich anfühlte, ohne Antwort zu sein. Die Geister der Toten wussten es. Unzählige Menschen, deren Stimme zu hören, auch wenn ihr Körper nirgends zu finden war, und die ihnen folgten und keine Ruhe ließen, weil sie selbst keine Ruhe fanden. Das letzte Wort auf ihren Lippen machte es unmöglich, und so bedrängten sie die Lebenden, ohne zu ahnen, dass sie dieselben Fragen hatten.

Der Körper zuckte länger, als Samuel erwartet hatte. Schließlich kam ein Geräusch aus Timothys Mund, kein Wort, keine Frage, sondern ein Gurgeln, wie Regenwasser, das in einem Loch versickerte. Dann erschlaffte sein Körper, der Ausdruck des Schmerzes war verschwunden, und er sah fast friedlich aus, wie jemand, der mit offenen Augen schläft.

Samuel beugte sich vor. Er hatte Timothys Gesicht noch nie aus der Nähe betrachtet. Zum ersten Mal konnte er einen Toubab mustern, ohne sich über das Chaos Sorgen machen zu müssen, das eine so gewagte Handlung nach sich zog. Alle machten so viel Aufhebens um diese Augenfarbe, blau wie der mittägliche Himmel. Samuel konnte das nicht verstehen. Für ihn sahen sie leer aus, bodenlos, als würden sie einen einsaugen, wenn man ihnen zu nahe kam. Er konnte sich nicht darin sehen. Isaiah hatte das Gleiche erzählt.

Er ließ die Axt stecken, stand auf, erhob sich von seiner ersten Tötung, erstaunlicherweise war es wesentlich einfacher gewesen, als er es sich vorgestellt hatte. Er hatte geglaubt, von Schuld- und Schamgefühlen zerfressen zu werden, aber irgendwie kam es ihm eher so vor, als hätte er ein Unrecht, zumindest ein kleines bisschen, wiedergutgemacht. Er würde noch mehr Leichen hinterlassen müssen, bevor er Stolz über seine Taten empfinden konnte, aber es gab noch genug, die den Tod verdienten. Er war zufrieden. Hätte er in diesem Moment sterben müssen, er hätte zumindest das Gefühl gehabt, dass er sie für einen Teil der Schuld hatte bezahlen lassen. Auch wenn sie vermutlich der Meinung waren, jetzt wären sie quitt.

Was für uns nich annähernd genug is, is für die schon mehr als genug. Aber mit denen werd ich schon abrechnen.

Er sah auf seine blutverschmierte Brust hinunter und gab einen Laut von sich, halb Lacher, halb Seufzer. Er glaubte, er würde lächeln, aber stattdessen lief ihm eine Träne über die Wange. Er machte sich nicht die Mühe, sie abzuwischen, damit hätte er zugegeben, dass sie da war. Es kitzelte, doch er lachte nicht. Sie lief ihm über das Kinn, zitterte und fiel in die Blutlache auf dem Boden.

Es gab noch so viel zu erfahren. Zum Beispiel, wo hatte Isaiah gelernt, Zöpfe zu flechten? Und warum? Und die Lieder, die er sang, wurden die in seiner Familie schon lange gesungen? Und waren seine krausen Haare ein Beweis dafür, dass seine Mutter eine Kriegerin gewesen war?

Er würde sich ducken, über den Boden kriechen müssen wie nächtlicher Nebel, ohne die aufdringlichen Grashalme zu benetzen.

Er stellte einen Fuß auf Timothys leblosen Hals, umfasste den Stiel der Axt und zog sie heraus. Timothys Kopf sank mit einem dumpfen Geräusch zu Boden. Gleich darauf hörte man den Trommelwirbel sich nähernder Schritte.

KLAGELIEDER

Um dich von deinem Leid zu trennen, müsstest du dich von dir selbst trennen. Dein Blut wurde geschmäht, Kampfeslust rinnt durch deine Adern.

Es war eine Frage des Überlebens. Aber die Zeit folgt anderen Gesetzen, als du glaubst. Wir wussten es damals und wissen es auch jetzt. Darum muss das Gericht bald kommen, denn du hast den Kampf, der dir im Blut liegt, zu einer Frage der Ehre erhoben, was nur zu Hochmut führen kann. Er durchströmt dein Herz. Wird es durchströmen. Hat es durchströmt. Manchmal vergessen wir, dass du die Dinge auf drei Ebenen wahrnimmst, wo wir nur eine sehen. Er *wird* dein Herz durchströmen, wenn du nicht aufpasst, wenn du nicht auf uns hörst. Verstehst du?

Wenn du dich dem Krieg ergibst, der in deinem Inneren tobt, wirst du deine Befreiung nicht als Erlösung erleben. Du wirst etwas anderes, etwas Unerreichbares an die erste Stelle setzen. Damit dein Ruf unter den Kindern deines Bezwingers gewahrt bleibt – die ja auch, oh!, deine Brüder und Schwestern sind –, wirst du deinem Leben Schaden zufügen und ein halbes Leben dem Tod vorziehen, obwohl es dasselbe ist.

Wir weinen um euch.

Ihr seid die Kinder, für die wir gekämpft und die wir verloren haben.

Ihr seid die verratenen, betrauerten Nachkommen.

Doch unser Bedauern gilt nicht dir, sondern wir bereuen, was wir entfesselt haben. Wir haben dich verdammt und sind nun dem Untergang geweiht.

Zuerst der Krieg im Außen, dann der im Inneren. Letzterer ist weit blutiger.

Aber es besteht noch Hoffnung.

Wir haben Stürme mitgebracht. Sind dir über gewaltige Wasser und in ferne Länder gefolgt, an gestohlene Orte, für die wir anderen Völkern viel schulden, was nur sie vergeben können. Und du.

Kräfte werden in deinem Namen entfesselt, die umbenannt werden, was zu ändern nicht in unserer Macht liegt. Verzeih uns.

Es ist die einzige Magie, die uns noch geblieben ist.

HOHELIED

Die Sonne brannte hoch am Himmel, als sie nach oben an Deck gebracht wurden. Sie gingen auf dem Schiff im Kreis, und einige betrunkene Mannschaftsmitglieder bespuckten sie, lachten sie aus. Offenbar waren sie sich ihres eigenen Gestanks nicht bewusst, wenn sie die Nase rümpften und die Stirn runzelten. Einige hatten Pistolen, andere Messer. Kosii sah ihnen ins Gesicht. Er wollte verstehen, wen er vor sich hatte, herausfinden, ob ihr Anblick eine Erklärung für das alles lieferte. Er sah Gruben, aus denen Hände gereckt wurden. Sah kleine hautlose Mädchen, die, in einer Reihe aufgestellt, ein Lied sangen. Er sah Jungen, die durch die Brandung rannten, und als sie sich umdrehten, um ihren Familien am Ufer zum Abschied zuzuwinken, hatten sie alles außer Gesichter. Ersticken war ihr Geburtsrecht.

Ketten klirrten, als Kossi und die beiden anderen, an die er gefesselt war, unter dem Spott aller an Deck herumschlurften. Dann sah er ihn, ganz in der Nähe, nur halb sichtbar im Wechselspiel aus gleißendem Sonnenlicht und einer Maske aus Schatten, aber erkennbar an der bekümmerten Ausstrahlung. Es war Elewa. Kosii fühlte sich, als hätte er etwas Stacheliges im Magen. Eine

Vibration, die ein Beben in seinem Körper auslöste, sodass alles wieder hochkam und er auf die Knie fiel.

Einer der Hautlosen sagte etwas in seiner Schakalsprache, in der alles wie eine Beleidigung klang. Aber eine andere Stimme kam aus der Richtung, wo das Licht nicht ganz hinlangte. Sie klang so nah, und doch konnte er nicht ausmachen, wo genau sie herkam. Es spielte keine Rolle. Er erkannte das Klicken, die Klangfarbe, die Tiefen und Höhen, auf denen er emporklettern und die schwindelerregenden Höhen erreichen konnte, die sonst im Nebel und Baumwipfeln verborgen liegen. Eine Hand. Alles, was er brauchte, war eine Hand, ein Signal, einen Ruf, eine Erlaubnis. Sieben Frauen mit frisch rasierten Köpfen und festen Brüsten, die Ellbogen untergehakt, standen schweigend da – dann stimmte die in der Mitte ein Klagegeheul an. Es hatte begonnen.

Elewa bahnte sich einen Weg durch die Menge, und Kosii sah, dass es doch nicht der auferstandene Elewa war. Es war ein Junge. Er war blass, doch sein Gesicht war nicht hart, er sah sogar noch jünger aus als Kosii, vielleicht war er gerade in die Pubertät gekommen. Er trat in Fußstapfen, die doppelt so groß waren wie seine eigenen Füße. Bewundernswert. Schmutzig, aber es war offensichtlich, dass dem Jungen das Spielerische verweigert worden war, an dem alle Kinder Freude hatten – anderen nachzujagen und lächelnd mutwillige, aber harmlose Dinge anzustellen. Früchte von Bäumen zu stehlen, die Finger verschmiert von ihrem Saft. Einen Zeh in den Fluss zu halten und von einem Freund hineingestoßen werden, aber nur an Stellen, wo es keine Nilpferde gab, die im Wasser herrschten. Dem Pfau dabei zuzusehen, wie er sich verneigte und herumstolzierte, um seine Braut zu beeindrucken. All das hatte man diesem Jungen versagt, hatte seinen Fluss unterbrochen, eingedämmt, sodass nur vertrocknete Dornenbüsche zurückblieben. Das erkannte man an den Tränen in seinen Augen, auch wenn er sie abwischte, bevor man sie als Anzeichen für Menschlichkeit deuten konnte.

Kosii ergriff das aufkeimende Mitgefühl des Jungen mit beiden Händen, betrachtete es, betastete die glatte Oberfläche und schmeckte seine Süße. Es war lebendig, noch knospenartig eingerollt, dabei sich zu entfalten. Ein freundliches Gefühl, aber es kam zu spät. Kosii hatte schon das Pulsieren des Lebens am Hals des Jungen entdeckt, das nach ihm rief. Laut, wild, verletzlich und verführerisch. Und er gehorchte seinem Ruf.

Er stürzte sich auf den hautlosen Jungen, schlang ihm seine Ketten um den Hals und zog sie straff. Der Junge strampelte, kämpfte und schlug um sich. Kosii ließ nicht los. Die anderen attackierten ihn, aber Kosii hatte sich an eine Reling zurückgezogen. Er holte tief Luft und schrie:

»Diesen Sieg widme ich Elewa, im Namen von Akusa!«

Dann ließ er sich rückwärts ins Meer fallen, zusammen mit dem Jungen, den er immer noch umklammert hielt. Mit ihnen stürzten noch zwei andere Leute in die Wellen, zunächst erschrocken, dann getröstet von der kalten Umarmung des Wassers, vom Meerschaum gewiegt, dann verschlungen.

Kosii wollte nicht schwimmen. Er hielt den hautlosen Jungen fest, bis er sich nicht mehr rührte, dann atmete er aus und zusammen versanken sie in der Tiefe.

Eine Schande, aber er musste es tun. Musste. Ohne Ausweg würde er sicher nicht allein sterben. So war es bestimmt: Sie sollten zusammen sterben. Darin lagen Ruhm und Ehre.

Elewa.

Während sie tiefer und tiefer sanken, betete Kosii um die Vergebung der Frau und des Mannes, die an ihn gekettet waren. Er hatte sie nicht gefragt, ob sie ertrinken wollten, sondern sie einfach mit in die Tiefe genommen. Sie sanken und sanken, bis der Bauch des Ungeheuers nicht mehr zu sehen war. Vielleicht war das die Sünde, die sein Vater in seiner Geschichte ausgespart hatte, der Teil, in dem sie, um das Bergvolk zu überleben, von ihrem eigenen Berg herabsteigen und die sterblichen Überreste der Kinder anderer Menschen um den Hals tragen mussten. Die Sieger nahmen sich das Recht, Mord einen »Sieg« zu nennen, und schmückten sich mit den Knochen der Besiegten.

So ist das also, dachte Kosii, als das trügerische, wässrige Licht immer mehr verblasste. *Wenn man von einem Berg hinabschaut – es tut weh.*

Dann wurde alles von Dunkelheit verschlungen:

Gut.

JAMES

James ging einmal um die Plantage herum, hielt sich an ihren Rändern und beobachtete, was in der Mitte vor sich ging. Anfangs umrundete er sie allein, dann mit ein paar seiner Männer wie Zeke, Malachi und Jonathan. Was die Nigger in Schach hielt, ließ sich nicht weiter verstärken: weder der Zaun noch der Fluss noch der Wald, der mit Fallen und Meuchelmördern gesichert war, noch die Angst. Obwohl, Letzteres bildete eine Ausnahme. Wenn er seinen Neigungen freien Lauf ließ, konnte er sie sogar noch steigern.

»Wann kommt Paul zurück?«, fragte Malachi.

»Keine Ahnung«, antwortete James. Er schlang sich das Gewehr über die Schultern und schritt entschlossen weiter. Er konnte den Mond nicht ausmachen. Vielleicht versank er hinter den Bäumen und überließ es dem Tintenschwarz des Nachthimmels, die Sonne auszulöschen. Gähnend hielt er die Lampe hoch. Sie war gerade noch hell genug, um zu zeigen, wie undurchdringlich Finsternis sein konnte. Er ging weiter.

Seine Kleidung war schäbiger, als ihm lieb gewesen wäre, aber ihm fehlten die notwendigen Mittel. Anders als Paul. Er selbst hatte keine Frau, die ihm Sachen flickte, keine Kinder, die seine Sachen pflichtgemäß wuschen und zusammenlegten. Zumindest keine Kinder, von denen er wusste. Wahrscheinlich besser so, denn er hatte ihnen nichts zu geben als harte Hände und schmerzende Füße, was nicht viel nützte. Nicht einmal seine Hütte hätte er ihnen vererben können, die gehörte Paul. Und Sklaven konnte er sich nicht leisten.

Hätte James nicht so viel Ähnlichkeit mit seiner und somit auch Pauls Mutter gehabt, hätte Paul ihn sicher abgewiesen, für einen Betrüger gehalten oder sogar wegen widerrechtlichen Betretens oder Landstreicherei den Sheriff gerufen. Aber sein Gesicht hatte ihn gerettet.

»Du gehst da lang«, sagte er zu Zeke und deutete auf eine Reihe von einfachen, baufälligen Sklavenhütten hinter der Wiese. »Ruf, wenn du irgendwas siehst, das nicht in Ordnung ist.«

Ihm wurde die Sinnlosigkeit des Befehls bewusst, noch während er ihn aussprach. Ein Nigger zu sein bedeutete, sich in einem ständigen Zustand von Unordnung zu befinden, in einer Dunkelheit, die nur Licht richten konnte, in einem Dschungel, der nur mit einer Machete entwirrt werden konnte, einem Chaos, das nur mit langsamer Hand und schneller Autorität beherrscht werden konnte. Blut, dachte James. Manchmal dürstete es ihn nach Blut.

Blut hatten die Sklaven reichlich, es durchströmte sie wie ihre Leidenschaften – wenn sie sangen, tanzten, pulsierte es in ihren Zungen, den zu einem breiten Grinsen verzogenen Lippen. Er konnte es riechen. Sie hatten sich kaum verändert, seit sie die Schiffe verlassen hatten, und er musste vor sich selbst zugeben, wie sehr ihn das überraschte. Er hatte erwartet, dass sie sich emporarbeiten, Möglichkeiten im Unmöglichen finden, die Ketten abstreifen würden, so wie er, als er aus dem Waisenhaus weggelaufen war. Aber nein. Sie trugen das Schiff stets in sich, egal wo sie hingingen. Es bedrängte immer ihre Sinne. Andererseits hatten sie nicht das Glück gehabt, hier Verwandte zu haben.

Ihre Kleidung war zerlumpt (die Ähnlichkeit zwischen seinen und ihren Sachen ärgerte ihn), ihre Intelligenz nicht der Rede wert. Sie lebten dicht gedrängt in ihren Hütten, was ihnen offenbar ebenso gelegen kam wie Paul. Sie waren streitlustig, und die Plackerei, die ihnen wie ein Geruch anhaftete, ließ sich nie ganz abwaschen. Sie ernährten sich von Abfällen, und ihre Haut war mit dem Fluch der Wildnis geschlagen. Es war einfacher, sie für Tiere zu halten, nicht anders als Kühe, Pferde oder Affen, denen es gelungen war, die menschliche Sprache nachzuahmen. Dass man bei ihrem Anblick manchmal einen Ständer bekam, war für den, dem es passierte, keine Schande. Tatsache war, dass sie als Menschen durchgehen und die Lenden, wenn auch nicht immer den Verstand, täuschen konnten.

Nach einiger Zeit kehrte Zeke zu den anderen zurück. »Sieht gut aus. Die Nigger sind alle da«, sagte er.

»Na schön. Ihr könnt auf die nächste Schicht warten und dann gehen«, sagte James.

»Ah. Vielleicht solltest du nach Miss Ruth sehen«, sagte Zeke. »Sie wandert da draußen rum.«

James kratzte sich am Kinn.

»Was macht sie hier draußen?«

Zeke zuckte mit den Schultern.

»Und wo ist sie?«

»Unten am Fluss, gleich hinter der Scheune.«

James schüttelte den Kopf. »Verdammt. Haltet hier Wache. Ich kümmere mich um Ruth.«

Sie war die einzige Frau auf der Plantage, die etwas taugte, und das machte die Dinge schwierig. Ihre blasse Haut, die roten Haare und der feste Busen verletzten seine Gefühle so tief, dass Masturbieren wie ein Stochern in der Wunde war. Sie tat nichts, um ihre Anstößigkeit zu verbergen, hatte nicht einmal so viel Anstand, sich an kühlen Herbstabenden ein Tuch um die Schultern zu legen.

Er erinnerte sich an die erste Zeit. Ein Jahr, in dem eine unerträgliche Hitze herrschte. Immer, wenn Ruth vorbeiging, zog er sich den Hut tief in die Augen. Er stopfte sich alles Essbare in den Mund, um seine Zunge zu beschäftigen. Er hatte das Bedürfnis, sich Dung unter die Nase zu reiben, um ihren Verbene-Duft nicht riechen zu müssen. Er glaubte, vor Verlangen den Verstand zu verlieren, wenn er nicht *irgendetwas* unternahm.

Eines Tages sah er im schwülen Zwielicht eine Niggerfrau am sumpfigen Flussufer baden, obwohl sie in der Küche sein sollte. Sie stand vor der untergehenden

Sonne, deren Licht vom Wasser zurückgeworfen wurde, sodass ihr Körper nicht deutlich erkennbar war und sie aussah wie ein Nicht-Nigger. Ein Bild, das er sich vor Augen halten konnte, bis der Akt vollbracht war. Im blutroten Licht wurden ihre Haarzotteln zu goldenen Locken und ihr schwarzes Gesicht bekam einen Hauch von scheuer Schamesröte – genau wie die Frauen zu Hause in Merry Old England.

Und wie sich herausstellte, war sie ebenso temperamentvoll. Sie biss ihn. Kratzte ihn und hinterließ eine dicke Narbe an seinem Hals, die immer noch zu sehen war. Dafür schlug er ihr mehrfach ins scheue Gesicht, bis ihr Blut aus dem Mund lief und den unteren Teil ihres Gesichts verdeckte wie ein Schleier.

Als er sich in sie schob – rammelte, pumpte und immer wieder zustieß und ohnehin schon vernarbte Bereiche mit neuen Prellungen versah –, entdeckte er, dass das, was er über diese Weiber gehört hatte, nicht stimmte: Sie hatten keine Zähne in ihren Fotzen, keine Haken, die den Schwanz festhielten, bis er ausgeblutet war und der Mann vor Schmerz schrie und heulte. Er hatte auch nicht das Gefühl, dass sie ihm die Seele aussaugte. Nein, Sir. Alles war glatt und einwandfrei wie bei all den feinen weißen Muschis, die ebenfalls aus England geflohen waren.

Aber sie hatte Schneid, und nicht einmal Schläge auf den Mund oder das Kinn änderten etwas an ihrer heftigen Gegenwehr. Nachdem er abgespritzt hatte, packte er sie, die Hose noch auf den Knöcheln, am Hals und drückte ihren Kopf unter Wasser. Sie strampelte und strampelte, traf ihn in die Eier und verpasste ihm dunkle Flecken an der Innenseite der Schenkel. Sie kämpfte länger, als man von einem Menschen, der keine Luft bekam, erwartet hätte. Dann fiel ihm wieder ein, dass er es nicht mit einem Menschen zu tun hatte und dass diese Dinge – ihr Höllenzorn, ihr Mumm, ihre tierisch starken Arme und Beine – vielleicht die Zähne und Haken waren, von denen immer die Rede war. Ein letzter Schlag gegen ihre Hüfte, und er hörte, wie etwas riss. Dann ließ er sie los.

Durchnasst stolperte er zurück ans trockene Ufer. Sie erhob sich: den Körper gekrümmt, wo er sie geschlagen hatte, nass von Blut und Flusswasser, starrte sie ihn mit schwarzen, glühenden Augen an. Dann sah sie plötzlich an ihm vorbei, und er hätte schwören können, dass er spürte, wie ein Rasiermesser ihn in die Schulter schnitt, als sie ihren Blick darübergleiten ließ. Er spürte, wie sich etwas in seinem Inneren löste. Es begann im Magen und breitete sich nach unten aus. Er verlor die Kontrolle über seine Eingeweide. Urin lief ihm das Bein hinunter, über den Boden und in den Fluss; Scheiße landete in seiner Hose. Sein Atem wurde immer langsamer. Er fühlte sich leer, leicht. Es war, als würde sein Körper zu Luft werden. War er tot? Er sah auf seine Füße und hatte das Gefühl, über dem Boden zu schweben wie ein Gespenst. Er musste lachen. Die einzige Niggerin weit und breit mit magischen Kräften, und die musste er sich ausgerechnet rauspicken.

War das nicht großartig?

In seiner Erinnerung lag er als Nächstes in seiner Hütte bäuchlings auf dem Bett. Kurz fühlte er sich ausgeruht. Doch danach konnte er nur noch sporadisch schlafen, und sein Gang war plötzlich krummbeinig geworden. Es gab keinen Nigger auf der Plantage, in dessen Nähe er sich nicht am liebsten übergeben hatte – das galt besonders für die Frauen. Es kostete ihn unglaubliche Anstrengungen, den plötzlichen Anfall von Übelkeit zu überstehen, der ihn überfiel, wenn einer von ihnen ihm nahe kam, vielleicht sogar zu dicht neben ihm stehen blieb oder seinen Namen auf die lang gezogene Art aussprach, die Begriffsstutzige an sich hatten. Und wenn James versuchte, ihren Namen auszusprechen, den Namen der Frau, die er entehrt hatte, und sei es auch nur den ersten Buchstaben – M …mm …mmm –, merkte er, wie sich seine Eingeweide erneut lösten, ganz wie damals am Fluss. Und so biss er die Zähne zusammen und ging ihr aus dem Weg. Kein Abendessen mehr in Pauls Haus, auch wenn sie immer für ihn mitdeckten. *Nein, ich esse in meiner Hütte. Alles bestens. Dort kann ich die Nigger besser im Auge behalten. Nur für den Fall.* Sein Gewehr wurde zu einer wichtigen Barriere. Und aus seiner sicheren Position heraus erfuhr er eine Menge mehr über die, die diese Barriere ignorierten.

Auf der Suche nach Ruth ging er durch die Dunkelheit, Steine und Pflanzen knirschten unter seinen Stiefeln. Nur die Grillen zirpten ihr Lied, begleitet vom Rauschen des Flusses. Er lauschte nach Schritten, suchte nach Fußabdrücken, schnüffelte nach Parfüm, aber nichts. Er rutschte am schlammigen Flussufer aus und erhaschte aus den Augenwinkeln einen Blick auf eine Gestalt. Hastig drehte er sich um und sah den Saum eines Gewandes hinter einem Baum verschwinden. Er folgte ihm.

Er ging am Ufer entlang, zwischen Bäumen hindurch. Seine Lampe flackerte, dann hörte er hinter sich eine Stimme.

»Bisschen spät zum Schwimmen.«

Er konnte ihr Gesicht nicht einmal erkennen, als er die Lampe hochhielt, denn sie trug Schatten wie etwas, das ihr eine alte Freundin geschenkt hatte.

»Wie unhöflich, nichts zu sagen.«

Er wollte sprechen, doch sie hatte ihn überrumpelt.

»Dann hast du wohl den Mond gestohlen, wie?«, sagte er schließlich.

Sie lächelte.

Sie gingen schweigend über die Plantage. Er war erstaunt darüber, wie sie sich in der Dunkelheit ohne Lampe zurechtfand, ohne zu stolpern, ohne Unsicherheit. Er hatte ihr angeboten, ihr zu leuchten, aber sie hatte abgelehnt, sich ins Dickicht zurückgezogen, über den Vorschlag gelacht. Dabei wollte er unbedingt ihr Gesicht sehen.

»Warum schleichst du hier herum, Ruth?«, fragte er.

Sie wirbelte in ihrem Nachthemd um die eigene Achse, lobte die kühle Brise, die es hochwehte, und summte eine Melodie. Als sie den Zaun erreichten, schlüpfte sie zwischen den Latten hindurch und hüpfte die Stufen zu seiner Hütte hoch.

Er dachte, dass bei ihrem Puzzle mehr als nur ein paar Teile fehlten. Aber vielleicht waren das die besten. Die, die einen beim Zusammensetzen mehr abforderten: etwas mehr Zeit, etwas mehr Geduld, etwas mehr Vorstellungskraft. Letzteres war fruchtbarer Boden, auf dem Meisterschaft gedieh, und er würde unermüdlich warten, was darauf wuchs.

Sie betrat seine Hütte und tänzelte darin herum.

»Was für ein Chaos«, sagte sie schließlich. »Hat dir niemand beigebracht, wie man im Haus Ordnung hält? Vielleicht solltest du in den Hafen der Ehe einlaufen.«

Er lächelte und hatte das Gefühl, dass sie es ebenfalls tat. Er stellte die Lampe auf einen kleinen Tisch, unter dem nur ein Stuhl stand. Es war das erste Mal, dass er ernsthaft darüber nachdachte – *Ich? Eine Frau? Wer würde schon …? Ich bin nicht der umgänglichste Mensch*. Ihr feuriges Haar lenkte ihn ab.

Ruth drehte sich um und begab sich zur Tür. Er wollte noch nicht, dass sie ging.

»Ich hoffe, dein Vetter kommt bald nach Hause. Dann kann er die beiden Nigger verkaufen, die mich angestarrt haben.«

»Ich weiß.«

Er schaute ihr nach, als sie an ihm vorbeiging. »Ruth, es ist nicht sicher, nachts auf der Plantage herumzuwandern. Du solltest zurück ins Haus gehen, hörst du?«

»Warum sollte ich vor etwas Angst haben, was mir gehört?« Sie sah ihn verdutzt an.

Er nahm zum ersten Mal in ihrer Gegenwart den Hut ab. Wie gesagt, er war nicht der umgänglichste Mensch. Er legte den Kopf schräg. »Wenn es dir nur gehören würde.« Er drückte sich den Hut als Zeichen für Respekt und Ehrlichkeit an die Brust.

Ruth schmunzelte und verließ die Hütte. Als er ihr zur Tür folgte, um zu sehen, welche Richtung sie einschlug, war sie bereits verschwunden, verschluckt von der Nacht, in der sie sich wie zu Hause fühlte, was ihm ein Rätsel war. Er sah vier Aufseher in der Ferne, die mit Zeke, Malachi und Jonathan redeten, deren Schicht zu Ende war.

James ging zurück in seine Hütte und setzte sich aufs Bett, zog jedoch seine Schuhe nicht aus. Löchrig, wie sie waren, spielte es keine Rolle, ob er sie anhatte oder nicht. Er warf seinen Hut auf den Boden. Lehnte sich zurück. Legte das Gewehr neben sich, an den Platz, wo seine Frau geschlafen hätte, falls er die Neigung verspürt und die Mittel gehabt hätte zu heiraten. Er verschränkte die Hände hinter dem Kopf und starrte an die Decke. Die Flamme in der Lampe flackerte, und die Dunkelheit wurde lebendig. James dagegen rührte sich nicht. Seine Augenlider wurden schwer, und er schloss sie.

Im Traum war er auf dem Feld, wo die Nigger Baumwolle ernteten. Doch die Baumwolle war lebendig und schrie, als sie gepflückt wurde. Dann hörten die Sklaven plötzlich gleichzeitig auf zu arbeiten. Wie ein Vogelschwarm machten alle auf einmal kehrt. Richteten sich auf. Wandten sich ihm zu, ob jung, ob alt. Sie hatten keine Augen, konnten aber trotzdem irgendwie sehen. Ein Geräusch ging von ihnen aus, ein Schwirren, Surren. Er lauschte eindringlich: Stimmen, Schläge. Dann gingen die Nigger auf ihn zu, und er hatte sein Gewehr, aber es waren einfach zu viele, und sie trugen Mistgabeln in den Händen. Er riss die Augen auf, als die Spitzen der ersten sich seinem Gesicht näherten.

Er schwang die Beine aus dem Bett und warf dabei den Spucknapf um.

»Verdammt.«

Er stand auf und sah sich nach einem Lumpen um. Vermied es, in den Spiegel zu sehen. Die Wände schienen ihn zu erdrücken. Vier ungeschmückte Holzwände, die oben und unten dunkler waren, von Moder und Schimmel geschwärzt. Die Decke war so niedrig, dass man kaum atmen oder sich aufrichten konnte, von sich strecken ganz zu schweigen. Nichts als ein einziger Raum mit wenigen Möbeln: ein Bett, ein kleiner Tisch, ein Stuhl; auf dem Tisch, die noch immer brennende Lampe. In der Ecke: eine Waschschüssel, daneben eine offene Feuerstelle, über der ein kleiner schwarzer Topf hing.

Er fand einen benutzten Lumpen beim Fenster. Die

flackernde Flamme der Lampe spiegelte sich darin. Draußen nichts als Schwärze, vor der sich einige Umrisse abzeichneten: die Bäume, das Große Haus, die Scheune, Niggerhütten auf der einen Seite und etwa ein Dutzend auf der anderen Seite des Feldes. Seine eigene Hütte war nur wenig größer. Wie konnten sie es wagen, ihm eine so kleine Hütte zu geben? Ließen die Nigger fast ebenso große bauen. Und auf der anderen Seite des Zauns, den er nicht einmal genau ausmachen konnte, weil er so nah dran war. Dreckskerle. Allesamt: ob Landbesitzer, Nigger oder Sklavenjäger.

Er wischte den Speichel vom Boden. Beim Anblick der Kautabakreste runzelte er die Stirn. Er warf den Lumpen in die Asche der Feuerstelle. An der Stelle, wo der Spucknapf umgefallen war, blieb ein Fleck zurück. Der braune Inhalt war ins Holz eingezogen.

In seiner Brusttasche fand er einen halben Riegel Kautabak. Er nahm ihn aus dem Beutel, brach ein Stück ab und steckte es in den Mund. Dann setzte er sich auf den Stuhl und starrte in das erlöschende Licht der Lampe: Die Flamme trug immer noch zuckende Schatten in den Raum, der gleichsam Licht atmete. Er sehnte sich nach den Abenden in London, so nebelig sie gewesen waren, wenn auch nicht nach den Menschen dort.

Das Versprechen von Reichtum war eine verdammte Lüge, dachte er. Es hatte seine Reise – eine lange, beschwerliche Schiffsfahrt mit ausgemergelten, kranken Männern – zur Farce gemacht. Aber ihm fehlten die

Mittel zur Rückkehr, nicht, dass es in England so viel besser gewesen wäre. Dort hätte er dieselbe fahle Gesichtsfarbe, dieselbe Vorliebe für Kautabak gehabt. Wenigstens waren hier seine Taschen nicht leer. Aber auch nicht so voll, wie Paul ihm versprochen hatte.

Paul hatte ihm auch verschwiegen, wie unwirtlich das Land war, dass es ihn noch härter machen, dass selbst seine Stimme sich verändern würde. Und niemand hatte ihm erzählt, dass die Frauen hier sich über ihn lustig machen würden und sein gutes Aussehen – das Einzige, worauf er sich hier in Übersee verlassen konnte – schwinden würde, weil es nicht eingesetzt wurde. Paul hielt ihn für eitel, und James hielt Paul für gefräßig. Ihre Laster verbanden sie, wie ihm klar wurde. Sie waren nicht nur verwandt, weil dasselbe Blut durch ihre Adern strömte, sondern weil dasselbe Blut ihre Hände befleckte.

James' Vater war zuerst gestorben, kurz darauf seine Mutter, die stöhnend dunklen Schleim ausgehustet hatte. Damals war er vier gewesen und konnte sich nicht einmal selbst baden. Und als die Männer schließlich in das zerfallende, vermodernde, vor Ungeziefer überquellende Haus kamen, ihn mitnahmen und zu Pferd an einen anderen Ort brachten, wo der Nebel alles verbarg, rümpften sie die Nase, und James ging in der Masse der schmutzigen grauen Waisenkinder unter.

Während er Tabak kaute, dachte er: *Schmutzige Kinder sollten so lange wie möglich schmutzig bleiben. Sau-*

bere erregen zu viel Aufmerksamkeit. Im Waisenhaus war Fleiß ebenso aller Laster Anfang wie Müßiggang. Und weil er fleißig war, lernte er interessante Dinge. Schlösser zu knacken, sich zu nehmen, was ihm nicht gehörte, darunter auch Frauen. Das ging so, bis er im Alter von neunzehn erfuhr, dass seine Mutter eine Schwester gehabt hatte.

Es gab keinen anderen Weg, übers Meer zu kommen, als sich auf einem Sklavenschiff zu verdingen. Er war erstaunt, wie viele Nigger man auf ein Schiff quetschen konnte. Man legte sie unter Deck ab wie Dokumente, sorgfältig gestapelt, sodass sie kaum Platz hatten, mit den Zehen zu wackeln. Zusammengedrängt in Hitze und Gestank, lagen sie aneinandergekettet da, weinten, schrien oder beteten in ihrem Kauderwelsch. Wahrscheinlich flehten sie ihre verdammten schwarzen Götzen an, ihnen die Gnade zu gewähren, zumindest die Arme strecken und atmen zu können.

Jeden Tag musste er unter Deck gehen und ihnen in einem Topf etwas zu essen bringen. Der Schweinefraß stank fast so sehr wie die Nigger. Jeden Tag kam und ging er mit dem Wunsch, so etwas nie wieder zu sehen.

Manche Nigger starben. Wurden unbrauchbar, wie die Sklavenhändler sagten. Dann mussten er und ein paar Männer in seinem Alter die Toten von den Ketten befreien, die verwesenden, sich entleerenden Körper an Deck schleppen und sie über Bord werfen, damit die Meerestiere oder das Meer selbst sie beseitigen konnten.

Er fragte sich, wie viele Nigger ein ähnliches Schicksal erlitten hatten, und ob sie sich dort unten in der Tiefe versammelten und Rache schworen, die in Form eines riesigen schwarzen Strudels oder einer gigantischen Flutwelle kommen und das Angesicht der Erde reinwaschen würde wie zu Noahs Zeiten.

Nein. Wenn James etwas in dem grauen Waisenhaus gelernt hatte, dann dass Gottes Herzlosigkeit sich nie wieder in Massenmord durch Ertrinken äußern würde. Der Regenbogen nach der Sintflut war sein Versprechen, dass er sich beim nächsten Mal, wenn seine sadistischen Impulse ihn übermannten, etwas Originelleres einfallen lassen würde. Das hatten die Priester James oft versichert, aber erst als nachträgliches Geständnis nach entfesselten Predigten, wenn sie seinen betrübten Blick nicht mehr aushielten.

Nachdem sie wochenlang über das graue Meer gesegelt waren, erreichten sie schließlich einen Ort namens Hispaniola. Er stolperte vom Schiff, denn seine Beine waren nach der langen Zeit auf See kein Festland mehr gewohnt. Es dauerte ein paar Monate, nach Mississippi zu gelangen, wo der Schwester seiner Mutter eine Plantage gehörte. Er musste sich durch ein unzivilisiertes Land kämpfen, wo Menschen wegen der grellen Sonne ständig die Augen zusammenkniffen und jedes neue Gesicht misstrauisch musterten. Hungrig und erschöpft kam er zu Fuß auf der Halifax Plantage an, als gerade die Sonne unterging. Er konnte kaum die Hand ausstrecken, um seinen neu gefundenen Vetter zu begrüßen, doch seine Kraft reichte noch für ein Lächeln.

Er unterdrückte sogar das Bedürfnis, sich von der Weite des Landes oder der Größe des Hauses überwältigen zu lassen, das seiner Einschätzung nach groß genug für alle war, die er kannte. Nachdem er mehrere Teller Opossum-Eintopf gegessen hatte und entspannt mit seinem Cousin geplaudert hatte, in dem er wiederzufinden glaubte, was er mit seiner verstorbenen Mutter verloren hatte, brachte ihn eine junge Schwarze zu einem Zimmer, und er schlief bis zum nächsten Abend durch. Er wusste nicht, was er von Pauls Angebot halten sollte, die Oberaufsicht über die Plantage zu übernehmen und die Sklaven zu bewachen. Er würde sein eigenes Stück Land erhalten, direkt an der nördlichen Grenze der Plantage, und er würde natürlich Hilfe bei seinen Pflichten bekommen. Paul hatte sich mit ein paar armen Teufeln aus der Stadt angefreundet, die rau, aber lernfähig waren. Auch sie durften sich Hütten auf der anderen Seite des Baumwollfeldes bauen, bekamen ein Stück Land, auf dem sie ihre Kinder großziehen konnten, und im Gegenzug wurden sie zur Barriere für die Nigger, die ihnen immer noch zahlenmäßig überlegen waren.

James schob die Erinnerungen beiseite, stand vom Tisch auf und ging zu dem Spucknapf, der immer noch auf dem Boden lag. Er nahm ihn, spuckte einen großen Brocken Tabak hinein und stellte ihn auf den Tisch, als er plötzlich ein Bellen von der anderen Seite des Zaunes hörte.

Das Kläffen der Bluthunde konnte nur bedeuten, dass sich entweder eine Wachtel oder ein unglückseliger Nigger durch das Dickicht kämpfte. James schnappte sich die Lampe und nahm das Gewehr von seinem Bett. Er verspürte Herzklopfen. Er spuckte den Rest Tabak auf den Boden, als er die Veranda erreichte. Das Gebell riss nicht ab. Es schien von der Scheune zu kommen.

Die Scheune war für alle auf der Plantage ein Ärgernis, zugleich war sie eine Quelle für Spekulationen, doch James wunderte sich kein bisschen über das, was zwischen den beiden jungen Niggern Samuel und Isaiah vorging. Er wusste zwar nicht genau, wer wer war, aber dass sie Tiere waren, erkannte er, das hatte er im Waisenhaus gelernt.

Die Peitsche würde sie nur verschlagener und hinterlistiger machen, das hatte er Paul bereits erklärt. Hier ging es nicht um Faulheit oder darum, dass man eine weiße Frau anstarrte. Nein, hier ging es um etwas, das ihnen im Blut lag, etwas relativ Harmloses. Am besten ließ man sie einfach in Ruhe, solange sie ihre Arbeit erledigten. Und anscheinend gab es keine zwei Nigger im Staat Mississippi, die ihre Arbeit besser machten.

»Das ist gottlos, James. Wenn wir sie ungestraft gewähren lassen …«

»Ist doch albern, dir solche Sorgen zu machen, wo dir all das hier gehört«, sagte James und sah sich auf der Plantage um. Mittlerweile wusste er, wie weit die Ländereien reichten.

»Es gehört mir noch länger, wenn es mir gelingt, sie zu vermehren«, antwortete Paul.

»Gier ist eine Falle, Vetter.«

»Können, Vetter. Ein Mann tut, was er kann.«

James schüttelte den Kopf und warf einen Blick auf seine Hütte in der Ferne.

Er schwieg. Paul wollte die beiden Tiere also bestrafen. Wusste er nicht, dass eins in seinem eigenen Haus lebte? Paul und Ruth hatten ihr einziges überlebendes Kind so sehr behütet, dass es ganz verzärtelt war, und jetzt verschlossen sie die Augen davor. Hätten sie zugelassen, dass ihr Sohn sich unbelastet von ihrer Angst und Trauer in seinen Stärken entwickelte, hätte er vielleicht die Chance gehabt, ein Mann zu werden. Stattdessen stellte er einem dieser beiden Scheunentiere nach, und malte, ein unerträgliches Grinsen im Gesicht, irgendwelchen Natur-Unsinn. Er hatte denselben verzweifelten Blick wie alle ausgehungerten Menschen.

Er beneidete Timothy nicht um seine Faszination. Er wünschte sich so weit weg von den Niggern wie möglich – außer, wenn sie sangen. Denn der Gesang von Niggern war etwas, was kein Weißer nachahmen konnte, nicht einmal solche wie er, die litten und unglücklich waren. Der Gesang in der Kirche war nur Vogelgezwitscher im Vergleich zu dem von den Niggern auf der Lichtung. Einhundert Wölfe, die in perfektem Einklang zusammen den Mond anheulten. Eine Flotte quietschender Schiffe auf See. Er stand gern zwischen den Bäumen und lauschte, manchmal wiegte er sich sogar im Rhythmus oder summte mit, auch wenn er sein Gewehr nie aus der Hand legte.

»Verkauf sie, wenn du es für besser hältst. Ich kenne ein paar Leute, die dir mehr für sie geben, als sie wert sind.«

Die Hunde bellten immer noch. James stellte die Lampe kurz ab und kletterte über den Zaun. Dann hob er sie wieder auf und ging langsam auf die Sklavenhütten zu. Nichts rührte sich. Doch als er sich der Scheune näherte, sah er, dass die Pferde frei herumliefen. Auch die Schweine trotteten umher. Hühner saßen auf dem Zaun. Die anderen Aufseher kamen von der anderen Seite der Scheune her angerannt.

»Was ist hier los?«, wollte James wissen. »Bringt die Tiere zurück in die Scheune. Weckt die Nigger, damit sie euch helfen. Holt auch Zeke, Malachi, Jonathan und die anderen dazu. Nehmt so viele Gewehre mit wie möglich.«

»Werden die dafür bezahlt, dass sie in ihrer Schlafenszeit herkommen?«

»Kümmer dich nicht darum. Tu, was ich dir sage. Ich sehe nach Ruth.«

James rannte zum Großen Haus.

Mit der Lampe in der Hand rannte er ins Haus, wo er Paul fand. Paul war voller Blut. Die Hunde waren im Haus, huschten kläffend überall herum. Eine Blutspur führte die Treppe hinunter. Neben Paul lag ein Nigger, der noch stärker blutete als Paul.

»Warum hast du mich nicht geweckt?«, rief James.

Paul sagte kein Wort, rührte sich nicht. Er starrte den Baum an, den man durch die Tür sehen konnte.

»Was ist los mit dir? Bist du verletzt?« Er hielt die Lampe hoch, um Paul anzusehen. »Paul? Die Tiere sind los. Ich hab ein paar Männer losgeschickt, die die Nigger wecken sollen, um sie wieder einzufangen.«

James ging einen Schritt auf ihn zu, und Paul verzog das Gesicht.

»Was?«, fragte James.

Paul formte Worte mit den Lippen.

»Red schon!«, rief James. »Was ist dir passiert?«

Paul antwortete nicht. Er winkte James aus dem Weg, ging zur Tür und schleifte den Nigger auf die Veranda, die Treppe hinunter zum Weidenbaum.

»Verdammt noch mal, Paul! Die Tiere!«, sagte er, folgte Paul nach draußen, die Blutspur meidend, die sich nicht einmal durch Schrubben entfernen lassen würde. »Was ist hier los? Paul!«

Paul blieb stehen. Richtete sich auf, sank wieder in sich zusammen.

»Im Haus«, krächzte er.

»Ruth?«, schrie James.

Er rannte ins Haus zurück und die Treppe hinauf. Sah sich um. Hörte nichts, sah nur Schatten. Lief den Flur hinunter. Der Boden war nass. Vor sich sah er ein Licht. Timothys Tür stand offen. Er ging ins Zimmer. Alles war verwüstet. Ruth wand sich weinend mit weit aufgerissenem Mund auf dem Bett, aber es kam ihr gerade mal ein Flüstern über die Lippen.

»Bist du verletzt? Wer hat dich angegriffen?«

James' Gesicht war verzerrt. Er lief um das Bett herum und stolperte über Timothys Beine. Er sah nach unten. Timothys Körper war geschändet. Augenlos, genau wie die Nigger im Traum.

»Herrgott im Himmel«, flüsterte er.

Vorsichtig stieg er über Timothy hinweg, um zu Ruth zu gelangen. Er versuchte sie hochzuheben, um sie in ihr Zimmer zu bringen, aber als er die Arme um sie legen wollte, wehrte sie sich und machte Anstalten, ihn zu beißen. Er seufzte.

»Ruth. Wir können hier nichts mehr …«

Es half nichts. Sie trauerte auf ihre Art. Es hatte etwas Uraltes. Älter als sein Glaube. Als wäre es Teil dieses Landes. Vielleicht hatte etwas Fremdes von ihr Besitz ergriffen. Wer war sie dann? Er würde sie zurücklassen müssen, um das zu erfahren, etwas in ihm sehnte sich verzweifelt nach diesem Wissen.

Er eilte die Treppe hinunter zurück zu Paul. Eine Gruppe von seinen Männern war endlich aufgewacht und stand mit einer riesigen Menge von Niggern um die fette Weide herum. James rannte zum Baum, Paul stand bereits dort, er hatte den Nigger bis hierher gezerrt und hielt ihn immer noch an der Hand. Ganz so, wie Eltern die Hand ihres Kindes hielten. James jagte bei dem Anblick ein Schauer über den Rücken.

»Ein Seil«, sagte Paul.

Zeke johlte. Malachi tanzte. Jonathan jubelte. Entgegen Pauls Befehlen trug James Jonathan und einigen anderen auf, beim Einfangen der Tiere zu helfen.

»Die Nigger sind gottlos!«, schrie Jonathan James ins Gesicht.

Zeke kicherte, und James schrie »Klappe!«, doch Zeke kicherte weiter.

James ging zu Paul und deutete auf den Nigger am Boden. »Wer ist das?«

»Spielt das eine Rolle?«, gab Malachi zurück.

»Paul?« James schaute Paul an.

Paul fiel auf die Knie und fing an zu weinen. Er ließ die Hand des Niggers los. James beugte sich zu ihm hinunter.

»Paul.«

Paul sah James an. In seinen Augen sah James seine Mutter, nicht auf dem Totenbett, sondern in einer Kutsche vor einem prächtigen Sonnenuntergang. Sie hatte die Hände anmutig übereinandergelegt und lächelte beim Gedanken an ihren Sohn, der jetzt ein Mann war, und sie verurteilte ihn nicht dafür, dass er sich verloren hatte, denn irgendwo war vielleicht noch ein Stück von ihm übrig, das nur eine Mutter finden konnte. Sie sah ihn zwar nicht an, aber sie lächelte, und das war genug. Das familiäre Band zwischen ihm und James kam ihm plötzlich noch realer vor als am ersten Tag, an dem er herumgestolpert war, die Augen kaum offen halten konnte und jede von Pauls

Lügen für unumstößliche Wahrheit gehalten hatte. James flüsterte etwas, das nur Paul hören konnte, aber es galt nicht ihm. Dann sagte Paul so laut, dass jeder es hören konnte. »Hängt den Nigger auf. Sofort!«

James blinzelte, dann nickte er. Er übernahm den schlaffen, sterbenden Körper, und er und ein paar andere Männer knüpften die Schlinge und zogen ihn hoch, die Gewehre auf dem Rücken.

»Passt auf«, sagte James, und ein paar Männer hoben die Waffen und zielten auf die Menge der Nigger, von denen einige weinten, andere zitterten, während wieder andere das Geschehen ungerührt verfolgten.

Paul fing an, Grasbüschel mit den Wurzeln auszureißen. Er stopfte sie sich in den Mund, Dreck rieselte zu Boden, und er kaute weinend und stöhnend. Jetzt ist es passiert, dachte James. Etwas in ihm war zerbrochen. Er half Paul auf und flüsterte ihm zu: »Sie dürfen dich so nicht sehen.«

Paul starrte ihn wortlos an, und zum ersten Mal legte James seinem Cousin den Arm um die Schultern. Einen kurzen Augenblick lang gehörte alles ihnen. Sie sahen sich in die Augen, und es war nicht das Ende, sondern etwas Neues. Es machte James Angst, und Pauls zitternder Unterlippe nach zu urteilen, ging es Paul ähnlich.

Nachdem er die Lampe auseinandergenommen hatte, damit sie als provisorische Fackel dienen konnte, hörte James ein Summen. Als er zu dem baumelnden Körper ging und ihn in Brand steckte, wurde das Summen lauter. Alle Gewehre waren auf die Nigger gerichtet, doch er wusste aus seinem Traum, das war der erste Fehler. *Wie viele können wir ausschalten? Zwanzig? Dreißig? Was ist mit den anderen hundert?* Dann sah er die Niggerfrau, deren Namen er nicht mehr über die Lippen bekam; sie machte eine Bewegung, und etwas in ihm erstarrte.

Das war der Grund, warum es dem Mulattenjungen gelang, ihn zu überrumpeln.

NUMERI

Wir sind die sieben.

Wir wurden geschickt, um über dich zu wachen.

Du musst jetzt nach oben schauen.

Und dich an den Stern erinnern.

Doch Erinnern ist nicht genug.

Wir haben dir alles von Anfang an erzählt. Vielleicht anders, als von dir erwartet, aber wir haben es dir erzählt.

Es ändert wenig, wenn wir dir erklären, was mit uns geschehen ist. Du kennst die Antwort bereits. Darum bist du hier.

Erinnern ist nicht genug, aber das sollst du wissen:

Mit Säuglingen kann man nicht reden, man kann sie nur füttern oder verhungern lassen.

Ein Zauber kann nur durch einen ebenbürtigen oder noch mächtigeren gebrochen werden.

Der Kosmos ist auf deiner Seite.

Entweder alle oder keiner von euch, daran führt kein Weg vorbei.

Wir kennen das Heilmittel nicht, aber das bedeutet nicht, dass es keins gibt.

Hab keine Angst vor dem Dunkel.

Denn das bist du.

EXODUS

1:1

Von Samuels Augen war nur noch das Weiße zu sehen. James warf ein Ende des Seils über einen Ast. Die Schlinge baumelte. Die Leute – sie waren müde, und doch klopften ihre Herzen so heftig, dass man es fast hören konnte – wussten nicht, wo sie hinschauen sollten. Sie hielten den Blick gesenkt, bis man ihnen befahl aufzuschauen. Außer Maggie. Sie hatte das Gesicht in Falten gelegt. Verlagerte das Gewicht von der schmerzenden Hüfte auf die gesunde, zerknüllte mit einer Hand den Saum ihres Kleides, in der anderen blitzte Metall auf.

Das Blut tropfte jetzt schneller aus der Wunde in Samuels Brust. Sie legten ihm die Schlinge um den Hals. Sein Kopf rollte von links nach rechts, als wäre er kaum noch mit seinem Körper verbunden. Seine Augen waren geschwollen, doch er konnte immer noch sehen, wie Tiere durch das Baumwollfeld streiften. Wenigstens etwas, aber ihm fielen noch andere Dinge auf – eine geballte Faust, ein unterdrückter Schrei, niedergeschlagene Augen, in denen er etwas erkannte, das sich vielleicht hervorlocken ließ – Dinge, die ihm die Kraft für ein letztes Lächeln gaben.

Er würgte, als sie ihn hochzogen, und seine Beine erwachten strampelnd zum Leben, eine unbewusste Reaktion, als etwas anderes in ihm übernahm. Er zerrte an der Schlinge, die ihn zu ersticken drohte, und sein Körper brannte, obwohl er noch nicht in Flammen stand. Aber James war schon dabei, eine Lampe zur Fackel umzufunktionieren. Die einzige Frage war, ob er noch warten würde, um das Feuer zu entzünden, oder ob er es sofort tun würde.

Die Welt färbte sich rot, dann violett, dann blau. Dann wurde sie schwarz. Samuels Würgen wurde zu einem Wort. Einem Namen. Trotz seiner geschwollenen Lippen, aus denen die Farbe wich und Speichel quoll, trotz der hervorquellenden Adern am Hals, ein Rätsel. Wer würde verstehen, dass sein letzter Atemzug voller Freude war, einer Freude, die ihm zugefallen war und ihm mit Absicht wieder entrissen wurde. Ein Name. Nur ein einziger schlichter Name.

»'ZAY!«

Samuels Beine hörten auf zu strampeln, als der Name, gefolgt von Blut, aus seinem Mund quoll. James übergoss ihn mit Öl und hielt die Fackel an sein Bein. Die Flammen rasten seinen Körper hinauf. Niemand gab einen Laut von sich.

Außer Puah.

1:2

Sie fiel zu Boden, wie es sich ziemte, wenn man die Toten betrauerte, besonders, wenn man Zuneigung für einen empfunden hatte, vielleicht nicht so, wie man es sich gewünscht hätte, aber doch aus reinem Herzen und so viel einem möglich war. Puah brach unter der Last dessen zusammen, was hätte sein können.

Sarah kümmerte sich um sie, umschlang sie und flüsterte ihr etwas ins Ohr, um sie beide mit all den Frauen zu verbinden, die vor ihnen da gewesen waren, Frauen die zu anderen Zeiten ihrem Schicksal mit der Art von Mut entgegengetreten waren, nach der sie jetzt in der Menge Ausschau hielt. Wer würde es zuerst wagen? Würde sie es tun müssen? Anscheinend war es immer an den Frauen, Kopf und Herz zu sein, den ersten Speer zu werfen, den ersten Pfeil abzuschießen, den ersten Pfad zu schlagen, das erste Leben zu leben. Das kostete viel Kraft, und jetzt mussten sie sich gut ausruhen. Hätten am liebsten alles am Flussufer niedergelegt, damit die gierige Flut es mitriss, es anderen Menschen brachte, die es aus dem Wasser fischen und sich umlegen konnten, wenn sie dachten, es würde ihnen weiterhelfen.

Aber nein.

Das würde nie geschehen. Frausein war ein einsamer Weg. Man wanderte mitten in der Nacht durch ungezähmte Winde, zu beiden Seiten das Dickicht, das den Weg von der Wildnis trennte. Augen lugten aus dem

Unterholz, Heulen war zu hören, und die noch verbliebenen Gedanken konnten nicht artikuliert werden. Deshalb sollte keine Frau unbewaffnet sein. Zähne waren eine Waffe, aber selbst die Zahnlosen konnten sich einen spitzen Stock oder Stein suchen, um Zeugnis abzulegen.

1:3

Maggie wusste es ebenfalls, wie ihr gelassener Gesichtsausdruck zeigte. Sie hatte die Arme um ihren Oberkörper geschlungen, um die Erinnerungen an ihrem Platz zu halten. Ein ganz bestimmtes Gefühl, bei dem etwas Winziges in einem zu etwas Großem heranwuchs, und man war das Einzige, was zwischen ihm und unendlichem Leid stand. Man bereitete sich darauf vor, und irgendwann kam die Zeit, in der man mit ansehen musste, wie das, was der eigene Körper hervorgebracht hatte, misshandelt und geschändet wurde, unter dem Vorwand, die Natur wolle es so, und das Einzige, was man tun konnte, war, ihm in den Tod zu folgen.

Dann eben zwei Tote!

Samuel erinnerte sie nicht an jemanden, er *war* ihr Jemand. Er war ihr Fleisch und Blut, geschaffen von ihrem Körper, um außerhalb davon zu lachen und zu fallen, und das war einfach zu schmerzlich. Und so musste sie es in einem Teil von sich aufbewahren, der die Bürde dauerhaft tragen konnte.

Mein letztes Kind. Mein Einziges, das ich noch ansehen kann.

Alles in ihr schrie danach, sich zu erinnern, aber manchmal musste man vergessen, um zu überleben. Ayo Itself hatte ihr das erklärt. Er wollte nicht zulassen, dass sie Maggie das antaten, was sie ihm angetan hatten, ohne alles zu tun, um es zu verhindern. Mit aufgerissenen Augen und erhobenen Fäusten hatte er sein Leben riskiert, diesen Körper, den Maggie, aus freien Stücken gerne und wohl wissend, was es sie eines Tages kosten könnte, berührt hatte. Es würde nie Frieden geben, nur Momente, in denen der Krieg nicht alles beherrschte. Er war ihr entrissen worden. Alles, was er je von Samuel gesehen hatte, war ihr großer runder Bauch, den er nachts geküsst und dem er in der alten Sprache etwas erzählt hatte, und auch wenn es nicht Maggies alte Sprache war, verstand sie ein paar Wörter.

»Ich bin die Freude selbst!«

Diese Worte flogen ihr jetzt zu, umkreisten ihren Kopf wie Vögel in seiner Stimme. Bald wurden sie von anderen übertönt, in der Sprache ihrer Mutter, von Stimmen, die fast so klangen wie ihre. An diese Worte erinnerte sie sich.

Sie streckte die Arme aus, und ein paar der Ihrigen sahen sie, aber sie blickte starr geradeaus. Dort stand Paul, mit dem Rücken zu ihr. Betrachtete ihren Sohn, dessen lichterloh brennender Körper an einem Baum hing, vor aller Augen, als wäre das normal. Sie hatte sich von dem Kind ferngehalten, obwohl sie seinen Vater geliebt hatte. Sie ließ ihn von der Plantage großziehen, weil sie keinen Sinn darin sah, etwas zu lieben, das ihr nur irgendwann das Recht geben würde zu hassen. Und tatsächlich empfand sie jetzt Hass, doch er schmeckte süß, entzückte sie und gab ihren Gliedern neue Energie. Der Schmerz in der Hüfte war zwar noch da, aber auch das war etwas Gutes. Ihre Bewegungen waren wieder so geschmeidig wie früher, sodass sie größer aussah und sich auch so fühlte. Zum ersten Mal seit Jahren rannte sie wieder. Rannte auf Paul zu.

Sie hatte es die ganze Zeit in ihrem Ärmel versteckt: eins der Messer, die auf der rechten Seite des Gedecks liegen sollten, wie Paul ihr erklärt hatte, nur um anschließend zu behaupten, das habe er nie gesagt und es gehöre auf die linke Seite, und als sie es dort hinlegte, hatte er sie verprügelt. Sie hielt es nicht besonders hoch, aber genau so, wie sieben Frauen es ihr beschrieben hatten, damit es die richtige Körperstelle traf. James und seine Männer sahen sie nicht einmal kommen. Wie gebannt starrten sie Samuels brennenden Körper an, fast als wäre er noch am Leben und würde ihre Aufmerksamkeit absichtlich auf sich lenken. Vielleicht war es auch Absicht, wenn auch nicht Samuels. Aber vielleicht wurde ein Toubab von seinem Herzschlag immer dorthin geführt, wo der Anblick seiner eigenen Verwüstungen Behagen in ihm auslöste. Sie sahen aus, als hätten sie einander noch nie so nah gefühlt. Der brennende Körper gab ihnen einen Grund, dicht beieinanderzustehen, mit einem Gesichtsausdruck, der zu sagen schien: *Ich habs gefunden!* Als hätten sie etwas über sich selbst erfahren, eine Verwandtschaft erkannt, die über geteiltes Blut oder ein geteiltes Bett hinausging. Hätten sie sich ganz dem Moment hingeben können, was wegen der herumstehenden Nigger nicht möglich war, hätten sie sich vielleicht sogar umarmt, nicht mit Lust im Herzen – oder höchstens ein *bisschen* –, sondern mit Wohlwollen und Großmut.

Maggie gab sich angesichts ihrer Euphorie keine große Mühe, sich unauffällig zu verhalten, es spielte ohnehin keine Rolle. Mit verkrümmten Händen, die neue Kraft gewonnen hatten, stürzte sie vor. Die Messerspitze traf Paul im Nacken und glitt wesentlich leichter hinein, als sie erwartet hatte. Sein Kopf fiel nach hinten, ansonsten unternahm er keinen Versuch, sich zu bewegen oder umzudrehen. Er fiel, das Messer im Nacken, mit dem Gesicht voran, und Maggie atmete schwer, als alle mit aufgerissenen Augen erst die Leiche, dann sie anstarrten.

1:4

James zielte mit dem Gewehr auf sie, konnte sie jedoch aus Gründen, die immer noch verstörend für ihn waren, nicht ansehen. Er würde sich auf sein Gedächtnis verlassen müssen. Aber bevor er abdrücken konnte, griff Adam ihn von hinten an und riss ihn zu Boden. Sie kämpften miteinander. James sah Zorn über Adams Gesicht huschen, sah seine Zähne. Als Adam ihm die Stirn gegen den Kopf schlug, glaubte James, das Bewusstsein zu verlieren, doch es gelang ihm, das Gewehr festzuhalten.

Während sie um das Gewehr kämpften, löste sich ein Schuss. Adams Augen weiteten sich, und Blut lief ihm über die Lippen. Der Nigger, der nicht aussah wie ein Nigger, bis man ihn aus der Nähe sah.

James ließ die Luft ausströmen, von der er nicht wusste, dass er sie angehalten hatte, und plötzlich schien sich alles um ihn herum zu verlangsamen. Er schaute über die Schulter der Leiche, die auf ihm lag. Er sah all die Gesichter, schwarz und weiß, feige und mutig, erstarrt im Gerangel, hörte tiefe Stimmen, verzerrt und unverständlich; gekrümmte Hände, die nach dem letzten bisschen Leben griffen. Schließlich, als alles wieder in normalem Tempo ablief, fand er sich mit weit aufgerissenen Augen wieder und schrie.

»Schießt doch, ihr Idioten!«

Er war wütend, dass er seine Männer daran erinnern musste, ihre Pflicht zu tun, statt dumm herumzustehen, auch wenn er verstand, dass dies das Ende-der-Welt war, das sie alle fürchteten und verdrängten, indem sie so taten, als sei das flaue Gefühl im Bauch nichts als ein angenehmes Prickeln in den Lenden.

Hinter der anschwellenden Menge glaubte die tränenüberströmte Essie an eine Vision. Sie hielt Solomon fest umklammert und ging langsam rückwärts, obwohl keine der Waffen direkt auf sie gerichtet war.

Dann donnerte es.

1:5

Ein Schuss zerriss die Luft, und jemand fiel. Weitere fielen, ein paar rannten davon; Zeke, Malachi und Jonathan rannten lachend hinterher, als wäre alles nur ein Spiel. Andere griffen an, und das war das Gute-Nacht, das James befürchtet hatte. Schüsse wurden abgefeuert, und er sah nichts als Körper, und auch die nur halb, weil die Nacht und der Rauch sich miteinander verschworen hatten. Trotzdem war sein Zielvermögen immer noch zuverlässig, und wenn der Nigger ihn nicht zu Boden gerissen hätte, dann hätte er den Spuk irgendwann beenden können.

Er stand auf, und seine Füße trugen ihn an Getümmel und Geschrei vorbei. Er stolperte, kam wieder auf die Beine, schaute über die Schulter, um zu sehen, ob ihm jemand folgte, dann eilte er weiter, erreichte in der Dunkelheit die Plantagengrenze und wusste nicht, wie. Vielleicht nahmen seine Beine einfach den Weg, den sie am besten kannten. Doch hier, am äußersten Rand der Elizabeth Plantage, war er in Sicherheit vor dem Tumult, den Flammen und dem Blut. Ihm blieb nichts zu tun. Er kam sich weder feige noch schlecht vor, während er sich – die

Waffe noch in der Hand – in den unheiligen Wäldern versteckte und das Massaker hinter sich ließ. Er hatte viel zu viele erlebt, war oft genug fast selbst zum Opfer geworden, als dass es ihn berührt hätte.

Er hatte sich an Frauen vergriffen, so wie andere sich an ihm vergriffen hatten. Die Frauen hatten sich gewehrt, so wie er sich gewehrt hatte. Und sie hatten sich ergeben müssen, so wie er sich ergeben hatte. So war es nun einmal. An irgendeinem Punkt kam jeder mal dran, war mal oben oder unten. Und dabei war es egal, wie gut oder böse man war. Das Einzige, was zählte, war, dass man am Leben und dadurch nie sicher war. Seinem höheren Willen unterworfen, im Hier und Jetzt und wahrscheinlich selbst im Jenseits. Und sein Wille war ebenso grausam wie willkürlich.

James' Beine wurden müde. Der Schmerz war unerträglich und verdient. Das wusste er jetzt. Es gab kein Entkommen, aber er konnte den Rückzug antreten. Sein einziger Wermutstropfen: Ruth im Stich lassen zu müssen. Er schlang sich das Gewehr über die Schulter, den Lauf gen Himmel gerichtet. Auch im Licht des Halbmonds gab es viele Schatten, selbst wenn sie nicht so scharfe Umrisse hatten wie die bei Tag. Sein eigener Schatten zeigte gen Osten, und so ging er in diese Richtung, schlug nach Insekten, stolperte über aus dem Boden ragende Steine, bis er die Stelle erreichte, wo der Wald fast undurchdringlich wurde. Er bahnte sich so gut wie möglich einen Weg hindurch, bis sein Gesicht und seine Hände zerkratzt waren. Die Schatten hier waren länglicher, größer als seiner. Huschten wild umher, als würden sie gegeneinander kämpfen – oder sich auf einen Kampf vorbereiten. Einer von ihnen schien ein Geräusch von sich zu geben, aber das war unmöglich, denn Schatten gaben keine Geräusche von sich.

Gefangen zwischen dornigen, gewundenen Wurzeln, nahm er das Gewehr von der Schulter und schoss in die Dunkelheit.

Die Schatten erstarrten. Dann, als hätte der Krach sie nur vorübergehend erschreckt, verschmolzen sie zu einem einzigen. Hoch wie ein Baum, aber breiter. Er schwebte über James und löschte die Sterne aus, sodass es aussah, als wäre alles im Universum schwarz. Die Dunkelheit verschlang ihn. Er umklammerte sein Gewehr, drehte sich so gut er konnte im Kreis und gab drei Schüsse ab. Die Dunkelheit umzingelte ihn. Es fühlte sich an wie eine Umarmung: warm, innig. Fast hätte er die Arme ausgestreckt, um sie zu erwidern, aber da hörte er ein Geräusch, das ihm den Atem nahm: ein Summen. Und was war das: Stimmen unter Wasser?

1:6

Zuvor hatte Beulah nie gewagt zu träumen. Be Aunties Träume waren weiß glühend. Ihre Träume leuchteten wie geschmolzenes Metall, und die Männer standen aufgereiht und gehorsam bereit, selbst die Toubab. Sie leckten jeden Teil ihres Körpers, aber nur, wenn sie es ihnen befahl. Sonst behielten sie ihre Augen, Hände, Zungen und sonstigen Dinge für sich. Zwar begierig, bebend sogar, aber versteckt. Sie wollte sie Soldaten nennen, aber das wäre falsch gewesen. Die Männer im wahren Leben waren die Soldaten. Sie zettelten ständig wegen irgendwelcher kleinen Meinungsverschiedenheiten Kriege an und bestanden darauf, das Blutvergießen sei nötig, damit sie ihren Willen bekamen. Die echten Männer erwarteten von ihr und allen Frauen, dass Frauen immer die ersten Opfer ihrer Gelüste waren, behaupteten, Eva sei für diese Ordnung der Dinge verantwortlich, obwohl nach kurzem Überlegen klar sein musste, dass Gott es von Anfang an so geplant hatte, ganz gleich, was Amos sagte. In ihren Träumen waren Männer so, wie Männer sein sollten: zweitrangig wie am Anfang, bevor die Welt aus dem Gleichgewicht geraten war. Nützlich wegen ihrer Stärke und ihres Humors, und klug genug, um die Frauen in Ruhe nachdenken zu lassen. Und somit schließlich ihrer Verehrung würdig.

Amos war dem nähergekommen als alle anderen Männer, die sie kannte. Er verließ sie morgens ohne »Guten Morgen« und abends ohne »Gute Nacht«, trotzdem blieb er neben ihr liegen. Er erhob nie die Hand gegen sie und berührte sie so, wie sie berührt werden wollte: mit ihrer Erlaubnis, immer mit ihrer Erlaubnis.

Sie lächelte im Schlaf, berührte ihre Lippen, als die

Toubab sie holen kamen. Die Jungen um sie herum sprangen auf und rannten nach draußen, als sie ein Geräusch hörten. Sie fuhr aus dem Schlaf hoch. Sie war noch benommen, ihre Sicht verschwommen.

»Meine Söhne?«

Be Aunties Herz klopfte bis zum Hals. Ihre Zunge war trocken, was ihr verriet, dass der Tod die Plantage noch eine Weile heimsuchen, die blausten Beeren pflücken würde, selbst die, die nicht wussten, dass das, was mit ihnen nicht stimmte, ihre blaue Farbe war.

»Schon gut. Meine Jungs beschützen mich. Hab sie gut erzogen. Wenn nicht sie, dann Amos«, sagte Be Auntie sich, bevor die Toubab mit ihren Gewehren in die Hütte kamen. Sie erhob sich halb und setzte ein breites Lächeln für die hagelbleichen Gestalten auf. Langsam, so langsam, dass die Toubab es gar nicht bemerkten, schwand ihr Lächeln, als sie sah, dass keiner von ihren Jungs ihnen gefolgt war. Nicht einmal Dug.

Sie konnten nicht alle tot sein. Alle sechs? So schnell? Nee. Und nicht einer von ihnen hatte sie geweckt, um sie wenigstens zu warnen? Unmöglich. Nicht nach allem, was sie ihnen gegeben hatte. Allem, was sie für sie aufgespart, ihnen geschenkt, wofür sie Raum geschaffen und was sie aus ihren Nippeln gepresst hatte, damit es ihnen gut ging.

Nich mal Amos? Hat er sich für Essie entschieden statt für mich? Kann nich sein.

Während die Toubab mit Gewehren auf sie zielten

und sie anbrüllten, sie solle diesen Ort verlassen, der ihr nie ein Zuhause gewesen war, auch wenn das nicht ihre Schuld war, sank Be Auntie zu Boden. Die Toubab, die dachten, sie wäre aus Versehen hingefallen, lachten. Sie schaute nach draußen, wo weiches Gras wuchs. Die Beine der Toubab waren ihr im Weg, doch sie versuchte hindurchzuspähen. Doch das Lachen der Männer riss sie am Ende entzwei, ließ alles, was sie verdaut zu haben glaubte, aus ihren Eingeweiden aufsteigen. Etwas Kaltes, Graues, Übelriechendes kroch in ihr empor wie Schlingpflanzen oder Nebel über dem Boden. Dann brach *sie* sich Bahn, mit den Händen voran.

Beulah verließ ihren Körper, teils durch den Mund, teils durch das Ohr, dabei flüsterte sie im Einklang mit sich selbst: »Habs dir zu erklären versucht.«

1:7

Um sie herum fielen Körper, doch Essie hielt Solomon fest, und über seine Schulter hinweg sah sie, dass ein paar der Ihrigen, angeführt von Sarah, die Toubab angriffen. Von oben musste die wimmelnde Menge der Körper wie eine schwärende Wunde aussehen, aber sie hatte noch nie etwas Schöneres gesehen. Staunend zog sie sich zurück, bis sie, von den Bäumen verborgen, am Flussufer stand.

Sie hielt Solomon fester. Er zuckte kurz zusammen,

weinte jedoch nicht. Er drehte ständig den Kopf, um zu sehen, woher der Lärm kam, als fühlte er sich davon angezogen, als wäre erobern sein Geburtsrecht, etwas, das gesehen, verstanden werden musste, damit es nie wieder geschah. Essie schaute in sein pummeliges Gesicht. Er sah aus wie sein Vater.

Sie biss sich auf die Lippe, bis sie fast blutete, doch das verhinderte nicht, dass Erinnerungen in ihr aufstiegen, an denen sie fast erstickte. Das, was man ihr verweigert hatte. Zwar nicht das Einzige, aber das Schlimmste, das, woraus alles folgende Leid entstanden war: Nein. Ihr Nein hatte kein Gewicht, keine Bedeutung, wie konnte es da Erbarmen geben?

Dann würde sie eben jetzt Nein sagen. Vielleicht ein bisschen spät. Vielleicht zu spät, aber auch wenn es schwierig war, hier kam es, greifbar, unmissverständlich.

Sie hatten einen schrecklichen Fehler gemacht, indem sie das Kind der falschen Frau überlassen hatten. Sie hätten es Be Auntie überlassen sollen. Denn sie liebte diese Kinder über alles. Stattdessen hatten sie es einer Frau gegeben, die geglaubt hatte, es in zwei Hälften zu teilen und denen zu überlassen, die es haben wollten, wäre eine angemessene Wiedergutmachung. Sie wussten, wer sie war (oder offensichtlich nicht), und sie war verpflichtet, sie selbst zu sein. Sie war sich selbst nicht gerecht geworden, aber das war nun vorbei, und sie würde sie nicht länger enttäuschen.

Die Grillen schienen sie warnen zu wollen, aber sie

ignorierte sie. Der Halbmond spendete nur wenig Licht, doch war es immer noch hell genug, um das runde Gesicht des Kindes zu erkennen, das besonders friedlich aussah, wenn es den Blick abwandte.

Sie ging zum Fluss und schaute lächelnd ins schwarze Wasser. Es strömte so gemächlich dahin, dass sie sich fast dafür schämte, seine Ruhe zu stören. Sie presste das Kind an sich, fester und fester, bis es sich zu winden und zu wehren begann. Sie war überrascht, wie viel Kraft in seinem kleinen Körper steckte, doch sie ließ nicht nach, nahm alle ihre Kraft zusammen, bis sie ein Knacken hörte und der Körper erschlaffte. Sie hob Solomons Körper hoch über ihren Kopf. Als wollte sie jemandem im Himmel den Beweis zeigen, für den er verurteilt werden würde. Dann warf sie ihn mit einer schnellen Bewegung in den Fluss.

Er versank fast geräuschlos.

1:8

In ihrer Trauer legte sich Puah mitten in der Schlacht auf ein Feld. Jede Faser ihres Körpers sehnte sich danach, dort liegen zu bleiben, die Augen zu schließen und darauf zu warten, dass die Wölfe taten, wozu die Natur sie geschaffen hatte. Und nachdem ihre Knochen abgenagt worden und ihr Fleisch verdaut und ausgeschieden worden war, würden vielleicht Mohnblumen sprießen, wo ihre Überreste den Boden fruchtbar gemacht hatten. Vielleicht würde die Natur sich noch an sie erinnern, wenn alle anderen sie vergessen hatten.

Sie schloss die Augen, als eine Hand sie packte.

»Steh auf, Mädchen!«

Es war Sarah.

Puah ignorierte sie, es war sinnlos aufzustehen, nur um niedergeschossen zu werden. Sie schloss die Augen wieder.

»Erbarmen, Mädchen! Ich wills nich sagen müssen, Schwester. Ich wills echt nich sagen müssen«, sagte Sarah, kniete sich hin und sah Puah eindringlich an. »Aber wirf endlich die Last ab und steh auf.«

Puah lächelte über Sarahs empörten Ton. Vielleicht hielt sie es für einen warmherzigen, sanften Ratschlag, als würde ihr jemand den Rücken tätscheln und sagen: *Alles wird gut, Liebes.*

»Die habens getan«, antwortete Puah.

Sarah nickte. »Ich weiß. Wer denn sonst? Aber du mussten hinter dir lassen. Sofort. Kannst nix mehr für ihn tun, außer wegrennen.«

Puah rührte sich nicht.

»Du kennst mich, Puah, und du weißes selbst. Du musst die Probleme hinter dir lassen«, sagte Sarah.

Puah rollte sich zusammen und rührte sich nicht.

»Was hab ich gesagt, Puah? Steh auf. Wir müssen abhaun.«

»Wohin?«, fragte Puah.

Sarah sah ihr in die Augen. »Siehste mich?«

»Ich seh Kreise. Die wabern so. Und du siehst blau aus, hellblau.«

»Los, Kind, hoch mit dir.«

»Aber wo sollen wir …«

»Irgendwo außer hier!«

»Sarah. Samuel«, lallte Puah.

»Steh auf. Ich habs dir doch gesagt: Behalt so was für dich! Bewahrs da auf, wo du leicht rankommst. Und hols nur raus, wennde keine andere Wahl hast. Wenn die Herde dich zertrampeln will. Wennde in ein tiefes Loch gefallen bist. Wennde in den Fluss guckst, und was, was du noch nie gesehen hast, guckt zurück. Hab ichs dir nich gesagt? Hab ichs dir nich in deinen großen Dickschädel eingeflochten? Du warst nich vorsichtig genug, und guck, was passiert is. Jetzt liegste aufm Boden rum und die Herde kann einfach über dich drübertrampeln. Steh auf, Mädchen. Ich sag: Hoch. Mit. Dem. Hintern!«

Endlich hob Puah die zitternde Hand. Sarah packte sie, zog sie hoch und stützte sie. Langsam gingen sie los, fassten sich an den Händen und fingen an zu rennen. Gewehrschüsse waren zu hören, sie liefen durch die Bäume hindurch zum Fluss. Dort stießen sie auf Steine, Zweige und zwei Körper.

»Kannste sehen, wers is?«, fragte Puah.

Sarah kniff die Augen zusammen. »Nee.«

Puah fasste sich an die Brust. Sie blieb kurz stehen und warf durch die Bäume einen Blick zurück, atmete tief ein und machte einen Schritt auf den Fluss zu. Sie sah Sarah an.

»Wir können rüberschwimmen.«

»Mein dicker Hintern kann nich schwimmen. Konnts noch nie. Aber du – du musst.«

»Was?«

»Dich retten. Los. Ich find schon nen Weg.«

»Sarah, die bringen dich um.«

»Dazu hatten die schon mehr als eine Gelegenheit.«

»Aber …«

»Auf der anderen Seite haste endlich ne Chance.«

»Wofür?«

Sarah nahm Puahs Hände in ihre und küsste sie auf die Wange.

»Um dich selbst zu *sehen*.«

Puah schüttelte den Kopf.

»Dummes Kind. Wenn dus über den Fluss schaffst und auf der anderen Seite wieder rauskommst, haste keine andere Wahl.«

»Ich kann nich.«

»Du kannst. Los, Schwester«, sagte sie und schob Puah sanft vorwärts. »Schwimm.«

Puah zog das Kleid aus und band es sich um die Hüfte. Vorsichtig watete sie tiefer ins Wasser. Eine Libelle huschte an ihr vorbei, und sie drehte sich nach ihr um. Sie stand bis zum Hals im Wasser, dann tauchte sie unter.

1:9

Sarah wartete mit angehaltenem Atem darauf, dass Puahs Kopf, ein Arm oder auch nur ein Zopf – irgendetwas – wieder auftauchte. Nichts geschah. Nicht einmal Blasen stiegen auf und zerplatzten. Hatte die Tiefe sie am Bein gepackt? Hatte ein verwirrter Geist ihren Körper für seinen gehalten? Zerrten Hände sie nach unten, um Gesellschaft zu haben?

Sie hatte Puah in einen sinnlosen Tod geschickt. Wie nachlässig von ihr, sie zu bedrängen, wo sie sie hätte mit an der Hand nehmen sollen. Dann hörte sie ein Platschen. Und noch eins. Und noch eins. Etwas blitzte in der Dunkelheit auf, und ein schimmernder, graziöser Arm tauchte auf. Puah schwamm. Glitt durch den Fluss, als würden die ewigen Mütter sie über Wasser halten. Sarah schnappte vor Aufregung leise nach Luft. Zu schade, dass sie nicht länger zusehen konnte, wie ihre Freundin durch das Wasser flog. Aber hier gab es überall zahnbewehrte Kiefer, vorschnellende Zungen.

Puah hatte Sarah gefragt, wo sie hinwollte, und Sarah hatte keine Ahnung. *Ich find schon nen Weg*, hatte sie gesagt. Sie hatte es längst aufgegeben, nach einem sicheren Ort zu suchen, würde sich jedoch auch damit zufriedengeben, an einem zu leben, wo wenigstens ein kleines Stück ihrer Seele strahlen konnte, ohne dass man sie mit Dreck bewarf.

Sarah erinnerte sich, wie sie einmal auf einen Baum

geklettert war, wo sie in Sicherheit hätte sein können, wäre die Welt eine andere gewesen; in der Ferne hatte sie Frauen so schwarz wie Höhlen gesehen, die die Hände hoben, um sie zu grüßen, sie heranzuwinken, ihr zu sagen, dass sie eine unendliche Anzahl von Müttern habe, die selbst die Mütter der Unendlichkeit seien. Sie seien auch die Ersten, die die Letzten zur Welt bringen würden, der Frau das Leben schenkten, die ein Mann ist und zugleich keins von beidem, die die gesamte Schöpfung – ob Wolf, ob Baum – fügsam in einen Zustand des Friedens geleiten würde. Was keinen Anfang habe, würde auch kein Ende haben. Dies war die Zusammenkunft der Träume. Ein Kreis, ein sich drehendes Rad am Himmel; Blasen im Meeresschaum; ein Reigen aus Händen in der Tiefe, mit Gnade in der Mitte und Zeuginnen am Rand, die lachen, wissen. Aus einem Land, das seine Kinder nicht frisst. Frag dein Blut. Es wird dir alles erzählen.

»Weißt du, wo ich noch nie war?«, sagte sie laut zur Schöpfung.

Sie rannte zur Plantage. Zwischen freigelassenen Kühen ging sie bis zum anderen Ende. Als sie aus dem Feld trat, sah sie die Reihen der verlassenen Hütten, schwach erhellt von Samuels Licht. Langsam ging sie hindurch, entzückt von den Farben, die sie bei näherer Betrachtung annahmen. Sie schaute zu den Wäldern hinüber, die dahinter lagen.

»Da war ich noch nie«, sagte sie laut.

Sie meinte den Süden. Dort war sie nie gewesen, weil Paul und andere von den Choctaw gesprochen hatten, als wären sie lebendig gewordene Rache mit Appetit auf verirrtes schwarzes Fleisch. Aber hatten sie das nicht auch von den Müttern der Unendlichkeit behauptet, hatten sie nicht auch deren Anmut beleidigt, als wären sie nicht mehr da, um diese Täuschungen Lügen zu strafen? Nein, wenn die Choctaw für Paul Ungeheuer waren, konnten sie für Sarah nur Zuflucht sein. Was auch immer dort, jenseits dieses anderen Waldes in der Dunkelheit lag – was sollte es. *Hier* gingen Albträume um. Gefressen zu werden war immer noch besser, als darauf zu warten, dass noch ein paar bleiche Hände gewaltsam ihre Knie auseinanderdrückten.

»Stimmts, Mary?«, fragte sie die Dunkelheit.

Aber ihr Herz schlug im Körper der letzten in einer langen Reihe von Frauen, die Rasierklingen in der Wärme ihres Mundes versteckten. Sollten die Toubab es versuchen, wenn sie wollten. Sie steckte das lose Ende ihres Kopftuchs fest und zog sich den Rock zwischen die Beine, sodass er eine Art Hose bildete. Sie stapfte in den Wald, bog mit der freien Hand Zweige und Büsche beiseite. Gerade als sie eine Lichtung erreichte, standen sie ihr im Weg: eine Bande Männer. Einige zerlumpt und zahnlos. Andere lang und dürr. Aufgereiht wie die Zacken einer Mistgabel, warteten sie darauf, zuzuschlagen.

Als sie sich näherten, hatte sie etwas erkannt, das

sie lange gequält hatte wie ein Splitter im Fuß: das Einfachste wäre, dass alle Toubab Ungeheuer, ihre Taten beispiellos waren. Die Wahrheit war schwerer begreiflich und beängstigender: Es gab keine Ungeheuer. Alle Verbrechen wurden von ganz normalen Menschen begangen, und jeder Mensch trug dieses funkelnde, juwelengeschmückte Ding in der Brust, das jederzeit herausgerissen werden konnte, um einem anderen damit den Schädel einzuschlagen. Ohne den Splitter im Fuß konnte sie aufrecht weitergehen, ob der Weg steinig war oder nicht.

Sie feixte sie an. Sie hatten ihren Namen schon von allen Monumenten entfernt und ihn durch die von Männern ersetzt; gewalttätige, feige Männer, die von dem Schoß, der die Schöpfung hervorgebracht hatte, fasziniert waren und zugleich Angst vor ihm hatten – mit anderen Worten, vor dem Kosmos selbst. Sie hatten die Göttinnen schon vom Himmel gestürzt und vergraben, verborgen vor allen außer den Begnadeten. Nun wollten sie auch sie aus den Aufzeichnungen tilgen und ihre Überreste verstreuen, damit sie nie wiedergefunden werden konnten.

Sie ballte die rechte Hand zur Faust und nahm mit der linken ihre Waffe aus dem Mund. Ganz gleich, welche Feuer angezündet wurden oder was ihnen Nahrung gab. Sie würde niemandes Opfer sein, außer ihr eigenes.

Sie schwankte wie die Baumwollpflanzen weit hinter ihr. Der Wind tanzte zwischen ihren Beinen. Sie hielt die

Faust hoch und zog die andere Hand zurück wie eine Viper kurz vorm Zubeißen, einen glitzernden Fangzahn im Mund. Voller Vorfreude über den Schrecken, der sich auf ihren Gesichtern abzeichnen würde, wenn sie mindestens zwei von ihnen mit an einen der Orte nahm, an denen ihr Volk trotz aller Widrigkeiten gedieh – heiß und voller Elend – wappnete sie sich.

»Na los, traut euch doch!«

1:10

Amos trat mitten unter sie und hob die Hände.

»Ruhig! Der Tag des Herrn dämmert!«, rief er, doch seine Stimme ging im Tumult unter.

Sie ahnten nicht, dass die Tragödie noch schlimmer war als alles, was man sich hier auf Empty vorstellen konnte. Sie kannten zwar den hohen, langen Zaun, der sie einsperrte, man brauchte wirklich nicht zu erwähnen, was ohnehin schon für alle deutlich sichtbar war. Doch Amos wusste mehr. Es gab nichts Schrecklicheres, als die Toubab-Jungen, die, genährt von den Tränen einer Toubab-Frau, Abstecher in den Wald machten, um geflohene Nigger aufzustöbern, die sich in irgendeiner ruhigen Bucht oder in den Zweigen eines alten Baumes versteckt hatten.

Sie wussten, was Hunger bedeutete, aber sie wussten nichts über die vielen Meilen bis zum Hungertod, weil sie noch nie einen Mann gesehen hatten, der sich vergiftet hatte, weil er, um den Schmerz zu lindern, der ihm nach fünf Tagen die Eingeweide zerriss – nicht einmal Fleisch von einem Waschbären gab es –, die falsche Pflanze in sich reinstopfte.

Doch keinen Brunnen zu haben, war das Schlimmste. Das Flusswasser war voller Salz und brachte den Magen durcheinander. Und auf Regen war kein Verlass, dieses Land war trügerisch. Man konnte gerade mal eine Handvoll auffangen, bevor es aus reiner Bosheit wieder aufhörte zu regnen. Ganz zu schweigen von den Wölfen, den Schlangen und den Alligatoren, nichts als Zähne, die darauf warteten, dass ein Dummkopf strauchelte. Und die Säuglinge? Wie sollte man kleine Kinder durchbringen, ihr Geschrei dämpfen, wenn es keine Milch mehr gab, weil der Bauch der Mutter leer blieb?

Nein, Empty war nicht sicher, aber zumindest verlässlich. Und was konnten Leute, die nichts hatten – und die nie etwas haben würden, solange Toubab die Welt nach ihrem einsamen Bild erschufen –, sich schon erhoffen, außer das Wer, Was, Wann, Warum, Wo und Wie ihres Elends kennenzulernen?

Ich bin ein Mensch.

»Kommt zu mir, bei mir seid ihr sicher.«

Kein Grund, sich zu fürchten, wirklich kein Grund, wollte er zu den Toten und den Lebenden sagen. Ein paar der Lebenden würden sich darauf einlassen, wenn jemand in der grimmigen Nacht ein Licht hochhielt, und sei es noch so schwach, die Arme weit geöffnet, auch wenn sie niemanden beschützen konnten und nichts zu bieten hatten als die Aussicht, nicht allein zu sterben, zumindest gab es eine Richtung vor. Aber weder Essie noch Be Auntie war unter ihnen, was ihn an sichtbaren und unsichtbaren Orten zutiefst traf.

Amos stand neben Pauls Leiche, und die Leute versammelten sich um sie. Das war der sicherste Ort: um die Leiche des Herrn zu weinen, während die anderen flüchteten, wild und frei. Wenn die Kavallerie kam – und kommen würde sie –, würde er ihnen all ihre Namen geben. Angefangen mit ihrem.

»Alles, was wir wolln, isn bisschen Ruhe, hm? Bekommst du das für uns hin, Massa, ein bisschen Ruhe und … Frieden?« Als keine Antwort kam, sagte er. »Wir bleiben hier. Bei Ihnen.«

Er war sicher, dass die Schüsse ihnen nichts anhaben konnten, denn er hatte das Blut gesehen, war davon berührt worden. Als er aufschaute, sah er Maggie. Da stand er, im Zentrum von allem, erniedrigt, während sie sich über alles zu erheben schien, die Bäume, das Große Haus, und er konnte nicht anders, als zu ihr aufzuschauen. Ihre Blicke trafen sich. Nur er hatte Tränen in den Augen. Er hob langsam die Hand, deutete mit dem Finger auf sie. Klagte sie an. Wofür? Sie würde schon verstehen. Sie lächelte und drehte ihm den Rücken zu. Trotzdem musste er es laut sagen, vor Zeugen. Ganz gleich, ob es nur zu ihren Füßen landete.

»Die ham uns alle in Gefahr gebracht. Ich wollt nur, dass wir sicher sind.«

1:11

Aus dem Nichts ertönte Musik.

Maggie betrachtete alles von oben, das Gesicht nach Osten gewandt; das Licht aus der Ferne hatte sie noch nicht erreicht, doch sie wusste, dass es kommen würde. Sie beugte sich vor und nahm die Lampe, die James benutzt hatte, um ihr Kind anzuzünden, das Einzige, das ihr noch geblieben war. Sie hatte geglaubt, es sei besser für ihn, wenn er nichts davon wusste, und sie hatte mit eigenen Augen gesehen, dass er etwas Gutes im Leben gefunden hatte, das seine kurze Zeit hier erträglich machte. Sie nahm die Lampe und humpelte schnell zum Großen Haus zurück.

Drinnen war es dunkel, aber selbst ohne die Lampe kannte sie jeden Winkel des Hauses besser als die Kurven ihres Körpers. Dies war der Ort ihrer Verdammnis, und so waren ihr alle Konturen und Grenzen, sogar seine geheimsten Winkel vertraut, hatten sich ihr brutal ins Gedächtnis eingebrannt. Alles hatte eine Geschichte. Bei den baumwollgepolsterten Stühlen hatte sie stundenlang mit schmerzender Hüfte herumgestanden, wenn die Halifaxes Gäste unterhielten. In dem Kamin wäre sie fast verbrannt, als Paul ihr einen Stoß gegeben hatte. Die verfickte Treppe – die sie nicht umsonst so nannten – wäre sie fast hinuntergestürzt, wenn sie sich nicht im letzten Moment gefangen hätte. Und die schrecklichen Spiegel. Oh, im Haus war man schutzlos ausgeliefert!

Trotzdem, sie musste hineingehen. Die Treppe hinaufsteigen und in Pauls Schlafzimmer gehen, denn das Haus musste von innen heraus gereinigt werden. Sie hielt die Lampe an sein Bett und sah nur so lange hin, bis es brannte. Dann ging sie wieder, die Lampe noch in der Hand, nach draußen zur Plantage.

Wie sie die Baumwollpflanzen hasste! Ordentliche, akkurate, starre Reihen, die zugleich von einer Weichheit waren, die Leben kostete. Sie schritt sie ab, schneller, als ihre Verletzung erlauben sollte, doch sie hatte das Gefühl, von etwas sehr Altem besessen zu sein, etwas, das, die Speere nach vorn gerichtet, im Gleichschritt rannte. *Wie wärs, wenns zur Abwechslung mal die wären? Wenn die von ihren Kindern getrennt würden, ohne Lohn schuften müssten, kaum was zu Essen kriegen würden, wenn man denen den Rücken beim kleinsten Anlass oder auch ganz ohne blutig peitschte, wenn sie sich die Finger beim Pflücken bis auf die Knochen abarbeiteten, wenn man die Köpfe von* ihren *Kindern aufspießen würd? Wie würden die sich fühlen, wenn* sie *unten wären? Sie werdens wohl nicht so bald rausfinden, aber irgendwann schon. Und sie wissens. Drum haltense die Waffen im Arm wie Kinder.*

Behutsam steckte sie die Pflanzen in Brand, während

sie an ihnen vorbeiging. Die Luft war von Knistern erfüllt, und das gab ihr das Gefühl, dass ihr Körper endlich wieder ihr gehörte. Als jeder einzelne Busch brannte wie eine Fackel, schaute sie zum Großen Haus hinüber und sah durch eins der Fenster im ersten Stock eine Gestalt … Sie stand einfach nur da. Stand da und schaute heraus, beobachtete vielleicht Maggie, oder das Gewimmel der Menschen in der Ferne, die sich ihre Würde mit rasender Geschwindigkeit zurückholten, weil es schon längst überfällig war. Doch die Gestalt rührte sich nicht, als wäre sie nur eine Fensterdekoration. Da wusste Maggie, dass es Missy Ruth war.

Sie hätten Schwestern sein können, wäre Missy Ruth nicht denselben Lügen erlegen wie die Männer. Aber Lügen waren verlockend, schmeckten süß wie Zuckerrohr. Nur wenige hatten sie verschmäht.

Maggie hatte nicht das Bedürfnis, ihr etwas zuzurufen oder sie vor dem Feuer zu warnen, um ihr die Chance zu geben, zu fliehen. Wo würde sie hingehen? Wahrscheinlich in den Wald, wie sie es immer tat. Oder in die Stadt. Oder sie würde sich eine Kirche suchen, wo man ihr Unterschlupf gewährte. Sicher, überall waren Fallen aufgestellt, aber es gab keinen Mangel an Leuten, die lieber selbst hineintappten, um einer Toubab-Frau Kummer zu ersparen.

Maggie stand da und erinnerte sich an das Kleid. Dann hielt sie die Lampe hoch, und aus irgendeinem Grund lief ihr eine Träne über das Gesicht. Sie entschied, sich nicht nach dem Grund dafür zu fragen, war sicher, diese eine war genug.

Sie stand nicht auf einem Hügel, auch wenn es so wirkte. Es war, als wäre sie von Wolken statt Rauch umgeben, und die Asche – einige Flocken stammten vielleicht von ihrem Kind, gemischt mit den Überresten von Empty, das fallen würde, ja, dank *ihr*, etwas, das bekannt werden, woran man sich erinnern sollte, auch wenn es nicht passieren würde –, die Asche hätte ebenso gut vom Nachthimmel gefallen sein können, denn auch Sterne waren die Überbleibsel toter Dinge.

Niemand würde sich an ihren Namen erinnern, doch sie war jetzt Teil eines größeren Geistes: Ihr Kopf war größer, die Hüften breiter, die Schmerzen vergessen. Alle, die vor ihr gekommen waren, pumpten durch ihr Herz, fanden Raum in ihrer Kehle. Sie fand ihre Stimme wieder.

Sie hob beide Hände und wirkte ihren letzten Zauber.

»Guckt euch das an! Wie wir hier rumstehen, überall verstreut.« Die Leute, von denen einige weinten, schauten zu Maggie hinüber, eilten näher. »Stellt euch im Kreis auf. Wir brauchen einen Kreis, der geschlossen ist. Wie eine Schlange. Eine Schlange, die sich in ihren eigenen verdammten Schwanz beißt. Das würd alles schlagen. Was machts schon, wenn ihr *gesehen* werdet? Ihr seid *hier*!«

Sie sah jedem von ihnen ins Gesicht. »Nach allem, was ihr gesehen habt. Allem, was ihr erlebt habt. Und da lasst ihr euch von so was Kleinem wie nem Ozean trennen? Schämt ihr euch nich?«

Als das Erkennen sich auf ihren Gesichtern abzeichnete, lächelte Maggie. Endlich: »Das is Weisheit!«

Blieb nur die Frage: Was tun, wenn die Kavallerie kam? Es gab nur eins zu tun:

Bis zum letzten Blutstropfen:

Kämpfen!

ISAIAH

Sei ein Stein. Bitte, sei ein Stein, sagten die Steine zu den federleichten Pusteblumensamen, die selbstversunken herumschwebten, bis sie irgendwann auf einer Wiese zu Boden sanken und Wurzeln schlugen. Weiche Dinge sollten sich zu ihrem eigenen Besten abhärten. Doch mit dem Reisenden, der barfuß über sie hinwegging und sich bei jedem Schritt schwertat, hatten sie keine Nachsicht. Dabei hätte auch Isaiah sich gern abgehärtet, für Samuel.

Aber es ging nicht um Komfort für Reisende. Denn so angenehm es sein mochte, müde Füße zu schonen, was war mit all den weichen Dingen, auf denen sie herumtrampelten?

Ich weiß. Aber ich kann nicht sein, was ich nicht bin.

Er ging über offene Wiesen, wo blaue Blumen Traurigkeit verhießen und der Sonnenhut hochmütig auf alles herabblickte. Isaiah hatte Schwert und Schild abgelegt, bevor er den Fluss erreichte. Was auch immer vor ihm lag, war eine Hölle, die die Toubab fürchteten, aber auch ein Versprechen: Samuels zitternde Zungenspitze auf Isaiahs erwartungsvoller Brustwarze. Eine Vorstellung, bei der man unwillkürlich den Kopf hob und anbetungsvoll zum Himmel aufblickte. Eine Vorstellung wie etwas Zartes, Erblühendes, auf dem Tau zitterte wie in Vorfreude. Sie beruhigte die aufgewühlten Wasser und ließ sie klar werden. Ja. Eine Vorstellung, an der sich festzuhalten lohnte.

Und trotzdem hatte Isaiah bei ihren heimlichen Intimitäten unablässig geredet, bis Samuel ihn gefragt hatte, warum sie nicht einfach die Ruhe genießen könnten, und sei es nur kurz? »Schlaf is Ruhe genug«, hatte Isaiah geantwortet. »Wenn wir wach sind, will ich, dass du zuhörst. Dass du mich in dir drin hörst.« Samuel hatte den Blick abgewandt. Er begriff zwar, was Isaiah meinte, aber die Erkenntnis war nur flüchtig. Wie ein Pusteblumensamen, den man zu fangen versucht, da war es einfacher, einen Stein in die Hand zu nehmen.

Doch Isaiah konnte kein Stein sein, besonders nicht jetzt, um nicht auf den Grund zu sinken.

Ich werd dir dein Stein sein.

Wie sollte Samuel mit dieser Last über den Fluss schwimmen?

Selbst Isaiah wäre fast zusammengebrochen. Niemand würde je erfahren, wie nahe er daran gewesen war, für ein paar zärtliche Worte alle, einschließlich sich selbst, zu verraten.

»Wieso hassen die uns?«

»Die Antwort is vor deiner Nase, ’Zay. Weils Amos denen befohlen hat. Und Massa hats Amos befohlen.«

Mit Blicken und Getuschel konnten sie leben. Aber auseinandergerissen zu werden? Dieser Gedanke hatte Isaiah dazu gebracht, sich bei Nacht in den Fluss zu wagen, wo ihm sonst was zustoßen konnte. Nein, er durfte nicht untergehen wie ein Stein, er musste schwimmen. Namenlos, denn Isaiah war nicht der Name, den ihm die Leute gegeben hatten, die wirklich zu ihm gehörten. Und so ging er durch die Welt und trug den Schimpfnamen wie ein Kleidungsstück aus zweiter Hand. Hörte auf das beleidigende Wort, ganz gleich, ob der, der ihn rief, ihn liebte oder nicht. Vielleicht hatte er doch etwas von einem Stein.

All das spürte er wie eine Last auf den Schultern, als er in den dunklen Fluss sprang, ohne zu wissen, was in der Tiefe lauerte. Man sagte, sein Volk habe Angst vor Wasser und könne nicht schwimmen. Er hatte die Geschichten über die Ältesten gehört, die sich lieber ins Meer gestürzt hatten, statt bis an diese bitteren Gestade zu gelangen, und dass sie sofort untergegangen waren. Vielleicht war sein Volk aus Stein gemacht, und er würde trotz seiner Zuversicht, es ans andere Ufer zu schaffen, untergehen und ertrinken. Er holte tief Luft, dann tauchte er unter. Gedämpfte Geräusche, zerplatzende Blasen, Wasser, das in jede Körperöffnung drang. Er kniff die Augen zu und öffnete sie wieder, doch es machte keinen Unterschied. Alles war schwarz, aber vielleicht war das ja etwas Gutes. Strampelnd glitt er durch das Wasser. Hielt die Luft an, bewegte Arme, Beine, schoss vorwärts.

Der Fluss schien entschlossen, ihm alles zu nehmen, stemmte sich ihm entgegen, als er gegen die Strömung schwamm, nicht zuließ, dass sie ihn forttrug. Samuel hatte gesagt, am anderen Ufer wären sie in Sicherheit. Isaiah war sich nicht sicher. Das eine war das, was man ihm sagte, das andere, was er tief im Inneren spürte. Worauf sollte er vertrauen? Er hatte kein Maß, um abzuwägen, keinen Hinweis, der ihm verriet, in welche Richtung er gehen sollte, keine Eltern, die ihn vor Irrwegen warnen konnten, weil sie sie selbst beschritten hatten, die Fallen kannten und ihm den sichersten Pfad zeigen konnten. Aber er hatte eine Stimme in sich, die sagte: *Besser als da, wo du bist*. Und so schwamm er unter Wasser, gleichsam unter der Welt, weiter und fragte sich, ob er es je wieder an die Oberfläche schaffen würde. Da sah er etwas an diesem Ort undurchdringlicher Dunkelheit aufblitzen. Flüchtig, wie wachsam aufgerissene Augen. Es musste eine Ausgeburt seiner Erschöpfung sein. Seine Gliedmaßen wurden immer schwächer, ganz gleich, wie viel Heu und Mist er in seinem Leben geschaufelt hatte. Das hatte seine Muskeln anschwellen lassen, sodass die Toubab glaubten, es gäbe nichts, was man ihm nicht aufbürden könnte. Früher hatte er ihre Ansicht irrtümlich für das Maß seiner Kraft gehalten: Je mehr er ertragen konnte, desto stärker fühlte er sich. Bis ihm klar wurde, dass er für sie denselben Zweck erfüllte wie die Hühner, die Kühe, die Pferde und die Schweine.

Er tauchte auf, über ihm der Nachthimmel in seiner

Sternenpracht; kurz davor aufzugeben, spürte er plötzlich Boden unter den Füßen.

Auf allen vieren kroch er ans schlammige, moosige, von Treibholz bedeckte Ufer. Dann drehte er sich auf den Rücken und blieb keuchend in der Finsternis liegen. Steine bohrten sich in seinen Rücken. Ihm blieb nicht viel Zeit. Sein Instinkt drängte ihn wegzulaufen, doch seine Beine gehorchten ihm nicht. Er setzte sich auf. Versuchte, nicht zu dem Ort zurückzublicken, dem er gerade entkommen war. Er wusste, dass er nicht sehen würde, wonach er sich sehnte: wie Samuel mit kräftigen Zügen über den Fluss schwamm, immer näher kam, den Kopf mal über, mal unter Wasser, bis er festen Boden erreichte, in seinen Armen zusammenbrach – in Freiheit.

Doch er konnte nicht anders, schaute zum anderen Ufer hinüber, sah die Flammen in der Nacht, die kämpfenden Schemen. Doch sosehr er seine Augen auch anstrengte, aus dieser Entfernung konnte er den Körper, dessen Form er besser kannte als die seines eigenen, nicht erkennen.

Hier war keine Spur von Samuel, aber dort, beim Großen Haus, an einem der scheußlichen Bäume, hing jemand, den Kopf wie aus Neugier schief gelegt, lichterloh brennend wie eine Fackel. Bevor die Flammen den Körper verzehrt hatten, hätte man ihn vielleicht erkennen können. Aber wer sollte es sonst sein?

Isaiah übergab sich ins Wasser, und der Fluss nahm seine Opfergabe begierig in sich auf und trug sie in Richtung Meer. Er versuchte aufzustehen, fiel jedoch sofort wieder auf die Knie. Starrte die brennende Gestalt an. Wahrscheinlich hatte auch er Anteil daran. In einer von Toubab geschaffenen Welt zu leben, bescherte ihm ständige Gewissensbisse, und ein Finger seiner linken Hand zeigte immer auf seine eigene Brust, wenn die übrigen auf andere deuteten. Ein reumütiger Gedanke jagte den nächsten: Was, wenn er nicht reagiert hätte, als Timothy ihn zu sich rief, was, wenn er seine Liebkosungen zurückgewiesen, sich geweigert hätte, seine Hose auszuziehen und seinen Schwanz zu streicheln, bis er zum Leben erwachte? Was, wenn er sich nicht an Timothy geschmiegt, sich zum Lachen gezwungen, ihm zu lange in die Augen geschaut hätte, als gäbe es dort etwas zu finden? Schlimmer noch, er hatte fast gestöhnt, und es gab keinen Zweifel daran, dass er es genossen hatte, in einem weichen Bett zu liegen. War sein Überleben all das wert? Oder hatte Samuel recht, und es war Verrat?

Damals hatte Isaiah den Gedanken von sich geschoben, in den Winkeln von Timothys Zimmer versteckt, hinter den drei Reihen von Porträts, die dort standen wie etwas, das man verbergen wollte. Immerhin hatte er in keinen der Spiegel geschaut. Jetzt wusste er, dass seine Feigheit geholfen hatte, die Schlinge zu knüpfen. Samuel hatte ihm schon einmal gesagt, dass er etwas riskieren, dass er aufhören musste, seinen Körper für ein weiches Bett einzutauschen. Verletzt hätte Isaiah am liebsten geantwortet, man bräuchte nur die Baumwolle anzusehen, um zu wissen, dass man auch für weiche Dinge mit Blut bezahlte.

Er musste hier verschwinden. Bald würden sie hinter ihm her sein. Sie würden den Fluss mit einem Floß oder einem kleinen Boot überqueren. Würden Hunde und tödliche Waffen mitbringen, deren Lärm in der Nacht widerhallte. Sie würden ihm alles zu nehmen versuchen, obwohl es nicht mehr war, als auf eine Handfläche passte. Er besaß nicht mehr Wissen als ein Stein.

Er betrachtete die Sterne. Vielleicht waren die im Fluss aufblitzenden Augen nur ein Spiegelbild des Himmels gewesen, eines Himmels, der tief gesunken war. Das würde erklären, warum Menschen, die ertranken, oben und unten nicht mehr unterscheiden konnten. Trotzdem blieb der Eindruck, dass es tatsächlich Augen gewesen waren, die ihn beobachteten. Das war bei Sternen anders.

Isaiah seufzte. Er fragte sich, was aus ihm und Samuel hätte werden können, hätte man sie als Heranwachsende nicht in Ketten gelegt. Doch es gab keinen Grund für Tränen. Nicht, solange die Gefühle noch frisch waren, versteckt in Körperfalten, feucht unter der Vorhaut, greifbar in der Erinnerung. Man konnte sie nur zerstören, indem man ihn zerstörte. Und selbst wenn, würde es sie einander näherbringen, und sie konnten Hand in Hand an den nächsten Ort gehen, an dem seine Eltern und deren Eltern eine permanente Zuflucht vor den Hautlosen gefunden hatten – wo auch immer das war.

Nicht in diesem schrecklichen Himmel, so viel war sicher. Irgendwo, wo die ersten Lieder ungestört gesungen werden konnten.

Er war den ganzen Weg unter Wasser geschwommen, war nur einmal kurz an die Oberfläche gekommen, als seine Lunge zu bersten drohte. Wahrscheinlich hatte er keine Sterne gesehen, sondern Gesichter im Schlamm, die lachten oder vielleicht schrien, Leute, die sich an den Händen hielten, einen Kreis bildeten, deren Füße im Takt des wogenden Flusses stampften. Er erkannte sie, ohne sie je gesehen zu haben.

»Da sind Frauen im Wasser. Die beschützen einen«, hatte Maggie einmal zu ihnen gesagt, als sie am Flussufer standen und den reglosen Wald am anderen Ufer betrachteten.

»Keine Ahnung, was das heißen soll, Ma'am.«

Sie hatte gelächelt. »Die sind schwarz.« Sie lachte und schlug sich aufs Knie. »Klar sind die schwarz.«

Samuel hatte kaum hingehört. Gedankenverloren presste er die Lippen aufeinander, ballte die Hand zur Faust. Isaiah dagegen hatte aufmerksam zugehört, doch Maggies Worte verwirrten ihn. Sie glaubte, die Unklarheiten beseitigen zu können, indem sie sagte: »Nee, nich Frauen *im* Wasser. Die *sind* das Wasser.«

Hatte sie etwas geahnt? Das alles vorausgesehen? Wortlos, im Geist? Hatte sie ihnen den einzigen Schutz auf ihre Reise mitgeben wollen, den sie zu geben hatte? Ein Zauber, uralt wie das Wasser selbst? Und hatte auch

Sarah ihm das an jenem Nachmittag am Fluss zu erklären versucht?

Er kniete sich in den Schlamm, und das Rauschen des Flusses übertönte alles andere. Als er wieder aufstehen wollte, um im Wald zu verschwinden, packte ihn jemand am Knöchel. Wie hatte er sich so lautlos anschleichen können? War er so abgelenkt gewesen, dass er zur leichten Beute wurde? Gedankenverloren wie immer.

Er hatte nicht mehr die Kraft, sie zu bekämpfen – James, Jonathan, Zeke, Malachi, keinen von ihnen. Er atmete ruhig weiter, versuchte nicht einmal, sein Bein zu befreien. Rührte sich nicht, in der Hoffnung, dass sie ihn töten würden, ehe sie ihn zurückschleiften. Er schloss die Augen und wartete auf die Kugel im Kopf.

Dann keuchte eine vertraute Stimme seinen Namen.

»'Zay!«

Er riss die Augen auf, sicher, dass er nur träumte.

»Samuel?« Isaiahs Augen weiteten sich, als er Samuel tropfnass vor sich stehen sah.

Samuel lächelte. »Hier«, sagte er.

Isaiah sprang auf und presste ihn an sich, als wollte er ein Teil von ihm werden. Schüttelte den Kopf. Sah ihn an, betastete sein Gesicht, als könnte die Berührung ihm die Wahrheit bestätigen.

»Was soll das, Mann? Willste mirn Auge ausstechen?«

»'tschuldige«, keuchte Isaiah halb schluchzend. »Du bis da.«

»Hab doch gesagt, ich komm nach.«

Isaiah umarmte ihn erneut, ließ ihn nicht mehr los.

»Hasst du mich?«

Samuel legte den Kopf nach hinten und sah Isaiah direkt in die Augen. »Dich hassen? Fragste mich das echt, nach all dem?«

Sie hielten einander fest. Samuel küsste Isaiahs Ohr. »Ich muss gehen«, flüsterte er.

»Was haste gesagt?« Isaiah sah Samuel an, nicht ganz sicher, über das Rauschen des Wassers hinweg richtig gehört zu haben.

»Wir müssen gehen.«

Isaiah nickte, drückte Samuels Hände.

Sie lösten sich voneinander und gingen in den Wald. Es gab keinen Pfad. Von Menschenhand unberührt, war alles von Dickicht überwuchert. Kein Sternenlicht drang durch das Blätterdach. Isaiah und Samuel bahnten sich so schnell, wie ihre müden Glieder es erlaubten, einen Weg hindurch, schoben Äste aus dem Weg, traten auf Steine und Würmer. Beim Zischen einer Schlange beschleunigten sie ihre Schritte. Sie lauschten nach dem Ruf der Eulen, er würde ihnen Orientierung geben, bis sie den Himmel wieder sehen konnten.

Nach scheinbar stundenlangem Abmühen, Durchkämpfen, Hinfallen und Wiederaufstehen erreichten sie eine Lichtung. Der Boden unter ihren Füßen war weich, schwerer Zederngeruch hing in der Luft. Ein Tier heulte, Moskitos schwirrten herum. Blätter raschelten in der

Brise, eine Eule schrie. Als der Nachthimmel wieder sichtbar war, konnten Isaiah und Samuel die Umrisse des anderen wieder ausmachen, und das war genug. Einander zugewandt standen sie da, der eine ebenholzfarben, der andere mitternachtsschwarz im schwachen Licht von Mond und Sternen. Sie atmeten schwer, ihr Brustkorb hob und senkte sich im Einklang. Sie waren zu müde, verängstigt und hungrig, um zu lächeln, doch ihre Mundwinkel hoben sich trotz allem.

»Glaubste, wir sind weit genug drin?«, hauchte Isaiah.

»Weiß nich, aber ich muss mal verschnaufen. Nurn Moment.«

Samuel lehnte sich an einen moosüberzogenen Ahornbaum.

»Hab gehört, dass Moos immer an der Nordseite von nem Baum wächst«, sagte er leise.

»Dann müssen wir da lang«, sagte Isaiah und deutete auf die andere Seite der Lichtung.

Samuel antwortete nicht. Atmete tief ein und lange aus. Zu lange. Er schien immer schlechter Luft zu bekommen. Isaiah ging zu dem Baum, blieb vor Samuel stehen und beugte sich vor.

»Alles in Ordnung?«

Samuel lächelte schwer atmend. »Glaub schon. Bin nur müde. Hab Durst. Hunger auch.«

Isaiah sah sich nach etwas Essbarem um. Er fand weder Wegwarte noch Rohrkolbe noch Klee, dafür aber Feuerkraut, das dank seiner leuchtenden Farbe in der

Dunkelheit leichter auszumachen war. Rasch ging er zu dem Ahorn zurück.

»Mehr hab ich nich gefunden, aber wenns Tag wird, such ich dir …«

Samuel lag gekrümmt am Boden.

»Sam!«

Isaiah kniete sich neben ihn. Samuels Gesicht war verzerrt, er hatte die Augen zusammengekniffen, ein Lichtschimmer streifte seine Wange.

»Ich fühl mich so komisch«, sagte Samuel, als er sich mit Isaiahs Hilfe aufzurichten versuchte, am Baumstamm hinunterrutschte, wieder bei seinen Wurzeln landete und seinen Fall mit ausgestreckten Armen abzufangen versuchte. »Irgendwas is nich richtig«, sagte er, rieb sich die Brust und die Oberarme. »Fühlt sich komisch an.«

»Biste krank?«, fragte Isaiah und legte die Hände an seinen Körper. Samuel fühlte sich heiß an.

»Nein!«, rief Samuel plötzlich. Er stand auf und lehnte sich an den Baum. »Fass mich nich an. Ich will dir nich wehtun.«

»Mach mir keine Angst. Sag mir, was los is!«

Samuels Augen weiteten sich. Fingen an zu leuchten wie Lampen. Ein Lichtschein umgab seinen Körper, orangerot wie der Sonnenuntergang. Er schnappte panisch nach Luft, sein Atem ging rasselnd. Das Licht um seinen Körper erhellte die Nacht. Isaiah wich zurück, fiel hin, als wäre er gestoßen worden. Im Dunkel um sie herum sah Isaiah unendlich viele, schemenhafte Gesichter. Einige davon waren seine. Das Licht wurde heller und heller, und Samuel schrie auf.

»KAYODE!«

Der Name hallte wider, streifte Isaiah und hinterließ ein brennendes Mal auf seiner Brust, zeichnete ihn. Er legte die Hand darauf. Schaute an sich hinunter, dann zu Samuel, der die Hand nach ihm ausstreckte. Isaiah kroch auf ihn zu, kämpfte gegen etwas Unsichtbares an, das ihn von Samuel wegzog. Näher, näher, ein Summen erhob sich, waren es fünf Stimmen? Sechs? Nein! Mehr! Ein richtiger Kreis. Er hörte es. Ein Schieben, Drängen, fort, fort. Und Samuel mittendrin. Isaiah näherte sich. Fast da. Ihre zitternden Finger berührten sich beinahe. Dann war es zu spät. Das letzte Geräusch war ein Flattern. Samuel zerfiel zu Glühwürmchen. Oder war es leuchtende Asche? Auf den Knien, kopfschüttelnd, zitternd und mit offenem Mund, die Augen immer noch vom Licht geblendet, hätte Isaiah es nicht sagen können.

Die winzigen Lichtfunken, die Samuel gewesen waren oder vielleicht immer noch waren, stoben wirbelnd empor, blinkend und blitzend, ohne sich darum zu kümmern, wen oder was sie zurückließen.

»Nein!«, schrie Isaiah und versuchte sie einzufangen, aber sie waren schon zu weit weg, unerreichbar. Gleich darauf waren sie in der Dunkelheit verschwunden. Isaiah ließ die Arme sinken. Fiel mit dem Gesicht voran hin. Langsam drehte er sich auf den Rücken. Als er die Augen schloss, hatte er das Gefühl, als würde ein feiner

Regen auf ihn niederfallen, wie Tautropfen, die ihn benetzten. Er öffnete die Augen. *Ich Schwachkopf.* Er ließ sich schließlich von seinem eigenen, immer langsamer werdenden Atem beruhigen.

Aber er hatte Samuels Gesicht berührt, also konnte es kein Traum gewesen sein. Hatte seinen Atem gespürt, seine nasse Haut, hatte in seine Augen geblickt, braun wie jungfräuliche Erde. Es war wirklich gewesen. Musste wirklich gewesen sein. Er betrachtete seine Brust. Das Mal war noch dort. Aber Menschen verwandelten sich doch nicht in einen Schwarm Glühwürmchen. Oder doch? Er hatte Augen am Grund des Flusses gesehen, sein eigenes Gesicht im Licht. Tot also. Vielleicht war er ebenfalls tot.

Sein Herz brach. Zerfiel in tausend Stücke; er konnte sich nicht mehr bewegen. Konnte nicht aufstehen und wollte es auch nicht. Er würde genau hier auf Paul und die anderen warten. Was auch immer sie mit seiner toten Hülle machen wollten, es war egal. Wenn sie ihm die Haut abziehen, sie gerben und anziehen wollten wie ein Kleidungsstück, war es Schicksal. Und so blieb er zitternd dort liegen und weinte, die Hände vor das Gesicht geschlagen. Dann flüsterte jemand seinen Namen. Er schaute auf und sah ein winziges, orangefarbenes Licht in nördlicher Richtung.

»Bist du das?«

Er stand auf, rannte auf das Licht zu, ohne einen Blick zurückzuwerfen. Es hätte ein Stück von Samuel sein können, das, von ihm angezogen, zurückgeblieben war, um ihn zu holen. Isaiah folgte ihm, griff keuchend danach. Es führte ihn tiefer in den Wald, und er stolperte über knorrige Wurzeln und auf dem Boden liegende Äste, stand auf und stützte sich an einem Pecannussbaum ab, dessen Früchte noch nicht reif waren. Und immer noch schwebte das Licht wie ein winziger verglimmender Stern vor ihm her, tanzte, flüsterte seinen Namen. Isaiah stürzte sich darauf, ließ sich von ihm locken, zur Quelle von allem.

Er stürzte weiter, sprang über Flecken von Erde, die verbrannt, noch nicht wiedergeboren war. Er fiel immer wieder hin, schlug sich die Beine an spitzen Steinen auf. Doch er gab nicht auf, rannte weiter, bis die Stelle auf seiner Brust zu brennen begann, genau da, wo sich das Mal befand; alles in seinem Körper schrie danach, stehen zu bleiben. An einem Ort tiefster Finsternis fiel er auf Hände und Knie. Er warf einen Blick zurück, und es war, als hätte die Welt sich versiegelt, sich hinter eine unüberwindliche Barriere zurückgezogen. Nur der Lichtfunke, war noch da, tanzte leicht in der Luft, schien den Sonnenaufgang in sich zu bergen. Er hörte ein Geräusch – ein Zischen, oder war es ein Knurren? – und dachte, wie ungerecht es wäre, jetzt von einer Mokassinschlange oder einem Puma getötet zu werden, nachdem ein anderes Tier es mit Peitschenhieben versucht hatte, sein Rücken war der Beweis. Und noch etwas nagte an ihm: Verzweiflung. Kein Samuel mehr. Keine Maggie.

Keine Essie. Keine Sarah. Keine Be Auntie. Das war die wahre Verdammnis. Sogar Amos' Gesellschaft käme ihm jetzt gelegen, solange er sichtbar seinen eigenen Namen trug. Eine tödliche Einsamkeit. Sie fühlte sich an wie Prickeln, ein Brennen, das auf dem Mal auf seiner Brust begann, wuchs, sich spreizte wie die Finger einer Hand, die sich jeden Moment zur Faust ballen oder jemanden würgen konnte. Ein Schmerz, der ihn, wie er wusste – ob tot oder lebendig –, für immer begleiten würde. Das war die Bürde der Weichherzigen: schweigend zu leiden, bis auf ein gelegentliches unvermeidliches Wimmern. Samuel hatte doch recht gehabt. Ein Herz, das sich nicht davor schützen konnte, zerrissen zu werden, war verflucht. Eine Schande. Und so gab es nichts mehr zu tun, außer abzuwarten. In den letzten Momenten war das Mindeste, was Isaiah tun konnte, Samuel zu ehren, indem er versuchte, ein Stein zu sein. Es würde nicht mehr lange dauern, gerade so lange, bis er seinen Segen empfangen hatte, auch wenn niemand da war, um es zu bezeugen. Er schaute starr geradeaus, um sich dem, was auch immer kommen würde, zu stellen, so wie Samuel es getan hätte: mit offenen Augen. Die Dunkelheit vor ihm war nicht unbelebt. Sie zog sich zusammen, wogte wie etwas Lebendiges mit sieben Tentakeln, die von aus Dunkelheit bestehenden Gestalten auszugehen schienen. Stimmen, rau wie Stein, kaum noch menschlich. Ihm blieb keine andere Wahl. Er streckte die Hand danach aus und spürte, wie etwas seine in der feuchten Luft zitternden Finger berührte. Hastig zog er sie zurück, dann, in der darauffolgenden Stille, streckte er erneut die Hand danach aus. Was auch immer es war, fühlte sich glatt, seidig, vertraut an. Er kroch drauf zu, streckte die Hand weiter und weiter hinein.

»Bist du das, Samuel?«

Etwas strich über seine Haut. Schlang sich um seinen Arm, zerrte an ihm. Dann endlich schrie er das Wort, das er nie über die Lippen gebracht hatte, in die Dunkelheit.

Und zu seiner Überraschung wiederholte es das Dunkel mit einem lauten Heulen.

DER NEUE BUND

Jetzt weißt du, wer wir sind.
Und du weißt, wer du bist.
Wir sind sieben, und wir sind nicht frei von Schuld.
Und auch du kannst dich nicht davon freisprechen,
ganz gleich, für wie schuldlos du dich hältst.

Hör zu:
Beachte:
Wir brauchen Zeugen!
Ay!
Wir sagen dir nur, was wir wissen.

Du musst bereit sein vorzutreten, wenn die Hände am weitesten geöffnet sind.
Warum glaubst du, sind wir auf dieser Lichtung anstatt auf der anderen?

Wir haben dich singen hören:
Come see about us, Lord!
Aber das ist nicht dein Lied.
Deshalb suchst du ein Heim im Paradies, statt an einem Ort, an dem das Leben Wurzeln schlagen kann.

Nun ja.
Heimat ist nichts Erstarrtes.
Kein in Bernstein gefangenes Insekt.
Aber sie ist auch nicht weich wie Lehm, den du formen kannst, wie immer es dir beliebt.
Sie ist größer als du.
Verstehst du?
Heimat ist der Beginn aller Möglichkeiten, und doch versuchst du, sie mit deinen Begrenzungen zu zerstören.
Auch hier gibt es Berge.

Schau nicht weg.

Ihr seid nicht, wer ihr sein solltet.
Ihr missachtet die Künstler.
Bewerft die Torwächter mit Steinen.
Vernichtet Seelen, die zu groß für ihren Körper sind.
Ihr haltet eure eigenen Rituale für primitiv.
Ihr habt den Kreis vergessen.
So weit weg von dem Leben, dem man euch entrissen hat –

Nichts als Halbwahrheiten.
Und selbst die wurden fortgegeben.
Du bist so sehr wie die Menschenfänger geworden, dass du deinem Geliebten nicht mehr in die Augen sehen kannst.

Dies ist das Mal, mit dem ihr einander zeichnet:
Trennung.

Doch wir werden euch versammeln. Kommt.
Der Ort, wo ihr seid, hatte früher einen Namen.
Sie haben den Namen entdeckt und an Bäumen aufgehängt.
Jemand sollte diesen Ort bei seinem richtigen Namen rufen.
Oh, wie gewöhnlich!
Wie nett und gewöhnlich.

Hör uns an:
Es gibt eine Dunkelheit, die sich bewegt.
Sie ist der Anfang aller Dinge, das Ende aller Dinge.
Sie ist ewig, lockt mit solcher Kraft, dass selbst das Licht sich seinem Willen beugt.
Sie malt mit ölbedeckten Händen Linien auf Gesichter, die wie gespreizte Finger in alle Richtungen verlaufen, harrt auf den Sonnenaufgang.
Sie ist der Kosmos, der an einem Zopf hängt; Kinder, die tausend Nächte lang tanzen, Älteste in blauen Gewändern, die freudig darauf warten, in neue Gewässer einzutauchen und ihre alte Haut abzustreifen.
Dies ist für die Ungesehenen.
Dies ist für die Ungehörten.
Dies ist für die Grenzgänger zwischen dem schimmernden Licht und den gekrümmten Schatten.

Um Mitternacht.
In heiligen Höhlen.
In den intimen Augenblicken zwischen Liebenden, die zum ersten Mal das Gesicht des anderen berühren.
Und Wellen, die an die Küste branden?
Auch das ist eine Sprache.

Doch das schreckliche Geheimnis, Kinder, ist dies:

Euer Ich liegt nicht in Ketten.

Erinnert euch daran, denn es ist der Schlüssel zur Zungenrede.

Doch erinnern ist nicht genug.
Wir sind vollständig.
Wir sind, so wie wir sind, vollständig.

Schau nicht weg.

Es gibt ein Kind, das in einem fremden Wald umherirrt.
Es trägt eine Wunde in sich, die du ihm zugefügt hast, und vielleicht erblüht sie irgendwann, vielleicht aber auch nicht.
Vielleicht wird sie mitsamt den Wurzeln ausgerissen.
Oder vielleicht sucht sie dich heim: eine Art Rückkehr, wie die Dinge oft zu jenen zurückkehren, die sie heraufbeschworen haben.

Die anderen sind hier bei uns, bewachen die Tore wie zu allen Zeiten, froh, dass ein Teil von ihnen noch bei dir ist.
Möchtest du ihn spüren?
Schließ die Augen.
Siehe:
Die Form des Leides ist nicht gezackt.
Es ist nicht rau, nicht spitz.
Es ist nicht einmal scharfkantig.
Es ist rund wie Augen, glatt wie Haut.
Es schmiegt sich an die Zunge, geht leicht über die Lippen, wie Wahrsagung.
Lass es dort.
Keine Sorge.
Hüften werden wackeln.
Köpfe werden sich drehen.
Arme schwingen.
Ah, Blut von unserem Blut, es wird so gut sein, wie unser Wesen es zulässt.
Du wirst aufrecht gehen im Haus deiner Mutter!
Du zitterst.
Schäm dich nicht dafür.
Zittere, so viel du willst, aber schlaf nicht wieder ein.
Und. Schau. Nicht. Weg!
Das Dunkel gibt ein Geräusch von sich, wenn es verdorrt.
Ein Wimmern, wie das eines schlummernden Kindes, nur leiser, und, auf seine ganz eigene Art, tragischer,

weil es, anders als das eines Kindes, immer ungehört bleiben wird.
Wie das Letzte, was sie – *sie* – zu uns gesagt haben:

L
I
E
B
E.

Das ist das lebendige Wort.
Doch ihr habt es verschmäht.
Habt darauf gespuckt.
Habt ihm die falsche Wange zum Kuss hingehalten.
Seid verändert, wie der Ort, an den es euch verschlagen hat.

Es ist schwierig,

dem Einfluss
von Menschen zu widerstehen,
die mit beiden Händen
Leid säen,
und die die Bedrohung, die sie in die Welt setzten,
behandeln, als wäre sie nicht ihre Schöpfung.

Es ist schwierig

zwischen diesen Bäumen zu wandeln,
die an der Zerstörung
so vieler Menschen mitwirkten;
jedes Blatt, jede Furche in der Rinde, jeder Tropfen
Harz, jede verzerrte Wurzel:
schuldig.
Und doch stehen sie da,
groß und dick, leugnen die Wahrheit
und versperren die Sicht auf den Himmel.

Gesegnet sind die, die den Blick nicht von der Nacht
abwenden, heilig sind die, die sich erinnern.
Aber erinnern ist nicht genug!
Kosii!

Wissen, das aus der Tiefe kommt:
Dies ist eine Geschichte, die nur ein Prophet erzählen
kann.
Doch so, wie die Welt ist,
so, wie die Welt immer sein wird,
nur mit einem trauernden Herzen.

Àṣẹ!

Und hier, das Feuer:

tanzend, zerstörend.
Doch eigentlich

will es nur, dass man ihm vorsingt,
leise,
mit süßer Stimme.
Eine sterbende Flamme,
die immer kleiner wird,
flackert,
darauf wartet,
endlich von einem Wiegenlied
eingelullt zu werden.

Doch es ist niemand mehr übrig, um zu singen.

Denn die Schlinge hängt schon.
Der Bund wurde gebrochen.
Alles Gesehene wurde vorhergesehen.
Das Dann ist auf dem Weg.

Und nichts im Kosmos kann seine Ankunft aufhalten.

Nichts

außer dir.

DANKSAGUNG

Ich bitte all diejenigen um Entschuldigung, deren Namen zu erwähnen ich vergessen habe.

James Baldwin: In deinem Namen fand ich die Gerechtigkeit, nach der sich mein Herz sehnte, die Fairness, die mein Verstand sucht, den Frieden, an den sich meine Seele erinnert, und den Triumph, auf den mein Körper gewartet hat. Du hast darum gebeten, dass wir dich in den Trümmern suchen. Das haben wir getan. Nun sammeln wir die Teile auf und bauen einen prächtigen Altar für deinen Intellekt, zünden Kerzen an und lieben dich so, wie du uns geliebt hast: voller Dankbarkeit.

Jandel Benjamin: Auntie, ich schreibe, weil du die Erste in unserer Familie warst, die geschrieben hat. Als ich deine Gedichte sah, wurde mir klar, dass Schreiben kein unerreichbarer Traum ist. Es brauchte kein Hobby zu sein. Es konnte echt sein. Ich danke dir für dieses Geschenk.

Sherise Bright: Dich zur Freundin/Schwester zu haben, ist der reinste Segen, und ich bin so dankbar dafür, dass das Universum es für richtig hielt, uns zusammenzubringen. Du bist eine unerschöpfliche Quelle des Optimismus, des Vertrauens, des Humors und der

Intuition. Du hast diesen Moment vorausgesagt, und ich danke dir für deine Einsichten in Dinge, die nicht gesehen, sondern nur gefühlt werden können.

Victoria Cruz: Du bist eine lebende Legende. Es war ein unglaubliches Glück für mich, mich im Ruhm einer unserer größten Vorfahrinnen zu sonnen. Danke für deine Fürsprache, deinen Anstand, deinen Humor, deine Entschlossenheit und Liebe.

Valerie Complex: Dein Genie ist verblüffend. Ich weiß nicht, ob ich je jemanden kennengelernt habe, der so mühe- und endlos kreativ, witzig, wunderbar und freundlich ist. Ich kann es kaum erwarten, bis der Rest der Welt erfährt, was ich längst weiß: dass deine Talente eine Inspiration und lebensverändernd sind. Hab dich lieb, Schwester.

George Cunningham: Sie haben mir alles gegeben, was mir das amerikanische Bildungssystem versagt hat, indem Sie mir die Wahrheit gezeigt haben, die ich nie sehen sollte. In Ihrem Kurs »Reading Race« habe ich gelernt, dass meine Perspektive und meine Absichten nicht nur eine Verirrung waren, sondern der jüngste Beitrag zu einer langen Tradition des Widerstands. Ich weiß nicht, wie ich Ihnen das je vergelten soll.

Ava DuVernay: Ich weiß nicht, wie du die Zeit dazu findest: einen endlosen Strom großartiger Kunstwerke zu erschaffen, uns zu umarmen, mit uns zu lachen, das Brot mit uns zu brechen und uns so nahe bei dir zu behalten. Das ist praktisch ein Wunder, du bist ein Wunder.

Danke dafür, dass du alles gibst, damit wir alle den Kopf etwas höher halten können. Ich gehe mit dir durch dick und dünn, Schwester.

Janet Jackson: Du hast mein Leben unauslöschlich geprägt, nicht nur mit deiner engelsgleichen Stimme, deinem perfekten Tanz, deinem strahlenden Lächeln, deiner lässigen Bühnenshow und deiner wilden Musik, sondern auch mit deiner scharfen Intelligenz und deinem unnachgiebigen sozialen Gewissen. Ich habe einen Esszimmertisch meiner Mutter zerstört, als ich 1987 »The Pleasure Principle« geübt habe, aber das war es wert, weil mir »Rhythm Nation« gezeigt hat – und das auf eine Art, die für den Verstand eines Achtzehnjährigen zugänglich ist, dass ich die Verantwortung habe, die Welt zu einem besseren Ort zu machen, nicht nur für mich, sondern für alle Unterdrückten. Dafür danke ich dir.

Joan Jones: Ma, du hast immer gesagt »Er hat sich praktisch allein großgezogen«, aber du weißt nicht, dass dein Mut, deine Freiheitsliebe, deine Art, dir von niemandem etwas gefallen zu lassen, deine Ablehnung des Patriarchats, deine Skepsis gegenüber dem Glauben, dein Bestehen auf harten Fakten und tonnenweise Beweisen, deine Akzeptanz von Gewalt als Mittel zur Verteidigung, wenn es nötig ist, und dein Beharren darauf, genau die zu sein, die du verdammt noch mal bist, ganz gleich, wem es passte oder nicht, das Vorbild war, das ich brauchte, um zu überleben und Erfolg zu haben. Du bist eine Gesetzlose und eine freie Frau. Dafür danke ich dir.

Tron Jones: Mein Blutsbruder. Danke für die Opfer, die du gebracht hast. Danke für dein Lachen. Danke dafür, dass du durchgehalten hast, obwohl so vieles dich zurückgehalten hat. Bitte, teil mit der Welt, was du geschrieben hast.

Sally Kim: Mein Vision Board hat unser Kennenlernen und unsere innige Freundschaft vorausgesehen. Danke für deine Scharfsichtigkeit, dein Herz, deine unvergleichliche Unterstützung, die Tatsache, dass du respektierst, was ich zu tun und auszudrücken versuche, sowie dafür, dass du mir hilfst, mich zu konzentrieren und den Feinschliff vorzunehmen, damit auch andere es respektieren. Danke auch für dein Verständnis für meinen Aberglauben.

Kiese Laymon: Bruder. Du bist eine so unermessliche Quelle von Liebe und Licht, dass diese Sprache nicht ausreicht, um dich zu beschreiben. Dein Glaube an meine Fähigkeiten hat mich durch Zeiten extremer Niedergeschlagenheit getragen. Deine Art zu schreiben – tiefgründig, stringent – hat mir die Erlaubnis gegeben zu sagen, was ich glaube, sagen zu müssen. Ein Dankeschön ist nicht genug, aber ich danke dir.

PJ Mark: Es gab noch nie jemanden, der so bedingungslos an meine Arbeit geglaubt, so ausdauernd dafür gekämpft und sie hartnäckig verteidigt hat. Wie ich gehört habe, nennt man dich in Literaturagentenkreisen »The Pitbull«, aber James Bond kommt mir passender vor. Vielen Dank für deine Ratschläge, deine Freundlichkeit, deine Kompetenz und deine sachliche Herangehensweise an mein Werk und meine Karriere.

Calvis McLaurin: Eines Tages, Bruder, wird es dir unmöglich sein, deine Berufung noch länger zu ignorieren, und dann wirst du dich an die Arbeit machen. Mehr als Politiker, Seelsorger, Geistliche, Polizisten und Zuhälter braucht die Welt Künstler. Dann wird dein Pinsel zum Stift, dein Notizblock zur Leinwand. Geh und schaffe dein Meisterwerk. Um unser aller willen.

Ernesto Mestre-Reed: Als nur wenige andere den Wert meines Schreibens erkannten, ja es mit Gedanken und Worten herabsetzten, mich vor der »Gefahr, ein schwarzer Autor« zu werden, warnten, hast du gesehen, was sie nicht sehen wollten: Dass die Gefahr nicht das war, was sie sich vorgestellt, sondern was sie befürchtet hatten. Du hast mich ermutigt, weiterzuschreiben, und hast mir gezeigt, dass mein Werk einen inhärenten Wert hat. Dich als Mentor zu haben, war unbezahlbar. Ich danke dir.

Toni Morrison: Ich habe davon geträumt, dass Sie dieses Buch lesen, einen Wert darin sehen, mir Ihren Segen geben und mich vielleicht auf eine Tasse Tee bei sich zu Hause einladen, damit ich Ihnen erzählen kann, dass dieses Buch ohne Ihre Heiligen Schriften, ohne Ihre flammende Anklage und Neuordnung der englischen Sprache, die mich inspiriert haben es zu schreiben, nie entstanden wäre. Sie haben gesagt, wenn es das Buch, das man lesen möchte, noch nicht gibt, muss man es schreiben. Wo auch immer Sie jetzt sind, ich hoffe aufrichtig, es gefällt Ihnen.

Roni Natov: »Tiefes Luftholen …« Sie hatten nicht nur großen Einfluss auf meine akademischen, sondern auch auf meine sonstigen Erfolge. Ich weiß nicht, ob ich ohne Ihre grenzenlose Freundlichkeit, Unterstützung und Ihr Vertrauen in meine Fähigkeiten dort wäre, wo ich jetzt bin. Es ist die reinste Freude, Sie zu kennen. Ich danke Ihnen.

Osvaldo Oyola: Du hast dieses Werk in seinen frühesten, unbeholfensten Stadien gelesen und hast trotzdem einen Wert darin erkannt. Danke für deinen scharfen Blick, deinen hartnäckigen Verstand und deine Freundschaft. Angefangen hat es mit dem Cyborg, und jetzt sind wir hier!

Samora Pinderhughes: Bruh-Bruh, vom Moment an, in dem wir uns kennengelernt haben, warst du wie Familie für mich.

Danke, dass du mir zugehört, mir nur Gutes gewünscht, gesundes Essen gekocht und mir eine kurze Vorschau auf deine Musik gegeben hast (und du bist einer der brillantesten Komponisten auf diesem Planeten), dafür, dass du ein riesiges Herz hast und ein unglaublich anständiger Mensch bist.

Robert Scott: Als ich verloren durch die Flure von Brooklyn College irrte, haben Sie mich – und Generationen von anderen – gefunden und auf den rechten Weg geführt. Danke, dass Sie ein so umsichtiger Mentor für mich waren.

Arlene Solá-Vargas: Für die über vierzig Jahre der geteilten Freuden, Leiden, Triumphe und Tragödien; sieh uns nur an! Wir haben es geschafft. Trotz, vielleicht sogar wegen der Umstände. Ich danke dir für deine Ermutigung und dafür, dass du mich in die Familie aufgenommen hast.

Adrian Techeira: Mein Mann. LOL! Ich hätte nie gedacht, dass die Tatsache, dass dein Sternzeichen Jungfrau ist, mir einmal so gelegen kommen würde. Danke für deinen kritischen Blick, dein juristisches Fachwissen und deine Unterstützung, wenn ich nicht zu einhundert Prozent funktioniere, für das Haus, das zu einem Zuhause geworden ist, und für die Liebe, die zum Bund geworden ist und bezeugt wurde. Ich danke dir.

Charles, Marcus und Victoria Thompson: Ein Realist. Ein Lernender. Und eine Träumerin. Danke für eure unverbrüchliche Ermutigung, die vertrauensvolle Freundschaft und die Tatsache, dass ich ein Teil eurer Familie sein darf. Dafür werde ich euch immer dankbar sein.

Crystal Waterton: Ich habe dir die Windeln gewechselt. Und jetzt bist du eine erwachsene Frau und brillante Künstlerin. Ich kann es kaum erwarten, bis die Welt erfährt, was ich längst weiß: Du bist eine der genialsten Filmemacherinnen überhaupt. Erschaff. Deine. Kunst. Schwester!

David Wells: Du warst mir wie ein echter Bruder, hast mir geholfen, mich heil und ganz zu fühlen, wenn ich das Gefühl hatte auseinanderzufallen, du hast dich um mich gekümmert, als die Tage zu lang und die Nächte unruhig waren. Ich weiß jetzt, was »Hüter seines Bruders« zu sein bedeutet.

Dem Team von Janklow & Nesbit Associates, Ian Bonaparte und Zoe Nelson, und **dem Team von G. P. Putnam's Sons/Penguin Books USA**, Joel Breuklander, Brennin J. Cummins, Ivan Held, Christopher Lin, Ashley McClay, Katie McKee, Emily Mlynek, Gabriella Mongelli, Vi-An Nguyen, Nishtha Patel, Anthony Ramondo, Amy Ryan, Alexis Welby sowie dem gesamten Vertriebsteam von Putnam: Sie haben mir geholfen, einen lebenslangen Traum aus dem Äther in die materielle Welt zu holen. Ihr Engagement und Teamwork ist eine Inspiration. Dafür bin ich unendlich dankbar. Vielen Dank.

Meinen Bluts- und Wahlverwandten, die mich von Beginn an durch meine Irrungen und Wirrungen und meine Triumphe begleitet haben – ihr seid meine Felsen in der Brandung, und ich liebe euch: Khadeem D. Wilson, Khadijah I. Wilson, Sandra Benjamin, Alfred Benjamin, Jr., Shahaira Davy, Justin O. Christopher, Orlando J. Davy, Jr., Sheronda Benjamin, Lenice Smith, Kayin Davy, Errol Waterton, Orlando Davy, Sr., Melissa Barnaby Hernandez, Christian Alcazar, Chastity Hernandez, Angel Bright, LaFawn Davis, Hilda und David Sola, Sr.; Eduardo Sr., Eduardo Jr., Isabella und Daniel Vargas; David Jr., Laurie und Olivia Sola; Tron Jr., Taina, Destiny und Terrence Jones-Bosse, Julian und Milagros DeJesus, Dorothy, Simon, Nneka, Nya und Jordyn Spence; Tiffany, Lole Sr., Lole Jr., Rowan und Ivan Techeira, Jennifer

Jacinto und Tina Honeycutt; Beth, Tara und Matthew Benjamin-Botas; Dawn Benjamin und Anthony Purge, Darlene Horton, Dawn Horton und Familie, Jimmie Horton Familie, LaMont Horton und Familie, Renee, Cameron Jr. und Cameron Kelly, Dondria, Gary und Ty Gadsden; Elena, Raquel »Mama Rock« und Howard »Pop« Pinderhughes; meine Jones-Tanten: Angela, Laverne, Mallie, Mary und Rita; meine Jones Cousins und Cousinen: Cheryl, Christine, Christopher, Daniel, Eric, Ebony, Elijah, Isiah, Jacob, Jamal, Jason, Jordan, Joshua, Justin, Kelly, Lashawn, Michael, Monae, Sean, Shauna, Stephanie; Lester Wint, Shannette Duncan-Wilson und Familie, Nicole Wilson, Starr Lester und Familie, Keesha Peets und Familie, James Peets und Familie, Scooner, Glenn und Deena McCray und Familie, Willie »DJ Ill Will (Your Wifey's Favorite DJ)« White, Daniella »DAN-NELA« White, Octavia »Tay« Davison, William »Goddy« White, Jr., Rashawn »Red« White, Quincy »Penguin« White, Kimora »Whoop De Whoop« Simon, Summer »Zibba Zobba« Simon, Ashley »Ash Cash« Saint Louis, Reina Monserate, Scorpio Simon und die gesamten Davison- und White-Familien, Michelle und Dream Holder, Tanya Edwards; Songhai, Glenn, Caleb, Kendi, Eli und Taylor Deveaux; Karen und Joe McCord, Lori Petty, Anaya McLaurin, Stephanie Acevedo-McCardle-Blunk, Miles Law, Paula Bryant (Brion), Margaret Prescod, Chanda und Kevin Hsu Prescod-Weinstein, Mary, Cheryl, Wanda, Felicia Diane und Dawn Carpenter; Baldwin die Katze, alle Benjamins, Betheas, Denmarks, Gaineses, Hines, Joneses und Wilsons. Ich danke euch.

Eure unfassbare Kreativität, künstlerischen Erfolge und euer strahlendes Genie haben es mir ermöglicht, mir eine Realität vorzustellen, in der ich eine Chance habe: Wallace Thurman, Gloria Naylor, Alice Walker, Octavia Butler, Zora Neale Hurston, Chinua Achebe, Michelle Alexander, Maya Angelou, Kola Boof, Ta-Nehisi Coates, Edwidge Danticat, Debra Dickerson, Tananarive Due, Nikki Giovanni, Max S. Gordon, Joseph Illidge, Lorraine Hansberry, Ernest Hardy, James Earl Hardy, E. Lynn Harris, N. K. Jemisin, Jamaica Kincaid, Gabriel García Márquez, Ayana Mathis, James McBride, Herman Melville, Nell Irvin Painter, Gabby Rivera, Sonia Sanchez, Ntozake Shange, Danyel Smith, Brandon Thomas, Jean Toomer und Isabel Wilkerson.

Als ich verloren war, haben mir eure Stimmen und eure Lieder den Weg gewiesen: Aaliyah, Marsha Ambrosius, Ashford & Simpson, Bobby and IZ Avila, Bahmadia, Anita Baker, Big Freedia, Black Stax, Radha Blank, Mary J. Blige, Boyz II Men, Brandy, Dennis Brown, Foxy Brown, Bry'Nt, B.Slade, Cakes Da Killa, Tevin Campbell, Mariah Carey, Chika, Sam Cooke, Bernadette Cooper, D'Angelo, Frenchie Davis, Deadlee, Smoke E. Digglera, Johnathan Douglass; Earth, Wind & Fire; Missy »Misdemeanor« Elliot, En Vogue, Rachelle Farrell, Aretha Franklin, Rah Rah Gabor, Kenneth Gamble und Leon A. Huff, Medino Green, »Cat«

Harris-White, Donny Hathaway, Lalah Hathaway, Lauryn Hill, Whitney Houston, Phyllis Hyman, Stasia »Stas« Irons, Freddie Jackson, Mahalia Jackson, Millie Jackson, Luke James, Jidenna, Syleena Johnson, Jimmy Jam und Terry Lewis, Kevin Kaoz, Chaka Khan, Patti LaBelle, Ledisi, Lady Leshurr, Le1f, Ari Lennox, Lil' Kim, Enongo Sammus, »Lumumba«-Kasongo, Cheryl Lynn, Janelle Monáe, Stephanie Mills, Laura Mvula, Meshell Ndegeocello, Mr Strange, New Edition, Kimberly Nichole, Gene Noble, Jessye Norman, Sinead O'Connor, Rahsaan Patterson, Leontyne Price, Prince, Rapsody, Della Reese, Rihanna, Amber Riley, Minnie Ripperton, Diana Ross, Sade, Salt-N-Pepa, Bobby Short, Nina Simone, Bessie Smith, The Staple Singers, Sandra St. Victor, Donna Summer, Sylvester, Tank and the Bangas, Sister Rosetta Tharpe, Monifah and Terez Thorpe, Tina Turner, Tweet, Usher, Dionne Warwick, Jody Watley, Vesta Williams, Angela Winbush, Stevie Wonder und Nicole »Lady« Wray.

Euch auf der Leinwand, auf und hinter der Bühne zu sehen, gab mir Selbstachtung und die Kühnheit, einem Traum zu folgen: Yahya Abdul-Mateen II, Adepero Adoye, Kofi Agyemang, Erika Alexander, Alana Arenas, Nicholas L. Ashe, Reginald L. Barnes, Angela Bassett, Nicole Behari, Asante Blackk, Nahum Bromfield, Yvette Nicole Brown, Roscoe Lee Browne, Jade Bryan, Dyllón Burnside, LeVar Burton, Rosalind Cash, Diahann Carroll, Rashan Castro, Rodney Chester, Denzel Chisholm, Stanley Bennett Clay, Michaela Coel, Ryan Coogler, Emayatzy Corinealdi, Laverne Cox, Julie Dash, Loretta Devine, Aunjanue Ellis, Yance Ford, Dawn Lyen Gardner, Marla Gibbs, Rashad E. Greene, Danai Gurira, Lisa Gay Hamiton, dream hampton, Winnie Harlow, Jackeé Harry, Brian Tyrec Henry, Monique Angela Hicks, José Hollywood, Gwen Ifill, Dominique Jackson, Michael R. Jackson, Barry Jenkins, Jharrel Jerome, Christopher Jirau, Mustapha Khan, Regina King, Eartha Kitt, Kasi Lemmons, Deondray & Quincy LeNear-Gossett Donja Love, Moms Mabley, Tina Mabry, Rajendra R. Maharaj, Sara'o Maozac, Sonequa Martin-Green, Sampson McCormick, Tarell Alvin McCraney, Akili McDowell, Edgar Mendez, S. Epatha Merkerson, Janet Mock, Indya Moore, Stacey Muhammad, Terrence Nance, Niecy Nash, Adaora Nwandu, Lupita Nyong'o, LaWanda Page, Keke Palmer, Tammy Peay, Numa Perrier, Tonya Pinkins, Patrik-Ian Polk, Billy Porter, Aamer Rahman, Naima Ramos-Chapman, Dee Rees, Della Reese, Shonda Rhimes, Beah Richards, J. August Richard, Bobby Rivers, MJ Rodriguez, Anika Noni Rose, Angelica Ross, Shaun Ross, Aston Sanders, Narubi Selah, Gabourey Sidibe, Justin Simien, Madge Sinclair, Brian Michael Smith, Justice Smith, Jussie Smollett, Doug Spearman, Darryl Stephens, Tika Sumpter, Ryan Jamaal Swain, Andre Leon Talley, Regina Taylor, Lorraine Toussaint, Cicely Tyson, Leslie Uggams, Gabrielle Union, Alok Vaid-Menon, Pernell Walker, Kerry Washington, Benjamin Charles Watson Jr., Alek Wek, Rutina Wesley, Emile Wilbekin, Paul Winfield, Oprah Winfrey, George C. Wolfe, Charlayne Woodard, Tyquane Wright und Bradford Young.

Euer unvergleichliches Talent und eure beneidenswerte Disziplin sind ein Wunder. Danke: Simone Biles, DeWanna Bonner, Elena Delle Donne, Gabby Douglas, Candice Dupree, Chelsea Gray, Brittney Griner, Natasha Howard, Mae Jemison, Allie Quigley, Caster Semenya, Courtney Vandersloot, Dwyane Wade, Serena Williams und Venus Williams.

Danke für die Schönheit ästhetischer Wahrheit: Derrick Adams, Jean-Michel Basquiat, Jamal Campbell, Olivier Coipel, Njideka Akunyili Crosby, Jermaine Curtis Dickerson, Bilquis Evely, Tatyana Fazlalizadeh, Ramona Fradon, Paul Gagner, Vashti Harrison, Phil Jiménez, Kerry James Marshall, Jamie McKelvie, Kadir Nelson, Mikael Owunna, Jennifer Packer, Gordon Parks, Aaron Radney, Khary Randolph, Trina Robbins, Roger Robinson, Will Rosado, Jacolby Satterwhite, Augusta Savage, Ashleigh Shackelford, Liam Sharp, Alma Thomas, Hank Willis Thomas, Alberto Vargas, Kara Walker, Kara Mae Weems, Kehinde Wiley und Ashley A. Woods.

Eure Vision hat mir geholfen, mich auf unfreundlichem Terrain zu bewegen. Danke: Gloria E. Anzaldúa, Ella Baker, Joseph Beam, Derrick Bell, Charles M. Blow, Tarana Burke, Kimberlé Crenshaw, Angela Davis, Joy DeGruy, Mona Eltahawy, bell hooks, Barbara Jordan, Barbara Lee, Audre Lorde, Manning Marable, Marlon

Riggs, Assata Shakur, Harriet Tubman, Desmond Tutu und Malcolm X.

Euer Mut ist Balsam und Schild. Danke für euren Dienst und eure Opfer: Mumia Abu-Jamal, Phillip Agnew, John Amaechi, Robert Bailey, Dee Barnes, Jesse Ray Beard, Mychal Bell, Richard Blanco, Lanisha Bratcher, Robyn Crawford, Wade Davis II, Anita Hill, Rachel Jeantel, Marsha P. Johnson, Carwin Jones, Gia Marie Love, Erica Malunguinho da Silva, Antron McCray, Michel'le, Wes Moore, Bree Newsome, Stella Nyanzi, Bryant Purvis, Raz-B, Kevin Richardson, Sylvia Rivera, Yusef Salaam, Karol Sanchez, Raymond Santana, Theo Shaw, Bryan Stevenson, William Dorsey Swann, Ciara Taylor, Zaya Wade, Jewel Thais-Williams, Korey Wise.

Ich durfte am Altar eurer grenzenlosen Weisheit lernen. Danke, dass ihr meine Lehrer wart: Moustafa Bayoumi, Prudence Cumberbatch, Michael Cunningham, Stacy D'Erasmo, Wendy Fairey, Howard Firestone, Pamela Grace, Irene Horowitz, Rosamond King, Jerome Krase, Laura Mattiga, Jenny Offil, Laurie Pea, Alexis Emilia Pierre-Louis, Madelon Rand (RIP), Joan Reale, Dorothy Rompalske, Ramsey Scott, Robyn C. Spencer, Ellen Tremper, Brooke Watkins, Salim Washington und Kee Yong.

Danke für eure Gaben, euer Engagement für das Wort und die Wahrheit: Ashley Akunna, Zaheer Ali, Michael Arcenaux, Eroc Arroyo-Montano, Kenyette Barnes, Regina N. Bradley, Yaba Blay, Richard Brookshire,

Jericho Brown, Clay Cane, Jasmyne Cannick, Maisy Card, Rebecca Carroll, Cody K. Charles, Roger Cipo, Hillary, Lemu, and King Kinti Crosley-Coker, Brittney Cooper, Timothy DuWhite, Chana Ginelle Ewing, Ayesha K. Faines, Kimberly N. Foster, Donte Gibson, Kieron Gillen, Jenn Jackson, Fatima Jamal, George M. Johnson, Myles E. Johnson, Kimberly Jones, Sarah Karim, Ibram X. Kendi, R. O. Kwon, Angel Laws, CreightonLee, Inigo Leguda, Jamilah Lemieux, Felice León, Maurice Lucas, Tamika Mallory, Shane McCrae, Tiq Milan, Darnell L. Moore, Isabelle Mosado, Frank Mugisha, Eddie Ndopu, Mark Anthony Neal, Tambay Obenson, Oronike Odeleye, Josh Odom, Nnedi Okorafor, Daniel Jose Older, José Guadalupe Olivarez, LaSha Patterson-Verona, Brontez Purnell, Imani Perry, Tony Puryear, Helen Phillips, Ayanna Pressley, Donovan X. Ramsey, Franchesca Ramsey, Kiley Reid, Sonya Renee, Maurice Carlos Ruffin, Namwali Serpell, Aishah Shahidah Simmons, Danez Smith, Kaila Adia Story, Rebecca Theodore-Vachon, Steven Thrasher, Ezinne Ukoha, Ocean Vuong, Imani J. Walker, Lawrence Ware, Kirsten West-Savali, G. Willow Wilson, De'Shawn Charles Winslow, Ravyn Wngz, Ashley Yates, Damon Young und Hari Ziyad.

Danke, Team, dafür, dass ihr mich aufrichtet, hinter mir steht und mir Halt gebt: Clinton Adams, Irva Adams, Robert Agyemang, Trey Alexander, Yasmin Ali, Henry Anderson, Keisha-Gaye Anderson, Torrese Arquee, John Avelluto, Ivan Baptiste, Monique Baylor-Mc-

Call und Familie, Marie-Helene Bertino, Lemmie Blakemore, Karen Blitz, Jonathan Lee Bowles (du bist der Nächste!), D'Ambrose Boyd, Jason Boston, Beqi Brinkhorst, Daniela Brown, Zedrick Brown, Aishah Bruno, Quonnetta Calhoun, Horace & Bryant Campbell-Coleman und Familie, Tyrone H. Cannon, Bernadette Canty, Ray Caspio, Seve Chambers, Madonna Charles, Sandra Clarke, Don »DJ« Davis, Kiev Davis und Familie, Camille DeBose, Lisa Del Sol, Gwen Devoe, Gerado »Gee« DiFeo, Robert Finley Jr., Zinga A. Fraser, Erika Frierson, Steven G. Fullwood, Stephen Funches, Tungi Fussell, Alyssa Gargiulo, Tanisha Green, Natalia Guarin-Klein, Feargal Halligan, Justin LaRocca Hansen, Mobina Hasmi, Addie Hopes, Reginald Idlett, Lacy D. Jamison, Loretta Jenkins, James W. Jennings, Tasha Jones, Vondia »Peaches« Jones, Thomas Jordan, Greg Jurick-Blackshear, Meghan Keane, Jennifer Kikoler, David Kim, Amy Klopert, Kevel C. Lindsay, Katy Maslow, Dina Maugeri, Shayne McGregor, Kristen Meinzer, Kamela Mohabeer, Cristina Moracho, Cynthia Naughton-Goodman und Familie, Doreen Naughton, Michelle Naughton und Familie, Natalie Naughton und Familie, Nicole Naughton-Lincoln und Familie, Pamela Naughton-Allen und Familie, Barry Nelson, Kevin Dwayne Nelson, Karen Parker, Bernadette Parker-Canty, Lucille Pascall, Bones Patterson, Audrey Peterson, Anthonine Pierre, Alexzia Plummer, Temika Polk, Cory Provost, Anthony Punt, Rhea Rahman, Shais Rison, Carrie Roberts (RIP), Maya

Rock, Marlene Saez, Michael Santana, Crystal Schloss, Jeffrey Severe, Nichole Simon, Mark Simpson, Jared Shuler, Kevin Smith, Moraima Smith, Nicole St. Clair, Tyrone »Flyronee« Stevens, Aimee Stevland, Renee Straker und Familie, Bernard Tarver; Mammen, Betsy, Saramma and Suma Thomas; Lealand Thompson, Randi Vegh (RIP), Melissa Velez, Stanley Walker, Raina Washington, Darryl »The Griot« Watson, Zora Wells, Jackie Williams, Trina Yearwood und Keith Zackowitz.

Der gesamten Son of Baldwin Community: Danke für die Diskussionen, die Meinungsverschiedenheiten, das Lachen, die Tränen, die Liebe und den Schmerz. Ihr habt mich aufgebaut und Zuflucht geboten. Ihr habt mich aufgeklärt und unterrichtet. Ihr seid so was von cool. Vielen, vielen Dank.

Meiner JanFam, meiner Rhythm Nation: Ihr seid alle schwarze Diamanten: Shawn Arnold, Vincent Bernard, Roger Brown, Elgin »Emperor« Charles, Michaela Harrison, Lamont Hicks, Harold Jacobs, Gray Lappin, Jordan Listenbee, J. C. und Mike Litherland-Neilson, Ify »Angie« Olie, Denise P. Oliver, Ralphie Scarborough, Robert Snowden und Thomas »Trey« Simpson.

Meiner Marlboro Projects Familie: All die Hochs und Tiefs – und die Tiefs waren HART! – haben uns zu einer Gemeinschaft zusammengeschweißt. Danke.

Den Buchhändlern, Bibliotheken, Lesern und allen, die Bücher herstellen und sie lieben: Danke. Besonderer Dank gilt Sarah McGrath von Riverhead, Peter Blackstock von Grove, Kate Medina von Random House, Alison Lorentzen von Viking, Erin Wicks von HarperCollins und Barbara Jones von Henry Holt.

All den Unterdrückten, die im industriellen Komplex des Gefängniswesens gefangen sind: Mögen sich wahre Gerechtigkeit, Rehabilitation und Versöhnung durchsetzen. **Ein Gruß an alle Sexarbeiter*innen, Houses und Balls**. Mögt ihr alle sicher sein.

Halsey Street: Du wirst immer in meinem Herzen sein.

Wir werden eure Namen nie vergessen: Tanisha Anderson, Ahmaud Arbery, Ricky Beeks, Sean Bell, Sandra Bland, Muhlaysia Booker, Rekia Boyd, Rashawn Brazell, Kalief Browder, Venida Browder, Michael Brown, Eleanor Bumpurs, Philando Castile, Stephon Clark, Coobah, John Crawford III, Kaladaa Crowell, Michelle Cusseaux, Amadou Diallo, Jamie Doxtator, Henry Dumas, George Floyd, Janisha Fonville, Ezell Ford, Korryn Gaines, Eric Garner, Erica Garner, Pearlie Golden, Ramarley Graham, Oscar Grant, Freddie Gray, die Opfer des Grenfell-Brandes, Sakia Gunn, Akai Gurley, Latasha Harlins; Markis, Hannah, Jeremiah, Devonte, Abigail und Ciera Hart; Yusuf Hawkins, Stephen Hicks, Tony Hughes, Kyra Inglett, Malik Jackson, Botham Jean, Atatiana Jefferson, Marquis Jefferson, Duanna Johnson, Kendrick Johnson, Kathryn Johnston, Bettie Jones, India Kager, Oliver Lacy, Stephen Lawrence, Errol Lindsey, Renisha McBride, Tony McDade, Laquan McDonald, Natasha McKenna, Brandi Mells, Ernest Miller, Margaret LaVerne Mitchell,

Kayla Moore, Shanta, Jeremiah und Shanise Myers, Yahira Nesby, Islan Nettles, die Opfer des New-Cross-Brandes, Sean Reed, Bailey Reeves, Tamir Rice, Aura Rosser, Relisha Rudd, Walter Scott, Anthony Sears, Konerak Sinthasomphone, Eddie Smith, Raymond Smith, Aiyana Stanley-Jones, Curtis Straughter, Breonna Taylor, David Thomas, Emmett Till, Tituba, Mary Turner, Matt Turner, Nia Wilson und viel zu viele andere.

Den indigenen Völkern Nordamerikas, Native Americans und First Nations, auf deren Land ich geboren wurde und das mich geformt hat: Danke.

Der gesamten afrikanischen Diaspora und allen marginalisierten Menschen überall. Zusammen können wir eine Bewegung erschaffen. Zusammen können wir Ungerechtigkeiten bekämpfen. Die Liebe macht es uns möglich.